MARK CANTER

Sonnentochter

Buch

Der Wissenschaftler Dr. Yute Nahadeh findet in einer Eishöhle in Alaska den tiefgekühlten Körper einer schwangeren Neandertalerin. Zwar hält er seinen Fund geheim, doch es gelingt ihm, den Embryo einer indianischen Leihmutter einzupflanzen. Schließlich erblickt ein Neandertaler-Baby das Licht der Welt. Ember, wie das Kind mit der goldenen Hautfarbe genannt wird, wächst bei den Quanoot-Indianern zu einer Frau mit außergewöhnlichen Fähigkeiten heran. Doch sie leidet unter ihrer Andersartigkeit und begibt sich auf die Suche nach ihrer Herkunft, um ihre wahre Identität zu finden …

Autor

Mark Canter wurde in Owensboro in Kentucky geboren und lebt heute mit seiner Frau und zwei Söhnen in Tallahassee, Florida. Er studierte Journalismus an der Universität von Florida, schrieb für verschiedene Zeitungen und wurde später Chefredakteur des Magazins *Men's Health.* »Sonnentochter« ist sein erster Roman.

In Kürze erscheint von Mark Canter:

Das Geheimnis am goldenen Fluß. Roman (35387)

MARK CANTER

Sonnen-tochter

Roman

Aus dem Amerikanischen
von Joannis Stefanidis

BLANVALET

Die amerikanische Originalausgabe erschien unter dem Titel
»Ember from the Sun« bei Delacorte, Bantam Doubleday
Dell Publishing Co., New York

Umwelthinweis:
Alle bedruckten Materialien dieses Taschenbuches
sind chlorfrei und umweltschonend.
Das Papier enthält Recycling-Anteile.

Blanvalet Taschenbücher erscheinen im Goldmann Verlag,
einem Unternehmen der Verlagsgruppe Bertelsmann.

Deutsche Taschenbuchausgabe 7/2000

Published in agreement with the author
c/o Baror International, Inc., Armonk, New York, USA
Umschlaggestaltung: Design Team München
Umschlagmotiv: TIB/Nicholson/Photonica Collage
Druck: Elsnerdruck, Berlin
Verlagsnummer: 35237
Redaktion: Ralph Thoms
V. B. · Herstellung: Heidrun Nawrot
Printed in Germany
ISBN 3-442-35237-1

1 3 5 7 9 10 8 6 4 2

Für Margaret, schmack- und nahrhaft

Erster Teil

(Nuhudeh, Yute: Der Neandertaler-Report.
Pacific College Press,
Deer Park, Washington 1987, S. 24.)

Anhand fossiler Knochenfunde lassen sich nur wenige gesicherte Rückschlüsse auf die Lebensweise prähistorischer Menschen ziehen. Man bedenke: Die Knochen der Ziegen auf den Galapagosinseln bieten nicht den geringsten Hinweis darauf, daß diese Tiere imstande sind, auf Bäume zu klettern, um das Laub abzufressen – ein häufig beobachtetes Verhalten. Welche ungeahnten Fähigkeiten und Kulturformen würden Neandertaler offenbaren, könnten wir sie in ihrem Alltag beobachten?

1

Zwei Männer und ein Mädchen überquerten einen federnden Teppich aus Wildmoos und winzigen gelben Blumen, der sich bis zum Horizont der Tundra erstreckte. John Nahadeh lenkte ein Huskygespann, das einen mit diversen Schaufeln und einer Videoausrüstung beladenen Hundeschlitten zog. Seine Tochter Nika lief neben ihm her.

Yute Nahadeh ging ein Stück hinter seinem Vater und seiner Schwester und blieb stehen, um Pilze, Bärentrauben und Sumpfkohl – jede eßbar aussehende Flora – einzusammeln und die Proben in durchsichtige Sandwichbeutel zu stecken. Die Stiefel des hochaufgeschossenen Mannes sanken quietschend ins feuchte Moos, als er sich bückte und sich an die Arbeit machte.

Am Himmel kreiste ein Weißkopfseeadler, ein schnelles *kak-kak-kak* krächzend. Yute blickte auf und sah ein Nagetier in seinen Bau flitzen und den Adler abdrehen. Er zog sein Bausch-&-Lomb-Fernglas aus dem Lederetui und verfolgte den Flug des mächtigen Greifvogels, der in einer weitgezogenen Spirale der Sonne entgegenstieg.

Yute lächelte, senkte den Blick und ließ ihn über das Gräsermeer schweifen. Tümpel und Teiche bedeckten den Tauboden und reflektierten ein wolkenloses Blau. Zwischen Inseln karmesinroter Feuersträucher standen Zwergbirken und kniehohe Hartriegel. In einigen Kilometern Entfernung ragten die ersten Zwergwaldhügel aus der Ebene und gingen allmählich in die schneebedeckten Berge über.

Die Luft roch nach Wildblumenpollen und kaltem Matsch; ein süßlicher, feuchter Duft, der ihn – wie Tonerde auf einem Bienenstich – von einem lange vergessen geglaubten Schmerz befreite. Sein Heimweh überraschte ihn; er hatte es nicht mehr bewußt empfunden, seit er als Jugendlicher seine Heimat verlassen hatte, um sich die Bildung anzueignen, die sein Vater für nutzloses Zeug, für »Einbildung« hielt. Diesmal verdrängte er den Schmerz nicht, sondern ließ ihn seine Seele öffnen, um seiner Caiyuh-Heimat Einlaß zu gewähren.

Große Mutter, laß mich dich wieder lieben. Einen langen Moment stand er reglos da und sog die lebendige Luft in tiefen Zügen in sich auf.

Dann machte er sich wieder an die Arbeit und schnitt ein Büschel Reislilien ab. Mit den Zähnen zog er die Blütenkapsel von der purpurnen Blume und zerkaute sie vorsichtig. *Schmeckt wie Klee,* entschied er und fragte sich, welchen Nährwert die Blume wohl habe. *Haben prähistorische Völker diese Blumen getrocknet, um sie später während des langen Winters zu essen?*

»Yute!« rief seine Schwester.

Er sah auf, einen Bissen bittere Silberflechte im Mund, die er gleich wieder ausspuckte. Sein Vater war mehrere hundert Meter vorausgefahren und steuerte auf einen kleinen Gletscher am Fuß eines Bergausläufers zu. Nika rannte mit im Wind flatternden Haaren zu ihrem Bruder zurück.

Yute schlenderte ihr entgegen und griff sich über die Schulter, um die botanischen Proben in den Rucksack zu stecken; dann zog er seinen Wollpullover aus und legte ihn obendrauf. Die Temperatur war seit dem Morgen merklich gestiegen; doch selbst jetzt lag der Permafrost nur zwanzig Zentimeter unter seinen Füßen.

»Meine Füße fühlen sich wie Popsicles an«, sagte er, als sie ihn erreichte.

»Beeil dich«, sagte sie, »du weißt, daß Vater nicht wartet. Komm, wir rennen.«

Sie rannten Seite an Seite. Nikas offene Haare fielen über ihren Rücken und schlugen rhythmisch an ihre Hüften.

»Was ist ein Popsicle?« fragte sie.

»Ein Eis am Stiel. Eines Tages werde ich dir in Seattle eins kaufen.«

»Aber nur, wenn es nicht wie deine Füße riecht«, sagte sie und hieb ihn gegen die Schulter, dann rannte sie vor ihm weg.

Yute lachte und jagte ihr hinterher. Er erwischte eine Handvoll ihrer dicken Haare und zog an ihnen wie an einem Pferdeschweif.

»Bleib stehen, Stute, whoa, whoa.«

Vor ihnen stoppte ihr Vater die Hunde und wartete, daß die beiden zu ihm aufschlossen.

»Glaubst du, was du da siehst?« fragte Yute.

»Er möchte, daß ihr euch heute vertragt«, sagte sie.

Yute und Nika folgten der Spur, die der Schlitten durch einen breiten Teppich oranger Mohnblumen gezogen hatte. Gelbschwarze Schwalbenschwanzschmetterlinge flatterten um die Blüten, und Yute fragte sich, welche der Tundrainsekten die Eiszeitvölker gegessen hatten. Mit Sicherheit Käfer, Bienenlarven und Termiten ... und welche noch?

Die Hunde scharten sich im Halbkreis um John, der sie aus einer großen Stahlkaffeekanne mit getrockneten Fischköpfen fütterte. Der ältere Nahadeh war klein, aber stämmig gebaut; seine schwarzen Haare waren zu einem dicken Zopf geflochten, der über das breite Schulterstück seines Wildlederhemds hing.

Yute hielt gebührenden Abstand; er hatte Angst vor den Hunden, selbst wenn sie angeschirrt waren, und besonders wenn sie fraßen. John zeigte auf einen weitentfernten Gipfel, der die Berge im Vordergrund mühelos überragte. »Denali«, sagte er.

Nikas Blick folgte dem ihres Vaters. »Aaaah«, sagte sie langsam. »Siehst du ihn, Yute?«

Yute richtete das Fernglas auf den Berg. Schneegestöber umtoste die schroffen Felsklippen nahe dem Gipfel.

»Denali – Der Große Berg«, sagte er.

»Man sieht ihn nur selten so deutlich«, sagte John. »Normalerweise verbirgt er sein Gesicht in Wolken. Heute aber schaut er uns direkt an. Etwas wird heute geschehen, ich fühle es. Etwas Außerordentliches.«

Nikas Züge leuchteten auf. »Hörst du das? Glaubst du, wir werden einen zweiten Tundramann entdecken?«

Yute lachte. »Spar dir die Aufregung. Bis jetzt haben wir nichts als Fuchskökel entdeckt. Das mit Tundramann war so, als ob sich der Himmel geöffnet und Gott der Anthropologie ein Geschenk dargereicht hätte. So was passiert nicht alle Tage, und erst recht nicht zweimal im selben Fachgebiet.«

Dem Bittschreiben zufolge, das er verfaßt hatte, um für das Projekt finanzielle Unterstützung zu erhalten, diente diese Expedition dazu, seinen Vater dabei zu filmen, wie er mit einem Lanzenwurfholz ein Karibu erlegt, eine Jagdtechnik, die alte Caiyuhs noch beherrschten. Trotzdem hatte Yute einen luftdicht verschließbaren Leichensack mit eingenähtem Trockeneisreservoir mitgenommen, nur für den Fall, daß Wunder in dieser Gegend die Regel waren.

Vor zwei Sommern hatten John und Nika am Rand des kleinen Gletschers, vor dem sie jetzt standen, beim Jagen die Überreste eines Menschen entdeckt, der in einer vom zurückweichenden Eis freigelegten Grube lag. Wie sich später herausstellte, hatte es sich bei der Grube um die Grabstätte eines 25 000 Jahre alten Cro-Magnon-Mannes gehandelt.

Eingebettet in tiefgefrorenes Fleisch starrten seine dunkelblauen Augen direkt aus der Eiszeit. Seine Haut und sein dunkelrotes Haar waren mit Ocker überzogen, einem rötlichen Eisenerzpigment. Seine rechte Hand hielt einen aus einem Karibugeweih gefertigten Stab, in den ein Mund gebohrt war, aus dessen Lippen eingeschnitzte Energiestrahlen herausschossen; dasselbe Motiv prangte als grob vernarbte Tätowierung auf seiner Stirn. Seine Kehle, über einer Halskette aus Bärentatzen und Löwenpranken, war eine klaffende tiefe Wunde, offenbar die Todesursache. Neben der Leiche lagen Steinwerkzeuge, Waffen und Lehmschüsseln mit getrockneten Preisel- und Blaubeeren. Pollenanalysen ergaben, daß ganze Wagenladungen alpiner Blumen in das mit einem Mammutschulterblatt zugedeckte Grab geschüttet worden waren.

Tundramann hatte die Welt der Anthropologie in Aufruhr versetzt. Er war der älteste im Eis präservierte Mensch, der je entdeckt worden war – zwanzigtausend Jahre älter als der Gletschermann, den man in Südtirol gefunden hatte. Durch Yutes

Beharrlichkeit und durch allerlei politisches Taktieren war es gelungen, die Leiche dem Pacific College in Seattle zuzuführen, wo Yute eine Professur für Paläanthropologie innehatte. Wie bei einem Goldrausch eilten Spezialisten aus aller Welt nach Seattle, und Yute leitete die für den Tundramann zuständige Forschungsgruppe. Auf Grundlage der zahllosen Ergebnisse, die ihre Untersuchungen erbracht hatten, würden sich Doktorarbeiten zu dem Thema noch jahrelang praktisch von selbst schreiben. Nika reichte ihm eine Feldflasche. »Worüber zerbrichst du dir den Kopf?«

Er lächelte, zuckte mit den Schultern und trank einen Schluck köstliches, kristallklares Quellwasser.

Sie trat dichter an ihn heran, um die Feldflasche zurückzunehmen, und flüsterte: »Hast du über sein Angebot nachgedacht?«

Er nickte und flüsterte zurück: »Es klingt verlockend, aber es ist eine schwere Entscheidung.«

Ihr Vater hatte Yute gebeten, für einige Jahre nach Swift Fork zurückzukehren; er könnte in Großvaters alter Hütte wohnen. John wollte seinen Sohn nicht nur bei sich wissen, er brauchte Yutes Unterstützung im Kampf gegen die Bedrohung, der sich ihre traditionelle Lebensweise ausgesetzt sah. Ein Konzern namens CANARD – Central Alaska Native American Resource Developers – plante, mitten im Caiyuh-Gebiet eine Reihe von Goldminen zu bauen. Die ersten Schächte sollten in die Kantishna Hills gesprengt werden, das Gebiet, in dem die drei sich gerade befanden.

Aber nach Swift Fork zurückzukehren würde seine Karriere gefährden, denn er war gerade dabei, in die Riege der ernstzunehmenden und einflußreichen Wissenschaftler aufzusteigen. Zuerst war da sein Coup mit Tundramann. Und nun sorgten seine Hypothesen über Neandertaler in Fachkreisen für kontroverse Diskussionen. Die meisten Experten widersprachen ihm, was ein erheblicher Fortschritt gegenüber der ihm früher zuteil gewordenen Ignoranz war.

»Vater sagt, daß du ständig an irgend etwas denkst«, sagte Nika. »Vermutlich hat er recht«, murmelte Yute. »Wußtest du, daß Neandertaler größere Gehirne hatten als wir?«

»Nicht größere als deins, sonst hätten sie nicht überlebt.«

Er lachte. »Wieso sagst du, daß sie überlebt hätten?«

»Ich dachte, das hast du gemeint –, daß sie sich weiterentwikkelt haben, bis wir aus ihnen entstanden sind.«

»Das ist nicht dasselbe wie überleben. Wir sind keine Neandertaler. Sie waren unsere Cousins, aber sie waren nicht wie wir.«

»In der Schule gibt es ein Buch mit Bildern von ihnen – sie sehen wie Affen aus.«

Er schüttelte den Kopf. »Nein, nein«, sagte er. »Völlig falsch, das sind Vorstellungen einer überholten Wissenschaft. Auf der Evolutionsleiter stehen sie nicht unter uns. Wenn man einen Neandertaler in ein Seahawks-Sweatshirt und ausgewaschene Jeans steckte und ihn in Seattle in die U-Bahn setzte, würde er niemandem auffallen – er wäre einfach bloß ein Typ mit einer Footballspielerfigur: Stiernacken, riesiger Brustkasten – ansonsten sähe er ganz normal aus.«

»Eben ein großer Trottel.«

»Nun, groß, ja – er wäre stärker als ein olympischer Gewichtheber –, aber er wäre kein Trottel. Ganz und gar nicht. Vergiß nicht, daß ihre Gehirne größer waren als unsere. Stell dir einfach eine Rasse vor, die nicht *weniger*, sondern *anders* entwickelt war als wir. Möglicherweise besaßen sie eine völlig andere Art von Intelligenz.«

»Was meinst du mit *andere* Art von Intelligenz?«

»Gerade das würde ich ja gerne herausfinden«, sagte er. »Damit würde ich die gesamte Anthropologie auf den Kopf stellen. Also, bitte, bitte, finde mir einen Neandertaler.«

Sie grinste. »Ich werde mein Bestes tun.«

Yute trank noch einen Schluck Wasser. *Wer immer behauptet, Wasser sei geschmacklos, hat nie aus einer arktischen Quelle getrunken.*

Nika berührte ihn am Arm. »Yute, wenn du wieder hierherziehst, könnten wir gemeinsam nach Neandertalern suchen.«

Er lächelte. »Das wäre toll, was?« Doch er fragte sich, ob er gewillt war, mehrere Jahre seiner Karriere dafür zu opfern.

Er betrachtete seine Schwester, als er ihr die Feldflasche zurückgab. Schwarze Augen, schwarze Haare, dunkle Haut wie matte Bronze, perlweiße Zähne. Unter ihrer Kleidung bemerkte er ihre Figur: feste Brüste unter einem ausgeblichenen Flanellhemd; kräftige, schlanke Beine und rundliche Hüften in einer groben Baumwollhose. Bei seinem letzten Besuch war sie ein Mädchen gewesen; nun war sie eine junge Frau. Eine junge Frau, die in einem matschigen Dorf mitten im Nichts aufwuchs. Sie wußte, wie man mit einem gezielten Tritt einen bellenden Husky zum Schweigen brachte – etwas, das er sich nie im Leben trauen würde –, aber was wußte sie von der großen, weiten Welt da draußen? Was konnte sie schon in Swift Fork entdecken?

Andererseits, mußten die Dinge, die ihm soviel bedeuteten, auch allen anderen Menschen wichtig sein?

Nika senkte verlegen den Kopf, aber Yute fiel es schwer, den Blick von seiner Schwester zu lösen. Er dachte an die Frauen in Seattle, mit denen er zusammengewesen war. Einige dieser Frauen fanden sich wild; wild wie die zuckenden Neonlichter der Stadt, wie leicht zu habender Sex, wie nächtelanges Tanzen zu hämmernder Musik. Nika war wild wie die Tundra.

John kam zu ihnen und hielt ihnen eine Handvoll getrockneter Forellenstücke hin.

»Eßt«, sagte er. »Wir sind auf der Jagd.«

Nika und John aßen den Fisch und teilten sich den Laichsack eines Lachses, aus dem sie den frischen Rogen heraussaugten. Yute aß zwei Granola-Riegel. Das Wasser teilten sich die drei, ohne ein Wort zu wechseln.

Nach der Pause marschierte die Gruppe die letzten Kilometer zur Stirn eines Gletschers. Die Gletscherzunge war in Dutzende Schollen zersprungen, die schräg auf das grüne Land abfielen.

»Hört!« sagte Nika. »Hörst du es, Vater?«

John lächelte und nickte, doch Yute vernahm nichts.

»Die Karibus kommen«, sagte John.

Einen Moment später hörte Yute das *Klick-Klack,* das um den hinteren Gletscherrand auf sie zukam. Er hatte gelesen, daß Karibubeine bei jedem Schritt ein *Klick-Klack* verursachten, das Geräusch zurückschnappender Sehnen, aber er hatte nicht gedacht, daß es so laut sein würde. Als Junge hatte er seinen Vater nie auf die Jagd begleitet; statt dessen hatte er Bücher gewälzt.

»Ich baue die Kamera auf«, sagte Yute. Er packte die Videokamera und ein großes, schüsselförmiges Richtmikrofon aus und schraubte beides auf zwei Stative.

John hielt drei Lanzen und ein Wurfholz in der rechten Hand. Er hatte die fast zweieinhalb Meter langen Lanzen aus flammengehärtetem Fichtenholz geschnitten und sie an den Enden mit scharfen Feuersteinspitzen versehen. Das Wurfholz gehörte nicht ihm; es war ein detailgetreues Replikat des Wurfholzes, das man in Tundramanns Grab gefunden hatte: ein fünfzig Zentimeter langer Stab, der mit seinem gebogenen Ende wie eine riesige Häkelnadel aussah.

Einen halben Kilometer vor ihnen kamen die ersten Karibus in Sicht, und nun konnte Yute neben ihrem *Klick-Klack* auch ihr Grunzen hören. Ungefähr dreißig Tiere waren zu sehen. Durch sein Fernglas erkannte Yute, daß es hauptsächlich zottelige Kühe waren, dazu ein halbes Dutzend Kälber und einige Bullen. Doch hinter der Eiswand waren weitere Tiere zu hören, anscheinend eine große Herde.

Yute spürte, wie sich sein Herzschlag beschleunigte. »Sollten wir nicht näher herangehen?« fragte er.

»Brauchen wir nicht«, erklärte John, »sie kommen zu uns.«

Soweit Yute sah, täuschte sich sein Vater. Die Leittiere hatten sie gesehen oder gewittert und blieben zögernd stehen; einige versuchten zurückzuweichen, was in der nachrückenden Herde einen Stau verursachte. Einige Tiere wichen zur Seite aus, um das Gedränge zu umgehen, doch schließlich blieben auch sie stehen. Yute begann, ein Teleobjektiv auf die Kamera zu schrauben.

John schüttelte den Kopf. »Die Karibus werden gleich so nah sein, daß man sie anfassen kann.«

Er ging einige Schritte vor und signalisierte Yute, sich mit der Kamera bereitzuhalten. Dann nickte er Nika zu. Sie zog eine kleine Knochenpfeife aus einer Hemdtasche und blies mit geblähten Wangen hinein. Nichts war zu hören. Die um den Schlitten herumliegenden Hunde sprangen auf und bellten. Sie blies erneut. Wieder war nichts zu hören. Sie fuhr fort, in die stumme Pfeife zu blasen. Die Schlittenhunde sprangen winselnd umher, und einer verfing sich in seinem Ledergeschirr.

Plötzlich warf Nika den Kopf zurück und begann, wie ein Wolf zu heulen. Das tiefe Brummen in ihrer Kehle ging in ein hohes, an- und abschwellendes Jaulen über. Erschrocken trat Yute einen Schritt zurück. Nika stieß einen kurzen, spitzen Schrei aus, dann jaulte sie weiter. Yute spürte, wie sich seine Nackenhaare aufstellten. Einen Moment später hörte er auf der anderen Seite des Gletschers die Wölfe antworten.

Seine Brust zog sich zusammen; er bekam kaum Luft. Vor Hunden hatte er Angst, aber Wölfe versetzten ihn in Panik. Er zwang sich, tief einzuatmen, und blies die Luft langsam und gleichmäßig aus. Dann ging er zum Schlitten, sorgsam darauf achtend, nicht in Reichweite der Hunde zu kommen, nahm ein Lederhalfter, öffnete es und zog einen Glock-Revolver heraus, den er in die Seitentasche seiner Shorts schob. Als er zum Kamerastativ zurückkehrte, war der erste der Tundrawölfe etwa hundert Meter hinter den Rentieren in Sichtweite gekommen.

Das Leittier des Wolfsrudels war pechschwarz. Ein halbes Dutzend grau gesprenkelter Tiere trabte heran und stellte sich zu beiden Seiten neben ihm auf.

Sofort schloß sich die in losen Gruppen beieinanderstehende Rentierherde zusammen und stürmte nach vorne. Einige versprengte Nachzügler eilten der Herde hinterher, unter ihnen eine einjährige Kuh.

Der schwarze Wolf gab das Signal. Er raste los, und sein Rudel folgte ihm.

Die junge Kuh rannte so schnell sie konnte, doch der schwarze Wolf kam mit seinen geschmeidigen, weitausholenden Schritten schnell näher, bis er die Kuh schließlich überholte, vor ihr herumwirbelte und ihr den Fluchtweg abschnitt. Ein grauer Wolf stürmte heran und sprang die Kuh an. Die Kuh wirbelte herum und schleuderte den Wolf zu Boden, doch das graue Tier rollte sich geschickt ab, sprang auf und attackierte die Kuh von neuem, alles in einer einzigen, fließenden Bewegung. Vier weitere Wölfe schlugen ihre Fänge in die Hinterbeine der Kuh und versuchten, das Jungtier zu Boden zu reißen. Es taumelte vorwärts, die Wölfe hinter sich herschleifend.

Von wo er stand, konnte Yute das Knurren der Wölfe und die Schreie der Kuh hören. Er stellte sich vor, wie sich in den dunklen Augen der Kuh das Weiße ausbreitete. Allein die Vorstellung – weitaufgerissene Augen voller Furcht – verursachte ihm Übelkeit; er würgte den säuerlichen Geschmack herunter, der ihm aufgestiegen war.

Dann sah er den schwarzen Wolf unter den Bauch der Kuh rennen und zwischen ihren Vorderbeinen nach ihrer Kehle schnappen. Die Kuh versuchte, den Wolf zu zertrampeln, was ihr jedoch nicht gelang. Blut spritzte aus ihrem Hals. Die Kuh brach über dem Wolf zusammen, dessen Fänge noch immer in ihrer Kehle steckten. Wenige Sekunden später sackte der Kopf der Karibukuh nach vorne, und das Tier rollte auf die Seite, tot.

Der Rest der Herde kam direkt auf John zu. Die Tiere liefen nicht in vollem Galopp, sondern trabten dicht aneinandergedrängt. Neben dem Klick-Klack ihrer Beine hörte man nun das Klappern der Geweihe, ihr Schnauben und Grunzen, das gedämpfte Scharren ihrer Hufe. Nika ging zum Schlitten, hockte sich neben den Leithund und packte mit beiden Händen sein Halsband. Yute sollte die Kamera einschalten, doch er stand nur benommen da und starrte unentwegt zu den fressenden Wölfen hinüber.

John hielt das Wurfholz über der rechten Schulter, den Haken nach hinten gerichtet, und legte eine Lanze drauf, so daß das Lanzenende im Haken lag und die Feuersteinspitze nach vorne zeigte. Die wegen der Wölfe verängstigten Karibus sammelten sich vor ihm in dem schmalen Korridor zwischen der Eiswand und den Menschen. Ganz in der Nähe stand ein großer Bulle. John holte aus, nahm drei Schritte Anlauf, blieb stehen und riß den Arm vor; in letzter Sekunde ließ er mit einem Ruck das Hakenende des Wurfholzes vorschnellen und katapultierte die Lanze seinem Ziel entgegen.

Die Lanze drang tief in den Bullen ein und traf ihn unterm Schulterblatt mitten ins Herz. Der Bulle schrie auf und schlug mehrere Male mit den Hinterbeinen aus. Er war tot, als er auf dem Boden aufschlug. Die anderen Karibus trabten um den Bullen herum; sie blieben weder stehen, noch ergriffen sie die Flucht. Nika rief etwas in Caiyuh, doch Yute starrte noch immer wie gebannt zu den Wölfen hinüber. Er hatte Johns Wurf verpaßt und nicht auf den Auslöser gedrückt.

Wenige Minuten später waren die etwa zweihundert Karibus im Osten hinter einer Eiswand verschwunden. Nika stopfte sich die Haare in den Kragen und ging zu ihrem Vater. Sie hockten sich neben den toten Bullen und begannen, mit von Yute zur Verfügung gestellten Replikaten paläolithischer Feuersteinmesser dicke Fleischbrocken aus dem Kadaver zu schneiden.

»Schneidet gut«, sagte sie zu ihrem Vater. »Scharf wie Stahl.«

Johns Augen lächelten. »Du meinst, die Ersten Menschen waren gar nicht so dumm?«

Yute filmte die beiden; er benutzte das Stativ, denn seine Hände zitterten zu sehr. Er wandte immer wieder den Kopf um und sah zu den fressenden Wölfen hinüber, die höchstens zweihundert Meter entfernt waren.

»Viele junge Menschen unseres Volkes wissen nicht mehr, wie man das macht«, sagte John, während seine Klinge durch das bluttriefende Fleisch schnitt und Muskeln von Haut, Sehnen und Knochen trennte. »Sie wollen es nicht lernen.« Er hielt inne und deutete mit dem blutigen Feuerstein auf Yutes Kamera, ein breites Lächeln im Gesicht. »Nicht so mein Sohn, der in der Stadt lebt. Er will alles darüber erfahren.« Er pustete sich eine Haarsträhne aus dem Gesicht und arbeitete weiter. »Sag, Yute, hast du vor, in Seattle Karibus zu jagen?«

Nika sah zu Boden und biß sich auf die Unterlippe. Ihre Hände waren blutverschmiert; sie fuhr sich mit dem Unterarm über die schweißnasse Stirn. Ein warmer, stechender Geruch hing in der Luft. Sie schnitt ein letztes Mal entlang der Hinterbeine, dann riß sie dem Bullen das Fell in einem Stück vom Leib, breitete es mit der Außenseite nach unten auf dem Boden aus, hockte sich darauf und begann, mit einem gerundeten Feuerstein die dünne Fettschicht abzuschaben.

»Meine Mutter hat unsere ganze Winterkleidung aus Karibufellen hergestellt«, sagte John. »Parkas, Hosen, Handschuhe, Socken, sogar Stiefel. Aus dem Fell von Karibubeinen lassen sich gute, weiche Stiefel machen. Und Zelte. Schlittensitze. Einiges habe ich vergessen. Selbst ich vergesse allmählich unsere Lebensweise.«

Er schnitt dem Bullen einen dicken Fettklumpen aus dem Leib. Mit den Zähnen riß er ein Stück ab und begann, langsam darauf herumzukauen. Dann hielt er Yute das blutbesudelte Feuersteinmesser entgegen.

Yute schüttelte den Kopf.

»Als Junge hat es dir geschmeckt, und ich habe den Bullen für dich erlegt«, sagte John.

»Ich bin kein Junge mehr, Vater.«

John schnitt dem Bullen die Nieren heraus, großen Backkartoffeln ähnlich, und gab sie Nika, die ein paar Schritte auf die Wölfe zuging. Sie hielt die purpurfarbenen Organe hoch über den Kopf und pfiff scharf durch die Zähne.

»Tlingaluk!« rief sie. »Tlingaluk! Hey! Hey!«

Der schwarze Wolf schaute auf.

»Tlingaluk!« Sie bot ihm die Nieren an.

Der Wolf senkte den Kopf und kam auf sie zugetrabt.

Yute holte zischend Luft und warf John, der der Szene den Rücken zuwandte, einen nervösen Blick zu. Nika hockte sich hin, der schwarze Wolf trat dicht an sie heran, stand beinahe über ihr. Yutes Schläfen pochten. Er zog seinen Revolver, stützte seine Schußhand, zielte, hielt den Atem an und drückte ab.

Der Knall ließ die Hunde aufspringen. Der Wolf zuckte zusammen und sackte zu Boden. Nika schrie. Dann sprang der Wolf auf und trabte laut winselnd davon, den Schwanz eingezogen, ein blutendes Hinterbein hinter sich herziehend. Das Rudel rannte zum entfernten Ende des Gletschers, von wo es ursprünglich gekommen war. Nika sprang auf und rief dem Wolf etwas hinterher, rannte ihm schließlich nach.

John stand mit geöffnetem Mund da, verwirrt und überrascht. Dann löste er sich aus der Erstarrung, stürmte zu Yute hinüber, riß ihm den Revolver aus der Hand und warf ihn fort. »Bist du wirklich so blind?« sagte er zu seinem Sohn. »Warum hast du das getan?«

Yute schüttelte bloß den Kopf. »Ich ... Ich weiß nicht«, stammelte er. »Ich dachte, sie sei in Gefahr.«

Johns Gesicht war rot vor Wut. »Der Wolf hätte ihr vielleicht das Gesicht geleckt. Wir geben dem Rudelführer immer die besten Stücke – die Nieren und das Rückenfett als Zeichen unseres Dankes. Wir jagen seit Hunderten von Generationen mit Hilfe der Wölfe – länger als wir zurückdenken können.«

»Vater ... Es tut mir leid.« Yute konnte kaum sprechen, so groß war der Kloß in seinem Hals. »Es tut mir wirklich leid.«

John seufzte resigniert. Er schaute auf und sah, daß Nika jeden Moment hinter dem Gletscher verschwunden sein würde.

»Vielleicht wird sie ihrem Wolf sagen, daß der Mann, der ihn angeschossen hat, ein Caiyuh ist – ein guter Mensch –, der aber nicht weiß, wie wir hier leben.« Er seufzte wieder. »Ich muß ihr nachgehen. Sie ist stark, aber die Tundra ist stärker.«

John nahm ein Beil und zwei Wolldecken vom Schlitten. Mit seinem Jagdmesser schnitt er weißes Rückenfett und rotes Muskelgewebe aus dem toten Bullen und wickelte beides in Karibuhäute. Er legte die Bündel in die Mitte der Wolldecken und verknotete ihre Ecken zu einem Sack, den er sich über die Schultern hing, als er aufstand.

Yute sah wortlos zu und fuhr sich immer wieder durch die kurzgeschorenen Haare. Sein Vater kam zu ihm, legte ihm die schwieligen Hände auf die Schultern und sah ihm in die Augen.

»Es war nicht deine Schuld«, sagte er. »Es war meine. Ich wollte dir zeigen, wie wir jagen, ohne dir erst alles zu erklären, so wie es deine Bücher tun. Ich hätte dir von den Wölfen erzählen müssen.« Yute konnte nur nicken. Hätte er zu sprechen versucht, hätte er angefangen zu weinen – was er unter allen Umständen vermeiden wollte.

»Sie nennt ihn Tlingaluk – erinnerst du dich an das Wort?«

Yute schüttelte den Kopf.

»Es bedeutet ›Donnerwolke‹«, sagte John und lächelte flüchtig.

Sein Haar roch nach verkohltem Holz. »Fahr mit dem Schlitten nach Hause. Die Hunde kennen den Weg ins Dorf, laß sie einfach laufen. Auf dem Rückweg sind sie immer besonders schnell. Du wirst bei Einbruch der Dunkelheit in Swift Fork sein. Wenn wir morgen nicht bis zum späten Nachmittag zu Hause sind ... nun ...« Er drückte Yutes Schultern. »Verpaß dein Flugzeug nicht, Sohn. Es kommt nur einmal im Monat.«

John wandte sich schnell um, ging zum Schlitten und legte das Geschirr zurecht.

Yute schluckte. »Sag Nika ...«, begann er, aber seine Stimme versagte.

»Ich werde ihr sagen, daß du sie liebst«, sagte John, ohne sich umzudrehen. »Sie wäre blinder als du, wenn sie das nicht wüßte.« Er wendete den Schlitten und die Hunde in Richtung Swift Fork. Yute verstaute die Videoausrüstung, stieg hinten auf den Schlitten und setzte sich. John rief ein Kommando, und die Hunde preschten los.

Yute sah zurück.

John lief in Nikas Richtung, der Blutspur im Moos folgend.

2

Die Hunde schienen sich zu freuen, wieder nach Hause zu dürfen. Sie rannten mit schnellen, weitausholenden Schritten. Als sie den Schlitten durch einen Tümpel zogen, spritzte eiskaltes Wasser auf Yutes nackte Waden. Er nahm es kaum wahr. Der Koffer mit dem Teleobjektiv verrutschte und schlug ihm gegen das Schienbein; ohne hinunterzusehen, packte er den Koffer und schob ihn zurück.

Kreeee-ah! Über ihm krächzte eine Falkenraubmöwe. *Kreeee-ah!* Sie flatterte mit ihren breiten, grauen Flügeln, um einen Moment auf der Stelle zu schweben, dann schoß sie zu Boden, schnappte direkt neben dem Schlitten ein arktisches Erdhörnchen und flog mit dem heftig zuckenden Nager in den Klauen davon.

Die rohe Intensität der Szene riß Yute aus seiner Benommenheit. *Wie kann ich eine solche Brutalität als schön empfinden – als natürlich – und mir gleichzeitig vor Angst fast in die Hose machen, wenn ich sehe, wie ein Wolf ein Karibu reißt?*

Ein Grashüpfer sprang auf Yutes Kopf. Yute versuchte, das Insekt wegzuschnippen, doch die Hinterbeine des Tieres hatten sich in seinen kurzen, borstigen Haaren verfangen. Er riß den Grashüpfer heraus, zerdrückte ihn und schleuderte ihn ins Moos, dann zupfte er sich das Hinterbein vom Kopf, das der Grashüpfer verloren hatte. Das Insekt getötet zu haben machte ihn wütend. Er schlug mit der Faust gegen den Schlitten und verfluchte den Grashüpfer, die Wölfe und sich selbst. Dann starrte er zum Horizont der arktischen Wüste, in sich ein Gefühl der Hilflosigkeit, und schrie aus voller Brust.

Schließlich seufzte er, ließ den Kopf gegen den Holzrahmen des Schlittens sinken und sah ins tiefe Blau hoch. Am westlichen Himmel tauchten die ersten orangen Streifen auf, und die Sonne ließ die Tundrablumen nicht länger wie winzige Kerzen leuchten. Yute nahm den Pullover aus dem Rucksack und zog ihn an.

»Wie dumm ich doch bin«, sagte er leise.

Eine kühle Brise kam auf. Die Hunde behielten ihr zügiges Tempo bei. Der Schlitten passierte einen steilen, wie ein Miniaturvulkan geformten Hügel, der jedoch nicht mit Lava, sondern mit Eis gefüllt war. Derartige Hügel bildeten sich, wenn Permafrost einen verschlammten See von allen Seiten zusammendrückte und das Eis und die Erde zu einer dreißig Meter hohen Blase aufquetschte.

Um meiner Bildung willen bin ich von hier fortgegangen. Um der Liebe willen sollte ich zurückkommen.

Der Schlitten fuhr durch ein Wollgrasfeld und wirbelte die Baumwollbällchen auf. Yute erinnerte sich, wie er als kleiner Junge durch die brusthohen Grasfelder gerannt und den umherschwebenden weißen Pollen hinterhergejagt war.

Ich könnte zwei Jahre hier bleiben und das traditionelle Leben der Caiyuhs studieren. Eine Feldstudie, ein zweijähriger akademischer Urlaub. Wahrscheinlich würde ich finanzielle Fördermittel erhalten. Ein

Lächeln breitete sich auf seinem Gesicht aus. *Vater und Nika brauchen mich jetzt. Ich könnte eine Studie darüber erstellen, welche schwerwiegenden Folgen die CANARD-Minen auf die Lebensweise der Indianer haben.*

Er holte tief Luft und stieß ein Seufzen aus. »Der Buschpilot kann ohne mich fliegen«, sagte er.

Am wogenden Horizont erhob sich eine Gruppe hoher Fichten wie eine Flotte hochmastiger Segelschiffe; es war die Wegmarkierung auf halber Strecke nach Swift Fork. Er befand sich jetzt etwa acht Kilometer hinter dem Punkt, wo er den Wolf angeschossen hatte. Yute sah zurück. Er wollte seinem Vater und seiner Schwester sagen, daß er bleiben würde. Er wollte wissen, daß Nika ihm verzieh, wollte ihre Arme um seinen Hals spüren. Der abtrünnige Sohn kehrte heim.

Wenn er hier vom Schlitten spränge und zurückrannte, fragte er sich, ob er die beiden wohl einholen könnte? Er sah nach Westen. Auf keinen Fall. In einer Stunde würde die Sonne untergehen. Außerdem waren da noch die Wölfe . . .

Er sah zu den vorwärtspreschenden Schlittenhunden. Wölfe kamen nie in die Nähe großer Hunde. Er hatte eine Zeltplane und Wolldecken dabei und konnte die Nacht am Rand des Gletschers im Schlitten verbringen und dort bis zum Morgen auf seinen Vater und seine Schwester warten.

»Ich kehre um«, sagte Yute zu sich selbst. Dann lauter zu den Hunden: »Wir kehren um.«

Er zog an den Lederzügeln und versuchte, die Hunde in eine weite U-Kurve zu lenken. Die Hunde reagierten nicht, sondern behielten ihre Richtung bei.

Yute packte den Holzrahmen des Schlittens und lehnte sich auf die Seite, um die Hunde mit der Gewichtsverlagerung in die Kurve zu zwingen. Doch die Hunde zerrten den Schlitten in die entgegengesetzte Richtung und glichen Yutes Manöver aus. Mehrere Kisten verrutschten und fielen vom Schlitten.

»Kommt schon, verdammt noch mal, wir haben Teile unserer Ausrüstung verloren. Kehrt um!«

Wie steuert man so ein Ding? Yute erhob sich in dem rumpelnden

Schlitten, stieg über die Querstrebe nach hinten und stellte sich am Schlittenende auf die Kufen. Dann sprang er runter und rannte mit. Er packte die Strebe und zerrte das Schlittenende nach links, um die Hunde in die Kurve zu zwingen. Doch wieder rannten sie nach rechts und rissen ihm diesmal beinahe die Strebe aus den Händen. Dann preschten sie plötzlich nach links, und das Gefährt kippte mit einem Ruck auf die Seite und riß Yute zu Boden. Die Zügel sprangen aus der Verankerung, und die Hunde überschlugen sich, da sie plötzlich nichts mehr hielt; als sie wieder aufsprangen, waren sie nicht länger an den Schlitten gebunden. Yute kam auf die Beine und versuchte, die Zügel aufzuheben, doch die Hunde sprangen zu ihm herum und knurrten ihn mit gefletschten Zähnen an. Yute wich mit erhobenen Händen zurück. Der Leithund wandte sich ab, und die sechs noch immer aneinandergeschirrten Malamut-Huskies rannten Richtung Swift Fork davon.

Yute spie eine Handvoll Sand aus und trat vor Wut gegen einen kleinen Mooshügel. Matsch verklebte seine Nasenlöcher. Mit etwas Wasser wusch er sich den Dreck aus dem Gesicht und sah, daß seine Nase blutete.

»Ich bleibe, hört ihr?« schrie er den Hunden hinterher, wirbelte herum und schaute in die große orange Sonne. »Ich werde das Nötige lernen. Mein Vater und meine Schwester werden es mir beibringen.«

Er stellte den Schlitten auf und sammelte den Kamerakoffer und die Schaufeln ein, die verstreut im Gras lagen, und verstaute sie. Dann nahm er die Zeltplane und zwei zusammengerollte Wolldecken, legte sie sich auf die Schultern und packte eine Schaufel und eine große Eisaxt obendrauf.

Er wischte sich die blutige Nase am Ärmel seines feuchten Wollhemds ab. Er wußte, daß er vor Einbruch der Dunkelheit am Gletscher sein mußte, damit es noch hell genug war, um einen Unterschlupf zu bauen.

Er lief im Dauerlauf und schwitzte bald aus allen Poren, trotz der sinkenden Temperatur. Selbst wenn er seinen Vater und Nika verfehlen sollte, würde er am nächsten Tag problemlos nach

Swift Fork zurückfinden, glaubte er. Ohne zu erfrieren die Nacht zu überstehen war schon eher ein Problem. In der Tundra war es wie in der Wüste, das entscheidende war der Wind. Die Lufttemperatur würde vermutlich nicht viel weiter sinken, aber die nächtlichen Eiswinde könnten ihn umbringen.

Er hatte vor, am Gletscher eine Höhle ins Eis zu graben, die gerade groß genug war, um ihm Platz zu bieten. Somit wäre er vor den Winden geschützt, und seine Körpertemperatur würde den Rest besorgen. *Es wird nicht gerade warm und kuschelig sein, aber ich werde es überleben, wenn ich mich beeile und rechtzeitig hinkomme und zu graben anfange, solange ich noch etwas sehen kann.* Die Nacht würde mondlos werden. Es würde finster werden wie in einer Totengruft.

Als er ankam, hatte sich der Himmel hinter den Bergen bereits verdunkelt, und hoch über dem Gletscher funkelte die Venus. Yute wählte ein Eisstück, das am Ende eines Bergausläufers auf Tauboden traf; indem er direkt hineingrub, konnte er eine Höhle bauen, deren Boden nicht vereist sein würde. Er hackte und schaufelte in immer tiefer werdender Finsternis, bis er kaum mehr die noch tiefere Schwärze der Höhlenöffnung erkennen konnte. Tosender Wind pfiff ihm um die Ohren. Yute kroch in die Höhle, breitete die Zeltplane auf dem kalten, steinharten Erdboden aus und wickelte sich in die beiden Wolldecken ein. Unter ihm drückte etwas gegen seinen Rücken, aber er war zu erschöpft, um sich darum zu kümmern. Eine Minute später war er eingeschlafen.

Yute erwachte im Morgengrauen, bibbernd.

»Etwas wird heute geschehen, etwas Außerordentliches«, murmelte er mit klappernden Zähnen. Er hatte auf etwas intellektuell Stimulierenderes als einen Kampf gegen eine Lungenentzündung gehofft.

Er stützte sich mit dem Arm ab und setzte sich auf. *Wo ist diese verdammte Wurzel, die mich die ganze Nacht gepiekt hat?* Er faßte unter die Zeltplane, und seine Hand berührte etwas, das ihm sofort vertraut vorkam.

Eine menschliche Hand.

Ihm blieb die Luft weg; er riß seine Hand zurück und starrte seine Finger an, als wären sie, losgelöst vom Rest seines Körpers, verrückt geworden. Vorsichtig tastete er erneut nach dem Objekt. Eine weiche Hand mit eiskalten Fingern schien nach seiner zu greifen.

Er schrie auf, zuckte zurück und stieß mit dem Kopf an die Höhlendecke. Dann lachte er über sein unfreiwilliges Zusammenschrecken. Im schwachen Morgenlicht wurden seine Augen groß, und er begann, im Innern zu beben.

»Etwas Außerordentliches«, flüsterte er und schlug die Zeltplane zur Seite.

Aus dem gefrorenen Boden ragte eine schlanke Hand.

Einen langen Moment starrte Yute wie gelähmt auf die Hand und schnappte leise nach Luft, während das Herz in seiner Brust immer stärker pochte. Dann kroch er aus der Höhle und holte die im Eis liegende Axt.

Er bückte sich dicht über den Boden und schlug mit der Axt vorsichtig gefrorene Moosklumpen aus dem Erdreich. Kaum eine Minute verging, bis er einen dichten schwarzen Haarschopf erblickte. Das blindwütige Schaufeln des vergangenen Abends hatte die Kante einer Weidenholzabdeckung freigelegt und auseinandergebrochen. Unter der Abdeckung konnte er den Rand einer runden, mit kleinen Felsbrocken ausgelegten Grube erkennen. Dort ragte die Hand heraus; das Fleisch sah völlig gesund aus und erschien weder verschrumpelt noch mumifiziert.

Yute schwitzte, trotz der eisigen Morgenluft. Er hatte am ganzen Körper eine Gänsehaut, als er von neuem vorsichtig die Hand berührte. Das Fleisch war eiskalt, aber weich, nicht steif. Die Finger ließen sich mühelos umbiegen.

»Wie kann das sein?« fragte er sich fassungslos. Aus irgendeinem Grund war das Gewebe nicht gefroren. Die Gefäße in der Hand waren mit kaltem Blut gefüllt; zwar war es dick wie Schlamm – aber es war flüssig, nicht gefroren. In der Dunkelheit hatte der Spaten den Handballen geschrammt; eine dünne Schicht getrockneten Blutes bedeckte die Wunde.

Aber wie kann etwas anderes als Staub und Eis in den Adern sein? Yute schluckte, und ein Gefühl der Ehrfurcht stieg in ihm auf. Er kroch wieder aus der Höhle und holte den Spaten. Dampfwolken quollen aus seinem Mund, während er den Spaten wieder und wieder ins Eis stieß, um die Höhle zu erweitern. Die Sonne ging auf, und es wurde ein strahlendheller Tag. Yute arbeitete vorsichtig, aber voller Elan, und in weniger als einer Stunde war die Höhle weitaus geräumiger als zuvor, mit einer höheren Decke, breiteren Seitenwänden und der doppelten Tiefe. Nahe der Rückwand war die Totengruft nun völlig freigelegt.

Er kniete sich davor hin und zögerte, dann zog er die Weidenholzabdeckung behutsam beiseite.

Sonnenstrahlen fielen in schrägem Winkel auf das Gesicht einer jungen Frau, deren dunkelgrüne Augen ihrem Entdecker direkt ins Gesicht starrten.

Yute stockte der Atem. Er rührte sich nicht und dachte nichts, bis er merkte, daß er Luft holen mußte.

»Willkommen, Frau«, sagte er. »Auf dich scheint das Licht einer neuen Welt.«

Der in eine zerschlissene Schafsfelltunika gehüllte Körper saß mit angezogenen Knien da; der rechte Ellbogen lag auf dem rechten Knie, so daß die Hand zu einem ewigen Abschiedsgruß gehoben war, oder möglicherweise zu einem Willkommensgruß. Dichte schwarze, zu feinen Zöpfen geflochtene Haare ergossen sich über ihre Schultern bis hinab zu ihrem Busen. Ihre Gesichtszüge waren derb: riesige Augenhöhlen, breite Wangen, fliehende Stirn, dicke Nase, wulstige Lippen und ein kaum entwickeltes Kinn. Daran und an anderen, subtileren Merkmalen erkannte er, daß sie ein Neandertaler war.

Yute traten Tränen in die Augen. Noch nie hatte ein Wissenschaftler einen leibhaftigen Neandertaler zu Gesicht bekommen – bis zu diesem denkwürdigen Augenblick.

»Du bist wunderschön«, sagte er. »Mein ganzes Leben lang habe ich darauf gewartet . . . auf dich.«

Er wandte den Kopf und sah zum Horizont. Kilometerweit war niemand zu sehen.

Das Gletschereis glitzerte im Sonnenschein. *Vor wie langer Zeit hat sie gelebt und mit ihrem Stamm die arktische Steppe durchquert?*

»Verzeihen Sie, meine Herren«, Yutes Tonfall wurde förmlich, »Dr. Fischer, Dr. Whitcombe, verehrte akademische Gemeinde; wie ich mich entsinne, bestanden Sie darauf, daß Neandertaler in Eurasien und im Mittleren Osten ausgestorben sind und niemals die Beringstraße in die Neue Welt überquert haben. Nun, es ist mir eine Freude, Ihnen einen weiblichen Neandertaler vorstellen zu können, der wirklich erste Amerikaner.«

Er sah in ihre blicklos starrenden Augen und gab ihr einen Namen. »Tundrafrau«, sagte er, »du wirst meine Karriere krönen.«

Okay, das Wichtigste zuerst. Ich muß einige Freilandexperten herholen, damit mir keine Daten durch die Lappen gehen. Einen Feldvermesser, einen Geologen, einen Fotografen, einen Präparator, einen Pollenexperten . . . mal sehen – Lynn Dreyfus für die Pollenanalysen; für die Bodenuntersuchungen wahrscheinlich Kelly . . . einige Studenten zum Sieben der Erde . . .

Er grinste breit. Es war einfach perfekt. Er würde zwar nicht in Swift Fork bleiben können, da er den Großteil der Untersuchungen in seinem Labor in Seattle durchführen mußte, aber er würde regelmäßig zur Fundstelle kommen, Nika und seinen Vater sehen und darüber hinaus vielleicht sogar Zeit erübrigen können, um gegen CANARD vorzugehen.

Einen Moment später verflog sein Grinsen. »Sei realistisch«, riet er sich selbst. Er würde in den kommenden Jahren für nichts anderes Zeit haben. Die Forschungsarbeiten an diesem Neandertaler würden sein Lebenswerk werden, ihn bis ans Ende seiner Tage beschäftigen.

Er fuhr mit den Fingerspitzen behutsam über ihre Wange. Die kalte, weiche Haut war mit feinen blonden Flaumhaaren bedeckt. Er schüttelte langsam den Kopf, eine seltsame Vertrautheit verspürend, ein Gefühl des Erkennens, wie ein Déjà-vu-Erlebnis. Er versuchte sich zu erinnern. Erinnerten ihn ihre Gesichtszüge an eine der Zeichnungen in den Lehrbüchern? Nein, bestimmt nicht. Die tumben Neandertaler-Darstellungen hatten nichts mit dem Ausdruck höchster Intelligenz gemein, der ihr über die Jahrtausende hinweg noch immer ins Gesicht geschrieben stand. Es war so, wie er in seinen Veröffentlichungen behauptet hatte – die Evolutionstheoretiker hatten ihre Rasse grob unterschätzt. Aber keiner der Paläanthropologen der alten Schule hatte ihm zugestimmt, er gehörte eben nicht in ihren elitären Zirkel.

Sein Mund wurde eine schmale Linie, und plötzlich wußte er, was zu tun war. Er würde keine Experten herbeiholen. Er würde die Grundlagenforschung allein durchführen, in Seattle. Später würden die Experten dazukommen und dem Berg an Wissen, den er aufgetürmt haben würde, noch ein paar Sandkörner hinzufügen. Doch er allein würde diesen Berg auftürmen, selbst wenn es Jahre dauerte. Dann würde er obenauf stehen und vom Gipfel aus die Welt der Anthropologie zusammenrufen und ihr die Existenz der Tundrafrau verkünden.

Er pfiff durch die Zähne. »Was für einen Schock du auslösen wirst!«

Yute hockte dicht am Höhleneingang auf dem Boden und schwang die Axt nach oben, wieder und wieder, so daß sich Brocken um Brocken aus der Eisdecke löste, bis sie so dünn war, daß sie einzusacken begann. Dann stieß er mit dem stumpfen Ende dagegen, einmal, zweimal, und die Decke brach auf und krachte mit einem lauten Knall hinunter, während er im letzten Moment durch die Öffnung ins Freie stürmte. Die Totengruft war unter einer halben Tonne Weiß begraben.

Er legte die mit zerstoßenem Eis in Wolldecken gewickelte Neandertaler-Frau vorsichtig auf die Zeltplane und schleifte sie über den Boden hinter sich her. Er ging so schnell er konnte und versuchte, nicht langsamer zu werden. Er hatte vor, den Schlitten ins Dorf zu schieben, das Flugzeug nach Fairbanks zu erwischen und dort eine Privatmaschine nach Seattle zu chartern. Nach eineinhalb Stunden erreichte er den Schlitten. Er öffnete den Leichensack und fühlte, daß das Trockeneis im Futter ihn noch immer kühlte. Behutsam schob er den Körper in den weißen Vinylsack und zog den Reißverschluß hoch.

Dann sank Yute schweratmend auf das feuchte Moos, lehnte sich gegen den Schlitten und ließ seinen schweißnassen Kopf auf die angezogenen Knie fallen. Und begann – zu seiner Überraschung – leise zu weinen. Sein Entschluß, bei Nika und seinem Vater zu bleiben, hatte ihn mit tiefer Zufriedenheit erfüllt. Aber in seiner gesamten bisherigen Karriere hatte er nicht davon zu träumen gewagt, jemals einen Neandertaler aus Fleisch und Blut zu finden. Er sah mit zusammengekniffenen Augen zum Denali.

3

Tlingaluks Blutspur führte in die bewaldeten Hügel hoch; Nika rannte der Spur hinterher und mußte immer wieder knietiefe Tümpel umkurven oder über umgestürzte Baumstümpfe hinwegspringen. Nachdem sie ein halbes Dutzend Hügel überquert hatte, verlangsamte sie das Tempo, als sie plötzlich einen grauen Wolf sah, der ihr vom nächsten Hügel entgegenstarrte und sich dann abwendete. Ein Kundschafter. Das bedeutete, daß das Rudel ganz in der Nähe war; es hatte die Grenze seines Territoriums erreicht.

Schweiß rann über ihren Körper und durchtränkte ihr Flanellhemd. Sie knöpfte es auf, zog es aus und schlang es sich, während sie den steilen Abhang hinunterlief, um die Hüften. Kalte Bergluft strich über ihren nackten Oberkörper. Ihre kleinen Brüste wippten bei jedem Schritt auf und ab, und Schweiß spritzte von ihrer Haut. Sie wischte sich die langen, nassen Haarsträhnen aus dem Gesicht, sammelte ihre Mähne im Nacken und verknotete sie zu einem langen Pferdeschwanz. Am Fuß des Hügels floß ein kristallklarer Bach, in den sie bis zu den Knien hineinwatete und sich eiskaltes Wasser über den Kopf goß.

Als sie aufschaute, sah sie denselben Kundschafter auf dem Gipfel des nächsten Hügels. Jetzt erkannte sie, daß er ein schwarzes Gesicht hatte. Sie rief ihm auf Caiyuh zu: »Mein Bruder, Schwarzes Gesicht, ich sorge mich um meinen Freund, deinen Führer, Tlingaluk. Wie schwer ist er verletzt? Laß mich zu ihm gehen und sehen, ob ich ihm helfen kann.«

Der Wolf drehte ab und verschwand. Er kehrte mit zwei weiteren Wölfen zurück, während sie den nächsten Hügel hochrannte. »Euer Führer kennt meinen Vater und mich. Ich habe mit ihm gespielt, als wir beide noch Babys waren. Laßt mich zu euch kommen.« Der erste Wolf verschwand. Die beiden anderen senkten die Köpfe und beobachteten sie. Nika ging langsam auf sie zu, die Arme an den Seiten herabhängend, die Handflächen nach vorne gedreht. Als sie die Wölfe erreichte, wichen die Tiere zurück, dann wirbelten sie herum und preschten den Hügel hinunter.

In ihrem Hals bildete sich ein Kloß. *Sie haben jetzt Angst vor mir.* »Tlingaluk!« rief sie. »Entsinne dich deiner Schwester. Ich komme, um dir zu helfen. Lausche meinem Herzen, und fürchte dich nicht.«

Links von ihr, hinter einem Hartriegeldickicht, ertönte grimmiges Knurren; ein Wolf winselte vor Schmerz. Nika rannte auf das Winseln zu und entdeckte das Rudel, das sich um zwei kämpfende Wölfe versammelt hatte. Ein schwarzer Wolf lag am Boden und krümmte sich unter einem großen Grauen, der versuchte, ihm seine Fänge in die Kehle zu stoßen. Sie schrie: »Tlingaluk!« und wollte zu ihm eilen, doch mehrere graue Wölfe stellten sich ihr in den Weg und fauchten sie mit gefletschten Fängen an. Ihr Blick schoß umher; sie entdeckte einen dicken Ast und hob ihn auf, aber inzwischen versperrten ihr noch mehr Wölfe den Weg. Tlingaluk jaulte und winselte. Sie schwang den Ast über dem Kopf und trat vor.

»Bleib stehen!« brüllte ihr Vater von hinten. »Bleib wo du bist. Das ist nicht dein Rudel.«

Sie sah jetzt, daß der über Tlingaluk stehende Wolf Schwarzes Gesicht war. Er hatte sich in Tlingaluks Kehle festgebissen und schüttelte wild den Kopf, bis er eine tiefe Wunde ins Fleisch gerissen hatte, aus der dunkelrotes Blut spritzte. Tlingaluk bockte und wand sich, bis er sich endlich befreit hatte. Schwankend kam er auf die Beine und starrte den großen grauen Wolf an, an dessen blutverschmiertem Maul noch ein schwarzes Fellbüschel klebte. Dann taumelte Tlingaluk und sank auf sein verletztes Bein zurück. Er blickte an Schwarzes Gesicht vorbei und sah einen Moment lang direkt in Nikas Augen. Er warf den Kopf zurück und wollte aufheulen, aber aus seiner Kehle kam nur ein schwaches Gurgeln. Er erbebte und brach zusammen. Schwarzes Gesicht lief zu ihm und baute sich einen Moment lang in erstarrter Siegerpose über ihm auf, den Schwanz steil aufgerichtet.

Die Wölfe, die Nika den Weg versperrt hatten, scharten sich mit eingezogenen Schwänzen um ihren neuen Führer und leckten seine Muskeln und Ohren. Nikas Vater trat zu ihr heran und legte den Arm um ihre nackten Schultern. Sie wandte sich zu ihm um und grub ihr Gesicht in sein durchgeschwitztes Hemd. »Tochter, weine nicht«, sagte er in ihrer Muttersprache und strich ihr sanft über die Haare. »Tlingaluk ist freiwillig gestorben.«

Nika sah zu ihm auf und schüttelte den Kopf; sie verstand nicht, was ihr Vater meinte.

»Wenn Wölfe darum kämpfen, wer Rudelführer ist, muß sich der Verlierer nur auf den Rücken rollen und aufgeben. Der Gewinner wird den anderen Wolf nicht töten, es sei denn, er gibt nicht auf. Das weißt du.«

»Warum hat er dann nicht aufgegeben?«

»Sein Bein war zerschmettert. Als Krüppel hätte er dem Rudel nichts genützt.«

»Deswegen hat Schwarzes Gesicht ihn angegriffen?«

»Wahrscheinlich war es andersherum. Tlingaluk war ein kluges Tier. Er forderte den besten Wolf heraus, weil er wußte, daß er verlieren und der andere Wolf der neue Rudelführer werden würde.«

Die Wölfe umkreisten Schwarzes Gesicht, der unablässig die beiden Indianer anstarrte. Ganz langsam nahm John den Wollsack von der Schulter und warf dem neuen Leittier einen großen Brocken Rückenfett zu. Schwarzes Gesicht sprang erschrocken zurück und rannte ein paar Meter, die anderen Wölfe ebenso.

»Schwarzes Gesicht, mein Bruder«, sprach John leise. »Wir haben heute dein Vertrauen verloren. Jetzt ist nicht der Augenblick, um es zurückzugewinnen. Aber erlaube uns, deinem Rudel über die Jahreszeiten hinweg solcherlei Geschenke darzubringen, bis wir irgendwann dein Vertrauen zurückgewonnen haben und es zwischen uns wieder so ist wie schon seit Generationen.«

Der große Wolf kam schnuppernd herangekrochen, ohne John und Nika aus den Augen zu lassen. Er schnappte das Karibufett, rannte wieder zurück und verschlang den ganzen Brocken in einem Stück, ohne zu kauen. Als er fertig war, drehte er sich um, trabte los und verschwand, von seinem Rudel gefolgt, in einer Talsenke. Wenig später erschien Schwarzes Gesicht auf dem nächsten Hügel und sah noch einmal zu den beiden Menschen zurück, dann verschwand er.

Nika wollte zu Tlingaluks Leiche gehen, doch John hielt sie am Arm fest. »Wir haben einen weiten Weg vor uns, genau wie er.«

Sie drehten sich um und stiegen wortlos den Hügel hoch.

Nach einer Stunde Fußmarsch standen sie auf dem Gipfel eines Höhenzugs und sahen die unermeßliche Weite der Tundra unter sich liegen. Hinter ihnen berührte die Sonne die weit entfernten Gebirgsketten, deren gezackte Gipfel in glühendes Gold getaucht waren. Ihr Vater deutete auf eine kleine Schlucht unter ihnen. »Dort unten ist ein Bach. Wir werden dort unser Lager aufschlagen.« Schweigend bauten sie zwischen zwei Bäumen einen Windschutz aus Kiefern- und Tannenzweigen. John legte den Unterschlupf mit Decken aus. Dann sammelten sie Brennholz, und John hackte das mit einer gelblichen Kruste überzogene Baumharz aus einem abgestorbenen Kiefernstamm, um den Nika einen hohen Kegel aus Zweigen und kleinen Ästen baute. Als sie fertig war, zückte John sein Jagdmesser, wetzte die Klinge gegen einen Feuerstein und ließ weiße Funken auf das verkrustete Harz sprühen. Es entzündete sich mit einem lauten *whoosh.* Er schob einen dicken Ast in die auflodernden Flammen, während die Hügel um sie herum immer dunkler und kühler wurden. Nika wusch ihre schweißnassen Hemden im Bach und hing sie über die Holzpflöcke, die sie nahe am Feuer in den Boden gerammt hatte.

Sie saßen Seite an Seite und starrten in die Flammen. Die Luft roch süßlich, nach Tannennadeln und Kiefernrauch. John schob zwei Brocken Karibufleisch auf einen Holzspieß und hielt ihn in die Flammen, und als das Fleisch gebraten war, aßen sie es mit bloßen Händen, dazu das rohe, glibberige Fett, und tranken Quellwasser aus der Feldflasche. Die brennenden Holzscheite knackten und knisterten, Funken sprühten in die Höhe und stoben dem Sternenmeer entgegen, das den schwarzen Horizont überwölbte. Der Große Schneefuchs war auf halbem Weg um den Polarstern gewandert, bevor sie zu reden begannen.

»Vater«, begann Nika, den Blick geradeaus ins Feuer gerichtet, »wieso war Yute so grausam?«

»Es war nicht mit Absicht. Er hatte Angst. Er glaubte, dein Wolf würde dich angreifen.«

»Aber ich wollte Tlingaluk bloß ein Geschenk geben. Konnte er das nicht sehen?«

»Seine Angst machte ihn blind.«

»Dann ist er dumm.«

»Nicht dumm – ängstlich.«

»Ich hasse ihn.«

»Haß ist wie Angst, Nika. Er macht einen blind.«

»Tlingaluk war ein wundervoller Wolf.«

»Auch Liebe kann einen blind machen. Du bist ohne Proviant losgerannt. Ohne ein Beil. Ohne Streichhölzer, ohne einen Feuerstein. Wo hättest du die Nacht verbracht?«

Sie überlegte einen Augenblick. »Ich hätte mir eine Eishöhle gebaut.«

»Womit? Mit den Zähnen? Du hast nicht mal dein Messer mitgenommen. Deine Kleider waren naß, sie hätten dich heute nacht nicht gewärmt.«

Sie sah zu Boden und murmelte: »Ich hätte schon irgendwie überlebt.«

»Warum du, Nika, und andere nicht? Schon viele sind hier draußen mitten im Sommer gestorben, weil sie kein Proviant und keinen warmen Unterschlupf hatten.«

Sie wußte, daß er recht hatte. Sie schaute auf und sah den Schatten des Feuers über sein wettergegerbtes Gesicht flackern. Tiefe Falten durchfurchten seine Stirn und verästelten sich an den Augenwinkeln, doch über den Wangenknochen war seine dunkle Haut glatt wie ein Flußstein. Sie beugte sich zu ihm hinüber und warf ihm die Arme um den Hals.

»Danke, daß du mir nachgekommen bist, Vater.«

Er hielt sie einen Augenblick fest, sein Kinn auf ihrem Kopf ruhend, und wiegte sie sanft hin und her. »Tochter«, sagte er mit belegter Stimme, »für dich würde ich in eine Grizzlyhöhle kriechen.«

»Und würdest du dir vorher die Zeit nehmen, dein Beil und dein Messer zu suchen?«

»Nein. Ich würde sogar ohne Kleider gehen, genau wie du«, sagte er lachend. »Los, weise Tochter, laß uns nachsehen, ob unsere Hemden trocken sind.«

Die Hemden waren steif, aber trocken und warm. Es war kalt geworden, und sie gluckste vor Vergnügen, als das Flanell über ihre Haut strich. Am Abendhimmel blitzten gleißendhelle Lichtpunkte auf. Rote, grüne und violette Streifen und Bänder waberten schillernd durch die kristallklare Luft.

Als die Holzscheite allmählich zu verglühen begannen, sagte Nika leise: »Ich hasse Yute nicht. Ich vermisse ihn schon.«

John nickte mit dem ganzen Oberkörper, die Caiyuh-Geste völligen Einvernehmens. Er nahm ihre Hand in seine, und gemeinsam starrten sie in die verglimmenden, dunkler werdenden Holzreste. Später wickelten sich beide in Wolldecken und schmiegten sich in ihrem Windschutz aneinander. In der Nähe schrie eine Schneeule. Nika schloß die Augen und dachte an einen kleinen Wolfswelpen, an den kuschelweichen schwarzen Pelzball, mit dem sie als kleines Mädchen herumgetollt hatte. Sie war eingeschlafen, bevor die Eule zum dritten Mal zu schreien begann.

Am nächsten Morgen hatte die Sonne bereits die tiefhängenden Nebelschwaden aufgelöst, und die Karibusteaks waren fertig gebraten, als ihr Vater sie weckte. Nach dem Frühstück stiegen sie den Hügel zur Tundra hinab und marschierten auf den Gletscher zu. Sie wateten durch einen weiteren Bach, und John deutete auf die Luchsspuren am Ufer; blutige, graubraune Fellbüschel waren die einzigen Überreste seiner Schneehasenmahlzeit.

An einer anderen Stelle hatte ein Fuchs oder ein Murmeltier uriniert, und die frisch abgenagte Rinde einer Zwergweide ließ darauf schließen, daß ein Elch in der Nähe war.

Die beiden machten eine Pause in einem Blaubeerfeld und pflückten mehrere Handvoll der Früchte, um sie später zu essen. Eine kühle Brise wehte den klammen Geruch von Schlamm, Vogelmist und Marschgräsern heran. Wenig später gelangten sie an einen großen Teich, der von knöcheltiefen Federhaufen umgeben war; im Wasser schwammen junge Schwäne ihren Müttern hinterher. Über ihren Köpfen kreisten weitere der anmutigen Vögel, gedämpfte Pfeifgesänge ausstoßend. Nika wußte, daß sie nach Süden ziehen würden, sobald die Jungtiere stark genug waren.

»Vater, erzähl mir von deinen Jagdzügen mit Großvater.«

»Schon wieder?«

Sie nickte.

»Du hast die Geschichten doch schon mindestens fünfzigmal gehört.«

»Ich höre dir eben gerne zu.«

Er lächelte. »Am Anfang eines jeden Herbstes, nachdem die Schwäne nach Süden gezogen waren, aber noch vor den ersten Schneefällen, brachen mein Vater und ich und mein Bruder und Billy-Mit-Dem-Abgebrochenen-Zahn und Jack Anvik und ein Dutzend anderer Männer zu einem langen Jagdzug durch die Berge auf, bis wir nach Monaten den Punkt erreichten, wo der Tanana in den Kuskokwim mündet.«

»Und du warst der Jüngste.«

»Ich war zwölf, als ich zum ersten Mal mitgehen durfte. Ich glaube, ich habe mir vor Aufregung in die Hose gemacht.«

Nika lachte. »Das sagst du jedesmal.«

»Weil du jedesmal lachst ... Manchmal stießen wir auf andere Jagdgruppen – auf Athapaskans aus Telida und Tonzona, oder auf Inupaks von weiter westlich. Alle hatten Hunde dabei. Und die Hunde schleppten unser Gepäck so lange auf dem Rücken, bis der erste Schnee fiel und der Boden vereiste. Dann bauten wir Schlitten, die die Hunde über die Hügel in die Berge hochzogen, wo wir Karibus, Elche und Bergschafe jagten. Und jeder versuchte, so viele wie mein Vater zu erlegen, den er war der beste Jäger, der je gelebt hat, glaube ich.

Wir schlugen unsere Lager in den schönsten Gegenden auf. Und als wir den Tanana erreichten, hatte die Schneeschmelze eingesetzt, und riesige Eisschollen brachen mit ohrenbetäubendem Getöse ins Wasser; es war das Eindrucksvollste, was ich je gesehen habe – als ob das Eis lebendig wäre. Und der Kuskokwim – der war auch nicht viel zahmer. Wir nähten sieben oder acht Elchhäute aneinander, spannten sie über ein Bootgestell aus Pappeln und Weidenholz und rieben es mit Kiefernmark ein Dann bestiegen wir das Boot, alle fünfzehn Mann, mit allen Hunden, unseren Bogen und Lanzen und tonnenweise gefrorenem Fleisch und schossen die Stromschnellen hinunter und schrien wie eine Horde Betrunkener . . .«

»Aber ihr hattet nichts getrunken.«

»Der Fluß machte uns so wild. Und er trug uns aus den Bergen ins Flachland hinunter. Wenn wir unten ankamen, waren wir immer klitschnaß und gefroren wie unser Beutefleisch. Von dort fuhren wir mit Schlitten nach Hause.«

»Und Großmutter und all die anderen Dorfbewohner liefen euch entgegen, um euch zu begrüßen.«

»Wir grölten eines unserer Jagdlieder, und sie kamen herbeigerannt und besangen unsere Heimkehr. Es tat so gut, wieder zu Hause zu sein und den Familien Nahrung zu bringen.«

»Ich würde alles dafür geben, um das auch einmal tun zu können.«

Er seufzte. »Nun, die Zeiten damals . . . Heute haben sie alle Gewehre mit Zielfernrohren, Schneemobile, Motorboote . . . Videokameras . . . Und was, glaubst du, wird erst passieren, wenn CANARD die Erlaubnis bekommt, unser Land umzupflügen?«

»Deswegen höre ich ja deine alten Geschichten so gerne.«

»Ich weiß. Aber nachdem ich sie erzählt habe, bin ich immer ein bißchen traurig.«

Sie erreichten den Gletscher. John sah die eingestürzte Eishöhle zuerst. Er rannte voraus, Nika folgte ihm. Als sie bei ihm eintraf, sah sie ihn die Stiefelabdrücke zählen, die in die Höhle und wieder hinausführten.

Ihre Augen wurden groß. »Yute?«

Er schüttelte den Kopf. »Er ist nicht da drin – die Fußspuren führen genausooft hinein wie hinaus.« Er nahm die Axt, die nahe am Höhleneingang lag, und stieß sie wuchtig ins Eis. »Bete, daß ich recht habe.«

Nika packte die Schaufel. »Ich helfe dir.«

»Bleib weg«, raunzte er und schlug einen großen Brocken aus dem Eis. »Es geht schneller, wenn ich es allein mache.«

Nikas Magen zog sich zusammen. Sie hatte einmal einen Mann aus ihrem Dorf gesehen, der in einer Winternacht betrunken gestürzt und auf den Stufen seiner Hütte erfroren war; seine Nasenlöcher waren vereist, seine Augen mit einer dicken Frostschicht überzogen gewesen. Sie nagte an der Unterlippe und starrte besorgt auf den verschütteten Höhleneingang.

In wenigen Minuten hatte John einen knapp zwei Meter tiefen Tunnel ins Eis geschlagen. Er hielt inne und stützte sich keuchend auf den Stiel seiner Axt.

Nika wagte nicht, in den Tunnel zu schauen. »Sag es mir, Vater.« »Alles in Ordnung, niemand drin.« Er trat einige Schritte zurück und legte ihr den Arm um die Schultern. Unter seinem Hemd spürte sie seine erwärmten Muskeln.

»Was, glaubst du, ist passiert?« fragte sie.

»Ich bin mir nicht sicher.« Er ging zum Tunnel zurück und bückte sich, um hineinzuschauen. »Ich habe noch nie eine Eishöhle einstürzen sehen. Eine Schneehöhle schon. Schnee ist gefährlich, aber Eis . . .« Er wandte sich um, einen Eisbrocken in den Händen. »Irgendwas stimmt hier nicht. Ich habe Yute mit den Hunden ins Dorf geschickt. Warum ist er zu Fuß zurückgekommen?«

John studierte noch einmal die Stiefelabdrücke, diesmal auf allen vieren kriechend.

»Aiyoo! Sieh dir das an«, sagte er und zeigte auf eine Mulde im Eis. »Wer kann das gewesen sein?«

Sie strichen mit den Händen über die kaum sichtbare Druckstelle, die ein kleiner Körper im Eis hinterlassen hatte. Ein schlanker Körper. Nika glaubte, die Rundungen einer weiblichen Hüfte zu erkennen.

»Eine Frau?« fragte sie.

Er nickte, stirnrunzelnd.

»Hier draußen?«

Er sah zum Tunnel zurück. »Mal sehen, ob ich da drin noch etwas finden kann.«

Er schaufelte das Eis aus der Höhle und grub in den bloßen Erdboden. Dann hörte er plötzlich auf und sah mit offenstehendem Mund zu Nika zurück.

»Wie konnte er wissen, wo er suchen mußte?« fragte er.

»Was, Vater?« Nika kam hinter ihm in die Höhle gekrochen.

»Er hat einen weiteren der Ersten Menschen gefunden. Aber ich habe keine Ahnung, wie er wissen konnte, wo er graben mußte.«

Sie strahlte. »Wa Denali! Er hat sich so sehr gewünscht, daß . . .«

»Ja, ja, aber woher hat er es gewußt? Die meiste Zeit ist er hier draußen völlig verloren – kann nicht mal einen Eisnebel von einem Karibufurz unterscheiden.«

Nika lachte irritiert, aber sie freute sich für ihren Bruder. »Denk daran, daß wir in seiner Stadt auch ziemlich verloren wären.«

Die Furchen auf Johns Stirn glätteten sich, und ein breites Grinsen legte sich über sein Gesicht. »Na gut, zumindest ist Yute ein hervorragender Jäger – er hat es fertiggebracht, seine Beute in einem Eisblock zu erlegen.«

»Aiyoo!« rief Nika und stieß ein schnelles, hohes Jodeln aus. John klatsche dazu einen Rhythmus, und Eisstaub flog von seinen Unterarmen. Die beiden tänzelten vor und zurück, während John ein Jagdlied aus seiner Kindheit anstimmte.

Nachmittagslicht fiel in schrägem Winkel in die Eishöhle. John und Nika beendeten ihre Blaubeermahlzeit und erhoben sich, um aufzubrechen. Ein Sonnenstrahl brach durch das Dunkel der Grabstelle und wurde von einem schimmernden Gegenstand reflektiert. Beide sahen es.

»Sieh nach«, sagte er, aber sie war bereits auf halbem Weg in die Höhle gekrochen. Der schimmernde Gegenstand war rund und flach und klemmte am Grubenrand zwischen zwei kleinen Felsbrocken.

»Es ist schwer«, sagte sie blinzelnd, als sie ins Helle heraustrat. Sie hielt eine an einem geflochtenem Lederband hängende Metallscheibe von der Größe eines Enteneies hoch. Die Scheibe glitzerte im Sonnenschein.

»Allmächtiger«, sagte John mit tiefer Stimme, »ist das einer deiner bösen Späße?«

»Gold«, war alles, was Nika hervorbrachte.

Argwöhnisch sah sich John um. »Wir müssen das geheimhalten, Nika. Wenn CANARD davon erfährt, werden sie unser Land von den Bergen bis zur See aufwühlen.«

Die Scheibe schien ein zerkratztes, aus purem Gold gehämmertes Amulett zu sein. Das eingravierte Gesicht erinnerte an die grotesken Fratzen auf den Dämonenmasken der Eskimos: schräg sitzende Augenhöhlen, Hakennase, heruntergezogene Mundwinkel, wulstige, gefurchte Stirn.

»Ein Schädel?« fragte Nika.

Der Mund war voller gezackter, messerscharfer Zähne, die Nasenhöhlung war leer, aber in den Augenhöhlen waren winzige Figuren zu erkennen; in der rechten, größeren Höhle standen Menschen – Erwachsene und Kinder, falls dem Künstler Proportionen etwas gesagt hatten. Unterhalb der Menschen erkannte sie zwei Wölfe, oder vielleicht große Hunde. In der linken, kleineren Höhle waren keine Menschen, sondern zwei Schafe, zwei Bergziegen, zwei Moschusochsen und zwei weitere Tiere, die für sie wie zottelige Elefanten aussahen.

»Was soll das bedeuten?« fragte sie.

»Muß etwas mit der Geisterwelt zu tun haben«, sagte John. »Der Tote wird auf seiner Reise von jeweils zwei Exemplaren einer Tierart begleitet, damit sie in der nächsten Welt eine neue Herde zeugen können.«

»Aber siehst du die Elefanten?«

»Elefanten?«

»Ja, hier«, sagte sie und deutete auf die Tiere. »Das sind

Elefanten. Es sind große Tiere mit langen Nasen, die man Rüssel nennt.«

Ungläubig zog er die Augenbrauen hoch.

»Ich habe in Schulbüchern Fotos von ihnen gesehen«, sprach sie weiter. »Elefantenbullen sind fünfmal so groß wie Walrösser, mit fünfmal so langen Stoßzähnen.«

Er pfiff anerkennend durch die Zähne. »Mit solchen Kreaturen macht die Große Mutter bestimmt eine Menge Menschen satt. Aber *das* da sind in Schafsfell gewickelte Fleischbrocken.«

»Oh.« Sie kicherte. Ihr Vater hatte nie eine Schule besucht, aber mit den Fleischbrocken hatte er recht. Elefanten gab es bloß im heißen Dschungel, zum Beispiel in Florida.

Sie nahm das Amulett aus seiner Hand und sah es sich genau an. »Sieh, Vater.« Auf der Rückseite war ein V aus fliegenden Schwänen eingraviert, vielleicht sollten es aber auch Gänse oder Enten sein. Die Kunstfertigkeit der Darstellung faszinierte sie. »Ich glaube nicht, daß das ein gewöhnlicher Mensch getragen hat.«

»Findest du es schön?«

Sie nickte. Er nahm es und legte ihr das Lederband um den Hals.

Die goldene Scheibe glänzte auf ihrer zimtfarbenen Haut, und die Schwäne schienen direkt zum Himmel aufzusteigen.

»Für den Augenblick kannst du es tragen«, sagte er. »Aber zeige es niemandem, wenn wir nach Hause kommen.«

Sie sah an sich hinab und strich mit den Fingern über die polierte Oberfläche.

»Es wurde von einer Medizinfrau getragen.«

»Ah – es flüstert zu dir.«

Sie riß die Hand vom Amulett und schüttelte den Kopf.

»Du mußt dich nicht schämen, wenn die Geister zu dir sprechen«, sagte er. »Es ist eine Ehre. Wenn sie glauben, daß du es wert bist, mit dir zu reden, akzeptiere es und höre ihnen zu.«

Sie schluckte.

»Meine Mutter hat oft mit den Geistern gesprochen«, sagte er. »Mach ruhig weiter. Ich bin ja bei dir.«

Sie schloß die Augen, holte tief Luft und umschloß das Amulett mit den Händen. Beinahe sofort sprach sie: »Sie war eine Art Häuptling der Ersten Menschen.« Nach einer Weile fügte sie hinzu: »Das ist alles. Mehr fühle ich nicht. Die Medizinfrau und ihr Volk . . .« Sie öffnete die Augen. »Es ist seltsam. Ich sehe sie nicht, sondern ich fühle sie. Es ist beinahe so, als . . .« Sie schloß wieder die Augen.

»Sag es einfach.«

»Nun, ich kann sie kaum erkennen, aber es ist fast so, als . . . als ob ich sie *riechen* kann. So, wie wenn man riecht, daß es bald schneien wird, und es einen an vergangene Winter erinnert, oder so, wie wenn ich an Mutters Kamm rieche und der Geruch mich traurig macht. Da ist ein bestimmter Duft – ein menschlicher Duft –, der mich . . . der in mir eine Erinnerung weckt. Als ob ich sie gekannt hätte . . .« Sie sah ihn an. »Sie waren anders als wir.«

Er nickte. »Nun wird Yute sie nach Seattle mitnehmen, wie ein junger Ehemann seine Braut. Ich kenne ihn. Ich weiß, daß er eifersüchtig über sie wachen wird. Er wird sie verstecken, oder es zumindest versuchen. Und eines Tages werden sie viele Kinder haben.«

»Kinder?«

Er lachte humorlos. »Schriften und Bücher. Meine Enkel werden Schriften und Bücher sein, die der Ehe meines Sohnes mit diesem uralten Leichnam entstammen.«

Die untergehende Sonne goß geschmolzenes Kupfer über die Hügelketten und schneebedeckten Berggipfel. John hob die Eisaxt und die Schaufel auf und legte sie sich auf die Schulter.

»Bist du ausgeruht genug, um heute abend zurückzugehen?« fragte er.

Sie nickte. »Laß mich die Schaufel nehmen, Vater.«

Er reichte ihr die Schaufel, dann machten sie sich auf den Heimweg.

Der Große Schneefuchs war aufgegangen und begann, langsam in den Nachthimmel zu steigen, als Nika leise feststellte: »Vater, die Darstellung auf dem Amulett ist kein Gesicht.«

»Was dann?«

»Eine Karte.«

»Aiyoo!«

»Die Wülste auf der Stirn sind die Vorberge. Die großen Augen sind Höhlen. Die Menschen und Tiere sind in einer Höhle unter den Vorbergen. Der Höhleneingang ist gezackt – wie Wolverine Cave. Aus dem Boden und aus der Decke ragen zapfenförmige Felsen.«

»Wo?«

Sie schüttelte den Kopf.

»In der Nähe, wo Yute die Frau gefunden hat?«

»Ich weiß nicht. Aber ich spüre, daß die Ersten Menschen und ihre Tiere noch immer dort sind; sie warten.«

»Du meinst, sie sind tot.«

»Ja, sicher ... seit Tausenden von Jahren. Aber irgendwie ...«

»Worauf warten ihre Geister?«

Ihre Stiefel stapften durch kniehohes Gras, und Nika sog den schweren Duft der Blumen und Sträucher, der kühlen Luft und das erdige Aroma ihrer warmen Haut in sich auf. Neben sich spürte sie ihren Vater, roch seinen süßlichen Schweiß und den Kiefernrauch in seinen Haaren. Sie sah zum Großen Schneefuchs hoch und schnupperte, als wollte sie die Sterne riechen.

»Sie warten auf den Frühling«, sagte sie schließlich und berührte das Amulett mit den nach Norden fliegenden Schwänen. »Wenn sie wiedergeboren werden.«

4

Im Labor des Zentrums für Frühmenschliche Forschung am Pacific College in Deer Park, einem Vorort von Seattle, brannte um drei Uhr morgens noch Licht. Yute Nahadeh stand an einem Labortisch aus rostfreiem Stahl und gab hastig Befehle in eine Computertastatur ein. Seine kurzen schwarzen Haare flatterten in dem kühlen Luftzug, der aus der Belüftungsöffnung in den schallschluckenden Deckenkacheln kam. Er hatte dunkle Ringe unter den Augen, und ein stoppeliger Viertagebart bedeckte sein Kinn. Über der linken Brusttasche seines Laborkittels war in roten Buchstaben sein Name eingestickt.

Am Tisch stand ein Stuhl, aber Yute war zu nervös, um sich zu setzen. Mit verschränkten Armen starrte er für einen Moment auf den Monitor, wandte sich dann kopfschüttelnd ab und begann, ungeduldig im Labor umherzuwandern, um nach wenigen Minuten an den Computer zurückzukehren.

Neben ihm an der Wand hing ein gerahmtes lateinisches Sprichwort – *Homo sum: humani nil a me alienum puto.* Unter der Kalligraphie war eine sinngemäße, maschinengeschriebene Übersetzung zu lesen, denn Yute war es leid, Besuchern den Spruch erklären zu müssen: »Ich bin ein Mensch; nichts, was den Menschen betrifft, ist für mich ohne Belang.«

Hinter ihm, in einem fensterlosen, nach Lysol riechenden Raum standen an einer grünen Kachelwand eine Reihe von Skeletten in Chromständern. Das erste Skelett war klein und schimpansenartig, mit langen Armknochen und krummen Beinen, die nächsten waren größere, menschenartige Skelette, aber mit länglichen Schädeln und breiten Brauenfurchen. Das vorletzte bestand aus dicken, robusten Knochen, war aber ansonsten ein neuzeitlich aussehendes Menschenskelett; mit einer großen Hand umschloß es einen langen Wurfspeer. Als letztes in der Reihe stand das etwas größere, zerbrechlichere Skelett eines Jetztmenschen; in seiner erhobenen Hand hielt es eine Feuersteinaxt, die jeden Moment auf den Schädel des Nachbarskeletts niederzusausen schien.

Aus einem Terrarium auf einem Labortresen an der rückwärtigen Wand des Raumes kam ein rasselndes, schabendes Geräusch. In dem Terrarium lag ein unregelmäßig geformter Erdwall, den ein schwarzes Satintuch zu bedecken schien. Yute ging durch das Labor und schob die Glasplatte beiseite. Das Rasseln schwoll an, und das Tuch bewegte sich – Hunderte glänzender Käfer verschlangen die letzten Fleischreste eines Madagaskar-Lemurs. Yute verscheuchte die Käfer mit einer Bürste und legte das beinahe vollständig abgenagte, katzengroße Primatenskelett frei.

Noch ein Tag. Er schob die Glasplatte zurück und ging wieder zum Computer.

Auf dem Monitor blinkte der Cursor über einem leeren Gitternetz. Yute lehnte sich seufzend in seinen Stuhl zurück und trank einen Schluck kalten, bitteren Kaffee, den er sogleich in den Becher zurückspuckte.

»Beeil dich!« herrschte er den Computer an.

Vielleicht würde er in wenigen Minuten das Rätsel gelöst haben, wie Tundrafrau es geschafft hatte, Tausende von Jahren in so hervorragendem Zustand zu überstehen.

Die Temperaturen in nördlichen Breitengraden ließen einen menschlichen Körper erfrieren, das wußte er. Und da sich gefrorenes Wasser ausdehnt, zerstört es die Zellstrukturen und läßt die Zellwände platzen. Genau das war bei Tundramann geschehen. Das Eis hatte sein Fleisch vor dem Verwesen bewahrt, aber auf mikroskopischer Ebene waren seine Zellen ein einziger Trümmerhaufen. Nicht so bei Tundrafrau: Ihr Zellgewebe war nie erfroren. Ein Dutzend Untersuchungen hatten gezeigt, daß ihre Organe so intakt waren, daß sie möglicherweise funktionieren würden, wenn man sie in einen lebenden Patienten transplantierte.

Yute hatte im Institut für Landwirtschaft einen Biochemiker kontaktiert, der nach Wegen suchte, Getreide vor dem Erfrieren zu schützen. Der Biochemiker hatte Yute eine Datenaufstellung von Proteinen geschickt, sogenannte Tiefkühlstabilisatoren. Diese spezialisierten, organischen Proteine, die sich vornehmlich in arktischen Fischen, Pflanzen und Insekten fanden, wirkten als natürlicher Frostschutz und ermöglichten es, Zellgewebe bis weit unter null Grad abzukühlen, ohne daß es gefror. Die Landwirtschaftler hatten Stabilisatoren in Zitruspflanzen und verschiedene Getreidesorten injiziert und sie erfolgreich vor dem Erfrieren bewahrt. Yute hatte drei endlose Wochen auf Datenaufstellung gewartet und die letzten vier Tage damit verbracht, die ungewöhnlichen Proteine im Blut der Tundrafrau mit den Proteinmodellen der Datenaufstellung zu vergleichen. Es war ein qualvoll langsamer Analyseprozeß. Bislang hatte er erst sechs Proteine überprüft und keine Übereinstimmung gefunden.

Endlich begannen im Gitternetz blaue Punkte zu erscheinen. Er beugte sich vor. *Ja. Ja. Was haben wir denn da?* Die Punkte bildeten eine zackenförmige Grafik, ein zweidimensionales Modell eines dreidimensionalen Moleküls. Er betrachtete die Grafik und gab einen Befehl ein, um das Modell mit denen aus der Datenaufstellung zu vergleichen.

Es stimmte überein: ein Glycoprotein, das das Landwirtschaftsinstitut AFP2 nannte.

»Das ist es«, flüsterte er. Tundrafrau hatte über ihre Nahrung natürliche Frostschutzmittel in ihrem Zellgewebe angereichert.

Hatte sie das mit Absicht getan? Er starrte auf die Tür zur Kältekammer, in der der Körper lagerte. *Woher hast du gewußt, was du essen mußtest?*

Eine Welle der Erschöpfung spülte über ihn hinweg und raubte seine Konzentrationsfähigkeit. Er setzte sich an seinen Schreibtisch und massierte sich Nacken und Kopfhaut, aber es half nichts. Die wichtigste Frage der letzten Wochen beantwortet zu haben ließ die Angespanntheit seines Körpers und seines Geistes zusammenfallen; länger konnte er nicht gegen die Müdigkeit ankämpfen. Er ließ den Kopf auf seine verschränkten Arme sinken und schlief ein.

Er träumte von Blut, das mit einem regelmäßigen *plip-plip-plip* in den Bodenabfluß eines Schlachthauses tropfte. Auf den Kacheln lag ein Karibu mit aufgeschlitzter Kehle, im Hintergrund hingen dicke Brocken gefrorenen Karibufleisches an scharfen Stahlhaken.

Yute sah einem großen Mann zu, der – gekleidet in einen grünen Chirurgenkittel – mit einer Metallsäge durch den Karibuschädel schnitt. Erst als er über der Brusttasche den eingestickten Namen las, erkannte Yute in dem Mann sich selbst in der Rolle eines Professors für Vergleichende Anatomie. Er sah an seinem eigenen Körper hinunter, der in die Winterkleidung der Caiyuhs gehüllt war – nein, nicht der Caiyuhs, es war ein weitaus primitiverer Umhang aus schweren, grob zusammengenähten Tierfellen.

Bei jeder Sägebewegung spritzte dem Professor ein roter

Sprühregen auf den Kittel, aus seiner Nase stießen weiße Dampfwolken heraus. Nach einer Weile packte der Wissenschaftler das Geweih, kippte die Schädeldecke wie einen Deckel zurück und legte den Blick frei auf eine winzige Frau, die – offenbar tot – gekrümmt auf dem Karibugehirn lag.

Yute stockte der Atem, doch der Professor schien keineswegs schockiert zu sein.

»Das ist die kleine Person, die im Innern des Karibukopfes seine Aktionen steuert«, erklärte er. »Diese Kuh war außerordentlich intelligent, intelligenter, als man meinen möchte. Die meisten anderen Karibus haben in ihren Köpfen nur kleinere Artgenossen, so wie man es erwartet.«

»Haben wir auch kleine Menschen in unseren Köpfen?« fragte Yute.

»Natürlich«, antwortete der Professor. »Wie sollte man sonst seiner selbst bewußt sein und sein Leben leben?«

»Aber wer lebt im Kopf des kleinen Menschen und steuert *ihn?*«

»Ein wissenschaftliches Problem. Wir werden es lösen.«

Der Professor nahm ein Skalpell und schnitt den Kopf der Miniaturfrau auf. Gleißendes Licht strömte aus der Wunde und schimmerte auf der Uhr des Mannes. Mit wegen der Helligkeit zusammengekniffenen Augen hob er die Schädeldecke. Licht flutete in den Raum. Er schlug die Hand vor die Augen und spähte durch zwei gespreizte Finger ins Innere des Schädels. Plötzlich sackte sein Mund herunter.

»Was ist drin? Was sehen Sie?«

Aber sein anderes Ich, der Professor, wirbelte herum, und schritt, ohne sich umzusehen, davon. Während er lief, beugte er sich immer weiter zu Boden, bis er schließlich auf allen vieren kroch, sich plötzlich in einen riesigen schwarzen Wolf verwandelte und mit eingezogenem Schwanz davonrannte, bis sich seine Umrisse im Nichts verloren.

Yute trat an die Lichtquelle heran. Er faßte mit Daumen und Zeigefinger in den kleinen Schädel und hob einen Funken reiner, hochintensiver Energie heraus. Ein Kitzeln durchströmte seine

Hand, stieg seinen Arm hoch und breitete sich in seinem ganzen Körper aus. Dann sah er im Innern des Funkens ein nadelkopfgroßes Objekt. Mit zusammengekniffenen Augen erkannte er, was er zwischen den Fingern hielt: *einen menschlichen Embryo.* Er schrak aus seinem Traum hoch und starrte benommen auf den abgeschalteten Computer. Ein Blick auf die Wanduhr zeigte ihm, daß er sechs Stunden geschlafen hatte. Mit steifen Gliedern erhob er sich aus dem Stuhl, innerlich zitternd.

Ahnungen und Träume, dachte er. *Mendelejew hat die Anordnung des Periodensystems der Elemente geträumt und damit ermöglicht, die Eigenschaften noch unentdeckter Elemente vorherzusagen. Und Kekule hat das Rätsel der Benzolstruktur gelöst sechs ringförmig angeordnete Karbonatome – indem er von einer Schlange träumte, die ihren Schwanz verschlang.*

»Was, wenn mein Traum tatsächlich das bedeutet, was ich glaube?« fragte er sich laut.

Yute schaltete die Kaffeemaschine ein; dann eilte er ins Badezimmer des Labors und duschte und rasierte sich.

Er hatte ein Klappbett ins Labor gebracht, und im Schrank hingen einige Dutzend gestärkte weiße Hemden, so daß er rund um die Uhr arbeiten konnte. Da er aber das letzte saubere Hemd drei Tage hintereinander getragen hatte, zog er einen Strickpullover und einen frischen Laborkittel an.

Er konnte sich nicht entsinnen, wann er zum letzten Mal gegessen hatte – vorgestern? Da er das Labor jetzt nicht verlassen wollte, fischte er einen harten, angebissenen Bagel aus dem Papierkorb und würgte ihn mit einer Tasse frisch gebrühten heißen Kaffee hinunter. In einer zweiten Tasse löste er zwanzig Gramm Vitamin C, das er zusammen mit einer Multivitamintablette hinunterspülte. Dann klappte er einen Chirurgiekasten auf, stülpte sich eine sterile Plastikkappe über die Haare, schlüpfte in isolierte Stiefel mit sterilen Plastiküberzügen und legte einen Mundschutz an. Anschließend wusch er sich die Hände und Arme bis zu den Ellbogen, legte sich einen sterilen Umhang über die Schultern und zog sterile Latexhandschuhe an. Dann nahm er ein steriles Wegwerfhandtuch, mit dem er die Tür zur Kältekammer öffnete, und ging hinein. Die Temperatur und Luftfeuchtigkeit waren auf einen typischen Tundrawinter eingestellt.

Behutsam hob er die Plastikdecke vom Seziertisch; aus den vier rostfreien Stahlwannen, die sich schräg zum Abfluß am Tischende neigten, stieg der Geruch von Desinfektionsspray auf. Der auf dem Rücken liegende, golden schimmernde Körper der jungen Frau stand in scharfem Kontrast zu dem hochglanzpolierten Edelstahl des Seziertisches. Yute hatte noch nicht festgestellt, ob die goldene Hautfarbe von natürlicher Pigmentierung herrührte oder ein Nebenprodukt der schleichenden Oxidation war, die in 25 000 Jahren Kälteschlaf ungehindert hatte fortschreiten können. Der ganze Körper war mit feinen blonden Härchen bedeckt, die im Licht glänzten und den Eindruck verstärkten, daß ihr Fleisch aus geschmolzenem Gold bestand.

Der eineinhalb Meter große Körper war extrem kurvig und auffallend muskulös; er erinnerte ihn an die übertrieben dargestellten Frauenkörper von Dschungelgöttinnen und marsianischen Prinzessinnen in Fantasyzeichnungen. Ihre kräftige Erscheinung hatte ihn jedoch nicht überrascht; Neandertaler-Knochen waren wesentlich dicker und robuster als neuzeitliche Menschenknochen, und massive Skelette existierten nur, um eine ausgeprägte Muskulatur zu tragen. Er hatte in sein Notizbuch geschrieben: *Moderne Ernährung vorausgesetzt – Kuhmilch, Vitamine, Mineralien etc. –, was für eine Amazone wäre aus ihr geworden?*

Die Göttin bot einen Anblick grausiger Verstümmelung: Ihr geöffneter Schädel war eine tiefe, leere Schüssel, das Fleisch im Gesicht und am Hals war bis auf die Knochen abgeschält. Als erstes hatte er ihre Kopfhaut abgezogen und präserviert, einschließlich ihrer Zopffrisur. Als nächstes hatte er in Höhe der Augenbrauen die Schädeldecke aufgesägt und die nächsten zwei Monate damit verbracht, mit aller Vorsicht das Gehirn in seine einzelnen Schichten zu zerlegen und den Geheimnissen der menschlichen Evolution nachzuspüren.

Ihr Hirnvolumen betrug etwas mehr als 1500 Kubikzentimeter, was 100 Kubikzentimeter größer war als das durchschnittliche Gehirn eines modernen Menschen. Er hatte dies erwartet, denn

Untersuchungen anderer Neandertaler-Schädel hatten bereits auf größere Gehirne schließen lassen. Was ihm aber als erster Mensch der Welt zu sehen vergönnt war, waren der Aufbau und die Struktur dieses zwei Kilo schweren Denkuniversums. Unter anderem entdeckte er, daß das limbische System – der Bereich, der das Riechzentrum enthält und zugleich Sitz des Gedächtnisses und der Emotionsleistungen ist – 70 Prozent größer war als beim modernen Menschen, entsprechend der wesentlich dichteren Geruchsnervenmatrix im oberen Bereich des Nasenganges.

Doch die größte Überraschung – die, wie Yute annahm, die orthodoxon Evolutionstheoretiker am meisten schockieren würde – war die Größe des Großhirns, Sitz des Vorstellungsvermögens und des Bereiches für höhere Denkprozesse. Das Leben von Tundrafrau war von einem Großhirn gesteuert worden, das achtzehn Prozent größer war als das eines modernen Menschen – und diese Entdeckung irritierte Yute, denn ihr Brocasches Sprachzentrum war deutlich kleiner. Er stand vor einem biologischen Rätsel: Verglichen mit modernen Menschen hatte ihr Gehirn einen deutlich größeren Denkbereich und dennoch ein kleineres Sprachzentrum.

Was bedeutete das für sie? fragte er sich in seinen Notizen. *Weitschweifende Gedanken und eine ausgeprägte Vorstellungskraft – aber keine Möglichkeit, ihre Ideen anderen mitzuteilen? War sie zur Pantomime gezwungen gewesen? Oder zur Zeichensprache? Könnte man einem solchen Individuum, wenn es heute lebte, Lesen und Schreiben beibringen?*

Die Anatomie ihrer Zunge und ihrer Kehle beantwortete eine lange ungelöste Frage der Anthropologie: Neandertaler hatten adäquate Sprachinstrumente besessen. Das bewiesen die Formen ihres Stimmtraktes und ihres U-förmigen Zungenbeins. Aufgrund ihres etwas höher liegenden Kehlkopfes mußte Tundrafraus Stimme höher gewesen sein als die moderner Menschen. Es war also die »Verdrahtung« im Gehirn, die das Sprachproblem verursachte.

Er betupfte ihre Haut mit einem alkoholgetränkten Wattebausch, stach eine Spritze in die große Vene unterhalb ihres

Schlüsselbeins und füllte die Kanüle zu einem Viertel mit kaltem, dunklem Blut; dann zog er die Nadel heraus und wischte mit dem Wattebausch über den Einstich.

Vor zwei Monaten, vor Beginn seiner Untersuchungen, hatte er eine Reihe von Bluttests durchgeführt, aber einen bestimmten hatte er sich gespart: einen Schwangerschaftstest.

Er stürmte mit der blutgefüllten Kanüle aus der Kältekammer und führte einen Schwangerschaftstest durch. Nach einigen Minuten erschien auf dem Testfeld ein dunkelblauer Fleck. Er traute seinen Augen nicht. Dann traf es ihn wie eine Lawine.

Tundrafrau trägt ein Kind in sich.

Er versuchte, die in ihm aufwallende Erregung zu verdrängen. *Es ist zu groß. Es ist ein Fötus.* Sollte das Baby bereits zu einem Fötus herangewachsen sein, konnte man nichts mehr tun. Sollte er in Tundrafrau aber einen Embryo im Frühstadium finden, könnte er ihn einer Leihmutter einsetzen ... *Vergiß es! Es ist bestimmt ein Fötus.*

Yute stand in der Kältekammer am Seziertisch und zog mit dem Fuß einen Ständer heran, auf dessen Ablage eine Reihe chirurgischer Instrumente lag. Er straffte noch einmal die Handschuhe. Seine Hände zitterten. Er atmete langsam ein und aus, um seine Nerven zu beruhigen, doch seine Hände zitterten noch immer, als er knapp über dem Schambein tief in den Bauch schnitt. Eine Viertelstunde später hoben seine Hände ihre pinkfarbene, birnengroße Gebärmutter mitsamt der heraushängenden Eileiter aus dem Bauch und legten sie in eine Stahlwanne. Dann deckte er ihren Körper wieder zu und trug die Wanne nach draußen an einen Tisch, auf dem ein Videobildschirm und eine endoskopische Miniaturkamera standen. Er schob die Spitze der winzigen Glasfaserlinse durch einen der Eileiter in die Gebärmutter und betrachtete die Gebärmutterwände auf dem Bildschirm.

Kein Fötus.

Er seufzte erleichtert. »So weit, so gut.«

Dann stellte er die Kamera auf geringe Vergrößerung und suchte in den nächsten zehn Minuten jeden Quadratzentimeter der Gebärmutterschleimhaut ab – und entdeckte keinen Embryo.

Verwundert rieb er sich den Mund. *Geschieht dies wirklich?* Es war äußerst schwierig, einen in der Gebärmutterschleimhaut eingenisteten Embryo herauszunehmen und zu reimplantieren. Ideal war dagegen ein Embryo, der noch in einem der Eileiter unterwegs zum Uterus war: Man konnte ihn einfach absaugen und in eine andere Gebärmutter einsetzen.

Er begann mit dem linken Eileiter, schob die Linse ganz behutsam hinein. Und sah beinahe augenblicklich den Embryo.

Er hielt die Luft an.

Es war eine transparente Sphäre, etwa so dick wie eine Bleistiftmine. Im Mikroskop sah sie wie ein Seifenblasenklumpen aus, der seinerseits von einer größeren Blase umhüllt war. Die Blasen waren Zellen; er zählte acht. Der Embryo war weder geplatzt noch sonst in irgendeiner Weise beschädigt. Wie ihr anderes Gewebe auch, enthielt er keine Eiskristalle.

»Lebensfähig«, flüsterte er.

Ein dümmliches Grinsen legte sich über sein Gesicht, und er schüttelte fassungslos den Kopf. Er markierte die Position des Embryos mit violettem Farbstoff, dann trug er die Gebärmutter in die klimakontrollierte Kältekammer, hob das Organ aus der Stahlwanne und legte es Tundrafrau vorsichtig in den Bauch zurück.

Er hatte keinen Grund anzunehmen, daß sich der Neandertaler-Embryo in der Kältekammer nicht ewig halten würde. Und doch verspürte er den unwiderstehlichen Drang, sich zu beeilen.

5

Dichter Sprühregen prasselte in eine grüne Pfütze. Die Pfütze wurde gelb, dann rot. Luftdruckbremsen quietschten und schnauften. Momente später wurde die Pfütze wieder grün, und ein Müllwagen fuhr an und rollte durch das aufspritzende Wasser. Ölige Abgase und der süßliche Gestank verrottenden Mülls wehten durch den offenstehenden Wurfschlitz einer Goodwill-Industries-Sammelbox. Im Innern der winzigen Behausung saß Jimmy Ozette auf einem Kleiderhaufen und spähte in den feuchten Tag hinaus.

»Puh«, sagte er und ließ die Metallklappe los. Sie schnappte mit einem Knall zurück und schloß das trübe Morgenlicht aus. Bis auf ein paar Lichtpunkte am Wurfschlitz und an der Klapptür war es jetzt stockduster.

»Hey . . .«, sagte das Mädchen neben ihm.

»Mein Gott, Chena, wieso mußt du hier lesen?«

Sie ließ das Buch sinken, eines der ein Dutzend Kinderbücher, die zusammen mit Kleidern und Spielzeug in die Sammelbox geworfen worden waren, obwohl draußen über dem Wurfschlitz stand: NUR KLEIDERSPENDEN.

»Was glaubst du, wie spät es ist?«

»Noch früh. Und ich sterbe vor Hunger.«

»Ich muß aufs Klo«, sagte sie.

»Nummer eins?«

»Zwei.«

»Scheiße.«

»Sage ich doch.«

Sie lachten.

»Okay. Ich komme mir hier drin sowieso wie ein Maulwurf vor. Laß uns verschwinden.«

Sie stiegen über das Kleidernest, das ihnen als Bett gedient hatte, und traten geduckt durch die Klapptür in den Regen. Jimmy hielt die Tür auf, so daß er die Kleidung im Licht sehen konnte. »Irgendeinen Regenmantel dabei?«

»Ich habe dich noch nie einen Regenmantel tragen sehen.«

»Stimmt«, sagte er und fuhr fort, den Kleiderhaufen zu durchwühlen. »Wie wär's mit einem neuen Hemd? Meins fängt langsam an zu stinken.« Er entdeckte ein schwarz-rot kariertes Baumfällerhemd, das allerdings riesig war; auf dem Kragenschild stand XXL. Er sah in einem dünnen Wollpullover nach, dann in einem grauen Sweatshirt; alles dieselbe Größe.

»Mann, der Kerl muß ein Riese sein«, sagte er und hielt das Sweatshirt hoch. »Ernährt sich wahrscheinlich von Jolly Green Giants.« Schließlich entschied er sich für ein neonoranges Jägerhemd.

Chena kicherte. »Sieht schrecklich aus.«

»Na und? Ist meine Größe.« Er wechselte das Hemd, warf das andere auf den Kleiderhaufen und schloß die Klapptür. Das Schnappschloß wackelte. Er nahm die beiden Schrauben aus der Jeanstasche, schob sie in die Vertiefungen und zog sie mit der Flaschenöffnerklinge seines Taschenmessers fest, bis das Schloß richtig saß.

»Ich muß jetzt echt dringend«, sagte Chena.

»Shell-Tankstelle.« Er nahm ihre Hand, und sie gingen auf die einen Block entfernte Tankstelle zu, jeder eine Einkaufstüte unterm Arm.

Jimmy Ozette war dünn und für seine fünfzehn Jahre recht klein. Seine schwarzen Augen, die glatten schwarzen Haare, die hohen Wangenknochen und die gebogene Nase verrieten auf den ersten Blick seine indianische Herkunft. Chena Kynaka war genauso alt wie Jimmy, aber kräftiger gebaut und drei Zentimeter größer. Sie war ein Quanoot-Indianer, wie er, aber ihre Haut, Augen und Haare waren heller, da sich ihre Vorfahren im letzten Jahrhundert mit russischen und englischen Pelzhändlern vermischt hatten.

Sie trug Jeans und ein verblichenes, pinkfarbenes Sweatshirt, das sie anhatte, seit sie vor einer Woche mit der Nachmittagsfähre aufs Festland gekommen waren. Auf der Vorderseite des Sweatshirts war ein schnaubender Killerwal abgebildet, der einen Footballhelm auf dem Kopf trug und mit der Brustflosse einen Ball hielt; über ihm stand in Großbuchstaben: *Whaler Bay Highschool,* unter ihm in aus kleinen Totempfählen geformten Lettern: *Orcas.* Jimmy meinte, daß wer immer der Mannschaft den Namen gegeben hatte, ein Idiot sei. »Niemand weiß, was ein Orca ist«, sagte er. »Warum konnten wir nicht einfach die *Whaler-Bay-Killerwale* sein?« Jimmy stellte ständig Fragen. Weshalb hatte nicht etwas anderes geschehen können als das, was geschehen war?

Jimmy und Chena waren sich seit einem Jahr darüber im klaren gewesen, daß sie von zu Hause abhauen würden, aber sie hatten warten wollen, bis Jimmy in zwei Monaten sechzehn werden würde, so daß er einen Job bei einer der Fast-food-Ketten annehmen konnte. Aber letzte Woche war Jimmys Mutter wieder sturzbetrunken zusammengebrochen, hatte sich dieses Mal das andere Handgelenk und das Schlüsselbein gebrochen und sich die Zungenspitze abgebissen, und er hatte Chena gesagt, daß er nicht länger warten wolle und abhauen müsse, bevor sie vor seinen Augen in ihre Einzelteile auseinanderfiel.

Chena hatte fünf ältere Brüder, alles Baumfäller wie ihr Vater. Schon von klein auf hatte ihre Mutter von ihr verlangt, gemeinsam mit ihr für die Männer zu sorgen, aber Chena sah die Dinge in einem anderen Licht, in dem – erstaunlicherweise – ihre eigenen Wünsche zählten. *Wenigstens muß sich Jimmy keine Sorgen machen, daß ihn jemand sucht*, dachte sie.

Die Tankstelle hatte bereits geöffnet, und der Tankwart war ein junger Typ, der ihnen ohne zu fragen den Toilettenschlüssel gab. Jimmy sah, daß Chena ihr Kinderbuch mitgenommen hatte, und verdrehte die Augen.

»Ich lese es auf dem Klo aus.«

»Ist doch bloß ein Märchen.«

»Na und? Ich will wissen, ob der Prinz sein Königreich aufgibt, um sein Volk zu retten. Er ist ziemlich selbstsüchtig, aber vielleicht ändert er sich ja.«

»Für welche Altersgruppe ist es denn?«

»Keine Ahnung, acht?«

»Dann wird er sich ändern und sein Reich aufgeben«, sagte er und schloß die Tür zur Herrentoilette auf. »Sie warten, bis man älter ist, bevor sie einem sagen, wie die Menschen wirklich sind.« Nachdem sie auf der Toilette gewesen war, band Chena sich das Sweatshirt um die Hüften und stand mit nacktem Oberkörper vor dem Spülbecken. Sie nahm ein Stück Seife aus einem Sandwichbeutel und wusch sich die Hände, das Gesicht und die Achselhöhlen. Dann wollte sie ein Papierhandtuch nehmen, aber es waren keine mehr da, daher trocknete sie sich mit Toilettenpapier ab. »Du hattest recht mit der Geschichte«, sagte sie und trat in den verregneten Morgen hinaus.

Er zuckte mit den Schultern. »Laß uns bei Kwik-Safe was zu essen besorgen.«

Sie gingen Hand in Hand zum Supermarkt, stolz auf ihre Liebe, innerlich strahlend. Obwohl dicke Regenwolken den Vorort in trübsinniges Grau tauchten. Obwohl sie sich nicht im Supermarkt, nicht in den mit Lebensmitteln vollgestopften Gängen etwas zu essen besorgen würden, sondern hinter dem Geschäft, in den Mülltonnen.

Durch einen Riß in der blaßgrauen Wolkendecke fiel helles Sonnenlicht auf den Parkplatz der Fakultät. Yute Nahadeh trug eine kurze Sporthose und ein weißes T-Shirt, darüber eine blaue Nylonwindjacke. Er stellte die rechte Schuhspitze auf die Betonbegrenzung einer Parklücke und drückte den Absatz auf den Asphalt, um seine Wade zu strecken. Der Wind war für Herbstanfang recht kühl, dachte er. Und böig. Der Puget Sound würde voller Segelboote sein. Er beschloß, zu den Landebrücken zu joggen, was hin und zurück ein Zehn-Kilometer-Lauf war.

Er beugte sich und streckte so seine Bänder. Im Geist ging er noch einmal das Leihmutterinserat durch, das heute in der *Seattle Times*, im *Post-Intelligencer* und in einem Dutzend kleinerer Blätter sowie in fünf lokalen Collegezeitungen erscheinen würde.

»Wie geht's, Doc?«

Er schaute auf und sah einen weißhaarigen Mann mit rosigem Gesicht und weißem Ziegenbart auf sich zukommen. Robert Duncan, Professor für Kunstgeschichte und notorischer Quasselkopf. Ihm entkam niemand.

»Prima, Rob. Und Ihnen?«

»Ganz gut.« Der Mann blieb stehen, um zu plaudern. Er trug einen hellgrauen Anzug und eine schwarze Fliege und sah für Yute wie der heimliche Zwillingsbruder von Colonel Sanders aus. »Was macht Ihr Sabbatjahr? Wie man hört, arbeiten Sie seit Wochen rund um die Uhr.«

»Es ...« Yute schaute zu den rasant dahinziehenden Wolken

hoch. Eine Hochdruckfront rückte heran und verwandelte den Himmel in eine goldtrunkene Herbstspielwiese. ». . . läuft gut. Besser als erwartet.«

»Also, welches Geheimnis hüten Sie in Ihrem Labor? Haben Sie das fehlende Glied gefunden, oder was? Pops sagt, daß er bei Ihnen im Augenblick nur nach Voranmeldung saubermachen kann.«

Yute lächelte und schüttelte den Kopf. »Es ist ein Lemur aus Madagaskar – könnte sich um eine neue Gattung handeln. Wahrscheinlich bin ich zu geheimnistuerisch, bevor ich etwas veröffentliche. Kommen Sie doch mal vorbei, dann zeige ich Ihnen das Skelett. Man kann daraus eine Menge neuer Erkenntnisse erlangen.« Yute trat an ihm vorbei. »Ich würde mich gerne noch ein bißchen mit Ihnen unterhalten, aber ich habe es heute morgen wirklich eilig.«

Der Colonel-Sanders-Doppelgänger gab sich nicht so leicht geschlagen, obwohl Yute ihm den Rücken zukehrte und langsam loslief. »Warum müssen Sie jede Information für sich behalten, Yute?«

»Ist das nicht gerade der Punkt, Professor?« rief Yute ihm über die Schulter zu. »Schließlich haben wir uns spezialisiert, weil es zuviel Wissen gibt, als daß wir alles in uns aufnehmen könnten.« Er drückte den Knopf seiner Stoppuhr und rannte los.

»Spezialisiert?« rief der Mann ihm nach. »Sie wissen mehr über Kunstgeschichte als ich.« Yute sprintete und hatte nach wenigen Sekunden eine gute Strecke zurückgelegt. Der andere Mann brüllte: »Aber ich weiß nichts über Höhlenmenschen!«

Yute sah nicht zurück, sondern bog um eine Ecke und verschwand hinter dem Kalksteingebäude, das die Universitätsbibliothek beherbergte. Dann verringerte er das Tempo und verfiel in das einem Zehn-Kilometer-Lauf angemessene lockere Traben. Seine langen Beine bewegten sich in geschmeidigen, weitausholenden Schritten, seine Laufschuhe glitten beinahe lautlos über den Asphalt.

Acht Blocks hinter dem Campus übersprang er einen kniehohen Ankerkettenzaun und rannte im Bayside Park einen Pfad entlang, der zu einer weitläufigen Anlegestelle führte. Er überholte andere Parkbesucher – Spaziergänger und Jogger –, und er genoß das Gefühl, andere Läufer locker hinter sich zu lassen. Drei junge Leute standen unter einer hohen Ulme im Gras und vollführten langsame, fließende Tai-Chi-Bewegungen. Eine kleine, zierliche Vietnamesin spannte einen Sonnenschirm über ihren Hot-dog-Wagen. Die salzige Luft roch immer stärker nach Fisch, als er sich den Holzstegen näherte und die ersten Boote passierte. Seemöwen kreisten über einem Wald aus Aluminium- und Holzmasten. Weit draußen zog eine Armada von Segelbooten über den Puget Sound, ihre leuchtenden Segel aufgebläht wie Seevögelkehlen beim Balztanz.

Yute dachte an Tundrafrau und ging die vielen Fragen durch, die seine Untersuchungen bisher aufgeworfen hatten. Welche Proteine bewahrten das Gewebe vor dem Erfrieren? Aus welchen Nahrungsquellen stammten die Proteine? Woher hatte sie gewußt, was sie essen mußte?

Die Caiyuh und andere arktische Stämme horteten die Adrenalindrüsen erlegter Rentiere für schwangere Frauen und Kleinkinder. Chemikalische Analysen hatten ergeben, daß diese Drüsen beträchtliche Vitamin-C-Mengen enthalten, ein essentieller Baustein, der in arktischer Nahrung ansonsten kaum vorkommt. Doch dies waren moderne wissenschaftliche Erkenntnisse. Die Menschen lebten seit Jahrtausenden so. Woher wußten sie es?

Karotten essen hilft dem Sehvermögen im Dunkeln. Richtig. Denn Karotten sind voller Betakarotin, das vom Körper in Vitamin A umgewandelt und den lichtempfindlichen Pigmenten in den Netzhautstäbchen zugeführt wird. Je mehr Vitamin A diese Pigmente bekommen, desto stärker sind die Signale an das Sehzentrum; je stärker diese Signale, desto besser das Sehvermögen – besonders im Dunkeln. Dies hatte die moderne Wissenschaft herausgefunden. Aber Menschen behaupteten seit Jahrhunderten, daß Karotten gut für die Augen seien. Woher wußten sie das? Und was war mit Weidenrinde zur Schmerzlinderung, mit Tonerde und Apfelschalen gegen Durchfall – auf diesen traditionellen Heilmitteln basieren Aspirin und Kaopectate; die Liste ließe sich beliebig fortsetzen. Aber wie hatten sie das wissen können, die weisen Frauen, die alten Heilerinnen, die Medizinmänner?

Eines schien festzustehen. Tundrafrau hatte keine wissenschaftlichen Methoden angewandt; sie hatte nicht aufgrund von Beobachtungen, Hypothesen, Experimenten und Theorien gehandelt. Irgendwie hatte sie es einfach *gewußt*.

Als er wendete und den Rückweg antrat, zeigte seine Stoppuhr 28:0536 Minuten. Er lief den Kilometer in viereinhalb Minuten, sein bevorzugtes Tempo. In dem Tempo hatte er Marathonläufe absolviert. Wenn nach drei Kilometern die Endorphine zu fließen begannen, konnte er ewig in diesem Tempo laufen; es schien, als würde er in einer Trance aus weitausholenden Schritten und tiefen Atemzügen dahingleiten.

Auf dem Bürgersteig kam ihm ein Mann entgegen, der einen großen schwarzen Rottweiler an einer Lederleine führte. Der stiernackige Hund trug ein schwarzes Lederhalsband mit silbernen Nieten. Yute überquerte die Straße, schlüpfte zwischen zwei parkenden Autos hindurch und lief auf dem anderen Bürgersteig weiter. Vor ihm gingen zwei silberhaarige Frauen in pastellfarbenen Jogginganzügen, rhythmisch mit den Armen schwingend.

Als er an ihnen vorbeilief, lächelten sie ihn von der Seite an und riefen im Chor: »Guten Morgen!«

Yute grinste übers ganze Gesicht. »Ein grandioser Morgen«, sagte er.

Chena und Jimmy saßen hoch oben im Bayside Park auf einer Bank und beobachteten die zahllosen bunten Segelboote, die unter ihnen aus dem Hafen schipperten und sich auf dem smaragdgrünen Wasser des Puget Sound verteilten. Auf einem nahe gelegenen Spielplatz lachten Kinder und schrien durcheinander, während ihre Eltern sich unterhielten. Ein hochspringender Rennhund fing fast jeden Frisbee, den sein bärtiges Herrchen ihm zuwarf. Eine Frau mit Strohhut stand vor einer Staffelei und malte die Bucht in Aquarellfarben.

Chena nahm allen Mut zusammen und ging zu einer zierlichen Vietnamesin mit langen, ergrauenden Haaren; sie saß auf einem

Hocker unter einem Sonnenschirm. Auf dem Schirm stand: *Vienna All-Beef Franks.* Heiße Wienerwürstchen.

Chena lächelte. »Hallo.«

Die Frau nickte und erhob sich schwerfällig, erwiderte Chenas Lächeln aber nicht.

»Mein Freund und ich haben uns gefragt, ob es irgend etwas gibt, das wir im Tausch für ein paar Hot dogs für Sie tun können. Wir haben nämlich kein Geld.«

Die Frau schüttelte den Kopf und setzte sich wieder.

»Wie wäre es, wenn wir diesen schweren Karren den Hügel hochschöben, bis zu der Stelle, wo Sie ihn auf den Lastwagen laden?«

»Mein Mann machen das«, sagte die Frau und tat so, als würde sie sich einen offenen Schnürsenkel zubinden.

»Nun, sollen wir den Karren für Sie waschen?«

»Sehen schmutzig aus?«

Nein, er sieht aus, als könnte man auf ihm eine Gehirnoperation durchführen, dachte Chena und betrachtete ihr Spielbild auf der glänzenden Aluminiumoberfläche.

»Laß es, Chena«, rief eine verzagte Stimme aus dem Hintergrund. Jimmy lag auf der Parkbank unter einem großen Maulbeerbaum, das orange Jägerhemd aufgeknöpft, die pechschwarzen Haare ins Gras hinabhängend.

Ein Jogger in einer blauen Windjacke lief vorbei, machte kehrt und trabte zu dem Hot-dog-Stand zurück. Die Vietnamesin sprang auf. »Bitte, der Herr! Was wünschen Sie?«

»Geben Sie mir zwei Hot dogs«, sagte er und wandte sich zu Chena um. »Wollt ihr sie mit Sauerkraut und all dem anderen Zeug?«

Chena sah sich über die Schulter. Tatsächlich, er meinte sie. »Eh, ja, glaube schon.«

»Was ist mit deinem Freund? Will er auch alles drauf?«

Sie nickte. »Ja, Sir.«

»Geben Sie mir zwei Hot dogs mit allen Extras, Ma'am. Packen Sie richtig viel drauf.«

Chena lächelte. Der Mann lächelte zurück. Er war Indianer,

groß wie ihre Brüder, und sah gut aus mit seinen dunklen, durchdringenden Augen. Die Vietnamesin gab ihm die beiden Hot dogs, und er reichte sie an Chena weiter.

»Hey, Jimmy!« rief Chena, während sie mit ihrer ersten warmen Mahlzeit seit einer Woche auf die Bank zueilte. »Vielen Dank, Sir«, rief sie über die Schulter zurück. »Wirklich nett von Ihnen.«

»Keine Ursache. Paßt gut auf euch auf.« Der Mann griff in seine Windjacke, bezahlte die alte Frau und lief los. Chena sah ihm einen Moment lang nach; er war ein kräftiger, schneller Läufer. Er sah nicht zurück, um sich im Glanz seiner guten Tat zu sonnen, und das zeigte, daß er Klasse hatte.

Jimmy verschlang seinen Hot dog, Chena aber versuchte, jeden Bissen zu genießen. Sie schloß die Augen und kaute bedächtig. Ihre langen, gewellten braunen Haare hingen hinter der Rückenlehne herunter und flatterten im Wind. Sie hatte sich nie träumen lassen, daß ein Hot dog so lecker schmecken konnte.

Sie spürte ein warmes Fell an ihrem Knöchel entlangstreichen und hörte im selben Moment das *Miau*. Ein mageres graues Kätzchen war vom Duft der Hot dogs angelockt worden. Ihr Fell war mit etwas beschmiert, das wie Motoröl aussah.

Chena biß ein Stück Wurst ab und gab es der Katze.

»Chena, nicht«, raunzte Jimmy.

»Sie hat auch Hunger. Sieh doch, wie sie frißt. Sie ist süß.«

»Verschwinde, und such dir am Hafen was zu fressen«, sagte Jimmy zu der Katze und schob sie mit dem Schuh weg. »Mach schon, dort gibt's genügend Fischreste für dich, und zwar umsonst.« Die Katze lief davon.

Als Chena ihren Hot dog aufgegessen hatte, leckte sie die letzten Reste von Zwiebeln, Sauerkraut, Ketchup und Senf aus der Pappschale. Jimmy zerdrückte seine zu einem Ball und warf ihn in Richtung eines Maschendraht-Mülleimers; der Ball prallte vom Rand ab. Chena stand auf und warf ihn hinein. Sie sah eine sauber zusammengefaltete *Seattle Times* im Mülleimer liegen, zog sie heraus und überflog die Schlagzeilen, während sie zur Bank zurückschlenderte und sich setzte, ohne den Blick von der Zeitung zu nehmen. Jimmy legte den Kopf in ihren Schoß und lauschte mit halbem Ohr, während sie ihm einige Artikel vorlas. Dann blätterte sie zu den Bekanntschaftsinseraten.

»Hör dir die an: ›Gutaussehender, professioneller Safariführer und Großwildjäger, 52, dessen Leben sich wie eine Hemingway-Geschichte liest, sucht attraktive, unkonventionelle, abenteuerlustige Frau unter dreißig für Action-Romanze.‹«

Jimmy kicherte. »Action-Romanze? Will er sie in der Wildnis aussetzen und jagen?«

»Scheint so.«

Ein lautes Surren auf dem Betonweg ließ sie aufblicken; vier Jugendliche rollten auf Rollerblades an ihnen vorbei. Ihre Helme, Knie- und Ellbogenschützer hatten alle dieselbe Farbe.

»Muß Spaß machen«, sagte Chena und widmete sich wieder der Zeitung. »›Gutaussehender, erfolgreicher Kieferorthopäde, praktizierender Jude, 32, sucht Sexgöttin zum Anbeten. Muß gut in der Küche sein.‹«

Sie lachten. »Hol dir eine Köchin ins Haus und bete sie an«, sagte Jimmy.

»Oooh«, sagte sie. »Hier ist eine ganz kranke: ›Monster-Fan, 28, Liebhaber von Monster- und Horrorfilmen aus den fünfziger und sechziger Jahren, sucht weiblichen Monster-Fan zwischen 18–48, um einzigartige sexuelle Fantasien auszuleben.‹« Sie schauderte.

»Der Kerl ist ein hoffnungsloser Romantiker«, sagte Jimmy. Er setzte sich auf und legte den Arm um Chena, dann schmiegte er sein Gesicht an ihren Hals und begann, ihn zärtlich zu küssen. Sie kicherte und zog die Schulter hoch.

»Es kitzelt!«

Jimmy kitzelte sie noch einmal in der Taille, dann begann er, selbst die Zeitung zu lesen. Nach einem Moment fragte er: »Was bedeutet *ru-bens?*«

»Hmm?«

»›Attraktive, gebildete Karrierefrau, 41, geschieden‹«, dann zögerte er, »›Rubensfigur . . .‹«

»Ach so, *Rubens*«, sagte Chena.

»›. . . sehnt sich nach Liebe, Lachen und gemeinsamen Werten;

mag Opernbesuche, klassische Musik, Literatur, exzellentes Essen und edle Weine. Einheit von Geist und Sexualität ist Voraussetzung‹«, las Jimmy zu Ende. »Klingt wie eine reiche Dame, die von ihrem alten Herrn verlassen wurde.«

»Rubensfigur bedeutet ›fett‹«, sagte Chena. »Paul Peter Rubens war ein Mann, der vor einigen hundert Jahren nackte, fette Frauen malte, lange bevor es ›in‹ wurde, dünn zu sein. Wenn man nicht sagen möchte: ›Ach übrigens, ich bin fett‹, sagt man ›Ich habe eine Rubensfigur‹, was ein und dasselbe bedeutet.«

»Und hofft, daß irgendein Typ wie Rubens die Anzeige liest«, sagte Jimmy.

»Man kann auch ›mollig‹ sagen. Oder ›korpulent‹.«

Er lächelte. »Du bist unglaublich. Weißt du, wer dich noch mehr vermißt als deine Eltern? Deine Lehrer. Sie werden an Whaler High nie wieder eine so gute Schülerin wie dich haben, das steht fest.«

Sie spürte, daß sie errötete. »Das kommt bloß vom vielen Lesen.«

»Ach so.«

Sie zwickte ihn in den Arm. Dann legte sie die Zeitung beiseite, umarmte ihn und sog mit geschlossenen Augen den Duft seiner sonnengewärmten Haare in sich auf. Es gefiel ihr, wenn er ihr Komplimente machte. Zu Hause hatte sie nie Komplimente zu hören bekommen.

Jimmy sagte: »Vielleicht sollte ich mein eigenes Inserat in die Zeitung setzen: Alleinstehende, männliche Rothaut, unter 35, drahtig, nicht schlecht aussehend, falls man auf Indianer steht, momentan arbeitslos, aber mit ehrgeizigen Plänen, die er wahr machen wird, sobald er aus der Sammelbox ausgezogen ist, in der er augenblicklich wohnt. Sucht finanzkräftige, attraktive Frau, die hohe Absätze trägt und einen ausgeprägten Mutterinstinkt hat.«

»Was willst du mit ihr?« fragte Chena und setzte eine beleidigte Miene auf.

Er zuckte die Achseln. »Ist nicht ernst gemeint. Ich würde ihr Geld nehmen, um unseren Traum zu verwirklichen.«

Jimmy und Chena sprachen seit fast einem halben Jahr über ihren gemeinsamen Traum – seit sich die zarten Knospen ihrer Freundschaft geöffnet hatten und zu einer wundervollen Liebesbeziehung erblüht waren. Ursprünglich hatten sie ja noch warten wollen, bis sie beide sechzehn waren, um dann von zu Hause abzuhauen und sich Jobs zu nehmen und in ein billiges Apartment zu ziehen. Dann würde sie an einer Abendschule ihren Highschoolabschluß nachholen, anschließend aufs College gehen und Literatur studieren; oder Krankenschwester werden, oder Lehrerin. Unterdessen würde er als Schiffsjunge auf einem Fischkutter arbeiten, bis er alt genug war, um die Kapitänslizenz zu erwerben und bei der Hochseeflotte anzuheuern. Und wer weiß – eines Tages hätte er vielleicht genügend Geld zusammengespart, um sich ein eigenes Boot zu kaufen.

Das Problem war, daß sie nicht länger hatten warten können, um die Welt zu erobern. Jimmys Liebe zu seiner alkoholkranken Mutter hatte ihn zur Verzweiflung getrieben. Er hatte verschwinden müssen, bevor sein Herz explodierte wie eines dieser mexikanischen Dinger – *pinatas* – auf die man eindrosch, bis sie platzten und der köstliche Inhalt auf den Boden floß.

»Ich könnte auch ein Inserat schreiben«, sagte sie. »Alleinstehende amerikanische Eingeborene, 15, wißbegierig, gewillt, für ihren Traum hart zu arbeiten. Sucht Mann gleichen Alters, der mit ihr gemeinsam durchs Leben geht und sie für immer liebt. Muß ebenfalls indianischer Abstammung sein, möglichst ein Quanoot; sie würde jemanden bevorzugen, der denselben Traum hat – besonders einen süßen Typen namens Jimmy James Ozette.«

Er lächelte sie an, erst mit dem Mund, dann breitete sich sein Lächeln bis zu den glänzenden schwarzen Augen aus. Sie hielten einander lange in den Armen.

Anschließend nahm Chena wieder die Zeitung. »Mal sehen, was in den Jobanzeigen steht. Vielleicht gibt es etwas für einen Nachmittag, zum Beispiel Fensterputzen oder so. Irgendwas, wo sie keine Angst haben, Fünfzehnjährige anzuheuern.«

Er las ebenfalls, doch sie war soweit, die Seite umzublättern, während er erst ein Drittel gelesen hatte. Er pfiff anerkennend. »Ich sag's ja, die werden dich in der Schule vermissen.«

Oben auf der nächsten Seite sah sie eine fettgedruckte Anzeige:

JUNGE FRAUEN AUFGEPASST
VERDIENEN SIE IN 9 MONATEN 40 000 $:
Mediziner sucht für Embryoimplantation
gesunde Leihmutter im Alter von 18 bis 30 Jahren.
Anonymer Auftraggeber zahlt 5000 $ für die Implantation,
weitere 10 000 $ bei Erfolg der Prozedur.
Nach der Geburt erhält die Leihmutter weitere 25 000 $,
womit sich für die neunmonatige Schwangerschaft
eine Gesamtsumme von 40 000 $ ergibt.
Keine Raucher, Trinker oder Drogenabhängigen;
Gesundheitszustand muß durch Bluttests verifiziert werden.
Antwort an: P. O. Box 1467, Deer Park, WA 98121.

Nachdem sie die Anzeige zu Ende gelesen hatte, sah sie zum Himmel hoch und öffnete verwundert den Mund. Als auch Jimmy die Anzeige ausgelesen hatte, sagte er: »Heiliger Strohsack.« Einen Moment saßen sie schweigend da.

Dann sprudelte es aus Chena heraus: »Gestern stand es noch nicht drin, und es ist keine Telefonnummer angegeben, nur ein Postfach, also kann ihn noch niemand kontaktiert haben.«

Jimmy stand auf und starrte sie mit verschränkten Armen an.

»Ich weiß, daß ich nicht wie achtzehn aussehe, aber vielleicht ist es ihm egal. Sobald ein Mädchen schwanger ist, hat sie den Status einer Volljährigen.«

Er runzelte die Stirn. »Du wärst bereit, das zu tun? Schwanger werden und so?«

»Sicher. Ich bin gesund. Kein Problem. Meine Mutter sagte, daß all ihre Geburten leicht und schmerzlos verlaufen seien; Kynaka-Frauen sind dafür geschaffen, Babys auf die Welt zu bringen.«

»So denkt vielleicht dein Vater . . . aber . . .«

»Aber was?

Er sah zu Boden. »Ich meine ... du weißt schon ... wie wird er das mit dir anstellen?«

»O Jimmy, das hat nichts mit Sex zu tun. Es ist so wie mit einer Truthahnfüllung. Der Arzt setzt es mir einfach ein und ... echt, kein Sex. Du kannst dabeisein, wenn du willst. Ja, ich möchte, daß du dabei bist.«

Er scharrte mit den Füßen. »Aber ... du weißt schon ... es wird ein anderer Mann sein ... zwar ohne Sex, ich weiß, aber ...« Er sah sie an. »Du gehörst doch angeblich zu mir.«

Sie grinste. »Aber das ist ja gerade das Schöne daran. Das Baby wird nicht uns gehören. Nicht mal mir, nicht mal zur Hälfte. Es ist ein Embryo. Das heißt, sie implantieren ihn einfach, und – bingo – in mir wächst das Baby einer anderen Frau heran. Es könnte ein kleiner Chinese sein.«

»Und du willst mir weismachen, daß du, Chena Kynaka, die ihren Hot dog an eine streunende Katze verfüttert, nicht total an dem Baby hängen wirst und ausflippst, wenn du es weggeben mußt?«

»Ich werde einem verzweifelten Ehepaar, das keine Kinder haben kann, einen wunderschönen Gefallen erweisen.«

»Wart's ab, er wird eine Weiße wollen.«

»Ich bin zur Hälfte weiß. Er könnte mich tatsächlich nehmen, Jimmy. Glaub's mir.«

Jimmy seufzte und rieb sich die Stelle, wo seine Mutter ihm die Nase gebrochen hatte. »Es klingt zu gut, um wahr zu sein.«

»Das ist das einzige, was mir Sorgen macht, es klingt zu gut.« Sie las die Anzeige von neuem. Dann ein drittes Mal, laut. Dann zog sie Jimmy zu sich heran und brach in Tränen aus.

»Ich weiß«, flüsterte er. »Ich weiß.« Er streichelte ihre Wange. »Es ist beängstigend, seinen Traum so dicht vor Augen zu haben, daß man nur zuzugreifen braucht, um ihn wahrzumachen. Einfach so. Na ja, vielleicht nimmt er dich ja nicht.«

Sie nickte und weinte leise an seiner Brust.

»Andererseits, wieso sollte uns nicht auch mal was Gutes widerfahren?« sagte er. »Wenigstens einmal im Leben. All diese Kinderbücher ... Die Geschichten von Sisiutlqua und den spirituellen Wächtern. Sie können sich das Zeug nicht *alles* ausgedacht haben. Glaube ich nicht. Ich meine, nicht von Grund auf. Irgendwas muß doch am Leben dran sein – hoffe ich jedenfalls.« Er hob ihr Kinn. »Schau, selbst wenn uns dieses Geld nicht in den Schoß fallen sollte, haben wir noch immer uns, stimmt's, Chena Hawk?« Er sprach sie mit dem Clannamen ihrer Mutter an.

Sie lächelte, sprang auf und zog ihn an der Hand hinter sich her.

»Stimmt, Jimmy Otter. Los, komm.«

»Wohin?«

»Deer Park ist nicht groß – wahrscheinlich gibt es dort nur eine Post. Laß uns hingehen, Postfach vierzehnsiebenundsechzig finden und warten. Wenn dieser Arzt kommt, um seine Briefe abzuholen, schlagen wir zu.«

Yute war noch einen halben Kilometer vom Campus entfernt und zog das Tempo ein wenig an.

Er rannte an einem Wartungstrupp vorbei, der unter einer Zeltplane in einer Erdgrube arbeitete. Zwei bierbäuchige Männer schauten in das Loch hinab und sprachen mit einem unsichtbaren dritten. Sie trugen gelbe Schutzhelme und graue Overalls, auf deren Rückseite in weißen Stoffbuchstaben *Seattle Power & Lights* stand; die Männer kamen vom Elektrizitätswerk.

Das ging schnell, dachte Yute. *Als ich vorhin hier vorbeikam, waren sie noch nicht da.*

Einen Block vor dem Parkplatz der Fakultät war mitten auf der Straße eine weitere Baugrube; direkt davor parkte ein Seattle-Power-&-Lights-Kleinlaster mit eingeschalteten Warnblinkleuchten. Ein untersetzter Mann mit einem roten Schutzhelm auf dem Kopf sprach in ein Funkgerät. ». . . nicht an diesem Ende, soweit wir sagen können. Muß irgendwo bei euch liegen. Over.«

Yute sah auf das Leuchtschild vor dem Bankgebäude, das normalerweise die Zeit und die Temperatur anzeigte. Es war dunkel. In den Bürogebäuden entlang der Straße leuchteten keine Lichter, und an der Shell-Tankstelle rotierte das gelbe Muschelemblem nicht. Obwohl er verschwitzt war, spürte er ein entsetzliches Frösteln in sich, als hätte ihm jemand Eiswasser über den Rücken gegossen. Er sprintete das letzte Stück und bog an der Bibliothek um die Ecke. Was er sah, ließ ihn abrupt stehenbleiben. In den Seminarräumen waren alle Lichter erloschen. Auf dem gesamten Universitätsgelände schien der Strom ausgefallen zu sein, auch in seinem Labor.

Das bedeutete, daß die Kältekammer nicht funktionierte.

»Nicht jetzt!« schrie er und stürmte zum zweiten Wartungstrupp zurück. Der Mann mit dem Funkgerät hockte am Grubenrand und sah hinunter. Während Yute noch auf ihn zurannte, rief er: »Seit wann ist der Strom weg?«

Der Mann schaute kurz auf, runzelte die Stirn, und sah wieder hinunter.

Yute erreichte den Mann. »Seit wann ist der Strom ausgefallen, und wie lange wird es noch dauern?«

Der Mann schaute zu Yute auf, noch immer am Grubenrand hockend, und musterte ihn. »Wer will das wissen?«

»Dr. Yute Nahadeh vom Pacific College. Sir, ich führe in meinem Labor ein extrem wichtiges Experiment durch, das eine konstante Kühlung braucht.«

»Haben Sie keinen Notstromgenerator, so wie in Krankenhäusern?«

»Nein. Ich ... Nein. Nur eine Batterie für die Notbeleuchtung. Die Kältekammer ist nicht daran angeschlossen.«

Die Kältekammer wurde erst seit den letzten Wochen permanent genutzt; davor waren dort insgesamt nur vier Forschungsobjekte aufbewahrt worden: zwei Lemuren und zwei Schimpansen. Deswegen hatte er die Anschaffung eines gasbetriebenen Stromgenerators für überflüssig gehalten und hatte bei aller Euphorie über Tundrafrau die Möglichkeit eines derartigen Notfalls schlichtweg vergessen.

»Sie sollten sich für Fälle wie diesen einen gasbetriebenen Notstromgenerator zulegen«, sagte der Mann zu Yute und wandte sich ab, um in sein Funkgerät zu sprechen: »Mike, wirf das Testprogramm an, hier bei uns ist nichts. Halte mich auf dem laufenden.«

Er schob das Funkgerät in einen Metallhalter an seinem Gürtel und wandte sich wieder zu Yute um. Der Mann war etwas kleiner als er, aber schwerer. »Wir wissen noch nicht, was los ist. Und ich kann Ihnen nicht sagen, wie lange wir für die Reparatur brauchen werden, aber wie die Dinge aussehen, wird es eine Weile dauern. Tut mir leid.« Statik knisterte im Funkgerät, und er drehte den Volumenregler herunter. »Einige Stunden, bis wir den Fehler gefunden haben. Und dann noch mal eine Weile, vielleicht einen halben Tag, um ihn zu reparieren.« Er wollte Yute loswerden und sich wieder an die Arbeit machen.

»Wie lange ist der Strom schon weg?« fragte Yute. Er las den über der linken Brusttasche eingestickten Namen des Mannes. »Bitte, Mr. Douglas, es ist wichtig.«

Der Mann beugte sich über die gelbe Metallabsperrung und rief hinunter: »T. J., wann hast du den ersten Anruf bekommen?«

»Was?« fragte einen Frauenstimme von unten.

»Frag T. J., wann er den ersten Anruf wegen des Stromausfalls bekommen hat.«

Nach einem Moment erschien sie am Fuß der Leiter und rief hoch: »Er sagt, vor etwa einer Stunde. Und er meint, daß er den blauen Testkasten braucht.« Sie sah kurz hinter sich. »Oh, und einen anderen Scheinwerfer – seiner ist im Arsch.«

»Wie lange würden Sie brauchen, um in meinem Labor einen Notstromgenerator zu installieren?« fragte Yute den Vorarbeiter und folgte ihm zur Schiebetür des Kleinlasters. Der Mann kletterte hinein, um die Geräte zu holen, und sprach, ohne sich umzudrehen.

»Sir, das ist nicht mein Job. Und wir dürfen unsere Gasgeneratoren nur für Firmenzwecke zu benutzen.«

»Mr. Douglas, ich weiß nicht, wie ich Ihnen die Dringlichkeit meiner Lage verständlich machen kann.« Hinter dem gebeugten Rücken des Mannes hob Yute die Arme. »Die Welt steht davor, einen wissenschaftlichen Artefakt von unschätzbarem Wert zu verlieren. Er ist unersetzlich. Ich flehe Sie an, helfen Sie mir.«

»Ich kann Ihnen sagen, wo Sie einen Generator kaufen können. Er wird Ihnen sogar angeschlossen. Rufen Sie bei Phillips . . .«

»Dafür ist keine Zeit!«

»Hören Sie, Freundchen«, der große Mann drehte sich um und steckte den Kopf aus dem Kleinlaster, direkt in Yutes Gesicht, »bei jedem verdammten Stromausfall flippt jemand aus – ›In zwei Stunden findet die Hochzeit meiner Tochter statt‹, ›Um acht kommen der Senator und seine Frau zum Dinner‹, ›Meine Tropenfische kosten das Dreifache Ihres Monatsgehalts‹ – alles schon gehört. Nun, es gibt nichts, was ich dagegen tun könnte. Ich bin nicht Gott, okay? Sie werden schon warten müssen, wie jeder andere auch. Tut mir leid. Besorgen Sie sich für künftige Notfälle einen Gasgenerator. Und lassen Sie mich jetzt endlich meinen Job machen. Um so schneller kriegen Sie Ihren verdammten Strom zurück.«

Bevor der Mann den letzten Satz zu Ende gesprochen hatte, hatte sich Yute umgedreht und war schon zu seinem Labor unterwegs. »Vielleicht hilft es, wenn Sie das Ding in Eis packen«, rief ihm der Mann hinterher. »Die Reparatur wird ein paar Stunden dauern, davon können Sie ausgehen.« Mit einem Ruck schob er die Tür des Kleinlasters zu. Sie krachte ins Schloß.

Yute stürmte die Treppen zu seinem Labor im vierten Stock hoch, drei Stufen auf einmal nehmend.

Was werde ich vorfinden? Tundrafrau war tiefgekühlt, nicht eingefroren. Also kann sie nicht auftauen. Aber was wird statt dessen passieren? Er wünschte, mehr über Tiefkühlphysik zu wissen.

Hauptsache, der Embryo bleibt unversehrt. Selbst wenn der Rest verrottet. Bitte, laß den Embryo intakt sein.

Die Notbeleuchtung hatte sich eingeschaltet. An der Tür zur Kältekammer drehte er den Schlüssel in dem schweren Vorhängeschloß herum, und es schnappte mit einem metallischen Klicken zurück. Dann zögerte er, ängstlich. Er holte tief Luft, drückte die Klinke herunter und ging, die Luft in einem Zug ausatmend, hinein. Die Frostschicht, die normalerweise die Wände überzog, war geschmolzen und hatte auf dem geriffelten grauen Aluminiumboden eine Pfütze gebildet. Er zog die weiße Plastikdecke von Tundrafraus Körper, noch immer ausatmend. Der Körper hatte noch den dunklen Goldton. Er berührte ihn. Die

Haut war kühl, nicht kalt. Feucht. Schließlich wagte er es, Luft zu holen. Es stank nicht. Es roch nach feuchter Haut und feuchten Haaren. Aber nicht nach Verwesung. Noch nicht.

»Ja!« rief er und hüpfte triumphierend auf und ab; Wasser spritzte auf. Plötzlich hielt er inne. »Und was mache ich jetzt?«

Ich habe ihr Gehirn seziert, ihre Rachenhöhle, ihren Kehlkopf, ihre Zunge, also die für mich anatomisch interessantesten Bereiche. Mir ist es gelungen, Teile davon in Formaldehyd zu präservieren. Meine Fotos und Aufzeichnungen sind präzise. Der wichtigste Teil der Arbeit ist also getan. Wenn sie jetzt zu verwesen begänne, würden keine entscheidenden Informationen verlorengehen. Ich werde im Besitz des einzigen vollständig erhaltenen Neandertaler-Skeletts sein. Für den Augenblick kann ich sie also außer acht lassen. Was zählt, ist der Embryo. Der lebende Neandertaler.

Er verließ die Kältekammer, duschte schnell und zog einen sauberen Chirurgenkittel an, dann packte er einen Satz chirurgischer Instrumente aus und legte sie auf ein steriles grünes Stofftuch. Danach ging er in die Kältekammer und holte die Gebärmutter und legte sie auf eine kleine Sezierplatte. In dem Moment kam der Strom zurück. Der Kältegenerator begann wieder zu summen.

Trotzdem, ich muß es tun, entschied er. *Es ist die einzige Möglichkeit. Ich darf es nicht riskieren, das Gebärmuttergewebe ein zweites Mal tiefzukühlen, denn die Stabilisatoren könnten nach der ersten Kühlphase ihre Wirkung verlieren. Beim nächsten Mal könnte das Fleisch gefrieren und zerstört werden.*

Mit einer Kürette schabte er das Zellgewebe aus dem linken Eileiter und tauchte den winzigen Löffel in eine sterile Petrischale, die mit einer auf Raumtemperatur gehaltenen Nährsalzlösung gefüllt war, einer plasmaartigen Flüssigkeit aus Glukose, Mineralstoffen und einem Antibiotikum.

Dann lokalisierte er den Embryo. Er sah unversehrt aus. Ganz behutsam saugte er ihn mit einem Plastikkatheter ab und spritzte ihn in die Nährlösung. Schweißbäche flossen ihm in die Augenbrauen.

»Lang lebe die Königin«, flüsterte er, und seine Schultern

sackten einige Zentimeter herunter, als er sich erleichtert in den Stuhl fallen ließ.

Nach einer kurzen Pause legte er einen porösen Deckel auf die Petrischale und stellte sie in einen Erhitzer, den er so programmierte, daß der Wärmegrad innerhalb von sechs Stunden von Raumtemperatur auf 38,9 Grad anstieg, der Temperatur in der Gebärmutter. Der Embryo würde stufenweise seinen Metabolismus aufnehmen und bald darauf beginnen, sich wieder und wieder zu teilen. Den Luxus, in aller Ruhe nach einer Leihmutter zu suchen, konnte er sich nicht länger leisten. In dem Salzbad konnte der Embryo vielleicht anderthalb Tage überleben, länger zu warten, durfte er nicht riskieren.

Er sah auf die Uhr: 10:39. *Wie soll ich bis Morgen eine Leihmutter finden? Über den Campus schlendern und jede gesund aussehende Frau ansprechen? Nicht gerade unauffällig und noch lange keine Garantie, daß ich jemanden finde – und, verdammt! – heute ist Sonnabend.*

Fieberhaft wanderte er im Labor umher. Prostituierte. Die verkaufen ihre Körper auf Bestellung; aber dann habe ich mit Zuhältern, Alkohol, Drogen, Zigaretten und Aids zu tun. Trotzdem, wenn ich ein ganz junges Ding fände, eine die neu im Geschäft ist, eine, die von ihrem Lebensstil noch nicht gezeichnet ist. Nein. Würde nicht funktionieren. Eine Prostituierte nimmt die Pille, daher kann man ihr nicht sofort ein Embryo implantieren. Es muß eine Frau sein, die spätestens morgen zur Implantation bereit ist.

Er setzte sich, ein leichtes Schwindelgefühl im Kopf; ihm fiel ein, daß er weder gefrühstückt noch zu Mittag gegessen hatte. Plötzlich klatschte er in die Hände. Das Mädchen am Hot-dog-Stand! Sie war keine Prostituierte, nur eine Ausreißerin. Fünfzehn oder sechzehn. Juristisch gesehen zu jung, aber biologisch im idealen Alter, um ein Kind auszutragen. Sie würde gute Gründe haben, niemandem zu erzählen, auf welche Weise sie schwanger geworden war. Ich kann ihr, oder ihnen beiden, ein Apartment mieten, als Teil des Geschäfts.

Er war schon aufgesprungen und riß sich den Kittel vom Leib und stieg in seine schwarzen Jeans. Er zog das am wenigsten zerknitterte weiße Hemd aus dem Wäschekorb neben dem Klappbett. Er schnupperte unter den Achseln und warf es in den Korb zurück. Statt dessen streifte er ein sauberes, krankenhausgrünes Chirurgenhemd mit V-Ausschnitt über. Dann stürmte er aus der Tür und rannte zur Treppe.

6

Yute Nahadeh rutschte unruhig auf dem braunen Kalbsledersitz seines cremefarbenen 1956er Mercedes 300 SL Flügeltürer umher. Der Wagen parkte am höchsten Punkt der Hill Street, gegenüber vom Bayside Park, von wo aus Yute das ganze Stück bis hinunter zur Bucht im Blick hatte. Er sah auf die Uhr. Drei Stunden waren vergangen und noch immer keine Spur von den beiden Ausreißern. Wo steckten sie bloß?

Konzentriert suchten seine Augen die Parkwege ab, wie ein Suchradar von Norden nach Süden gleitend. Er verstellte erneut den Sitz, versuchte, sich eine bequemere Position zu schaffen.

Er war schon im Park gewesen und hatte die beiden gesucht, hatte mit der alten Vietnamesin geredet, die ihm die Hot dogs verkauft hatte, hatte wildfremde Leute angesprochen und sie nach den beiden gefragt, aber er war nur im Kreis gelaufen, wie ein Bluthund, der die Duftspur verloren hatte.

Wie unter Zwang sah er erneut auf die Uhr, dann spie er einen Fluch aus und hämmerte mit den Handballen aufs Lenkrad.

Ist dies die richtige Strategie? Oder sollte ich es doch mit einer Nutte versuchen? Manche vertragen die Pille nicht und verlassen sich statt dessen auf Diaphragmen und Abtreibungen. Nur, wo finde ich eine solche Frau?

Er seufzte resigniert. *Es ist hoffnungslos.*

Die Zeit nahm eine greifbare Präsenz an, die ihn von allen Seiten umgab wie die erdrückende Treibhausluft der Tropen. Er kurbelte das Fenster herunter, obwohl der Abend allmählich kühl wurde, während die Sonne hinter der Bucht versank. Die Zeit lief aus, aber für ihn war es nicht so, als würde sie verrinnen wie Sand in einer Sanduhr; für ihn war es, als würde die Zeit sich wie eine gigantische schwere Plastikdecke über ihn legen und von allen Seiten einhüllen. Er spürte, daß er, wenn er nicht in den nächsten Stunden eine Leihmutter fand, unter der Decke ersticken und der unaufhaltsame Fluß der Zeit dem Embryo und ihm selbst das Leben geraubt haben würde.

Er stellte den Sitz hoch und startete den Motor.

»Mir wird langsam kalt, Chena.«

Jimmys Hände steckten tief in den Taschen, und seine Arme preßten sich eng an seinen Körper. Er und Chena saßen auf einer Steinbank gegenüber der Post.

»Vielleicht sollten wir eine Nachricht hinterlassen und morgen zurückkommen.«

»Was soll drinstehen? *Wäre gerne Leihmutter. Bin in der Goodwill-Sammelbox in der Spruce Ecke Fir zu finden?*«

Durch das Fenster konnte Chena das silberne Postfach sehen, das sie vor einigen Stunden entdeckt hatten. Wenn Kunden im Postamt waren, hatte sie nicht den Blick davon genommen. Doch nun mußte sie nicht länger wachsam sein, denn bis auf die abendliche Putzkolonne war die Post verlassen.

»Ich schätze, der Typ wird heute nicht mehr kommen.«

»Woher willst du das wissen? Vielleicht liegt die Post auf seinem Heimweg vom Krankenhaus oder vom Kino, oder so.«

»Los, komm, laß uns abhauen. Die Bäckerei hat jetzt ihre alten Brötchen weggeschmissen.«

»Ich wußte es – du hast bloß Hunger. Aber sieh es mal so: Wenn ich den Job bekomme, werden wir Räucherlachs futtern und Süßkartoffeln, Wachteln, Muscheln, Ziegenkäse, Apfeltorte ...«

»Hör auf, ich kriege Bauchschmerzen.«

»... Wildschweinsteaks, Kürbisse, Schokoplätzchen ...« Sie kicherte bei dem Gedanken an einen reich gedeckten Festtisch bei einer traditionellen Hochzeitszeremonie in einem Quanoot-Langhaus. »Ich werde die erste Bewerberin sein, die mit ihm spricht.«

»Okay, aber ich muß irgend etwas finden, womit wir uns warm halten können.« Er stand auf. »Bin gleich zurück.«

Der Leiter des Postamtes hatte sie mit dem Hinweis, dies sei kein Obdachlosenasyl, hinausgeworfen. Die Filiale hatte nun seit zwei Stunden geschlossen, doch der Vorraum war für Inhaber von Postfächern noch bis einundzwanzig Uhr geöffnet. Vielleicht konnten sie, sobald die Putzkolonne verschwunden war, hineingehen und drinnen weiterwarten, geschützt vor der kalten Brise, die vom Puget Sound heranwehte.

Nach einigen Minuten kam Jimmy mit einer großen, zusammengefalteten Plane zurück, die man normalerweise als Sonnenschutz über ein Auto legte. Sie fragte nicht, wo er die Plane herhatte. Sie schmiegten sich unter ihr aneinander, kuschelten und küßten sich kichernd. Ihre Körpergerüche erinnerten sie an den feuchten, erdigen Geruch der Pilze, die sie hundert Schritte hinter ihrem Elternhaus im Wald gesammelt hatte. Sie schaute auf, als ein cremefarbener Mercedes-Sportwagen vorbeifuhr; am Steuer saß ein schwarzhaariger Mann.

»Hey, Jimmy, guck mal!«

Jimmy schob den Kopf unter der Plane hervor. Die Rücklichter des Wagens leuchteten vor einem Stoppschild auf, dann fuhr der Wagen weiter.

»Du hast ihn verpaßt«, sagte Chena. »Das war der Mann, der uns die Hot dogs spendiert hat.«

Eine halbe Stunde später gelangte Yute in eine der älteren, schäbigeren Gegenden von Seattle und fuhr langsam am Bordstein entlang, die Straßenmädchen musternd. Die meisten Frauen sahen älter aus, als er erhofft hatte. Eine junge Philippinin in pinkfarbenen Spandexhosen und winzigem Oberteil kam an sein Beifahrerfenster, lief ein paar Schritte mit und zählte einige der Dinge auf, die sie für ihn tun könnte. Richtiges Alter, dachte er, aber zu zierlich, ein Neandertaler-Baby könnte recht groß werden. Er schüttelte den Kopf und fuhr weiter.

Am Ende der Straße sah er eine hochaufgeschossene schwarze Jugendliche mit großen Brüsten, breiten Hüften und einer athletischen Figur. Er fuhr zu ihr heran und hielt an. Sie könnte die Richtige sein. Sie sprach mit einer weißen Frau in einer Goldlamé-hose; die Weiße sah herüber, lächelte und stöckelte auf den Wagen zu. Er schüttelte den Kopf und deutete auf die Schwarze. Die junge Schwarze versuchte, ihre Überraschung zu verbergen. Sie lachte kurz und kam zum Wagen, aber er sah sie eine Zigarette auf den Bürgersteig schnippen, daher winkte er ab und fuhr weiter. Keine Raucherin.

»Schwule Sau!« rief sie ihm nach und zeigte ihm den erhobenen Mittelfinger.

Das ist idiotisch, es wird nicht klappen. Seit fünf Stunden suchte er jetzt vergeblich nach einer geeigneten Kandidatin, und selbst wenn er eine fände, könnte sie bei den Blutuntersuchungen durchfallen oder aus anderen Gründen ungeeignet sein.

Er hielt an einer Ampel. Eine Frau Ende Dreißig in Stöckelschuhen, enganliegender violetter Radlerhose und einem tiefausgeschnittenen Leopardenoberteil trat ans Fahrerfenster heran. Kastanienbraune, hennagefärbte Haare fielen ihr ins Gesicht, als sie sich vorbeugte. Sie roch nach Parfüm, Zigaretten und einer Spur Alkohol; sie war das genaue Gegenteil von dem, was er suchte.

Sie zwinkerte mit den Augen. »Je oller, desto doller, Baby. Ich mache Sachen, von denen die jungen Dinger nicht mal zu träumen wagen. Ich bring's, glaub's mir.«

Er schüttelte den Kopf, und sie zuckte mit den Schultern und drehte sich um. »Hey, warten Sie«, sagte er. »Kennen Sie viele andere Prostituierte?«

Sie drehte sich zu ihm zurück. »Suchste was Bestimmtes?«

»Ja, das tue ich.«

»Biste ein Bulle?«

»Nein.«

»Privatdetektiv? Ist die Tochter von irgendwem auf der Straße gelandet?«

»Nein, ich bin Arzt.«

Sie studierte ihn einen Moment. »Du siehst nicht wie ein Arzt aus, aber auch nicht wie ein Bulle. Eher wie ein Schauspieler aus einem Western.«

»Steigen Sie ein«, sagte er. »Die Ampel springt um.« Die Ampel wurde grün, und hinter ihnen begann ein Taxifahrer zu hupen. Sie rief dem Mann etwas Obszönes zu, während sie um die Kühlerhaube des Mercedes ging. Yute öffnete ihr die Tür, die auf rostfreien Stahlschienen fast lautlos in die Höhe glitt.

»Geile Karre«, sagte sie beim Einsteigen. »Kann das Ding fliegen?« Sie packte den Griff und zog die Tür herunter.

»Nicht zuknallen . . .« Er seufzte, als sie die Tür zuknallte . . .

»Tut mir leid, Mann«, sagte sie. »Hättest mich eher warnen sollen.« Sie ließen das hupende Taxi hinter sich stehen und bogen um die nächste Ecke. Das Taxi fuhr geradeaus, und der Fahrer brüllte ihnen mit hochrotem Kopf etwas zu. »Fick dich selbst, Wichser«, rief sie und zeigte dem Mann beiläufig den Mittelfinger.

Yute sah sie von der Seite an. »Vielleicht können Sie mir weiterhelfen . . .«

»Meine Informationen sind nicht umsonst«, sagte sie und strich mit den Fingern über das schwarze Walnußarmaturenbrett.

»Kein Problem. Ich . . .«

»Hör mal, wenn du irgendwas Spezielles möchtest, sag's einfach. Mir ist nichts zu versaut, glaub mir.«

»Seien Sie still, und hören Sie mir zu«, sagte er. »Ich will keinen Sex kaufen. Weder von Ihnen noch von jemand anderem. Eine meiner Patientinnen sucht eine professionelle Leihmutter. Sie möchte, daß ich einer jungen, gesunden Frau einen Embryo einsetze. Ich stehe unter enormem Zeitdruck, weil mir nur noch ein Tag bleibt, um die richtige Frau zu finden und ihr den Embryo zu implantieren. Ansonsten geht der Embryo ein.«

Sie runzelte die Stirn. »Sie wollen eine Hure schwängern?«

»Ich kann ihr für die neun Monate vierzigtausend Dollar zahlen.«

»Das verdient ein Mädchen mit guter Figur auch so, wenn sie sich im Geschäft auskennt.«

»Ja, aber sie müßte nicht mehr anschaffen. Sie wird schwanger und bräuchte für neun Monate nicht mehr auf die Straße. Ihre

Gebärmutter erledigt die Arbeit, während sie Urlaub machen kann. Und ich kann ihr ein Apartment zur Verfügung stellen, und Lebensmittel, quasi als Teil des Geschäfts.«

»Ziemlich merkwürdig«, sagte sie und verdrehte ihre knallroten Lippen. »Aber . . . klingt machbar. Ich glaube, ein paar der Mädchen könnten interessiert sein.«

»Ich suche ganz besonders nach einem, das gerade anfängt, also neu ist im Geschäft, oder besser noch, eine, die nicht genau weiß, ob sie tatsächlich einsteigen soll.«

»Von der Sorte gibt's immer ein paar.«

»Und es muß ein Mädchen sein, das nicht raucht, nicht trinkt und keine Drogen nimmt.«

Sie stieß ein rauhes Lachen aus. »Und – laß mich raten – eine, die Vegetarierin ist und nur Granola-Kekse frißt und sich zum Verhüten einen Palmwedel in die Muschi steckt.« Sie lachte wieder und begann, heiser zu husten. Schleim löste sich in ihrem Rachen, und sie kurbelte das Fenster herunter und spuckte auf die Straße. »Sie haben recht, ich bin ein Idiot«, sagte er und drosselte das Tempo. »Mein Fehler.« Sie hustete noch leise, als er an der Straßenrand fuhr und anhielt.

Er fühlte sich hilflos. »Wenn Sie obdachlos wären, wo würden Sie nachts hingehen?« fragte er. »In einer kalten Nacht wie heute?«

»Wenn ich obdachlos wäre, würde ich in eine der Notunterkünfte gehen. Aber Sie reden von einer Ausreißerin, stimmt's? Dann würde ich mich von diesen Unterkünften fernhalten, weil mein Daddy mich dort suchen könnte.«

»Ich bin kein Vater. Aber ich suche zwei indianische Jugendliche, die ich heute im Bayside Park kennengelernt habe.«

»Nun, in dem Fall wüßte ich, wo ich suchen würde«, sagte sie und legte den Griff an der Tür des Mercedes um. Sie glitt mit einem kaum hörbaren Zischen nach oben.

»Wo?«

Sie stieg aus dem Wagen.

»Ach ja, richtig, hab' ich ganz vergessen.« Yute griff in die Gesäßtasche seiner Hose und zog eine schwarze Lederbrieftasche heraus. Er beugte sich über den Beifahrersitz und gab ihr einen Zwanziger. »Hier.«

»Komm schon. Du bist Arzt. Du kriegst das Doppelte, wenn du in deiner Praxis jemanden in einen Plastikbecher pinkeln läßt.«

»Ich bin Forensiker. Ich arbeite nicht mit lebenden Patienten.«

»Gut für dich, dann brauchst du keine Versicherung gegen Kurpfuscherei.« Sie rieb ihren Daumen gegen die anderen Finger. »Mehr.«

Er gab ihr einen weiteren Zwanziger.

Sie stopfte die Scheine in ihre Handtasche. »Wenn ich eine Ausreißerin wäre, würde ich um diese Zeit mit meinen Kumpels in den Müllcontainern rumkriechen.«

Er zuckte kopfschüttelnd mit den Schultern.

»Nach was Eßbarem suchen. Die Container hinter den Supermärkten sind am besten. Jeden Abend vor Ladenschluß werden tonnenweise Lebensmittel weggeschmissen. Die Penner stehen praktisch Schlange.«

Seine Augenbrauen schossen hoch. »Kwik-Safe!«

»Ist in der Nähe, wo du die beiden heute gesehen hast, stimmt's? Selbst Ausreißer entfernen sich nie weit von der Küche.«

»Stimmt ... das ist es. Vielen Dank.«

»Leichtes Geld«, sagte sie mit einem Grinsen. »Schätze, das nennt man *Oralsex.*« Sie langte nach oben und riß die Tür herunter; sie knallte ins Schloß. Dann wandte sie sich um und stolzierte in die Richtung, aus der sie gekommen war.

Kwik-Safe, dachte er. *Bitte. Das ist meine letzte, lächerliche Chance, den Embryo zu retten.*

Zitternd, mit über die Hände gezogenen Ärmeln eilten Chena und Jimmy vom Postamt zum Kwik-Safe. Jeden Abend um acht wurden im Supermarkt Tüten mit alten Brötchen und Brotlaiben weggeworfen, und die anderen Abteilungen sortierten das verfaulte Obst und Gemüse und andere Sachen aus, deren Verfallsdatum überschritten war. Sie bogen um die Ecke des großen Ziegelsteingebäudes, in dem sich die Lebensmittelabteilung befand. »Mist, wir kommen zu spät«, sagte Jimmy. Zwei ältere Obdachlose waren am Müllcontainer. Eine Frau, bekleidet mit einem Rollkragenpullover und einem schmutzigen Overall, stand in dem großen Metallbehälter und reichte einem dürren, bärtigen Mann mit langen, strähnigen Haaren eine Holzkiste heraus. In der Kiste waren zwei oder drei Stauden brauner Bananen.

»So ein Mist«, murmelte Jimmy.

Doch der dürre Mann lächelte, seine schlechten Zähne entblößend, und winkte sie mit einer Banane in der Hand heran. »Ist genug für alle da«, sagte er. »Man soll alles teilen.«

»Yeah«, rief die Frau im Container. »Wir beißen nicht.« Sie stemmte sich an der Metallwand hoch, schwang ein Bein über den Rand, dann das andere und sprang auf den Asphalt hinunter. Chena und Jimmy bedankten sich und nahmen die Bananen. Sie schlenderten zum Rand des Parkplatzes und setzen sich mit ihrem Abendbrot unter einer Ulme ins Gras. Einige Bananen waren fast perfekt, nur an den Enden ein bißchen weich. Chena grinste, als Jimmy eine Banane auf dieselbe Weise verschlang wie zuvor den Hot dog. Es war ihre einzige andere Mahlzeit, die sie heute gegessen hatten.

»Affe«, sagte sie.

Er grinste mit vollem Mund zurück. »Stimmt genau.«

Die beiden Jugendlichen aßen schweigend. Das andere Paar saß in der Nähe des Müllcontainers auf einer niedrigen Betonmauer und sprach leise miteinander. Dann schlenderten der Mann und die Frau auf sie zu.

»Da sind noch ein paar Tüten mit Broten und eine Kiste Apfelsinen im Müll«, sagte die große Frau. »Warum klettert nicht einer von euch rein und reicht die Sachen raus?«

»Klar.« Chena erhob sich. »Mach' ich.«

Die Frau winkte ab und zeigte mit dem Daumen auf Jimmy. »Immer den Mann die Dreckarbeit machen lassen, Kleine.«

Jimmy war schon auf dem Weg zum Container. »Kein Problem«, sagte er, seine vierte Banane im Mund. »Wo sind die Sachen? Man sieht da drin so schlecht.«

»Irgendwo an der Rückwand«, antworteten sie beide.

Jimmy stemmte sich an der Containerwand hoch, schwang die Beine über den Rand und sprang in die stinkende Dunkelheit hinunter. Der bärtige Mann kam herangestürmt, schlug die Metallabdeckung zu und verriegelte sie mit einer Eisenstange; die Frau packte Chena von hinten und preßte ihr eine schmutzige Hand auf den Mund. Jimmy stieß eine Reihe von Flüchen aus und hämmerte an die Wand seiner Falle; der Stahl tönte dumpf, wie ein Gong.

Chenas Herz begann zu rasen. Sie versuchte, durch die fleischige Hand, die ihren Mund bedeckte, zu schreien. »Was soll das? Aufhören! Sie tun mir weh!«

Die Frau schleifte sie hinter den Container in den Schatten. Der Mann sah sich prüfend um und folgte ihnen.

»Man soll alles teilen«, sagte er und preßte seinen nach Fäulnis stinkenden Mund auf ihren. Er bückte sich, um ihr die Hose auszuziehen. Chena riß ein Knie hoch und hörte und spürte es gegen sein Auge krachen. Er schrie auf und sank keuchend auf die Knie, die Hände auf dem verletzten Auge.

»Verdammtes Miststück!« brüllte die Frau hinter ihr und drückte die Armbeuge um Chenas Kehle zu; Chena bekam keine Luft mehr. Sie schlug um sich, trat und kratzte, konnte sich aber nicht aus dem Würgegriff befreien.

Der Mann stand auf und starrte Chena finster an. Das eine Auge war nur ein schwarzer Fleck, das andere funkelte wutentbrannt. Chenas Sicht verschwamm, und eine seltsame Ruhe überkam sie, als ihr klar wurde, daß sie sterben würde.

Plötzlich schnellte hinter dem Mann eine Hand hervor, packte sein Gesicht, wirbelte ihn wie eine Puppe herum und stieß seinen Kopf gegen den Container. Er glitt an der Metallwand herunter und blieb liegen wie ein Haufen schmutziger Wäsche. Die Frau ließ Chena los und floh. Chenas Knie gaben nach, und sie taumelte zurück und fiel auf den Hosenboden. Über ihr erschien die verschwommene Silhouette ihres Retters. Eine kräftige Hand half ihr auf die Beine und führte sie ins Licht der Parkplatzbeleuchtung.

Sie blinzelte ungläubig. Der Mann aus dem Park.

»Alles in Ordnung mit dir?« fragte er.

Sie nickte, noch immer keuchend. »Holen Sie Jimmy raus.«

Yute öffnete den Container, und Jimmy kletterte über die Wand, fiel auf den Asphalt und sprang laut fluchend auf die Beine, alles in einer Bewegung.

»Chena, was zum Teufel haben sie mit dir gemacht?« Seine schwarzen Augen waren weit aufgerissen und glänzten feucht.

»Alles okay, mir geht's gut.« Doch als sie das sagte, stach ihr der Gestank von Müll, säuerlichem Schweiß und fauligen Zähnen in die Nase, und sie übergab sich.

Jimmy legte die Arme um sie und fing an zu weinen. »O Chena. Es tut mir so leid . . .«

»Schhh, ist schon gut«, sagte sie, ebenfalls weinend. »Sie haben versucht, mich zu . . . aber sie sind nicht weit gekommen.« Sie strich ihm über die langen schwarzen Haare. »Schhh, ist schon gut. Mir ist nichts passiert.«

Nach einer langen Pause sagte Chena: »Jimmy, sieh, wer mich gerettet hat.«

Yute stand einige Meter entfernt, einen hellen Lichtkegel im Rücken.

7

Chena saß auf einem Holzhocker, in einem Labor mit grünen Wand- und Bodenkacheln und mehreren Arbeitstresen aus rostfreiem Edelstahl. Zu ihrer Überraschung war sie nicht nervös. Jimmy saß neben ihr und rieb seine Narbe an der Nase. Er trug ein Chirurgenhemd, die Ärmel hochgerollt, sie einen marineblauen Bademantel.

Sie lächelte ihn an und tätschelte seine Hand, dann beugte sie sich vor und küßte ihn. Ihre frischgewaschenen feuchten Haare dufteten nach Rosmarinshampoo, ihre Haut nach Pfefferminzöl-Seife, ein Resultat einer herrlich heißen Dusche.

»Entspann dich«, flüsterte sie. »Ich möchte es tun. Es wird uns das Tor zu unseren Träumen öffnen.«

Auf einem der Tresen lagen mehrere offene weiße Pappschachteln mit chinesischem Essen. Jimmy hatte zwei Portionen Knoblauchshrimps mit Reis verdrückt; jetzt roch sie das äußerst eigenwillige Bouquet aus Shampoo und Seife, Knoblauch und scharfem Senf, Lysol und Alkohol und etwas anderem – Formaldehyd, entschied sie.

Sie dachte daran, wie sich die Dinge entwickelt hatten, und ihr wurde fast schwindlig. Ereignisse hatten sich auf magische Weise miteinander verwoben, wie in den alten Quanoot-Geschichten über die spirituellen Wächter; die Unsichtbaren hatten die Fäden gezogen. Es war vorherbestimmt gewesen, daß sie und Jimmy und Dr. Nahadeh einander getroffen hatten. *Es hatte sein sollen.*

Yute wandte ihnen den Rücken zu; er entnahm einigen Behältern verschiedene Utensilien und legte sie auf dem Tresen aus. Er hielt inne und rieb sich den Nacken. *Er kommt mir nervöser vor als Jimmy,* dachte Chena.

Yute wandte sich zu ihnen um. »Alles klar, ich bin soweit. Geht es euch gut?«

Chena nickte. »Ich bin bereit.«

»Hattet ihr genug zu essen?«

»Ja, es war köstlich. Vielen Dank.«

»Echt lecker.«, sagte Jimmy.

»Freut mich.« Yute nahm eine Spritze. »Als erstes muß ich dir Blut abnehmen.«

Chena rollte den rechten Ärmel hoch und ballte die Hand zur Faust. Er schnallte ihr ein Gummiband um den Oberarm, zog es fest, bestrich die Armbeuge mit Alkohol und zapfte ihr zwei Kanülen voll Blut ab; dann entfernte er die Aderpresse, ging zum Tresen und begann, das Blut zu untersuchen.

»Laß den Ärmel bitte oben, ich möchte als nächstes deinen Blutdruck prüfen. Dies hier wird nur einige Minuten dauern; ich teste nur schnell, ob du irgendwelche Infektionen hast, die einen Fötus gefährden könnten.«

Jimmy runzelte die Stirn. »Keine Sorge, sie ist topfit.«

Yute kam mit einer Blutdruckmanschette zu ihr zurück und legte sich die Hörstöpsel des Stethoskops an die Ohren. Einen Moment später nahm er ihr die Manschette ab.

»Exzellent: hundertzehn zu siebzig.«

»Hören Sie auch mein Herz ab?« fragte sie.

»Ja, und zwar jetzt.« Erneut legte er die Hörstöpsel an die Ohren. Sie zog den Bademantel auf und entblößte ihre Brüste.

»Schon gut«, sagte er und zog den Bademantel wieder zu. Er beugte sich vor und drückte das Stethoskop an den Stoff.

»Du bist hundert Prozent gesund. Du hast einen kräftigen, regelmäßigen Pulsschlag.«

»Sag' ich doch«, sagte Jimmy.

»Wie du siehst, habe ich keinen gynäkologischen Stuhl. Ich gehe ein paar Handtücher holen und werde sie auf den Tisch legen, damit du es bequemer hast.«

Er wandte sich um und ging in sein Büro.

Chena drehte sich zu Jimmy. »Hey, sei kein Trottel. Er tut nichts Falsches, er ist einfach vorsichtig.«

Er nickte, sah aber weg.

»Möchtest du eines Tages ein Fischerboot besitzen?«

»Klar.«

»Nun, wenn das hier funktioniert, rückt ›eines Tages‹ ungefähr zwanzig Jahre näher.«

Er seufzte.

»Ich weiß«, sagte sie. »Ist schon seltsam. Ich bin im Begriff, schwanger zu werden.«

Yute kam mit einem Kissen und einem Stapel feinsäuberlich zusammengelegter weißer Handtücher zurück, die er auf der schwarzen Formica-Tischplatte ausbreitete.

»Was soll ich tun?« fragte Chena.

»Bleib noch einen Moment sitzen. Wir warten noch die letzten Testergebnisse ab.« Er fuhr sich mit der Hand durchs Haar. »So weit, so gut.«

Er stand am Tresen und starrte die Glasschalen, Reagenzgläser und Teststreifen an. »Kein Alkohol, kein Nikotin, kein Kokain, kein Herpes, keine Hepatitis, keine Gonorrhöe, keine Syphilis und kein ...«, der Signalton einer Schaltuhr ertönte. Er nahm eine weiße Plastikscheibe und studierte sie sorgfältig, dann stieß er ein erleichtertes Seufzen aus, »und kein Aids.«

Er lachte und wirbelte zu ihr herum und drückte sie kurz an sich. »Es könnte tatsächlich klappen.«

»Natürlich wird es klappen«, sagte sie. »Es soll so sein.«

»Okay, kannst du dich bitte auf den Tisch legen?«

Sie legte sich auf die Handtücher, und er schob ihr das Kissen unter den Kopf. Sie drehte sich auf die Seite und sah Jimmy an. Er schien die Bodenkacheln zu zählen.

»Jimmy, kannst du meine Schläfen massieren?«

»Klar«, sagte er. »Hast du Kopfschmerzen?«

Sie lächelte nur. Er rückte seinen Stuhl ans Kopfende des Tisches und begann, mit langsamen, kreisenden Bewegungen ihre Schläfen zu massieren.

Yute schnallte sich eine Kopflampe um die Stirn und nahm die Petrischale aus dem Erhitzer. Unter einem Vergrößerungsglas zählte er die Embryozellen: Es waren jetzt sechzehn.

»Die Zellen teilen sich«, sagte er. »Der Embryo lebt.«

»Das will ich auch hoffen«, sagte Chena.

Er nahm ein Instrument, dessen Ende in einen sterilen Golddraht mündete, der dünner als ein menschliches Haar war, und beugte sich mit dem Vergrößerungsglas in der anderen Hand über die Petrischale.

»Was tun Sie jetzt?« fragte sie.

»Die Implantation eines Embryos ist ein bißchen wie ein Glücksspiel«, sagte er, während er arbeitete. »Ich erhöhe unsere Chancen, indem ich ein paar winzige Löcher in die Außenhülle steche, die der Embryo abstoßen muß, damit er sich in deiner Gebärmutterschleimhaut einnisten kann.«

Er packte ein Spekulum aus – ein mit einem Spiegel versehenes, röhrenförmiges Instrument – und rieb es mit einer sterilisierenden Flüssigkeit ein. Chena zog die Knie an die Brust. Behutsam führte er das Spekulum in ihre Vagina ein und drehte es so, daß er ihren Gebärmutterhals erkennen konnte. In der Mitte befand sich eine erbsengroße Öffnung.

»Nicht bewegen«, sagte er.

Er drehte seinen Stuhl zum Tresen, tauchte das offene Ende eines winzigen Plastikkatheters in die Nährsalzlösung, zog den Kolben hoch und saugte den Embryo vorsichtig in die Kanüle, dann drehte er sich zu Chena zurück.

Schweiß glänzte auf seiner Stirn. »Bleib bitte ganz still liegen, nicht bewegen.«

Er führte ihr den Katheter ein, schob ihn in die Öffnung ihres Gebärmutterhalses und spritzte den wundersamen Embryo in ihren Uterus.

8

Schneegestöber peitschte um die Ecke des Gerichtsgebäudes von Fairbanks. Nika Nahadeh zog sich die Kapuze ihres Parkas über den Kopf, wohlwissend, daß sie sie in wenigen Minuten wieder herunterreißen würde, denn es war ein Winterparka, viel zu warm für Oktober. Sie hatte ihn aus Rentierfellen genäht und mit einem Innenfutter aus arktischen Schneefuchspelzen ausgepolstert. Sie trug den Parka, dazu eine Fellhose und Fellstiefel, nicht weil es so kalt war – es war gerade mal zehn Grad unter Null –, sondern weil es ihre beste traditionelle Kleidung war. Nun spürte sie, wie sie trotz des eisigen Windes, der ihr um die Ohren pfiff, langsam geröstet wurde wie eine in feuchte Hartriegelrinde gewickelte Forelle, die in glühender Holzkohle schmorte.

John Nahadeh, ihr Vater, stand neben ihr auf den Granitstufen des Gerichtsgebäudes und wog den Oberkörper im Takt seines rhythmisches Gesangs. Er trug einen festlichen, durch wiederholtes Einreiben mit feuchter Kalksteinpaste ausgeblichenen Elchhautparka. Der Saum über seinen Knien war mit diamantförmigen, karmesinroten Figuren aus Preiselbeerfarbe bemalt. Mit einem Stock schlug er auf eine runde, mit Rehhaut bespannte Weidenholztrommel.

Andere Indianer aus Swift Fork, Slow Fork, Telida und sogar

aus dem weit entfernten Little Mud und aus den Big-Mud-Dörfern hatten sich – die meisten von ihnen ebenfalls festlich gekleidet auf den Stufen des Gerichtsgebäudes versammelt oder marschierten mit verschiedenen Schildern in den Händen auf dem Bürgersteig auf und ab. Vier Studenten der Universität von Alaska hielten ein Banner mit dem Enten-Logo des CANARD-Konzerns hoch, darunter stand in schwarzen Druckbuchstaben der Slogan der Firma, *Wir fördern Alaskas Reichtümer zum Wohle der Indianer,* doch vier Worte waren mit roter Farbe überschrieben, so daß nun draufstand: Wir *rauben* Alaskas Reichtümer *von den* Indianern.

Nikas Vater wandte sich zu ihr um und sprach in Caiyuh: »Nika, sing mit. Wir brauchen jetzt jede Stimme.«

»Sag mir, was ich singen soll«, entgegnete sie, als er einen Arm auf ihre Schulter legte und sie zu sich heranzog. »Ich kenne die Lieder nicht.«

»Ich auch nicht«, sagte er. »Ich denke sie mir aus, während ich singe.«

»Du kennst die Jagdlieder, die Fischerlieder, die Geburtslieder . . .«

»Ja, ein paar. Aber viele Lieder sind verlorengegangen, weil ich als kleiner Junge zu faul war, sie mir von meinen Großeltern beibringen zu lassen.« Er sah auf sie herab. »Ich kenne kein Lied, das für unser Land spricht, für die Tiere, gegen diese gierigen Indianer und Geschäftsleute. Deswegen denke ich sie mir einfach aus. Hör zu, eins geht so.«

Mit vibrierender Falsettstimme sang er zum Rhythmus seiner Trommel eine simple Melodie:

»Die Große Mutter ist lebendig,
und Ihr dürft ihr nicht weh tun.
Wenn Ihr ihr Herz herausreißt, reißt Ihr mein Herz heraus.
Die Große Mutter ist lebendig,
und Ihr dürft ihr nicht weh tun.
Diebe, Ihr habt hier nichts verloren;
sie sagt, sie kenne Euch nicht.

Die Große Mutter ist lebendig
und Ihr dürft ihr nicht weh tun.
Tut Ihr es dennoch, schadet Ihr nur Euch selbst.«

Nika stimmte mit ihrem Vater ein, leise zuerst, doch als ihre Leidenschaft ihre Scheu überwand, wurde ihre Stimme lauter und lauter, bis sie von den steinernen Stufen widerhallte wie das Läuten einer Kirchenglocke.

CANARD plante, in den Bergen ihrer Heimat eine Reihe von Goldminen zu bauen. Die meisten Indianer in der Gegend befürworteten das Projekt. Weil es Jobs brachte. Vom Lohn würden sie sich Bier leisten können, Zigaretten, Gewehre, Motorräder, Schneemobile – die Vorarbeiter der Minen sogar einen Jeep oder ein neues Wohnmobil.

Doch die meisten Caiyuh aus Swift Fork und Slow Fork klammerten sich an ihre alte Lebensweise und wollten nichts von den Minen wissen. In jüngster Zeit wurden sie in ihrem Kampf von einigen Umweltgruppen unterstützt, nachdem im *National Geographic* in einer Titelgeschichte über den Tundramann auch das Minenprojekt erwähnt worden war, das die Jagdgebiete der Caiyuh bedrohte.

Ein junger Chilkakot, der eine orange Skijacke und eine rundum verlaufende Spiegelglas-Sonnenbrille trug, rief John und Nika zu: »Hey, geht nach Hause und spielt dort Indianer! Wenn Ihr Rothäute sein wollt, dann verzieht euch in die Wälder und lebt mit den verdammten Bären!«

John ignorierte den Mann und sang weiter, doch wenig später waren sie auf den Stufen von einem Dutzend junger Indianer umgeben, die ihnen wütende Beleidigungen an den Kopf warfen. Einige von ihnen trugen CANARD-Schilder, auf denen *Wir wollen die Minen!* stand. Schließlich begann der Mob zu grölen: »Verzieht euch in die Steinzeit! Verzieht euch in die Steinzeit!«

Nika spürte, daß ihr Gesicht rot anlief und sich ihre Kehle zusammenzog, bis sie nicht mehr weitersingen konnte. *Fang nicht an zu heulen,* dachte sie und biß sich auf die Zunge. Sie spürte, wie ihr Vater ihre Hand nahm; er führte sie durch die grölende Menge ins Foyer des Gerichtsgebäudes, wo ein Marshall vor den hohen, messingbeschlagenen Türen zum Gerichtssaal stand. Der Marshall starrte ungerührt geradeaus, nahm sie nicht zur Kenntnis.

In einer nichtöffentlichen Anhörung sollte der Bezirksrichter über den Antrag auf ein dreijähriges Moratorium befinden, das ermöglichen sollte, weiterführende Studien über die sozialen und ökologischen Auswirkungen des Minenprojekts zu erstellen.

»Vater«, flüsterte Nika. Er beugte sich zu ihr hinab. »Warum lassen sie uns nicht in Ruhe und akzeptieren einfach, daß das Land uns gehört?«

»Gehört uns das Land?«

»Du sagtest, unsere Vorfahren hätten das Land vor so langer Zeit besiedelt, daß sich niemand mehr erinnern kann, wann das war.« »Großvater hat immer gesagt, die Sterne seien Kerben auf einem verkohlten Jahresknochen, eine Kerbe für jede Caiyuh-Generation, die in den Flüssen fischte und den Karibus folgte und den Bergschafen nachstellte.«

»Also sind wir die ersten gewesen, lange bevor die Inupaks und die Chikakots und die Athapaskans kamen, von den Weißen ganz zu schweigen.«

»Nein, Tochter. Zuerst war das Land da. Dann kamen die Caiyuh und verbreiteten sich wie Blumen in der Tundra. Das Land gehört nicht uns, sondern der Großen Mutter; sie *ist* das Land, sie schenkt uns das Leben. *Wir* gehören *ihr*.«

»Wieso wollen dann so viele Indianer die Minen?«

Er schüttelte den Kopf. »Wenn heute alles gutgeht, bekommen wir noch eine Frist von drei Jahren, um die anderen davon zu überzeugen, daß die Goldminen schlecht für die Tundra sind. Zeit, um noch mehr dieser Umweltleute auf unsere Seite zu ziehen. Dann können wir eine weitere Frist erwirken, es weiter aufschieben und bekämpfen.«

Hinter den geschlossenen Türen des Gerichtssaals erklangen Schritte und lautes Gemurmel. Einen Moment später flogen die schweren Türen auf. Zwei Weiße und ein Chilkakot-Indianer, alle drei in grauen Anzügen und roten Krawatten, stürmten aus dem holzgetäfelten Raum. Der Weiße an der Spitze blieb gegenüber von John und Nika stehen und starrte die beiden finster an. Sein kahler Schädel war mit fisseligen, von einem Ohr zum anderen gekämmten blonden Haarsträhnen bedeckt. Auf seiner Krawatte prangte das CANARD-Logo mit den fliegenden Enten. Der Mann zitterte vor Wut und kniff die Lippen zusammen, als wollte er verhindern, daß er explodierte. Der zweite Weiße, der einen glänzenden Aluminiumkoffer trug, packte ihn am Arm und zog ihn weiter. Das dunkle, schnauzbärtige Gesicht des Indianers zeigte keine Regung. Er kam mit stolzem Gang aus dem Saal geschritten und nickte John im Vorübergehen zu.

John erwiderte die Geste.

»Der Mann mit dem rosa Gesicht war Rex Kaiser, der oberste Boss von CANARD«, flüsterte John. »Er sah nicht allzu glücklich aus. Kann uns nur recht sein.« Er ließ den Blick auf die Türen gerichtet.

»Chief Willy sah in dem Anzug wie ein Clown aus.«

»Schhh.« John warf ihr einen scharfen Blick zu. »Rede niemals über Leute, die du nicht kennst. Er ist ein guter Mensch.«

Nika war überrascht. »Du kennst ihn?«

»Wir haben uns vor Jahren kennengelernt, hier in Fairbanks.«

Sie wußte, daß er über die Zeit sprach, die er in einem Alkoholikerzentrum der Heilsarmee verbracht hatte. Er war dort gelandet, nachdem ein Jahr zuvor ihre Mutter bei ihrer Geburt gestorben war. Er hatte Nika in Swift Fork bei ihrer Großmutter zurückgelassen.

»Man kann ihm nicht übelnehmen, was er tut. Er kümmert sich um sein Volk.«

»Aber er ist für die Goldminen.«

»Du mußt es von seinem Standpunkt aus betrachten. Als er ein Junge war, wurden er und die meisten seiner Freunde nach Seattle auf eine Schule geschickt. Er lernte eine Menge unnützes Zeug, und als er nach Telida zurückkam, waren er und die anderen Jungen nicht imstande, ihren Vätern beim Jagen und Fischen zu helfen. Wenn man ihnen sagte: ›Geht ein paar Wildkartoffeln ausgraben‹, mußten sie fragen, wie Wildkartoffeln aussähen und wo man sie finde.«

»Das ist schlimm.«

»Ja, und für die Jungen war es am schlimmsten. Sie konnten keine Jobs finden, wenn sie nicht von zu Hause fortgehen wollten, um an der Pipeline oder in den Städten zu arbeiten. Daher hingen viele bloß rum, fühlten sich überflüssig und fingen an zu trinken.«

»War er Alkoholiker?«

»Ja, aber er hat sich schnell wieder gefangen, genau wie ich. Wir haben damals viel miteinander gesprochen. Er sagte mir, sein Ziel sei, sein Volk in die moderne Welt zu führen. Du mußt zugeben, daß ihm das gelungen ist.«

»Dann sind die Minen für ihn ein wahrgewordener Traum.«

John nickte gedankenverloren. »Ich weiß noch, wie uns die Frauen der Heilsarmee aus der Bibel vorlasen. Das meiste habe ich nicht verstanden, aber an eine Zeile erinnere ich mich noch: ›Was nützt es dem Menschen, die Welt zu erobern, wenn er dabei seine Seele verliert?‹«

Eine blonde Frau in einem marineblauen Kleid und einer Perlenkette um den Hals eilte zu John und hob triumphierend ihren schwarzen Aktenkoffer, auf dem ein Aufkleber der One-Home-Planet-Umweltgruppe prangte.

»Es wurde bewilligt! Wir haben gewonnen!« sagte sie. »Sie dürfen weiterhin geologische Studien durchführen, aber mit dem Bau der Minen dürfen sie frühestens in drei Jahren beginnen.«

»Aiyoo! Vielen Dank, Linda, vielen, vielen Dank!« sagte John, packte ihre Schultern und schüttelte sie freudig, so daß ihre Kurzhaarfrisur hin und her wogte. *»Aya hey, Wa Denali!«* hallte es von den Marmorwänden wider. Tränen strömten ihm übers Gesicht. Nika hatte ihren Vater nur ein einziges Mal weinen sehen, als ihr Bruder, Yute, in den Semesterferien nach Hause gekommen war, um den ganzen Sommer bei ihnen zu verbringen. Auch ihr rannen Tränen übers Gesicht. *Aya hey, Wa Denali,* sagte sie leise.

»Sie müssen die Nacht bei uns verbringen«, sagte John zu der Anwältin; er lachte jetzt und wischte sich die Tränen aus den Augen. »Wir veranstalten ein großes Fest! Heute ist Lachsmondnacht. Wir werden eisfischen gehen, das ganze Dorf.«

»Nun ... sicher. Klingt toll. Zuerst muß ich aber ins Hotel zurück und mir passende Kleidung holen.« Sie strich über ihre Perlenkette. »Was soll ich anziehen?

»Egal, Hauptsache es ist warm.«

Zwei Fernsehteams kamen zu ihnen. Nika blinzelte in einen der Kamerascheinwerfer.

»Eine Erklärung von Ihnen?« fragte ein Reporter die Anwältin. »Sprechen Sie mit Mr. Nahadeh«, sagte sie lächelnd. »Er und sein Stamm sind die wahren Gewinner des heutigen Tages.«

Der Reporter wandte sich an John. »Als Führer der Minengegner, was soll Ihrer Meinung nach mit dem Land geschehen?«

»Nichts. Gar nichts soll mit dem Land geschehen. Ich möchte, daß es für immer so bleibt, wie es ist. Unberührte Natur unter einer strahlenden Sonne, viele verschiedene Völker, und über alle wacht der Denali – wundervoll.«

»Viele verschiedene Völker? Was meinen Sie damit?«

»Die vierbeinigen und die flügelschlagenden und die schwimmenden Völker, die Bäume und Gräser ... all die Stämme, die auf der Großen Mutter leben. Sie ist nicht nur Heimat der Menschen.«

Der andere Reporter hielt ihm sein Mikrofon ins Gesicht. »Stimmt es, daß Sie Morddrohungen erhalten haben, um Sie zu zwingen, Ihren Kampf gegen CANARD aufzugeben?«

John zuckte mit den Schultern. »Mein Vater hat einmal gedroht, mich zu ermorden, wenn ich sein bestes Jagdmesser kaputtmache. Das bedeutet nur, daß sie wütend sind – sie wollen die Minen und ich nicht. Aber die Athapaskans und die Chilkakots und mein Stamm sind seit langem Nachbarn. In unseren Herzen sind wir Brüder, keine ...«

»Vielen Dank. Das reicht.« Der Reporter drehte sich zu seinem Kameramann um. »Halt noch mal auf das Mädchen drauf, wird hübsches Füllmaterial.« Der Kameramann nickte, und erneut fiel gleißendes Scheinwerferlicht auf Nikas Gesicht. »Los, komm. Laß uns noch ein paar Bilder von den Demonstranten machen, bevor sie verschwinden.« Die beiden stürmten durch die Tür ins Freie, während das andere Fernsehteam zu den CANARD-Leuten eilte.

Die Anwältin runzelte die Stirn. »Kein Wunder, daß man im

Fernsehen immer nur oberflächlichen Scheiß serviert bekommt«, sagte sie.

John vereinbarte mit ihr, sie später in ihrem Hotel abzuholen. Dann traten er und Nika auf die Straße hinaus, um zu dem Schulbus zu gehen, der sie und die anderen Demonstranten nach Hause bringen würde.

Auf dem Gerichtsparkplatz hatte eine große Schar von Minenbefürwortern eine kleine Caiyuh-Gruppe eingekreist Die CANARD-Unterstützer stießen die Fäuste in die Luft und grölten: »Wir wollen die Minen! Wir wollen die Minen!« Jemand rief etwas, und hundert Köpfe ruckten gleichzeitig herum, und der Mob begann, sich auf John und Nika zuzuschieben.

»Bleib hinter mir«, sagte John zu Nika. »Entspann dich, und laß mich nicht los. Wir werden im Schattentanz laufen.«

Sie drückte sich von hinten an seinen Parka, die Arme um seine Hüften geschlungen. John schritt wortlos in die Menge, den Blick stur geradeaus gerichtet. Der Mob schob und schubste und drängte sich von allen Seiten gegen sie.

»Hey, ihr bescheuerten Schwachköpfe!« riefen sie. »Die Vergangenheit ist tot. Wir wollen Jobs!«

»Versaue uns nicht die Zukunft, Opa. Du hast in der modernen Welt nichts verloren.«

John wurde nicht langsamer, aber ebensowenig beeilte er sich; statt dessen verlagerte er bloß hier und da das Gewicht, um sich an dem Wirrwarr aus Armen und Beinen vorbeizuschieben; Nika hielt sich an ihm fest und folgte jeder seiner Bewegungen, genauso wie wenn sie zu Hause vor dem Lagerfeuer den Schattentanz aufführten. Sie spürte die Kraft, mit der er die Menge vor sich teilte; nicht die eiserne Kraft eines Beils, das Brennholz zerhackte, sondern die eines Regentropfens, der langsam und gleichmäßig an einem Holzhaufen herunterfloß, von Holzscheit zu Holzscheit tropfte und sich unbeirrt den Weg zum Erdboden bahnte. Jemand schlug ihr auf den Kopf; es tat weh, doch sie hielt sich, ohne aufzusehen, weiter an ihrem Vater fest. Jemand schrie ihr ins Ohr, aber sie hatte nur den breiten Rücken ihres Vaters im Blick.

Nach einer Weile, die ihr wie eine Ewigkeit vorkam, hatten sie den Mob hinter sich gelassen und gingen den matschbedeckten Bürgersteig hinunter. Nika sah nicht zurück, konnte aber hören, daß die Meute ihnen nicht folgte. Aus einiger Entfernung kam ihnen eine kleine Gruppe Caiyuhs entgegen. Erst als sie inmitten ihrer Freunde stand, merkte sie, daß sie sich noch immer an ihren Vater klammerte.

»Du bist eine ausgezeichnete Schattentänzerin«, sagte er.

Sie holte tief Luft und senkte den Kopf, lautlos weinend.

»Nicht weinen, Tochter«, sagte er und hob mit seiner rauhen Hand ihr Kinn. Er lächelte, und seine Augen schimmerten so hell und anheimelnd wie ein Lagerfeuer. »Wir haben es geschafft. In den Bergen sind wir noch sicher. Und heute nacht werden wir unterm Vollmond eisfischen, auf dieselbe Art, wie es unsere Vorfahren getan haben. *Aya hey, Wa Denali!*«

9

Chena und Jimmy schlenderten über den Bauernmarkt und blieben mit ihrem Einkaufswagen vor einer Reihe von Holztischen stehen, die mit frischem Obst und Gemüse beladen waren. Überall in den zahllosen engen Gassen strömten Leute an Imbißbuden und Verkaufsständen vorbei. Thailändische, philippinische, chinesische, italienische und griechische Speisen garten, schmorten und brutzelten in den kleinen weißen Buden und durchsetzten die kühle Luft mit einem schweren Aroma. Silbrige Wolkenfetzen durchzogen den Maihimmel, schimmernd wie Makrelenschuppen.

Chena inhalierte tief. »Mmmm, riech mal . . .«

»Riecht lecker«, sagte Jimmy.

»Heute abend koche ich dir ein Essen, das dich geradewegs nach Old Man Land bläst.«

Sie kicherte bei der Vorstellung. Es war schon lange her, seit sie diesen Ausdruck das letzte Mal benutzt hatte. Old Man Land war ein winziges, bewaldetes Inselchen in der Nähe von Whaler Bay

Island, und es war ein mystischer Ort. Angeblich war es immer von Nebelschleiern verhüllt und in *tsitsika* – »Dämmerzeit« – gefangen, ein Zustand, in dem nichts real ist. Old Man, ein Schamane, lebte seit so langer Zeit dort, daß sich selbst die ältesten Dorfbewohner nicht mehr erinnern konnten, wann er auf die Insel gezogen war, und die zahllosen abstrusen Geschichten, die sich um ihn rankten, schienen ihnen nie auszugehen.

»Oh, es bewegt sich wieder«, sagte sie. Sie nahm seine Hand und legte sie auf die dicke Wölbung ihres Bauches. »Spürst du es?«

»Wow. Du hast einen Fußballweltmeister im Bauch. Das ist also das Geheimnis – es ist ein Pelé-Klon.«

Dr. Nahadeh hatte ihnen gesagt, daß der Embryo von einer anonymen Patientin stamme, die selbst er nicht kannte. Er hatte ihnen die ersten 15 000 Dollar gegeben, und den Rest würden sie erhalten, sobald das Baby geboren und ihr Job erledigt war. Chenas einzige Aufgabe bestand darin, auf sich aufzupassen, gesund zu bleiben und mit niemandem über die Sache zu reden. Aber unter sich hatten Chena und Jimmy natürlich spekuliert und Witze über die Herkunft des Babys gemacht: ein Kind aus einer Samenbank für kleine Genies; ein Baby-Jesus, den man aus vom Turiner Grabtuch abgekratzten Hautzellen geklont hatte. Wer weiß? Eines stand aber fest, es war ein besonderes Kind. Warum sonst all die Geheimniskrämerei?

Dr. Nahadeh kam einmal pro Woche zu ihnen ins Apartment und sah nach dem Rechten. Er war sehr um ihre Gesundheit besorgt, sogar um Jimmys. Er hatte vor, das Baby selbst auf die Welt zu bringen, im Apartment.

Noch drei Wochen. Ihre Brüste waren schwer und geschwollen; ihr ganzer Körper vibrierte vor Leben. Sie schloß lächelnd die Augen.

»Chena, du solltest dich jetzt sehen können«, sagte Jimmy. »Wenn du in ein dunkles Zimmer gingest, würdest du wie ein Leuchtkäfer strahlen.«

Sie lachte. »So fühle ich mich auch.«

Sie legten eine Tüte mit Äpfeln und Birnen in ihren Einkaufswagen, dann schlenderten sie weiter, vorbei an einer Entenbraterei und an einem Wurst-und-Käse-Stand. Schließlich kamen sie an eine Reihe von niedrigen Holztischen, die mit zerstoßenem Eis und vielen verschiedenen Fischsorten beladen waren; erneut sog Chena den Duft in sich auf, und der ölige, herbkalte Geruch des Meeres schien nicht nur ihre Lungen, sondern auch ihr Herz zu weiten.

»Mögen Sie den Duft?« fragte ein dunkelhäutiger Chinese hinter dem Tisch. Er trug eine weiße, mit Fischblut bespritzte Schürze. Sein faltiges Gesicht verzog sich zu einem freundlichen Lächeln, das seine Augen zu schmalen Schlitzen werden ließ und zwei goldene Schneidezähne entblößte.

Chena nickte. »Ja, sehr.«

»Ich auch«, sagte er grinsend und energisch nickend. »Die meisten finden, Leute wie Sie und ich seien verrückt. Aber mein Vater und meine Onkel und Cousins waren alle Fischer in Taiwan, und für mich riecht Fisch nach meiner Heimat.«

»Für mich auch. Dort wo ich herkomme, gilt man als Faulpelz, wenn man nicht Baumfäller oder Fischer ist«, sagte sie. »Oder Hausfrau. In meiner Familie sind alle Baumfäller, aber wir lieben Fisch. Essen wir ständig. Sie sollten meine Brüder sehen. Sind riesige Kerle.«

Sobald sie das gesagt hatte, überkam sie ein Gefühl der Trauer, und zum ersten Mal seit acht Monaten ließ sie zu, sich in Heimweh zu verlieren. Ihre Augen umwölkten sich, und sie sah hinunter und starrte auf die Fische.

Ich bin eine Frau geworden – oder zumindest werde ich eine sein, wenn ich nach Hause zurückkehre. Nach Hause? *Ja, es ist mein Zuhause. Aber ich bin mit Jimmy zusammen, und daran wird sich nichts ändern.*

Sie wählte einen ganzen Hering aus, den der Chinese in weißes Fleischerpapier wickelte und in eine Plastiktüte schob. Sie hielt ihm einen Fünfdollarschein hin, aber der Mann winkte ab.

»Ich vermisse mein Zuhause auch«, sagte er mit sanfterer Stimme, noch immer lächelnd. »Laßt euch den Fisch schmecken, und schaut mal wieder vorbei, okay? Zeigt mir euer Baby.«

Sie schluckte und bedankte sich mit einer tiefen Verbeugung.

»Was war das denn?« fragte Jimmy, als sie weitergingen.

Sie zuckte mit den Schultern.

»Du meinst, du hast genauso viel Heimweh wie ich?«

Ihre Augenbrauen schossen hoch. »O Jimmy!« Sie schlang die Arme um ihn, ihr dicker Bauch zwischen ihnen eingeklemmt. »Laß uns nach Hause zurückkehren!«

»In Ordnung, hör zu: In drei Wochen bekommst du das Baby; dann nehmen wir das Geld und ziehen nach Whaler Bay zurück. Niemand wird etwas vermuten. Wir heiraten und legen uns ein Häuschen zu. Ich werde mit meinem eigenen Boot auf Forellenfang gehen. Du wirst Krankenschwester. Und irgendwann werden wir unsere eigene Familie gründen.«

Sie lächelte. »Und bis an unser Lebensende glücklich und zufrieden sein.«

»Genau. Wie im Märchen.«

Zweiter Teil

(Nahadeh, Yute: Der Neandertaler-Report.
Pacific College Press, Deer Park, Washington 1987, S. 76.)

In Gelehrtenkreisen wird angenommen, daß die aus dem Osten hereindringenden Cro-Magnon-Völker die weniger entwickelten Neandertaler im Westen abgeschlachtet hätten. Dieses Szenario ist sehr unwahrscheinlich. Aufgrund ihrer größeren Gehirne und ihrer größeren Muskelkraft wäre es Neandertalern ein leichtes gewesen, sich gegen die Invasoren erfolgreich zur Wehr zu setzen. Weitaus plausibler ist, daß Neandertaler zum modernen Menschen evolvierten – und somit »verschwanden«, indem sie etwas Neues wurden.
Die evolutionäre Triebfeder der zügigen Veränderung des Neandertalers zu Menschen wie Sie und ich war die Sprache. Die Sprache war das erfolgversprechendste Werkzeug, das sich der Mensch aneignen konnte; folglich wurden die Gene von minderbegabten Sprechern durch stammesspezifische und naturbedingte Ausleseprozesse aus dem Genpool entfernt. Als Neandertaler begannen, sich zunehmend auf ihre Sprachfähigkeiten zu verlassen, wurde ihre Rachenhöhle größer, der Kehlkopf sank herab, und die Schädelbasis (die Decke der Stimmhöhle) wölbte sich nach oben. Die zunehmende Ausprägung dieser Wölbung verlieh dem gesamten Kopf seine jetzige Form: der breitere, flachere Neandertaler-Schädel mit seinem nach außen gedrückten Gesicht zog sich nach innen und nach oben und entwickelte damit eine schmalere und höhere Schädelform mit einer vertikaleren Gesichtsausprägung.
Unsere moderne Gattung sollte also treffenderweise Homo loquitur *– der Sprechende Mensch – heißen.*

10

Während Chenas Niederkunft näher rückte, dachte Yute jeden Tag an all die Dinge, die bei einer Geburt schiefgehen konnten, an all die Gefahren, denen Chena und das Baby ausgesetzt sein würden. Doch nun saß er an ihrem Bett, sechs Stunden, nachdem das Fruchtwasser ausgeflossen war, und sah zu, wie sie problemlos von einer Kontraktion in die nächste hinüberglitt, wie aus dem Lehrbuch. Zum ersten Mal seit Wochen konnte er sich ein wenig entspannen.

Chena saß aufrecht im Bett; das Sonnenblumennachthemd war bis zur Brust hochgezogen, so daß der strandballgroße Bauch frei dalag. Ihr Haar war schweißnaß, ihr Gesicht gerötet, doch ihre Augen glänzten glücklich, ohne das geringste Anzeichen von Erschöpfung. Sie war jung, groß, hatte kräftige Knochen, flexible Gelenke, elastisches Muskelgewebe, ein kräftiges Herz und kräftige Lungen. Es war so, wie sie ihm vor neun Monaten gesagt hatte: »Kynaka-Frauen sind dafür geschaffen, Babys auf die Welt zu bringen.«

Jimmy saß hinter ihr, mit dem Rücken an der Wand, und stützte ihren Oberkörper. Er trug eine abgeschnittene Jeans und ein T-Shirt mit dem Mako-Fischerboote-Logo. Sobald eine Kontraktion einsetzte, rieb er ihre untere Rückenhälfte, in den Ruhephasen flößte er ihr Gatorade aus einer Sportdrinkflasche ein. Die beiden hielten sich an den Händen und sprachen leise miteinander. Im Hintergrund sprangen blaue und pinkfarbene Lämmer über Regenbögen – die Tapete war Chenas Idee gewesen.

Die Wehen kamen in immer kürzeren Abständen – jetzt alle

zwei Minuten. Sie stieß ein lautes Stöhnen aus, und ihr Bauch verformte sich länglich.

Sie sah zu Yute hinüber. »Ich will am liebsten ganz doll zudrükken.«

»Okay, aber nicht sofort«, sagte er. »Ich will erst noch etwas prüfen.«

Er schmierte sich etwas Gleitcreme auf die Hand und rieb damit seine Finger ein. Als die Wehenphase vorüber war, tastete er nach dem Gebärmutterhals. Er war weit geöffnet.

Er lächelte sie an. »Großartig, Chena. Es ist soweit, beim nächsten Mal kannst du pressen.«

Als die Kontraktionen wieder einsetzten, schrie sie laut auf und begann, mit aller Kraft zu pressen; ihr Gesicht lief rot an, Schweiß schwamm auf ihrer Stirn. Eine Kontraktionphase folgte der nächsten, mit nur kurzen Pausen dazwischen.

Chena hatte beinahe eine Stunde lang gepreßt, als die Schädeldecke des Babys erschien. Nasse Kringellöckchen klebten an seiner Kopfhaut.

Yute sprang vom Stuhl. »Es kommt!« rief er. »Seht nur, all das Haar!«

Chena verzog das Gesicht und kniff die Augen zu; Jimmy half ihr, sich vorzubeugen und das nasse Haar des Babys zu berühren. »Oh! Es ist so warm!« sagte sie. Als die Kontraktion verebbte, hob sie den Kopf, und Jimmy neigte sich zu ihr vor und küßte sie.

Yute nahm einen Handspiegel, den er zwischen ihre Beine hielt, als der Kopf noch ein Stück herauskam.

»Wow«, sagte Jimmy. »Mach die Augen auf, Chena, man sieht jetzt die ganze Oberseite seines Kopfes.«

Yute legte die ganze Hand auf den dunklen Haarschopf und spürte die Hitze durch den Gummihandschuh hindurch. Freude spülte über ihn hinweg wie eine reißende Strömung. Ein Neandertaler – ein Zeitreisender, der fünfundzwanzigtausend Jahre überbrückt hatte – wurde in seine Welt hineingeboren.

Chena preßte erneut, und der Kopf des Babys kam ein weiteres Stück heraus. »*Oowww.* Es tut so weh.«

»Du machst das toll«, sagte Jimmy.

»Nein, es tut weh.«

»Du hast es fast geschafft«, sagte Yute und schmierte den Kopf des Babys mit Gleitcreme ein. »Daß es weh tut, läßt sich nicht vermeiden. Noch ein paarmal pressen, dann ist es vorbei.«

Die Kontraktionen gingen weiter, und jedesmal kam der Kopf des Babys ein weiteres Stück heraus, aber er rutschte nicht gleichmäßig aus dem Geburtskanal. Yute biß auf die Zähne; er begann wieder zu zweifeln, stärker denn je.

»Oh, es kommt, es kommt!« rief Jimmy. »Preß so doll du kannst, Chena.«

Ein tiefes Grunzen drang aus ihrer Kehle, und sie verzog das Gesicht zu einer furchterregenden Fratze, wie ein Quanoot-Krieger. Das Baby kam bis zu den Augenbrauen heraus, dann der Rest des Kopfes, mit dem Gesicht nach unten. Yute legte die Hände um den Kopf des Kindes, um es aufzufangen, wenn es gleich herausgleiten würde. Chena preßte wieder, bebend vor Anstrengung, aber der Rest des Körpers wollte nicht herauskommen, ganz gleich, wie sehr sie sich abmühte.

»*Owww, owww,* ich schaffe es nicht!« rief sie und packte Jimmys Arme. »Es bricht mir die Knochen.«

»Hey, tun Sie was, Mann – das Baby hängt fest!« rief Jimmy, die schwarzen Augen weit aufgerissenen.

Yutes Gedanken rasten. In den letzten Wochen hatte er das *Handbuch für Geburtshilfe,* das in der Dritten Welt tätigen Entwicklungshelfern mit auf die Reise gegeben wurde, nahezu auswendig gelernt, doch seine praktischen Erfahrungen beschränkten sich auf die Entbindung von Zwillingen in einem Taxi auf dem Krankenhausparkplatz – vor sechs Jahren, als er sein Pflichtjahr im Krankenhaus absolvierte.

Seine Kiefermuskeln traten hervor. *Um welche Komplikation handelt es sich?*

Bei der nächsten Kontraktion schrie Chena vor Schmerzen, aber das Baby bewegte sich nicht.

Adrenalin schoß durch Yutes Körper. *Schulter-Dystokie – ein doppelt lebensbedrohlicher Notfall. Eine Schulter des Babys bleibt hinter dem Schambein der Mutter hängen und kommt nicht daran vorbei, während die Wände des Geburtskanals die Nabelschnur abdrücken und damit den Blutstrom des Babys unterbrechen.*

Denk nach, du Idiot. Ist wie in einer Quizshow. In Gedanken ging er die Schaubilder im Handbuch durch. *Okay, der Reihenfolge nach. Was kommt als erstes?*

»McRoberts-Manöver«, sagte er laut. Er packte Chena an den Beinen und zog sie ans Bettende, so daß ihre Pobacken über den Rand rutschten. »Jimmy, heb ihre Beine, und drücke ihre Knie so dicht an die Schultern, wie du kannst.«

Die nächste Kontraktion kam, und Chena begann von neuem zu schreien. Yute legte die Hände seitlich an den Kopf des Babys und zog es mit aller Kraft nach unten. Der winzige Körper bewegte sich nicht; es war so, als würde er versuchen, einen Baumstumpf aus dem Boden zu reißen. Das Gesicht des Babys lief blau an.

»Okay, Jimmy, balle eine Faust und drücke sie ihr über dem Schambein in den Bauch. Nein, da, genau da. Versuche, die Schulter des Babys unter das Schambein zu drücken, während ich ziehe.«

Er zog wieder. Schweißbäche rannen an Chenas Oberkörper hinunter.

»Drückst du, Jimmy? Du mußt *doll* drücken!«

»Mach ich ja, es funktioniert nicht.«

»In Ordnung, Chena. Ich werde dir da unten mehr Platz schaffen«, sagte Yute und holte eine chirurgische Schere aus seiner Arzttasche. Ohne ihr ein Schmerzmittel zu geben – dafür war keine Zeit –, zwängte er die Finger zwischen den Hals des Babys und Chenas Vaginalgewebe, schob die Scherenklinge tief hinein und schnitt einmal. Chena schrie auf.

Nächster Schritt: Woods Manöver.

»Ich werde dir meine Hände reinschieben«, sagte er zu Chena. »Das ist die einzige Möglichkeit.«

Er zwängte die Hände am Kopf des Babys vorbei in den Geburtskanal. Mit einer Hand drückte er auf den Rücken des Kindes, mit der anderen gegen seine Brust und versuchte, den

Körper herumzudrehen. Er ließ sich nicht bewegen. Das Gesicht des Babys wurde dunkel wie eine Blaubeere.

»Ich rufe einen Krankenwagen«, sagte Jimmy und wollte sich hinter Chena hervorschieben.

»Zu spät«, sagte Yute. »Bleib, wo du bist. Ich brauche dich hier.«

»Vielleicht zu spät für das Baby ...«

»Wenn du Chena retten willst, bleib, wo du bist, verdammt noch mal.«

Jimmy sah Yute finster an. »Wehe, Sie täuschen sich, Mann.«

»Greif ihr unter die Arme, wir müssen sie wieder aufs Bett schieben«, sagte Yute. »Chena, du mußt dich umdrehen und dich mit Händen und Knien abstützen.«

Ohne aufzusehen, schüttelte sie den Kopf.

Yute nahm ihr Gesicht in die Hände und hob es ein Stück hoch, so daß sich ihre Blicke trafen. »Laß mich jetzt nicht im Stich, Chena. Bitte. Die nächsten Minuten sind die wichtigsten deines Lebens.«

Chena nickte.

»Jimmy, hilf mir ... ich habe ihre Beine ... okay, heb sie an und dreh sie um.« Chena schrie, als sie sie umdrehten und auf den Händen und Knien absetzten.

Nächster Schritt: die eingeklemmte Schulter befreien. Er zwängte die Hände in sie hinein und drückte gegen die am Perineum liegende Schulter, gegenüber der eingeklemmten. Sie verrutschte einige Zentimeter, doch die eingeklemmte Schulter kam nicht frei; die verkrampften Muskeln drückten sie gegen das Schambein, wie eine reißende Strömung einen Schwimmer an einen Felsen drückt.

Nächster Schritt ... und die letzte Hoffnung. Yute schluckte bei dem Gedanken. *Dem Baby das Schlüsselbein brechen.*

Er tastete sich vor, bis seine Finger das Schlüsselbein der eingeklemmten Schulter erreichten. Er preßte den Knochen mit dem Daumen und zwei Fingern zusammen und drehte die Hand ruckartig herum ... wieder ... noch einmal ... *verdammt!* Er holte tief Luft und drückte so stark, als wollte er einen dicken Holzbleistift zerbrechen; sein Unterarm schwoll an, vor Anstrengung vibrierend, als der Knochen schließlich mit einem deutlich hörbaren *knack* brach. Sofort rutschte die Schulter nach vorne und glitt aus ihrer Falle.

»Es hat geklappt!« rief Yute. »Es hat geklappt!«

Er fing das Baby auf, als es aus Chena herausglitt. Seine bläuliche Haut war mit weißem Schleim und Chenas hellem Blut beschmiert. Es war ein Mädchen, und es atmete nicht. Yute legte es behutsam auf das Bett und drückte seine große Hand auf ihre winzige Brust; er spürte ihren schwachen Herzschlag.

»Jimmy, dreh Chena auf den Rücken, und leg ihr ein Kissen unter die Füße. Sieh zu, daß sie es warm hat, und rede mit ihr. Ich kümmere mich um sie, sobald ich kann.«

»Geht es dem Baby gut?« fragte Chena mit schwacher Stimme.

Mit einem Glaskolben saugte Yute dem Baby den Schleim aus Nase und Mund, dann steckte er zwei Plastikklammern auf die glitschige Nabelschnur und durchtrennte sie zwischen den Klammern mit einer Schere. Aus seinem Gesicht fielen ihm Schweißtropfen auf die Hände. Er wickelte das Neugeborene in ein Handtuch und rubbelte es kräftig ab, um seinen Kreislauf zu stimulieren. Das Mädchen gab keinen Laut von sich.

»Jimmy, bring mir das Sauerstoffgerät.«

Yute legte den kleinen Kopf des Mädchens in den Nacken, drückte seine Lippen auf ihre Nase und ihren Mund und blies behutsam; er konnte nur hoffen, daß das gebrochene Schlüsselbein nicht die Lunge durchbohrt hatte. Einen Augenblick später legte er ein Ohr an ihre Nase und hörte, daß das Baby reflexartig zu atmen versuchte.

»Komm schon, komm schon, komm schon!« Er blies ihr noch zweimal Luft in die Lungen und lauschte wieder. »Komm schon, Kleines, du schaffst es.« Er wollte gerade ein weiteres Mal in sie hineinblasen, als das Baby leise keuchend aus eigener Kraft zu atmen begann.

Yute seufzte erleichtert. Er neigte den Kopf dicht vor das Gesicht des Babys und flüsterte: »Gut gemacht, Kleines. Weiter so. Wir nennen das atmen. Das wirst du ab jetzt von alleine tun, dein ganzes Leben lang.«

Chena starrte das Baby mit weit aufgerissenen Augen an.

»Der Kleinen geht es gut, sie macht sich ausgezeichnet«, sagte er und fing plötzlich an zu weinen. Er legte dem Kind die Sauerstoffmaske auf den Mund, am ganzen Leib zitternd.

Er räusperte sich. »Geht es dir gut, Chena?«

Sie nickte. »Ein kleines Mädchen«, flüsterte sie.

Yute legte der Kleinen das Stethoskop auf die Brust und lauschte den rhythmischen Atemzügen. Beide Lungenflügel blähten sich gleichmäßig auf – sie waren unverletzt. Ein rosiger Farbton breitete sich über ihre Haut aus, vom Brustkasten hoch zum Gesicht, dann hinunter bis zu den Gliedmaßen. Erneut rubbelte er sie mit dem Handtuch ab, und dieses Mal begann sie stoßartig zu schreien, ihr kleiner Mund ein Kreis aus bebenden Lippen.

»Ich möchte sie halten«, sagte Chena und griff nach dem Baby.

Yute legte das Neugeborene an Chenas Brust. Sie zog es dicht an sich und begann, mit sanfter Singsangstimme zu ihm zu sprechen. Das Kind hörte zu weinen auf, öffnete die Augen und schien aufmerksam zuzuhören.

»Jimmy, sie kennt mich«, sagte Chena.

Die Farbe des Neugeborenen wurde jetzt ein leuchtendes Pink, mit einem Hauch von Gold darin.

»Schau dir ihre Farbe an«, sagte Chena. »Sie ist wunderschön. Und ihre Haare . . . und sie hat schon Wimpern und Augenbrauen.«

Jimmy runzelte die Stirn und sagte nichts.

»Wir müssen das Kind warm halten«, sagte Yute und holte eine Decke.

»Es ist warm«, sagte Chena.

»Standardverfahren«, sagte Yute und wickelte das Kind in die flauschige Decke ein.

»Geht es ihr gut? Ich habe etwas knacken gehört. War ich das, oder sie?«

Yute spürte ein eisiges Kribbeln im Magen. »Ich mußte ihr Schlüsselbein brechen, um sie herauszuholen.«

Chena setze ein trauriges Gesicht auf. »Oh, du armes kleines

Ding«, sagte sie und drückte dem Baby einen Kuß auf die Wange. »Muß sie ins Krankenhaus?«

Er schüttelte den Kopf. »Bei einem einfachen Schlüsselbeinbruch muß man eigentlich nichts tun – höchstens den Arm in eine Schlinge legen – aber normalerweise ist nicht mal das nötig.« Er beugte sich hinunter und tastete die Schulter des Babys ab. »Gut. Yeah, sieht wirklich gut aus. Sollte eigentlich von selbst heilen.« Er seufzte. *Mann o Mann. Ich hatte ein Schweineglück, daß es bloß eine simple Fraktur ist und ihre Lunge nicht durchbohrt wurde.*

»Gott sei Dank«, sagte Chena. »Hast du das gehört, Süßes? Bald bist du wieder gesund.« Sie küßte das Baby wieder. »Sie duftet so frisch, wie Regen.«

Das Neugeborene drehte den Kopf herum und begann, nach einem Nippel zu suchen. Chena half ihm, das dunkle, weiche Ziel zu finden. Es legte den Mund an den Nippel und begann zu nuckeln.

»Wie kräftig es saugt.« Sie lächelte Jimmy an. »Ein kleines Walkalb.«

Jimmy lehnte den Kopf an ihren und sah dem Baby beim Nuckeln zu.

Chena sprach mit dem Baby und streichelte es und stöhnte nur einmal auf, als Yute die Placenta entfernte. Dann spritzte er ihr Xylocaine ins Muskelgewebe und nähte den Scheidendammschnitt zu.

Yute durchtrennte den Faden über dem letzten Knoten und sah auf die Uhr – es war fast acht Uhr morgens. Gähnend zog er sich die Gummihandschuhe von den Händen.

Mutter und Kind ruhten. Er hatte das Wunder vollbracht; sein Neandertaler-Baby war gesund zur Welt gekommen, aber er war zu erschöpft, um einen klaren Gedanken zu fassen oder überschwengliche Freude zu empfinden. Er brauchte dringend Schlaf. Morgen würde er sich den wissenschaftlichen Aspekten des Ganzen widmen. Im Augenblick war er einfach nur froh, daß sein Ehrgeiz und seine Neugier nicht Mutter und Kind umgebracht hatten.

Chena erwachte am frühen Nachmittag. Jimmy brachte ihr heiße Waffeln mit Pfirsichscheiben, eine Portion Rühreier und frischgepreßten Orangensaft ans Bett. Er setzte sich ans Fußende.

»Danke«, sagte sie und setzte sich auf. »Ich habe einen Bärenhunger.«

Sie stellte den Teller auf dem Schoß ab und aß und sah dabei immer wieder auf das Baby, das neben ihr auf dem Bauch lag und schlief. Für ein Neugeborenes waren ihre Haare unglaublich lang – sie reichten bis über die Schultern – und sie hatten eine Farbe, die Chena noch nie gesehen hatte: Der Rotton war so dunkel, daß die Haare fast schwarz aussahen, aber wenn durch das Schlafzimmerfenster Sonnenstrahlen darauf fielen, schienen sie zu glühen wie glimmende Kohle.

Ember. Glimmende Kohle. Das war der perfekte Name für sie.

»Wie fändest du es, wenn wir sie Ember nennen?« fragte Chena. Jimmy runzelte die Stirn. »Ich erinnere dich ungern daran, Chena, aber sie gehört uns nicht.«

In Chenas Kehle bildete sich ein apfelgroßer Klumpen. Sie legte die Gabel auf den Teller und stellte die halbgegessene Mahlzeit auf den Nachttisch. Tränen schimmerten in ihren Augen.

»O Chena«, sagte Jimmy und stieß ein Seufzen aus. »Ich wußte, daß es so kommen würde.«

»Aber ihm gehört sie auch nicht.«

»Er hat uns aber gesagt, daß . . .«

»Du warst doch derjenige, der gesagt hat, wir sollen ihm nicht glauben.«

»Schon, aber wie sich herausstellte, hat er die Wahrheit gesagt. Wenn das ein Indianerbaby sein soll, bin ich ein Weißer.«

»Wenn wir es behielten, wäre es also nicht so, als würden wir ihm seine Tochter rauben. Es ist nicht sein Kind.«

»Chena, sei vernünftig. Wenn er morgen herkommt, wird er uns die restlichen fünfundzwanzigtausend Dollar geben und das Kind nehmen. Wir werden nach Whaler Bay zurückkehren und ein neues Leben beginnen.«

»Er meinte, ich könne es noch ein paar Wochen stillen – gegen Extrageld.«

»Schlechter Einfall. Es würde dir dann noch schwerer fallen, das Kind herzugeben.«

Das Baby bewegte sich, hob den Kopf und sah Chena an, dann drehte es sich zur Seite, sah Jimmy und ließ den Kopf wieder sinken.

Chena lachte erschrocken. »Hast du das gesehen?«

»Was?«

»Sie hat den Kopf gehoben.«

»Und?«

»Neugeborene sollten das eigentlich gar nicht können. Schau – da.«

Das Kind hob erneut den Kopf und sah sich mit glänzenden Augen im Zimmer um. Dann rollte es auf den Rücken und fing an zu weinen.

»Schau dir das an«, sagte Chena. »Neugeborene rollen sich nicht ab.« Sie hob das Kind zu sich und legte es sich an die Brust. Es hörte auf zu weinen und begann, leise zu wimmern. Chena spürte, wie tief in ihren Brüsten eine warme Flüssigkeit aufzusteigen begann. Sie legte den Mund des Babys an ihre tropfende Brustwarze.

Das Baby begann zu schwitzen, und Chena zog ihm den einteiligen Flanellpyjama aus. Die plötzliche Hitze seiner Haut auf ihrer erschreckte sie, und im selben Moment spürte sie, wie zwischen ihr und dem Baby eine seltsame Energie – *Lebensenergie* – hin und her zu strömen begann.

»Es fließt in beide Richtungen, nicht wahr, Ember?« sagte sie und strich ihr über das lange, samtweiche Haar. »Irgendwie fütterst du mich auch. Ich weiß zwar nicht, wie . . . aber ich kann es deutlich spüren. Wir Quanoots sagen: Der Fluß durchströmt dich mit all seiner Kraft.«

Sie betrachtete das kleine Gesicht, die hungrig saugenden Lippen, die rosigen Wangen, die immer goldener schimmernde Haut. Traurigkeit legte sich wie ein Fangnetz um Chenas Herz. Sie schluckte und preßte die Lippen zusammen.

»Wer in aller Welt sind ihre richtigen Eltern?« fragte sie mit belegter Stimme.

»Woher soll ich das wissen? Sie ist weder weiß, braun, schwarz oder . . .«

»Sie ist golden. Ember ist golden. Und wenn ihre Eltern sie lieben, wo sind sie dann? Warum sind sie nicht hier?«

Einen Moment später fielen dem Baby die Augen zu; seine langen, dunklen Wimpern glänzten über den rosigen Wangen. Es saugte im Schlaf weiter.

Chena sang Ember ein Quanoot-Lied vor. Sie sang es auch für Jimmy. Es erzählte die Geschichte eines Mannes aus einem Fischerdorf, der eines Tages einen Seeotter fing, und wie der Otter mit ihm feilschte, ihm ein großartiges Geschenk versprach, wenn er sein Leben verschonte. Der Mann willigte ein und warf den Seeotter ins Wasser zurück. Später, nachdem die Frau des Mannes ein Mädchen zur Welt gebracht hatte, erkannte er in seiner Tochter das humorvolle Wesen des Otters. Sie brachte ihm bei, wie man lachte und spielte und Spaß hatte; dann lehrte sie ihn Musik machen, Tanzen, Schnitzen und Malen, und wie man Geschichten und Witze erzählt. Später dann trugen er und seine Tochter dem ganzen Dorf die freudvollen Künste vor, die ein arbeitsames Leben verschönern und abwechslungsreich machen.

»Jimmy, bist du sicher, daß du Kinder willst?«

»Klar. Irgendwann. Habe ich dir doch schon gesagt.«

»Du wärst ein großartiger Vater.« Sie lächelte mit ihren großen grauen Augen.

Er verzog das Gesicht. »O Chena, da haben wir den Salat . . . du tust es.«

»Was tue ich?«

»Das, was ich schon lange vorausgeahnt habe.«

Als Chena Ember an die andere Brust legte, diskutierten sie und Jimmy das Für und Wider, mit einer Tochter nach Whaler Bay Island zurückzukehren.

11

Yute saß an seinem Computer und führte auf den USDA-Daten basierende Proteinanalysen durch. Bislang hatte er im Blut der Tundrafrau drei verschiedene Tiefkühlstabilisatoren und darüber hinaus ein Dutzend unidentifizierbarer Seltsamkeiten entdeckt.

Der Stereoempfänger auf dem Arbeitstisch war auf eine Nachrichtensendung des National Public Radio eingestellt, in dem kleinen Fernsehgerät daneben lief CNN mit abgestelltem Ton. Ab und zu, wenn er Bilder sah, die ihn interessierten, stellte er das Radio leise und schaltete den Fernsehton an. In seiner typischen Mixtur aus Schreibschrift und Druckbuchstaben kritzelte er Notizen in einen Ringblock. Er schaute zum Fernseher auf, griff mit der linken Hand nach der Fernbedienung und lauschte dem letzten Teil eines Barbara-Walters-Interviews, als plötzliche Veränderungen auf dem Computerbildschirm seine Aufmerksamkeit erregten; ein Molekülmodell nahm in rasendem Tempo Gestalt an. »Ausgezeichnet«, sagte er. »Nummer vier.«

Bislang stimmte jeder Tiefkühlstabilisator, den er in Tundrafraus Blut entdeckt hatte, mit einem Protein aus einer arktischen Pflanze oder einem arktischen Tier überein. Zwei fanden sich in gefrierresistenten Flechten, einer in Eiswürmern, die sich durch Gletscher fraßen und sich von aufgelösten Mineralien ernährten. Das Protein, dessen Modell er jetzt auf dem Bildschirm sah – die USDA bezeichnete es als AFP 16 – stimmte mit einem überein, das man in einer speziellen Gattung winziger arktischer Frösche fand, die den Winter in einem zugefrorenen Tümpel verbrachten und im Frühling bei Einsetzen der Schneeschmelze quicklebendig davonhüpften.

Yute konnte es nicht fassen, daß ein Mensch ohne jegliche wissenschaftliche Kenntnisse genau die Pflanzen und Tiere zum Essen ausgewählt haben konnte, die verhinderten, daß sein Gewebe einfror. Oder war es einfach bloß Zufall gewesen, Teil ihrer normalen Ernährung?

Aber angenommen, sie hatte eine Antigefrierarznei zusammengebraut – beispielsweise, indem sie das Zeug gekocht und eine konzentrierte Paste daraus gemacht hatte. In diesem Fall stellte sich die rätselhafteste aller Fragen: Wieso hatte sie ihren Körper präservieren wollen, wieso durfte er nicht einfrieren? *Wieso?*

»Vielleicht hatte es mit dem Glauben der Neandertaler zu tun«, sagte er, schlug seinen Block auf und notierte die Idee.

Er sah auf die Uhr. In einer Viertelstunde würde die Übertragung einer Opernaufführung beginnen, und er würde die vier großen Lautsprecher einschalten, die in den Ecken des Labors standen. Die Übertragung kam aus der Metropolitan Opera in New York, und Star des Abends war seine Lieblingssängerin, Angelica de Venicia. Er bewunderte ihre Stimme, denn sie war ein Mezzosopran und hatte dennoch das dunklere, vollere Klangbild eines Soprans. Es hatte mehrere Jahre gedauert, bis er sich mit Opern angefreundet hatte. Ursprünglich hatte ihn ein Zimmergenosse während seiner Collegezeit mit der Musik bekannt gemacht, und eigentlich hatte er sie von Anfang an geliebt, doch die Arroganz und Überheblichkeit der Opernszene hatten ihn jahrelang davon abgehalten, sich näher mit der Musik zu beschäftigen. Er verabscheute die feinen Anzüge, die Kronleuchter, die Limousinen und das aufgesetzte Gehabe der Leute. Er hatte einmal von einer einwöchigen Wildwassertour in Colorado gehört, bei der Opernsänger den Teilnehmern abends am Lagerfeuer etwas vorsangen. Die Idee hatte ihm gefallen: herrliche Stimmen, herrliche Musik und ohne das lästige Drumherum.

Er hatte eine Flasche Merlot gekauft, um die Geburt des Neandertaler-Babys zu feiern; er entkorkte die Flasche mit einem *whup!* Es war kein teurer Wein, aber er zog seinen Geschmack dem der überteuerten Rebensäfte vor, die er auf den Fakultätsparties gekostet hatte. Im Labor gab es keine Weingläser, daher goß er die dunkle Flüssigkeit in einen kleinen Meßbecher.

Er sah auf die Uhr, beugte sich vor, speicherte die neuen Daten und schaltete die Lautsprecher ein. Einen Moment später sang Venicia Rossini; ihre Stimme flog über die Tonleitern hinweg wie ein Spatzenschwarm über einen sonnenbeschienenen Obstgarten. Er drehte die Lautstärke auf, lehnte sich in seinen Stuhl zurück und legte die Füße auf den Tisch. Er stellte sich die jugendhafte Virtuosin an einem Lagerfeuer vor, in knappem Baumwolloberteil, Khakishorts und Wanderstiefeln, die wallende Mähne locker über ihre milchweißen Schultern fallend. Ein rötliches Flackern tanzte über ihre Züge. Mühelos durchströmte ihre Stimme die Finsternis, so wie ihn das liebliche Aroma des Weins durchströmte. Er schenkte sich noch einige Fingerbreit Merlot nach.

Während er sich den sinnlichen Genüssen der Musik und des Weines hingab, begann er, mit dem Kugelschreiber auf dem Rückumschlag seines Notizblocks herumzukritzeln. Sterne und Spiralen und Wirbel, gedankenlose Formen und Muster. Er seufzte, als die Sängerin zu einer atemberaubenden Arie ansetzte, und er hob den Kugelschreiber und schwang ihn wie ein Taktstock durch die Luft.

Als sein Blick wieder auf den Notizblock fiel, sah er, daß er unbewußt das zerfurchte Gesicht eines Mannes gezeichnet hatte. Er schrieb darüber: *Neandertaler?*

Er versuchte sich zu entsinnen, seit wann er sich für Neandertaler interessierte. Er konnte keinen genauen Zeitpunkt bestimmen; schon als kleiner Junge hatte er des öfteren ähnliche Gesichter oder Steinzeitszenen gezeichnet. Über den wahren Ursprung seiner Faszination war er sich allerdings nie klargeworden; ihn trieb einfach das unstillbare Verlangen, mehr über Neandertaler zu erfahren. Warum, wußte er nicht.

Kopfschüttelnd schwenkte er den Wein hin und her.

Es war, als würde ein seltsames Geheimnis, das die Neandertaler umgab, immer irgendwo knapp außerhalb der Reichweite seines Bewußtseins schweben. *Als ob – als ob ...* Er rollte die Augen nach oben und suchte den richtigen Gedanken.

Die andere Macht. Er blinzelte überrascht, als die Worte in sein Bewußtsein platzten.

Andere Macht? Welche andere Macht?

Nichts fiel ihm ein. Er versuchte, die Frage mit seinem ganzen

Sein zu erfassen; eine konkrete Antwort kam dabei jedoch nicht heraus, nur das vage Gefühl eines großen Verlustes, und das Bedürfnis, den Verlust wiedergutzumachen. Die andere Macht ... die *andere* Macht ...

Er trank den Wein aus.

Anders als *was?*

Dieses Mal sah er ein Bild vor Augen: einen Mund, aus dessen Lippen Energiestrahlen herausschossen. Er zog die Augenbrauen hoch. Die Tätowierung auf Tundramanns Stirn. Er fügte das Motiv in das zerfurchte Gesicht ein, das er gezeichnet hatte. Das Ergebnis war das getreue Abbild des prähistorischen Mannes, der im letzten Jahr in den Kantishna Hills entdeckt worden war.

Aber was hatte der Tundramann, ein Cro-Magnon, mit Neandertalern zu tun? Er starrte das Portrait an, versuchte, dessen Verbindung zu seinem Unterbewußtsein zu finden, aber nichts geschah.

Er zuckte mit den Schultern und warf den Block auf den Tisch. »Wein spricht, aber er lallt.«

Er zog seinen Pullover aus und füllte den Meßbecher bis zum Rand. Venicis Stimme füllte den Raum.

Für den Moment, dachte er, *werde ich diese exquisite Koloratur genießen, diese menschliche Nachtigall, und nicht versuchen, meine Neandertaler-Macke zu ergründen. Das Baby ist auf der Welt. Ein dreijähriger Sabbat sollte reichen, um sie aufzuziehen, sie zu beobachten und sie zu testen. Dann werde ich in allen relevanten Journalen verkünden, was ich getan habe, und Gelehrte aus aller Welt einladen, um das Kind gemeinsam mit mir zu studieren.*

Die Freude über seine wissenschaftliche Großtat war erregend und beruhigend zugleich. Er führte den Meßbecher an die Lippen, trank einen Schluck Wein und empfand tiefe Genugtuung.

Das Telefon klingelte. Er nahm den Hörer ab, ohne die Musik leiser zu stellen. Es war Chena.

»Wie fühlst du dich?« fragte er. »Wie geht es dem Baby? Hör mal, ich glaube, ich würde dich gerne als ihr Kindermädchen engagieren.«

»Ich rufe aus Whaler Bay Island an«, sagte Chena.

»Du bist wo?« fragte Yute ungläubig und riß die Füße vom Tisch; die Stuhlbeine schabten über den Boden. Er griff nach der Fernbedienung und warf sie versehentlich herunter, so daß er aufspringen und die Musik per Hand leiser stellen mußte.

Chena teilte ihm ihre Entscheidung mit. Sie seien nach Hause zurückgekehrt und würden dort bleiben. Sie wollten das restliche Geld nicht; sie würden das Baby behalten.

»Wir hatten eine Abmachung!« brüllte Yute in den Hörer.

»Sie sagten, Sie gäben uns fünftausend nur für die Implantation, weitere zehntausend, wenn es funktioniert. Nun, es hat funktioniert ... und wir behalten das Geld – zumindest im Augenblick –, ich meine, vielleicht können wir es Ihnen ja eines Tages zurückzahlen.«

»Mir ist das Geld völlig egal. Das Baby gehört mir.«

»Das ist nicht wahr«, sagte Chena. »Ohne mich wäre sie nicht am Leben. Ich bin ihre Mutter, Leihmutter hin oder her, und ... ich liebe sie. Sie bleibt hier, bei Jimmy und mir. Tut mir leid. So ist es nun mal.«

»Warte ... Chena, warte. Laß mich nachdenken.« Yute legte eine Hand an die Stirn. Der Wein ließ seine Gedanken verschwimmen, und er fühlte sich außer Atem. *Was zum Teufel soll ich jetzt machen?*

»Schau, Chena, du bist ein guter Mensch, ein wirklich guter Mensch, ich mag dich. Ehrlich. Aber glaubst du wirklich, daß ich so einfach klein beigebe und dich das Baby behalten lasse? Das geht nicht. Ich komme zu euch und hole es mir.«

Plötzlich war Jimmys Stimme in der Leitung. »Das lassen Sie besser bleiben, Doc. Zumindest, wenn Sie Ihr kleines Geheimnis für sich behalten wollen. Jeder sieht, daß dieses Kind etwas Besonderes ist; wie besonders, wissen wir nicht; wir möchten es gar nicht wissen. Sie belästigen uns nicht, und wir werden keiner Menschenseele erzählen, woher das Baby stammt; niemand wird in Ihrem Labor rumstöbern und unangenehme Fragen stellen. Wenn Sie uns aber Ärger machen sollten, werden Sie sich böse Schwierigkeiten einhandeln, das verspreche ich Ihnen. Ihnen bleibt also keine andere Wahl.«

»Jimmy, bitte, hör mir zu ...«

»Chena und mir tut es leid, daß es so enden muß, aber na ja ... es tut uns leid. Wir hätten es von Anfang an wissen müssen. Danke für Ihre Hilfe und so. Leben Sie wohl.«

Am anderen Ende wurde aufgelegt.

Yute knallte den Hörer auf die Gabel, dann sprang er aus seinem Stuhl und riß das Telefonkabel aus der Wand. Er wirbelte herum und schleuderte den Apparat quer durch das Labor gegen die Tür zur Kältekammer. Ein Konfettiregen aus zerbrochenen Plastikteilen rieselte zu Füßen von Tundrafraus Skelett auf die grünen Bodenkacheln.

12

Das Regenprasseln auf dem Wellblechdach der kleinen Blockhütte füllte den Raum mit einem vibrierenden Klangteppich. Chena lag ausgestreckt auf einem Schlafsack und las im silberweißen Schein einer Gaslaterne in *Dr. Spocks Baby- und Kinderpflege.*

Ember lag neben ihr und schlief, nur mit einer Windel bekleidet; sie tobte und schrie, wenn Chena versuchte, ihr einen Pyjama anzuziehen.

»Ember schlägt ständig die Decke weg«, sagte Chena. »Bestimmt schon zum zehnten Mal.«

Jimmy kehrte Chena den Rücken zu; er saß an der hinteren Wand des Raumes an einer Werkbank, die Einzelteile eines Außenbordmotors vor sich ausgebreitet. Sein schwarzer Pferdeschwanz hing durch die Öffnung seiner Baseballkappe bis über die Schulternaht seiner ausgeblichenen Jeansjacke.

»Sie ist wie diese elektrischen Handwärmer«, sagte er. »Wenn es für uns gerade warm genug ist, ist es für sie zu heiß.«

»Yeah, ich schätze, du hast recht«, sagte sie und strich über Embers goldene Haut.

»Du *schätzt,* du hast recht? Ember versucht dir zu sagen: Mammi, wickel mich nicht in diesen Tortilla. Ich bin kein Bohnenburitto.«

Chena lachte und las weiter. Ab und zu las sie Jimmy eine Passage laut vor, und anschließend sprachen sie darüber.

»Du erinnerst mich an ihn«, sagte sie.

»An wen?«

»Dr. Spock.«

»Ich erinnere dich an einen glatzköpfigen, achtzigjährigen, weißen Opa?«

»Mir scheint, daß er sehr liebevoll ist, genau wie du.«

Jimmy drehte sich um und sah ihr einen Moment in die Augen. »Alles wird gut werden, Chena. Mach dir keine Sorgen.«

Sie nickte. »Ich hoffe.« Sie strich sanft über Embers Rücken; er war seidenweich, bedeckt mit einem beinahe unsichtbaren blonden Haarflaum. »Glaubst du, Dr. Nahadeh wird uns in Ruhe lassen?«

»Wäre besser für ihn.«

Chena kuschelte sich an Ember und sog den Duft ihrer Haare auf; sie schloß die Augen und rieb die Nase gegen den warmen Kopf des Babys.

»Hast du genug Licht?« fragte Jimmy. »Ich nämlich nicht; ich habe eine Vergaserschraube verloren.«

»Nimm die Laterne. Ich lege mich jetzt schlafen.«

Es klopfte an der Tür.

Chena setzte sich auf, und Jimmy sprang von seinem Hocker. Sie warfen einander fragende Blicke zu. Sie nahm das Baby in den Arm und stellte sich neben ihn.

»Das kann er nicht sein«, sagte er und schob seine Finger in eine Dose Goop-Handreiniger. »Bei dem Sturm fahren die Fähren nicht.« Er verrieb die weiße Creme in seinen ölgeschwärzten Händen und wischte sie mit einem Putzlappen ab.

»Außerdem, woher sollte er wissen, wo wir sind?« fragte sie.

»Er kann es nicht wissen, außer jemand im Dorf hat es ihm erzählt.«

Er zog eine Holzkiste unter der Werkbank hervor und hob den Deckel. Ein unangenehmes Kribbeln machte sich in Chenas Magengrube breit. Ihr Vater und ihre Brüder waren leidenschaftliche Jäger, sie aber haßte Waffen schon seit frühester Kindheit.

Das Klopfen wiederholte sich, diesmal lauter.

Jimmy griff in die Kiste und nahm das alte Harpunengewehr seines Großvaters heraus. Er schob eine Patrone in die Kammer, legte den Spannmechanismus um und drückte dabei die etwa eineinhalb Meter lange, stählerne Harpunenlanze in den kurzen, dicken Lauf.

Jemand schlug jetzt gegen die Tür. *Bam bam bam bam.*

Jimmy nickte ihr zu, und Chena eilte in die Mitte des Raumes und duckte sich hinter dem gußeisernen Holzofen. Er ging zur Tür, senkte die Harpune auf Brusthöhe, dann drehte er den Holzgriff herum und trat die Tür weit auf.

Ein kleiner, alter Indianer stand vor ihm, Nase an Nase mit der Harpunenspitze. Er trug die traditionelle Quanoot-Kleidung: ein Überkleid und eine Hose aus zerstampfter und geflochtener Zedernrinde. Ein klitschnasser weißer Haarschopf klebte an seinem Schädel, und der Regen ließ kleine Sturzbäche an seinem rostbraunen Gesicht herabrinnen.

»Erwartest du einen Wal hier oben?« fragte der Mann, in dessen glänzenden schwarzen Augen sich der Lichtschein der Laterne spiegelte.

Jimmy senkte die Harpune. »Sir, kommen Sie rein, Sie sind völlig durchnäßt.«

»Vielen Dank.« Der alte Mann trat in den einzigen Raum der Hütte und schloß die Tür hinter sich. Im Hellen sah sein Gesicht so faltig aus wie ein aus einem Apfel geschnittenes Puppengesicht, das zum Trocknen in die Sonne gelegt worden war. Seine strohfarbene Kleidung tropfte und bildete binnen weniger Sekunden eine Pfütze um seine nackten Füße.

Chena legte die noch immer schlummernde Ember auf den Schlafsack und begann, in einem Kleiderhaufen ein Sweatshirt und eine Jogginghose für ihren Gast zu suchen.

»Sie müssen frieren«, sagte sie. »Ich werde den Ofen anmachen.«

»Ich friere nie«, sagte er. »Ich bin wie sie.« Er deutete auf das schlafende Baby.

Chena sah Jimmy an, der den Fremden mit großen Augen anstarrte. Es war unnötig, ihn zu fragen, wer er war. Er war der legendäre Schamane, Old Man.

»Möchten Sie trockene Sachen?« fragte sie.

»Ja, das wäre schön.«

»Sie gehören Ihnen«, sagte Jimmy und nahm Chena das Sweatshirt und die Hose ab und reichte sie Old Man. »Sie können sie behalten. Ich hoffe, sie passen Ihnen.«

»Vielen Dank«, sagte er und begann, sich ohne zu zögern auszuziehen. Chena folgte Jimmy zur Werkbank. Er nahm die Patrone aus der Kammer und legte die Harpune vorsichtig in die Holzkiste zurück. Old Man legte seine Rindenkleidung über den Ofen. Chena kam mit einem Holzstuhl zurück, ihrem einzigen Möbelstück in der Hütte, aber Old Man winkte ab und setzte sich im Schneidersitz neben Ember auf den Schlafsack. Das marineblaue Sweatshirt, auf dem über der traditionellen schwarzroten Quanoot-Maske eines Killerwalkopfes in roten Buchstaben *Whaler Bay H. S. Orcas* stand, hing locker um seinen dürren Oberkörper.

Old Man fuhr mit den Fingerspitzen über die Walmaske und lächelte das Paar an. »*Wasco*«, sagte er. »Mein Familientotem.«

Jimmy zog seine Jeansjacke aus und legte sie Old Man wie ein Umhang über die Schultern.

»Bitte, behalten Sie die auch.« Old Man hob den Arm und tätschelte Jimmys Hand.

»Aus dir wird ein guter Fischer werden, Jimmy Otter.«

Jimmys Unterkiefer sackte herunter, dann lachte er nervös. »Ja, Sir. Vielen Dank.«

Old Mann klopfte neben sich auf den Schlafsack, und Jimmy und Chena setzten sich. Behutsam hob er Ember zu sich und summte ihr leise ins Ohr. Sofort schlug sie die Augen auf und wandte ihm das Gesicht zu. Er lächelte, und sie lächelte zurück. Er setzte sie auf Chenas Schoß und klatschte in die Hände, dann legte er die linke Hand an sein Herz, die rechte an Embers Brust und erteilte ihr in der Singsangsprache der Quanoots den Segen. Dann beugte er sich hinunter und küßte sie auf die Stirn.

Old Man erhob sich, um aufzubrechen.

»Übernachten Sie doch hier«, sagte Chena. »Sie können den Schlafsack haben. Für uns sind genügend Decken da.«

Old Man lächelte und schüttelte sein weißhaariges Haupt. »Es hat aufgehört zu regnen. Bald wird sich die Flut wenden und mich nach Hause tragen.«

»Möchten Sie nicht wenigstens etwas essen?« fragte Jimmy. »Wir haben eine Kühlbox. Ich könnte Ihnen ein Sandwich machen.«

Der Schamane blieb an der Tür stehen und wandte sich zu ihnen um. »Ich danke euch beiden. Gesegnet sei eure junge Ehe.«

Chena eilte zu ihm und ergriff seine zarte, uralte Hand. Die faltige Haut fühlte sich heiß an, wie Embers Haut.

Sie schluckte. »Old Man, habe ich das Richtige getan? War es richtig von mir, sie zu behalten, ich meine, dem Quanoot-cha nach?«

Er nahm ihre Hände in seine. »Chena Hawk, es ist keine Frage von richtig oder falsch. Der Pfad, von dem man abkommt, ist nicht der Große Pfad.«

»Wer ist sie? Sind Sie bei dem Sturm den ganzen Weg hierhergekommen, nur um sie zu segnen?«

Er zog die Augenbrauen hoch. »Ich bin gekommen, um von *ihr* gesegnet zu werden. Ich habe lange auf ihre Ankunft gewartet.« Er lächelte, und einen Moment lang schienen seine Augen in den tiefen Falten seines Gesichts zu versinken. Dann hob Old Man Chenas Hände an seine Lippen und küßte sie, wandte sich um und trat nach draußen in die prickelnde Luft der vom Regen erfrischten Erde.

13

Ember fuhr sich mit den Fingern durch ihre dichten, gewellten Haare und zwirbelte die rötlich-schwarzen Strähnen um die Fingerspitzen. Sie bekam nur schwer Luft. Sie mochte den hellerleuchteten Raum nicht, ebensowenig die zierliche, grauhaarige Frau in dem grünen Kleid. Das Parfüm und das Haarspray der Frau vernebelten den Raum, und inmitten dieser Dunstwolke nahm sie die Gerüche von Deo, Polyester, Baumwolle, Kreidestaub, Kaffee über Minzezahnpasta und einem Hauch von Babypuder und einer durchnäßten Windel wahr.

»Dr. Jackson ist Expertin darin, wie Kinder lernen«, sagte ihr ihre Mutter. »Sie wird uns helfen herauszufinden, warum du Probleme mit dem Sprechen hast.« Chenas Tonfall klang fröhlich, fast wie ein Singsang, aber Ember spürte ihr Unbehagen.

»Sie unterrichten Babys?« fragte Ember, die auf Chenas Schoß saß.

»Wie bitte, Kleines?«

»Sie fragte, ob Sie Babys unterrichten«, sagte Chena mit einem nervösen Lachen.

»Oh. Nein, aber um ehrlich zu sein, war meine letzte Patientin eine junge Mutter, die ihr Baby mitgebracht hatte. Woher wußtest du, daß . . .?«

»Sie hat einen sehr ausgeprägten Geruchssinn«, sagte Chena.

»Ach so«, sagte Dr. Jackson. »Komm her, Kleines.« Sie hielt ihr ihre spröde aussehende Hand entgegen. »Ich werde nicht beißen, versprochen.« Ihre Augen schielten zu ihrer grauen Ponyfrisur hoch. »Und beim nächsten Mal werde ich weniger Haarspray und Parfüm benutzen.«

»Du brauchst keine Angst zu haben«, flüsterte Chena und hob ihre Tochter vom Schoß. Ember stand mit dem Gesicht zur Ärztin, hielt sich aber hinterm Rücken an Chenas Knien fest. Dr. Jackson lächelte sie an, doch Ember rührte sich nicht. Dr. Jackson setzte sich an ihren Schreibtisch und wartete, noch immer lächelnd.

Embers Blick fiel immer wieder auf das Bücherregal hinter Dr. Jacksons Kopf. In ihm stand eine kleine Bronzestatue eines Zentaurs und das durchsichtige Plastikmodell eines Pferdes, das die Organe und das Skelett im Innern zeigte.

Dr. Jackson nahm die Zentaurstatue vom Regal und hielt sie Ember entgegen. »Hast du jemals ein solches Wesen durch die Wälder von Whaler Bay Island streunen sehen?«

Ember trat schüchtern heran und nahm die Statue.

»Mein Daddy jagt nur Rehe und Elche«, sagte sie undeutlich.

»Sie sagt, ihr Daddy jage nur Rehe und Elche.«

Dr. Jackson lachte, eine kleine Melodie aus fünf Noten.

»Dieses Wesen nennt man einen Zentaur. Solche Kreaturen gibt es in Wirklichkeit gar nicht, aber ich habe sie immer gemocht.«

Ember drehte den Zentaur in den Händen und betrachtete ihn von allen Seiten. Dann gab sie ihn zurück und deutete auf das Pferdemodell. Dr. Jackson nahm es aus dem Regal und gab es ihr. »Magst du Pferde? Mein Vater war Tierarzt, und Pferde waren sein Spezialgebiet. Ich liebe Pferde.«

Ember zog die beiden Hälften auseinander und berührte die bunten Plastikorgane im Innern.

»Ember, *frage*, ob du das darfst«, sagte Chena.

»Schon gut. Sie kann ruhig damit spielen.« Dr. Jackson nahm Ember an der Hand und führte sie an einen Kindertisch. Ember setzte sich auf einen hellblauen Plastikstuhl und begann, ein Teil nach dem anderen aus dem Modell herauszunehmen und mit den Fingern über die Konturen zu streichen. Sie sah, daß sich die Teile ineinanderfügten wie die Einzelteile einer Campingausrüstung. Sie hatte ihren Vater ein halbes Dutzend Elche ausnehmen sehen und erkannte, daß die Innereien des Spielzeugpferdes denen der Elche sehr ähnlich waren. Sie erkannte das Herz, die Lungen, den Magen und die Leber, denn ihre Familie aß diese Organe. Sie schüttelte das Skelett, und alle Knochen bewegten sich. Sie sah zu ihrer Mutter hinüber.

»Wie ein Halloweenpferd!« sagte sie.

Die Schädeldecke fiel herunter, und etwas Gelbgraues, das für Ember wie ein unförmiger Football aussah, rollte heraus; sie wußte, daß es das Gehirn war, denn zu Hause aßen sie auch diesen Teil eines Elchs.

Die Namen der anderen Teile kannte sie nicht, doch anhand der Farben und Formen sah sie, wie man sie ineinanderstecken mußte. Sie legte das Gehirn in den Schädel zurück, dann schob sie den halben Brustkorb in den Rumpf, legte die Lungen hinein, plazierte das Herz dazwischen und schob die Leber an die richtige Stelle; dann legte sie die zweite Hälfte des Brustkorbs darüber und begann, die anderen Organe zwischen den einzelnen Muskelpartien einzubetten. Einige Teile mußte sie wieder herausnehmen, um als erstes die Nieren an die richtige Stelle zu legen. Schließlich war sie fertig und drückte die beiden Pferdehälften zusammen.

»Nun, unseren ersten Test können wir uns wohl sparen«, sagte Dr. Jackson und ließ ihr melodisches Lachen erklingen. »Ich wollte dich bitten, einige geometrische Formen in einen Kasten einzusortieren.« Sie stellte das Pferd ins Regal zurück.

»Ember, du bist sehr, sehr talentiert in einer Sache, die wir ›Mustererkennung‹ nennen. Das heißt, du erkennst Formen und Farben und Strukturen und kannst sie so zusammenfügen, daß sie ein größeres Ganzes ergeben. Ich wette, du bist eine richtige Puzzleexpertin, stimmt's?«

»Oh, Sie sollten sie sehen«, sagte Chena. »Ihr Vater hat ihr eines dieser Tausend-Teile-Puzzles gekauft und es mit schwarzer Farbe besprüht, um es ihr ein bißchen schwerer zu machen. Es hat nichts genützt.«

Dr. Jackson lächelte. »Na ja, was soll's. Lassen Sie uns trotzdem den ersten Test durchführen. Ich bin neugierig.«

Auf dem Tisch stand ein gelber Plastikkasten. In jeder der sechs Seiten befanden sich drei verschieden geformte Löcher. Dr. Jackson klappte den Deckel des Kastens auf und schüttete achtzehn Plastikformen aus. »Ember, ich möchte, daß du die Formen so schnell du kannst durch die passenden Löcher in den Kasten schiebst – warte, noch nicht. Erst wenn ich ›Jetzt‹ sage.« Sie nahm eine Stoppuhr vom Schreibtisch. »Jetzt!«

Embers Hände flogen über den Tisch, ergriffen Plastiksterne und Halbmonde und andere Formen und schoben sie durch das jeweilige Loch in den gelben Kasten. Eine halbe Minute war vergangen, als die letzte Form, ein Dreieck, klappernd hineinfiel.

»Gut gemacht«, sagte Dr. Jackson und sah auf die Stoppuhr. »Sechsunddreißig Sekunden.«

»Ist das gut?« fragte Chena.

»Unglaublich für eine Fünfjährige. Ich habe es auch mal versucht. Meine beste Zeit war fünfzig Sekunden, und das war beim dritten Durchgang.«

Ember holte tief Luft, und als sie ausatmete, sanken ihre Schultern ein Stück herunter. Sie sah zu ihrer Mutter. *Wenigstens stelle ich mich bis jetzt ganz gut an,* dachte sie. Als nächstes führte Dr. Jackson sie an einen gelben Plastiktisch. Auf ihm lagen eine kleine Kerze und eine Pappschachtel mit Reißzwecken. An der Wand neben dem Tisch stand ein Korkbrett. Ember setzte sich auf einen roten Plastikstuhl, und Dr. Jackson erklärte ihr das Spiel: die Gegenstände so zusammenzustellen, daß, wenn die Kerze brannte, kein Wachs auf den Tisch tropfen würde.

Mit einer Handgeste machte Ember die Frau darauf aufmerksam, daß es keine Streichhölzer gab.

»Du mußt die Kerze nicht anzünden«, sagte Dr. Jackson. »Zeige mir nur, wie du es machen würdest.«

Ember betrachtete die Gegenstände einige Sekunden.

»Es gibt kein Richtig oder Falsch«, sagte die Frau. »Mache es einfach so, wie es deiner Meinung nach funktionieren könnte.« Ember nahm die Schachtel mit den Reißzwecken und schüttete sie aus. Sie steckte eine Reißzwecke von unten durch den Boden der Schachtel, drückte die Kerze drauf und stellte die Schachtel auf den Tisch. Sie war kopflastig und fiel um, daher drückte sie in den Ecken der Schachtel vier Reißzwecken von oben durch den Boden, so daß die Schachtel auf vier winzigen Metallbeinen stand. Die Konstruktion war noch immer zu wackelig, also befestigte sie die Schachtel mitsamt der Kerze mit vier Reißzwecken auf dem Korkbrett.

»Das hält«, sagte Dr. Jackson lächelnd. »Schön. Sehr kreativ.«

»War das ein Kreativitätstest?« fragte Chena.

Dr. Jackson nickte. »Er zeigt, wie kreativ man an die Lösung eines Problems herangeht. Ember, du bist die erste Person, die die Schachtel am Korkbrett befestigt hat. Einige Kinder stellen die Kerze in die Schachtel, die meisten aber versuchen bloß, sie obendrauf zu befestigen.«

»Es gibt einige Dinge, die ich besser kann als andere Kinder«, sagte sie zu Dr. Jackson und versuchte, jede Silbe deutlich auszusprechen. Trotzdem klangen ihre Worte so unartikuliert wie bei den anderen Kindern, die sie ständig nachäfften, indem sie beim Sprechen ihre Zungen festhielten.

»Was hast du gesagt, Kleines?«

»Sie sagte, es gäbe einige Dinge, die sie besser könne als andere Kinder«, sagte Chena. »Genaugenommen kann sie die meisten Dinge besser als ihre Altersgenossen. Sie ist schneller, stärker, besser in jeder Sportart – sogar besser als die Jungen. Auch wenn es um Denkaufgaben geht, oder um Puzzlespiele.«

»Sie sagten, sie beherrsche die Zeichensprache.«

»Oh, das war vielleicht eine Geschichte«, sagte Chena und lächelte Ember an. »Meine andere Tochter, Kaigani, bekam mit drei Jahren Scharlachfieber und ist seitdem taub.«

»Das tut mir leid«, sagte Dr. Jackson.

Chena nickte. »Es war ein einziger Alptraum für meine Familie«, sagte sie. »Wie auch immer, mein Mann und ich haben einen Kurs für Zeichensprache belegt, um sie anschließend unseren Mädchen beibringen zu können. Wir saßen am Küchentisch und übten. Die Mädchen waren drei und vier Jahre alt. Nun, die kleine Ember hat sich jedes Zeichen, das sie uns benutzen sah, eingeprägt und noch am selben Abend begonnen, sie Kaigani zu zeigen. Wir haben Ember dann alle Zeichen, die wir kannten, in zwei oder drei Stunden beigebracht. Nach wenigen Tagen hat sie die Zeichensprache perfekt beherrscht – nicht stockend, sondern fließend. Fortan hat sie Kaigani unterrichtet, während Jimmy und ich noch monatelang üben mußten. Die Lehrer in dem Kurs kennen keinen, der die Zeichensprache so schnell gelernt hat.«

Ember zuckte mit den Schultern. »Aber trotzdem machen sich die anderen Kinder über mich lustig«, sagte sie, »weil ich dumm bin.«

»Hör mir gut zu, Ember«, sagte Dr. Jackson und kniete sich vor ihr hin. »Ich bin Expertin dafür, wie ›normale‹ Kinder in jeder Altersstufe sein sollten. Ich habe diese Dinge jahrelang studiert. Okay? Und wenn ich mir die Tests anschaue, die Mr. Lewis mit dir gemacht hat, oder selbst nur aufgrund der kurzen Zeit, die wir bis jetzt miteinander verbracht haben, kann ich dir sagen, daß du definitiv nicht dumm bist. Okay? Im Gegenteil, du bist den meisten Kindern deines Alters weit voraus. Glaubst du mir das?«

»Aber ich kann kaum sprechen.«

»Ja. Nun, viele Dinge in uns müssen perfekt funktionieren, damit wir fließend sprechen können. Manchmal haben Menschen bestimmte Mängel, die es ihnen erschweren, zu lesen oder zu schreiben. Aber diese Mängel kann man verringern oder ganz beheben. Das heißt noch lange nicht, daß man dumm ist. Ganz und gar nicht.«

Ember senkte den Kopf.

»Schau mich an.« Behutsam hob Dr. Jackson Embers Kinn. »Ich bin Professorin an dieser Universität. Ich habe drei Bücher geschrieben. Ich habe überall im Land Vorträge gehalten, sogar im Ausland. Aber würdest du mir glauben, daß ich kaum sprechen konnte, als ich so alt war wie du? Nur meine Mutter konnte mich verstehen – vielleicht die Hälfte von dem, was ich zu sagen versuchte.«

Embers Augen wurden größer.

»Das ist wirklich wahr«, sagte Dr. Jackson. »Glaubst du vielleicht, ich war dumm?«

Ember schüttelte den Kopf.

»Vielleicht ein bißchen langsam?«

Wieder schüttelte Ember den Kopf, energischer diesmal.

»Oder irgendwie blöd?« Dr. Jackson machte ein dümmliches Gesicht und ließ die Zunge aus dem Mund hängen.

Ember kicherte.

»Nein, natürlich nicht. Tatsache ist, daß ich einen kleinen Fehler im Gehirn hatte, der es mir erschwerte, Worte in der richtigen Reihenfolge zusammenzustellen.«

»Wie haben Sie es gelernt?« fragte Ember.

»Wen habe ich gern?«

Ember schüttelte den Kopf. »Wie haben Sie es *gelernt?*«

»Sprechen gelernt«, sagte Chena.

»Bei einem Sprachtherapeuten – das, was Mr. Lewis ist – einer Person, die ausgebildet wurde, Kindern zu helfen, die Probleme mit dem Sprechen haben. Mein Therapeut hat mir sehr geholfen. Und älter zu werden hat auch dazu beigetragen, daß ich richtig sprechen gelernt habe. Schau, einige der Fehler im Gehirn reparieren sich von selbst, wenn man älter wird. Wenn du eine Jugendliche bist, sind sie vielleicht ganz verschwunden.«

»So alt?« Ember runzelte die Stirn. »So lange kann ich nicht warten.«

»Sie sagt, so lange könne sie nicht warten.«

»Ja, ich beginne, ihr Sprachmuster zu verstehen«, sagte Dr. Jackson. »Schau, Ember, das ist auch etwas, worin ich gut bin: Ich kann Kinder verstehen, selbst wenn sie nicht so gut sprechen können.«

»Aber Mr. Lewis hat es nicht geschafft, daß ich besser sprechen kann.«

»Nun, laß uns einfach sagen, daß ich älter und erfahrener bin als er. Er war einer meiner Studenten, deswegen hat er dich zu mir geschickt. Man sagt, ich sei einer der besten Sprachpathologen der Welt. Kannst du das glauben?« Sie lachte ihre kleine Melodie. »Ich glaube, du und ich werden eine tolle Therapie machen. Was meinst du? Vertraust du mir?«

Ember nickte. Sie hatte entschieden, daß sie diese zierliche alte Dame doch mochte.

»Aber eines sollst du noch wissen«, sagte Dr. Jackson. »Bevor wir anfangen, mußt du mir einen Vorschuß zahlen.«

Embers Magen zog sich zusammen, und sie begann, verlegen an einer Haarsträhne zu zupfen. »Ich habe aber kein Geld ...«, sagte sie mit leiser Stimme.

»Nein, nein. Kein Geld, Kleines. Das wurde schon geregelt. Außerdem macht mich die Arbeit mit dir vielleicht noch berühmter – das bedeutet, daß ich dann öfter nach Paris komme.« Sie lachte wieder. »Ich möchte, daß du mir etwas gibst, an das du dich ganz fest klammerst, etwas, das direkt in deinem Herzen liegt.«

Ember griff sich an die Brust und zog die dunklen Augenbrauen hoch.

»Gib mir dieses traurige, schreckliche Bild, das du von dir selbst hast ..., daß du dumm seist und nicht gut genug.« Sie streckte ihre Hand aus, die Innenseite nach oben. »Komm schon.« Sie wackelte mit den Fingern. »Gib mir das Bild. Bevor wir mit der Arbeit beginnen, mußt du mir den Vorschuß zahlen.«

Embers Augen wurden feucht. Sie schloß sie einen Moment. Dann spreizte sie die Finger über ihrem Herzen und spürte den Schmerz, der dort saß. Als sie die Augen öffnete, sah Dr. Jackson sie mit sanftem Blick an und nickte langsam. Ember reichte ihr, diesem zierlichen, grauhaarigen Engel in dem grünen Kleid, ihren geheimsten Schmerz. Dr. Jackson umschloß die Zentnerlast mit beiden Händen, stand auf und trug sie in den Nebenraum zur Toilette. Sie ließ die Tür offen, damit Ember die Spülung hören konnte. Es machte laut *ka-wooooosh.*

14

Yute Nahadeh rutschte unruhig auf der hölzernen Tribünenbank des Baseballfeldes der Whaler Bay Middle School umher. Er senkte seine Videokamera und starrte mit einem Gefühl der Hilflosigkeit auf das Feld hinunter. Weniger als dreißig Meter entfernt stand ein Neandertaler-Mädchen und holte zum Wurf aus. Ember trug ein schwarzes T-Shirt, eine gelbe kurze Fußballhose, gelbe Fußballstutzen und schwarze Stollenschuhe. Nächste Woche würde sie zehn Jahre alt werden. Alle anderen Spieler auf dem Feld waren Jungen, einige von ihnen älter als sie.

Yute legte das Auge an den Sucher und filmte den Wurf. Er wünschte, einen Augenblick lang die Zeit anhalten zu können und, während der Baseball in der Luft hing, zu Ember hinunterzugehen, ihre goldene Haut zu berühren und ihr tief in die grünen Augen – und in die Seele – zu schauen. Sie war ein Schatz an Informationen über den Ursprung und die Evolution des Menschen, ein wissenschaftliches Juwel in Gestalt eines geschmeidigen, robusten Körpers unter einer rötlichschwarzen Haarmähne. Er betrachtete sie im Sucherfeld der Kamera, wie ein Astronom einen neuentdeckten Planeten betrachten würde: als ein Objekt von unübertrefflicher wissenschaftlicher Schönheit, aber unerreichbar durch die unendlichen Weiten des Raumes.

In Embers ersten Lebensjahren war Chena gewillt gewesen, ihm alle paar Monate am Telefon seine Fragen über Embers Entwicklung zu beantworten. Doch das hatte abrupt aufgehört.

»Sagen Sie uns, wer sie ist und wer ihre Eltern sind«, hatte Jimmy zu wissen verlangt. Und als Yute versucht hatte, vom Thema abzulenken, sagte Jimmy: »Okay, dann hören Sie auf, uns über Ember auszufragen. Wir werden Ihnen nichts mehr erzählen, und wir wollen nicht länger wissen, wer ihre Eltern sind. Sie gehört jetzt zu mir und Chena und ihrer kleinen Schwester. Wir sind ihre Familie. Wir reden nicht mehr mit Ihnen.«

Yute senkte die Kamera und hob das Fernglas.

Schweiß rann über Embers Stirn. Sie klemmte sich den Baseballhandschuh zwischen die Knie und zog das rote Haarband an ihrem Pferdeschwanz hoch. Bis zu diesem letzten Durchgang hatte sie so gut geworfen, daß kein gegnerischer Läufer zur ersten Base gelangt war, doch beim letzten Wurf war ihrem Fänger der Ball durch die Hände gerutscht, und der Läufer hatte ungehindert zur zweiten Base vordringen können.

Kunk! Der Klang des Aluminiumschlägers gegen den Ball. Der Ball flog senkrecht nach oben. Der Fänger sah hoch, riß sich die Maske vom Gesicht und rannte drei Schritte vor; der Ball prallte von seinem Handschuh ab und fiel zu Boden. Der Schlagmann erreichte locker die erste Base, der andere Läufer die dritte.

Komm schon, Ember, dachte Yute. *Zeig ihnen, mit wem sie es zu tun haben.*

Ember sah müde aus; nach jedem Wurf rieb sie ihre Schultern. Ihr nächster Ball kam so schwach, daß sie dem Schlagmann einen Freilauf zu ersten Base schenkte; der Läufer, der auf der dritten Base gestanden hatte, trabte locker ins Ziel und machte den Punkt: nur noch vier zu eins für Embers Mannschaft. Die nächsten zwei Schlagmänner warf sie raus, einer erreichte die erste Base. Das Spiel war fast zu Ende, alle Bases waren besetzt. Würden die Läufer und der letzte Schlagmann ins Ziel kommen, konnte Embers Mannschaft noch fünf zu vier verlieren.

Ein schlaksiger Junge, vielleicht zwölf Jahre alt, stolzierte zum Schlagmal, einen metallichblauen Aluminiumschläger auf der Schulter. Er spuckte sich in die Hände und rieb sie aneinander. Ahnungsvoll wichen seine Feldspieler bis zum Zaun zurück, während er einige Aufwärmschwünge vollführte.

»Hämmer das Ding zum Mond, Tom«, rief jemand.

»Na los, Gigger«, spottete der Schlagmann. »Zeig's mir.«

Ihr Wurf war hart und raffiniert, eine exakt getimte Bogenlampe. Der Junge schlug mit voller Wucht zu, doch der Ball zischte unter seinem Schläger vorbei.

Ember lächelte.

Der Schlagmann sah verächtlich zu ihr hinüber. »Freu dich nicht zu früh, ich habe noch zwei Versuche. Den nächsten Ball schlage ich dir in deine blöde Fresse.«

Ember hob das linke Bein, holte aus und ließ den Arm vorschnellen wie bei einem Peitschenschlag. Der Ball zischte durch die Luft und krachte ihrem Fänger in den Handschuh, während der Schlagmann nur zusah. Der Fänger warf den Handschuh auf den Boden und schüttelte seine schmerzende Hand. »Aua.«

Yute grinste. »Gut gemacht, Ember«, flüsterte er. »Mächtiger Wurf für eine Zehnjährige.«

Ember lächelte.

Der Schlagmann schnitt eine Grimasse. »Ich werde dir dein häßliches Pferdegebiß ins Maul stopfen, du dämliche Kuh.«

»Hey, paß auf, was du sagst, Junge, das ist bloß ein Spiel«, rief Yute unerwartet laut.

Tom sah zur Tribüne hoch und grüßte Yute mit erhobenem Mittelfinger. Auch Ember sah kurz zu ihm hoch; dann legte sie kaum wahrnehmbar den Kopf zurück und schnüffelte einen Moment lang in der Luft.

Verdammt, ich wünschte, ich hätte das auf Video, dachte Yute. *Das muß ich notieren.*

»Hör auf, herumzuschnüffeln«, rief Tom. »Wirf lieber.«

Ember richtete den Blick wieder auf den Schlagmann. »Tom«, sagte sie, »der nächste Wurf ist gültig, nur daß du Bescheid weißt.«

Der Ball schien links am Schlagmal vorbeizufliegen, doch im letzten Moment änderte er seine Flugbahn und zischte auf Tom zu. Tom erkannte zu spät, daß der Wurf gültig sein würde, und riß wütend den Schläger hoch, traf den Ball aber nur mit der Kante. Der Ball segelte in Embers Richtung träge durch die Luft. Tom rannte zur ersten Base, den Blick auf den fliegenden Ball gerichtet. Ember verfolgte die Flugbahn; sie trat einen Schritt nach links, wirbelte im letzten Moment herum und fing den Ball lässig hinterm Rücken.

Tom brach seinen Lauf ab, stürmte zu Ember und schubste sie weg. Sie schubste zurück.

»Willst du mich verarschen, oder was?« Er schubste sie erneut. »Du kriegst gleich eine aufs Maul.«

Spieler aus beiden Mannschaften kamen herbeigerannt und bildeten einen Kreis um die beiden.

»Aufhören!« rief Yute und stürmte die Tribüne hinunter, zwei Bänke auf einmal nehmend. »Hört auf damit!«

Er schob sich an den Jungen vorbei und sah am Boden Tom und Ember miteinander ringen. Ember wand sich aus seiner Umklammerung und sprang auf die Beine, Tom ebenso; er wollte sich gerade wieder auf sie stürzen, doch Yute trat dazwischen und hielt den Jungen mit ausgestrecktem Arm auf Distanz. Er stolperte nach hinten und fiel auf den Hosenboden. Einige der Jungen lachten.

Tom saß am Boden und funkelte Yute an. »Wer zum Teufel sind Sie? Ihr Leibwächter?« Er stand auf und versuchte, an Yute vorbeizukommen und wieder auf Ember loszugehen. »Gehen Sie aus dem Weg, die Sache geht Sie nichts an.«

Yute packte den Jungen, wirbelte ihn herum und schubste ihn in die entgegengesetzte Richtung davon. »Mach mal halblang, Junge«, sagte er. »Es war nur ein Spiel. Du hast verloren – wie schlimm. Du solltest lernen, ein guter Verlierer zu sein.«

»Das wird er nie sein«, sagte Ember, die hinter Yute stand.

Tom starrte die beiden aus schmalen Augenschlitzen an. »Dafür wirst du büßen, Gigger. Und Sie auch, Mister.«

Er drehte sich um und stapfte davon. Mehrere seiner Mannschaftskameraden folgten ihm. Die restlichen Jungen sammelten ihre Schläger und Handschuhe ein und trotteten zu ihren Fahrrädern, die sie hinter dem Baseballfeld an der Schulmauer abgestellt hatten.

Ember eilte an Yute vorbei. »Vielen Dank, Sir«, sagte sie über die Schulter hinweg.

»Keine Ursache, Ember.«

Sie sah zurück und blieb stehen. »Woher kennen Sie meinen Namen?«

Yutes Herzschlag beschleunigte. *Soll ich mit ihr reden? Wenn sie Jimmy und Chena davon erzählt, könnte ich in Schwierigkeiten geraten. Dann kann ich sie vielleicht nie wieder beobachten.*

Er zuckte mit den Schultern. »Die anderen Kinder haben dich so genannt . . .«

Sie musterte ihn argwöhnisch. »Die nennen mich Gigger.«

Yute schluckte. Er war drauf und dran, alles zu vermasseln.

»Hey, Arschloch!« rief Tom. Yute drehte sich um. Tom stand auf der Tribüne. »Sind das Ihre Sachen?« Er hielt Yutes Fernglas und Videokamera hoch.

Bevor Yute antworten konnte, schmetterte Tom die Geräte gegen die Stahlbrüstung. Glas zerbarst, Plastikteile gingen zu Bruch. Dann warf er die zerstörten Geräte in den Sand.

Tom stieß einen Coyotenschrei aus, sprang an der Rückseite der Tribüne hinunter und rannte in einen Schotterweg, wo er sich auf ein Geländemotorrad schwang und den Starter antrat. Er raste los, mit dem Hinterrad eine dicke Staubwolke aufwirbelnd.

»Tut mir leid«, sagte Ember. »Es war meine Schuld.«

Yute sah zu ihr hinüber. Ihre grünen Augen schimmerten feucht. »Nein, es war nicht deine Schuld«, sagte er. »Überhaupt nicht. Er ist derjenige, der meine Sachen kaputtgemacht hat, nicht du. Also muß es dir auch nicht leid tun.«

Er lächelte sie an. »Okay?«

Sie nickte.

In der Ferne stieg die Staubwolke den steilen Schotterweg hoch, und allmählich verlor sich das Heulen des Zweitakters zwischen den bewaldeten Hügeln.

»Was für Eltern hat der Junge?«

»Keine Mutter«, sagte Ember. »Und sein Vater hat ihn rausgeworfen, glaube ich ... Er wohnt bei seiner Großmutter, oder so. Er ist der schlimmste Rabauke der Schule. Die meisten Kinder haben vor ihm Angst. Die Lehrer auch.«

»Aber du nicht?«

»Wieso haben Sie ein langweiliges Trainingsspiel gefilmt?« fragte sie.

Es spielt keine Rolle, ob sie es Jimmy und Chena erzählt. Es ist sowieso frustrierend, sie immer nur aus der Ferne beobachten zu können. Was ich will, ist ein eingehendes Studium des Neandertalers aus nächster Nähe, und um das zu erreichen, muß sie es von sich aus wollen.

»Mein Name ist Yute Nahadeh. Ich bin ein Anthropologieprofessor. Haben dir deine Eltern von mir erzählt?«

Ihre Augen wurden groß, und sie nickte langsam.

»Genaugenommen habe ich dich gefilmt. Eines Tages werden wir uns wieder begegnen, und dann werde ich dir erklären, wer du bist und warum ich mich so sehr für dich interessiere.«

Sie trat einen Schritt zurück. »Ich muß gehen«, sagte sie, wandte sich um und rannte auf das Schulgebäude zu.

Er starrte ihr gedankenverloren nach. In einiger Entfernung blieb sie stehen und sah zu ihm zurück. Dann stieg sie auf ihr Fahrrad und fuhr davon.

»Nur ich kann dir helfen herauszufinden, wer du bist«, sagte Yute leise. »Du wirst zu mir kommen. Möglicherweise werde ich viele Jahre warten müssen, aber eines Tages wirst du kommen.«

Ember ging wieder ins Bett und legte sich leise zwischen ihre schlafenden Eltern. Ihr Vater drehte sich ohne aufzuwachen auf die Seite, doch ihre Mutter, die im hereinströmenden silbernen Lichtschein lag, schlug ihre großen grauen Augen auf. Draußen schien ein Dreiviertelmond auf die Wipfel des Pinienwaldes herab, der die Big Drum Ridge bedeckte. Zirpende Grillen und quakende Baumfrösche unterlegten den durchdringenden Dialog zweier Waldohreulen mit einem dicken Klangteppich.

»Etwas Schlimmes geträumt, Liebes?« flüsterte Chena.

Ember nickte.

»Derselbe Traum?«

»Ja«, sagte Ember. »Aber dieses Mal habe ich mich selbst aufgeweckt, bevor sich die Menschen in den Eishöhlen begraben.«

Ihre Mutter legte den Arm um Ember und schmiegte sich an sie. »Sobald du verstanden hast, was der Schützende Geist dir zu sagen versucht, wird der Traum nicht mehr kommen.«

»Das sagst du immer, Mom.«

Chena schloß die Augen. »Weil es wahr ist.«

»Die Lachse sind da«, sagte ihr Vater laut im Schlaf. Ember kicherte und flüsterte: »Fange eine ganze Wagenladung, Dad.«

Es war behaglich, zwischen ihren Eltern zu liegen. Die Hitze ihrer Körper durchströmte ihre Arme, Brust und Schultern und schien sie mit neuer Energie zu füllen. Sie atmete tief ein und verschmolz mit der sie umgebenden Wärme.

Jimmy Ozettes Haut und sein langes schwarzes Haar trugen Duftspuren von Fisch und getrocknetem Schweiß, vom Tabak seiner selbstgedrehten Bugler-Zigaretten, von Pinien- und Zedernmark, von Benzin und Lederstiefeln und Baumwolle, dazu einen Hauch seines schwarzen Labrador Retrievers, Chinook. Ember lächelte. Seine ursprünglichen Gerüche waren Teil der tiefen Liebe, die sie für ihren Vater empfand. Chena Ozette duftete nach Kräuterseife, Rosmarinshampoo, Minzezahnpasta, warmer Baumwolle und nach ihrer eigenen Version des erdigen Aromas das Ember bei allen erwachsenen Frauen wahrgenommen hatte. *Die Nase. So nennen mich Nahvi und Ona. Aber wie soll ich sie abstellen? Ich weiß nicht, warum ich Dinge riechen kann, die andere nicht riechen. Ich weiß nicht, warum ich anders bin als die anderen. In der vierten Klasse das einzige Mädchen, das schon ihre Periode hatte; in der fünften das einzige mit Brüsten, außer Chawnee – und bei ihr war es sowieso bloß Fett.*

Und wieso bin ich so muskulös? Kein anderes Mädchen, selbst nicht in der High School, sieht so stark aus – und ist so stark – wie ich. Und wahrscheinlich sind nur Bobby und Sook, und vielleicht John ... nein, John nicht ... eigentlich nur Bobby und Sook; nur zwei Jungen an der ganzen Middle School sind so muskulös wie ich – und die beiden machen Bodybuilding.

»Mom«, flüsterte sie, »bist du wach?«

»Mmm-hmm.«

»Warum sind Menschen so gemein? Wenn ich normal wäre und jemanden wie mich sähe, würde ich ihn nicht gleich hassen und ihm Beleidigungen an den Kopf werfen, nur weil er anders ist.«

Chena schlug die Augen auf und strich Ember sanft über das Gesicht. »Jeder muß der sein, der er ist«, flüsterte sie. »Du hast das Glück, ein großes Herz zu haben. Viele Menschen haben das nicht. Sie leben vor sich hin, ohne zu merken, daß sie innerlich tot sind – bis sie irgendwann lernen, daß es außer ihnen noch andere Menschen gibt.«

Ember seufzte und starrte zum Mond hinauf. Sein silbriger Schein zeichnete die Umrisse der Zederntruhe mit dem eingeschnitzten Bibergesicht, des Stuhls und des Schreibtisches aus Birkenholz nach. Die Schranktür stand offen, und dahinter konnte sie verschwommen die Geister der Quanoot-Krieger erkennen, sah sie zwischen den Schatten an der Wand in ihrem großen Kriegskanu sitzen und dem ersten russischen Segelschiff am Horizont entgegenpaddeln.

Ember dachte an den Traum, den sie immer wieder hatte. In dem Traum hatten die Menschen dieselbe Haut- und Haarfarbe wie sie, und sie sahen sehr stark aus, selbst die Frauen und Kinder.

»Mom, wieso sehen wir niemals Menschen mit goldener Haut? Die Leute sagen, sie hätten noch nie eine Hautfarbe wie meine gesehen. Mr. Boniface meinte, er habe den ganzen Orient bereist und nirgendwo so goldene Haut gesehen.« Chenas Atmung wurde langsamer und tiefer. »Mom, bist du noch wach?«

»Mmm.«

»Weißt du noch, die große Schautafel mit all den Fotos – niemand darauf hatte goldene Haut. Du hast überlegt, ob mein Vater vielleicht Samonese und meine Mutter Han-Chinesin gewesen sei . . .«

Niemals, dachte Ember und legte sich eine dicke Haarsträhne über die Augen. *Meine Haare sind einzigartig; mein Gesicht ist einzigartig. Ich bin ein Zootier. Eine Kuriosität. Niemand auf der Welt ist so wie ich.*

»Tom und Bobby und die ganze Bande nennen mich Gigger«, flüsterte sie. »Irgendwann habe ich sie gefragt, was Gigger bedeuten soll; sie sagten, es bedeute ›goldener Nigger‹. Dann habe ich sie gefragt, was ein *Nigger* ist.« Sie verzog das Gesicht. »Es macht mich krank, daß Menschen so denken können. Wieso ist die Hautfarbe so wichtig? Es ist doch bloß Haut. Ich bin golden, Kaigani ist kupferfarben, Dads Haut hat die Farbe von dunklem, verrostetem Eisen, deine hat einen hellen Zimtton; andere Menschen sind dunkelbraun oder rosa oder strohfarben. Was ist daran so wichtig?«

Eine rundliche Form flog in die Schatten der Äste an der Decke. *Hoo-hoo-hoo-hooot,* schrie die Eule.

»Vor den Jungen habe ich keine Angst. Das ist die Wahrheit. Ich meine, ich hätte keine Angst, mich mit ihnen zu prügeln. Sie machen sich über mich lustig, deswegen habe ich immer ein Kribbeln im Bauch, wenn ich sie sehe. Aber Angst habe ich nicht vor ihnen. Manchmal habe ich sogar richtig *Lust,* mich mit ihnen zu prügeln.«

Sie merkte, daß ihre Stimme lauter wurde, und flüsterte wieder. »Irgendwie habe ich das Gefühl, als würden sich Bobby und Tom und all die anderen Jungen vor mir fürchten. Weil ich gut bin in Baseball und Football und im Rennen und so. Aber das ist so blöd!

Wirklich, die Kinder scheinen sich in meiner Nähe unwohl zu fühlen, Mom. Ich hasse das! Bloß weil ich ...«, Ember schluckte und legte eine Hand aufs Gesicht, befühlte ihre große Nase und ihren Mund und ihren Kiefer – *anders bin. Und ich werde immer anders sein – ganz gleich, wie gut ich sprechen kann.*

Traurigkeit spülte über sie hinweg wie eine eisige Flutwelle. Sie versuchte, das Gefühl zu ignorieren, über den Dingen zu stehen. Doch dann sah sie sich als ein winziger Strandläufer, der mit flinken Schritten vor seinem Schmerz davonzurennen versuchte. Es war hoffnungslos. Immer holte die Welle ihn ein. Seufzend ergab sie sich ihrer Pein und ließ dem Gefühl von Einsamkeit freien Lauf. Tränen quollen unter ihren Lidern hervor und kullerten über ihre Wangen, ihre Brust bebte und ihre Schultern zitterten, doch das einzige Geräusch, das sie von sich gab, war ihr kaum hörbares Schluchzen.

Nach einer Weile zwang sie sich, mit dem Weinen aufzuhören. *Von wegen, Tränen helfen,* dachte sie schniefend. Ihre Mutter atmete gleichmäßig, und ihr Vater schnarchte leise. Er hatte sich zur Mitte gedreht, und Ember lag eingezwängt zwischen ihren Eltern, doch sie schob sie nicht weg; sie wollte ihre Eltern spüren, wollte spüren, wie sich ihr Atem mit dem ihrer Eltern vermischte. Sie nahm die Hand ihrer Mutter, plazierte sie auf der Wunde an ihrem Herzen und legte ihre Hände darüber.

Ich liebe dich und Dad. Und Kaigani. Aber ich weiß nicht, wie lange ich es noch ertragen kann, nicht zu wissen, wer ich bin.

Sie dachte an den Mann, den sie heute auf dem Baseballfeld kennengelernt hatte. Yute Nahadeh. Ihre Augen hatten ihn nicht erkannt, doch ihre Nase hatte seinen Geruch wahrgenommen, und plötzlich hatte sie den Duft mit ihrer Vergangenheit assoziiert, mit ihrer Geburt.

Er weiß, wer ich bin. Der Gedanke ließ sie erschaudern.

Das einzige, was schlimmer ist, als nicht zu wissen, wer ich bin, wäre herauszufinden, daß ich etwas bin, das ich nicht sein möchte, jemand, den niemand lieben kann. Dann würde ich wissen, daß ich für immer allein sein werde.

Sie sah zu, wie die Schatten, die der Mond warf, langsam durch den Raum zogen, bis sie allmählich im Licht der aufgehenden Sonne verblaßten. Dann glitt sie in einen unruhigen Schlaf.

Der Traum kam erneut.

15

Die Sonne stieg über die Gipfel der Cascade Range und ergoß ihre Wärme über eine weitläufige Sommerweide auf Dr. Martha Jacksons Wochenendranch. In den Talsenken lichteten sich die letzten Nebelschwaden. Strahlender Sonnenschein fiel auf ein Dutzend grasender Pferde.

»Es ist noch schöner, als ich mir vorgestellt habe«, sagte Ember. Dr. Jackson nickte. »Ist es nicht himmlisch? Ich liebe es hier draußen. Im Norden grenzen wir ans Tolt Reservoir, im Osten und im Süden an den Snoqualmie National Forest, und im Westen liegen riesige Apfelplantagen, die sich bis zum Horizont erstrecken. Wir sind also geschützt – kein lästiger Vorort grenzt an die Ranch.«

»Wir?«

»Ja. Ich und meine Pferde.«

»Das sind alles Ihre?«

»Eigentlich gehören mir nur vier, die anderen habe ich gewissermaßen in Pflege genommen; ich habe einen großen Stall, und die Weiden geben genügend Futter.«

»Oh, ist der schön«, sagte Ember. Ein grau-weiß geschreckter Hengst rannte mit hocherhobenem Kopf an ihr vorbei; am Rumpf und an den Flanken tüpfelten braune, apfelgroße Punkte sein samtweiches Fell. »Den mit den Punkten finde ich am schönsten.«

»Du hast einen Blick für Pferde«, sagte Dr. Jackson. »Er ist ein Appaloosa. Er gehört mir, und er ist mein Lieblingspferd. Ich habe ihn Apple genannt, weil er am liebsten Äpfel frißt.«

»Selbst seine Hufe sind schön – vertikale Streifen.«

»Die gestreiften Hufe und die Punkte sind Zuchtmerkmale«, sagte Dr. Jackson. »Die Appaloosa kamen von den Palouse-Indianern, einem Stamm, der hier und in Idaho lebte. Es sind robuste Reitpferde, und Apple ist ein ganz besonderes Exemplar – sieh dir seine muskulöse Brust an.«

»Er scheint sehr stolz zu sein.«

»Stolz und starrköpfig. Er ist das einzige Pferd hier, das nicht zugeritten wurde. Die anderen sind gute Reitpferde. Wenn du willst, können wir einen Ausritt ums Reservoir machen – ist schön dort, überall Wildblumen.«

Ember lächelte. »Au ja.«

Dr. Jackson trug Jeans, ein Rodeohemd mit Perlenknöpfen, Westernstiefel und einen Stetson. Ember fand, daß ihre Sprachtherapeutin entzückend aussah – trotz ihrer grauen Haare war sie das perfekte Cowgirl. Ember trug eine rote Bluse, abgeschnittene Jeans und Turnschuhe; sie rückte ihren eigenen Stetson zurecht; er war ein Geschenk von Dr. Jackson zu ihrem vierzehnten Geburtstag gestern.

»Sie konnten ihn nicht zureiten?«

Dr. Jackson lachte. »Ich? Ich bin viel zu gebrechlich, um ein Pferd zuzureiten. Dafür engagiere ich einen Mann, aber in Apples Fall . . . Ich weiß nicht . . . Er hatte so ein wildes und ungestümes Wesen, daß ich es nicht übers Herz brachte, ihn zureiten zu lassen. Er ist frei. Ich liebe es, ihn zu beobachten. Das genügt mir.«

Das Gras zu ihren Füßen war voller Crispin-Äpfel von einem Apfelbaum, der direkt am Holzzaun stand. Dr. Jackson bückte sich und hob zwei große rosagelbe Äpfel auf.

»Er kann sehr lieb sein«, sagte sie, »wenn man einen Apfel in der Hand hat.« Sie hielt Ember einen Apfel hin. »Möchtest du ihn füttern?«

»Gerne.«

Ember nahm den Apfel und hielt ihn in der geöffneten Hand über den Zaun. Dr. Jackson pfiff, und das Pferd wandte sich um und sah sie an. Einige der Pferde begannen, auf sie zuzutraben, doch Apple galoppierte in vollem Tempo zum Zaun und bremste erst im allerletzten Moment ab, so daß seine Hufe Sand gegen Embers Schienbeine warfen.

»Wow!« rief Ember. »Er ist wunderschön!«

»Ember, ich kann nicht glauben, daß du keinen Millimeter zurückgewichen bist«, sagte Dr. Jackson. »Er macht das mit allen Neuankömmlingen, und sie fallen immer vor Schreck auf den

Hosenboden. Du bist ein Spielverderber – hast du überhaupt mit der Wimper gezuckt?«

»Ich . . . Es ist seltsam . . .« Ember zuckte mit den Schultern. Sie war überrascht über die geistige Verbindung, die sie mit dem Pferd empfand. »Irgendwie konnte ich ihm ansehen, was er tun würde.«

»Ich wußte, daß du eine Pferdekennerin bist. Wirklich, ich wußte es. Hätte mich gewundert, wenn es anders gewesen wäre.«

Der Appaloosa fraß den Apfel aus Dr. Jacksons Hand, dann neigte er sich zu Ember und fraß ihren. Süßer Saft tropfte von seinen Lippen. Ember streckte den Arm aus, um seine Stirn zu streicheln, aber das Pferd zog den Kopf weg und stieß ihre Hand zur Seite.

»Ich sagte ja, er ist starrköpfig«, sagte Dr. Jackson. Die anderen Pferde trafen ein. Ember bückte sich, hob einen weiteren Apfel auf und hielt ihn Apple hin, aber als er ihn fressen wollte, zog Ember die Hand weg und gab den Apfel einer schwarzen Stute die Schulter an Schulter mit ihm stand. Apple schnaubte.

Sie hob zwei weitere Äpfel vom Boden auf. »Wenn du diesen leckeren, saftigen Apfel willst«, sie hielt einen hoch, und Apples große Augen folgten ihm, »mußt du mich dich streicheln lassen. Nur einmal, dein Haar sieht so schön weich aus. Ich werde dir nicht weh tun.«

Apple senkte den Kopf, um den Apfel zu fressen, Ember hob die Hand, um seine Stirn zu berühren. Wieder riß er den Kopf weg und stieß ihre Hand zur Seite.

»Okay, dieser Apfel geht an deine Freundin«, sagte sie und gab den Apfel erneut der schwarzen Stute. Sie strich ihr über den weißen Stern auf der Stirn. »Siehst du, Apple? Sie mag es. Ich streichele sie ganz sanft. Ich bin lieb.«

Sie hielt ihm den zweiten Apfel hin. Der Hengst senkte den Kopf, um das Obst zu fressen, und Ember legte ihre Hand auf sein weiches Haar. Er wich zurück, und Ember riß ihm den Apfel wieder aus dem Mund.

»Uh-uh. Kein Apfel, wenn du mich dich nicht streicheln läßt . . .« Wieder hielt sie ihm den Apfel hin. Der Appaloosa warf den großen Kopf nach vorne, schnappte blitzschnell den Apfel von ihrer Handfläche und sprang zurück; dann fraß er ihn außerhalb ihrer Reichweite.

Ember lachte. »Betrüger.«

Dr. Jackson lachte ebenfalls. »Das ist das Wesen, von dem ich sprach. So ist er eben.«

Apple schlang den letzten Bissen des Obstes hinunter, dann warf er den Kopf zurück und wieherte, den Blick auf Ember gerichtet. Sie lachte wieder. Dann warf auch sie den Kopf zurück und wieherte, den Hengst präzise nachahmend.

Dr. Jacksons Augenbrauen schossen hoch. »Und so was sagt, es sei nie unter Pferden gewesen.«

Ember schüttelte den Kopf. »War ich auch nicht.«

»Ha. Ich glaube, du warst mal eins.«

»Komm schon, Apple«, sagte Ember und hielt ihm einen weiteren Apfel hin. »Umsonst.« Sie gab dem Appaloosa drei weitere Äpfel zu fressen, ohne zu versuchen, ihn zu streicheln. Er roch herrlich, ein warmer, voller Duft, in den sie sich am liebsten wie in eine Samtrobe gehüllt hätte. Plötzlich verspürte sie das Verlangen, neben ihm herzurennen, mit all ihrer Kraft über die Wiese zu jagen.

»Darf ich über den Zaun steigen?«

»Apple könnte dich beißen«, sagte Dr. Jackson.

Ember kletterte schon an einem Zaunpfosten hoch. »Nein, er will bloß spielen.«

»Sei vorsichtig«, sagte Dr. Jackson.

Ember sprang auf der anderen Seite runter. Die erschrockenen Pferde wichen zurück. Apple wieherte, drehte sich um und stürmte los. Ember zog die Kordel ihres Stetsons unterm Kinn fest und setzte zu einem langgezogenen Sprint an, den Oberkörper vorgeneigt, die Füße beinahe schwerelos über den Boden fliegend, und als sie kurz darauf zu ihm aufschloß, versetzte sie ihm einen Klaps auf den Rumpf. Er schlug aus und bockte. Ember pfiff und rannte so schnell sie konnte in die entgegengesetzte Richtung davon. Apple wirbelte herum und preschte ihr hinterher.

Ember blieb stehen, wandte sich um und ließ Apple direkt auf sich zustürmen.

»Paß auf!« rief Dr. Jackson.

In letzter Sekunde bremste der Hengst ab, und Ember trat zur Seite, klapste ihm auf die Schulter und rannte auf eine Baumgruppe zu. Apple galoppierte ihr hinterher. Als er die Bäume erreichte, blieb er stehen und sah sich suchend um. Er verdrehte den Hals und blähte, nach ihr schnuppernd, die Nüstern auf.

Ember kicherte. »Apple! Hier oben!«

Das Pferd sah hoch. Ember schwang sich an einem langen Ast hinunter, sprang hinter Apple ins Gras und klapste ihn wieder auf den Rumpf, dann wandte sie sich um und stürmte auf den Zaun zu. Apple jagte ihr nach, doch Ember erreichte den Zaun als erste, sprang an ihm hoch, schwang die Beine über die Holzbretter und hopste auf der anderen Seite hinunter.

Apple schnaubte und wieherte und tänzelte auf seiner Seite des Zaunes vor und zurück, die blitzenden Augen auf Ember gerichtet. Venen, dick wie Seile, traten an seinem Hals hervor. Seine Brust hob und senkte sich.

Ember hob einen Apfel auf und hielt ihn dem Hengst hin. Sie wieherte ihm mit heller, klarer Stimme zu.

Apple senkte den Kopf und kam an den Zaun. Er nahm den großen gelben Apfel in den Mund und brach ihn mit den Zähnen auf, und der klebrige Saft spritzte heraus.

Einen Moment lang sahen sich Ember und der Hengst direkt in die Augen; die beiden waren noch völlig außer Atem. Dann schob er seinen schönen Kopf über den Zaun und ließ Ember das weiche, zerzauste Haar auf seiner Stirn streicheln. Er ließ sie ihre Nase gegen seinen schweißnassen Hals reiben und ihr Gesicht an seines drücken und ihn küssen.

Dr. Jackson pfiff anerkennend. »Mädchen, du warst kein Pferd«, sagte sie, »du *bist* jetzt eins.«

Kühle Nebelschwaden strichen über Embers nackte Arme und Beine. Dr. Jackson zog sich die Kapuze ihrer Windjacke enger um den Kopf. Fischgeruch vermischte sich mit den Dieselabgasen der späten Nachmittagsfähre. Die Wolken in Richtung Whaler Bay Island hingen wie ein purpurner Vorhang über dem Meer und verbargen die untergehende Sonne.

An diesem Morgen hatten sie ihre letzte Sprachtherapiestunde absolviert. Selbst nach elfjähriger Zusammenarbeit hatte Ember noch immer Schwierigkeiten, die Buchstaben U, L und R richtig auszusprechen, aber in der heutigen Stunde waren sie kaum dazu gekommen, Vokale und Konsonanten zu üben. Statt dessen hatten sie sich über alles mögliche unterhalten. Dr. Jackson hatte ihr erzählt, wie es war, auf einer Pferdezuchtfarm in Lexington aufzuwachsen, und sie hatten sich der vergnüglichen Tage erinnert, die sie in den letzten zwei Jahren auf Dr. Jacksons Wochenendranch verbracht hatten. Ember hatte der Ärztin von ihrem Geheimplatz im Wald von Whaler Bay Island erzählt. Anschließend hatte sich Dr. Jackson den Nachmittag freigenommen und war mit Ember essen gegangen. Sie hatten geredet und gelacht, und die Zeit war wie im Flug vergangen, und nun stand Dr. Jackson an der Anlegestelle der Fähre, um Ember zu verabschieden.

Ember fürchtete sich davor, ihrer zerbrechlichen, altgewordenen Lehrerin Lebewohl zu sagen; ein Gefühl des Verlustes lastete auf ihr; sie spürte, daß sie ihre Freundin nicht wiedersehen würde. Sie standen nebeneinander, aber Ember starrte nur betreten auf ihre Gummistiefel hinunter. Der Kloß in ihrem Hals machte ihr das Sprechen schwer.

Schließlich brach Dr. Jackson das Schweigen. »Du hast einen langen Weg hinter dir«, sagte sie leise. »Ich bin sehr stolz auf dich. Der Rest ist nur eine Frage der Übung – lebe dein Leben und sprich mit Leuten.«

Ember nickte.

»Weißt du, es ist eine seltene und wunderschöne Sache, als Dreiundsiebzigjährige eine sechzehnjährige Freundin zu haben. Ich habe von Anfang an eine starke Verbundenheit zu dir empfunden. Ich . . . nun . . . Ich hatte nie eine Tochter . . .«

Ember kniff die Lippen zusammen, aber es nützte nichts: Tränen traten aus ihren Augen und rollten über ihr Gesicht. Ihr ganzer Körper zitterte, als sie ihr Geschenk überreichte.

»Damit Sie sich an mich erinnern . . .«, schaffte sie hervorzubringen.

Dr. Jackson wickelte das Geschenk aus. In dem Pappkarton lag ein durchsichtiges Modell, das Ember aus Teilen der Visible-Man- und Visible-Horse-Puppen zusammengesetzt hatte.

»Ein Zentaur!« sagte Dr. Jackson. Sie sah von dem Geschenk auf und lachte ihre Fünf-Noten-Melodie. »Ember, du bist wirklich eine Marke!«

». . . werde Sie niemals vergessen . . .« Ember preßte die Worte hervor. Es gab so vieles, was sie sagen wollte – *danke, daß Sie mich mögen, so wie ich bin; danke für alles, was Sie für mich getan haben* –, aber sie sagte bloß: »Ich mag Sie so gern, Dr. Jackson.«

Ihre Blicke trafen sich. »Ember, ich hab' dich auch lieb.«

Sie nahmen einander in die Arme und weinten. In der Umarmung spürte Ember das Bekenntnis des anderen Körpers: Dr. Jackson wußte, daß sie starb. Ember schluchzte. Sie wollte, daß ihr Herz seine jugendliche Kraft in den Körper ihrer Freundin übertrug und sie mit neuem Leben erfüllte.

Dann schloß sich das Fenster der bitteren Wahrheit, und das Abschiedsritual zweier Freunde nahm seinen Lauf.

»Wir werden uns bald wiedersehen«, sagte Dr. Jackson. »Dein Vater kann uns zum Fischen mitnehmen, oder du kommst mich auf der Ranch besuchen. Du weißt, daß Apple dich liebt. Niemand außer dir kann ihn reiten.«

Dr. Jackson lächelte, obwohl ihr Gesicht tränenüberströmt war.

»Weißt du was – ich schenke ihn dir. Ab heute ist Apple dein Pferd – was hältst du davon?«

Ember nickte, und ein strahlendes Lächeln erhellte ihre traurigen Züge. Das Nebelhorn der Fähre trötete ein langgezogenes *Tooot.* Die Signallichter blinkten rot und grün. Ember eilte die Aluminiumrampe hinunter, und ein Besatzungsmitglied startete die elektrische Winde, die die Rampe an Bord zog.

Ember winkte. »Ich werde Sie vermissen«, rief sie. »Sehr!«

Dr. Jackson winkte, während die Fähre sich langsam von der Kaimauer entfernte.

Die Schiffsschraube lief auf vollen Touren und schlug das grüne Meerwasser zu weißem Schaum; die Kaimauer verschwand im Dämmerlicht, und Embers Lehrerin verschmolz mit der aufspritzenden Gischt.

Seemöwen kreisten am Himmel und kreischten ihr *kee-er kee-er kee-er.* Ember schloß die Augen, und in ihr war eine Melodie aus fünf Noten und der unvergeßliche Duft einer wahren Freundin.

16

Strahlender Sonnenschein stach durch das Blätterdach des Regenwaldes auf Whaler Bay Island und warf goldene Lichtbalken auf das moosbedeckte Durcheinander aus Pflanzen und Ästen. Ember rannte bergauf, vorbei an pilzüberwucherten Baumstümpfen und kerzengerade in die Höhe ragenden Zedern, die einen Meter hoch waren, als Columbus geboren wurde. Ein Pärchen rubinroter Kolibries schwebte über einem Wildlilienstrauch, dann schwirrten die winzigen Vögel zwischen dem Durcheinander aus herabhängenden Farnen, Mistelzweigen und Wildflechten davon.

Ember trug ein rotes T-Shirt, auf dem *Whaler-Bay-H.S.-Track* stand, abgeschnittene Jeans, weiße Socken und Turnschuhe. Ihre gewölbten Bizepse waren deutlich zu sehen, und ihre ausgeprägte Oberschenkelmuskulatur schwoll bei jedem ihrer weitausholenden Schritte an.

Sie schaute über die Schulter zurück; sie konnte Kaigani nicht länger sehen, aber es tat so gut, mit wild pochendem Herzen und brennenden Lungen den Berg hochzurennen, daß sie nicht langsamer werden wollte. Sie würde oben auf ihre Schwester warten. Sie konnte bereits den Fichtenwald riechen, der sich hinter dem Bergkamm in einer Talsenke verbarg. Die Steigung wurde steiler, und sie pumpte kräftiger mit den Armen, um das Tempo zu halten.

Sie verausgabte sich, bis ihre Lungen brannten, dann entschied sie, daß das Gefühl kein Schmerz war, sondern ein Genuß; sie verschärfte das Tempo. Plötzlich wußte sie, daß Nanehla, der Geist der Großen Mutter, der manchmal in Gestalt einer Taube erschien, ihren Körper in Besitz genommen hatte; und es war Nanehla, der auf den Bergkamm ins Sonnenlicht stürmte, auf die Knie sank und schweratmend in erschöpftes Gelächter ausbrach. Nach einer kurzen Verschnaufpause sah sie den Berg hinunter. Einige hundert Meter tiefer erblickte sie Kaigani, die mit wehenden schwarzen Haaren zwischen den Zedern nach oben trabte. Als sie näher kam, bemerkte Ember, daß Kaiganis kupferfarbene Wangen gerötet waren und ihre Lippen bei jedem Schritt prusteten. Kaigani war schlank, anmutig und langbeinig, und als sie zwischen dem moosigen Immergrün hindurchrannte, sah sie so schön aus, daß Ember vor Freude wieder laut auflachte.

Kaigani erreichte die Lichtung, stützte sich mit den Händen auf die Knie und japste erschöpft nach Luft. Sie lächelte Ember an und streckte ihr die Zunge raus. Nach einer Weile richtete sie sich auf.

»Lachst du, weil ich so langsam bin?« fragte sie in Zeichensprache.

»Weil du so schön bist«, zeigte Ember. »Laß uns weitergehen«, hieß sie mit ihren Händen und deutete auf etwas. »Mein Geheimplatz ist in dem Tal da unten.«

Die beiden Schwestern liefen durch einen Fichtenwald, dessen süßliches Aroma die Luft füllte. Sie folgten dem Lauf eines klaren Bachs, der über den Moosboden dahinplätscherte, bis er sich zwischen zwei bewaldeten, dicht beieinanderstehenden Hügeln hindurchzuwinden begann und der Weg so schmal wurde, daß sie im Gänsemarsch am Ufer entlanggehen mußten. Der Bach führte stetig bergab, und das eben noch so ruhige Wasser verwandelte sich plötzlich in brausenden weißen Schaum. In der Ferne hörten sie lautes Rauschen.

Kaigani berührte Embers Schulter. »Ich spüre es in den Füßen«, zeigte sie.

Die Hügel wurden immer felsiger und ragten jetzt beinahe senkrecht in die Höhe, und plötzlich öffnete sich der Ausblick vor ihnen in eine tiefe, sonnendurchflutete Bergschlucht. Die Schwestern traten auf einen Felsvorsprung und sahen in die Tiefe. Der Bach schoß über einen rund zwanzig Meter tiefen Abgrund und stürzte mit ohrenbetäubendem Lärm in ein ausgewaschenes Bassin. Wo der Wasserfall aufkam, war es schaumig weiß, ansonsten hatte das Wasser die Farbe von Embers Augen, ein tiefes Smaragdgrün. Hinter dem Bassin floß der Bach durch ein flaches Felsbett weiter und verschwand am Ende der Schlucht wieder im Schatten der bewaldeten Hügel.

Kaiganis hellgraue Augen schimmerten wie Glaslaternen. »Ist das schön!« zeigte sie.

»Tsasanawa«, sagte Ember mit einem breiten Lächeln. Sie hatte es entdeckt – das mythenumrankte Paradies der Quanoot.

Kaigani erwiderte Embers Lächeln, zuckte aber mit den Schultern – sie hatte Embers Lippen nicht lesen können. »Tsasanawa«, wiederholte Ember und formte die Buchstaben mit der Hand. »Komplett mit Wasserfall«, zeigte sie.

»Ein richtiges Paradies«, sagte Kaigani. Ihre Worte klangen verwaschen, denn seit ihrem dritten Lebensjahr hatte sie Sprechen gelernt, ohne ihre Stimme hören zu können. »Wie hast du die Stelle entdeckt?«

»Ich war überall in den Bergen, es war nur eine Frage der Zeit und des Glücks. Ich habe sie vor fünf Sommern entdeckt.« Sie bemerkte den gekränkten Gesichtsausdruck ihrer Schwester und berührte ihre Hand. »Ich wußte, daß ich sie dir eines Tages zeigen würde. Aber ich brauchte einen Ort für mich selbst, einen Ort, an dem ich mit Nanehla allein sein konnte.« Als sie »Nanehla« sagte, kreuzte sie die Hände über dem Herz, dann senkte sie die rechte Hand zur Erde und hob gleichzeitig die Linke zum Himmel.

Kaigani nickte. »Du bist oft weg gewesen. Mom und Dad und ich dachten schon, du hättest einen Bären geheiratet.«

Ember lachte. »Hätte ich auch fast, aber das ist ein anderes Geheimnis.« Plötzlich sah sie hoch und deutete auf ein Dutzend rotgefiederter Amseln, die über ihre Köpfe hinwegflogen und sich am Wasserfall im Sturzflug in die Schlucht warfen; Zentimeter vor dem schäumendem Naß änderten sie die Richtung und flogen über den Bach hinweg, bis sie in der Ferne verschwanden.

»Das machen die Vögel ständig«, sagte Ember, »und ich glaube, es dient einzig dem Zweck, Spaß zu haben – und genau darauf habe ich jetzt Lust.«

Sie begann, ihr T-Shirt, ihre Hose und ihre Turnschuhe auszuziehen. Kaigani tat es ihr nach; unter ihren Sachen trug sie einen einteiligen Badeanzug. Ember hingegen stand nackt da. Scharf abgegrenzte Muskeln modellierten ihren kompakten Körper. Ihr Brustkasten war breit und kräftig, ihre Brüste rund und fest, die Oberschenkel dick wie die eines Footballspielers. Überall bedeckte ein feiner blonder Flaum ihre goldschimmernde Haut.

Sie lächelte Kaigani an. »Im Paradies muß man nichts tragen.«

Kaigani sah suchend in die Schlucht hinunter und vergewisserte sich, daß niemand am Ufer des Baches saß.

»Halt die Ohren auf, falls jemand kommt.«

Sie streifte die Träger von den Schultern und trat aus ihrem Badeanzug. Ihre kupferfarbene Haut glänzte im Sonnenschein; die pechschwarzen Haare, die ihr bis zu den Hüften reichten, schimmerten leicht bläulich. Kaigani war fünfzehn Zentimeter größer als Ember und wog deutlich weniger.

Ember wußte, daß ihre gertenschlanke Schwester das schönste Mädchen auf Whaler Bay Island war, vermutlich auf der ganzen Welt. Sie trat an den Abgrund und sah grinsend zu Kaigani zurück. Kaigani schüttelte energisch den Kopf und neigte, eine Grimasse schneidend, den Kopf zur Seite, als hätte sie sich das Genick gebrochen.

»Keine Sorge, das Wasser ist tief«, sagte Ember. »Ich bin schon hundertmal gesprungen. Schau.« Sie ging in die Knie und hob mit einem Satz vom Felsvorsprung ab. Einen schwerelosen Moment hing sie wie ein Schwan in der kühlen Bergluft, der Rücken gekrümmt, die Arme wie Flügel ausgebreitet, dann neigte sich ihr Körper nach unten und schoß ins Wasser hinab.

Die Kühle war ein Schock. Sie öffnete die Augen, als sie nach oben schwamm, und sah neben sich, wo der Wasserfall herunterkrachte, eine dichte Blasenwolke aufsteigen. Als ihr Kopf die

Oberfläche durchdrang, stieß sie ein lautes »Whooop!« aus und schüttelte sich die nassen Haare aus dem Gesicht. Sie hörte Applaus, schaute hoch und sah Kaigani lächelnd auf dem Felsvorsprung stehen.

»Komm schon!« rief Ember und bedeutete ihrer Schwester, es ihr nachzutun.

Ihre Schwester deutete auf die am Boden liegenden Kleider; wie sie sie herunterbringen solle.

»Laß sie liegen. Wir sind allein«, zeigte ihr Ember in Zeichensprache.

Ihre Schwester trat aus dem Sichtfeld, dann kam sie vorgerannt und sprang laut kreischend mit angezogenen Knien hinunter. Als sie auftauchte, drückte sie sich eine Hand an den Schenkel.

»Bin voll draufgeknallt.«

»Autsch«, zeigte Ember. »Besser, man springt kopfüber.«

»Nur, wenn man das Gehirn in den Füßen hat.«

Das Wasser war eiskalt, doch sie blieben eine Weile drin und tollten in den Strudeln am Rand des Wasserfalls herum. Wenn sie direkt unter die herabstürzende Flut schwammen, wurden sie von der Wucht des Wassers unter die Oberfläche gedrückt. Schließlich kraulten sie an den Rand des Bassins und kletterten auf einen großen Felsblock.

»Du hast nicht mal eine Gänsehaut?« sagte Kaigani zitternd, die Brustwarzen vor Kälte aufgerichtet. Sie saß mit angewinkelten Beinen da und wrang sich über der rechten Schulter die tropfenden Haare aus.

Die Wände der schmalen Schlucht ragten steil in die Höhe. Die Mittagssonne schien herab und wärmte den Felsen, auf dem sie lagen.

Ember sah mit geschlossenen Augen in die Sonne und spürte die Hitze des Felsens im Rücken. Sie entspannte sich und wurde mit jedem Atemzug ruhiger, und bald bemerkte sie ein sonderbares Gefühl der Schwerelosigkeit. Als hätte sich der Felsblock im Bach zu drehen begonnen. Sie lächelte und ließ sich mit ihm davontreiben, wo immer er sie hintragen würde. Dann schien sie sich auszudehnen und emporzusteigen wie warme Luft, durch eine Atmosphäre rötlichen, atmenden Lichts, durch das sanfte Rauschen des Windes und durch das Summen der Bienen.

Die Vision kam urplötzlich.

Eis und Schnee. Jemand blies in ein Widderhorn. Alarm! Die Mörder sind gekommen! Alle hinein – beeilen! Goldene Frau, in Tierfelle gehüllt, rannte zum Höhleneingang, unter jedem Arm ein Kind; ein kräftiger Junge, der seine kleine Schwester in einem Fellsack auf dem Rücken trug, stürmte ihr hinterher. Goldene Männer mit rötlichen oder blonden Bärten trieben Ziegen und Ochsen in eine riesige Höhle mit Wänden aus blau schimmerndem Eis.

Drinnen kauerten die Leute auf Felldecken und Grasmatten, die sie auf dem gefrorenen Boden ausgebreitet hatten. Bläuliches Licht schimmerte auf den rauchgeschwärzten Gesichtern der Kinder, ihre Augen groß und furchtvoll. Niemand sprach ein Wort, wenngleich einige mit Handzeichen kommunizierten. Zuletzt trieben mehrere Männer und Wölfe zwei riesige zerzauste Mammuts in die ins Eis geschlagenen Ställe und schoben große, mit Hanfstricken zusammengehaltene Tore davor.

U-Ma, Mutter aller Visionen, stand im schneeweißen Schein des Höhleneingangs. Neben ihr stand ein großer weißer Wolf, U-Ma hob die rechte Hand. Alle Blicke ruhten auf ihr. Das einzige Geräusch war das Heulen des Windes vor der Höhle und das tiefe Schnarchen der Mammuts, denen bereits die Schlafmilch verabreicht worden war. U-Ma redete zu ihren Leuten mit Handzeichen und Körpersprache.

»Die Mörder sind in unsere Jagdgründe eingedrungen. Vermutlich sind unsere Wachposten gesehen worden. Es wird Zeit.«

U-Ma und ihre Helfer begannen, die Schlafmilch in Schalen aus getrocknetem Schlamm herumzureichen. In einer angrenzenden Höhle fütterten andere die Schlafmilch an Wölfe und Ziegen, Schafe und Ochsen. Eine zweite Gruppe von Helfern reichte eine Extraration der bitteren, schwarzen Paste herum, die sie täglich verzehrten; durch die Paste würden sie schlafen können, ohne einzufrieren wie die Wände der Eishöhle. Viele Leute weinten und hielten einander in den Armen; Frauen lagen aneinandergeschmiegt mit ihren Kindern und Männern auf dem Boden.

Ein kleiner Junge eilte zu U-Ma und umklammerte ihr Bein; eine junge Frau zog ihn weg; der Junge schlug um sich und schrie. Seine Schreie hallten durch die Höhle. Die Frau hielt ihm den Mund zu, legte sich auf eine Matte neben ihren Mann und begann, den Jungen zu stillen.

»Eßt alles auf«, zeigte U-Ma »und prägt euch die Düfte eures Daseins ein; in dieser Welt werden wir nicht wieder erwachen. In der nächsten Welt wird ein großer Schamane kommen und uns erwecken. Schlaft jetzt, mein Volk, schlaft wie der Winterbär – bis zum Frühling, wenn die Sonne wiederkommt.«

Dann verließen U-Ma und ihr weißer Wolf die Höhle und kletterten zu einem großen Schneehügel, der über dem Eingang zusammengehäuft worden war. Sie trat gegen die ins Eis gerammten Stützpfosten, und eine weiße Schneelawine krachte donnernd herunter und verschloß die Höhle.

Die Mörder werden niemanden finden, den sie abschlachten können. Der eisige Schoß der Großen Mutter wird ihre Kinder hüten, bis sie wiedergeboren werden.

Ember schreckte mit einem Ruck hoch und merkte, daß sie am ganzen Leib zitterte.

Kaigani setzte sich auf und sah mit besorgter Miene zu ihr hinüber. »Ist dir *kalt?*« zeigte sie. »Du wirst doch nicht etwa krank, oder?«

Benommen schüttelte Ember den Kopf.

»Was ist los?« fragte Kaigani und legte die Arme um sie. Ember fing leise zu weinen an, und Kaigani zog sie fest an sich und wog sie eine Weile hin und her. Dann sah sie Ember in die Augen.

»Ein Alptraum?«

Ember schüttelte den Kopf. »Dieses Mal war es ... Ich habe nicht geschlafen – ich war *dort.*« Tränen verschleierten ihren Blick.

»Ich habe die Leute *gespürt* – sie *gerochen.* Oh, ich wünschte, du könntest verstehen, was ich meine ...« Sie legte eine Hand über ihr Herz. »In meinen Träumen habe ich die Goldenen nur gesehen, habe Dinge gesehen. Aber dieses Mal habe ich sie gerochen, und wenn ich etwas rieche, ist es so, als ... plötzlich *weiß* ich es ... als wären Riechen und Wissen dasselbe: Ich roch ihre Furcht und ihren Schmerz; ich empfand diese Gefühle, als wären es meine eigenen – ohne jegliche Distanz. Und ich habe sie alle *gleichzeitig* berührt … Es ist schwer zu erklären; es war genauso real, wie wenn ich dich berühre. Ich *weiß* jetzt, daß es andere wie mich gibt. Mein Volk. Sie sind nicht bloß ein Traum – ich kenne ihre Düfte. Sie sind hier, irgendwo auf dieser Welt. Aber ich weiß nicht, wo.« Sie schlug die Hände vors Gesicht. »Sie verstecken sich vor einer Horde von Mördern … es ist schrecklich.«

Ember weinte. Ihre schweren, nassen Haare schlangen sich um ihre Arme wie lebendige Seetangsträhnen. Kaigani streichelte über Embers Kopf, strich mit ihren schlanken Fingern vor und zurück.

Der Eisschoß der Großen Mutter wird ihre Kinder hüten, bis sie wiedergeboren werden.

Ember sah zu ihrer Schwester auf. »Eine dringende Aufgabe muß erfüllt werden … und man erwartet von mir, daß ich weiß, welche; ich soll es tun«, sagte sie. »Aber … ich kann mich nicht an das Geheimnis erinnern; ich weiß nicht, was das alles zu bedeuten hat.« Sie schüttelte langsam den Kopf. »Ich fühle mich verantwortlich – als hielte ich ihr Schicksal in Händen. *Mein* Volk … Sie verlassen sich auf mich … Es ist beinahe so«, Sie schloß die Augen, schaukelte mit dem Oberkörper vor und zurück und versuchte, sich an das Gefühl zu erinnern, »als wäre ich für ihre Rettung verantwortlich. Ihre *Rettung!* Aber ich weiß nicht, *wie* ich sie retten soll.«

Kaigani nickte verständnisvoll, dann zuckte sie plötzlich zusammen und deutete über Embers Schulter. Ember wandte den Kopf und sah einen großen schwarzen Bären, der durch den Bach auf sie zugewatet kam. Der Wind blies stromabwärts, deswegen hatte sie ihn nicht gerochen, und sie war zu abgelenkt gewesen, um ihn kommen zu hören. Im Wasser trieb ein moosüberwucherter Zedernstamm, der von oben heruntergestürzt war. Der Bär blieb vor ihm stehen und starrte die beiden laut grunzend an. Kaigani wich ängstlich zurück, wollte Ember mitziehen.

»Schon gut«, sagte Ember. »Du brauchst keine Angst zu haben. Das ist Doka; sie ist meine Freundin.«

Sie glitt vom Felsen ins Wasser und watete mit ausgestreckten Händen, die Innenseiten nach oben, auf die Bärin zu. Kaigani kroch hinter den Felsen und duckte sich. Die Bärin kam herangestürmt und senkte den Kopf wie ein treuer Hund; Ember kraulte sie kräftig hinter den Ohren und grub ihre Finger tief in ihr dichtes, schwarzes Fell.

»Hey, Doka, ich habe dich vermißt.« Die Bärin schloß halb die Augen und brummte genießerisch; ihr Atem stank nach Fisch. »Hunger leidest du nicht, was, altes Mädchen?« Ember hatte das Tier Doka – Großmutter – genannt, weil seine Schnauze ergraut war. Sie hatte drei Sommer gebraucht, bis sie mit viel Zuwendung und vielen Fischen das Vertrauen der Bärin gewonnen hatte.

Sie kniete nieder und schlang die Arme um den dicken Hals des Tieres, dann lief sie mit ihm wie mit einem zahmen Hund auf Kaigani zu.

»Komm, du sollst meine Schwester kennenlernen.«

Kaigani trat langsam hinter dem Felsen hervor, blieb reglos stehen und starrte die Bärin mit großen Augen an. Als Ember mit dem Tier näher kam, hob sie die Hände, wie Ember es getan hatte. Gerade als Kaigani nach Embers Hand greifen wollte, riß die Bärin die Nase hoch und schnüffelte in der Luft. Eine Sekunde später roch Ember es ebenfalls: Menschen kamen.

Die Bärin wirbelte herum, warf Ember und Kaigani um und stapfte mit schnellen, plumpen Schritten davon. Ember schaute zum Rand des Wasserfalls hoch, sah aber niemanden.

»Jemand kommt«, zeigte sie. »Folge mir.«

Sie tauchte ins Bassin und führte ihre Schwester unter Wasser zu einer Felsplatte, die sich hinter der herabstürzenden Kaskade verbarg. Sie kletterten auf den schlüpfrigen Granit und warteten, verdeckt von einem Vorhang aus weißer Gischt.

»Hey, hey, hey! Nackte Weiber!« grölte eine männliche Stimme über dem tosenden Lärm.

Verdammt. »Sie haben unsere Sachen gefunden«, zeigte Ember. »Wer?« zeigte Kaigani.

Ember zuckte mit den Schultern, die Lippen zusammengekniffen.

»Hey, Gigger, wir wissen, daß du das bist. Wir erkennen deine Quadratlatschen. Wo steckt ihr? Wir wollen euer nacktes Fleisch sehen.«

Bobby Kynaka. Mit der rechten Hand buchstabierte sie B-O-B-B-Y.

»Ugh.« Kaigani umschloß ihren nach oben gerichteten Daumen mit der anderen, zur Faust geballten Hand und zog sie weg, das Zeichen für *Arschloch.*

»Zwei Arschlöcher«, sagte Ember und hielt zwei Finger hoch. »Ich höre zwei Stimmen. Warte hier. Ich werde nachsehen.«

Kaigani packte ihren Arm. »Ich habe Angst«, sagte sie.

Ember sah sich nach einer Waffe um. »Bin gleich wieder da.« Sie tauchte ins Wasser und kam wenig später mit einem Treibholzstamm zurück, der so dick und lang wie ein Baseballschläger war. »Nimm ihn. Hau ihn jedem über die Rübe, der hier sein Gesicht reinsteckt. Ich bin in einer Viertelstunde zurück.«

»Hey, Gigger, wo ist Kaigani? Sagt mal, ihr beiden, wieso heißt dieser Wald eigentlich *Jungfrauen*wald?«

Sie tauchte durch das tiefe Bassin bis zu der Stelle, wo der Bach seicht wurde, dann stand sie auf und rannte so schnell sie konnte durch das knöcheltiefe Wasser.

»Wow! Sieh mal, wie sie rennt! Arschbacken aus Stahl!«

»Okay, renn weg – aber deine Sachen kriegst du nicht zurück. Frag Kaigani, was sie tut, um ihre Sachen zurückzubekommen. Ist ein langer Weg nach Hause.« Sobald die Felswände weniger steil wurden, stürmte Ember aus dem Bach und rannte in den dichten Zedernwald hoch. Oben angekommen, wandte sie sich in die Richtung, aus der sie gekommen war, und eilte mit pochendem Herzen zur Spitze des Wasserfalls zurück.

Du wagst es, mit deiner Häßlichkeit mein geheimes Paradies zu verschandeln, Bobby Kynaka!

»Hey, wir verkaufen eure Schlüpfer an Mr. Boniface. Man sagt, daß er für einen reifen zehn Mäuse zahlt, und reifer als diese hier geht's nicht. Jetzt weiß ich, wie Affenmuschis riechen!«

Als sie die Anhöhe erreichte, warf sie sich zu Boden und kroch hinter einen Zedernbaum; weniger Meter vor ihr standen Bobby und Tom Luc. Beide trugen Cowboystiefel und Jeans; die T-Shirts hatten sie sich ausgezogenen und hinten in eine Gürtelschlaufe gehangen. Bobby war groß und hatte breite Schultern und muskulöse Arme, einen Stiernacken und einen dicken, über dem Hosenbund hervorquellenden Bauch; sein schwarzes Haar war an den Seiten extrem kurz geschnitten, oben stand es hoch. Tom Luc war ebenfalls groß, aber dünn; sein Gesicht, Rücken und Brust waren mit dunklen Aknenarben übersät; sein glänzendes schwarzes Haar war zu einem Pferdeschwanz gebunden. Tom beugte sich über den Abgrund und schaute suchend hinunter. Er hielt Kaiganis Badeanzug in der Hand.

Ember schoß hinter dem Baum hervor und stieß Tom mit voller Wucht in den Rücken; er ruderte mit den Armen, versuchte, die Balance zu halten, aber es war vergeblich; sein Oberkörper kippte nach vorn und stürzte in die Tiefe. Über dem tosenden Rauschen des Wassers hörte sie, wie sein Bauch mit einem lauten Knall im Bassin aufschlug. Sie ging um Bobby herum, so daß er zwischen ihr und dem Abgrund stand. Ohne den Blick von ihm zu nehmen, bückte sie sich und hob ihre und Kaiganis Sachen auf.

Er stand da, die Hände in die Hüften gestemmt, und funkelte sie an. »Macht mir nichts aus, dir die Fresse zu polieren, Gigger; du bist kein normales Mädchen.«

»Gut zu wissen«, sagte sie und wich ein paar Schritte zurück; dann warf sie Kaiganis Sachen hinter sich auf den Boden und zog eilig ihre Jeans und ihr T-Shirt an. »Ich hätte sowieso nicht gewollt, daß dies hier mit einem freundlichen Händedruck endet.«

»Ganz schön mutig, Struwwelgesicht. Na komm!« Er winkte sie mit beiden Händen heran.

Sie bewegte sich leicht geduckt auf ihn zu.

»Na komm, Affenfrau. Laß dir den Arsch versohlen.«

Sie sprang so schnell vor, daß sie ihn schon erreicht hatte, bevor er auszuholen begann, um ihr einen Schlag zu versetzen. Ihr Fuß schnellte hoch und traf ihn so heftig im Unterleib, als hätte sie versucht, einen Football aufs Festland zu schießen; seine Stiefelabsätze hoben sich vom Boden. Er schrie auf. Als er sich krümmte, rammte sie ihr Knie gegen seinen Brustkasten. Ihm blieb die

Luft weg. Dann winkelte sie ihr Bein erneut an, packte ihn im Nacken, riß seinen Kopf nach unten und stieß ihr Knie gegen seine Nase. Sie spürte und hörte ein lautes Knacken, wie wenn man auf eine Walnuß tritt.

Blind vor Schmerz, wankte er zurück; sie nahm Anlauf und rammte ihn wie ein Footballverteidiger; er geriet ins Straucheln und stürzte kurz vor dem Abgrund zu Boden. Seine Finger gruben sich in den Sand.

»Nicht!« winselte er. »Bitte! Ich kann nicht schwimmen!«

Er schaute zu ihr auf, die Nase blutend, das Gesicht schmerzverzerrt. Sie trat einen Schritt zurück. Dann, trotz ihrer Wut und ohne es zu wollen, verschmolz ein verborgener Teil von ihr mit einem verborgenem Teil von ihm, ähnlich wie in ihrer Vision, als sie mit den Gefühlen der goldenen Menschen verschmolzen war. Bevor sie die Verbindung lösen konnte, spürte sie Bobbys Furcht, seinen Haß und seinen Schmerz; und sie spürte die seit frühester Kindheit an ihm nagenden Selbstzweifel, seine Versagensangst und seine Unsicherheit. Dann drang sie noch tiefer in seine Seele ein und begann, an einem Ort mit seinem Herzen zu verschmelzen, an dem es keinen Unterschied zwischen »Ember« und »Bobby« gab.

Mit einem Ruck löste sie die Verbindung, und sofort verschwand die Vision.

Bobby hatte die ganze Zeit über stöhnend auf dem Bauch gelegen, die Hände an seiner gebrochenen Nase. Jetzt aber sah er mit fassungsloser Miene zu ihr auf. Seine Hand glitt von der Nase und legte sich über sein Herz, sein Mund öffnete sich, als ob er etwas sagen wollte, doch er schüttelte bloß den Kopf und sah wieder zu Boden.

Dann überkam sie eine kalte Abscheu, die ihre Zellen ebenso plötzlich erfüllte, wie es zuvor ihre hitzige Wut getan hatte. Ihre Schultern sanken herab, und sie glaubte, sich übergeben zu müssen. *Mit Leuten wie dir möchte ich nicht verschmelzen, Bobby. Ich hoffe, daß mir so etwas nie wieder passiert. Du kannst deine Finsternis für dich behalten.*

Dennoch, ihr Zorn war verflogen, und ein Gefühl der Scham

überkam sie; ihr Gewaltausbruch hatte den Frieden der Schlucht gestört, genauso wie Tom und Bobby ihn gestört hatten. Vielleicht hätte sie in ihrem Versteck bleiben sollen, so wie die Goldenen in ihrer Vision.

Aber das schien auch nicht das Richtige zu sein.

Aber was soll man denn tun? Wie schafft man Frieden?

Sie stieß ein tiefes Seufzen aus und setzte sich auf den Boden. »Der ältere Bruder meines Vaters ist ein Exmarine, und er hat mir beigebracht, wie man kämpft«, sagte sie. »Weil ich so anders bin – woran du mich seit dem Kindergarten jeden Tag erinnerst –, fand er, daß ich in der Lage sein sollte, mich selbst zu verteidigen.«

Er spie einen Blutschwall aus, sah aber nicht auf.

»Bobby, warum hast du mich immer gehaßt?«

»Weil du ein ekliges Dreckstück bist.«

Er hockte sich auf alle viere und atmete keuchend durch den Mund. Dunkle Blutblasen hingen aus seinen Nasenlöchern, die Blutung aber hatte aufgehört. Seine Augen waren geschwollen wie die eines Preisboxers nach der zwölften Runde.

»Verstehst du dich mit all deinen Cousins so gut?« fragte sie.

»Du? Du bist nicht meine Cousine. Du bist ein Monster.«

Er kroch vorwärts, bis er sich ein gutes Stück vom Rand des Wasserfalls entfernt hatte. Dann setzte er sich auf den Hosenboden und sah zu ihr hinüber. »Chena ist meine Tante, aber du bist ein verrücktes medizinisches Experiment.«

»Was faselst du da?«

»Du bist ein Mutant, der in irgendeinem Labor entwickelt wurde, das ist es, was meine Familie glaubt. Jeder, den ich auf Whaler High kenne, glaubt das.«

Sie schluckte. »Nun, was immer ich bin ...« Ihre Stimme zitterte; sie räusperte sich. »Schau ... Ich weiß nicht, wer meine richtigen Eltern sind, aber ich bin kein Mutant. Was immer ich sein mag, es gibt andere, die genauso sind wie ich.«

»Blödsinn. Jemand wie du wurde noch nie gesehen. Selbst in Büchern steht nichts darüber.«

»Selbst wenn du recht hättest – mußt du automatisch jeden verachten, der anders ist als du?«

»Du hast meine Familie auseinandergerissen.«

Ember spürte ein unangenehmes Kribbeln im Magen. »Meine Mutter hat mir alles erzählt. Aber sie meint, es habe mehr damit zu tun, daß sie ausgerissen ist und meinen Vater geheiratet hat, als mit mir. Sie hat versucht, die Familie wieder zusammenzubringen. Sie hat es wirklich versucht. Aber sie sagt, daß ihr Baumfäller-Kynakas meinen Vater verachtet, weil er Fischer ist, und daß ihr nicht akzeptieren könnt, daß sie mich adoptiert hat.«

»Nun, das ist ja auch nicht schwer zu verstehen, oder? Du bist keine von uns. Du gehörst nicht hierher. Und wie ich schon sagte, du bist nicht meine Cousine.« Bobby kam stöhnend auf die Beine, eine Hand im Schritt. »Du gehörst zu *niemandem.*«

Ember schwieg.

Er wandte sich um und schlurfte mit vorsichtigen Schritten davon, leicht gebückt, sich mit einer Hand den Bauch haltend.

Tränen traten in ihre Augen. *Warum sollte ich von jemandem akzeptiert werden wollen, der so grausam und gemein ist wie du? Ich sollte es als Kompliment betrachten, daß Leute deines Schlages mich ablehnen.* Doch so sehr sie sich auch bemühte, der Schmerz in ihrem Innern ließ sich nicht abstellen.

Laß mich irgendwo hingehören, betete sie in der Stille ihres Herzens. *Ich bin die Cousine von jemandem, ich bin eine Tochter. Eine Goldene. Ich gehöre zu dem Volk in meiner Vision. Bitte, laß es so sein.*

»Bobby, etwas würde ich gerne wissen«, rief sie ihm nach. »Wieso habt du und Tom euch die Mühe gemacht, an diesen Ort zu kommen? Man ist immerhin zwei Tage unterwegs.«

Er wandte den Kopf um. »Warum sind *wir* gekommen? Das ist schon seit unserer Kindheit unser geheimer Ort. Wir kommen hierher, um ungestört zu sein. Frei. Hier oben nervt uns keiner. Aber du und Kaigani habt alles versaut.« Er schlurfte weiter.

»Bobby.«

Er blieb stehen und wandte sich um. »Was jetzt?«

»Du und Tom, ihr könnt die Schlucht im Frühling, Herbst und Winter für euch haben. Im Sommer gehört sie Kaigani und mir – wenn du einwilligst, werde ich niemandem erzählen, daß *ich* dir die Nase gebrochen habe.«

Er schaute sie an und strich sich vorsichtig über das geschwollene Gesicht. Seine Augen waren nur noch Schlitze. Er nickte. »Abgemacht.«

Dann schlurfte er zum Rand des Wasserfalls zurück. »Schubs mich nicht runter, ich kann wirklich nicht schwimmen. Ich will nur Tom rufen.« Er trat an den Rand, behielt dabei aber Ember im Auge, einen Arm ausgestreckt, um einen eventuellen Angriff abzuwehren. Sie hob die Hände, wich einige Schritte zurück und hob Kaiganis Sachen auf.

»Tom, wo steckst du? Laß uns verschwinden!«

Keine Antwort.

»Hey, Tom!« rief er noch einmal.

Embers Brust zog sich zusammen. Etwas stimmte nicht. Wie konnte sie so dumm gewesen sein? Wenn sie Kaigani doch nur rufen könnte.

»Tom!« brüllte Bobby. »Wo steckst du? Ich haue ab.«

Ember wollte auf den Felsen rennen und ins Wasser springen, doch eine Bewegung im Unterholz hielt sie zurück. Tom Luc schob Kaigani vor sich her, einen Arm um ihren Hals gelegt. In der anderen Hand hielt er ein Messer.

Embers Herz erstarrte.

Einen Moment später stand Tom vor ihnen; seine triefnassen Jeans klebten an seinen dürren Beinen. Sein Pferdeschwanz hatte sich geöffnet, und nasse Haarsträhnen hingen ihm ins Gesicht. Aus einer Rißwunde am Haaransatz floß wässeriges Blut über seine Stirn. Er zog den Arm weg und packte Kaiganis Haare im Nacken. Sie war nackt und zitterte; ihr Blick schoß von Tom zu Ember und wieder zurück. Tom riß ihren Kopf nach hinten und drückte ihr das große Jagdmesser an die Kehle. Kaigani schloß die Augen, während Toms bösartiger Blick Ember zu durchbohren schien.

17

»Die Schlampe hat sich hinterm Wasserfall versteckt«, zischte Tom. »Hat mir eine übergebraten.«

»Was zum Teufel tust du?« sagte Bobby. »Fahr nicht so ab. Leg das Messer weg.«

»Du kannst mich mal. Sieh dich doch an. Hat Gigger das getan? Oder bist du gegen einen Baum gerannt, als du versucht hast, vor ihr wegzurennen?«

»Leg das Messer weg, Tom. Mach schon. Die Sache ist es nicht wert.«

»Das klingt gar nicht nach dir, Bobby. Was hast du gemacht? Warst du in einem Kurs für Schlappschwänze, während ich weg war?« Er funkelte Ember an. »Wenn ich fertig bin«, höhnte er, »wird es die Sache wert gewesen sein.«

Embers Augen fixierten die Klinge an Kaiganis Kehle. Sie fühlte sich, als bekäme sie nicht genügend Luft in die Lungen. »Was willst du?« hörte sie sich mit leiser Stimme fragen.

»Als ich auf dem Wasser aufschlug, bin ich fast ohnmächtig geworden. Ich wäre beinahe ertrunken, du blöde Fotze. Meine Haut brennt noch immer. Und mein Kopf blutet. Dafür werdet ihr bezahlen.«

»Laß mich aus der Scheiße raus, Mann!« sagte Bobby mit erhobenen Händen und wandte sich halb ab. »Wenn die Bullen fragen, was hier oben passiert ist, habe ich nichts damit zu tun.«

»Yeah, das klingt ganz nach dem Waschlappen, der sich von einem Mädchen, das ihm kaum bis an die Brust reicht, die Nase brechen läßt.«

»Ach, und du findest dich mutig, weil du einem wehrlosen Mädchen ein Messer an die Kehle hältst? Mann, ich kenne dich ewig, aber daß du so etwas tun würdest, hätte ich nie gedacht.«

»Tja, mir hat auch noch nie so eine Schlampe eine übergebraten«, sagte er mit blitzendem Blick. Er riß Kaiganis Haare zurück, und sie verzog das Gesicht. »Wenn du nicht genau tust, was ich sage, schlitze ich deine Schwester auf wie eine Forelle.«

Ember schluckte beklommen und nickte.

»Komm her – auf Knien –, und mach mir den Reißverschluß auf.«

»Tom, nicht. Laß sie los«, flehte Bobby. Ember sank auf die Knie und kroch vorwärts, noch immer das Messer fixierend.

»Hör auf, Mann«, sagte Bobby. »Ist totale Scheiße, was du hier abziehst.«

»Halt die Schnauze, Waschlappen«, zischte Tom. »Du stehst mit gebrochener Nase da und hast nicht mal den Mut, dich zu revanchieren, wenn sich dir die Chance bietet.«

»Tu ihr nichts«, schaffte Ember hervorzupressen, während sie den Reißverschluß seiner nassen Jeans herunterzog.

»Okay, mach jetzt den Gürtel auf und zieh mir die Hose runter. Okay, das reicht. Hey, seht mal, wie die große Boa anschwillt! Anscheinend steht mein Freund da unten mehr auf die Affenfrau als ich.«

Bobby trat einen Schritt vor. »Ich sagte, du sollst aufhören, verdammt noch mal.«

Tom nahm das Messer von Kaiganis Kehle und zeigte damit auf Bobby. »Na komm, Süßer.« Bobby sagte nichts, ging aber weiter auf Tom zu.

Ember sah ihre Chance. Sie rammte ihren Körper mit der Seite gegen Toms Schienenbeine; Tom taumelte zurück und stürzte; Kaigani riß sich los. Bobby versuchte, die Hand zu greifen, in der Tom das Messer hielt. Tom lag zusammengerollt am Boden, schrie auf und griff sich mit beiden Händen an die Brust.

Ember half Kaigani auf die Beine, dann rannten die beiden in den Wald, bevor Ember sich umdrehte und zurücksah.

»Hast du das Messer?« rief sie Bobby zu.

»O Gott«, sagte er und kniete neben Tom nieder.

Kaigani schlug die Hände vors Gesicht und brach in Tränen aus. Ihre Knie zitterten, und Ember half ihr, sich hinzusetzen, dann legte sie die Arme um sie.

»Ich hole deine Sachen«, zeigte sie. Kaigani nickte. Ember rannte los und kam mit dem Badeanzug, der Jeans, den Socken und den Turnschuhen ihrer Schwester zurück. »Bist du okay?«

Kaigani schluckte und hielt einen Daumen hoch; die Hand zitterte, und ihr Gesicht war tränenüberströmt.

»Schnell, er ist auf das Messer gefallen«, rief Bobby.

Ember rannte zu Bobby und Tom zurück. »Wie schlimm ist es?«

»Keine Ahnung. Sieht nicht gut aus.«

Tom lag auf der Seite, und sie konnte das Messer sehen, das bis zum Schaft in seiner rechten Brusthälfte steckte. Sie kniete sich neben ihn. Nur wenig Blut quoll aus der Wunde. Könnte ein gutes Zeichen sein, dachte sie. Dann fiel ihr ein, daß er womöglich innere Blutungen hatte.

»Das Messer steckt in der rechten Seite; also ist das Herz nicht verletzt«, sagte sie. »Glaube ich wenigstens. Aber es muß seine Lunge durchbohrt haben – wahrscheinlich hat er innere Blutungen.«

Tom warf sich winseln und keuchend hin und her, die Augen geschlossen, das Gesicht eine schmerzverzerrte Fratze.

Bobby sprang auf. »Wir haben Motorräder in unserem Lager, etwa einen halben Kilometer von hier«, sagte er. »Am Fuß des Berges, wo der Schotterweg endet, gibt's ein Notfalltelefon für Ranger. Ich kann in einer halben Stunde dort sein, und die Ranger können über Funk einen Hubschrauber rufen, der ihn über die Bucht bringt.«

»Eine Stunde?«

»Vielleicht weniger.«

Sie sah auf Tom hinunter und schüttelte den Kopf.

»Vielleicht fünfundvierzig Minuten«, sagte Bobby.

Tom bewegte sich nicht mehr. Er lag wieder zusammengerollt auf der Seite, jetzt leise röchelnd.

»Mach schon. Beeil dich.«

»Alles klar.« Er rannte los, leicht humpelnd.

Toms dunkles Gesicht wurde aschfahl, seine Atmung immer schneller und flacher.

Verdammt, er fällt in einen Schock, dachte sie und versuchte sich zu erinnern, was sie über solche Dinge aus Gesprächen mit ihrer Mutter wußte. »Die Person warm halten«, sagte sie laut zu sich selbst. »Seine Beine leicht anheben und . . . was noch?«

Toms Züge erschlafften, sie bekam Angst.

Jeder redet darüber, wie warm mein Körper sei. Schätze, ich muß es tun.

Sie verdrängte ihren Widerwillen, legte sich neben ihn und schmiegte sich, um ihn warm zu halten, eng an seinen Körper. *Rede mit der Person, beruhige sie. Ja, genau.*

»Tom . . . stirb mir nicht weg. Du darfst nicht sterben.« *Obwohl du selbst schuld bist.* Sie holte tief Luft und seufzte, versuchte, ihren Zorn zu überwinden.

Sie erinnerte sich an ihren Traum, und wie sie ohne jegliche Distanz die Gefühle der Goldenen empfunden hatte, als wäre ihr Herz die Mitte einer Sonnenblume, aus der die Seelen der anderen Menschen wie Blumenblätter herausstrahlten. Doch sie wollte Toms Herz nicht in dieser Weise berühren, es war viel zu intim; es bedeutete, daß sie die andere Person *werden* mußte. Sie erinnerte sich an ihre kurze Verbindung zu Bobby, und es jagte ihr einen Schauer über den Rücken.

»Tom, halte durch. Bobby holt Hilfe, also halte einfach durch.«

Jetzt verstehe ich, warum sich die Goldenen vor den Mördern versteckt haben. Sie wollten nicht kämpfen. Sie spürten die Schmerzen der Menschen, gegen die sie kämpften. Sie waren im Herzen mit ihren Feinden verbunden, deshalb wollten sie Frieden.

»Komm schon, Tom, du mußt durchhalten.«

Seine Haut wurde kalt. Er hörte auf zu atmen.

»Nanehla, Geist der Großen Mutter, was soll ich tun?« flüsterte Ember. Sie berührte mit der rechten Hand die Erde und hob die linke mit der Innenseite nach oben zum Himmel. Sie schloß die Augen und lauschte mit dem ganzen Körper nach einer Antwort. Keine Stimme, sondern ihre Intuition sprach.

Vergebe ihm, und heile ihn.
Ich weiß nicht, wie ich ihn heilen soll.
Vergebe ihm, dann wirst du es wissen.
Aber ich vergebe ihm nicht.
Berühre sein Herz mit deinem, und du wirst vergeben.
Ich fürchte seine Finsternis.

Vergebe dir deine Furcht.

Ember holte tief Luft. »Mutter, beschütze mich.«

Sie wandte sich mit ganzem Herzen seinem Körper zu. *Ich bin hier, Tom. Du kannst mich bei dir spüren. Bleib bei mir. Verlasse mich nicht.*

Sein Körper zuckte zusammen, und mit einemmal schwamm sie in einer tiefen Ebene seines Bewußtseins. Es war ein schweres, betäubendes Gefühl, das vor ihrem inneren Auge als eine graue, nebelverhangene See bei absoluter Windstille erschien. Nicht die Spur eines Lufthauchs. Es war Nacht. Am wolkenverhangenen Himmel pulsierte ein schwaches rotes Glühen, immer langsamer werdend. Die Wolken zogen sich zusammen und begannen herabzusinken. Die Luft schien erstarrt zu sein.

Sie spürte, daß sie dem Ersticken nahe war, geriet in Panik und entwand sich der Vision; sie rang nach Luft. Sie war sich jetzt sicher, daß Tom starb. Es schien nur eine Frage von Minuten zu sein.

O Große Mutter, ich gebe auf. Leihe mir deine Kraft.

Ein Bild kam über sie: die heiße helle Sonne, die auf die Erde schien und sie wärmte und alle auf ihr lebenden Kreaturen mit Energie erfüllte. Mit dem Bild brandete eine Welle von Wissen in ihr Bewußtsein, und plötzlich wurde ihr klar, was sie tun mußte. Sie wandte ihre Wahrnehmung ins Innere ihres Körpers, auf einen Punkt knapp unterhalb des Bauchnabels, wo sie auf ein Kraftzentrum traf, das ihr wie ein wirbelndes Samenkorn aus Licht und Hitze erschien. Sie konzentrierte sich auf diesen Energiestrudel, öffnete sich ihm mit jedem Atemzug, bis er explodierte und ihr ganzer Körper von seiner strahlenden Kraft durchdrungen wurde. Ihr Fleisch wurde heiß; Schweiß strömte aus ihren Poren, und sie begann, die Hitze und Energie auf Tom zu übertragen, nicht von außen, sondern indem sie sie in seinem Innern auflodern ließ wie ein fast verloschenes Feuer, das zu neuem Leben erwachte. Während sie das tat, spürte sie, wie das Bewußtsein in Toms Körper zurückkehrte. Allmählich hellte sich die Vision einer leblosen See bei Nacht zu einem in strahlenden Sonnenschein getauchten grünen Ozean mit blauem Himmel und weißen Wolken auf; die Wärme und Kraft dieser neuen Vision waren eins mit ihrer Atmung, als würde sie für Tom Luft einziehen, ihm mit jedem Atemhauch neue Lebensenergie einflößen.

Sie hatte ihre Umgebung völlig vergessen und erwachte erst aus ihrer Trance, als das laute Dröhnen des Hubschraubers durch die Stille schnitt.

Zwei in Schlingen hängende Rettungssanitäter wurden heruntergelassen. Binnen weniger Augenblicke hatten sie Tom eine Sauerstoffmaske über Mund und Nase gezogen, ihm einen venösen Injektionsschlauch gelegt, durch den farblose Plasmaflüssigkeit in seine Blutbahn tropfte, ihn auf eine Bahre geschnallt und das Schutzgitter hochgeklappt.

»Ist ein Wunder, daß er so lange durchgehalten hat«, rief einer dem anderen durch den Lärm der kreisenden Rotorenblätter zu. Ember legte die Hände an die Augen, um sie vor dem aufwirbelnden Sand zu schützen, während sie zusah, wie die Bahre langsam in den über ihnen schwebenden Hubschrauber hochgezogen wurde.

Einer der Männer schob die Arme durch die Schlinge, zog sie sich unter den Achselhöhlen fest und ließ sich hochziehen.

Der andere Mann rief Ember ins Ohr: »Kommt ihr beiden zurecht?«

»Ja, kein Problem«, rief sie zurück. »Wir haben in der Nähe ein Lager.«

»Braucht ihr Lebensmittel oder irgendwas anderes?«

Sie schüttelte den Kopf.

»Sicher?«

Sie lächelte über seine Fürsorglichkeit. Er lächelte zurück. Sie wußte, daß er sich besser fühlen würde, wenn er ihnen etwas gegeben hatte.

»Haben Sie Schokolade?«

»Klar. Haben wir immer für Notfälle dabei.« Er griff in eine Tasche seines orangen Fliegeranzugs und zog zwei Hershey-Schokoriegel raus.

Sie dankte ihm und winkte, als er sich in die offenstehende

Schiebetür des Hubschraubers hochziehen ließ. Sekunden später stieg der Hubschrauber auf, drehte ab und verschwand über der Schlucht in Richtung Seattle.

Als Ember den Blick senkte, sah sie, daß Kaigani sie beseelt anstarrte. Ember blinzelte verlegen und lachte.

»Warum starrst du mich so an?«

»Ich habe gesehen, was du mit Tom gemacht hast«, zeigte Kaigani.

Ember zuckte mit den Schultern. »Ich habe ihn mit meinem Körper gewärmt, das ist alles.«

»Du hast ihn am Leben gehalten. Das hat der Mann gesagt.«

»Hat er nicht.«

»Ich habe es ihm von den Lippen abgelesen«, zeigte sie. »Er sagte: ›Ist ein Wunder, daß er so lange durchgehalten hat.‹«

»Na und?«

»Ich saß da und habe gespürt, wie dein Geist in ihn hineinströmte. So was habe ich noch nie erlebt.«

Ember schüttelte den Kopf. »Das war nicht ich. Wirklich.«

Kaigani nickte energisch »Ich habe es *gespürt,* Ember«, zeigte sie. »Es war das Schönste, was ich je erlebt habe, als wären alle Sonnenstrahlen zu einem einzigen gebündelt gewesen.« Sie breitete die Arme aus und führte sie aneinander, bis sich ihre Fingerspitzen berührten und in dieselbe Richtung zeigten.

»Es war Nanehla. Er hat es getan.«

»Ja, aber der Geist der Großen Mutter, der Tom am Leben gehalten hat, erschien in *dir,* nicht in den Bäumen, nicht in mir.«

Ember empfand eine seltsame Beklommenheit. Ihr ganzes Leben lang hatte sie sich äußerlich von den anderen unterschieden. Sie sah merkwürdig aus. Nicht normal. Sie hatte immer wie die anderen sein wollen, hatte sich immer bemüht, ihre Andersartigkeit nicht noch hervorzuheben. Aber das hier war viel bedeutsamer – sie schien sich auch innerlich von den anderen zu unterscheiden. »Bitte, hebe mich nicht auf einen Sockel, Kaigani. Du bist meine beste Freundin. Ich stehe dir näher als jedem anderen auf der Welt. Fang bitte nicht an, mich anders zu behandeln – ich bin einfach nur ich – Ember.«

»Ich werde immer deine beste Freundin bleiben«, zeigte Kaigani. »Und ich liebe dich sogar mehr.«

»Aber ich möchte nicht, daß du mich mehr liebst.« Ember preßte die Worte hervor, und eine einzelne Träne lief über ihre Wange. »Sei einfach . . . sei einfach meine Schwester. Liebe mich so wie immer, nicht mehr und nicht weniger.«

»Aber du bist nicht dieselbe. Du bist noch immer von einer Art Glühen umhüllt. Ich kann es praktisch sehen. Ich wußte immer, daß du für etwas Besonderes bestimmt bist . . . Schau dich an! Deine Zeit ist gekommen. Irgendeine Veränderung hat begonnen.«

»Schhh. Sag nichts mehr.« Ember legte ihre Finger über Kaiganis Lippen, schmiegte ihr Gesicht an ihre weiche Schulter und weinte.

In ihrer heißen Hand schmolzen die Schokoriegel.

18

Mike Lee drückte die Löschtaste seines Computers, um die gerade geschriebenen Worte vom Bildschirm zu tilgen. Er starrte auf seine handschriftlichen Produktnotizen, darauf hoffend, daß ihm der Zettel eine Idee eingab. Er legte die Stirn in Falten und klopfte sich mit dem Kugelschreiber ans Kinn, dann tippte er:

falls Sie dachten, der Super-Speed-Rasierer sei ein scharfes Ding, warten Sie, bis Sie Giorgio Chicarros neue Pflegereihe für Männer gesehen haben

»Blöd.« Er löschte auch den Satz wieder und rückte seinen Drehstuhl vom Tisch ab.

Er rieb sein Gesicht, legte den Kopf zurück und starrte an die Decke. Sein schlaksiger Körper hing schlaff im kühlen, weichen Leder, während sein Blick langsam zum Aquarium hinüberglitt. Eine Weile sah er dem Pas de deux der beiden purpurnen Zierfische zu, die anmutig durchs Wasser schwebten: Ballerinas mit minimalem Hirn und maximalem Seelenfrieden.

Er hatte sein Büro so umgestellt, daß er mit dem Rücken zur Tür saß und auf die Trinity-Kathadrale und das John-Hancock-Gebäude, das höchste in Boston, hinausblickte. In den letzten Monaten hatte er jeden Winkel und Schatten, jedes noch so winzige Detail im Gemäuer der jahrhundertealten, barockartigen Kathedrale erkundet. Dieser Tage ertappte er sich immer öfter dabei, gedankenverloren auf sie hinauszustarren.

Eine Frauenstimme drang aus dem Lautsprecher der Sprechanlage auf seinem Schreibtisch. »Wie läuft's, Mike? Bist du fertig?«

Er schrak zusammen und unterdrückte den Reflex, beschäftigt auszusehen. »Es kommt, Lisa. Du bekommst es als erste zu hören.«

»Beeil dich«, sagte sie. »Stein hat eine seiner Launen.«

»Welche?«

»Vielleicht alle möglichen. Du beeilst dich besser.«

»Alles klar.«

Mike rückte die lila-gelbe Seidenkrawatte zurecht und knöpfte seinen gelben, italienischen Zweireiher zu, dann richtete er seine Aufmerksamkeit wieder auf seine Notizen. *Was schreibt man ... was schreibt man ... Etwas Schlagfertiges, Überraschendes, vielleicht Wissenschaftliches – über ein Deodorant.* So ein Mist. Sein Geist fühlte sich an wie ein Radio, das auf einen nicht existierenden Sender eingestellt war.

»Okay, versuchen wir es mit dem Puder. Was schreibt man über ein Puder gegen Unterleibsjucken?« Er rieb sich die Augenwinkel. »Juckt's in der Hose ... eh ... nimm Puder aus der Dose?«

Er lachte. *Es ist ein philosophisches Problem: Chicarro bringt eine neue Produktreihe raus, und es interessiert mich einen Scheißdreck.*

Er sah aus dem Fenster auf die fünfzehn Stockwerke unter ihm liegenden dunklen Steinquader der Kathedrale hinab. Die Schönheit des Gebäudes ging über den bloßen Baustil hinaus. Er stellte sich das Zurechtschlagen der großen Granitblöcke vor, den

Transport, wie sie aufgetürmt wurden, einer auf den anderen, immer weiter in die Höhe. *Gibt es heute noch jemanden, der so mit Steinen umgehen kann?* Er stellte sich vor, wie die Steine und Männer sich in den langen Baujahren gegenseitig geformt hatten. Noch heute strahlte der Granit einen unvergleichlichen Zauber aus, besonders auf ihn.

Mike seufzte resigniert. Er sehnte sich nach dem *Mehr,* nach der Essenz des Lebens, die großartige Architektur, Malerei und Musik in ihm heraufzubeschwören vermochte. Eine grundlegende Wahrheit existierte; dafür brauchte er keinen Beweis. Kein Tag verging, an dem er sie nicht einen kurzen Augenblick lang sah; die Kathedrale im Regen, davor ein Schwarm weißer Tauben, die über die feuchten schwarzen Steinquader hinwegflogen. O ja, die Welt besaß einen Geist – oder vielmehr, der Geist besaß eine Welt. Doch allzuoft fühlte er sich so, als stünde er außerhalb dieser Welt und würde nur ab und zu hineinspähen. Er sehnte sich nach *Verbindung,* um all diese Dinge mit seinem ganzen Sein erfassen zu können.

Heute schien ein schweres, unsichtbares Band seine Brust zu verschnüren, und es fiel ihm schwerer denn je, sich auf das Schreiben eines flotten Werbespruchs zu konzentrieren.

Er klickte mit der Maus zweimal, und auf dem Bildschirm erschien das Logo des *Mountain-Bike*-Magazins. Er blätterte zu einem Artikel über Mountainbikerouten in der Nähe von Seattle. Der Artikel enthielt Landkarten und Fotos und einen kurzen Videofilm; er hatte sich den Film in den letzten zwei Tagen mehrere Dutzend Male angesehen. Er zeigte einen legendären Fahrer, Randy McDaniels, wie er mit seinem Mountainbike über einen drei Meter breiten Bach sprang und wie das Hinterrad beim Aufsetzen am anderen Ufer Schlamm aufwirbelte.

Randy. Während ihrer gemeinsamen Collegetage waren sie in einigen der wichtigsten Mountainbikerennen des Ostens gegeneinander gefahren, auf steilen, gewundenen Pfaden mit Namen wie Hamburger Helper. Aber nichts im Osten, nicht mal die White Mountains, ließ sich mit den Herausforderungen der Cascade Range vergleichen. Es war wie der Unterschied, ob man auf einer Anderthalb-Meter-Welle vor Atlantic City oder auf einem haushohen Brecher vor Waimea surfte. Er sah sich noch zweimal an, wie der Mann in der fluoreszierenden Fahrerkleidung über den Bach sprang.

»Mike!« rief Lisa hinter ihm. »Versuchst du, gefeuert zu werden?«

»Wahrscheinlich«, murmelte er und flippte das Standbild vom Monitor. Er drehte den Stuhl zu ihr herum. »Ich suche bloß Inspiration.«

»Stein wird langsam ungeduldig.«

»*Da,* Genossin Arbeitskollege.« Er salutierte. »Ich verpflichte mich, fortan meine Produktivität zu steigern.«

Sie kicherte, aber als sie das Büro verließ, flüsterte sie: »Tick-tack, tick-tack, tick-tack.«

Er wandte sich dem leeren Bildschirm und rieb die Hände aneinander. *Wach auf!* Er schlug sich auf die Wangen, wie ein Trainer bei einem angeschlagenen Preisboxer. *Komm schon, Mike, laß dir was einfallen.* Seine Fingerspitzen kreisten über der Tastatur.

»Ehm, Giorgio Chicarros neue Pflegereihe für Männer . . . Für Ihre Haut nur das Beste . . .«

Er verzog das Gesicht. Dann tippte er: »Mein Herz ist heute nicht bei der Arbeit; es wird auch morgen nicht bei der Arbeit sein. Ich bin im Exil vor meinem eigenen Geist. Die Wiedervereinigung beginnt in dem Augenblick, wo ich die Trennung nicht länger ertragen kann.«

Er las die Worte, und auf seinem Gesicht breitete sich ein entrücktes Lächeln aus. Er lockerte die Krawatte, ging ans Fenster und drückte die Stirn ans Glas. Ein strahlender Frühlingsnachmittag. Unten auf dem Copley Square spielten Kinder Fußball.

Die Wiedervereinigung beginnt in dem Augenblick, wo ich die Trennung nicht länger ertragen kann.

»Dann laß sie beginnen«, sagte er. »Ab jetzt höre ich nur noch auf mein Herz.«

Mit diesem Versprechen löste sich die Spannung in ihm, und ein bleiernes Gewicht schien von ihm abzufallen wie ein Tauchgürtel. Er wußte jetzt mit jeder Faser seines Körpers, was er tun wollte. Er setzte sich an den Computer und schrieb seine Kündigung; die Worte sprudelten nur so aus ihm heraus.

Drei Stunden später schritt er beschwingt über den burgunderfarbenen Plüschteppich zum Fahrstuhl, in der Hand einen ledernen Aktenkoffer und eine Kunstmappe. Er hatte keine Ähnlichkeit mehr mit den aufgesetzt dreinblickenden sonnengebräunten Männern auf den gigantischen, gerahmten Werbeplakaten an den Wänden; seit Monaten hatte er diesen Moment gefürchtet, aber das Lächeln wollte nicht von seinem Gesicht verschwinden.

Die Fahrstuhlglocke läutete, und die Türen glitten auf. Eine Frau in einem enganliegenden grauen Wollkostüm trat heraus und stolzierte in schwarzen Stöckelschuhen den Flur entlang. Mike wandte sich um und sah ein letztes Mal zum Empfangstisch der Stein & Wittingham-Werbeagentur, dann trat er in den Fahrstuhl. Auf dem Weg nach unten überdachte er seine Situation. Er hatte soeben einen gutdotierten Job gekündigt, für den andere Männer seines Alters getötet hätten, und er hatte nicht den blassesten Schimmer, wann das nächste Gehalt auf seinem Konto eingehen würde. Trotzdem, als der Fahrstuhl unten ankam, fühlte er sich so gut wie schon lange nicht mehr.

Er schob sich durch die Drehtüren des Prudential Buildings und trat in den strahlenden Sonnenschein hinaus. Durch die dicken Wände der Trinity-Kathedrale drang Orgelmusik; er erkannte Bachs »Schläfer, erwachet«. Der Fußball flog in seine Richtung; er stoppte ihn und schoß ihn zurück.

Plötzlich breitete sich in seinem Herzen ein Gefühl von grenzenloser Freiheit aus, und er holte tief Luft und schrie aus tiefster Seele: »*Ya-hooo!*«

Tauben flogen hoch, und die Kinder sahen zu ihm herüber, während Mikes Schrei zwischen der Kathedrale und dem Wolkenkratzer verklang.

19

Mike Lee schlidderte mit dem Hinterrad um die Kurve und sah, daß der vor ihm liegende Pfad an die zwanzig Meter steil nach unten führte. *Da hast du es,* dachte er, und seine Eingeweide zogen sich zusammen. Er brachte die Pedale in Mittelstellung, hob den Po aus dem Sattel, um seinen Schwerpunkt dicht über das Hinterrad zu verlagern, und rollte weiter. Zuerst ließ er das Mountainbike in den Abgrund kippen, dann folgte er der Bewegung, Arme und Beine durchgedrückt, den Bauch knapp über dem Sattel. Plötzlich sah er, daß der Pfad wieder steil bergauf führte, daher ließ er die Bremse los, schob sich nach vorne und beugte sich weit über den Lenker, alles in einer Bewegung. Er mußte mit aller Kraft strampeln, um den Hügel zu erklimmen, und lachte dabei vor Anstrengung.

Ein Stück weiter oben blockierte ein umgestürzter Baumstamm den Weg. Bergauf über einen Baumstamm hinwegzusetzen war eine heikle Sache – man mußte das Vorderrad heben, ohne nach hinten zu fallen. Er riß den Lenker hoch, brachte das Vorderrad auf den Stamm, krümmte den Oberkörper und – als das Rad über den Baumstamm rollte – warf die Hüften nach vorne; das Mountainbike ruckte vorwärts, bis das Hinterrad gegen den Stamm traf, dann riß er mit einem weiteren Ruck und einer halben Pedalumdrehung das Hinterrad hoch und über den Baumstamm hinweg.

Geschafft! Zurücktreten, Leute, hier kommt die neue Nummer eins!

Oben angekommen, sah er den vor ihm liegenden Abhang: fünfzig Meter jäh in die Tiefe, unten eine scharfe Haarnadelkurve, die nach rechts ins Unterholz führte. Er bremste und blieb stehen.

O Mann. Böses Gefälle. Und was liegt hinter der Kurve? . . . Zuerst muß ich sie erreichen. Tja. Ist eben nichts für Angsthasen. Er prüfte, ob sein Helm richtig saß.

»Vorsicht da unten!« rief er, die Hände um den Mund gelegt. »Komme auf einem Mountainbike runter!«

Er rollte los, den Schwerpunkt wieder nach hinten verlagert; das Vorderrad kippte nach unten weg.

Mit leicht angezogenen Vorderbremsen und durchgedrückten Armen und Beinen schoß er halbwegs kontrolliert in die Tiefe hinab. Kurz vor der Haarnadelkurve zog er die Hinterbremse an, stieß den rechten Fuß in den Boden und riß das Hinterrad herum. Es schlidderte in so steilem Winkel in die Kurve, daß der aufgewirbelte Sand meterhoch durch die Luft flog.

Plötzlich sah er vor sich auf dem Pfad ein Mädchen in einem gelben T-Shirt und roten Shorts. Ihre Augen weiteten sich, und sie blieb erschrocken stehen. Dicht hinter ihr stand eine Gruppe von Kindern.

»Aus dem Weg!« schrie er und zog beide Bremsen gleichzeitig, während er noch um die Kurve schlidderte. Im selben Moment wurde das Mädchen von hinten gepackt und zur Seite gerissen. Er und das Mountainbike schoßen über den Rand des Pfades, dann trennten sie sich und fielen einzeln den steilen Abhang hinunter. Er schaffte es, sich dreimal mit der Schulter abzurollen, bevor er die Kontrolle verlor und hilflos durchs Gestrüpp pflügte, bis ein Busch seinen freien Fall stoppte und er, alle viere von sich gestreckt, auf dem Bauch liegenblieb.

Einige Augenblicke später hörte er eine Frauenstimme. »Bist du okay?«

Er stöhnte und rollte sich vorsichtig auf den Rücken. Als er die Augen aufschlug, sah er Sterne. Er blinzelte benommen. Sie stand über ihm, aber aus seiner Schräglage schien sie sich im Fünfundvierzig-Grad-Winkel nach hinten zu neigen. Dasselbe gelbe T-Shirt, dieselben Shorts. Ihre Waden und Schenkel waren extrem muskulös, und ihre Haut hatte eine ungewöhnliche Farbe; aus seiner Position verdeckte die Wölbung ihrer Brüste den Großteil ihres Gesichts. Sie kniete nieder und sah ihm in die Augen.

»Bist du okay?« fragte sie besorgt.

Dichte, gewellte Haare ergoßen sich wie eine schwarze Lawine über ihre Schultern. Das von hinten einfallende Sonnenlicht ließ die Haare rötlich schimmern, und seine verschwommene Sicht verstärkte diesen Eindruck noch.

Sie beugte sich hinunter und öffnete seinen Helmriemen; die Fiberglasschale war entzweigebrochen, und sie zog ihm die Teile vom Kopf. Sein bernsteinfarbenes Haar und der Bart waren millimeterkurz. An seinem schlanken, sehnigen Körper klebten eine violettgrüne Radlerhose und ein gleichfarbiges Trägershirt.

»Gut, daß du den aufhattest«, sagte sie. »Ich habe ein schreckliches Knacken gehört und dachte, es sei dein Schädel.« Stirnrunzelnd sah sie ihm wieder in die Augen. »Alles in Ordnung mit dir, oder nicht? Kannst du sprechen?«

»Ich kann sprechen«, sagte Mike langsam. »Ich bin nur ... so entspannt. Ich glaube, ich war kurz bewußtlos. Wie geht es den Kindern?«

»Gut. Niemand wurde verletzt. Bleib einfach eine Weile still liegen.«

Er sah in ihre smaragdgrünen Augen. Ein allumfassendes behagliches Gefühl stieg in ihm auf, so als würde er am frühen Morgen in die aufgehende Sonne sehen. Der Nebel in seinem Kopf verflog, seine Sicht klarte auf.

»Ich bin nicht mehr benommen«, sagte er. »Mir geht es gut.«

Ember wandte sich um und winkte Kaigani zu, die zwanzig Meter über ihnen am Hügelrand stand, flankiert von einem Dutzend Kindern; mit Daumen und Zeigefinger machte sie das »Alles in Ordnung«-Zeichen.

Sie wandte sich wieder zu ihm um. Jetzt sah er, daß ihre Arme und Wangen mit denselben feinen Flaumhaaren bedeckt waren wie ihre Beine. Die große, breite Nase hätte ihr Gesicht dominiert, wären da nicht die anderen übergroßen Merkmale gewesen: riesige, mandelförmige Augen; dicke, dunkle Augenbrauen; hohe Wangenknochen; schneeweiße Zähne und ein breiter Mund, der über einem schweren Unterkiefer leicht hervorstand. Was ihn jedoch am meisten erstaunte, war ihre Hautfarbe – sie war golden, wie wenn man eine Bierflasche ins Licht hält – genau diese Farbe.

»Bleib besser noch ein paar Minuten liegen«, sagte sie.

»Geht nicht.«

»Warum nicht?«

»Weil ich auf einem Dornbusch liege.«

Ächzend richtete er seinen langen Oberkörper auf. Dornen aus dem plattgedrückten Busch hatten sein Trägershirt durchbohrt und steckten überall im Rücken. Er griff nach hinten, um sie herauszuziehen; sie half ihm. Lilarote Safttropfen vermischten sich mit winzigen Blutflecken aus Dutzenden von Kratzern.

»Brombeeren«, sagte sie und nahm einen Strauch mit einigen nicht zerquetschten Beeren.

»Ahh. Erste Hilfe, bitte«, sagte er und hielt ihr eine offene Hand hin. Sie pflückte vier reife Brombeeren und gab sie ihm. Er warf sie sich in den Mund und schloß genießend die Augen, als der süße Saft auf seine Zunge platzte.

Er riß die Augen auf. »Mist. Mein Mountainbike. Ist es kaputt?«

»Was glaubst du denn? So einen Pfad herunterzujagen, der auch noch in eine uneinsichtige Kurve führt. Wir können froh sein, daß niemand verletzt wurde.«

»Ich habe vorher eine Warnung heruntergerufen. Ich rief: ›Vorsicht da unten! Komme auf einem Mountainbike runter!‹ Laut und deutlich. Seid ihr taub, oder was?«

»Außer mir ist jeder in der Gruppe taub. Ist ein Feriencamp für gehörlose Kinder. Meine Schwester und ich sind Betreuer.«

Sein Unterkiefer sackte einige Zentimeter herunter. Jetzt erkannte er, daß die winzigen Hände, die auf ihr T-Shirt gedruckt waren, Buchstaben des Taubstummenalphabets bildeten; unter den Händen paddelte eine Gestalt in einem Kanu über einen See am Fuß eines schneebedeckten Berges.

»Oh . . . tut mir leid . . . Hey, es tut mir wirklich leid.«

»Sei beim nächsten Mal einfach vorsichtiger, okay? Diese Wege gehören ebenso Wanderern wie Radfahrern.«

»Du hast recht. Das war dumm von mir: Ich war total aufgekratzt und starrte den Abhang hinunter und dachte bloß an den Adrenalinrausch. Ich habe nicht nachgedacht. Ich entschuldige mich.«

Er lächelte reumütig. »Toller erster Eindruck, was?« sagte er und gab ihr die Hand. »Mike Lee.«

Sie schüttelte seine Hand und lächelte flüchtig. »Ember Ozette.« Ihre Hand war überraschend warm und größer und kräftiger, als er erwartet hatte.

»Vielen Dank«, sagte er. »Daß du mir zu Hilfe geeilt bist.«

Ihre Blicke trafen sich wieder, und für einen Augenblick empfand er dasselbe behagliche Gefühl wie zuvor, dann versetzten ihm ihre Finger einen elektrischen Schlag.

»Whoa!« rief er. »Hast du das gespürt?«

Sie ließ seine Hand fallen, als hätte er sie nackt gesehen.

Er zuckte mit den Schultern. »War nur eine statische Ladung. Komisch, daß es nicht passiert ist, als wir uns das erste Mal berührten.«

Sie nickte und schluckte.

Warum ist sie plötzlich so schüchtern? Gibt es einen indianischen Aberglauben darüber, was es bedeutet, jemandem, den man gerade kennengelernt hat, einen elektrischen Schlag zu versetzen? Er versuchte, die Hand-Buchstaben auf ihrem T-Shirt zu entziffern. »Camp . . .?«

»Buena Vista.«

»Liegt es tatsächlich an einem See am Fuße eines schneebedeckten Berges?«

»Es liegt an einem See, an einem wunderschönen See. Und man kann Tagestouren zu einem Aussichtspunkt machen, von dem man einen herrlichen Blick auf Mount Rainer hat. Wir kamen gerade von dort, als du uns beinahe umgefahren hast.«

»Ich habe meine Lektion gelernt.« Er rieb die Beule an seinem Haaransatz.

»Ich werde mal nachsehen, was von meinem Mountainbike übrig ist.«

Sie sprang auf und half ihm auf die Beine.

»Wie lange machst du schon Bodybuilding?« fragte er.

Sie wandte sich um und rannte zu seinem Mountainbike. Er folgte ihr, leicht humpelnd wegen einer Hautabschürfung am linken Knie.

»Ist es ein Geheimnis?«

Sie zuckte mit den Schultern. »Du würdest mir sowieso nicht glauben.«

»Gib mir einen Tip.«

»Ich habe nie Bodybuilding gemacht.«

Er lachte.

»Ehrlich. Ich habe niemals ein Gewicht angerührt. Ich habe viel Fußball gespielt und Leichtathletik gemacht. Gewichte haben mich nie interessiert.«

Die Muskeln an ihren Armen und Beinen wirkten so geschmeidig, daß er unweigerlich an einen anmutigen Panther denken mußte. Ihre dunkle Mähne wippte im Takt ihrer Schritte, als säße sie auf federnden Gelenken.

»Keine Hanteln, meinst du?«

»Auch keine Maschinen.«

»Wow. Kaum zu glauben.«

»Was habe ich dir gesagt?«

Das Mountainbike war zehn Meter unter ihnen gegen eine Fichte geknallt. Mike sah, daß es den Sturz insgesamt recht gut überstanden hatte, aber das Vorderrad war gewellt wie Kartoffelchips. »Kannst du es reparieren?« fragte sie.

»Nicht hier. Es sei denn, ein freundlicher Bär leiht mir seine Werkbank und einen Satz neuer Speichen.«

»Was willst du machen?«

Er blickte den steilen Abhang hoch. »Zurücklaufen, schätze ich.«

»Aber du humpelst doch. Wie weit hast du es?«

»Fünfzehn Kilometer, vielleicht achtzehn. Ich bin in einem Camp in der Nähe von Longmire gestartet.«

»Du kommst besser in unser Camp mit. Es liegt nur fünf Kilometer von hier. Du kannst froh sein, wenn du es soweit schaffst, ohne daß dein Knie anschwillt und steif wird – sieht nach einer schlimmen Prellung aus.« Ihr Kopf reichte ihm nur bis ans Kinn, deswegen sah sie beim Sprechen zu ihm hoch. »Die Krankenschwester im Camp kann sich dein Knie ansehen, und danach kann ich dich und dein Mountainbike dort hinbringen, wo du eigentlich hinwolltest. Vielleicht sagt die Schwester, daß du sofort zu einem Arzt mußt.«

»Klingt vernünftig. Danke.« Die Kinder und Kaigani kamen den Abhang hinunter, um zu sehen, was vor sich ging. Es waren acht Kinder, fünf davon Mädchen. Sie betrachteten Mike und kicherten und redeten aufgeregt mit den Händen. Mike errötete und fuhr fort, sein Mountainbike zu inspizieren. Kaigani trat heran und stellte sich neben Ember. Groß und schlank, kupferfarbene Haut, graue Augen und schwarzglänzende, zu zwei langen Zöpfen geflochtene Haare.

»Mike, das ist meine Schwester, Kaigani.«

»Hi.« Er starrte sie an.

»Hallo.« Sie lächelte mit den Augen.

Ihre Schönheit warf ihn um. Er merkte, daß er den Atem anhielt, und zwang sich wegzusehen.

»Bist du soweit?« fragte Ember.

Er nickte.

»Hier, du kannst meinen Wanderstock haben, um dein Knie zu schonen«, sagte sie. »Ich nehme dein Fahrrad.«

»Du wirst es vorne hochhalten und es auf dem Hinterrad schieben müssen.«

»Kein Problem«, sagte sie und nahm das Mountainbike.

Ember und Mike begannen, den Abhang hinunterzusteigen, gefolgt von Kaigani und den Kindern. Als sie unten ankamen, wandten sie sich nach links und folgten dem Pfad, der durch das dichte Unterholz führte und sich später zwischen moosbewachsenen Hügeln und zerklüfteten Felswänden hindurchwand.

Nach einer halben Stunde erreichten sie eine kleine Lichtung, in der wilde Blaubeersträucher zwischen den Felsen wuchsen. Die Kinder rannten los, um die Beeren zu pflücken, die sie auf dem Hinweg drangelassen hatten. Mike ließ sich stöhnend auf einer flachen Felsplatte nieder. Ember lehnte das Mountainbike an eine Pinie und setzte sich neben ihn.

»Was macht das Knie?« fragte sie.

»Nun, den Stepptanzmarathon werde ich wohl absagen müssen«, sagte er und strich behutsam über das geschwollene Gelenk. »Aber ich werde es überleben.«

Kaigani kam zu ihnen, setzte sich neben Ember und stellte ihm in Zeichensprache dieselbe Frage. Er begann zu gestikulieren, daß es halb so schlimm sei.

»Du kannst ganz normal zu ihr sprechen«, sagte Ember. »Sie kann so gut von den Lippen lesen, daß man meint, sie könne einen hören.«

»In einigen Wochen wird es wie neu sein, und ich kann wieder von Tür zu Tür gehen und Springseile verkaufen.«

Kaigani lachte und sagte etwas in Zeichensprache.

»Sie sagte, sie sei froh, daß dir nichts Schlimmeres passiert ist«, erklärte Ember. »Es tut ihr leid um dein Mountainbike.«

Er sah die beiden jungen Frauen an.

»Ihr seht euch gar nicht ähnlich.«

»Ich wurde adoptiert«, sagte Ember.

»Zu welchem Stamm gehört ihr?«

Ember nickte in Richtung Kaigani. »Sie ist eine Quanoot.«

»Und du?«

»Adoptiert«, sagte sie leise.

Die Kinder kamen zurück, ihre Finger und Lippen waren blau verschmiert. Die beiden Schwestern erhoben sich.

»Na los«, sagte Ember. »Weiter geht's.«

Sie half ihm auf die Beine, dann gab sie ihm den Wanderstock. Erneut fiel ihm auf, wie warm ihre Hand war.

Sie hob das Vorderrad des Mountainbikes an, dann gingen sie weiter.

»Nur noch eine Frage«, sagte er. »Bist du bei den Quanoot in Sea Lion Cove oder auf Whaler Bay Island aufgewachsen?«

»Auf Whaler Bay. Wieso weißt du soviel über die Quanoot?«

»Ich werde im Herbst am Whaler Bay Community College Englisch und Kommunikationswissenschaften unterrichten.«

»Wirklich?«

»Yeah. Ich habe mich im Internet mit der Quanoot-Geschichte vertraut gemacht.«

»Dann weißt du wahrscheinlich mehr über die Quanoot als die meisten von uns. Zumindest mehr als die in meinem Alter.«

»Wie alt bist du?«

»Das sind schon zwei Fragen«, sagte sie und lachte. »Ich bin gerade achtzehn geworden. Und du?«

»Dreiundzwanzig.«

»Aus welchem Teil des Südens kommst du?«
»Das kannst du hören? Aus Süd-Boston.«
»Boston?«
»War nur ein Witz. Ich habe die letzten Jahre in Boston gearbeitet. Ich stamme aus Charlottesville, Virginia.«
»Wo wirst du auf Whaler Bay wohnen?«
»Weiß ich noch nicht. Ich habe den ganzen Sommer in den Nationalparks kampiert und werde bis Ende August hier draußen bleiben.«
»Nun, die Wohnheime der Fakultät sind echt häßlich. Sehen wie Schuhkartons aus. Du solltest dir auf der Westseite der Insel ein kleines Haus mieten. Dort leben die Lachsfischer, ist am weitesten von der Stadt entfernt. Die Ostseite ist viel entwickelter und viel voller; die meisten sind Baumfällerfamilien, deswegen sind die Berge im Osten schon ziemlich kahl. Dort gibt es kaum noch hohe Bäume.«
»Danke für den Tip. Ich werde es mir ansehen.«
Einige Minuten gingen sie schweigend nebeneinander her.
»Vielleicht vermietet dir mein Vater sogar seine Jagdhütte.«
Er zog die Augenbrauen hoch. »Yeah?«
»Mein Vater hat eine Sommerhütte, die einiger Reparaturen bedarf, aber die Umgebung ist atemberaubend. Die Hütte steht auf einem Hügel direkt über der West Bay. Von der Veranda kann man Wale sehen. Und ein Stück hinter der Hütte fließt der Otter Creek, ungefähr einen halben Kilometer unter dem Otter-Wasserfall.«
Er pfiff anerkennend. »Hört sich ideal an. Klingt wie ein wahrgewordener Traum.«
»Ich werde ihn fragen«, sagte sie. »Ab Herbst werde ich auf dein College gehen.«
»Hey, das ist toll. Vielleicht kommst du in einen meiner Kurse. Ist sogar sehr wahrscheinlich – Englisch ist Pflichtfach, und außer mir unterrichten es nur zwei andere Kollegen.«
Sein Knie schmerzte immer stärker. Ember winkte ihre Schwester heran; Kaigani eilte zu ihr und nahm ihr das Mountainbike ab.

»Komm, leg den Arm um meine Schulter«, sagte Ember. »Wir haben noch anderthalb Kilometer vor uns.«

»Danke, es pocht jetzt echt doll.« Er legte den linken Arm um ihre Schultern, und sofort kam er sich vor, als würde er sich auf einen Baumstamm stützen. Ihr rechter Arm umschlang seine Hüfte. Die Wärme kam nicht nur aus ihren Händen; ihr ganzer Körper war heiß, als hätte sie Fieber.

»Dir wird im Winter bestimmt nie kalt, was?«

»Nein.«

»Bist du jemals erkältet?«

»Ein-, zweimal.«

»Pro Winter?«

»In meinem Leben.«

»Ha. Ich glaube dir«, sagte er. »Und das mit dem Bodybuilding auch.«

Sie gingen um eine Biegung, und zwischen den Bäumen kam ein silbern schimmernder See in Sicht. Sie verließen den Weg und bogen in einen kleineren Trampelpfad ein, der durch das Unterholz zum Wasser führte.

Plötzlich gab sein Knie nach. Sie fing ihn auf und hielt sein Gewicht mit dem Arm, den sie um seine Hüfte geschlungen hatte. Wieder spürte er ein elektrisches Kribbeln auf sich überspringen, und diesmal war er sich nicht mehr sicher, ob es wirklich eine statische Ladung war.

20

Mike und Ember saßen auf dem Platz der Ersten Amerikaner im Gras unter einem riesigen Zedernbaum, umgeben von den Unterrichtsgebäuden und der Bibliothek des Whaler Bay Community College. Im Zentrum des Platzes stand ein Replikat eines zweihundert Jahre alten Quanoot-Totempfahls, der aus einem einzigen Zedernstamm geschnitzt war. Die Spitze krönte ein Rabe, der auf einem Biber, einem Hai, einem Killerwal, einem

Otter und einem Bär saß – in traditionellem Rot, Weiß und Schwarz angemalte Clanzeichen. In der Nähe hockte eine grauhaarige Frau auf einer Wolldecke. Sie trug ein langes Kleid aus zerstampfter und geflochtener Zedernrinde; in ihrem Schoß lag ein kleiner Webstuhl. Eine Zuschauergruppe sah zu, wie sie Zedernrinde und Ziegenhaar zu einem Tuch verwob. Eine andere Gruppe saß vor zwei Musikern, die Gitarre und eine Bambusflöte spielten, während auf den pentagrammartig angeordneten Asphaltwegen Studenten und Dozenten vorbeischlenderten.

»Ich möchte deinem Vater etwas schenken, weil er mich zum Fischen mitgenommen hat«, sagte Mike. Er nahm zwei eingepackte Sandwiches und eine kleine Packung Milch aus einer braunen Papiertüte. »Ich habe ihm gesagt, wieviel es mir bedeutet, daß ich mit ihm mitfahren durfte.«

Ember aß einen Apfel. Sie trug eine kurzärmelige Baumwollbluse mit bunten Perlenstickereien, kurze Jeans und Sandalen. Mike wettete, daß sie die einzige auf dem Campus war, die an diesem kühlen Oktobernachmittag so dünn angezogen war. Er trug einen pflaumenfarbenen Wollpullover über einem blauen Oxfordhemd, schwarze Jeans und schwarze Wanderstiefel.

»Er mag dich sehr«, sagte sie. »Er meinte, du hättest schwer gearbeitet und dich wie ein Quanoot angestellt.«

Er lächelte. »Er nennt mich Jagdaw – was heißt das?«

»›Langer Fisch‹ – ist ein Spitzname für jemanden, der groß ist. So wie wenn man jemanden ›Langer‹ nennt.«

Er faltete die Papiertüte zusammen und schob sie in die Gesäßtasche seiner Jeans. Die farbenprächtigen Perlenstickereien auf Embers Bluse glitzerten in der Sonne; der bernsteinfarbene Stoff unterstrich den Farbton ihrer Haut.

»Übrigens, deine Bluse sieht toll aus. Kaigani hat sie genäht?«

Sie nickte. »Sie wird immer besser. Ich sage ihr ständig, daß sie versuchen soll, die Sachen professionell zu vermarkten.«

»Sie hat wirklich das Auge eines Künstlers, das Regenbogenauge.« Er öffnete die Milchtüte und trank einen Schluck. »Wußtest du, daß das Wort *Iris*, der farbige Teil des Auges, von Iris, der griechischen Regenbogengöttin, kommt?«

»Das ist hübsch. Das Quanoot-Wort dafür ist *laa*sheh.*« Zwischen den Silben schnalzte sie mit der Zunge. »Es bedeutet ›kleiner Sonnenuntergang‹. Derselbe Gedanke – viele Farben.«

»Laasheh?«

»*Laa*sheh.* Du mußt mit der Zunge schnalzen.«

»*Laa*sheh*«, sprach er ihr nach. »*Laa*sheh.* Ist nicht einfach.«

Sie kicherte. »Hör dir das an.« Sie sang eine Melodie mit zwei Dutzend Wörtern, die einzig aus verschiedenen Schnalz- und Prustlauten zu bestehen schienen.

»Wow. Hört sich toll an.«

»Ist ein Quanoot-Zungenbrecher, ein Schlaflied. Hat mich fünf Jahre und eine Sprachtherapeutin gekostet, um das zu lernen.«

»Singe es noch mal.«

Er lauschte dem Lied und packte währenddessen ein Erdnußbuttersandwich aus, biß ein Stück ab und spülte es mit einem Schluck Milch hinunter.

»Das würde ich gerne aufnehmen.«

»Meine Mutter sagt, es sei uralt.«

»Ich habe gelesen, daß die Ureinwohner der Nordwestküste Hunderte verschiedener Sprachen hatten, mehr als alle Länder Europas zusammen, und daß sich diese Sprachen stärker voneinander unterschieden als die europäischen.«

Sie nickte. »Habe ich auch gelesen. Die Stämme verständigten sich aber in einer Sprache, die auf dem Chinook-Dialekt aufbaute.«

»Ich kann mir lebhaft vorstellen, wie auf den Inseln die Mamis ihren Babys das kleine Liedchen vorsangen, lange bevor die Weißen kamen.«

Er spülte einen weiteren Bissen seines Erdnußbuttersandwichs mit einem Schluck Milch hinunter.

»Möchtest du eins?« fragte er und hielt das eingepackte Sandwich hoch.

»Ich? Erdnußbutter?« Sie zeigte das Taubstummenzeichen für Erbrechen: den Unterarm hochreißen und nach vorne fallen lassen.

Er lachte.

»Ich liebe Zeichensprache«, sagte er, »die Tatsache, daß sie nonverbal ist. Sie ähnelt dem geschriebenen Chinesisch, alles Piktogramme.«

»Piktogramme?«

»Bildworte. Zum Beispiel besteht das Piktogramm für Tugend, *teh*, aus den Symbolen für *Straße*, *Auge* und *Herz* – die Tugend ist der Weg, mit dem Herz zu sehen, statt nur mit den Augen. All das wird mit wenigen Strichen auf einem Blatt Papier ausgedrückt.«

»Kannst du Chinesisch lesen?«

»Ha. Schön wär's.«

Sie beendeten ihre Mahlzeit, und Mike warf den Rest seines zweiten Sandwiches einem zahmen Eichhörnchen zu, das mit seiner Beute über den Rasen flitzte und eine Pinie hochrannte.

»Hoffentlich hat es ein bißchen Milch im Baum, um das Zeug runterzubekommen«, sagte Mike. Einen Moment später ließ das Eichhörnchen das Sandwich fallen, und es plumpste zwischen den überall verstreuten Pinienzapfen ins Gras.

»Siehst du?« sagte Ember. »Erdnußbutter ist eklig.«

Plötzlich gefror das Lächeln auf ihren Lippen. Mike drehte sich um und sah einen großen jungen Mann mit Aknenarben im Gesicht quer über den Platz auf sie zukommen. Er trug ein Bündel in den Armen.

»Ärger?« fragte Mike und setzte sich auf.

Sie holte tief Luft und nickte.

»Wer ist der Kerl?«

»Tom Luc.«

»Ein Exfreund?«

»Wohl kaum.« Ihr Körper straffte sich.

Tom kniete vor ihr im Gras nieder, einen demütigen Ausdruck im Gesicht, und breitete auf dem Boden ein riesiges Wildblumenbouquet aus.

»Vergib mir, Sisiutlqua«, sagte er und verneigte sich. »Ich wußte nicht, daß die Legenden wahr sind. Ich bin dankbar, daß ich erfahren habe, wer du bist, selbst wenn es durch eine schreckliche Sünde geschah – und durch deine Gnade.«

»Steh auf, Tom«, sagte Ember und sah sich unbehaglich um. Leute waren stehengeblieben und betrachteten die Szene.

Er richtete den Oberkörper auf.

»Ich rauche nicht mehr, trinke nicht mehr und treibe mich nicht mehr auf Parties herum. Sage mir, was ich als nächstes tun soll.«

»Das freut mich für dich, aber laß mich bitte in Ruhe.«

»Bobby und ich erzählen jedem von dir. Auch ihm ist klargeworden, wer du bist.«

»Ich bin nicht Sisiutlqua«, sagte sie ärgerlich flüsternd.

»Jeden Abend bei Sonnenuntergang halten wir auf dem Vogelfelsen eine *Tsuka* ab. Wir sind inzwischen mehr als ein Dutzend Leute, und die anderen haben mich zu dir geschickt, um dich zu bitten, hinzukommen und uns zu segnen.«

»Aber ...«

»Bitte, komme heute abend und berühre uns. Einige der Leute sind sehr krank.«

»Verdammt noch mal, ich bin nicht Sisiutlqua. Was ist aus Gigger geworden?«

Tom sah sie flehend an. »Verzeih mir meine Grausamkeit. Ich war blind, und ich schäme mich dafür. Aber ich bin jetzt bereit, gemäß dem Quanoot-cha zu leben. Ich glaube jetzt daran. Du bist zu uns gekommen, weil wir dich so dringend brauchen.«

»Tom, ich weiß, daß du es ehrlich meinst«, entgegnete sie. »Aber es stimmt, wenn ich sage, ich sei nicht Sisiutlqua ... Ich bin's einfach nicht. Ich weiß nicht, was ich noch sagen soll ...«

»Aber ich habe dein Licht gespürt. Ich habe es gesehen. Ich lag im Sterben. Ich sank aus meinem Körper in einen schwarzen Strudel, und dann erstrahlte dein Licht, wie ein weißes Band, und fing meine Seele ein und führte sie in meinen Körper zurück.«

Mike sah mit großen Augen von Tom zu Ember. Mehr Schaulustige strömten heran.

Ember schloß die Augen und schüttelte den Kopf.

Tom fing leise zu weinen an. »Bitte. Mein ganzes verpfuschtes Leben lang wurde ich gedemütigt und habe andere gedemütigt. Das alles möchte ich ändern, ich möchte mein Leben ändern. Komm zur *Tsuka* ... Bitte!«

Ember sah ihn nicht an. »Ich kann nicht, denn du hast dir die falsche Person ausgesucht. Ich verstehe selbst nicht, was ich getan habe, oder wie ich es getan habe. Aber«, sie seufzte, »wie kann ich Sisiutlqua sein? Ich bin nicht mal eine Quanoot. Schau mich an, und du siehst es. Sage den anderen, was ich dir gesagt habe. Es tut mir leid.«

»Du kannst deine Magie nicht verbergen«, sagte Tom. »Großmutter Kynaka hat uns erzählt, daß Old Man euch besucht hat, als du ein Baby warst. Ich glaube, er wußte, daß du eine große Seelenfängerin werden würdest.« Wieder verneigte er sich. »Du wirst zu uns kommen, wenn dein Quanoot-cha rein genug ist.«

Er stand schnell auf, schob sich durch die ihm nachstarrenden Schaulustigen und überquerte eilig den Platz. Als er außer Sicht war, drehte sich die Menge um und starrte Ember an.

Mike nahm ihren Rucksack. »Komm, laß uns verschwinden.«

Er führte sie über den Asphaltweg zum Gebäude für Geisteswissenschaften.

In seinem Büro warf sie sich auf die durchgesessene orange Couch und starrte mit verschränkten Armen an die Wand. Er setzte sich neben sie.

»Möchtest du darüber sprechen?«

Sie schüttelte den Kopf und biß sich auf die Unterlippe.

»Möchtest du ein Glas Wasser?«

Sie nickte.

Er kam mit einem Kaffeebecher voll kaltem Wasser zurück.

Ihr Gesicht war in ihren Händen vergraben, ihre Schultern zitterten. Mike hatte den Drang, sie in die Arme zu nehmen, sie zu trösten und ihr zu sagen, wie sehr er sie mochte. Statt dessen holte er eine Packung Taschentücher, dann setzte er sich auf den Boden und wartete.

Sie hörte auf zu weinen und sah ihn unsicher lächelnd an. »Tut mir leid«, sagte sie und rieb sich die Augen.

»Schon gut. Was sollte das alles?«

»Er hält mich für jemand anderes.«

»Habe ich gehört. Wer ist Sisiutlqua? Wie auch immer man das ausspricht.«

»Können wir wieder rausgehen? Hier drinnen bekomme ich keine Luft, ich muß mich bewegen.«

Wenig später schlenderten sie den Joggingpfad entlang, der quer durch den Campuspark zu einem Ententeich führte. Läufer passierten sie in beiden Richtungen.

»Was war das für ein ›Band aus Licht‹?«

»Wäre es dir recht, wenn wir nicht darüber sprächen?«

»Sicher, was immer du . . .«

Ein Läufer mit einem V-förmigen Oberkörper schloß zu Ember auf und lief auf der Stelle joggend neben ihr her.

»Hi, Ember, machst du wieder bei den Leichtathleten mit?«

»Dieses Jahr nicht.«

»Keine Konkurrenz?«

»Keine Zeit.«

»Schade. Du bist unsere einzige Hoffnung.«

»Du warst nicht schlecht letzte Saison.«

»Schon, aber du warst die Nummer eins, die, die es zu schlagen galt.« Er lächelte mit perfekten, perlweißen Zähnen. »Bis bald.« Er winkte und rannte weiter und verschwand hinter der nächsten Biegung.

»Der Typ war mein einziger Freund in der Mannschaft.«

Einen Moment später sagte sie: »Weißt du, warum?«

»Warum was?«

»Warum Frank mein einziger Freund war? Ich glaube, er ist schwul.«

»Deswegen muß er dir seine Männlichkeit nicht beweisen.«

»Das wird's sein.«

Am Ententeich machte sich eine Frau auf den Heimweg und gab ihnen ihre Tüte mit trockenem Brot. Sie brachen einige Krumen ab und warfen sie den Enten zu, die laut quakend herangepaddelt kamen und die Leckerbissen eilig aus dem Wasser pickten. Mike und Ember lachten, als eine kleine Ente unter den Hälsen der größeren hinwegtauchte und ihnen einen Bissen nach dem anderen wegzuschnappen begann. Schließlich verjagte ein großer weißer Enterich das kleine Tier, indem er an dessen Schwanzfedern zog und es mit dem Schnabel wegstupste.

Ember legte sich ins Gras und schob die Hände hinter den Kopf; ihre Haare verteilten sich über ihre muskulösen Oberarme. Mike sah besorgt zu ihr hinüber, dann warf er der kleinen Ente wieder ein paar Brotkrümel zu. »Süß, der kleine Kerl hier.«

»Mike, es ist unglaublich, was du alles weißt.«

»Zu wissen *scheine*. Laß dich davon nicht blenden.«

»Du weißt aber wirklich eine Menge.«

Er schüttelte den Kopf. »Ich lese zuviel. Und ich bin mit dem zweifelhaften Talent gesegnet, mir praktisch alle Fakten merken zu können, die ich lese. Aber sich tonnenweise mit Information vollzuschütten – was bringt das schon? Das ergibt noch lange kein wirkliches Wissen.«

»Was ist wirkliches Wissen?«

»Etwas von Grund auf begreifen. Oder wenigstens praktisches Wissen, so wie die Fertigkeiten deines Vaters beim Fischfang. Er ist der Beste.«

Er legte sich neben sie, den Kopf auf eine Hand gestützt.

»Dazu fällt mir ein Cartoon ein«, sagte er. »Ein Patient liegt auf einer Couch und sagt dem Psychiater: ›Im wirklichen Leben bin ich Englischlehrer.‹ Der Psychiater entgegnet: ›Was ist so wirklich daran, Englischlehrer zu sein?‹«

»Du warst bestimmt ein ausgezeichneter Schüler. Wann war der Krieg von 1812?«

Er lachte.

»Oh.« Sie rollte mit den Augen. »Das war blöd. Siehst du, das bin ich. Ich wollte nicht mal lustig sein. Na gut, dann also der Erste Weltkrieg . . .«

»Wart mal . . . Der Kongreß erklärte Deutschland am sechsten April 1917 den Krieg. Am elften November 1918 unterzeichnete Deutschland den Waffenstillstand. Die deutsche Flotte kapitulierte vor der britischen am einundzwanzigsten November, die letzten deutschen Bodentruppen kapitulierten am fünfundzwanzigsten November in Ostafrika.«

»Siehst du, du bist ein wandelndes Lexikon.«

»Ich habe eine Art Gedächtnis, das man eidetische Vorstellung nennt. Jedes Bild, das ich sehe, und jedes Wort, das ich lese, bleibt unauslöschlich in meinem Gedächtnis haften. Manchmal kann ich sogar im Geist noch mal eine Seite nachlesen. Es ist so, als würde ich sie vor mir sehen. Genau das habe ich gerade getan; ich habe in meinem Gedächtnis gesucht und die Daten schwarz auf weiß gedruckt gesehen.«

»Was ist so schlecht daran?«

Er zuckte mit den Schultern. »Ach, ich weiß nicht . . .«

»Du sagtest, es sei ein zweifelhaftes Talent.«

Er setzte sich auf und warf den Enten die letzten Brotkrumen zu. »Ich bin ein Alleswisser«, sagte er. »Du hast es ja gehört. Mein Vater ist genauso, und meine drei älteren Brüder auch. Sie alle scheinen rundum glücklich zu sein – drei von ihnen sind Ärzte, einer ein Jurist. Ich aber mag es nicht, in meinem Kopf gefangen zu sein, und genau das ist die ganze Zeit der Fall. Ich bin in einem Wirrwarr aus Fakten und Abstraktionen gefangen.«

»Und du wärst lieber jemand, der die Dinge am eigenen Leib erfährt, als nur über sie zu lesen.«

»Du sagst es.«

»Und deswegen jagst du wie ein Wahnsinniger die Berge rauf und runter.«

Ein Lächeln legte sich über sein Gesicht. »Du würdest einen guten Psychologen abgeben.«

»Weißt du, was meine Mutter immer sagt? Man muß sein, was man ist.«

»Klingt gut – theoretisch.«

»Ich weiß . . . es ist schwierig.«

In der Ferne ertönte die Sirene zur nächsten Stunde. Ember setzte sich auf. Sie schien etwas sagen zu wollen.

»Was?« fragte er.

Sie seufzte. »Schon gut. Ich muß in meinen Kurs.« Sie nahm ihren Rucksack.

»Hey.« Er berührte ihre Hand. »Du kannst mir vertrauen.«

Sie sah ihm in die Augen. »Sehe ich für dich wie eine Ureinwohnerin Amerikas aus?«

»Nein«, sagte er. »Du hast die hohen Wangenknochen, aber das ist alles.«

»Hast du jemals jemanden gesehen, der wie ich aussieht?«
»Nein.«
»Nicht mal auf Fotos?«
Er schüttelte den Kopf.
»Zu welcher Rasse gehöre ich deiner Meinung nach?«
»Das frage ich mich, seit ich dich zum ersten Mal gesehen habe.«
Ihre Schultern sanken herab. »Jeder fragt sich das«, sagte sie. »Ich bin ein lebendes genetisches Mysterium.«
»Ich finde, du siehst faszinierend aus.«
Sie wandte das Gesicht ab. »Ich sollte Eintritt verlangen.«
»Tut mir leid. Geht wahrscheinlich ziemlich auf die Nerven.«
»Kann man wohl sagen. Ständig starren mich Leute an und tuscheln leise, aber nur Kinder sind offen genug, um auszusprechen, was sie denken – ›Mami, ist das ein *Tier* oder ein Mensch?‹« Ihre großen grünen Augen glänzten feucht. »Ich habe davon schon lange genug, aber es wird immer weitergehen, mein ganzes Leben lang.«
Er schwieg. Wieder wollte er den Arm um sie legen und sie an sich ziehen, aber er tat es nicht. Schließlich sagte er: »Muß verdammt einsam sein.«
»So schlimm ist es auch wieder nicht . . . Ich habe Kaigani und meine Mutter und meinen Vater – und die Natur.« Sie deutete auf den Ententeich.
»Aber wer sind deine richtigen Eltern?«
»Keine Ahnung. Ich gehöre zu einer Rasse, die nur ich gesehen habe.«
»Du hast sie gesehen? Wo?«
Sie zögerte. »Sie sind golden, wie ich.«
»Wo?«
»In meinen Träumen . . . und Visionen.« Sie beobachtete seine Reaktion.
»Keine Sorge, ich glaube dir.«
»Ich muß jetzt wirklich in meinen Kurs.« Sie stand auf und schlang sich ihren Rucksack auf den Rücken. Er stand ebenfalls auf.

»Danke für deine Gesellschaft«, sagte sie. »Dein Kurs war heute echt gut.«

»Du magst Kazantzakis?«

»Ich mag Zorba.«

Er nickte. »Ich auch. Er ist eine Art Held für mich«, sagte er. »Was hast du als nächstes?«

»Sport. Wo mich alle Jungen hassen, weil ich zu . . . was auch immer . . . und die Frauen fürchten, ich sei ein lesbischer Mutant. Ich habe die halbe Umkleidekabine für mich allein.« Ihre Lippen lächelten, ihre Augen nicht. »Tschüs.« Sie winkte ihm zu und wandte sich um.

»Ember, warte.« Er hielt sie am Arm fest, und sie sah zu ihm zurück. Die Nachmittagssonne schien auf ihr Gesicht. Sein Herz klopfte schneller. »Hättest du Lust, mit mir auszugehen?«

»Ausgehen?«

»Hast du noch nicht davon gehört? Leute treffen sich, gehen essen, reden miteinander, sehen sich einen Film an . . .« Er verschränkte seine langen Arme und zwang sich zu einem Lächeln. »Nun, wahrscheinlich kennen wir uns dafür noch nicht gut genug . . .«

»Nein, das ist es nicht. Ich mag dich. Sogar sehr. Genau gesagt überlege ich die ganze Zeit, wie ich dich mit Kaigani zusammenbringen kann.«

»Mit Kaigani?«

»Sie kann perfekt von den Lippen lesen. Und ich könnte anfangs dabeisein und für sie übersetzen. Du wirst die Zeichen schnell gelernt haben. Es ist leicht.«

»Aber . . .«

»Schau, ich will Kaigani schon lange verkuppeln, aber ich habe noch keinen passenden Kandidaten gefunden. Sie ist eine wundervolle Frau: Sie ist lustig, liebenswert, klug, schön . . .«

»Sie ist zu schön.«

»Oh. Aber ich wäre dir recht?«

»So meine ich das nicht. Ich finde, du siehst . . .«

». . . faszinierend aus. Das sagtest du bereits.«

Er seufzte. »Was ich meine, ist, ich *mag*, wie du aussiehst. Ich finde es toll. Frauen, die wie Barbiepuppen aussehen, haben mich nie gereizt. Deine Schönheit ist . . . einzigartig.«

»Gibt ja auch nicht viele Frauen mit einem Fell.«

»Na und?« sagte er. »Ist doch egal. Sieh mich an – nur Arme und Beine – nicht gerade ein perfektes Exemplar männlicher Herrlichkeit, oder?«

»Du hast tolle Augen und ein schönes Lächeln.«

»Yeah, nun«, er errötete, »außerdem bin ich schüchtern. Und Kaigani – sie ist perfekt. Ich meine, sie ist *die* Verkörperung weiblicher Schönheit.«

»Du hast ja noch gar nichts gesehen. Warte mal ab, bis du sie im Abendkleid mit offenen Haaren siehst.«

»Ember, ich möchte aber lieber mit *dir* ausgehen.«

Sie sah weg, und einen Moment lang schien ihr Blick den Wolken über dem Ententeich zu folgen.

»Ich durchlebe im Augenblick eine sehr schwierige Phase«, sagte sie. »Manchmal fühlt es sich an, als würde ein Erdbeben mein inneres Gleichgewicht erschüttern. Manchmal glaube ich, ich werde verrückt.«

»Das Zeug über Sisiutlqua?«

»Hör zu, zufällig weiß ich, daß Kaigani dich süß und sexy findet.«

»Hat sie dir das gesagt?«

»Weißt du noch, wie die Kinder gekichert haben, damals auf dem Pfad? Sie haben von Anfang an darüber getuschelt.«

»Ah. Der Geheime Handcode.«

»Und ich könnte mitkommen, zum Beispiel auf eine Party. Kaigani und ich stehen einander sehr nahe. Ich konnte eine Weile übersetzen, bis ihr euch besser unterhalten könnt.«

Er schwieg.

»Sie ist nicht nur wunderschön, Mike, sie ist der netteste Mensch, den ich je gekannt habe. Außerdem ist sie eine Poetin – du solltest ihre Gedichte lesen.«

»Tatsächlich?«

Die Sirene ertönte zum zweiten Mal. Sie kamen beide zu spät.

»Denk drüber nach«, sagte sie. »Ich muß mich beeilen.« Sie

wandte sich um und begann, den Pfad Richtung Sporthalle hinunterzujoggen. Der Rucksack wippte auf und ab, und sie zog die Riemen fester, dann brach sie in einen Sprint aus.

Er rief: »Na schön – wenn sie es möchte.«

Ember machte das Daumen-hoch-Zeichen, ohne den Kopf zu wenden. Er sah ihr nach, wie sie in vollem Tempo davonpreschte, bis sie hinter einer Gruppe gelber Zedern verschwand.

Kräftig und anmutig. Sie schien tatsächlich halb Tier, halb Mensch zu sein.

21

Neben Mike, Ember und Kaigani befanden sich noch etwa einhundert Gäste auf der Potlatch-Hochzeit; trotzdem war das Langhaus nicht überfüllt. Das aus breiten Zedernholzplanken gefertigte Gebäude war ein Musterbeispiel voreuropäischer Architektur der Nordwestküste; es diente als Gemeindezentrum für traditionelle Quanoot-Zeremonien.

Das Innere bestand aus einem einzigen, rechteckigen Raum. In jeder Ecke erhob sich ein kunstvoll geschnitzter Zedernpfeiler, der die Querbalken unterstützte, die das gegiebelte Dach einen halben Meter über die Oberkante der Außenwände hoben. An den Balken hingen flackernde Öllampen, und in der Feuerstelle in der Mitte des Raumes knackten und knisterten brennende Holzscheite; der aufsteigende Rauch zog durch die Deckenöffnung in die schiefergraue Herbstdämmerung hinaus. Entlang der Wände verliefen niedrige Sitzbänke, so daß die Mitte des Raumes genügend Platz für Tänze und Zeremonien an der Feuerstelle bot. Auf dem Plankenboden lagen Matten aus geflochtener Zedernrinde.

Eine buntbemalte Killerwalschnitzerei schmückte die linke Wand; von der gegenüberliegenden Wand starrte ein Biber mit hervorstehenden Hasenzähnen in den Raum. Gegenüber dem nur etwa einen Meter hohen Eingang thronte auf einem Totempfahl ein Donnervogel mit ausgebreiteten Flügeln. Um den Fuß des Totempfahls waren Geschenke aufgestapelt, wie Pakete unter einem Weihnachtsbaum. Die danebenstehenden Tische waren mit vielerlei verschiedenen Speisen beladen.

Mike und die beiden Schwestern saßen auf einer der Bänke.

»Mach es ihm vor, Ember«, zeigte Kaigani.

Ember drehte den Kopf zur Seite und schnupperte diskret in der Luft. »Der Typ mit dem Schnauzbart.« Sie nickte in Richtung eines etwa zwanzigjährigen Mannes, den Mike des öfteren auf dem Campus selbstgefertigten Schmuck hatte verkaufen sehen. Sein Gesicht hatte die klassischen Indianermerkmale, aber er hatte hellbraune Haare und dunkelblaue Augen. »Er hat ein oder zwei Joints in der Jeans, wahrscheinlich in der linken Gesäßtasche. Riecht angebrannt, also hat er schon einen Teil geraucht.«

»Unglaublich«, sagte Mike. »Das kannst du von hier aus riechen?«

Ein Paar in mittlerem Alter schlenderte händchenhaltend vorbei. Er trug Jeans, eine Jeansjacke und Cowboystiefel, sie eine traditionelle blaue Wollrobe, die mit Hunderten in geometrischen Formen aufgenähten Knöpfen verziert war.

»Er raucht Tabak«, sagte Ember. »Beide tun es. Sie haben Bier getrunken. Und sie haben heute abend miteinander geschlafen.«

»Meinst du das ernst?« Mike sah Ember und Kaigani an, dann lachte er. »Ihr beide nehmt mich auf den Arm.« Kaigani lachte, schüttelte aber den Kopf und machte das Kreuzzeichen.

»Weißt du noch, als ich vorhin Linda umarmte?« fragte Ember. »Sie ist schwanger.«

»Ach, komm. Woher willst du das wissen?«

»Ihre Brüste, ihre Haut, da ist ein bestimmter Duft . . . ich kann es nicht erklären. Ich habe es im Kopf wie ein Geruchsbild . . . falls das irgendeinen Sinn ergibt.«

Mike nickte langsam. »Ich hatte keine Ahnung, daß . . .«

Knochenstöcke wurden auf eine Holztrommel geschlagen, um den Beginn eines zeremoniellen Tanzes zu verkünden. Die drei Freunde blickten durch den großen Raum, um zu sehen, woher der Rhythmus kam.

»Es fängt an«, sagte Ember.

Braut und Bräutigam standen in der Mitte des Langhauses, bekleidet mit ärmellosen, knielangen Wollüberkleidern, seine rot, ihre blau. An ihren nackten Beinen trugen sie Knöchelbänder aus weißem, gekämmtem Hundefell. Sein Überkleid war mit Dutzenden horizontalen Streifen aus hauchdünn gehämmertem Kupfer besetzt, und auf dem Kopf trug er eine Wollkrone, in deren Mitte ein Büschel aus Schneeulenfedern thronte. Das Überkleid der Braut war mit langen Reihen aus weißen, röhrenförmigen Muscheln geschmückt, die vor den Inseln seit Jahrhunderten aus dem Meer geerntet wurden und früher von den Indianerstämmen bis weit in die westlichen Ebenen als gültiges Zahlungsmittel benutzt worden waren. Sie trug einen jahrhundertealten Muschelkopfschmuck, der wie ein Helm auf ihrem Haupt saß. An der Rückseite hingen unzählige Lederbänder, abwechselnd mit Muscheln und den buntschimmernden Glasperlen besetzt, mit denen die Briten die Seeotterpelze bezahlt hatten.

Sechs Tänzer in Dämonenkostümen umkreisten die Brautleute, schädelförmige Rasseln schüttelnd und furchterregendes Kriegsgeheul ausstoßend. Einer der Tänzer trug eine bemalte, hölzerne Geistermaske, unter deren heruntergeklappter Kieferpartie eine zweite Maske zu erkennen war, die die Zunge rausstreckte. Der Bräutigam begann, mit einem Ebenholzbogen unsichtbare Pfeile auf die Angreifer zu schießen, und einer nach dem anderen ging zu Boden. Die Hochzeitsgäste johlten.

Dann wurde das Brautpaar von einer zweiten Gruppe von Tänzern mit Lachs-, Bären- und Killerwalmasken auf den Gesichtern umkreist, und der Bräutigam erlegte sie mit Harpunen und Lanzen, und sie legten sich in einer Reihe hinter die Braut, um für das Festmahl zubereitet zu werden. Wieder johlten die Gäste.

Abschließend tanzte ein als Frau verkleideter Mann mit riesigen Brüsten und ausladenden Hüften um den Bräutigam herum und versuchte, ihn von seiner Verlobten fortzulocken.

Ember lachte. »Das ist Mr. Kent.«

Der Bräutigam hob ein am Boden liegendes Kanupaddel auf

und schlug damit der vermeintlichen Frau auf den Po, dann riß er ihr die Perücke vom Kopf; darunter kam der Highschooldirektor zum Vorschein. Die Gäste lachten und applaudierten.

»Hab' mich getäuscht«, sagte Kaigani. »Ich dachte, es sei ihr Vater.«

»Mr. Kents schreckliches Rasierwasser.«

Mike bemerkte drei Paare, die am anderen Ende des Raumes standen und Ember tuschelnd anstarrten. Ember mußte es ebenfalls bemerkt haben, denn sie drehte sich von ihnen weg, und er sah die Muskeln an ihrem Unterkiefer hervortreten. Ihm schien, als hätte er dieses schamlose Starren in den letzten Wochen immer öfter bemerkt. *Haben diese Leute in achtzehn Jahren nicht genug gestarrt? Wieso können sie sie nicht einfach in Ruhe lassen?* Er sah herausfordernd zu ihnen hinüber. Sie sahen weg, plötzlich mit Dingen beschäftigt, die in ihrem Teil des Raumes vor sich gingen. Ember berührte seine Hand und zuckte mit den Schultern. »Ignoriere sie einfach«, sagte sie.

Mike lächelte sie an. »Dein Geruchsinn ist wirklich phänomenal. Ich kann es noch immer nicht fassen.«

Er erzählte ihr, was er über die anatomischen Aspekte des Riechens wußte. Nur der Geruchs- und Geschmackssinn werden nahe dem Hirnzentrum verarbeitet, dort wo auch der Emotionsbereich sitzt. Die Hirnbereiche für Hören, Sehen und Tastempfindungen liegen darüber, und von allen Sinnen ruft der Geruchssinn die stärksten Gefühle und Erinnerungen hervor.

»Deswegen deutet alles darauf hin, daß der Geruchs- und Geschmackssinn die am frühesten entwickelten Sinne waren«, sagte er, »evolutionsmäßig betrachtet.«

»Und was willst du damit sagen?« fragte Ember. »Daß ich eine Primitive bin?«

»Nein, nur daß wir alle ständig von Düften beeinflußt werden, stärker als wir glauben«, sagte er. »Wir nehmen es nicht bewußt wahr, aber es beeinflußt unser Verhalten. Es ist zum Beispiel bewiesen, daß Frauen, die zusammenwohnen, denselben Menstruationszyklus haben, weil sie die sexuellen Duftstoffe der anderen riechen.«

Ember und Kaigani sahen einander an, und Kaigani lächelte flüchtig.

»Schau, die Hypophyse – die Hirnanhangdrüse, die alle anderen hormonausschüttenden Drüsen steuert – befindet sich im selben Hirnbereich, der auch für Emotionen und Gerüche zuständig ist. Das sagt doch alles über die Macht von Gerüchen über Körper und Seele.«

»Mutter hat mir erzählt, daß sie sich, wenn Dad frühmorgens fischen gegangen ist, auf seine Bettseite rollt, um sich in seinen Duft zu kuscheln«, sagte Kaigani.

»Man hat Studien mit Salamanderembryos durchgeführt«, sagte Mike. »Wenn man die Zellklumpen, aus denen später die Nase wird, an die Seite verlagert, orientiert sich das Gehirn um und wächst im Schädel seitwärts heran; das ganze Reptilienhirn ist auf den Geruchssinn ausgerichtet.«

Ember ließ die Zunge aus dem Mund schnellen wie eine Eidechse.

»Das gilt nicht nur für Reptilien«, sagte er. »Als ich vorhin hier reinkam, erinnerte mich der Geruch daran, wie ich mich als Drei- oder Vierjähriger in der Zederntruhe meiner Großmutter versteckte. Das hatte ich völlig vergessen, aber ein Hauch von all dem Zedernholz hier, und – bang – ich war wieder in Omas Truhe; ich weiß noch genau, wie mich meine Mutter fand und mit Tränen in den Augen den Deckel hochklappte. Sie hatte Angst und war stocksauer, weil sie im ganzen Haus und im Garten nach mir gesucht hatte.«

»Das meine ich mit Geruchsbild«, sagte Ember.

»Verstehe«, sagte Mike. »Aber wie kannst du in einem Raum wie diesem all die Gerüche auseinanderhalten? Es muß hier drin Millionen verschiedener Düfte geben.«

»Auf dieselbe Art, wie du in einer Menschenmenge ein vertrautes Gesicht erkennst oder eine vertraute Stimme vernimmst, wenn du an einem Zimmer vorbeigehst, in dem sich Leute unterhalten.«

»Erzähle ihm von dir und Dad im Raven's Nest«, sagte Kaigani. »O Bruder . . . der Beginn meiner Legende.«

»Ravens's Nest?« fragte Mike.

»Am Humpback Point, ein Stück weiter den Berg hoch, gab es früher eine kleine Bar. Als sie sieben war und ich acht, verbrachten wir den Tag mit Dad und warfen Forellenköder aus. Auf dem Rückweg gingen wir ins Raven's Nest. War nicht mehr als eine Bretterbude. Es regnete an dem Tag, und Wasser rann durchs Dach. Daher hatten sich alle auf der einen Seite des Raumes versammelt, um nicht im Nassen zu stehen. Die meisten waren Fischer, die auf dem Heimweg noch ein Bier tranken. Sie spielten *kun-kun;* schon mal von gehört?«

Er schüttelte den Kopf.

»Ein altes Konzentrationsspiel. Man legt fünfzig Muscheln vor sich hin – das Quanoot-Wort ist *kun* – und jede hat ein eingeritztes Bild auf der Innenseite, zum Beispiel ein Kreuz oder ein Kreis oder ein Haus, das immer doppelt vorkommt. Man hat einige Sekunden Zeit, um sich die Positionen einzuprägen, dann werden die Muscheln umgedreht. Das Spiel ist, sie aufzudecken und das passende Gegenstück zu finden; findet man eines, darf man weitermachen, wenn nicht, ist der nächste dran.«

»Ah ja«, sagte Mike. »Ich habe als Kind ein ähnliches Spiel gespielt, aber mit Karten.«

»Die Männer spielten also *kun-kun,* und der Einsatz war auf vierzig Dollar angestiegen, und dieser große Holzfäller namens Rocky Hoh hat gewonnen. Er forderte meinen Vater heraus, zehn Dollar zu setzen und um die gesamten fünfzig zu spielen. Mein Vater zog einen Zehner aus der Tasche und fragte, ob ich an seiner Stelle spielen dürfe. Die Männer starrten ihn nur entgeistert an. Die meisten Leute dachten, ich sei behindert, weil ich so schlecht sprach.

Rocky sagte: ›Ist ja dein Geld, Fischmann.‹ Also nahm mich mein Vater auf den Schoß, und Rocky warf die Muscheln auf den Tisch, dann drehte er sie um. Ich war als erste dran, und ich fand eine passende Muschel nach der anderen, bis alle aufgedeckt waren. Rocky kam gar nicht zum Zug.«

»Wow, du hast ein fotografisches Gedächtnis«, sagte Mike.

»Nein, es ist nicht visuell – zumindest nicht in erster Linie.

Rocky wurde sauer und schlug mit der Faust auf den Tisch und behauptete, wir hätten irgendwie geschummelt. Also wettete mein Vater mit ihm um weitere zehn Dollar, daß ich mit verbundenen Augen spielen könne.«

»Im Ernst?«

»Das haben sie alle gefragt. Alle sind eingestiegen, bis schließlich zweihundertvierundfünfzig Dollar im Wettopf lagen.«

»Ich zitterte vor Aufregung«, sagte Kaigani. »Ich wußte nicht, wie sie das schaffen sollte.«

»Ich auch nicht. Ich glaubte, mein Vater sei verrückt geworden. Dann sagte er: ›Zuerst darf sie jede Muschel anfassen.‹ Die Männer grummelten, und er sagte: ›Keine Sorge, im Spiel wird sie die Muscheln nur berühren, wenn sie sie umdreht.‹ Also hielt ich mir jedes Muschelpaar vors Gesicht, inhalierte und prägte mir die Düfte ein. Dann wurden mir mit zwei Tüchern die Augen verbunden. Rocky breitete die Muscheln auf dem Tisch aus und vermischte sie. Mein Vater ließ alle ein paar Schritte zurücktreten, was half, denn die Kerle stanken ganz schön. Ich wartete einen Moment, dann inhalierte ich tief. Bingo. Die ganze Anordnung auf dem Tisch leuchtete vor meinem inneren Auge auf wie eine Farbtabelle. Ich drehte alle Muscheln um, jeweils die beiden passenden.«

Mike stieß ein leises Pfeifen aus. »Das sollte sich mal ein Wissenschaftler ansehen. Du weißt schon, Tests durchführen, es messen, oder so.«

Ember verzog das Gesicht. »Das ist das letzte, was ich will, für einen Wissenschaftler den Salamander spielen.«

»Aber ein Gedächtnis wie deines . . . wie weit reicht es zurück? Kannst du dich an deine Geburt erinnern?«

»Gleich beginnt die Hochzeit«, sagte Ember. Sie stand auf und zog Mike und Kaigani auf die Beine.

22

Die Hochzeitsgäste stellten sich händehaltend in einem dreifachen Kreis um das Brautpaar auf. Die Braut sang dem Bräutigam ein traditionelles Lied vor, das Ember flüsternd für Mike übersetzte. Die Braut sang, daß sie eine gute Frau sei und gesunde Babys gebären könne, und daß sie einen geschickten Jäger und Fischer suche, der eine zukünftige Familie ernähren könne. Sie fragte den Bräutigam, ob er tapfer wie ein Adler sei, findig wie ein Rabe, loyal wie ein Hund und verspielt wie ein Otter. Als letztes fragte sie, ob er sie genug liebe, um das Langhaus seiner Mutter zu verlassen und sich ihrem Clan anzuschließen. Der Bräutigam sang, ja, das alles sei er und er liebe sie genug, um heute abend ihr Ehemann zu werden. Die Braut willigte mit einem glücklichen Lächeln ein.

Die Mutter der Braut, ein fleischiger Kürbis von einer Frau in einer orangen Knopfrobe, trat vor und umarmte den Bräutigam als ihren neuen Sohn und band eine geflochtene Graskordel, die an seinem rechten Handgelenk hing, an das linke Handgelenk ihrer Tochter. Die Neuvermählten küßten sich, und die Gäste johlten und rückten näher, um ihnen zu gratulieren. Die Mutter der Braut griff sich unter die Brille, um die Tränen wegzuwischen.

Der Vater des Bräutigams trug eine knielange Weste aus Zedernrinde und Ziegenhaar und einen breitkrempigen, geflochtenen Zedernhut, der mit Baumfroschsilhouetten bemalt war. Mit seiner Frau und einigen anderen Leuten begann er, die unter dem Donnervogeltotem aufgestapelten Geschenke an die Gäste zu verteilen: Gläser mit Holunder- und Stachelbeermarmelade, Kürbis- und Apfelkuchen, Flaschen mit selbstgebrautem Bier, Zigarettenstangen, Schachteln mit Angelhaken und Patronenhülsen und Zündkerzen, Takelrollen, Sägeblätter, Beile, Äxte, Messer, Schleifsteine, Arbeitshandschuhe, Wollsocken und -mützen, Flanellhemden und vieles mehr.

Ember erzählte Mike die Geschichte des *potlatch,* das Chinook-Wort für »Geschenk«. Vor Ankunft der Europäer war die an

Nahrung und Baumaterialien reiche Nordwestküste die am dichtesten besiedelte Region Nordamerikas. Zehntausende Indianer lebten in unzähligen Dörfern auf den Inseln und entlang der Flüsse. Die Häuptlinge der verschiedenen Clans gründeten ihr Ansehen darauf, riesige Feste zu veranstalten, auf denen sie tonnenweise Decken und Kleidung verschenkten, um ihren Wohlstand und ihren Status zu demonstrieren. Der Brauch wuchs allmählich zu einem Konkurrenzkampf aus, bei dem jeder Häuptling die anderen zu übertrumpfen versuchte, indem er bei jedem Fest noch mehr und noch aufwendigere Geschenke an die Gäste verteilte.

Als die Weißen auf der Bildfläche erschienen und Fabrikgüter gegen Seeotterpelze einzutauschen begannen, steigerte sich der Druck, dem die Indianer sich selbst ausgesetzt hatten, um ihren einmal erworbenen sozialen Status zu halten, ins Unermeßliche; die Gastgeber der Potlatches töteten Dutzende Sklaven, zerschlugen Kupferteller, verbrannten Kanus und warfen Decken und Schnitzereien und Eimer voll Fischöl ins Feuer, um zu beweisen, wie unvergleichlich ihr Reichtum sei. Schließlich verboten die eindringenden Weißen den Potlatch.

»Und der Rest ist Kolonialgeschichte«, sagte Mike.

»So ungefähr.«

Ein junges Mädchen, das Geschenke verteilte, reichte Ember eine silberne Haarbürste, Kaigani eine geschnitzte Holzschatulle mit Muschelperlen und Mike einen handgroßen Walzahn, auf den ein Killerwal eingraviert war.

»*Intaka pah hneh*«, sagten die Schwestern und nickten. Mike bedankte sich bei dem Mädchen.

»*Intaka* . . .?« fragte er, nachdem das Mädchen weitergegangen war.

»*Intaka pah hneh*«, sagte Ember. »Das bedeutet ›das Geschenk muß sich bewegen‹ . . . Man behält es nicht, sondern verschenkt es weiter, oder verschenkt etwas anderes, das denselben Wert hat. Vielleicht gebe ich ihr die Bürste auf einem anderen Potlatch zurück.«

Mike sah, daß der Griff der Bürste stumpf war.

»Sie ist nicht neu«, sagte er.

»Wahrscheinlich antik – vermutlich wird sie seit Jahrhunderten auf den Potlatches weitergereicht.«

»Das ist toll«, sagte er und fragte sich, welche Geschichte der Walzahn in seiner Hand haben mochte. »Das Geschenk muß sich bewegen.«

»Ja. Die Weißen haben nie verstanden, warum wir Dinge weggeben und erwarten, sie später in irgendeiner Form zurückzubekommen.«

Der Vater des Bräutigams goß mit einer hölzernen Schöpfkelle Fischöl ins Feuer, und die Flammen wurden orange und stoben drei Meter in die Höhe. Der durchdringende Geruch brennenden Fisches füllte den Raum.

Er rief: »Laßt das Festmahl beginnen!«

Eine Gruppe von Männern trug mehrere Teile einer Ziege herein, die draußen auf Spießen geröstet worden waren. Die Tische mit den Speisen wurden in die Mitte des Raumes getragen; auf ihnen standen Schüsseln mit geräucherten Muscheln, Lachs und Forellen, gedünsteten Shrimps, gebratenem Tintenfisch, getrocknetem Heilbutt, Lachs- und Heringsrogen, eingelegten Wachteleiern, gekochtem oder eingelegtem Seetang und anderen Seegräsern und ein großer Kessel mit einer cremigen, weißgelben Suppe. Auf einem großen Tablett türmten sich Hot dogs und Hamburger, daneben lagen Tüten mit Bretzeln und Kartoffelchips.

Mike hatte vor, von allem zu kosten, und begann mit einer großen Portion der Suppe. »Was ist das?« flüsterte er Ember zu.

»Gelbfischlarveneintopf.«

»Ich mußte fragen«, sagte er und probierte einen Löffel voll. Der süßliche Geschmack überraschte ihn; es schmeckte wie ein heißer, gesalzener Vanillemilchshake. »Ugh. Nicht schlecht.« Er aß noch einen Löffel. »Ich glaube, das reicht. Was als nächstes?«

»Probier mal davon«, sagte Kaigani und hielt ihm ein eingelegtes, walnußgroßes Wachtelei hin. Er wollte es ihr aus der Hand nehmen, doch sie schüttelte den Kopf und machte den Mund auf.

Als er den Mund öffnete, stopfte sie ihm das ganze Ei hinein.

»Hey, schmeckt gut«, sagte er kauend. »Erinnert mich an die Pfeffereier, die es bei uns im Süden gibt. Was trinkt ein Quanoot dazu?«

»Den Pflaumenwein meines Vaters«, sagte Kaigani und nahm eine von mehreren Flaschen mit einer dunklen, purpurfarbenen Flüssigkeit vom Tisch.

Die drei setzten sich mit weiteren seltsamen Speisen, die er probieren sollte, wieder auf die Bank und lachten und redeten und tranken den ziemlich süßen Wein direkt aus der Flasche.

»Was hat dich aus Charlottesville nach Boston verschlagen?« fragte Ember.

»Nun, meine Mitbewohnerin und ich . . .«

»Deine Frau?« fragte Kaigani.

»Nein. Wir waren kein Paar, oder so. Wir hatten uns auf der Universität von Virginia bei einem Kurs für kreatives Schreiben kennengelernt und sind irgendwann zusammengezogen. Wie auch immer, wir nahmen an einem von Saab ausgerichteten Wettbewerb teil, bei dem man einen Werbespot fürs Fernsehen schreiben sollte. Meine Idee gewann. Ich wollte nur das Preisgeld abholen und einige Rechnungen bezahlen, aber zusätzlich zu dem Geld bot man mir einen Job an. Ich war nie in Boston gewesen, daher dachte ich, warum nicht, und nahm den Job an.«

»Wie war dein Werbespot?« fragte Ember.

»Also: Stell dir einen Mann vor, der sich unter die Kühlerhaube seines Autos bückt; ein Freund kommt in einem Saab vorgefahren und hupt. ›Hey, Sam, hast du Lust, ein paar Runden zu spielen?‹

›Kann nicht‹, sagt Sam. ›Ich muß rausfinden, warum der Motor ständig absäuft.‹

›Hättest dir einen Saab zulegen sollen – meiner läuft seit sechzehn Jahren wie geschmiert.‹

Sam grummelt etwas und bückt sich wieder unter die Kühlerhaube. Wenig später kommt ein anderer Freund in einem noch älteren Saab vorgefahren. Ein ähnlicher Dialog. Als letztes fährt ein Mann im neuesten Saab-Sportcoupé vor und hupt, und Sam knallt die Kühlerhaube zu und ruft: ›Mir reicht's, ich gehe Golf spielen – ich will deine Saab-Geschichte nicht hören.‹«

»Ich habe den Spot vor Jahren ein paarmal gesehen«, sagte Ember.

»Yeah, er hat sogar einige Preise gewonnen. Anfängerglück.«

»Klar doch«, sagte Ember. »Kaigani hat sich auch mal einen Fernsehspot ausgedacht, für taube Menschen.«

»Laß hören.«

Sie schüttelte den Kopf. »Für *taube* Menschen.«

»Ach ja. Dann beschreibe die Bilder.«

»Ein Mann und eine Frau küssen sich«, begann Ember, »aber man sieht nur die beiden Schuhpaare; die teuren Lackschuhe des Mannes und ihre eleganten Pumps stehen dicht beieinander, und einer ihrer Füße hebt sich aus dem Schuh. Dann entfernt sich der Mann langsam – man sieht nur, wie sich seine Schuhe umdrehen und langsam fortgehen. Einen Moment später fällt ein Blumenstrauß vor die Schuhe der Frau, und sie wendet sich um und geht ebenfalls.

Dann sieht man zwei Mietwagen mit Klappverdeck von einer verlassenen Tankstelle davonfahren und in entgegengesetzte Richtungen auf einer langen, ausgestorbenen Straße im Sonnenuntergang verschwinden. Anschließend erscheinen auf dem Bildschirm die Worte ›Liebesschmerz? Mieten Sie Ihr Cabrio bei *Hertz*‹.«

Mike lachte. »Das ist süß. Wenn du möchtest, versuche ich, es für dich zu verkaufen.«

Kaigani nickte und lächelte, dann tat sie so, als würde sie sich eine Krawatte um den Hals binden, auf die Uhr sehen und einen Aktenkoffer ins Büro schleppen. Mike erwiderte ihr Lächeln.

Er sah zu, wie sich Ember und Kaigani in Zeichensprache unterhielten, und er kam sich vor, als sähe er eine Pantomimenaufführung. Sie verlangsamten für ihn ihr Tempo auf ein Viertel der üblichen Geschwindigkeit, trotzdem bewegten sich die Hände der beiden rasend schnell, und ihre Gesichter und Körper versanken in einem spontanen, anregenden Gespräch.

Kaigani trug ein selbstentworfenes Kleid, gewebt aus türkis- und silberfarbenem Wollgarn, das am Ausschnitt, an den Ärmeln und am Saum mit purpurn glitzernden Perlborten besetzt war.

Ihre Haare waren auf eine Seite gekämmt und ergossen sich über diese Schulter wie ein schwarzer Tintenwasserfall in einer *sumi-e*-Zeichnung. Ihre Wimpern und Augenbrauen waren so schwarz wie ihre Haare und unterstrichen die strahlende Blässe ihrer hellgrauen Augen. In dem freiliegenden Ohr hing ein von den Navahos gefertigter, silber- und türkisfarbener Ohrring, passend zu ihrer eng anliegenden Halskette und den Armreifen. Ember trug eine glitzernde Bluse, die Kaigani ihr gestrickt hatte, und einen kurzen Wollrock. Ihre gewellten Haare waren zu einem dicken Zopf geflochten, in den gelbe Orchideen gesteckt waren. Über einem Wangenknochen verlief eine frisch verschorfte Rißwunde, und ihre Oberlippe war auf dieser Seite geschwollen.

»Du hättest heute deine Schwester sehen sollen«, sagte Mike. »Sie ist wie eine Wahnsinnige gefahren.«

Ember grinste und berührte die Wunde mit den Fingerspitzen.

Er hatte ihr aus einem Diamond-Black-Ascent-Rahmen und diversen Einzelteilen ein Mountainbike zusammengebaut. Heute morgen hatte er sie mit dem Geschenk überrascht, und sie waren gemeinsam in die Berge gefahren, wo er ihr die Grundlagen des Geländefahrens zeigen wollte. Man sah sofort, daß sie alles würde lernen können, was er ihr beibringen konnte, daher schöpfte er sein gesamtes Repertoir an schwierigen Manövern aus. Nach jeweils zwei oder drei Versuchen führte sie Übungen durch, die zu meistern ihn Wochen oder gar Monate gekostet hatten. Gegen Mittag jagten sie über zerklüftete Felsabhänge und vollführten knifflige Quersprünge, Aufwärtsdrehungen und Hochgeschwindigkeitsabfahrten, an die sich sonst nur Profis wagten.

»Am schwierigsten ist es, über einen Bach oder einen Graben zu springen«, erzählte er Kaigani. »Ich beging den Fehler, ihr das zu sagen.«

»Mittlerweile hättest du es besser wissen sollen . . .«, sagte Kaigani. »Wir standen oben auf dem Felsen und sahen auf einen Bach hinunter, der mindestens dreieinhalb Meter breit ist.«

»Rusty Creek«, sagte Ember.

»Ich bin nie weiter als anderthalb Meter gesprungen. Ich stehe also auf meinem Rad und betrachte diesen . . . Rusty Creck und denke, *ich werde mir in dem nett dahinplätschernden Wasser alle Knochen brechen.* Ich will ihr gerade sagen: ›Hey, vergiß es. Laß uns was essen‹, als, *woom!*« Seine Hand schnellte vor wie ein Pfeil. »Sie rollt über den Kamm und schießt den Hügel hinunter, tritt sogar noch in die Pedale, um Tempo zu gewinnen. Mein Mund steht offen, mir treten die Augen aus dem Kopf, aber ich möchte fast nicht hinschauen. Sie erreicht die Felskante, und ich schreie: ›Nutze dein Gewicht, schieb die Hüften vor!‹ Und sie hebt ab wie ein metallener Adler, in einem Bogen, so«, er beschrieb die Flugbahn mit der Hand, »und f-a-a-a-s-t schafft sie es, aber – *spritz!* – abgestürzt.

Anschließend steht sie auf und fuchtelt mit den Armen. ›Komm schon, ist ein Riesenspaß!‹ Also, was kann ich tun? Angeblich bin ich doch der Mountainbike-Guru, kein Feigling. Ich rolle also über die Kante, und es geht jäh bergab, als würde man auf einem Surfbrett in eine hawaianische Superwelle eintauchen. Ich lehne mich so weit wie möglich nach hinten, um mich nicht zu überschlagen, und richte mich auf, als ich die Felskante erreiche; mir bleibt eine halbe Sekunde, um das Rad in die Luft zu bekommen, und plötzlich segele ich schwungvoll über den Bach; sieht aus, als sollte ich es schaffen. Und ich schaffe es. Nur, mein Rad liegt noch auf der anderen Seite, wo es gegen einen Steinbrocken geknallt war. Ich prallte auf die Erde, reiße mir meine Radlerhose auf, zerschramme mir die Knie, und sie steht im Wasser und lacht sich einen ab.«

»Tut mir leid«, sagte Ember und wischte sich eine Träne weg. »Dein Gesichtsausdruck … du hast ausgesehen wie Wily Coyote, als ihm klar wird, daß er nicht in der Luft laufen kann.« Sie redeten und lachten und reichten die Weinflasche herum. Mike fand heraus, daß er Heringsrogen auf Seetang mochte, »Quanoot-Sushi«, und er holte sich noch eine Portion.

Er sah quer durch den Raum zu den Schwestern hinüber. Es war das vierte Mal, daß die drei Zeit miteinander verbrachten, und der Kontrast zwischen Kaigani und Ember kam ihm noch immer wie eine Art mythischer Kunst vor. Weide und Eiche. Nachtigall und Donnervogel.

Vorhin, als Ember in den Bach gestürzt war, war sie über den Lenker geflogen, und das Mountainbike hatte sich überschlagen und war auf sie gefallen. Es hatte ihn erschreckt, doch sie war einfach aufgestanden und hatte gewunken. Dann, nach seiner eigenen Bruchlandung, hatte er gesehen, daß sie aus einer Rißwunde auf der Wange und aus einer aufgeplatzten Lippe blutete. Und sie stand einfach da, bis zur Hüfte im eisigen Wasser, lachend, die Zähne blutverschmiert, die klitschnasse Kleidung an ihrem Körper klebend, die Brustwarzen erigiert, als ob nichts geschehen wäre. Dann hatte sie das Rad aus dem Wasser gehoben und es hochgehalten wie eine tropfende Trophäe, ihre Augen hell wie der Berg.

Nun betrachtete er Kaigani, den Geist des Tals. Einige seiner früheren Klienten hätten viel Geld gezahlt, um mit ihrem Lächeln Zahnpasta zu verkaufen, um mit ihren schlanken Fingern Diamantringen einen Hauch von Klasse zu verleihen oder um mit ihren langen Beinen Strumpfhosen an die Frau zu bringen. Und sie war so liebenswert und talentiert, wie Ember versprochen hatte. Er fand die Kleider, die sie nähte, schöner als die Designerklamotten der Kunden, für die er in Boston gearbeitet hatte – in einem anderen Leben.

Er seufzte. Schon lange sehnte er sich danach, sich zu verlieben. Aber in zwei Schwestern gleichzeitig?

Mike schlenderte zur Bank zurück und trank den letzten Schluck Wein aus der Flasche. Ein behagliches Prickeln kroch seine Wirbelsäule hoch. Kaigani und Ember unterhielten sich in Zeichensprache, rasend schnell, und einen Moment lang ahmte Kaigani nach, wie sich ihre Mutter für die Hochzeit zurechtmachte: Es war Chena Ozette, haargenau.

»Mach mich nach«, sagte Mike.

Sie schüttelte den Kopf.

»Ah, komm schon.«

»Du wirst nicht sauer werden?«

»Dazu bin ich viel zu gut drauf.«

Sie ahmte nach, wie er die Arme verschränkte und verlegen lächelte, wenn er schüchtern war, und fing exakt ein, wie er in solchen Momenten die Schultern verkrampfte und nervös mit den Wimpern klimperte.

Er betrachtete sein Ebenbild. *Das bin ich? Allmächtiger.*

Kaigani legte ihm eine Hand aufs Knie und lächelte. »Ich bin auch mein ganzes Leben lang schüchtern gewesen.«

»Du bist unglaublich schön, weißt du das?« sagte er, und sobald die Worte heraus waren, wurde ihm klar, daß er betrunken war; doch ihre Augen schauten ihn mit einem Blick an, der süßer war als Wildpflaumenwein, und das Blut rauschte in seinen Ohren.

Er begann, die Arme zu verschränken.

Sie neigte sich ihm entgegen, nahm seine Hände in ihre und küßte ihn sanft auf den Mund. Ihr Haar duftete nach Rosmarin und Nelken. Er sog ihren Duft in sich auf, dann preßte er seinen Mund auf ihren. Ihr Geschmack war das einzige, was zählte auf der Welt, das einzige, was für ihn wichtig war.

Als ihm Ember einfiel, sah er zu ihr hinüber. Sie hatte sich umgedreht und war ein Stück von ihnen abgerückt. Kaigani öffnete die Augen und schaute ebenfalls zu ihrer Schwester.

In der Mitte des Raumes lief ein Männerspiel mit mehreren Teilnehmern, von denen jeder versuchte, den Raum der Länge nach mit einem mit Pinienzapfen beladenen Holzteller auf dem Kopf zu durchqueren; auf halbem Weg mußten sie geduckt unter einem Seil durchgehen, das ihnen den Weg versperrte. Den Überlebenden jeder Runde wurde ein weiterer Pinienzapfen auf den Teller gelegt, und das Seil wurde zwei Zentimeter gesenkt.

Ein betrunkener Mann verlor, als er unter dem Seil hervorkam, die Balance und krachte zu Boden; Pinienzapfen flogen durch die Luft. Die Zuschauer lachten.

Plötzlich stand Ember auf und ging zur Mitte des Raumes, und das Gelächter erstarb. Sie hob die auf dem Boden verstreuten Zapfen auf, legte sie auf den Teller des umgefallenen Mannes, stellte sich den Teller auf den Kopf, lief einige Schritte, ging geduckt unter dem Seil durch und lief dann geschmeidig zum anderen Ende des Raumes. Die Zuschauer waren mucksmäuschenstill. Mike konnte das Knistern der brennenden Holzscheite hören.

Die anderen Spieler hatten aufgehört und starrten sie an. Sie kniete sich hin, stellte den Teller auf den Boden und legte noch ein halbes Dutzend neuer Zapfen rauf, so daß eine hohe, wackelige Pyramide entstand. Dann stellte sie sich den Teller vorsichtig auf den Kopf, erhob sich langsam und durchquerte den Raum von neuem, diesmal über den Boden gleitend, als wären ihre Gelenke aus Gummi. Vor dem Seil drehte sie sich um und glitt rückwärts darunter hindurch. Die Zapfenpyramide hätte ein Kopfschmuck einer Primaballerina sein können.

Ember schleuderte den Teller dem Betrunkenen entgegen, der noch immer am Boden saß und sie mit weit geöffnetem Mund anstarrte; die Pinienzapfen fielen ihm in den Schoß. Dann wirbelte sie herum und stürmte aus dem Langhaus.

23

Embers Schritte knirschten auf dem Muschelweg, der vom Langhaus durch ein Waldstück ins Dorf führte. Tränen trübten ihren Blick. Sie verließ den Weg und stürmte zwischen den dunkel aufragenden Zedern zu einem Pfad, der sich steil zum Bird Rock hochwand, einem Felsplateau.

Oben angekommen, ließ sie sich auf den Felsen fallen und starrte über den Pazifik in die endlose graue Leere. Es war Vollmond, doch er verbarg sich zusammen mit den Sternen hinter einer dichten Wolkendecke und war nur eine blasse Kugel am Himmel.

Links unter sich sah sie in der Ferne die Lichter, die die Hauptstraße von Whaler Bay säumten, und hinter dem Dorf leuchteten in den Wäldern entlang der Felsküste die Laternen der wenigen Jagdhütten. Die meisten Berge waren deutlich auszumachen, aber der Mond war nicht hell genug, um die mit Baumstümpfen übersäten Abhänge zu erkennen.

Rechts unter ihr war alles dunkel. Aus dem Meer ragten schroffe Klippen, die im Nordosten allmählich flacher wurden und in eine kilometerlange Felsküste übergingen. Außerhalb ihres Sichtbereichs, jenseits der Biegung, standen zwischen den Zedern entlang der Küste die etwa fünfzig Hütten der Familien, die wie ihr Vater und dessen Vorfahren ihren Lebensunterhalt aus dem Meer fischten.

Whaler Bay Island. Ihr Zuhause, aber nicht ihre Heimat.

Sie hatte fünf Sportstipendien ausgeschlagen, eines für Schwimmen, eines für Fußball und drei für Leichtathletik, denn sie haßte den Gedanken, von Kaigani und ihren Eltern getrennt zu sein und nur die Einsamkeit als Gefährten zu haben.

Aber was liegt vor mir? Wo gehöre ich hin?

Dicht über dem Horizont blinkten die roten und grünen Signallichter eines aufsteigenden Düsenflugzeugs, das aus ihrer Welt über den Pazifik hinweg einer anderen Welt mit anderen Menschen entgegenflog. *Aber auch in dieser anderen Welt gibt es niemanden wie mich.* Das entfernte Dröhnen der Triebwerke verklang im Rauschen der heranbrandenden Wellen.

Warum mußte ich den Männern das Spiel verderben? Um zu beweisen, daß ich gut genug bin? Dies ist das einzige Zuhause, das ich habe, warum muß ich mir alles noch schwerer machen, als es sowieso schon ist?

Ein kreischender Seemöwenschwarm flog über die Klippen, weiß schimmernd über dem dunklen Hintergrund der abendlichen See. Weit entfernt ertönte ein Nebelhorn, ein anderes antwortete.

Sie dachte daran, wieviel Spaß es ihr gemacht hatte, mit Mike Mountainbike zu fahren, wie sehr sie seine Gesellschaft mochte, die Gespräche mit ihm. Er gab sich stets Mühe, das Leben mit dem Herzen, dem Körper und dem Geist zu erfassen; nicht viele Menschen versuchten, auf allen drei Ebenen zu funktionieren. Und trotz seiner Schüchternheit war er sehr männlich und sexy ... diese haselnußbraunen Augen ... sein warmer Duft ...

Kaigani.

Sie ist ein solcher Mensch des Herzens, des Körpers und des Geistes. Sie und Mike passen perfekt zusammen. Ich wünschen ihnen alles Gute. Wirklich.

Tränen rollten über ihre Wangen. Sie roch ihren Schweiß und ihr Geschlecht, und sie schmeckte das Salz ihrer Tränen und das Salz des Meeres, und sie begann, laut zu schluchzen.

Als sie aufstand und gehen wollte, wurde der Wind stärker, und die Wolkendecke riß auf, und der silberne Mond kam zum Vorschein. Sie öffnete ihren Zopf und schüttelte kräftig den Kopf. Dann fuhr sie sich mit den Händen durch die offenen Haare und zog zwei Handvoll gelber Orchideen heraus, die sie über die Felskante ins Meer warf.

Geh zum Langhaus zurück, und entschuldige dich bei den Leuten. Was zum Teufel soll ich sonst tun?

Mondschein fiel auf einen Steinhaufen am entlegenen Ende des Felsplateaus. Vor einem Monat war er noch nicht dagewesen. Sie ging zu ihm hinüber und betrachtete die zusammengefalteten Briefbögen, die zwischen den glatten, rundlichen Steinen und verkohlten Ästen lagen. Sie nahm eine dieser Botschaften und klappte sie auf. Sie war getippt worden:

Sisiutlqua,
meine kleine Tochter ist schwer krank, und
die Ärzte wissen nicht, was ihr fehlt. In unseren
Adern fließt reines Quanoot-Blut.
Als ich klein war, habe ich an Jesus geglaubt,
und ich »respektiere« ihn noch immer, aber er kann
(oder will) uns nicht helfen.
Seit wir von Dir gehört haben, gehen mein Mann
und ich nur noch selten in die Kirche.
Wir sind Quanoot, und meine Urgroßmutter lehrt uns das
Quanoot-cha, so daß wir rechtens leben.
Wir sind Quanoot, und wir glauben an Dich.

Mit tiefem Respekt
Tilly und James One-Boot

P. S. Unsere kleine Tochter heißt Kelka Marie. Du bist mit James zur Highschool gegangen, er war zwei Klassen über Dir.

Embers Magen zog sich zusammen. »Tom, du Mistkerl! Was hast du mir angetan?« Sie klappte eine andere Botschaft auf, diese mit zittriger Hand geschrieben:

Sisiutlqua,
ich bin neunundachtzig Jahre alt, daher muß ich Dich um nichts bitten. Ich möchte Dir danken, daß Du gekommen bist und uns etwas von unserer Würde zurückgibst. Ich bin alt genug, um mich daran zu erinnern, wie die Regierung unseren letzten Totempfahl niedergerissen hat und uns verbot, unsere Sprache zu sprechen. Die Sozialhelfer haben mich weggeholt und auf dem Festland in eine Schule gesteckt. Am deutlichsten erinnere ich mich daran, wie mein Vater geweint hat. Später fand ich heraus, daß er nie über den Verlust unseres Erbes hinweggekommen ist. Und trotzdem uns die Regierungsleute einige der gestohlenen Sachen zurückgaben, damit wir sie in unser Dorfmuseum stellen konnten, nützt das nicht viel, denn wir haben unsere Seele verloren.
Ich bin davon überzeugt, daß Du hier bist, um die jungen Leute das Quanoot-cha zu lehren. Nicht die Worte, sondern ihre spirituelle Bedeutung. Diese zu verinnerlichen war mir auf den Schulen der Weißen nicht vergönnt, aber den heute aufwachsenden Jungen und Mädchen muß dies nicht passieren, wenn Du ihnen hilfst.
Bitte, helfe ihnen.
Einen Gefallen könntest Du mir doch tun. Falls Dir im Geisterland meine Frau, Grace, begegnet, sage ihr, daß ich sie über alles liebe und vermisse und daß ich bald zu ihr kommen werde.

In tiefer Dankbarkeit
Thomas St. John (Kose Chinokanok)

Ember kam es vor, als lastete einer der schweren, runden Steine unter ihren Rippen. Es gab Dutzende von Botschaften. Sie las fünf oder sechs weitere, bis sie zu einer handgeschriebenen Nachricht von Tom Luc gelangte:

Liebe Ember/Sisiutlqua
Ich faste nun seit zwei Wochen mit Wasser und fühle mich sehr schwach, aber gereinigt. Bobby und ich haben hinter dem Haus seiner Mutter neben dem Bach eine Schwitzkammer gebaut, und wir setzen uns jeden Abend mit einigen anderen Leuten hinein, singen immer wieder das Kanubauer- und das Walfängerlied (andere können wir noch nicht) und waschen uns anschließend im kalten Bach. Es ist so, als würden wir uns von all unseren schlechten Taten reinigen. Seit elf Wochen habe ich weder geraucht noch Alkohol getrunken noch Drogen genommen, und ich werde dies nie wieder tun.
Großmutter Luc und Großmutter Flower bringen uns bei, was sie noch über den Großen Weg wissen.
Am Abend von Rons und Chanees Hochzeit werde ich rein genug sein, um jedem zu erzählen, was Du für mich getan hast, und ich werde dem Dorf verkünden, wer Du bist. Du bist *hier!* Das ist das Beste, was mir und unserem Stamm je widerfahren ist.

*Quanoot-cha *ki layo me, de ene poi hok.*
Dein ergebener Diener, Tom Luc

Als sie über den Muschelweg auf das Langhaus zurannte, hörte sie drinnen ärgerliche Stimmen. Das Herz schlug ihr bis zum Hals, und sie blieb vor dem niedrigen Eingang stehen und ging nicht hinein. Sie legte ein Auge an einen Spalt zwischen den Planken und sah Tom in der Mitte des Raumes stehen. Sein Gesicht war bleich und eingefallen, doch seine schwarzen Augen glänzten wie Obsidian. Er trug die langen Haare offen über eine Schulter fallend, wie früher die Waljäger.

»Sisiutlqua ist bei uns, hier und jetzt«, sagte er zu einem kahl werdenden Mann in einem Rodeohemd, der sich neben ihn gestellt hatte. »Es zu leugnen hieße, unser Erbe zu leugnen.«

»Das Quanoot-Erbe ist dasselbe wie das des weißen Mannes – Sünde und Tod!« sagte der Mann. »Sie ist keine Retterin, selbst wenn sie Sisiutlqua ist. Der einzige Retter ist Jesus Christus.«

Einige Leute murmelten zustimmend.

»Nun, mich hat er nicht gerettet, als ich im Sterben lag. Von ihm war weit und breit nichts zu sehen. Aber ich sah ihr Licht durch einen dunklen See gleiten und meine Seele greifen und sie ans Ufer zurückziehen. Das ist es doch, was ein Retter tut, oder?«

Einige Leute brüllten ihre Zustimmung heraus.

»Gib Jesus eine Harpune, und er wüßte nicht, welches Ende das scharfe ist«, sagte Bobby Kynaka von der linken Seite des Raumes. Er hatte abgenommen und trug die inzwischen langen Haare im Stil der Walfänger. »Jesus ist für Weiße, für die Philosophen und Schriftsteller. Er ist kein Krieger. Glaubt mir, Ember ist eine Kriegerin«, sagte er und strich sich über den Buckel auf seiner Nase. »Wie ein Krieger zu leben, macht mich wieder stolz, ein Quanoot zu sein.«

Alles begann laut durcheinanderzureden.

Jimmy Ozette trat in die Mitte des Langhauses. Graue Strähnen durchzogen seinen Bart und sein schwarzes Haar; quer über seine rechte Wange verlief eine blasse Narbe, Überbleibsel eines Kettensägenunfalls vor zwölf Jahren. Er hob die Hände, und die Menge verstummte.

»Ich bitte euch jetzt zum zweiten Mal, geht nach Hause und regt euch ab, denkt ein bißchen über die Sache nach, bevor ihr irgendwelche Behauptungen verbreitet. Außerdem, finde ich, hat Ember in der Angelegenheit auch ein Wörtchen mitzureden, oder?«

Das war ihr Stichwort. Gebückt trat sie durch den Eingang.

»Ich bin nicht Sisiutlqua«, sagte sie mit lauter Stimme. Die Anwesenden drehten sich um und starrten zu ihr hinüber.

Ihre Mutter, Mike und Kaigani eilten zu ihr und fielen ihr in die Arme. Sie führten sie in die Mitte des Raumes zu ihrem Vater.

Während sie an den Leuten vorbeiging, versuchten einige, ihre Haare zu berühren, andere drängten nach vorne, um sich in ihrer Nähe im Halbkreis auf den Boden zu setzen.

Es wurde still, und sie ließ den Blick langsam durch den Raum schweifen und sah jedem ins Gesicht; einige schauten skeptisch, anderen rannen Tränen über das Gesicht.

»Mein Name ist Ember Ozette, und ihr alle kennt mich. Einige von euch kennen mich sehr gut. Ich bin nicht anders als sonst. Jener Tag am Wasserfall . . . Ich habe Tom warm gehalten . . . Ich bin immer ziemlich warm, Leute reißen Witze darüber . . . Aber dies alles ist ein großer Irrtum.«

Sie sah auf Tom herab, der direkt vor ihr kniete.

»Ich lehne das Quanoot-cha nicht ab. Ich finde es gut, daß du und Bobby und die anderen lernt, wie Krieger zu leben. Aber ich bin nicht Sisiutlqua. Jeder soll das wissen.« Sie reichte ihm die Hand. »Steh auf, bitte. Ich bin's, Ember.«

Tom senkte den Kopf.

»Sie ist der Teufel, das ist, was sie ist!« rief eine Frau und löste damit eine Reihe von Zwischenrufen aus. Eine große grauhaarige Frau erhob sich aus dem Halbkreis zu Embers Füßen und sah ihr in die Augen. Es war Grandma Kynaka, Chenas Mutter.

»Ember, ich weiß genau, wer du bist«, sagte sie. »An dem Tag, nachdem meine Tochter, Chena, nach Hause zurückkam, stieg Old Man zu der Hütte am Otter Creek hoch, in der ihr damals gewohnt habt; du warst noch ein Baby. Er hatte seine Insel seit Jahrzehnten nicht verlassen, aber er ist in eure Hütte gekommen, um dich zu sehen. Er sagte, aus dir würde eine große *kasko* werden – Sisiutlqua. Dann küßte er dich auf die Stirn und ging. Das war es. Wir alle sehen, daß du keine von uns bist. Du bist etwas Besonderes. Old Mann wußte das. Er hat es von Anfang an gewußt.«

Chena runzelte die Stirn. »Mom, ich habe dir hundertmal gesagt, daß ich nicht weiß, was er zu ihr sagte.« Sie sah in die Menge. »Das sind alles bloß Gerüchte – Jimmy und ich sprechen die alte Sprache nicht. Wir wissen nicht, was er gesagt hat.«

Tränen flossen über Grandma Kynakas Gesicht. »Chena, du

hast Sisiutlqua zur Welt gebracht«, sagte sie mit belegter Stimme. »Old Man wußte es. Irgendwie war es Teil eines großen Plans. Er wird unsere Familie wieder zusammenführen.« Sie klatschte in die Hände und flüsterte: *»Quanoot-cha *ki layo me, da ene poi hok.«*

Tom und Bobby und einige andere Stimmen sprachen das Gelöbnis nach. Ember bekam kaum Luft.

»Tom, du hast mit der Sache angefangen«, sagte sie. »Du mußt sie beenden. Bitte – du *mußt.*«

»Sisiutlqua pflegt ihre Krieger zu testen, um sicherzustellen, daß ihr Glaube stark ist. Nun, meiner ist es.«

»Verdammt!« rief Ember. »Wenn ihr mich zwingt, werde ich Whaler Bay verlassen. Ich werde fortziehen und nicht zurückkommen ... Eine Universität in L. A. will mich, eine in Florida. Ist es das, was ihr mit all dem erreichen wollt? Mich aus meinem Zuhause vertreiben?«

»Bleib ganz ruhig, Liebes«, sagte ihre Mutter und tätschelte ihre Schulter. »Atme tief durch.«

Tom stand auf, einen demütigen Ausdruck im Gesicht.

»Tun wir nicht alles, was du von uns verlangst?« fragte er mit bebenden Schultern. »Ich faste seit Wochen. Ich habe mich geändert ... Ich habe mich von Grund auf geändert. Sag uns, was du von uns verlangst. Wir brauchen dich, um uns zu führen, Sisiutlqua.«

»Das reicht. Ich verlasse die Insel«, sagte Ember. »Ich verschwinde.«

Sie ging durch den Halbkreis zu ihren Füßen auf die Tür zu und teilte die Menge, wie ein Beil einen Holzstamm teilt.

»Möchtest du einen Beweis, wie sehr wir dir vertrauen?« rief Tom. »Hier hast du ihn!« Er riß sich das Hemd auf und zog ein großes Bowiemesser aus der Scheide. Die Menge hielt die Luft an.

Ember, nahe der Tür, wirbelte herum, um zu sehen, was geschah. »Du hast mir schon einmal das Leben gerettet. Mein Glaube ist so stark, daß ich weiß, daß du es auch ein zweites Mal tun wirst.« *»Nicht!«* schrie sie.

Er drückte sich die Klingenspitze in die pinkfarbene Wunde rechts über der Brust. Mike sprang vor, packte Toms Handgelenk und drehte ihm den Arm auf den Rücken. Im selben Moment holte Jimmy mit einem Kanupaddel aus und schlug es Tom gegen den Hinterkopf. Die Paddelschaufel zersplitterte mit einem lauten Krachen. Toms Kopf fiel nach vorne, seine Knie knickten ein, und er stürzte der Länge nach zu Boden.

»Seht ihr, was geschieht, wenn man sich mit dem Teufel einläßt?« rief ein Mann.

»Ich sage euch, sie ist der leibhaftige Satan!« rief eine Frau.

Jimmy ließ das Paddel über dem Kopf kreisen. »Dem nächsten, der meine Tochter Satan nennt, ramme ich das Ding in den Hintern. Also, Leute, haltet die Klappe und geht *nach Hause!*«

Ember ließ sich auf eine Bank fallen, und ihre Mutter und ihre Schwester setzten sich neben sie und legten ihr die Arme um die Schultern. Die Leute strömten aus dem Raum.

»Du kannst ihn wegen Verleumdung anzeigen«, sagte Chena. »Erwirke eine richterliche Verfügung gegen ihn, dann darf er keine Gerüchte mehr in die Welt setzen.«

»Es liegt nicht an Tom«, sagte sie mit rauher Stimme. »Es liegt an mir. Ich bin anders als die anderen, innerlich und äußerlich. Ihr habt keine Ahnung, wie das ist. Vielleicht bin ich ja Sisiutlqua ... Ich weiß es nicht ... Ich weiß gar nichts, nur daß ich wahnsinnige Angst habe.«

»O Liebes.« Chena drückte sie fest an sich. »Rede mit mir. Wovor hast du Angst?«

»Daß meine Visionen immer stärker werden und ich mich in eine Art Monstrum verwandeln werde.« Sie versuchte, den schmerzenden Kloß in ihrem Hals hinunterzuschlucken, und ihre Stimme brach. »Und ... daß ... selbst ... ihr ... mich ... nicht ... mehr ... lieben ... werdet.«

Chena zog Embers Kopf an ihren wohlriechenden Busen; ihre Zöpfe fielen ihrer Tochter auf den Hals. »Ich werde aufhören, dich zu lieben«, sagte sie, »wenn der Mond aufhört, das Meer zu lieben.«

Kaigani, ebenfalls schluchzend, küßte ihre Schwester auf die Wange, dann hielten sich die drei in den Armen und wogen sanft hin und her, wie eine Wiege auf dem Wasser.

Nach einer Weile sagte Chena: »Du mußt jemanden besuchen.«

Ember seufzte. »Ich fürchte mich vor dem, was er mir erzählen wird – aber ich will es wissen. Ich werde noch heute abend zu ihm gehen.«

»Es ist schon spät.«

»Es ist Vollmond, man könnte draußen sogar lesen.«

»Old Man wird schon schlafen. Dad kann dich morgen früh zu ihm bringen.«

Ember sagte nichts, sondern schob nur ihren Unterkiefer vor.

24

Mike lag auf dem Bett, alle viere von sich gestreckt, und starrte auf den Schatten, den der Ofen an die Wand warf. Mondlicht fiel auf die Schnalle seines über dem Stuhl hängenden Gürtels und projizierte ein silbernes Rechteck aus Licht auf einen Zedernblock in der Wand.

Eine Mäusefamilie flitzte in der Küche umher. Über dem zur Küste abfallenden Berghang schrien Möwen, unterbrochen vom gelegentlichen hohen Krächzen eines Habichts. Viel näher an der Blockhütte untermalte das tieftönende *uh-grummit, uh-grummit, uh-grummit* der Brüllfrösche das vibrierende Falsett der Baumkröten, *breeep-breeep-breeep.*

Die Brüllfrösche pflegten alle gleichzeitig zu verstummen und sich eine kurze Pause zu nehmen. Dann begann einer von neuem, *uh-grummit, uh-grummit, uh-grummit,* eine zweite Stimme kam hinzu, eine dritte, bis sich schließlich jeder Brüllfrosch auf dieser Seite der Insel die Tierseele aus dem Leib quakte.

Egal. Er konnte sowieso nicht einschlafen.

Ember und Kaigani. Binäre Sterne, einander umkreisend, Sternenmaterie austauschend, wenn sie einander nahe kamen. Wie liebt man eine, ohne zugleich die andere zu lieben?

Was hat es mit diesem verrückten Kult auf sich? Sisiutlqua – Ember eine Art Kriegsgöttin? Und was geht mit ihr vor, was verbirgt sie? Wie kann ich ihr helfen, wenn sie mir nicht vertraut? Und selbst wenn sie mir vertraute, wie kann ich ihr helfen?

Er stieg aus dem Bett und reckte die Arme in die Höhe; fast berührten seine Fingerspitzen die tiefliegende Decke. Er zog seine Jeans an, ein Sweatshirt, Wanderstiefel und eine schwarze Lederjacke und machte sich auf den Weg hinunter zur West Bay. Ein Brise aus Salz und Seegräsern empfing ihn. Silbriger Lichtschein fiel auf glitschigen Tang, zerbrochene Muscheln und glatte Kieselsteine.

Er hatte noch nie so viel Biolumineszenz gesehen wie in dieser Nacht am Meer: Seine Schritte im nassen Sand verursachten bläuliche Lichtexplosionen. Das heranbrandende Wasser glitzerte dunkel, und Strandläufer flitzten durch die weiße Gischt und zogen winzige Funkenketten hinter sich her.

Ein Stück strandaufwärts lag ein hoher, moosüberzogener Felsblock, auf dem windschiefe, bonsaiartige Pinien wuchsen. Er hatte in dem Felsen einen ausgehöhlten Thron entdeckt, der ein magischer Ort zum Sitzen und Nachdenken war – oder zum Sitzen und Nichtdenken. Auf der trockenen Seite des Felsens bewahrte er sein Kanu auf.

Gemeinsam mit den Haida, Makah und Nootka waren die Quanoot die Wikinger der nichteuropäischen Frühgeschichte; sie hatten andere Küstenstämme überfallen, sie ausgeplündert und versklavt, mit gigantischen Seekanus, die von Dutzenden Kriegern gepaddelt worden waren. Es war ein kleineres Modell eines solchen Kanus, das er und Jimmy Ozette gebaut hatten. Sie waren streng nach der traditionellen Baumethode vorgegangen. Mit Steinäxten hatte es einen vollen Tag gedauert, um eine dicke rote Zeder zu fällen. Dann hatten sie mit Steinkeilen der Länge nach einen Spalt in den Stamm geschlagen und den Spalt anschließend mit Schabesteinen ausgeweitet. Als nächstes hatten sie Wasser in die Ausbuchtung gegossen und glühende Felsbrocken hineingeworfen. Während der Dampf das Holz aufweichte, hatten sie mit Holzpflöcken – anstelle von Stemmeisen – die Ausbuchtung aufgestemmt und den Baumstamm in die breite Kanuform auseinandergedrückt. Die Bug- und Heckteile wurden aus einem separaten Stamm geschlagen und mit Baumharz in die Aushöhlung geklebt. Dann hatten sie den Rumpf geglättet und Otterfiguren draufgemalt, das Familienwappen der Ozettes. Jimmy hatte das Kanu *Jagdaw* getauft.

Als Mike sich dem hohen Felsblock näherte, sah er jemanden sein Kanu zum Wasser ziehen.

Er rannte los und rief: »Hey! Was tun Sie da? Bleiben Sie stehen!« Die Gestalt schaute auf, und der Mond schien ihr voll ins Gesicht.

»Ember?«

»Ich fahre nach Old Man Land.«

»Um zwei Uhr morgens?«

»Ja.«

»Nein, das wirst du nicht.

»Doch, Mike.«

»Vergiß es, du wirst gegen die Flut paddeln.«

»Ich schaffe es schon.«

Fünf Kilometer allein in einem Zwei-Mann-Kanu?

»Ich sagte, ich schaff's schon.«

»Wieso nimmst du nicht das Zodiac?«

Sie antwortete nicht.

»Weil dein Vater es weggeschlossen hat, und er nicht weiß, was du hier abziehst.«

»Mike, verschwinde.«

Ihr Gesichtsausdruck war derselbe, als er ihr gesagt hatte, daß es gefährlich sei, mit dem Mountainbike über einen Bach zu springen.

»Okay«, sagte er. »Ich komme mit.«

»Ich brauche deine Hilfe nicht.«

»Das tust du sehr wohl«, sagte er, warf seine Lederjacke ins Kanu, nahm eine Schwimmweste heraus und schnürte sie sich um.

»Laß es mich so ausdrücken«, sagte sie. »Ich möchte nicht, daß du mitkommst.«

Er zog das Kanu zum Wasser; als es den feuchten Sand erreichte, hinterließ es eine rasch verblassende Spur bläulichen Lichts.

»Mike, das ist eine persönliche Sache.«

»Ich weiß. Wenn dir irgendwas zustößt, trüge ich dafür die Verantwortung.« Er nahm eins der Holzpaddel. »Steig ein, ich schiebe dich ins Wasser.«

Sie stieß ein lautes Seufzen aus, dann kletterte sie ins Kanu und nahm das andere Paddel. Kurz darauf glitten sie über die schwarzglänzende See, während hinter ihnen Whaler Bay Island zusammenschrumpfte. Ihre Paddelstöße verursachten blauglühende Lichtspuren, die an beiden Seiten des Kanus vorbeiströmten und im sprudelnden Kielwasser verblaßten.

»Was läßt dich glauben, daß der Kerl es mag, mitten in der Nacht aus dem Schlaf gerissen zu werden?« fragte Mike von hinten.

»Ich spüre, daß er mich ruft.«

»Woher weißt du, daß er keine Waffe hat? Er kennt uns nicht. Wir könnten enden wie die Marines bei ihrer Landung auf Iwo Jima.«

»Er mag Besucher. Hauptsächlich kommen alte Menschen zu ihm, Leute, die noch an die alten Werte glauben. Er erteilt ihnen Ratschläge und hilft ihnen weiter.«

»Ich dachte, er sei ein Einsiedler.«

»Ist er auch, aber er ist auch Sisiutlqua.«

Mike rutschte das Paddel aus der Hand, und eiskaltes Meerwasser spritzte auf seinen Arm.

»Moment mal, ich bin verwirrt. Ich dachte, du sollst Sisiutlqua sein.«

»Sisiutlqua ist keine Person, es ist ein Titel – es bedeutet Seelenfänger. In alten Zeiten wurden sie auch *kasko* gekannt – kennst du das Wort?«

»Das heißt ›Schamane‹, oder?«

»Ja. Schamanen konnten Kranke heilen und in die Zukunft schauen und sogar Menschen von den Toten auferstehen lassen, wenn ihr Tod unnatürlich gewesen war.«

»Was meinst du mit ›unnatürlich‹?«

»Einen bösen Geist, der versucht, eine Seele zu stehlen, um sie in der Geisterwelt als Sklaven oder Vertrauten zu benutzen«, sagte sie. »Wenn jemand todkrank war, versank der Schamane in eine tiefe Trance und reiste zu den Geisterdörfern, um die Seele seines Patienten zu finden. Erfuhr er, daß der Seele bestimmt war, dort zu bleiben, sagte er den Angehörigen, daß dies für den Patienten der richtige Zeitpunkt zum Sterben sei; fand er aber heraus, daß die Seele gestohlen worden war, tat der Schamane alles in seiner Macht Stehende, um die Seele zurückzuholen.«

»Das heißt also«, sagte Mike, »daß, wenn der Patient gesund wurde, man es dem Schamanen zuschrieb, aber wenn das arme Schwein abkratzte, hatte der Zaubermann nie Schuld. Nicht schlecht; Anzeigen wegen Kurpfuscherei mußte er nicht befürchten.«

»Seelenfänger waren die mächtigsten *kasko,* sie wurden nur alle paar Generationen geboren, und sie dienten vielen Stämmen, nicht nur ihrem eigenen. Der letzte Seelenfänger hieß Iwaka – das heißt ›Wasserfall‹. Er lebte zu der Zeit, als die Indianer die Kalte Krankheit bekamen und wie die Fliegen zu sterben begannen. Er konnte nichts dagegen tun.«

Mike hatte über die schreckliche Grippeepidemie des Sommers von 1829 gelesen. Die Indianer der Küstenregion hatten dem Virus nichts entgegenzusetzen, und seine Opfer starben innerhalb weniger Stunden nach Ausbruch der Krankheit. Die Epidemie hatte, gemeinsam mit Pocken und Tuberkulose, in zehn Jahren neunzig Prozent der indianischen Bevölkerung dahingerafft.

»In den Dörfern gab es nicht genug Überlebende, um all die Toten zu begraben«, sagte Ember. »Deswegen verließen die wenigen Überlebenden die Dörfer.«

»Laß mich raten – das war, als die Missionare kamen und die Totempfähle niederrissen und ihre Kreuze aufstellten.«

»Wie hätte man sie aufhalten sollen? Ihre Magie war tödlich.«

»Was wurde aus Iwaka?«

»Er starb nicht während der Epidemie, sondern ging fort, um allein auf einer Insel zu leben.«

»Old Man?«

Sie nickte. »Old Man.«

»Niemals. Er müßte – was? – an die zweihundert Jahre alt sein.«

»Niemand weiß, wie alt er ist. Viele Leute glauben, er sei Iwaka.« Mikes Rücken war verschwitzt, trotz der eisigen Nachtluft. Ember hatte ihr Sweatshirt ausgezogen und trug nur ein weißes Trägershirt mit Leopardenmuster. Der feine Schweißfilm auf ihren Schultern glänzte im Mondschein, und er beobachtete das Spiel ihrer Muskeln bei jedem ihrer kräftigen Paddelstöße. Er atmete schwer, konnte kaum mit ihr mithalten. Das Kanu hob und senkte sich durch die sanfte Dünung und schoß im Rhythmus ihrer Stöße nach vorn.

»Und wieso glaubt Tom, du seist eine Seelenfängerin?«

Sie erzählte ihm von dem Vorfall mit Tom und Bobby und Kaigani an ihrem Geheimplatz in den Bergen.

»Es war diese Hitze oder eine Art Elektrizität, eine wilde Energie. Sie schien tief aus meinem Bauch zu kommen und durchdrang meinen ganzen Körper. Am stärksten strömte sie aus meinen Händen und Augen Sie hat mich einfach überwältigt.«

Sie sah zu ihm zurück. »Klingt das total verrückt?«

»Nein. Ich glaube, du hast eine fortgeschrittene Form von Yoga praktiziert.«

»Du hast von so was schon gehört?«

»Darüber gelesen«, sagte er. »Die tibetanischen Yogis, oben auf dem Dach der Welt, entwickelten Atemtechniken, die man ›Tumo‹ nennt, um ihre Körper gegen die Kälte zu schützen.«

»Tumo?«

»Tibetanisch für ›innere Hitze‹. Ich weiß nicht viel darüber. Aber ich habe gelesen, daß in einem bestimmten Kloster die Adepten erst die Abschlußprüfung absolvieren dürfen, wenn sie sich hinsetzen und mittels ihrer Konzentration den sie umgebenden Schnee zum Schmelzen bringen können.«

Etwas kräuselte das Wasser und wühlte es auf, gezackte Lichtketten verursachend.

»Der berühmteste Mönch . . . Hey!« Mike duckte sich, als ein großer Fisch über das Kanu hinwegsegelte und auf der anderen Seite ins Wasser platschte. »Der berühmteste Mönch war ein

Yogameister namens Milarepa – das heißt ›weiße Baumwolle‹; er soll selbst im schlimmsten Himalayawinter nur einen dünnen, weißen Baumwollumhang getragen haben.«

»Du mußt mir zeigen, wo ich darüber nachlesen kann. Ist echt eine Erleichterung zu wissen, daß auch andere Menschen diese Erfahrung gemacht haben.«

»Aber bei dir scheint diese Fähigkeit angeboren zu sein, das ist es, was mich so erstaunt. Diese Mönche sitzen den ganzen Tag herum und trainieren von klein auf ihren Körper und Geist, und es dauert Jahre, bis sie diese Sachen beherrschen. Du aber siehst Tom sterben und jagst ihm einfach so mehrere tausend Volt in den Körper. Das ist schon was.«

»Ich weiß nicht, wie ich es gemacht habe.«

»Könntest du es wieder tun?«

Sie sah zu ihm zurück. »Möchte ich nicht.«

Er nickte. »Kann ich verstehen.«

Sie paddelten gegen die stärker werdende Flut an. Am Horizont konnte Mike den dunklen Punkt ausmachen, der Old Man Land war.

»Tibetaner«, sagte Ember, »haben die auch goldene Haut, so wie ich?«

»Nein, sie ähneln Han-Chinesen; ihre Haut hat die Farbe von dunklem Stroh.«

Eine halbe Stunde später glaubte Mike, an einem tiefen Punkt in der zerklüfteten Silhouette der Insel eine Feuerstelle flackern zu sehen. Er fand es aufregend, in Kürze einen tatsächlichen Schamanen kennenzulernen; es war, als würde er in Amerikas Vergangenheit reisen.

»Ember, erzähl mir von deinen Träumen.«

Sie berichtete ihm von der blau schimmernden Eishöhle und der Vision, in der sie die Menschen und Tiere roch.

»Eines Tages«, sagte sie, »werde ich auf eine Expedition gehen und nach anderen suchen, die so sind wie ich – in Sibirien, glaube ich, oder in der Mongolei.«

»Was ist mit Akten oder Aufzeichnungen über deine leiblichen Eltern? Hast du das jemals überprüft?«

»Es gibt keine Akten. Der Arzt, der den Embryo implantiert hat, behauptet, die Spender seien anonym gewesen.«

»Was du natürlich nicht glaubst.«

»Ich . . . Ich weiß nicht. Manchmal glaube ich, ich bin eine Kreuzung zwischen einem Mensch und einem Orang-Utan.«

»Warum sagst du so was? Ich finde dich wunderschön.«

Sie hörte auf zu paddeln. »Was?«

»Du hast richtig gehört.«

Sie wandte sich zu ihm um. Selbst im Halbdunkel schimmerten ihre Augen wie Jade.

Er lächelte verlegen. »Wirklich, du bist wunderschön.«

Ihre buschigen Augenbrauen zogen sich zusammen. Sie drehte sich wieder um und paddelte weiter, langsamer.

Dann sagte sie: »Kaigani ist dabei, sich in dich zu verlieben.«

Er sagte nichts.

Zehn, zwölf Meter zu ihrer Linken erklang ein zischendes Geräusch. Es wurde rasch lauter, bis es so klang wie Regentropfen, die auf eine gigantische heiße Bratpfanne prasselten. Ein riesiger Klumpen aus vibrierendem Licht stieg auf, dann brodelte die Oberfläche mit Tausenden kleinen Fischen.

»Aufsteigende Wale!« rief Ember.

Sechs bis acht Wale hoben sich im Kreis aus dem Wasser, die Mäuler aufgerissen, quiekend und zischend verbrauchte Luft ausprustend. Glänzende Silberheringe flogen hoch, überschlugen sich und stürzten in die See zurück, den Mondschein reflektierend wie in die Luft geworfene Münzen. Nach ein oder zwei Minuten des Fressens tauchten die Wale ab, und ein bläulich schimmernder Nebel legte sich über die See.

»Buckelwale«, sagte Ember. Mike saß nur regungslos da, die Augen aufgerissen, zu fasziniert, um etwas zu sagen.

Plötzlich schoß ein gigantisches schwarzes Gebilde aus dem Meer, höher und höher, wie ein schwarzer Geysir, dann krachte es mit Donnerhall und einer Explosion blauen Lichts ins Wasser zurück. Ein weiterer schwarzer Berg eruptierte himmelwärts und krachte so nahe bei ihnen ins Meer zurück, daß die Wellen das Kanu ins Schwanken brachten.

»Heiliger Strohsack!« rief Mike. »Bleiben die nicht in ihrer Spur?«

Einige Meter vor dem Bug nahm ein weiterer Lichtball Gestalt an.

»Anhalten!« rief sie, und ihre Paddel stießen senkrecht ins Wasser, wie Bremsen, und brachten das Kanu zum Stehen.

Die Walherde stieg von neuem auf, pflügte durch den Fischschwarm, die höhlenartigen Mäuler weit aufgerissen, Millionen Liter schäumenden Wassers durchsiebend. Nach ein oder zwei Minuten tauchten die Wale wieder in die Tiefe.

»Laß uns verschwinden!« rief Mike, und sie packten die Paddel und schossen mit kräftigen Stößen auf die Insel zu.

»Nach rechts!« rief Ember und winkelte ihr Paddel an, um einem vor dem Bug aufsteigenden Lichtball auszuweichen.

Ein Wal schoß senkrecht aus dem Wasser und stand auf seiner Flosse, hoch wie ein auf dem Heck stehender Schulbus, dann begann er, auf das Kanu zuzukippen.

Mike schrie: »Raus hier!«, und sie beide sprangen nach rechts ins Wasser. Als Mike eintauchte, hörte er, wie hinter ihm das Kanu zersplitterte. Er tauchte auf, vor Kälte mit den Zähnen klappernd. *»Ember!«* schrie er.

»Hier bin ich!« Sie trieb einige Meter links von ihm. Er schwamm zu ihr und packte mit einer Hand ihre Schwimmweste.

»Gott, ist das kalt«, sagte er.

»Wir müssen zusammenbleiben«, sagte sie. »Wir haben knapp einen Kilometer zu schwimmen.«

»Okay.«

Mike wandte sich nach Old Man Land um und schwamm mit gleichmäßigen, weitausholenden Zügen auf die Küste zu. Die Kälte brannte in seinen Fingern, und bald waren seine Hände taub. Ember schwamm neben ihm, hinter sich eine Lichtspur verursachend.

Nach einigen Minuten fühlten sich seine Arme wie Gummi an. Ember zog an ihm vorbei, und er hatte Mühe, mit ihr mitzuhalten. Seine Knochen schmerzten vor Kälte.

»Wie geht's dir?« rief Ember aus einigen Metern Entfernung wassertretend.

»K-k-kalt. D-d-das ist alles.«

Sie schwammen eine Weile nebeneinander, dann mußte Ember erneut warten, bis er zu ihr aufgeschlossen hatte. Ein angenehmes Prickeln durchströmte seinen Körper, und allmählich glaubte er, sich an die Kälte zu gewöhnen, als würde dicke Baumwolle sein Gehirn umhüllen und es vor allen unangenehmen Sinneswahrnehmungen schützen. Eine seltsame Euphorie überkam ihn, er kicherte.

»Mike, hole ein paarmal tief Luft«, sagte Ember mit sorgenvoller Miene. Er versuchte zu sagen: *Mir geht's prima,* aber seine Worte waren nur undeutliches Genuschel, das ihn zum Lachen brachte. Sie packte seine Weste und begann, ihn zu ziehen.

»Tritt mit den Beinen«, sagte sie. »Du mußt dich bewegen. Wir sind fast da.«

Laß mich in Ruhe, laß mich schlafen, wollte er sagen, aber seine Zunge funktionierte nicht. Er schloß die Augen.

Unter ihnen stieg ein zischendes Geräusch auf; plötzlich befanden sie sich inmitten eines glühenden Kessels aus blauem Licht. »Weg hier!« schrie Ember und zog ihn mit hastigen Stößen zum Rand des Fischschwarms.

Sie schafften es nicht rechtzeitig.

Überall um sie herum schossen Walköpfe aus dem Wasser. Am Himmel kreisten hungrige Möwen. Silberheringe flogen durch die Luft und zerschnitten ihm mit den Flossen das Gesicht. Er schluckte Wasser. Dann tauchten die Wale ab, das Schäumen hörte auf, und einen Moment lang war alles ruhig.

Und wieder schossen drei schwarze Wände empor, verdeckten den Mond – für einen Moment hingen sie am Himmel, dann stürzten sie ein, und die überschäumenden Wellen hoben Mike aus dem Wasser. Er sah drei riesige Flossen über seinem Kopf hochschnellen, dann wurde er im Strudel der unter ihm abtauchenden Wale herumgewirbelt.

Alles, was dann geschah, wurde durch eine dicke Watteschicht und das schreckliche Verlangen nach Schlaf gefiltert. Er konnte die Augen nicht länger offenhalten, selbst als Ember ihm ins Gesicht schrie und ihn ohrfeigte.

Am Ende, zu erschöpft, um dagegen aufzubegehren, sah er das nach ihm schnappende Maul eines Wals, spürte, wie er hineingezogen wurde, dann Finsternis und Wärme, so weich, so behaglich.

Er schlief dankbar ein.

25

Ember erwachte inmitten weißer Nebelschwaden. Der Nebel war so dicht, daß sie nicht erkennen konnte, ob die Sonne schon aufgegangen war. Tau tropfte von der Decke des ausgehöhlten Baumes, in dem sie lagen.

Ihr Kopf lag auf Mikes Brust, und sein Herz schlug regelmäßig an ihrem Ohr. Er schlief, nackt wie sie, und sie umhüllte ihn wie eine Wolldecke.

Als er letzte Nacht im Wasser vor Unterkühlung bewußtlos geworden war, hatte sie ihn zur Insel gezogen und über den Strand zu einem dicken, hohlen Totempfahl getragen, in dessen untere Hälfte ein Killerwalgesicht mit geöffnetem Maul geschnitzt war. Mikes Lippen waren blau verfärbt, und er hatte nicht mehr gezittert. Eilig hatte sie seine und ihre durchnäßten, eiskalten Kleider ausgezogen und sich an ihn geschmiegt. Dann war sie gezwungen gewesen, in sich zu sinken und ihre Fähigkeit anzuwenden.

Tumo. Aber vielleicht war ihre Fähigkeit mehr als *tumo.* Mike hatte nichts über das Verschmelzen der Seelen gesagt, das geschah, wenn sie ihre Fähigkeit einsetzte. Sie wußte jetzt, daß sie ihn liebte, wegen desselben maskulinen Wesens, das ihr des öfteren an seiner Oberfläche aufgefallen war – in seinen Augen, in seinem Lachen – und das sie nun in seinem innersten Kern gesehen hatte.

Der Duft seiner warmen Haut betörte sie. Er hatte im Schlaf

eine Erektion, und jedesmal, wenn er sich bewegte oder mit den Lidern zuckte, begann ihr Herz zu rasen. Aber sie wußte, daß es ein Tabu war; die Feuchtigkeit zwischen ihren Schenkeln, ihr hungriges Herz, alles verboten. Ihre Seelen hatten sich bereits verschmolzen; sich körperlich zu lieben schien ihr weniger intim – doch mit ihm zu schlafen hieße, Kaigani zu betrügen.

Mike regte sich unter ihr und schlug die haselnußbraunen Augen auf. Sein Mund sprang auf, als er sah, daß sie beide nackt waren. Er begann zu sprechen, doch sie legte ihm einen Finger auf die Lippen. Er nahm ihre Hand und küßte sie, dann packte er ihre Schultern und zog ihr Gesicht zu sich, bis ihre Münder einen Zentimeter voneinander entfernt waren. Sie drehte das Gesicht weg.

Er nahm es in die Hände, drehte es zu sich zurück und küßte ihre vollen Lippen. Sie ließ ihn gewähren, aber nur für einen Moment, lange genug, um ihn zu kosten. Nur für einen weiteren Moment und noch einen und noch einen – dann wollte sie seinen Mund auf ihrem Körper spüren, überall.

»Mike, nicht.« Schwer atmend entwand sie sich seiner Umarmung. Die Haare fielen ihr ins Gesicht.

Er hob den Kopf und leckte das Salz vom Flaumhaar auf ihren festen, runden Brüsten. Sie stöhnte auf. Er drückte sein Gesicht zwischen ihre Brüste, dann preßte er seinen heißen Mund auf ihre Brustwarzen.

»O nein, nein, nein«, sagte sie, bebend.

Starke, sanfte Finger streichelten ihren Nacken und ihre Schultern, strichen über ihren Rücken, über ihre geschwungenen Hüften und glitten zwischen ihre Beine. Sie hielt den Atem an und drückte das Rückgrat durch. Glitschige Feuchtigkeit floß aus ihr heraus und rann an den Innenseiten ihrer Schenkel hinunter.

Kaigani hatte bereits mit Männern geschlafen und ihr in allen Details von ihren sexuellen Begegnungen berichtet, aber sie, Ember, hätte nie geglaubt, daß die Gefühle so intensiv sein würden. Sie sehnte sich danach, ihn in sich zu haben, und sie würde sich nicht mehr zurückhalten können, wenn sie nicht sofort aufhörte.

»Mike ... oh ... Wir dürfen nicht, wir dürfen nicht.« Erneut entwand sie sich seinen Armen, rollte von ihm herunter und griff nach ihrer Kleidung. Auf ihrer geröteten Haut glänzte feiner Schweiß, und rostroter Sand klebte an ihren Seiten.

»Du liebst mich doch auch«, sagte er. »Wir beide wissen, daß du das tust.«

»Und ich liebe Kaigani, genau wie du.«

Er zuckte verwirrt zusammen. Dann stieß er ein lautes Seufzen aus und ließ den Kopf sinken.

Sie wrang ihr Sweatshirt und ihre Shorts aus und zog die Sachen an.

»Vielleicht«, sagte er, »vielleicht sollten wir es zu dritt machen. Einen Dreier.«

»Wir sind Schwestern, keine Heiligen. Aber auch keine Huren.«

»Tut mir leid.« Er fuhr sich mit der Hand durch die feuchten Haare. »Wirklich, tut mir leid. Ich bin total durcheinander ...«

»Schon gut, ich auch. Hier, zieh deine Sachen an.«

Durch die Öffnung im Totempfahl sah sie einen Mann über den Kiessand gehen, lautlos wie die umherwabernden Nebelschwaden.

»Old Man«, sagte Ember und deutete nach draußen.

Mike sprang auf und stieß mit dem Kopf an die Decke. Mit einer Hand griff er sich an die künftige Beule, mit der anderen versuchte er, seine Blöße zu bedecken, dann wrang er seine kalte, nasse Jeans aus und schlüpfte bibbernd hinein; in seinem erregten Zustand wollte ihm die Hose jedoch nicht so recht passen; er bekam den Reißverschluß nicht zu.

»Geh du zu ihm«, sagte er.

Ember bückte sich und stieg durch die Öffnung.

Old Man kam ihr lächelnd entgegen und begrüßte sie auf Quanoot. Er trug eine kurzärmelige, knielange Fransenrobe aus Hundewolle, die mit Muscheltinte dunkelviolett eingefärbt war. Auf seinem Rücken hing ein breiter, kegelförmiger Hut aus geflochtenen Zedernzweigen. Seine dürren, nackten Beine endeten in einem Paar zerschlissener, notdürftig mit Zedernrindestreifen zusammengehaltener Nike-Turnschuhe. Zwei gelbe Pilgerflaschen aus Kürbis baumelten mit ihren verschrumpelten Hälsen an einem schmalen Rindengürtel.

Ember stellte Mike und sich vor. Old Man nahm ihre Hände und küßte die Innenflächen, dann sah er mit einem schiefen Grinsen zu ihr auf, die zahlreichen Zahnlücken in seinem Mundorgel-Gebiß entblößend. Ihr wurde klar, daß sie vorhin zu abgelenkt gewesen war, um ihn zu bemerken, denn er roch nach Rauch und Fisch.

Das war also Old Man. Er war winzig, reichte ihr gerade bis ans Kinn. Unter einem Büschel weißer Haare trug sein Gesicht die zerfurchten Dünungen der Zeit.

Mike stieg durch die Öffnung, richtete sich auf und verschränkte die Arme vor der Brust.

»Wieso hat er uns beobachtet?« fragte er.

Ember sprach zu Old Man, und der lachte kurz. Während er redete, tanzten sein Gesicht und seine Hände im Takt seiner Worte.

»Er sagt, er wollte uns zuschauen, wie wir Liebe machen«, sagte sie.

»Zum Teufel damit. Sag ihm, daß ich das ziemlich beschissen finde.«

Old Man sprach erneut.

»Er sagt, er sieht den Walen beim Liebemachen zu, den Adlern, den Seeottern, den Bären . . .«

»Toll, er ist ein Tierspanner.«

». . . aber er hat nie Menschen Liebe machen sehen. Er war neugierig.«

»Sag ihm – sag ihm . . . Hat er nie was von Privatsphäre gehört? Sag ihm, daß es im Leben Dinge gibt, die man gerne für sich allein hat; sie sind etwas Besonderes.«

Quanoot-Worte schnalzten hin und her. Old Man tanzte beim Sprechen fast auf der Stelle; seine schwarzen Augen blinzelten verschmitzt. Sie begann zu lächeln.

»Er sagt: ›Was ist so besonders?‹ Jeden Tag sieht er den Himmel, die Berge und die See erotische Dinge tun – alle Arten von

Energie und Annehmlichkeiten austauschen –, und sie verbergen ihr Vergnügen nicht vor ihm.« Sie lachte. »Er sagt, daß du im Vergleich zu einem Buckelwal nur ein winziges Pimmelchen hättest – also nichts Besonderes.«

Old Man strahlte Mike an und breitete so weit er konnte die Arme aus. Dann ließ er die Ellbogen an die Seiten fallen und hob die Unterarme wie Flossen; auf den Fußspitzen tänzelnd, schien er über den Boden zu schweben und stieß dabei zischend den Atem aus und sog neue Luft ein, drückte den biegsamen Rücken durch und wedelte anmutig mit den Flossen. Dann sang er eine Melodie aus rauhen, hohen Quietschlauten, die, wie bei einer Slide-Posaune, plötzlich in tiefbrummende Baßtöne hinunterglitten: das Lied der Buckelwale.

Es war unheimlich; er hatte vor ihren Augen das Wesen eines Wales angenommen.

Mike lächelte.

»Er ist ein süßer kleiner Kerl, soviel muß man ihm lassen«, sagte er und ließ die Arme sinken.

Old Man bedeutete ihnen, ihm zu folgen, und führte sie durch das in Nebelschwaden gehüllte Unterholz zu einer weitgeschwungenen Bucht. Die Flut war zurückgegangen, und der flache Sandboden war vom fortgespülten Seetang mit schwarzen Jodschlieren überzogen. In allen Richtungen flitzten winzige Krebse über feuchte, spiegelglatte Felsbrocken, unter denen orange Seeigel, blaue und pinkfarbene Anemonen und rote Seesterne lagen. Ein Strandläufer warf den Kopf nach hinten und versuchte, einen Seestern zu vertilgen, doch die Mahlzeit weigerte sich, die Speiseröhre hinunterzugleiten, und der Vogel würgte den Seestern wieder hervor und versuchte es von neuem. Old Man grub eine eßbare Muschel aus dem Sand und schob sie in einen geflochtenen Beutel, den er von seinem Gürtel abgenommen hatte; innerhalb von zehn Minuten hatten sie einige Dutzend Muscheln gesammelt. Dann fing Old Man mit einer blitzschnellen Bewegung einen Krebs, der größer als Mikes Hand war, schlug seine Schale gegen einen Felsbrocken und stopfte das tote Tier ebenfalls in den Beutel; bald kamen weitere hinzu.

Ember griff einen großen Krebs, genau wie Old Man es getan hatte, doch der Krebs entwand sich ihren Fingern, und Ember ließ ihn fallen, bevor sie gezwickt wurde. Old Man bückte sich flink, hob den Krebs auf und schlug die Schale gegen einen Felsbrocken. Ember versuchte es erneut, und dieses Mal war sie genauso schnell und geschickt wie Old Man. Er lächelte und nickte anerkennend, als sie den Leckerbissen in den Beutel stopfte.

Dann folgten sie Old Man in die Berge und stiegen zwischen moosüberwucherten Felsformationen und schroffen, steil zum Meer abfallenden Granitklippen in die Höhe. Ember roch Süßwasser, und kurz darauf erreichten sie einen klaren Bach. Old Man tauchte den Beutel hinein, um das Essen zu waschen, und füllte die Pilgerflaschen mit frischem Wasser. Dann kletterten sie weiter, bis zum ebenen Plateau der Insel, wo auf einer Lichtung ein Langhaus mit einem aufgerissenen Rabenschnabel als Eingang stand.

Drinnen, in der Feuerstelle, lagen glühendheiße Steine auf einem Bett aus glimmenden Holzscheiten. Old Man füllte einen wasserdichten Eimer aus Zedernrinde mit etwas frischem Wasser, warf mit einer Knochenzange die glühenden Steine hinein, schüttete die Meeresfrüchte darüber und legte einen Deckel auf den Eimer.

Kurz darauf saßen sie draußen auf gespaltenen Holzstämmen und aßen die gedünsteten Muscheln und Krebse mit den Fingern. Es schmeckte köstlich, selbst ohne Gewürze, und das Bachwasser war herrlich frisch. In ihrer Höhe begann sich der Nebel allmählich aufzulösen, während unter ihnen die See eine einzige weiße Wolke war.

Old Mans Augen trafen Embers. Er schien nicht mehr wegschauen zu wollen, schien an diesem Morgen nichts anderes vorzuhaben, als in sie hineinzusehen. Ember lächelte, rutschte aber nervös auf ihrem Platz umher und war froh, als Mike auf ein Adlernest im Wipfel einer Sitkafichte deutete.

Was kann er sehen? Was weiß er über mich? Und möchte ich es wirklich erfahren?

Aus dem Augenwinkel warf sie Old Man einen flüchtigen Blick zu. Er fixierte sie noch immer.

Ja. Ich muß es wissen.

»Du bist hergekommen, um herauszufinden, weshalb du anders bist als deine Familie und deine Freunde«, sagte er in perfektem Englisch.

Beim Klang seiner eigenen Sprache wirbelte Mikes Kopf herum. »Ich fasse es nicht«, sagte er.

»Du bist vor achtzehn Jahren nach Whaler Bay gekommen«, sagte Ember, »als ich ein Baby war.«

»Ist das schon so lange her?« fragte Old Man kopfschüttelnd. »Die Zeit verliert sich im Nebel dieser Insel.«

»Man sagt, du seist gekommen, um mich zu segnen, weil ich einmal ... Sisiutlqua werden würde. Aber woher wußtest du von mir? Was weißt du? Wo sind andere wie ich? Bin ich eine Seelenfängerin?«

Er hielt seine Handflächen hoch.

»Ich werde dir alles erzählen, was ich weiß«, sagte er. »Aber zuerst laß uns baden und anschließend tanzen.«

»Heh?« entfuhr es Mike.

»Quanoot-cha«, sagte Ember zu ihm. »Bevor man wichtige Neuigkeiten berichtet oder mitgeteilt bekommt, ist es Tradition, seinen Körper durch Baden und Tanzen ›der Wahrheit zu öffnen‹.«

»Muß ich dabei mitmachen?«

Old Man erhob sich und schlenderte der morgendlichen Sonne entgegen.

Ember stand auf, um ihm zu folgen.

»Ember ... ich glaube, ich bleibe hier und warte, bis ihr fertig seid.«

»Wir sind auf Quanoot-Territorium«, sagte sie, und ihre grünen Augen blitzten. »Solange wir auf unserem Gebiet sind, tue, was wir tun, und mißachte nicht unsere Bräuche.«

»Tut mir leid, ich wollte nicht unhöflich sein, aber ... du weißt schon ... ich bin so ...«

»Schon gut. Ich habe es auch nicht böse gemeint.« Sie nahm

seine Hand. »Wahrscheinlich traue ich mich nicht zuzugeben, daß ich deinen Beistand brauche. Komm schon.«

Er stand auf. »Aber ich komme mir ziemlich blöd vor.«

»Wieso? Hast du Angst, mit uns zu baden?«

»Na ja . . .«

»Wir haben uns geküßt und angefaßt, warum auf einmal so schüchtern?«

Er zuckte mit den Schultern. »Vermutlich ticke ich nicht richtig.« Dreißig Meter den Pfad hoch roch Ember Schwefel und konnte das Wasser plätschern hören. Zum Gipfel der Insel hin liefen die Berghänge zu einem erloschenen Vulkankegel zusammen, dessen Durchmesser etwa fünfzig Meter betrug. Der Krater war bis zum Rand mit dampfendem Wasser gefüllt. Auf der gegenüberliegenden Seite floß es über die Kante und bildete einen seichten Quellstrom, der über den ausgewaschenen Bimsstein den Abhang hinunterfloß. Old Man hatte sich aus seinen Kleidern geschält und saß auf dem Kraterrand, dann glitt er laut seufzend ins Wasser.

Ember überkreuzte die Arme, zog ihr Sweatshirt hoch und sah Mike hastig wegschauen, als ihr Kopf unter dem Pulli hervorkam. Wie auf ein geheimes Zeichen stiegen sie gleichzeitig aus ihren Hosen und starrten verlegen auf den felsigen Boden zu ihren Füßen. Langsam, ein bißchen ängstlich, hoben sie ihre Blicke.

Mike war sehnig und baumlang. Seine Haare und sein Bart hatten denselben Bernsteinfarbton wie seine Brusthaare, doch sein lockiges Schamhaar war feuerrot. Er grinste schief.

»Wie ich bereits sagte«, sprach er leise, »du bist wunderschön.«

»Ich mag auch, wie du aussiehst«, sagte sie. »Du erinnerst mich an einen Storch.«

»Eine Freundin sagte einmal, ich würde sie an einen Irischen Windhund erinnern. Ich glaube, Storch ist mir lieber.«

Vorsichtig ließen sie sich ins heiße Wasser gleiten.

»Uhhhhhm«, seufzte Mike. »Ist das heiß.« Er lehnte den Nakken an den Kraterrand.

Ember und Old Man vollzogen ein Reinigungsritual: Als erstes wuschen sie ihre Hände und Füße, dann gossen sie sich Wasser über die Brust und über die Augen und spülten sich zuletzt die Münder aus. Mike folgte ihrem Beispiel.

Old Man stieg aus dem Wasser. Seine dunkle Haut glänzte feucht, wie ein frisch gegossenes Briefsiegel. Er zog sich schnell an und lief am Quellstrom entlang den Abhang hinunter. Ember und Mike zogen sich ebenfalls an und folgten ihm.

Am Fuß des Kraters erklang ein kraftvoller Trommelrhythmus; bald kamen ein Dutzend weitere Trommeln hinzu, dann schlugen Hunderte Trommeln gleichzeitig, wie Regentropfen, die auf ein Wellblechdach prasselten. Mit pochendem Herzen eilte Ember der Musik entgegen.

»Wie macht er das?« fragte Mike, direkt hinter ihr.

In einer schmalen, sich zum Meer neigenden Lichtung waren unzählige Holztrommeln in allen Größen und Formen aufgebaut. Von einem weit oben liegenden Felsvorsprung floß Quellwasser durch Dutzende Bambusrohrleitungen und fiel in dicken Tropfen auf die Trommeln. Der Aufprall brachte die Schlagfelle zum Schwingen und hallte aus den seitlich in die Hohlkörper eingefügten Schlitzen, dumpfe Baßtöne aus tiefen, breiten Trommelkesseln bis hin zu höchsten Tonkaskaden aus kurzen, schmalen Zylindertrommeln.

Old Man tanzte schon mit geschlossenen Augen. Er begann mit kreisenden Kopfbewegungen, die sich durch seinen Hals in die Schultern, Arme und Hände und anschließend durch seinen Oberkörper in die Taille und weiter runter durch die Knie bis in die Füße ausbreiteten, bis sein ganzer Körper zum Rhythmus der Trommeln umherwirbelte. Dann schien der Tanz aus seinem Körper in den Boden zu entweichen, und er blieb reglos auf der Stelle stehen. Wenig später begann sein Kopf von neuem zu kreisen, und neue Bewegungsfolgen durchzuckten ihn und entwichen in die Erde.

Eine Weile konnte Ember den Blick nicht von Old Man lösen.

Dann schloß sie die Augen und begann selbst zu tanzen. Die Rhythmen pulsierten durch ihren Kopf und ihr Herz und ließen ihre Muskeln zucken, und sie gab sich völlig losgelöst dem Spiel der Trommeln hin. Es war hypnotisch, ekstatisch. Sie verzehrte die Musik, und die Musik verzehrte sie. Sie begann zu singen; keine Worte, nur Laute, die ihrem Bauch entströmten und ihre Seele öffneten wie eine Lunge. Sie hörte Old Man in den Gesang einstimmen. Sie öffnete die Augen und sah, daß er mit ihr tanzte, sein Gesicht fiebrig glänzend, ein uralter kleiner Junge.

Mike warf sich auf den Boden, rollte umher und sprang wieder auf, vollführte Karatetritte und schlug in die Luft, schreiend und lachend.

Nach einer Ewigkeit begann Old Man, die Bambusröhren mit Stöpseln zu verschließen, und eine Trommel nach der anderen verklang, bis der letzte der hundert Rhythmen verhallt war. Tiefe Stille schien über der Insel zu liegen.

»Setzt euch, beide«, sagte Old Man und deutete auf flache, ebene Steine am Rand der Lichtung. Er saß im Schneidersitz vor ihnen. »Hört zu. Ich werde euch eine sehr, sehr alte Geschichte erzählen«, sagte er. »Sie wurde vor langer Zeit unserem Volk erzählt und von einem Geschichtshüter zum nächsten weitergegeben, doch die Geschichte selbst ist viel älter als die Quanoot – sogar älter als diese Bäume.«

Ember und Mike beugten sich vor.

26

»Vor vielen, vielen Jahren, zur Zeit der Ersten Menschen, war es sehr, sehr kalt«, begann Old Man. »Die meisten Landflächen waren mit Eis bedeckt, und sogar ein Großteil der Meere war zugefroren. Es war so kalt, daß niemand sprechen konnte, denn jedermanns Zunge war zu steif dazu.

Weil niemand sprechen konnte, sprachen die Menschen mit dem Herzen. Und weil jeder das Herz des anderen schlagen hören konnte, gab es in jener Zeit keine Lügen und kaum Mißverständnisse, und es gab keine Kriege.

Mit dem Herzen konnten die Menschen sogar den Tieren und

den Pflanzen lauschen, und die lebendigen Dinge verrieten den Menschen ihre geheimen Wirkungen, zum Beispiel, daß das Kauen von Weidenrinde Kopfschmerzen lindert und der Verzehr von weißem Lehm Durchfall stoppt.

Generationen kamen und gingen, und allmählich wurden die Sommer länger, und das Eis, das die Welt bedeckte, begann zu schmelzen. Eines Tages merkte eine Junge namens Talu, daß seine Zunge nicht gefroren war wie die der anderen. Er begann, sein neues Geschenk auszuprobieren, und sagte ›Kak-Kak‹ wie der Adler und ›Hoo-hoo-oop‹ wie die Eule. Bald schon dachte er sich eigene Laute aus, und wenig später verfügte er über einen großen Schatz an Worten, und ihm wurde bewußt, wie klug er war. Auch die anderen bemerkten dies, und sobald seine ersten Barthaare sprossen, ernannten sie ihn zu ihrem Anführer.

Kurz darauf wurden weitere Kinder mit geschmolzenen Zungen geboren, und diese Kinder sabbelten und brabbelten miteinander, wie sie es auch heute tun.

Doch Talu fiel auf, daß viele der Kinder nicht so gut sprechen konnten wie er. Er machte die anderen Sprecher darauf aufmerksam. Bald schon lebten die Menschen nicht länger als Gleiche unter Gleichen, denn fortan gab es zwei Klassen: die, die gut sprachen, und die, die weniger gut sprachen. Menschen wie er selbst nannte Talu ›Wassersprecher‹, die anderen verunglimpfte er als ›Gefrorene Zungen‹.

Aber insgeheim war Talu neidisch, denn die Gefrorenen Zungen besaßen noch die Fähigkeit, mit ihren Herzen zu sprechen; sie mußten dazu nicht einmal den Mund aufmachen, und sie konnten sich auf diese Weise über große Entfernungen hinweg mitteilen, sogar über den Tod hinaus, denn die, die die Sprache des Herzens verstanden, erinnerten sich an all die Erlebnisse in den Herzen ihrer Vorfahren.«

Old Man machte eine Pause und sah Ember vielsagend an. Sie zitterte, äußerlich wie innerlich.

»Talu wollte die Macht seiner Worte, die ihn über alle anderen hob, behalten, aber ebenso wollte er die magische Fähigkeit, mit dem Herzen sprechen zu können, zurückerlangen. Doch sosehr er sich auch bemühte, er war nicht fähig, die Sprache des Herzens neu zu erlernen.

Die Zeit verging, und nun war Talus gleichnamiger Ururenkel Häuptling der Wassersprecher. Die Spaltung zwischen denen, die mit ihren Zungen sprechen konnten, und denen, die dazu unfähig waren, hatte sich verschlimmert. Talu verbot den Wassersprechern, Gefrorene Zungen zu heiraten; schlimmer noch – die Wassersprecher machten die Gefrorenen Zungen zu ihren Sklaven.

So ging es lange Zeit dahin, und die Menschen wurden sich immer fremder. Mittlerweile sahen die Wassersprecher nicht mehr wie die anderen aus, denn sie hatten sich seit Generationen nicht mehr miteinander vermischt. Die Menschen waren nicht länger eine Familie, sondern zwei. Und nun wurden die, die nicht sprechen konnten, ›Bestien‹ genannt. Der Talu jener Tage erklärte, daß die Bestien nicht einmal mehr als Sklaven taugen würden und daß sie fortgehen und für alle Zeiten weit entfernt von den Wassersprechern leben müßten. Und genau dies geschah. Wann immer ein Kind mit gefrorener Zunge geboren wurde, töteten sie es oder schickten es zu den Bestien, sobald es alt genug war.«

Ember spürte, wie sich ihre Nackenhaare aufstellten.

»Weitere Generationen wurden geboren und starben, und jetzt war ein Nachfahre Talus Anführer der Wassersprecher. Diese nannten sich nun auch ›die Weisen‹, weil sie mit all ihren Worten viele Dinge erklären konnten, und sie waren stolz darauf, daß es nichts gab, für das sie keine Bezeichnung hatten. Doch sie konnten einander auch belügen und betrügen, und sie konnten tratschen und schreckliche Gerüchte in die Welt setzen. Am schlimmsten war, sie konnten hassen, weil sie den Kontakt zu ihren Herzen verloren hatten.«

»Wie in der Geschichte über den Sonnenturm«, sagte Ember.

Old Mann nickte.

»Sonnenturm?« fragte Mike.

»Vor langer Zeit«, sagte Ember, »taten sich alle Stämme zusammen, um einen Turm zu bauen, der bis zur Sonne reichen sollte; sie hatten vor, der Sonne ein glimmendes Holzscheit zu stehlen, damit sie nie wieder gezwungen sein würden, im Regen, in der

Kälte oder im Dunkeln ein Lagerfeuer entfachen zu müssen. Ein Holzscheit aus der Sonne würde ihnen mit seiner nie verlöschenden Glut auf ewig Wärme und Licht schenken.

Der Turm aus Lehm, Baumstämmen und Walknochen wurde immer höher, doch seine Erbauer fingen an, sich darüber zu streiten, wie man weiterbauen sollte. Sie wurden immer wütender aufeinander, und ihre schroffen Worte verdrehten und verknoteten ihre Zungen, bis sie nicht mehr dieselbe Sprache sprachen – sie konnten einander nicht mehr verstehen. Am Ende brachte ein falsch plazierter Baumstamm den ganzen Bau zum Einsturz.«

»Das ist die Geschichte des Turmbaus zu Babel, fast aufs Wort«, sagte Mike.

»Es gibt viele Geschichten darüber«, sagte Old Man. »Ich erzähle euch, was den Ersten Menschen widerfuhr, bevor sie sich in alle Welt verstreuten und ihre Geschichte mitnahmen.«

»Erzähle weiter«, sagte Ember.

»Nun, der Frieden ihres Exils war nicht von Dauer. Inzwischen fürchteten und haßten die Wassersprecher jeden, der mit dem Herzen reden konnte. Daher begannen sie, die Bestien zu jagen und eine Sippe nach der anderen auszurotten.«

Ember fröstelte und rieb sich die Oberarme, unruhig vor und zurück schaukelnd.

»Konnten sie sich nicht wehren?« fragte sie mit zitternder Stimme.

»Sie waren den Sprechern zahlenmäßig weit unterlegen. Nicht daß die Bestien Schwächlinge gewesen wären. Uralten Überlieferungen zufolge waren sie bärenstark – es heißt, ihre Arme und Beine hätten ausgesehen wie in Felle gehüllte Baumstämme. Aber da sie sich instinktiv in die Herzen ihrer Gegner hineinversetzten, spürten sie deren Schmerz und brachten es nicht fertig, sie zu töten; weniger mitfühlenden Menschen hatten sie also praktisch nichts entgegenzusetzen.«

Ember legte eine Hand an ihr Herz; Mike nahm die andere und drückte sie.

»Eine der Bestien-Sippen nannte sich O-kwo-ke, die Lauschenden«, fuhr Old Man fort. »Die O-kwo-ke entkamen den Sprechern, indem sie nach Norden zogen, ins Eisland, wo bis dahin nie ein Mensch gewesen war. Sie entdeckten ein schmales Jagdgebiet mit vielen Tieren, denen sie wochenlang nachzogen, bis ihnen eines Tages eine riesige Mauer aus Eis den Weg versperrte. Die meisten Alten und viele der Kinder starben während der Reise.

In dem fernen Land waren die übriggebliebenen O-kwo-ke für einige Generationen in Sicherheit, bis ihre Herzen ihnen sagten, daß alle anderen Sippen umgebracht worden waren. In tiefer Trauer akzeptierten sie, die letzten ihrer Art zu sein.

Und sie wußten, daß Talu und seine Mörderbande sie eines Tages finden würden. Deswegen vereinigten sie ihre Herzen und entwickelten einen Plan, um auf diesen mit Furcht erwarteten Tag vorbereitet zu sein.

Friedvolle Jahre vergingen, doch schließlich kam der Augenblick, den sie so sehr gefürchtet hatten. Die vom neuesten Talu angeführten Wassersprecher drangen ins Eisland ein und kundschafteten die O-kwo-ke aus.«

Ember stockte der Atem.

»Die O-kwo-ke folgten ihrem Plan. Sie begaben sich in eine Eishöhle, in der sie sich an den Händen hielten und warteten, während ihre Schamanenmutter über dem Höhleneingang die Stützpfosten lostrat und eine Schneelawine auslöste, die die Höhle verschloß.«

»O mein Gott!« Ember sprang auf und schlug die Hände über dem Kopf zusammen. »Ich wußte es«, sagte sie. »Es war kein Traum . . . Ich habe sie gerochen . . . mein Volk.«

Old Man nickte feierlich.

»Aber das ist . . . unmöglich«, sagte Mike.

Ember sank vor Old Man zu Boden und drückte ihre Stirn an seine Knie, die Augen zusammengekniffen, unfähig, einen klaren Gedanken zu fassen. Wenn die Menschen in der Eishöhle ihre Vorfahren waren, war sie der Beweis, daß sie überlebt hatten.

»Bitte«, flüsterte sie. »Was geschah mit den Menschen in der Höhle?«

»Für sie war es so, als würden sie sich schlafen legen«, sagte Old Man und strich ihr sanft über die Haare, »wie der Winterbär.«

»Besser als totgeschlagen zu werden«, murmelte Mike.

»Wie sind sie rausgekommen?« fragte Ember.

Old Man schüttelte wortlos den Kopf.

»Aber ich bin doch hier.« Sie sah mit feuchtem Gesicht zu ihm auf, seinen Blick suchend. »Sieh mich an.« Sie lächelte, und Tränen liefen ihr in den Mund. »Wir haben überlebt. Irgendwo habe ich einen Vater und eine Mutter, vielleicht sogar Brüder und Schwestern. Wo sind die anderen wie ich, die Nachfahren der O-kwo-ke?«

Nun rannen auch Old Man Tränen über das zerfurchte Gesicht. »Die Geschichte berichtet, daß Talu der alten Schamanenmutter hinterherjagte, als sie gemeinsam mit ihrem weißen Wolfsgefährten über den Hügel flüchtete. Der Wolf wurde schwarz und sprang Talu an, und beide überschlugen sich und rutschten den vereisten Abhang hinunter. Unten angekommen, war der Wolf tot, und Talu blutete aus einer tiefen Bißwunde in der Kehle; der Schnee um ihn herum verfärbte sich rot. Während er im Sterben lag, brachte die Schamanenmutter ein unvorstellbares Opfer. Sie legte ihre Hände auf ihn und ließ zu, daß ihre Herzen miteinander verschmolzen.«

Er machte eine Pause und sah Ember eindringlich an.

»Stell dir vor, wie weh es tut«, sagte er, »sich mit seinem ärgsten Feind zu verschmelzen, mit dem Mörder deiner Freunde, dem Zerstörer deiner ganzen Rasse. Ihr Großmut und ihre Barmherzigkeit lassen sich nicht mit Worten beschreiben.«

»Das ist so, als wäre ein KZ-Insasse dem sterbenden Hitler zu Hilfe geeilt«, sagte Mike.

»Ich sagte nicht, sie sei ihm zu Hilfe geeilt«, sagte Old Man. »Das würde sie nur zu einer Heiligen machen. Ich sagte, sie verschmolz ihr Herz mit seinem. Sie wurde er, damit er sie werden konnte.«

Ember schluchzte leise. Tränen flossen über ihre hohe Wangenknochen und fielen in den Staub.

»Ihr Licht durchströmte Talu und erhellte sein Herz«, sagte Old Man. »Und Talu *erinnerte* sich.

Er erinnerte sich an das Verschmelzen der Herzen, das die Wassersprecher verlernt hatten. Er erinnerte sich an ihre gemeinsamen Vorfahren. Er erinnerte sich an alles. Er spürte, was er und sie verloren hatten, und er vergoß bittere Tränen darüber, was er und seine Vorgänger angerichtet hatten. Aber es war zu spät.«

Ember sank mit leerer Miene in sich zusammen.

»Es war der sterbende Talu, der seinen Leuten befahl, die Geschichte der O-kwo-ke von Generation zu Generation weiterzuerzählen. Und genau das taten die Geschichtshüter.«

»Die Menschen in der Höhle sind alle . . .?« fragte sie mit schwacher Stimme.

Old Man beugte sich vor und flüsterte in ihr Ohr. »Die Schamanenmutter versprach ihnen . . .«

Ember wagte kaum zu atmen. Jedes von Old Mans Worten war wie ein Stich ins Herz.

»Ich bin . . . ihr Erlöser?« fragte sie.

Mike sah stirnrunzelnd zu Ember hinunter. »Immer langsam, keine voreiligen Schlüsse«, sagte er. »Laß uns das erst mal diskutieren.«

»Sisiutlqua«, sagte sie kaum hörbar. »Nicht für die Quanoot . . ., sondern für mein eigenes Volk, die Lauschenden.«

Old Man klatschte laut in die Hände, dann legte er die linke Hand an sein Herz und die rechte an ihres.

*»O-kwo-ke *ki layo me, da ene poi hok, Sisiutlqua!«* sprach er und küßte sie auf die Stirn. »Kehre zurück und erwecke uns wieder zum Leben.«

27

»Old Man hatte genug Feingefühl, um mir ein bißchen Zeit für mich selbst zu geben«, sagte Ember. »Warum kannst du das nicht auch?«

Zügig lief sie den Pfad zum Langhaus hoch. Mike eilte ihr nach. »Weil du nicht rational denkst«, sagte er. »Du brauchst meine Hilfe, um dich mit alldem logisch auseinanderzusetzen.«

Sie drückte einen hervorstehenden Pinienzweig zur Seite und ließ ihn los. Er schnellte zurück und traf Mike an der Schulter. Sie ging gleichgültig weiter.

»Au! Hör auf mit dem Mist! Sei doch vernünftig.«

»Das hat nichts mit Vernunft zu tun. Wie vernünftig war es denn, als du das Zedernholz gerochen hast und dich plötzlich erinnerst, dich als Kind in einer Truhe versteckt zu haben? Es war eine lebhafte Erinnerung, die von allein kam; du hast sie nicht bewußt ausgelöst und hättest sie auch nicht stoppen können. Ich habe die Menschen in der Höhle gerochen, und eine Flut von Erinnerungen kam in mir hoch – mehr als ich verstehen oder in Worte fassen kann.«

»Aber diese Menschen in der Eishöhle – du sagst, sie seien deine Vorfahren?«

»Ja.«

»Genau das meine ich – du versuchst mir weiszumachen, daß du dich an etwas erinnerst, das vor deiner Geburt passiert ist?«

»Ja.«

»*Wer* erinnert sich?«

»Der Geist erinnert sich. Das Leben erinnert sich. Keine Ahnung, aber ich habe nie behauptet, daß es logisch sei. Es ist eben so.«

»Also sagst du, daß das alles keinen Sinn ergebe, aber daß das nicht so wichtig sei.«

Sie blieb stehen und wirbelte zu ihm herum, und beinahe wären sie zusammengeprallt.

»Okay, dann laß mal deine logische Analyse hören«, sagte sie. »Ich hatte eine Vision – nein, ich *roch* eine Begebenheit, ein Ereignis – das exakt mit der Geschichte übereinstimmt, die Old Man uns erzählt hat. Er sagte, die Geschichte der Goldenen sei älter als die Wälder.«

»Einspruch.« Mike hob einen Finger. »Er hat nie gesagt, sie seien golden.«

»Wieso bist du so mißtrauisch? Mußt du hinter allem eine Verschwörung vermuten?«

»Ich bin nicht mißtrauisch im Sinne von paranoid«, sagte er, »sondern skeptisch im Sinne von rational. So bin ich, wenn Dinge dem gesunden Menschenverstand widersprechen.«

Sie wandte sich um und ging weiter.

»Ich werde herausfinden, wo die anderen Goldenen sind«, sagte sie. »Wenigstens ein paar sind aus der Höhle entkommen. Ich bin der Beweis dafür. Sie haben überlebt.«

»Schau, Tom glaubt, du seist eine Art magische Seelenfängerin, die gekommen ist, um die Quanoot wieder auf den rechten Weg zu bringen. Ist das richtig?«

»Nein. Und ich habe nie behauptet, daß es so sei.«

»Aber nun bist du bereit zu glauben, du seist die Erlöserin eines Stammes, der, wie es klingt, in der Eiszeit ausgerottet wurde.«

Ihre Schritte wurden langsamer.

»Diese ganze Geschichte über die Ersten Menschen ist nur ein Gleichnis, wie der Turmbau zu Babel. Ein *Gleichnis,* es ist nie geschehen. Kapierst du das nicht? Es handelt davon, wie die Entwicklung der Sprache uns zu Kopfmenschen machte, wie wir die Fähigkeit verloren, aus dem Bauch heraus zu handeln. Es ist ebensowenig historisch wie die Geschichte vom Raben, der eine Wolke aus dem Himmel stiehlt und sie in den ersten Nebel verwandelt, um seine Feinde auszutricksen. Ist die Rabengeschichte etwa ein Beweis dafür, daß Vögel früher sprechen konnten?«

»Hey, jetzt bist du unlogisch«, sagte sie und wandte sich wieder zu ihm um. »Old Man kam nach Whaler Bay und prophezeite, daß ich Sisiutlqua sein würde.«

»Darüber werde ich ihn nochmals eingehend befragen.«

»Paßt wohl nicht in dein Denkschema, was?«

»Zugegeben, ich weiß noch nicht, was ich davon halten soll.«

Sie drehte sich um und ging weiter.

»Augenblick mal. Das hätte nur etwas zu bedeuten, wenn du tatsächlich Sisiutlqua wärst – es wäre ein Trugschluß, daraus abzuleiten, wer oder was du bist. Man kann nicht sagen, er prophezeite, du würdest Astronaut werden, und deswegen bist du Astronaut. Die Prophezeiung wäre nur dann richtig, wenn du tatsächlich Sisiutlqua wärst.«

»Mike, danke«, sagte sie. »Jetzt bin ich noch verwirrter, als bevor ich Whaler Bay verließ.«

Mike sagte nichts. Sie erreichten die Lichtung, in der sie gefrühstückt hatten. Sie ging kurz ins Haus und kam mit zwei Pilgerflaschen voll Wasser zurück. Sie gab Mike eine. Sie schloß die Augen, als das kalte Wasser ihre Kehle hinunterrann und ihren Durst löschte; es war ein simpler Genuß, den sie in diesem Moment nicht für eine Handvoll Rubine eingetauscht hätte.

»Weißt du, ich habe viel nachgedacht«, sagte Mike und wischte sich den Mund ab. Traurigkeit schien in seinen Augen zu liegen.

»Oh, was du nicht sagst.«

»Bevor ich weiterrede, sollst du etwas wissen – nichts von dem, was ich gleich sagen werde, ändert meine Gefühle für dich.«

»Schön. Also, sag's einfach.«

»Möglicherweise hast du keine Vorfahren.«

»Was soll das heißen?«

»Vielleicht gibt es nur eine Handvoll Menschen wie dich, und sie sind alle genauso alt wie du . . .«

»Yeah, du bist schließlich der Experte für Schwachsinn. Red weiter, Klugscheißer.«

»Ember . . ., schau, ich will dich nicht sauer machen . . ., aber . . . nun . . . Ich denke, daß du möglicherweise . . .« Er seufzte energisch.

Sie schluckte. »Spuck's aus. Wahrscheinlich habe ich es sowieso längst gehört.«

»Es fällt mir nicht leicht, dir das zu sagen . . ., aber möglicherweise bist du . . .«

Sie starrte auf ihre Füße. »Die meisten Leute auf Whaler Bay glauben, ich sei ein Mutant aus dem Reagenzglas.«

Mike schüttelte den Kopf. »Nein, nein, so würde ich es nicht ausdrücken . . ., aber . . . ich glaube auch . . ., daß du künstlich erschaffen worden bist . . .«

Sie hob den Blick und sah ihm in die Augen, und wieder seufzte er. »Ember, was ich meine, ist, ich glaube, man hat dein Erbgut manipuliert.«

Sie drehte das Gesicht weg.

»Verzeih mir, daß ich so was sage«, sagte er sanft. »Aber denk mal drüber nach. Es macht mehr Sinn als alles andere, was du heute gehört hast. Es paßt alles zusammen.«

»Ach, vergiß es. Du hast doch keine Ahnung«, flüsterte sie heiser. »Schau dir die Fakten an«, sagte er. »Du bist achtzehn. Das heißt, du wurdest geboren, bevor die Sache bei HuGen Tek aufflog.«

Sie zog die Stirn in Falten. »Was?«

»Es war ein großer Skandal, als ich klein war; mein Vater hat ständig darüber gesprochen. Die Regierungswissenschaftler waren dem menschlichen Genom-Projekt weit voraus – sie experimentierten bereits damit, Gene in menschlichen Embryos zu manipulieren. Sie wurden verpfiffen und mußten den Laden dichtmachen, und angeblich war keiner der manipulierten Embryos implantiert worden – aber man weiß ja, daß solche Leute immer alles abstreiten.«

»Was waren das für Experimente?«

»Sie wurden vom Verteidigungsministerium finanziert – streng geheim.«

Ihre Kehle zog sich zusammen, und sie schluckte beklommen. »Bessere Soldaten bauen.«

»Genau. Stärker, schneller, leistungsfähiger . . .«

»Und du glaubst, daß einige dieser Embryos geboren wurden und daß ich einer davon bin.«

»Ja. Ich glaube, dieser Dr. Nahadeh war in die Sache verwickelt.« Sie drehte das Gesicht zu ihm zurück, ihre aufkeimende Furcht unterdrückend.

»Ich kann nicht glauben, daß du mich geküßt hast«, sagte sie. »Wie konntest du wissen, daß ich kein Kannibale bin, erschaffen, um die Toten auf dem Schlachtfeld zu fressen? Ich hätte dir die Augen ausbeißen können.«

»Ich wünschte, ich wäre nicht derjenige gewesen, der dir das sagen mußte«, sprach er leise. »Ich weiß, daß es weh tut.« Er legte die Hände auf ihre Schultern.

Sie riß sich von ihm los und wich einige Schritte zurück. »Bleib mir fern«, fauchte sie. »Mein Befehl lautet: erst töten, dann denken.«

Er breitete die Arme aus, seine Augen gütig. »Es tut mir wirklich leid, Ember.«

Sie biß sich auf die Lippe. Dann brach ein Damm in ihrem Herzen, und sie begann zu schluchzen und fiel in seine Arme.

»Es ist nicht wahr«, stammelte sie. »Das kann nicht sein . . .«

Er strich ihr über die Haare, die über ihren breiten Rücken fielen. »Schhhhhhhh. Schon gut . . .«

»Es ist nicht gut, es ist ein Alptraum. Es tut so weh . . . Du hast ja keine Ahnung.« Sie vergrub ihr Gesicht an seiner Brust und knirschte mit den Zähnen, während sie weinte; ihre Nase lief.

Plötzlich schob sie ihn weg.

»Warte – die blaue Eishöhle . . .?«

»Vielleicht haben sie dir einen extrastarken Geruchssinn eingebaut, damit du chemische Waffen aufspüren kannst, oder so. Und jetzt lösen Düfte manchmal lebhafte Halluzinationen bei dir aus.«

Sie ließ den Kopf sinken. »Bitte, geh. Laß mich allein.«

Er nickte, drehte sich um und ging auf den nach unten führenden Pfad zu.

»Nein, geh nicht weg. Bleib hier.« Sie rannte zu ihm und schlang von hinten die Arme um seine Taille. »Mike, ich habe solche Angst und bin so einsam.«

Er wandte sich zu ihr um und hielt sie eine Weile eng umschlungen fest. Dann nahm er ihre Hände von seinem Rücken und tätschelte sie.

»Ich bin bald zurück«, sagte er. »Ich werde noch mal mit Old Man reden. Ich muß ihm noch einige Fragen stellen.«

28

Old Man saß mit gespreizten Beinen auf einem dicken Baumstamm, den er zu einem Totempfahl zurechtzimmerte. Sein Beil schlug einen gleichmäßigen Rhythmus auf das harte Holz, *clink, clink, clink*.

Mike kam von hinten auf ihn zu. »Old Man.«

Der kleine Indianer hob die Beine und drehte sich auf dem Stamm um, so daß er nun andersherum saß, mit dem Gesicht zu Mike. Er legte das Beil aus der Hand und wies mit ausgestrecktem Arm auf den Stamm. Die Meeresbrise war kühler geworden, und über seiner Fransenrobe trug Old Man nun eine orange Windjacke, über deren linker Brusttasche in Stickbuchstaben *KITISOOK CHAINSAW SERVICE* und über der rechten *DAVE* stand.

Old Man tippte sich mit einem Finger an die Stirn. »Fragen?«

Mike nickte. »Wenn das in Ordnung ist.«

Old Man zuckte mit den Schultern. »Wie Embers Mutter sagt: ›Man muß sein, was man ist.‹«

»Woher . . .?« Mike blinzelte. »Woher weißt du, daß sie das sagt?«

»Sagen das nicht alle Mütter zu ihren Kindern?« Er lächelte breit. »Was möchtest du mich fragen?«

»Nun, als erstes, hatten die O-kwo-ke goldene Haut wie Ember?«

»Darüber berichten die Geschichten nichts. Vielleicht hatten die Menschen früher alle dieselbe Hautfarbe, so daß es überflüssig war, es zu erwähnen.«

»Früher. Wie alt sind diese Geschichten deiner Meinung nach? Steinzeit?«

»Wann war das?«

»Vor langer, langer Zeit, als Menschen Steinwerkzeuge benutzten.«

»Für mein Volk liegt das erst sechs Generationen zurück.«

»Nein, ich meine das Paläolithikum, die *Alt*steinzeit vor Zehntausenden von Jahren.«

»O ja, die Geschichten sind sehr, sehr alt. Die Geschichtshüter erzählten drei Arten von Geschichten. Heimatgeschichten, die auf diesen Inseln spielen; Geschichten von jenseits des Horizonts, die von anderen Stämmen des Inlands und des Südens übernommen worden waren, und Geschichten der Ersten Menschen, die unsere Vorfahren mitbrachten, als sie aus dem Norden auf diese Inseln kamen.«

Mike dachte an die nomadischen Jäger, die während der letzten beiden Eiszeiten die Beringstraße nach Amerika überquert hatten. Auf ihrem Weg nach Süden hatten sie als erstes die Küsten besiedelt, weil es dort am wärmsten war und es reichlich Nahrung aus dem Meer gab.

»Und du glaubst wirklich, daß Ember eine Nachfahrin der O-kwo-ke ist?«

»Ja.«

»Wo sind ihre Leute jetzt?«

»Sie warten darauf, daß Ember sie findet.«

»Wie soll sie dabei deiner Meinung nach vorgehen?«

»Sie ist eine Tochter der Lauschenden. Sie wird sie finden.«

Mike runzelte die Stirn. »Ich verstehe nicht . . .«

». . . wie sie eine seit langem ausgestorbene Rasse wieder zum Leben erwecken soll«, sagte Old Man, exakt die Worte benutzend, die Mike im Kopf hatte.

»Genau.«

Old Man sah über die Baumwipfel hinweg nach Norden. Die hochstehende Sonne hatte den Nebel aufgelöst, und der Himmel war ein wolkenloses Gewölbe aus tiefem Blau.

»Was hat die Schamanenmutter gemeint, als sie sagte, daß ein Erlöser kommen würde?« fragte Old Man. »Vergiß nicht, sie sprach nicht mit Worten, sondern mit Zeichen und Gefühlen. Und Geschichten verändern sich über Tausende Generationen hinweg: Sie entwickeln sich, werden ausgeschmückt. Die Geschichten, die ich als Junge gehört habe, berichteten, daß der Erlöser der O-kwo-ke ein Mann sei: Er-Der-Zurückkehrt.«

Aha, jetzt wird die Sache faul, dachte Mike.

Old Man betrachtete Mike aus ruhigen, klaren Augen. »Versuche, dir über die Worte nicht so viele Gedanken zu machen, mein Freund. Wären die Geschichten nur Körbe voller Blätter, hätten wir sie nicht über so viele Lebensspannen hinweg mit uns herumgetragen. Höre, was unter den Worten liegt.«

Old Man saß regungslos da. Myriaden winziger Falten durchzogen sein wettergegerbtes Gesicht. Mike war überrascht, daß er ohne Scheu in die strahlenden schwarzen Augen schauen konnte. Er fragte sich, wie es wohl war, nicht mit Worten, sondern mit Gefühlen zu sprechen. Old Man lächelte gütig, und Mike lächelte ebenfalls. An seine Fragen konnte er sich nicht mehr erinnern.

Old Man klappte ein Taschenmesser auf und schälte etwas Holz vom Auge eines Wolfskopfes, der zwischen ihnen aus dem Stamm wuchs. Er rieb mit dem Daumen über den Augapfel, um seine Ebenheit zu prüfen, dann schloß er das Messer und steckte es wieder ein.

Mike faßte in das hölzerne Maul des Wolfes, fuhr mit den Fingern über seine spitzen Fänge und über die Konturen seines Gesichts. Seine pelzigen Ohren waren wachsam aufgerichtet. Seine Augen schienen ihn aufmerksam zu beobachten.

»Wunderschön«, sagte Mike. »Du bist sehr talentiert.«

»Ich mochte schon immer schnitzen; es war mein Lieblingsspiel als Junge, und ich spiele es noch immer.«

»Ember hat mir erzählt, einige Leute würden meinen, du wärst der alte Schamane, Iwaka. Behauptest du, er zu sein?«

Old Man kicherte. »Ich habe es niemals als eine Behauptung betrachtet. Eniawataw ist der Name, den mir meine Mutter gab, mein baptistischer Name ist Christopher; als ich fünfzehn war, begann ich mich Iwaka zu nennen; und seit vielen, vielen Jahren nennen mich alle nur Old Man. Alles ein und dasselbe.«

Er streckte seine Hand aus, und Mike schüttelte sie. Sie war zart, aber kräftig; schwielig, aber geschmeidig.

»Aber . . . wie erklärst du dir, daß du noch lebst?«

»Ich kann nicht mal eine Sekunde dieses Tages erklären. Wieso bin ich überhaupt hier? Wieso ist diese Ameise hier?« Er pustete eine Ameise von seinem Handrücken. »Der Gebende gibt. Wir fließen dahin wie Schaum auf dem Fluß.«

»Aber ...« Mike schüttelte den Kopf, nicht die richtigen Worte findend.

Old Man lächelte ihn an, wie jemand ein Kind anlacht, das dem Gespräch zweier Erwachsener nicht folgen kann.

»Beruhigt es dich zu wissen, daß ich nicht mehr lange leben werde?«

»Was? Du wirst bald sterben?«

Old Man nickte. »Als ich Ember die Geschichte erzählte, hatte ich das Gefühl, alles getan zu haben, was ich in diesem Leben tun mußte. Ich werde keinen weiteren Monat leben.«

»Wieso bist du dir so sicher?«

»Weil ich keinen einzigen Happen mehr essen werde.«

Mike war fassungslos. »Du scheinst das völlig gelassen zu sehen.«

»Der Teil in mir, der Angst vor dem Tod hatte, ist schon lange gestorben. Nein, ich glaube, es wird angenehm sein, als würde man ein Paar drückende Stiefel ausziehen.«

»Was wird aus deinen Geschichten?«

»Ah, mein Freund, du legst einen Finger in meine Wunde.« Er legte eine Hand ans Herz. »Das einzige, was ich bedaure, ist, daß ich niemanden habe, an den ich die großartigen Geschichten weitergeben kann. Ich fürchte, ich bin der letzte der Geschichtshüter.«

»Hey, ich weiß was«, sagte Mike. »Ich könnte eine Videokamera herbringen und deine Geschichten aufzeichnen.«

Old Man schnitt eine Grimasse. »Fließt Blut durch die Kamera? Wird sie bei den lustigen Stellen lachen und bei den traurigen weinen?«

»Natürlich nicht. Aber die Leute werden es tun, wenn sie sich das Video anschauen. Die Geschichten wären gerettet. Ich könnte Kopien ziehen und sie Museen und Bibliotheken überlassen.«

»Danke, aber das möchte ich nicht. Ich habe einmal einen Fernseher gesehen; ein Kopf, der in einem Kasten spricht. Die Geschichten auf diese Weise zu retten wäre so, als würde man seinen besten Freund töten und ihn ausstopfen, um ihn immer bei sich zu haben.

Vor mir war meine Großmutter die Geschichtshüterin des Stammes, und von ihr habe ich alle Legenden gelernt. Dies macht die Tradition zu dem, was sie ist – jede Geschichte läßt sich entlang einer langen Menschenkette bis zu ihrem Ursprung zurückführen.«

Mike nickte. »Ich glaube, ich verstehe, was du meinst.«

Die beiden saßen schweigend da. Mike mochte diesen schönen, alten Quanoot, ob er ihn nun verstand oder nicht. Ihm kam es vor, als wäre der Schamane in eine unsichtbare Robe aus reiner Harmonie gehüllt; trotzdem wirkte er nicht wie ein entrückter, weltfremder Mönch. Seine Augen glänzten; sein Körper war entspannt; Old Man war in der Welt zu Hause.

»Erzähle mir, wie du . . . du weißt schon . . . zu dem wurdest, was du heute bist«, sagte Mike.

»Wie wir alle, ich wurde so geboren«, sagte Old Man. »Aber schon bald vergaß ich meine Natur, und es dauerte eine Weile, zu ihr zurückzufinden.

Mein Vater war ein anglikanischer Missionar aus London; meine Mutter war eine seiner Schülerinnen. Er hatte eine Frau in England, deswegen haben meine Eltern nie geheiratet, aber er hatte mich gern und machte mich zu seinem Meßdiener. Er füllte meinen Kopf mit protestantischen Dogmen und englischer Literatur, während meine Großmutter meinen Kopf mit dem Quanoot-cha und ihren alten Geschichten füllte.

In jenen Tagen ging ein Junge, wenn er seinen zwölften Winter erreichte, in die Wälder und wartete darauf, daß sein Schützender Geist erschien. Er fastete und streifte umher und badete sich wie wir vorhin, jedoch nicht in heißem Vulkanwasser, sondern in eisigen Bächen. Nach Tagen und Nächten fiel er in ein Delirium, und ein Geist trat in seinen Körper, in Form eines Vogels, eines Wolfs oder was auch immer, und brachte ihm sein magisches Lied und seinen Geistertanz bei und beriet ihn, welche Fertigkeit er nach seiner Rückkehr ins Dorf erlernen sollte, die des Kanubauers, des Jägers oder des Fischers.«

»Berufsberatung«, sagte Mike.

Old Man nickte.

»Welcher Geist erschien dir?«

»Im ersten Winter keiner. Zwei gegensätzliche Glaubensrichtungen rangen in meinem Kopf. Ich bin fast verhungert. Meine Onkel kamen und fanden mich und brachten mich völlig entkräftet nach Hause. Also beschloß ich, mich für einen Glauben zu entscheiden. Im zweiten Winter konzentrierte ich mich auf die Lehren des Christentums.«

»Und?«

»Es paßte nicht, und mir wurde klar, daß es für mich nicht das richtige war, nie gewesen war. Daher verwarf ich das Christentum und verschrieb mich im dritten Winter dem Quanoot-cha.«

»Was ist passiert?«

»Ich wurde das Gefühl nicht los, daß auch das Quanoot-cha nicht das richtige für mich war. Es war in meinem Kopf, aber nicht in meinem Herzen. In den ersten beiden Wintern hatte ich mich nicht gefürchtet, selbst nicht, als ich fast verhungert wäre, aber dieses Mal bekam ich entsetzliche Angst. Ich hatte nichts, an das ich glauben konnte, kein Fünkchen Wahrheit. Ich kannte den rechten Weg nicht, und von den beiden Wegen, die ich kannte, war ich abgekommen. Nun war ich ein Niemand, ein totaler Versager.

Wie ich eine solche Leere ertragen konnte? Ich beschloß zu sterben, mich zu Tode zu fasten, wo ich doch sowieso am Verhungern war.

Also kletterte ich über die Berge und folgte auf der anderen Seite einem Bach, bis ich am Abgrund eines steilen Canyons stand, wo ein Wasserfall in ein tiefgrünes Becken hinabstürzte. Ich setzte mich auf einen Felsen. ›Ein perfekter Ort zum Sterben‹, sagte ich mir. Ich hauchte mein ganzes Wesen aus, gab alles auf. Ich wurde so entspannt, daß ich glaubte, wie ein Blatt über dem Boden zu schweben.

In der Nähe krächzte ein Eisvogel. Unten in den Fluten sah ich die größte Forelle meines Lebens durch die Luft springen. Die Nebelschleier und der Sprühregen vom Wasserfall kühlten mein Gesicht und zerzausten meine Haare, und die Luft war mit dem erfrischenden Duft klaren, kalten Wassers durchtränkt. Dann brach die Sonne durch die Wolken, und ein Regenbogen wölbte sich über den Canyon. Bis dahin war Sterben schön.

Dann mußte ich pinkeln. Ich trat an den Abgrund und fügte der donnernden Kaskade meinen bescheidenen Strahl hinzu.«

Old Man lächelte verschmitzt; seine Augen blitzten.

»Plötzlich verstand ich den Witz. Und ich fing an zu lachen, so doll, daß ich beinahe in den Canyon gefallen wäre.«

Mike kicherte. »Den Witz?«

»Der Wasserfall«, sagte Old Man. »Er war wie der mächtige Strom des Lebens, und mein winziger Strahl kam mir wie die Denkkonzepte vor, die wir dem Leben aufzwingen. Wir versuchen, seine Bedeutung zu ergründen, Philosophien zu entwickeln, etwas, an das wir glauben können – weil wir uns fürchten. Wir sträuben uns, in den Strom einzutauchen. Wir wissen, daß uns die mächtige Strömung fortreißen wird und daß dies das Ende unseres nichtigen Selbst ist. Ich hatte die schlimmsten Strapazen auf mich genommen, hatte Qualen durchlitten, um dem Leben einen Sinn zu geben, und plötzlich war all mein Ringen sinnlos und töricht geworden.

Es war offensichtlich, daß ich überhaupt nichts wußte. Das war die simple Wahrheit. Die Bäume, der Canyon, das herabstürzende Wasser, der kühle Nebel – nichts von alledem konnte ich erklären. Es war ein einziges Wunder. Und dieses Gefühl durchströmte mich mit solcher Kraft, daß ich plötzlich wußte, daß ich sterben würde, denn ich hatte keine Möglichkeit, mich an der Welt oder an mir selbst festzuhalten.

Der Knoten in meinem Herzen löste sich, und mit einemmal befand ich mich jenseits allen Wissens. Ich stand einfach nur da: stark, frei – *vollkommen* – mit jeder Faser meines Körpers atmend.«

Mike spürte ein Prickeln auf der Haut. Old Mans Begeisterung war ansteckend. Sogar jetzt noch schien er der von den Wundern des Lebens überwältigte halbwüchsige Junge zu sein.

»Man sagt: ›Die Wahrheit liegt im Innern‹«, sagte Mike.

»Klingt wie etwas von Jesus, nicht von mir.«

»Dann liegt die Wahrheit in dem, was man auf dieser Welt leistet? In dem Guten, das man tut?«

»Das klingt wie das Quanoot-cha.«

Mike runzelte die Stirn. »Ich verstehe es nicht.«

»Ich auch nicht.« Er ließ die Arme in anmutigen Wellenbewegungen durch die Luft gleiten. »In einem Wasserfall gibt es keine Haltegriffe. Keine Stufen. Mir gehört der Strom des Lebens nicht, ich fließe mit ihm, wohin er mich trägt.«

»Und er trug dich zu der Erkenntnis, daß du Schamane werden solltest.«

»Ja, und das wurde ich, und das bin ich noch heute.«

Dann fiel Mike ein, daß Old Man vorgab, zweihundert Jahre alt zu sein.

»Was war mit der Kalten Krankheit – du warst . . . um die fünfundzwanzig?«

Old Man holte tief Luft und schloß für einen Moment die Augen. »Seit dem Tag am Wasserfall«, sagte er leise, »war ich nicht mehr imstande, mein Herz vor Schmerzen oder Frohsinn zu verschließen. Die Tiefe dieser beiden Empfindungen ist unbeschreiblich.« Er stieß ein langgezogenes Seufzen aus.

»Anfangs war es ein herrlicher Sommer. Erdbeeren, Brombeeren, Himbeeren – die Sträucher waren so voll, daß sie bis zum Boden durchhingen. Meine Frau und ich kampierten mit unseren Zwillingstöchtern in den Bergen und pflückten und trockneten körbeweise Beeren. Wir hatten über mehrere Tage hintereinander schönes Wetter, schöner als in den meisten Sommern.«

»In der Nähe von Mount Rainier?«

»Wir nennen ihn Uliah-keh.«

»Schneekönig«, sagte Mike. Ember hatte ihm das Quanoot-Wort übersetzt.

»Wir pflückten jeden Morgen; meine Frau mit Nani in einer Schlinge auf dem Rücken, ich mit Nene. Die Mädchen verschlangen die süßen Beeren wie fette, hungrige Welpen. Ihre Wangen waren rot, ihre Lippen lila. Die Lichtungen waren voller Blumen und Schmetterlinge. Ich hätte nicht glücklicher sein können. Dann eröffnete mir meine Frau – ihr Name war Awahni Uwahni – wunderschön –, daß sie wieder ein Kind in sich trage, und wir beide weinten vor Freude.

Nach drei Wochen fuhren wir mit dem Kanu zur Insel zurück, und schon von weitem rochen wir den Gestank des Todes. Wir bekamen Angst. Ich drehte um und brachte sie auf dem Festland in Sicherheit, dann fuhr ich alleine zurück, um nach unserer Familie und unseren Freunden zu schauen, um herauszufinden, was passiert war und ob ich helfen konnte.

Das Dorf war ein einziges, großes Grab, das zum schwarzen Himmel emporstank. Meine Mutter, Tanten, Onkel waren alle tot – niemand aus meiner Familie war mehr am Leben und niemand aus ihrer. Mehr als sechshundert Menschen hatten in unserem Dorf gelebt; fünfzig waren noch übrig. Die Überlebenden rissen sich die Haare aus, fielen auf die Knie und flehten mich an, ich solle verschwinden. Sie wollten nicht, daß der eifersüchtige Bibel-Gott noch weitere Strafen auf sie niederkommen ließ.

Also ging ich, holte Awahni und die Mädchen und brachte sie auf diese Insel.«

»Du bist mit deiner Familie hierhergekommen?«

»Nach wenigen Tage bekamen sie Schüttelfieber und starben. Awahni war dem Quanoot-cha gefolgt; also verbrannte ich ihren Körper und die der Mädchen auf dem Gipfel dieses Berges.« Er nickte in Richtung des Vulkankraters. »Die Mädchen habe ich ihr in einer Schlinge auf den Rücken gebunden. Das Quanoot-cha sagt: *Kiawa o nee, nee o tihane* – Asche zu Erde, Erde zu Blumen. Du solltest die Blumen sehen, die jetzt dort wachsen.«

Der Schamane rieb sich die Augen, dann erhob er sich schwerfällig, streckte sich und ließ den Hals und die Schultern kreisen. Er schien nicht länger ein junger Mann zu sein.

Erst jetzt sah Mike, was Old Man über dem Wolfskopf in den Stamm geschnitzt hatte: eine aufrecht stehende Skulptur von Ember. Ihr exakt getroffenes Ebenbild war barbusig und trug nur einen Fellrock; an dem Lederband um ihren Hals hing ein Amulett aus einer Abalone-Muschel, auf die ein fliegender Gänseschwarm gemalt war.

Auf seiner Rucksacktour durch Europa war Mike nach Rom gereist, um sich die Pieta anzuschauen. Michelangelo hatte auf wundersame Weise grünen Marmor in weiche Haut und sanft fließenden Stoff transformiert. Hier hatte Old Man dasselbe vollbracht: Die Haut der Skulptur sah aus wie die eines lebendigen Menschen. Es war das Werk eines Genies.

»Es ist wunderschön«, sagte Mike. »Eine phantastische Arbeit.« Old Man lächelte. »Ich habe eine goldene Birke benutzt, um Embers Hautfarbe zu treffen.«

»Aber ...? Moment mal«, sagte Mike. »Du hast sie doch heute erst kennengelerne – es ist unmöglich, so schnell zu arbeiten.«

»Stimmt. Ich arbeite jetzt seit einem halben Jahr an diesem Stück.« Er rieb mit der Handfläche in Kreisen über eine hölzerne Brust, um sie noch ebenmäßiger zu machen. »Sie ist mein letztes Bildnis.«

»Aber wie?« Mikes Gedanken überschlugen sich. »Wie konntest du wissen, wie sie aussieht?«

»Hast du jemals eine Inspiration gehabt?« fragte Old Man. »Zum Beispiel, wenn du fast eingeschlafen bist und dein Kopf nicht voller Worte ist?«

»Ja.«

Old Man klappte sein Taschenmesser auf und fügte Embers Mähne weitere wellenförmige Linien hinzu. »Nun, mein Kopf ist nie mit Worten gefüllt. Ich habe ständig Inspirationen.«

»Aber ... du hast sie nur aufgrund von ... *Visionen* geschnitzt?«

»Genaugenommen habe ich sie nicht geschnitzt. Sie hatte sich in dem Baum versteckt; ich habe nur das Holz weggeschnitten, das sie umgab.«

Mikes Augenbrauen schossen hoch. »Genau das sagte Michelangelo über seine Skulpturen!«

Old Man grinste. »Dann spielt dieser Michelangelo genauso gerne wie ich.«

Mike starrte den kleinen Indianer entgeistert an. Dann kam ihm ein Gedanke, und die Worte sprudelten aus ihm heraus. »Old Man, hör zu! Es gibt auf Whaler Bay einen Mann namens Tom Luc. Er würde alles dafür geben, das Quanoot-cha von einem richtigen Lehrmeister beigebracht zu bekommen. Er möchte die Lieder lernen, die Tänze, all die traditionellen Rituale. Er ist perfekt. Tom kann der neue Geschichtshüter werden. Er könnte hierherkommen und die Geschichten von dir lernen. Du mußt nicht sterben, ohne sie weitergegeben zu haben.«

Old Man schloß die Augen. »Ich habe sein Verlangen gespürt. Eines Tages wird er ein starker Mensch sein, aber noch ist er viel zu roh. Er ist jemand, der sich leicht zum Fanatiker entwickeln könnte, jemand der bereit wäre, im Namen des Quanoot-cha zu töten oder zu sterben. Nein, Tom ist alles andere als perfekt. Er ist gefährlich.«

»Aber ... es wäre ein entsetzlicher Verlust ...« Tränen traten in Mikes Augen. »Hör bitte nicht auf zu essen. Gib mir etwas Zeit, ich werde jemanden finden.«

»Bedenke, mein Freund«, sagte Old Man und sah Mike mit durchdringendem Blick in die Augen, »der Geschichtshüter muß jemand sein, der das Quanoot-cha und all seine Geschichten lernt, aber er muß es so interpretieren, daß es zum Wohle des modernen Stammes ist und nicht zu seinem Nachteil.«

Old Mans strahlendes Antlitz ließ tief in Mikes Herzen ein Feuer auflodern. Mike schluckte und deutete mit beiden Händen auf seine Brust. *»Ich?«*

Old Man nahm Mikes Hände und drückte sie. »Geschichtshüter, merke dir diesen Augenblick, und füge ihn deinen Geschichten hinzu.«

29

Kaigani wartete mit Chena am Strand und hielt, Richtung Old Man Land blickend, nach dem Zodiac ihres Vaters Ausschau. Ihre Mutter berührte ihre Schulter und signalisierte ihr, daß sie den Außenbordmotor hörte. Am Horizont kam das Schlauchboot in Sicht, und eine Minute später sah man, daß Ember und Mike an Bord waren und daß ihnen nichts passiert war. Kaigani seufzte erleichtert und sah ihre Mutter dasselbe tun.

Die Ebbe hatte eingesetzt. Kaigani watete bis zu den Waden in das eiskalte Wasser und half Mike und ihrem Vater, das Boot an Land zu ziehen. Als sie sich hinunterbeugte, fielen ihre schwarzen Haare nach vorne und strichen beinahe über den feuchten Kiessand.

Mike lächelte Kaigani flüchtig zu und sah gleich wieder weg. Er schien bedrückt. Vermutlich hatte ihr Vater ihm ordentlich den Kopf gewaschen. Ember ging wortlos an ihnen vorbei.

Mikes Haare waren struwwelig, und unter seiner sauber getrimmten Bartlinie sprossen am Hals rötliche Bartstoppeln. Kaigani beobachtete, wie seine Augen Ember folgten, und plötzlich spürte sie einen Knoten im Bauch. Ember, schon ein Stück strandaufwärts, rannte los, den Weg nach Hause einschlagend.

Ihr Vater blickte Ember einen Moment lang nach, und Kaigani sah seine Kiefermuskeln hervortreten. Er sah wütend und besorgt aus. Letzte Nacht hatte Ember versprochen, nicht gleich nach Old Man Land zu fahren. Als er heute morgen wach wurde und bemerkte, daß Ember verschwunden war, war ihr Vater vor Wut an die Decke gegangen. An seinem Hals waren die Adern angeschwollen, seine schwarzen Haare bebten, und man mußte nicht von den Lippen lesen können, um zu sehen, daß er wie ein Rohrspatz fluchte.

»Zu dieser Jahreszeit kommen die Wale zum Fressen her«, hatte er gebrüllt. »Das wißt ihr beiden genauso gut wie ich. Du läßt deine Schwester mitten in der Nacht in eine fressende Walherde paddeln? Sie könnte da draußen sterben!«

Nun gingen ihre Eltern Arm in Arm nach Hause. Die Sonne sank dem dunkler werdenden Wasser entgegen, und die Felsblöcke am Strand warfen lange Schatten auf den Sand.

Kaigani drehte sich zu Mike um. »Was ist passiert?« fragte sie und zeigte, daß Ember sehr unglücklich ausgesehen habe.

»Begleitest du mich zu meiner Hütte?«

Ihre Antwort war ein strahlendes Lächeln, und in ihr keimte die Hoffnung, daß Mike sich erinnerte, wie aufregend der Kuß vom vergangenen Abend gewesen war, und daß er sich wenigstens halb so stark zu ihr hingezogen fühlte wie sie zu ihm.

Unterwegs berichtete er ihr, wie sie wegen der Wale gekentert waren und wie er Old Man kennengelernt hatte, und er erzählte ihr die Geschichte der O-kwo-ke. Während er sprach, sah er sie an und untermalte seine Worte mit Zeichensprache, und Kaigani konnte ihn mühelos verstehen.

»Er ist unglaublich«, sagte Mike. »Noch nie hat mich jemand so bewegt, schon gar nicht, wenn ich ihn gerade erst kennengelernt habe. Weißt du, ich hatte mal einen Freund, Carlos, ein sehr kluger Bursche; er ging nach Indien und lernte einen Guru kennen, und ... nun, danach konnte ich ihn nicht mehr richtig verstehen und doch ...?«

»Und doch?«

»Ich bin nicht scharf darauf, einen Guru zu haben, und Old Man ist auch gar kein Guru, aber ... drücke ich mich verständlich aus?«

Sie nickte und zuckte gleichzeitig mit den Schultern.

»Old Man ist so ...« Er schüttelte den Kopf. »Weißt du, ich gab meinen Werbejob auf, weil ich echte Menschen kennenlernen wollte.« Er lachte. »Nein, um selbst echter zu werden. Old Man ist *echt.* Sein Herz ist frei.«

Sie verließen den Strand und gingen den Pfad zu seiner Hütte hoch. Die tiefstehende Sonne schimmerte auf Mikes Bart und Haaren, so daß sie aussahen, als wären sie aus roten und goldenen Fäden gesponnen.

»Kaigani, Old Man hat mich auserkoren, der neue Geschichtshüter zu werden.« Seine Augen suchten ihre. »Ist das nicht seltsam? Ich habe es Ember erzählt, aber behalte es bitte für dich, okay? Ich konnte es nicht ablehnen, aber ... ich fühle mich so ... merkwürdig.« Er schüttelte den Kopf. »Ich weiß nicht, was er in mir sieht. Ich bin kein Quanoot, und ich bin ... ich bin zu ... du weißt schon, zu *rational* für all das Geisterzeug.«

Er schauderte. »Fakt ist, daß ich Ember sagte, sie solle die Quanoot-Geschichte nicht zu wörtlich nehmen, aber nun bin ich mir nicht mehr so sicher ...«

»Ihre Träume«, sagte Kaigani. »Die Geschichte scheint sich mit ihnen zu decken.«

»Yeah, vielleicht hast du recht ... Andererseits ist sie voller klassischer Mythen. Andere Kulturen haben ähnliche Geschichten. Warum sollte gerade diese wahr sein, während die anderen nur Gleichnisse sind?«

»Vielleicht sind all diese Geschichten wahr«, sagte sie.

Er fuhr sich mit der Hand durch die Haare. »Ich weiß nicht, ob ich das Richtige getan habe ... Ich habe Ember erzählt, daß sie vermutlich von einem genetisch veränderten Embryo stammt.«

»O Mike, das hast du ihr gesagt?«

Er nickte. »Das schien die plausibelste Erklärung.«

»Aber ... Wie hat sie es aufgenommen?«

»Nicht gut«, sagte er und kniff die Lippen zusammen. »Ich mache mir Sorgen um sie. Ich habe versucht, ihr klarzumachen, daß das nichts ändert, daß sie trotzdem Ember ist ...« Er seufzte. »Ember und mir ist heute soviel widerfahren.«

Kaigani spürte ein schmerzhaftes Ziehen im Bauch. »Ich wünschte, ich wäre dabeigewesen«, sagte sie.

Sie ging weiter und versuchte, die in ihr aufsteigenden Bilder zu ignorieren, beschämt über ihre Eifersucht. Sie wollte nicht fragen, was sie beschäftigte, doch sie konnte das Thema nicht auf sich beruhen lassen.

»Was geschah, nachdem sie dich an Land gezogen hat?«

»Sie hielt mich warm. Ohne sie wäre ich gestorben.«

»Ihr habt euch beide ausgezogen?«

»Wir mußten, unsere Kleidung war klitschnaß.«

»Und irgendwann bist du aufgewacht ... splitternackt ... und dann, was? Hast du deine nassen Sachen angezogen?«

Er senkte den Blick und deutete auf eine aus dem Boden ragende Wurzel; sie gingen um sie herum. Der Pfad knickte um eine Biegung und führte das letzte und steilste Stück der Anhöhe geradeaus nach oben. Alle paar Meter hatte Mike Holzstufen in den Pfad gebaut.

»Schau, Ember und ich sind Freunde«, sagte er. »Wir sind Freunde, nicht mehr.«

Es ist nichts passiert, sagte sich Kaigani. *Sie haben nicht miteinander geschlafen.* Trotzdem sah sie die beiden vor ihrem inneren Auge miteinander schlafen – Ember wild und ungestüm wie eine

Bergkatze, Mike laut stöhnend, verloren in ihrer heißen Umarmung. Es wäre unmöglich, mit der sexuellen Energie ihrer Schwester konkurrieren zu wollen. Sie geriet in Panik.

Die Hütte war schon in Sichtweite, als aus ihr herausplatzte: »Tschüs, ich muß nach Hause.« Sie wandte sich um und lief, ohne seine Reaktion abzuwarten, mit zügigen Schritten den Pfad hinunter. Sie beeilte sich, und sobald sie unten angekommen war und ihre Füße auf flachen Sand trafen, rannte sie, verfolgt von ihren Gedanken, nach Hause.

Ihr Sweatshirt war durchgeschwitzt, als sie zu Hause ankam. Der Pick-up ihres Vaters war weg. Sie blieb in der Auffahrt stehen, um wieder zu Atem zu kommen, dann ging sie in ihr Zimmer, das sie sich mit Ember teilte.

Neben ihren Betten rechts und links an der Wand standen zwei Schreibtische mit integrierten Bücherregalen, in der Ecke hing Embers Mountainbike mit dem Hinterrad an einem Deckenhaken. Die hintere Wand wurde von zwei großen Fenstern beherrscht, die Ember weit geöffnet hatte; draußen setzten sich die Berge dunkel vom malvenfarbenen Dämmerlicht ab. Ember saß in dem kühlen Zimmer nur in Unterwäsche an ihrem Tisch und schrieb. Sie sah nicht auf.

»Glückwunsch«, sagte Kaigani, »zu deiner neuen Intimität mit Mike.«

Ember sah stirnrunzelnd über die Schulter; sie verdrehte die Augen, dann wandte sie sich wieder um und schrieb weiter.

Kaigani versuchte, das Zittern in ihrer Stimme zu unterdrükken. »Möchtest du jetzt mit ihm zusammensein?«

Ember legte den Kugelschreiber aus der Hand und drehte sich zu ihr um. »Ich habe *euch* beide zusammengebracht, schon vergessen?«

»Hast du schon mit ihm?«

»Was?«

»Geschlafen.«

»Nein.«

»Ihr habt euch nicht mal geküßt?«

Ember schluckte.

»Was ist zwischen euch passiert?« fragte Kaigani.

»Wir hatten unsere Sachen ausgezogen. Ja, wir haben uns geküßt, kurz. Aber dann haben wir aufgehört – wir dachten an dich.«

»Laßt euch von mir nicht aufhalten.«

»Kaigani, Mike ist in dich verliebt . . .«

»Hat er dir das zwischen zwei Küssen erzählt?«

»Als ich ihn an Land zog, hat er nicht einmal mehr gezittert. Wenn ein Mensch aufhört zu zittern, hat er einen Kälteschock.

Würdest du dich besser fühlen, wenn ich ihn hätte sterben lassen?«

»Und am Morgen? Mußtest du ihn küssen, um ihm das Leben zu retten?«

»Es tut mit leid, daß das passiert ist. Wir ließen uns gehen, aber wir haben aufgehört – wir haben aufgehört –, das ist die Wahrheit.«

Kaigani fing an, lautlos zu weinen. Ember stand auf und legte ihrer Schwester eine Hand auf die Schulter.

»Schau, ich habe herausgefunden, daß Mike sich in uns beide verliebt hat. Aber jetzt ist alles geklärt. Wir haben geredet. Er will dich.«

»Will er mich, weil du ihm das eingeredet hast?«

»Er liebt dich, und ihr beide gehört zusammen.«

Kaigani bebte innerlich.

»Du bist die schönste Frau der Welt«, sagte Ember und wischte ihrer Schwester eine Träne von der Wange. »Weißt du das nicht? Du bist hundertmal schöner als ich.«

Kaigani verdrehte die Augen. »Da haben wir's wieder . . . Warum mußt du immer so tun, als ob du ein häßliches Entlein wärst?«

»Ich bin kein *Penthouse*-Modell.«

»Oh, das ist also das Maß für Schönheit, Penthouse-Modelle?«

»Du weißt, was ich meine. Du wolltest nie ein Fotomodell sein, aber du könntest, wenn du wolltest. Ich nicht.«

»Ich pfeife auf Fotomodelle.«

»Viele Männer würden liebend gerne . . . Der Punkt ist . . .«

»Der Punkt ist, du *bist* schön wie eine wilde Stute . . .«

»Weißt du, mir ist aufgefallen, daß du mich immer mit einem schönen Tier vergleichst, nie mit einer schönen Frau. Siehst du, das ist der Unterschied zwischen dir und mir. Du bist eine wunderschöne Frau. Ich dagegen bin nicht mal ein richtiger Mensch.«

»Aber ich . . . nein, das sage ich bloß, weil du so stark bist, wie eine wilde Stute eben – sie ist ein Symbol für Kraft und Freiheit.«

»Yeah, ich bin stark wie ein Pferd – eine Frau, die wie ein Pferd aussieht, ist häßlich.«

»Ich sagte nicht, daß du wie ein Pferd aussiehst. Du erinnerst mich an . . . Deine Kraft ist Teil deiner Schönheit. Es gibt keine schwachen schönen Pferde. Pferde sind stark – du bist stark. Gott, du weißt gar nicht, wie stark du bist. Manchmal komme ich mir neben dir richtig schwach vor.«

»Schwach? Du? Du bist eine der besten Athletinnen der Insel.«

»Und du bist die beste«, sagte Kaigani.

»Du solltest dich nicht mit mir vergleichen«, sagte Ember und wandte sich, während sie noch sprach, von ihrer Schwester ab Kaigani verpaßte den letzten Teil von dem, was sie sagte. Sie tippte Ember auf die Schulter.

»Hey, ich lese von den Lippen, weißt du noch?«

»Ich habe nur vor mich hin gemurmelt.«

»Ich soll mich nicht mit dir vergleichen – warum?«

»Weil ich kein natürliches menschliches Wesen bin. Ich bin das Produkt einer Genmanipulation.«

»Und du glaubst das wirklich?«

Ember nickte. »Ja, allmählich fange ich an, es zu akzeptieren.«

»Nun, ich nicht. Nicht die Bohne.«

»Ja, klar. Und wie erklärst du dir, daß ich so bin, wie ich bin?«

»Ich versuche es gar nicht erst.«

»Worte eines Fotomodells.«

»Ach, hör schon auf.«

»Für dich ist das kein Problem, du bist ja auch die Schönheit.« Ember tippte sich an die Brust. »*Ich* bin die Mutantin.«

»Hör zu, ich schlag dir ein Geschäft vor«, sagte Kaigani. »Ich höre auf, mich mit dir zu vergleichen, und du hörst auf, dich mit mir zu vergleichen. Okay? Laß es uns versuchen.«

Ihre Blicke trafen sich und ruhten einen Moment aufeinander, dann sahen sie wieder fort.

»Ich habe es eine halbe Sekunde lang geschafft«, sagte Kaigani und lächelte schief. »Und du?«

Ember kicherte. »Ich auch.« Sie ließ ihr strahlendes Lächeln aufblitzen.

Kaigani entspannte sich. *Zum Teufel mit meiner blöden Eifersucht.* Eigentlich hatte sie einen geeigneteren Augenblick abwarten wollen, doch sie beschloß auszusprechen, was ihr seit Wochen auf der Seele lag.

»Ember, ich möchte, daß du mich heilst.«

Embers Miene wurde starr, und sie wich einen Schritt zurück.

»Leg deine Hände an meine Ohren und mache, daß ich hören kann.«

»Was? Glaubst du jetzt, ich sei Jesus Christus?«

»Versuch's einfach. Wenn es nicht funktioniert, dann eben nicht. Aber du hast die spirituelle Kraft . . . wende sie bei mir an.«

»Warum bittest du mich um so etwas? Warum siehst du mich so? Du hast mir mal versprochen, mich immer wie einen normalen Menschen zu behandeln, und jetzt verhältst du dich genau wie Tom.«

»Ich möchte Mikes Stimme hören können. Und Moms und Dads. Ich möchte die Vögel hören, den Donner . . .«

»Kaigani, ich kann dich nicht heilen. Verdammt noch mal, schau mich an. Ich bin ein Soldat.« Ember hob die Arme und zeigte ihre Muskeln; ihre Bizepse glichen großen Auberginen. »Ich wurde erschaffen, um Menschen zu töten, nicht um sie zu heilen.«

»Das stimmt nicht. Bitte, Ember, wenn du mich wirklich liebst . . .« Kaigani packte Embers Hände, um sie sich an die Ohren legen.

»Laß mich los!« Mit einem Ruck riß Ember die Hände aus Kaiganis Griff. Kaigani stolperte gegen den Schreibtisch, und das anatomische Pferdemodell kippte aus dem Regal und fiel auf den Boden; die Plastikeingeweide rollten über die Holzdielen.

Kaigani war verzweifelt. »Kannst du oder willst du mich nicht heilen?«

Ember ließ sich auf den Holzstuhl fallen und stieß laut hörbar den Atem aus. Ihr ganzer Körper sank in sich zusammen. »Dein Gerede ist wirklich verletzend und beleidigend. Du bist meine Schwester, die beste Freundin, die ich auf der Welt habe . . .«

»Nun, dann versuche mich zu heilen. Versuche es. Ich habe gesehen, wozu du fähig bist. Du hast die Gabe. Ember, sieh mich an. Sie mich an. Ich weiß, daß du die Gabe hast.«

Ember warf ihr einen finsteren Blick zu. »Ich werde dir meine gottverdammte Gabe demonstrieren.« Sie klaubte das rote Herz und die purpurnen Lungen des Pferdes vom Boden auf und drückte sie mit der Faust zusammen, bis die Plastikorgane zerplatzten wie Walnüsse in einem Nußknacker. Sie schleuderte die Bruchstücke an die Wand und sprang auf die Beine.

»Aufgepaßt!« brüllte sie, die Arme weit ausgebreitet. »HuGen Teks neuer, verbesserter *Wikinger!«*

Sie wandte sich zum Schreibtisch um, hob die Fäuste und schlug wie ein lebender Vorschlaghammer mit voller Wucht auf die Tischplatte. Das Holz zersplitterte, ein Bein brach ab, und der Tisch kippte um.

»Hör auf! Bist du verrückt?« Kaigani wich ängstlich zurück, die Hände vors Gesicht geschlagen.

»Stell mich auf ein Schlachtfeld und sieh zu, was passiert!« Ember packte den Stuhl, warf ihn hoch und fing ihn an zwei seiner vier Beine auf. Sie drückte die Beine in entgegengesetzte Richtungen und ließ laut grunzend ihre Brustmuskeln anschwellen. Die Beine brachen aus der Verankerung, und die Überreste des Stuhles fielen auf den umgestürzten Schreibtisch.

»Hör auf!« schrie Kaigani. »Du machst mir angst!«

Ember wirbelte zu ihr herum; ihre Miene hatte sich verdüstert, ihre Augen glänzten wie die grünen Flammen brennenden Kupfers. Ihre Nasenlöcher bebten; auf ihrer Stirn und an ihrem Hals traten die Adern hervor. »Ich bin die Königin aller Krieger«, grunzte sie und trat mit einem einzigen Schritt so dicht heran, daß Kaigani in den Kokon ihrer Körperwärme gehüllt war. »*Das* ist meine Gabe«, fauchte Ember. »*Dafür* wurde ich erschaffen.« Kaigani wich ans Bettgestell zurück. Ember beugte sich vor, bis ihre Brüste Kaiganis berührten und ihr heißer Atem über Kaiganis Lippen strich; ihre Brustkörbe hoben und senkten sich, ihre Herzen pochten im Duett, und einen Augenblick lang glaubte Kaigani, Ember würde mit beiden Händen ihre Haare packen und sie küssen. Kaigani sah weg und brach den Bann. Ember trat zurück, einen seltsamen, schockierten Ausdruck im Gesicht.

Kaigani war sprachlos. Sie hatte immer gespürt, daß sie und Ember wie zwei Pole eines Magneten waren, aber ihre Polarität hatte noch nie zuvor sexuelle Energie entfacht.

»Es war meine Schuld«, sagte Kaigani leise. »Ich ... ich hätte dich nicht so drängen sollen.«

Ember kniete nieder und sammelte die Plastikteile des Pferdemodells auf. Kaigani bückte sich und half ihr. Ihre Schultern berührten sich, und Ember zuckte zurück. Kaigani bemerkte, wie kühl und dunkel es im Zimmer geworden war. Sie erhob sich, schaltete das Licht ein und schloß die Fenster.

Als sie sich umdrehte, sah Ember sie an, ihr Gesicht voller Trauer.

»Kaigani, ich bin total fertig. Ich kann weder dir noch sonst jemandem helfen, sieht du das nicht?«

Kaigani zwang sich zu lächeln; sie wußte nicht, wie sie reagieren sollte. Sie wollte den Arm ausstrecken und ihre Schwester berühren, zögerte aber.

»Ich weiß nicht, was über mich gekommen ist«, sagte Ember. »Es ... es muß der ganze Frust in mir sein. So was wird nie wieder passieren, ich verspreche es dir.« Sie schluckte. »Können wir die Sache vergessen?«

Kaigani nickte, aber sie fühlte sich noch immer beklommen.

Ember sog die Luft ein, ihre Augen wurden groß, und sie signalisierte, daß ihre Eltern nach Hause gekommen waren. Sie sprang auf und zog ein schwarzes Sweatshirt, Khakishorts und rote Converse-Turnschuhe an.

»Wo gehst du hin?« fragte Kaigani.

Embers Augen suchten den Boden ab, dann kniete sie nieder und sah unter beiden Betten nach. Sie griff unter Kaiganis Bett und zog den Brief hervor, den sie geschrieben hatte, faltete ihn und schob ihn unter Kaiganis Kissen. Dann riß sie eine klemmende Schublade des umgestürzten Schreibtischs auf, nahm ein kleines Adreßbuch heraus und schob es in die Hosentasche.

Kaigani schluckte. »Ember, wo willst du hin?« Sie spürte ein Vibrieren, als die Haustür geschlossen wurde.

Ember legte einen Finger an die Lippen. »Schhhhh.« Sie schlüpfte in die Jeansjacke, die am Fußende ihres Betts lag, und warf sich ihren vollgestopften Rucksack auf den Rücken.

»Bitte, geh nicht«, sagte Kaigani. »Dad wird nicht lange sauer sein. Dazu ist er gar nicht fähig, das wissen wir doch. Du mußt nicht abhauen.«

»Glaub mir, es hat nichts mit Dad zu tun«, sagte Ember. »Ich weiß, daß er mich liebt und nicht lange sauer sein kann.« Sie zog die Riemen ihres Rucksacks fester. »Und Mom liebt mich auch . . .«

»Ember, ich liebe dich«, sagte Kaigani.

Ember hielt einen Moment lang inne und sah Kaigani an; Tränen schwammen in ihren Augen. »Das Problem ist, *ich* liebe mich nicht. Das ist es, was mich zeit meines Lebens quält.«

»Du hast so ein großes Herz – aber es ist zu einer Faust geballt, wenn es um dich selbst geht.«

»Ich bestehe aus zwei Hälften, wie die Maske des Schicksalstänzers: ein Auge Hoffnung, das andere Auge Furcht«, sagte Ember. »Die eine Hälfte von mir kämpft darum, normal zu sein, weil ich es einfach nicht ertragen kann, nicht wie alle anderen auszusehen. Die andere Hälfte, die, die mir solche Angst macht, treibt mich dazu, herauszufinden, wer ich bin, selbst wenn sich die Wahrheit als Alptraum erweisen sollte.«

Ember zog ihre Fahrradhandschuhe an und setzte den Helm auf.

»Lange Zeit habe ich gedacht, die Hälfte, die normal sein will, sei mein Auge der Hoffnung«, sagte sie, »aber jetzt wird mir klar, daß es mein Auge der Furcht ist. Meine einzige Hoffnung ist herauszufinden, was meine Träume und Visionen bedeuten; ich muß zu mir selbst finden, ganz gleich, wie gefährlich das sein sollte.«

Durch die Holzdielen konnte Kaigani die Schritte ihrer Eltern spüren, die in der Küche umherliefen und die Einkäufe verstauten. Sie könnte in die Küche rennen und ihren Vater holen. Sie sah zum Türknauf hinüber, die Lippen zusammengepreßt.

Soll ich?

Ember ging durchs Zimmer, hob ihr Mountainbike vom Haken und öffnete das linke Fenster, nahm das Fliegengitter heraus, setzte das Fahrrad draußen ab und sprang hinaus.

»Wo willst du hin?« fragte Kaigani.

»Ich muß Yute Nahadeh finden, den Arzt, der mich erschuf.«

Kaigani beugte sich aus dem Fenster. »Ember, tu das nicht.«

»Sag Mom und Dad . . . sag ihnen . . . sag ihnen, sie sollen sich keine Sorgen machen. Oh, und ich habe zwanzig Dollar von deinen Ersparnissen genommen, aber ich verspreche dir, du bekommst das Doppelte zurück.«

»Mist, du bringst mich schon wieder in eine Zwickmühle. Wieder muß ich wegen dir den Mund halten.«

»Ach was – ich war schon lange weg, als du nach Hause gekommen bist. So hatte ich es sowieso geplant. Du hast nur den Brief unter deinem Kissen gefunden. Laß mir genug Zeit, um die Sieben-Uhr-Fähre zu erwischen – eine halbe Stunde –, dann kannst du ihnen den Brief zeigen.«

»Aber sie sind zu Hause, ich müßte ihnen den Brief jetzt zeigen.«

»Du hast ihn erst später gefunden, weil du . . . in der Badewanne gelegen hast.«

Kaigani warf einen Blick auf die Überreste des Schreibtisches und des Stuhls. »Und das Chaos dahinten habe ich nicht bemerkt, als ich ins Badezimmer ging?«

»Eh – das ist dir erst aufgefallen, als du aus dem Bad kamst, weil . . . eh . . .«

Kaigani seufzte. »Weil ich mir auf dem Weg ins Bad das Sweatshirt auszog.«

»Ja, genau. Hey, ich bin dir wirklich was schuldig.«

»Wenn du diesen Arzt gefunden hast, was dann?«

»Ich werde versuchen, soviel wie möglich in Erfahrung zu bringen; vielleicht stellt sich heraus, daß es andere wie mich gibt«, sagte Ember und lächelte bitter. »Und anschließend breche ich ihm vielleicht das Genick.«

Sie warf Kaigani das Handzeichen für *Ich liebe dich* zu, und Kaigani verabschiedete sich von ihr auf dieselbe Weise. Dann stieg Ember auf ihr Mountainbike und jagte den Schotterweg zur Anlegestelle der Fähre hinunter.

Eine halbe Stunde später hing der Mond über den Bergen, weiß wie eine Walzahnschnitzerei. Kaigani wünschte, sie säße in einem Raumschiff auf dem Weg dorthin. Die Brise fühlte sich kühl an auf ihren langen, vom Bad noch feuchten Haaren. Sie trat vom Fenster zurück, drehte sich um und ging langsam zum Schlafzimmer ihrer Eltern, dreihundertvierundachtzigtausend Kilometer entfernt vom Mare Tranquillitatis.

Dritter Teil

(Notizen für die Abhandlung:
Die Ersten Amerikaner, von Yute Nahadeh, M. D., Ph. D.)

Vor rund 25 000 Jahren, während der Wisconsin-Eiszeit, war die gesamte Landfläche des heutigen Kanada bis etwa 1000 Kilometer südlich der Großen Seen mit einer soliden, bis zu eineinhalb Kilometer dicken Eisdecke überzogen. Aufgrund solch immenser gefrorener Wassermassen war der Meeresspiegel um etwa vierhundert Meter gefallen und hatte eine rund 1500 Kilometer breite Steppenregion freigelegt, die heute Beringstraße genannte Verbindung zwischen Sibirien und Alaska. Neandertaler und Cro-Magnon-Jäger folgten den Mammuts, Moschusochsen und Karibus über diese Steppenregion nach Osten, bis ihnen eine riesige Eiswand den Weg versperrte. Diese Eisbarriere erhob sich in Sichtweite des Mount McKinley und der Alaska Range, wo 1988 der Tundramann und 1989 die Tundrafrau entdeckt wurden.
Später, vor ungefähr 15 000 Jahren – kurz bevor die Eisdecke schmolz und die Beringstraße überflutete – zogen Menschen in weit größerer Zahl über diese Landbrücke nach Nordamerika. Dennoch ist es ein faszinierender Gedanke, daß der Tundramann und die Tundrafrau zur ersten Welle von Einwanderern gehörten, die die Neue Welt betraten.

30

Yute Nahadeh saß auf der Kante eines burgunderfarbenen Lederdrehstuhls, an einem honigbraunen Ahornschreibtisch in einem großen, geräumigen Büro. Seine breiten Schultern verrieten nichts über sein Alter, und seine von silbernen Strähnen durchzogenen schwarzen Haare ließen nicht auf Haarausfall schließen. Feine Fältchen verliefen um seine Augen, die dennoch nichts von ihrem Glanz verloren hatten. Das blaue Baumwollhemd und die braune Cordhose schmückten vortrefflich seine muskulöse Statur. Seine ledernen Wanderstiefel standen auf einem pflaumenfarbenen Perserteppich; denselben Farbton hatte die Seidenkrawatte, die er zu dem Hemd trug.

An der Wand, neben seinen Diplomen und diversen medizinischen Auszeichnungen, hingen drei gerahmte Zeitungsartikel: Ember mit neun, nach einem Fußballendspiel der Kinderliga mit ihren Mannschaftskameraden jubelnd; Ember mit sechzehn, bei einem nationalen Leichtathletiktreffen mit vorgereckter Brust die Ziellinie überquerend; Ember mit siebzehn, klitschnaß, triumphierend den Siegerpokal der nationalen Schwimmeisterschaften hochhaltend. Seit dem Tag, als er bei dem Baseballspiel den Jungen zur Räson gebracht hatte, war er nie wieder nach Whaler Bay Island gefahren, aber er hatte viele der Sportveranstaltungen besucht, an denen sie in zahlreichen Bundesstaaten teilgenommen hatte.

In den letzten zehn Jahren hatte er Hunderte Male erwogen, mit ihr Kontakt aufzunehmen, aber jedesmal hatte ihm eine innere Stimme gesagt, daß er besser warten solle. Warten, bis *sie* soweit war, die Einzelheiten ihrer Herkunft zu erfahren. Dann wäre sie gewillt, mit ihm zu kooperieren, würde ihm helfen, alles über Neandertaler herauszufinden. Doch würde sie tatsächlich kommen? Und wenn, wann? Wann?

Nun ist sie hier. Ember, der lebende Neandertaler, der Heilige Gral seiner lebenslangen Bemühungen, mehr über den Ursprung und die Evolution des Menschen herauszufinden, saß unten am Empfang und wartete auf ihn.

Aus der Tiefe seines Körpers stieg ein Beben auf, und seine Hände begannen zu zittern. Er schloß die Augen und atmete ein paarmal tief durch. Es half nicht viel, der in ihm brodelnden Mixtur aus Freude und Panik Herr zu werden. Er erhob sich aus dem Stuhl und wanderte unruhig über den Teppich.

An der linken Wand des Büros hing das riesige Logo der Micro-Radio Surgical Instruments Corporation; die hintere Wand war eine einzige, in Öl gemalte Freske: Gott streckt Adam den Arm entgegen, wie in Michelangelos Meisterwerk in der Sixtinischen Kapelle, aber die Hand des Allmächtigen trägt einen chirurgischen Gummihandschuh mit einem winzigen Funkwellenkauter auf der Zeigefingerspitze, als wolle er eine Wunde an Adams Finger schließen.

In der Zeit, während Ember aufwuchs, hatte Yute seine Talente nicht brachliegen lassen. In den vergangenen fünfzehn Jahren hatte er ein winziges chirurgisches Funkwelleninstrument entwickelt und patentieren lassen, das an einem speziellen Handschuh auf der Spitze des Zeigefingers saß. Im Innern des Handschuhs führte ein hauchdünner Draht über den Handrücken zu einer kleinen, ultraleichten Batteriezelle, die am Gürtel des Chirurgen hing. Das präziser als ein Laserskalpell arbeitende Funkwellengerät war praktisch eine Verlängerung des Fingers des Chirurgen, der nun an jeder Stelle, auf die er deutete, bis auf ein Hundertstel Millimeter genaue Schnitte oder Kauterisationen durchführen konnte. Das Gerät vereinfachte komplizierte Prozeduren wie das Zusammenfügen gerissener Nervenbahnen oder Blutgefäße und steigerte die Erfolgsaussichten derartiger Eingriffe um ein vielfaches. Ein medizinisches Fachjournal brachte eine Titelgeschichte über das Gerät, und schon bald hatte sich das in

Seattle ansässige MRSI zu einem international angesehenen Unternehmen gemausert, und seine Patentlizenzen hatten Yute ein Vermögen eingebracht.

Nun fungierte er halbtags als technischer Berater des Unternehmens und koordinierte die Entwicklung anderer mikrochirurgischer Spezialinstrumente. Am Pacific College hielt er eine Gastprofessur für Paläanthropologie; die meiste Zeit aber widmete er dem Verfassen paläanthropologischer Studien, und er unternahm ausgedehnte Forschungsreisen zu Neandertaler-Fundstätten und besuchte in aller Welt diesbezügliche Museumsausstellungen.

Yute hatte das kleine Gelände der früheren Washington State Indian School in Deer Park gekauft und leitete den Umbau des Hauptgebäudes zu einem Museum. Er hatte vor, das Neandertaler-Museum zum besten wissenschaftlichen Ausstellungsort seines Gebietes zu machen. Doch alles hing von Embers Kooperation ab.

Sie ist gekommen, um herauszufinden, wer sie ist, wer ihre Eltern sind. Er fuhr sich durch die Haare. *Ich muß es ihr schonend beibringen, ich muß ihr klarmachen, daß mich ihre Herkunft genauso interessiert wie sie, aber daß Jahre intensiver Studien nötig sein werden, um alles über sie – den* Homo sapiens neandertalensis *– herauszufinden.* Er richtete seine Krawatte, doch sie saß bereits perfekt. Er atmete tief durch, dann ging er den Flur hinunter, um seine Neandertaler-Tochter zu treffen.

Ember hatte die Nacht im Bayside Park verbracht und sich am Morgen das Gesicht und die Achselhöhlen in einer öffentlichen Toilette gewaschen und frische Sachen angezogen – ein langärmeliges gelbes T-Shirt und eine blaue Jogginghose. Dann hatten zwei Telefonate sie zu einer Adresse im Zentrum von Seattle geführt. Nun saß sie auf einer schwarzen Ledercouch am Empfang eines Bürowolkenkratzers, der Hauptsitz der Micro-Radio Surgical Instruments Corporation. Die Empfangsdame hatte Dr. Nahadeh angerufen und Ember gesagt, daß er gleich unten sein würde.

Ember sah zu den Fahrstühlen hinüber. *Wieso braucht er so lange?* Sie versuchte, wütend und erregt zu bleiben, so daß sie nicht von kalter Furcht übermannt wurde. *Dieser Kerl hat Gott gespielt und mich nach seinen Vorstellungen erschaffen. Ich muß verdammt vorsichtig sein.*

»Gut, dich endlich von Angesicht zu Angesicht zu treffen.«

Als sie die Stimme hörte, zuckte Ember zusammen.

»Tut mir leid, daß ich dich erschreckt habe, ich nehme immer die Treppe.«

Vor ihr stand ein gutaussehender Mann indianischer Herkunft und reichte ihr die Hand. Silberne Strähnen durchzogen seine schwarze Haare wie Blitze in einer Sturmwolke; seine Augen schienen nervös zu zucken, aber als er lächelte, glänzten sie. Ember starrte ihn ungläubig an. Obwohl sie ihn vor acht Jahren kurz gesehen hatte, war sie auf den großen Mann nicht vorbereitet, der vor ihr stand, als wäre er den Seiten des *Outside-Magazins* entsprungen.

Sie stand auf und ergriff unsicher seine Hand.

»Dr. Yute Nahadeh«, sagte er mit tiefer Stimme.

»Ember Ozette«, sagte sie. Er hatte eine charismatische Ausstrahlung; sie spürte bereits, wie sich ihre Wut in kalte Furcht verwandelte.

Mit einer ausholenden Armbewegung deutete er auf die Fahrstühle. »Da lang, bitte«, sagte er.

»Wir können die Treppe nehmen, wenn Ihnen das lieber ist«, sagte sie.

»Mein Büro ist im siebten Stock«, sagte er.

»Laufen Sie sonst immer?«

»Ja.«

»Na los.«

Er hielt ihr die Tür zum Treppenhaus auf, und gemeinsam gingen sie die sieben Stockwerke hoch. Keiner von beiden wurde langsamer oder geriet außer Atem.

Sie bemerkte, daß er nicht rauchte. Sein Rasierwasser hatte dieselbe Duftnote wie sein Deodorant. Er war Kaffeetrinker.

Im siebten Stock hielt er ihr die Tür auf, und kurz darauf waren sie in seinem Büro. Er deutete auf die beiden tiefen Stühle mit dem waldgrünen Lederüberzug.

Sobald sie sich gesetzt hatten, sagte er: »Ich möchte mit dir über alles reden, was du über deine Herkunft und über deine leiblichen Eltern wissen möchtest.«

Sie war perplex. »Sie sind bereit, alle meine Fragen zu beantworten?«

»So gut ich kann.«

Sie betrachtete seine Hautfarbe und seine indianischen Gesichtszüge. »Sie sind nicht mein Vater.«

Er schüttelte den Kopf.

»Dann hatte Mike recht.«

»Wer?«

»Ein Freund. Er meinte, Sie hätten in einem Labor mein Erbgut manipuliert.«

»Ember, ich versichere dir, daß dein Erbgut nicht manipuliert wurde.« Er fuhr sich mit der Hand durchs Haar. »Wahrscheinlich glauben das viele Leute auf Whaler Bay Island, aber es ist nicht wahr.«

Sie glaubte ihm nicht.

Ihr Blick wanderte zu den gerahmten Zeitungsartikeln an der Wand über seinem Schreibtisch.

»Wie ich sehe, haben Sie mein Leben verfolgt«, sagte sie. »Das Leben Ihres kleinen Experiments.«

»Es hat Spaß gemacht, dich gewinnen zu sehen«, sagte er lächelnd. »Du bist eine hervorragende Athletin.«

Sie spürte einen Anflug von Zorn. »Ist es das, worum es bei mir ging?« fragte sie. »Um Sport?«

»Natürlich nicht.«

»Was wollen Sie dann mit mir? Wieso haben Sie mich erschaffen? Zu welchem Zweck?«

»Ember, ich sage es dir noch einmal – du bist nicht das Produkt einer Genmanipulation.«

»Ich vertraue Ihnen nicht.«

»Deinen Vater habe ich nie kennengelernt, aber ich weiß, wer deine Mutter ist.«

Ihr stockte der Atem. »Wer ist sie? Wo ist sie? Lebt sie noch?«

»Sie ist . . . in der Nähe.«

»Wo?«

»In Deer Park.«

»Kann ich sie besuchen?«

»Ich denke schon. Aber, nun . . .« Er seufzte. »Es gibt so viel zu erklären. Wir müssen langsam vorgehen.«

Sie zog die Augenbrauen hoch. »Wieso? Was ist los? Lassen Sie sie uns anrufen. Jetzt gleich.«

»Nichts ist los. Aber du mußt zuerst einige Fakten über sie erfahren; über sie und über dich.«

»Sie meinen . . . Sie weiß nichts von mir, stimmt's?« Sie seufzte erleichtert. »Ich bin so froh. Ich dachte mir schon, daß sie nichts von mir weiß – und das ist gut. Ich meine, welche Mutter würde nicht versuchen, ihr Kind zu finden, wenn sie weiß, daß sie ein Kind hat. Und genau davor fürchte ich mich – es wird sehr schwer sein für sie; zuerst weiß sie nicht mal, daß sie eine Tochter hat, und dann . . . Ich meine, sie ist eine normale Frau, und wie sehe ich aus? Was werde ich sagen? ›Hallo, Mutter! Ich bin deine genmanipulierte Tochter, von der du nichts wußtest. Willst du mich ein Klavier hochheben sehen?‹«

»Du weigerst dich, die Wahrheit zu glauben. Deine Gene wurden nicht manipuliert. Ich hatte mit deiner Zeugung nichts zu tun.«

»Sie haben in dem Embryo, der ich mal war, die Gene verändert.«

Er schüttelte den Kopf. »Das habe ich nicht. Und deine Mutter ist keine gewöhnliche Frau. Sie ist deine Mutter. Sie sieht wie du aus.« Embers Kinnlade sackte herunter.

»Dieselbe Hautfarbe«, sagte er, »dieselbe Haarfarbe, ähnliche Augen, ähnliche Statur.«

Ihr Herz setzte einen Schlag aus, und sie sprang auf. »Sie ist . . . *golden?*« fragte sie mit einem heiseren Flüstern.

»Ja, golden.« Er stand auf und ging zur anderen Seite des Raumes, drehte sich zu ihr um und legte die Hände aneinander, wie zum Gebet gefaltet, die Fingerspitzen an den Lippen.

»Ember, du bist ein sehr ungewöhnliches menschliches Wesen«, begann er vorsichtig, die Hände im Takt seiner Worte wiegend. »Du bist nicht wie die anderen, ganz und gar nicht . . .«

Sie seufzte ungeduldig. *Als würde ich das nicht längst wissen!* Sie wollte mehr hören, doch er zögerte, offenbar nach den richtigen Worten suchend.

»Sie sagten, Sie hätten meinen Vater nie kennengelernt«, sagte sie. »War er nur ein anonymer Samenspender?«

»Nein. Er und deine Mutter haben dich auf natürliche Weise gezeugt. Seine Haut war ebenfalls goldfarben, dessen bin ich mir sicher. Und ich nehme an, daß sie in der einen oder anderen Form miteinander verheiratet waren, entsprechend ihrer Kulturform.«

Sie sah verwirrt zu ihm hinüber.

»Wo ist meine Mutter? Bringen Sie mich sofort zu ihr. Ich muß sie sehen.«

Er klopfte mit den Fingerspitzen gegen seine zusammengepreßten Lippen. »Ich weiß nicht, wie oft ich dieses Treffen in Gedanken durchgegangen bin – was du fragen würdest, was ich antworten soll. Aber . . . genaugenommen gibt es keinen schonenden Weg, dir mitzuteilen, was du erfahren mußt.«

Sie schluckte. »Dann spucken Sie es einfach aus.«

Er trat zu ihr und nahm ihre Hand; seine Augen trafen ihre.

»Deine Mutter ist tot«, sagte er leise und deutlich. »Ich fand sie in der arktischen Tundra in einem Gletscher begraben. Sie war seit fünfundzwanzigtausend Jahren tot.«

31

Während der Fahrt von Seattle nach Deer Park rasten Embers Gedanken hin und her wie die Regentropfen auf der Windschutzscheibe des Mercedes 300 SL Flügeltürer. Yute versuchte, sie zum Reden zu bringen, aber sie wagte nicht zu sprechen, denn sie fürchtete, daß ihre Stimme sich überschlagen und in einen einzigen, langgezogenen Schrei umschlagen würde.

Der Wagen wurde langsamer, bog ab und passierte eine Toreinfahrt, über der ein rostiges Metallschild hing: *Washington State Indian School.* Daneben waren zwei neuere Schilder angebracht: *Privatbesitz; Betreten verboten.*

Wenig später stand sie auf dem feuchtglänzenden Asphalt inmitten einer grauen Dunstwolke. Der Schauer hatte sich zu einem feinen Sprühregen abgeschwächt, doch gelegentlich fiel ihr noch ein kalter Tropfen ins Gesicht oder in die Haare. Yute reichte ihr seinen Regenschirm, doch sie starrte ihn nur reglos an.

»Was kommt als nächstes?« fragte sie. »Was werde ich jetzt herausfinden?«

»Komm mit.«

Er führte sie zu einem zweistöckigen Backsteingebäude mit einem Dach aus keramischen Kacheln. An der Ecke strömte Wasser aus der Regenrinne und floß laut plätschernd durch einen Gully in die Kanalisation. Über dem Eingang des Gebäudes las sie: *New Center for Early Human Research* – ein neues Zentrum für Frühmenschliche Forschung.

Yute schloß die Tür zu seinem Labor auf, und sogleich schlug ihr eine Palette schwerer Gerüche entgegen: Lysol, Formaldehyd, Alkohol, Chlor und totes Fleisch. Der Geruch ließ sie würgen, und sie hielt in dem Raum nach einem Behälter Ausschau, in den sie sich – falls nötig – übergeben konnte. An der rückwärtigen Wand standen eine Reihe von Skeletten in Chromgestellen, an der linken Wand ein riesiges Bücherregal aus Eiche und ein Stahlschrank mit zahlreichen kleinen Schubfächern sowie ein Arbeitstisch mit zwei Computern und mehreren Aktenschränken. Die rechte Wand war bis auf Schulterhöhe mit hellblauen Keramikplatten gekachelt, und der Kachelboden neigte sich in der Mitte des Raumes zu einem Abfluß, über dem ein schwarzer Formica-Labortisch stand. Weiter hinten an der rechten Wand stand ein großer Stahlkasten, daneben befand sich die Tür zu einer begehbaren Kältekammer.

Ihre Übelkeit verging, und sie ließ sich auf einen Stuhl am Labortisch fallen. Yute ging zum Arbeitstisch und schrieb etwas in ein gebundenes Notizbuch.

»Ember!«

Sie schaute gerade noch rechtzeitig auf, um eine Münze auf ihren Kopf zufliegen zu sehen. Sie fing sie mit der rechten Hand. Während die erste Münze noch in der Luft war, warf Yute eine zweite. Diese fing sie mit links. Sie sah ihn verwirrt an.

»Du bist beidhändig, nicht wahr?«

Sie nickte.

»Das habe ich aufgrund der Kratzspuren im Zahnschmelz deiner Mutter vorausgesagt.«

Sie zog die Brauen zusammen. »Wovon reden Sie?«

»Wenn man heute lebende Inuit beobachtet, wie sie Karibufleisch essen, sieht man, daß sie mit einer Hand ein Stück Fleisch halten, reinbeißen und den Rest mit einem Messer abschneiden. Diese Angewohnheit hinterläßt auf ihren Schneidezähnen winzige Kratzspuren – die normalerweise nur in eine Richtung verlaufen; daraus haben Anthropologen abgeleitet, daß Cro-Magnon-Menschen Rechtshänder waren.«

Er tat so, als würde er in der linken Hand ein Steak halten, reinbeißen und mit der rechten Hand das Fleisch durchschneiden, diagonal von rechts oben nach links unten.

»Ich habe mir die Schneidezähne deiner Mutter unter dem Mikroskop angesehen und Hunderte kreuz und quer verlaufender Kratzspuren entdeckt. Das bedeutet, daß sie das Fleisch, das sie aß, mal mit der linken, mal mit der rechten Hand abgeschnitten hat – sie war beidhändig.«

Erneut spürte Ember Übelkeit in sich aufsteigen, aber sie schaffte es, das Gefühl zu unterdrücken. »Welchen Unterschied macht das schon?« sagte sie leise.

»Einen größeren, als man glauben mag«, sagte Yute. »Neurologen haben herausgefunden, daß Rechtshändigkeit mit dem Sprach- und Denkvermögen in Verbindung steht. Unter allen Lebewesen geben nur die Menschen der einen oder der anderen Hand den Vorrang; ich erwartete, bei deiner Mutter keine solche Präferenz zu finden, und ich hatte recht. Das bedeutet, daß deine Hirnhemisphären perfekt ausbalanciert sind; du bist mit gleichermaßen viel Intuitionsvermögen wie kritischem . . .«

»Schauen Sie, im Moment versinkt mein Gehirn in einem tiefen, schwarzen Loch.« Ember legte die Hände an den Kopf. »Mein ganzes Leben lang wollte ich herausfinden, wer ich bin, aber . . .«, sie schloß die Augen und rieb ihre Schläfen, »aber ich weiß nicht, ob ich noch mehr ertragen kann.«

»Ich verstehe«, sagte er. »Das alles muß sehr schwer für dich sein. Verzeih mir.«

Ember sah zu den Skeletten an der Wand.

»Ist meine Mutter . . .?«

»Nein. Sie gehört zu keiner dieser Gattungen.« Er machte eine Pause. »Möchtest du einige Farbfotos von ihr sehen?«

Ember schüttelte den Kopf und kniff die Lippen zusammen.

»Vielleicht später«, sagte er. »Du brauchst mehr Zeit.«

»Nein, warten Sie.« Sie holte tief Luft. »Ich möchte sie sehen. Ich muß.«

Yute trat an einen Aktenschrank und reichte ihr einen Moment später einen schweren Pappkarton, in dem früher ein Stapel Kopierpapier gelegen hatte. Sie stellte den Karton vor sich auf den Labortisch und strich sanft über den Pappdeckel.

Ihre Mutter war hier drin begraben.

Sie malte sich aus, was sie beim Anblick ihrer Mutter empfinden würde, beim Anblick ihres vertrockneten Leichnams, die Haut auf den Knochen klebend, die Züge ihres uralten Gesichts zu einer furchteinflößenden Todesmaske verzerrt. Sie wippte mit den Knien, dann hob sie mit zitternden Händen den Deckel.

Ihr stockte der Atem, und sie rutschte auf die Stuhlkante vor.

Sie sah den muskulösen Rücken einer jungen Frau, die auf einem Stahltisch lag; dunkelrote, eng geflochtene Haarzöpfe bedeckten ihre Schultern, und ihre Haut sah so weich aus, als würde sie nur schlafen.

»Sie ist golden«, flüsterte Ember.

»Ja«, sagte Yute. »Zuerst dachte ich, ihre Farbe sei das Resultat des Gefrierprozesses, doch später entdeckte ich in ihrer Haut ein ungewöhnliches Pigment.«

»Sie ist golden, wie ich.« Sie schluckte und hielt den Atem an, darum ringend, ihren Schmerz nicht zu zeigen. *Ich darf nicht vor ihm zusammenbrechen.* Eine Träne fiel auf das Foto, und sie wischte sie mit dem Ärmel ihres T-Shirts ab. Dann atmete sie tief durch und machte weiter.

Das nächste Foto, eine Frontalaufnahme, zeigte einen muskulösen, kurvenreichen Körper, der sie stark an ihren erinnerte. Aber es war das Gesicht der jungen Frau, das sie vom Stuhl springen ließ. Sie studierte das Gesicht von nahem, und ihre Atmung wurde schneller. Hastig blätterte sie ein Dutzend Fotos durch, bis sie eine Portraitaufnahme fand.

Sie starrte auf das breite, goldene, von dunklen Zöpfen eingerahmte Gesicht, und nun war es unverwechselbar, ein Gesicht, an das sich Ember aus hundert Kindheitsträumen erinnerte.

U-Ma. Die Schamanenmutter aus der blau schimmernden Eishöhle.

»Mein Gott!« Ember griff sich ans Herz. »*U-Ma* ist meine eigene Mutter!«

Sie erinnerte sich an den kleinen Jungen, der sich in ihrer Vision an U-Mas Bein klammerte und fortgetragen werden mußte.

Mein Bruder! Oh, ich habe einen Bruder.

Dann traf es sie mit voller Wucht: Ich *hatte* einen Bruder – *vor fünfundzwanzigtausend Jahren.* Bei diesem Gedanken konnte sie ihren Schmerz nicht länger zurückhalten; die Dämme in ihrem Herzen brachen, und sie glaubte, ertrinken zu müssen.

Schluchzend fragte sie: »Ist-ist-ist das alles? Alles, was von meiner Mutter . . . übrig ist?«

»Nein«, sagte Yute. »Ich habe dich hierhergebracht, um dir mein Lebenswerk zu zeigen. Aber ich wollte dir Zeit geben, dich an alles zu gewöhnen, und habe deswegen mit den Fotos angefangen.« Tränenüberströmt folgte sie ihm eine Treppe hinunter zu einem Gang, der ins Neandertaler-Museum führte. Sie hörte das spitze Kreischen einer Kreissäge, und einen Moment später betraten sie einen weitläufigen Saal, in dem eine gigantische Dioramaausstellung gebaut wurde. Der Saal wurde in eine Tundraszene der Eiszeit verwandelt.

Aus der linken Ecke des Saals ragte ein breiter Höhleneingang hervor. Im Innern der Fiberglashöhle war aus künstlichen, mit

Gasdüsen besetzten Holzscheiten eine kleine Feuerstelle gebaut worden. Lebensechte Puppen dreier goldener Frauen saßen um das Feuer herum, dicke Fleischklumpen auf langen Stöcken bratend. Eine der Frauen hatte ein Baby an ihrer Brust, und zwei andere Kinder spielten mit einer Wolfswelpe. Eine vierte Frau schabte eine auf dem Boden ausgebreitete Tierhaut aus, und ein kniender alter Mann schlug mit einem Granitblock eine Feuersteinklinge zurecht. Draußen kamen zwei Jungen auf den Höhleneingang zu, gebückt unter schweren Brennholzbündeln.

Auf die konkave rechte Saalwand war das Panorama einer Tundralandschaft gemalt, die die Illusion großer Tiefe erweckte. Blumenbüschel und kniehohe Gräser reichten bis in die Mitte des Saals hinein und schienen sich bis zum weit entfernten Horizont des Gemäldes zu erstrecken, wo sich aus einem schneebedeckten Gebirgszug ein Dutzend Gletscher in die Tundra ergossen. In der Ferne graste eine Herde zotteliger Nashörner. Ewiger Sommer lag über der Tundra, und der Nachmittagshimmel sah warm aus, gesprenkelt mit pinkfarbenen und goldenen Farbtupfern aus in der Decke verborgenen Theaterscheinwerfern. Rechts unten trat ein sich von weit hinten heranwindender Schmelzwasserbach aus dem Gemälde und plätscherte entlang einer Absperrung mit echtem Wasser über eine Moosfläche. In der Nähe, auf einem schroffen Felsvorsprung, lag eine Gruppe von Neandertaler-Jägern im Hinterhalt, die Arme über den Köpfen angewinkelt, bereit, ihre Lanzen in ein zotteliges Mammut zu schleudern, das mit seinem dicken Rüssel aus dem Bach trank. Seine Schultern waren höher als eine Blockhütte, und aus seinem mächtigen Kiefer ragten acht Meter lange, nach oben gebogene Stoßzähne.

Zwei Tischler, Yute und Ember die Rücken zuwendend, hockten neben einen Sägebock über einem auf dem Boden ausgebreiteten Bauplan. Der jüngere der beiden Männer hatte seine blonden Haare zu einem Pferdeschwanz gebunden, die Härchen auf seinen Unterarmen waren mit feinem Holzstaub bedeckt. Der andere Mann war schokoladenbraun, und auf seinem glänzenden Kahlkopf leuchteten zwei Lichtpunkte, einer pink, der andere goldfarben. Yute ging zu den beiden Tischlern hinüber und wies sie an, eine Pause zu machen. Sie nickten und sahen zu Ember herüber. Als sie zum Ausgang gingen, sprangen ihre Blicke immer wieder zwischen Ember und den Frauen in der Höhle hin und her.

Yute wandte sich zu ihr um. »Wie findest du es?« fragte er. »Wenn es in einigen Monaten fertig ist, wird dies die beste Neandertaler-Ausstellung der Welt sein. Nicht nur die beste, sondern die einzig wirklich akkurate. Alle anderen, selbst die im Britischen Museum, sind nur traurige Verstümmelungen der Realität.«

Ember stand stumm da. Der Schmerz verwandelte ihren Körper in Blei. Sie sackte gegen die Absperrung und starrte auf die Szene aus der Epoche ihrer Mutter – auf ihre, Embers, eigene wirkliche Epoche.

»Schau hin«, sagte Yute und drehte einen Knopf auf einem Wandpanel. Blauorange Flammen schossen aus den Holzscheiten. »In der Höhlendecke befindet sich eine Sprinkleranlage, die alle staatlichen Auflagen erfüllt«, sagte er. »Und sieh dir das an.« Er legte eine Reihe von Schaltern um, und plötzlich wurden die Jäger lebendig; sie riefen durcheinander, holten aus und schleuderten ihre Lanzen in den zotteligen Rücken des Mammuts. Es hob seinen massiven Kopf und Rüssel, die riesigen gebogenen Stoßzähne glänzend wie Krummsäbel, und trompetete so laut, daß der Boden unter Embers Füßen vibrierte.

Jeder dieser Jäger könnte meinen Vater darstellen. Ihre Hände umschlossen die Absperrung so fest, daß die Knöchel weiß hervortraten. *Meine Familie, meine Rasse ist ausgestorben. Ganz gleich, wo auf der Welt ich bin, ich werde immer allein sein.*

»Da lang«, sagte Yute und nickte nach links. »Ich möchte dir das geplante Herzstück der Ausstellung zeigen.

Sie preßte eine Hand an den schmerzenden Bauch und folgte ihm. Sie gelangten in einen Bereich, wo ein weiteres Diorama gebaut wurde – eine weitere Höhlenszene –, doch dieses Mal schaute man aus dem Innern einer großen Höhle in einen sternenübersäten arktischen Abendhimmel hoch, in dem bunte Nordlichter schimmerten. Vorne in der Höhle befanden sich drei Feuerstellen, jede ein Zentrum von Aktivitäten. An der linken

Feuerstelle saß ein goldhäutiger Mann und erzählte – in Pantomimensprache – einer Gruppe von gebannt lauschenden Jungen eine Geschichte; ockerfarbene Zeichnungen von Rentieren, Büffeln und Mammuts bedeckten die rußgeschwärzte Höhlenwand. Um die mittlere Feuerstelle tanzten mehrere muskulöse, lanzenschwingende Männer zusammen mit einem Mann, der in eine grobe, rötliche Tierhaut gehüllt war und auf dem Kopf den riesigen Schädel eines Höhlenbären trug.

Aber Embers Blick wanderte wie magnetisiert zur rechten Feuerstelle. Eine junge goldene Frau saß im Schneidersitz auf dem Höhlenboden, während eine ältere Frau hinter ihr stand und ihr die dunkelroten Haare zu Zöpfen flocht. Die junge Frau wirkte so echt, daß man meinen wollte, sie würde den Kopf wenden, falls Ember ihren Namen rief.

»U-Ma«, sagte sie mit einem heiseren Flüstern. *»Mutter!«*

»Ich ließ die Figur von einem forensischen Maskenbildner aus Holland bauen«, sagte Yute. »Er hat sie auf Basis der Fotos aus Wachs gegossen, Schicht für Schicht auf ein speziell angefertigtes Harzskelett, das ich . . .«

Ember warf ihm einen Blick zu, der ihn verstummen ließ. »Ich will die Überreste meiner Mutter sehen.«

»Nun, genaugenommen sind die roten Haare, die du da siehst, ihre echten Haare.«

»Ich will ihre Gebeine sehen.«

»Ihr Skelett wird Teil eines separaten, klimakontrollierten Schaukastens«, sagte Yute. »Und ich fürchte, der ist noch nicht fertig.« Sie packte seinen Ärmel. »Bitte, bringen Sie mich zu ihr – *sofort* –, ganz gleich, wo sie ist. Ihr Schaukasten kümmert mich nicht, ich muß meine Mutter sehen.«

Yute sah erschrocken aus. »Okay, laß uns ins Labor zurückgehen.«

Sie wirbelte herum und eilte durch die Tür in den Gang hinein. Yute eilte ihr nach. »Schau, ich habe mich da drin ein wenig gehenlassen und, eh . . . ich weiß, daß das alles für dich sehr schwer sein muß. Vielleicht hätten wir es langsamer angehen sollen.«

»Achtzehn Jahre, um die Wahrheit zu erfahren«, sagte sie und rieb sich die Augen. »Das ist langsam genug.«

Im Labor zogen Yute und Ember sterile Kittel und Schutzmasken, Handschuhe und Haarkappen an.

»Paß auf«, sagte Yute, als er das schwere Vorhängeschloß an der Tür zur Kältekammer öffnete. »Es ist unter null Grad da drin.«

Er ging als erster hinein. Sie zögerte, dann folgte sie ihm. Eiskalte Luft schlug ihr entgegen und trieb ihr Tränen in die Augen, und sie mußte ein paarmal blinzeln, bis sie wieder klar sehen konnte. Ihr gegenüber, in einem durchsichtigen Plastiksack, hing an einem Stahlrahmen das mit Drähten zusammengehaltene Skelett ihrer Mutter.

Ember biß sich auf die Lippe, atmete die eisige Luft ein und aus. Dann trat sie vor und zog den Reißverschluß des Sacks herunter. »Sachte«, sagte Yute. »Sachte.«

Sie strich mit den Fingern über den kalten, trockenen Schädel ihrer Mutter, über den kräftigen Unterkiefer, die großen, weißen Zähne, die hohen Wangenknochen – alles wie bei ihr selbst.

Der scharfe Geruch chemischer Präservierungsmittel stach ihr in die Nase, und sie zog den Reißverschluß wieder hoch.

Was hatte ihre Mutter ihren Leuten in der Eishöhle gesagt? *Prägt euch die Düfte eures Daseins ein ...*

Sie schloß die Augen und ließ ihren Atem in ihr Herz strömen, in den tiefen Brunnen der Erinnerungen. Sie roch Haut und Haare und Rauch und Tierfelle und, darunter, die Essenz ihres Volkes in der Eishöhle; ihr Geist ging die Vielzahl unterschiedlicher Düfte durch, bis sie den ihrer Mutter gefunden hatte. In Erinnerung versunken, saugte Ember den Duft in sich auf und ließ ihre Seele von ihm durchdringen. *Mutter, ich erinnere mich an dich. Du riechst nach Liebe.*

Dann fiel ihr U-Mas letzte Botschaft ein. *Der eisige Schoß der Großen Mutter wird ihre Kinder hüten, bis sie wiedergeboren werden.*

Tut mir leid, Mutter. Es ist nur ein Traum, eine Erinnerung an die Welt, aus der ich komme. Deine Welt. Die Kinder der Großen Mutter sind lange verschwunden.

»Lange verschwunden«, murmelte sie und kehrte dem Skelett den Rücken zu.

»Wie bitte?« fragte Yute.

»Eigentlich soll ich gar nicht am Leben sein«, sagte sie zu niemand Bestimmtem. Sie hielt eine Hand vors Gesicht und spreizte die Finger. »Ich bin ein Geist, gefangen in einem Körper. Ich gehöre nicht in diese Welt – nicht jetzt. Es ist alles falsch. Ich wäre lieber ein Skelett an der Seite meiner Mutter.«

»Auf keinen Fall«, sagte Ember und eilte die Treppe hinunter zum Ausgang. »Vergessens Sie's.«

»Gib mir ein Jahr«, sagte Yute, ihr nachrennend. »Das bist du mir schuldig.«

»Ich schulde Ihnen einen Dreck.«

»Im Gegenteil.« Er packte Embers Schulter mit eisernem Griff und riß sie zu sich herum. »Du schuldest mir dein Leben.«

Sie stieß seine Hand weg. »Eins sollten wir klarstellen«, sagte sie und sah in sein breites Gesicht hoch, direkt in seine schwarzen Augen. »Sie waren derjenige, der beschloß, Gott zu spielen. Ich habe Sie nicht gebeten, aus mir den letzten lebenden Feuerstein zu machen, und ich danke Ihnen nicht dafür.«

»Aber du hast das Museum gesehen, die Tundrafrau-Ausstellung ist fast fertig, ich brauche nur noch einige Informationen.«

»Ihr Name ist U-Ma, und zufälligerweise ist sie meine Mutter.«

»U-Ma?« Er zog die Stirn in Falten.

»Schon gut.« Sie drehte sich um und ging.

»Bleib stehen, hör mir zu.« Wieder rannte er ihr nach. »Es dient der Wissenschaft. Ich möchte nur meinen Horizont erweitern. Ich konnte zahlreiche Untersuchungen an ... an U-Ma durchführen ... Gewebeuntersuchungen, Röntgenbilder, Ultraschall – aber ich konnte nichts über ihren Verstand herausfinden.«

»Ihr Verstand ist ausgestorben, das ist alles, was Sie wissen müssen.«

»Nein, nein, ich kann mit dir eine Reihe von psychologischen Tests durchführen – Intelligenztest, Persönlichkeitsmerkmale ...«

»Sind unter den Merkmalen auch Einsamkeit? Traurigkeit? Denn viel mehr ist von meiner Persönlichkeit nicht übrig, das Sie auf ihren Tabellen registrieren könnten.«

»In Ordnung, okay, acht Monate. Ich werde alles Wissenswerte in acht kurzen Monaten herausfinden.«

Sie ging schneller.

»Ein halbes Jahr, nur sechs Monate, Ember, und ich verdoppele mein Angebot.«

Sie sah nicht zurück.

»Das Geld ist dir egal. Prima. Was ist dir nicht egal? Was ist mit Wissen? Mit Selbsterkenntnis? Würde es dir nichts bedeuten, dich selbst kennenzulernen und mehr über deine Rasse zu erfahren?«

Sie blieb abrupt stehen und wirbelte herum, und beinahe wäre er mit ihr zusammengeprallt.

»Heute habe ich erfahren, daß ich eine prähistorische Höhlenfrau bin, daß die Menschen, die ich mein ganzes Leben lang finden wollte, seit der Eiszeit tot sind und daß von meiner Familie nur noch das Skelett meiner Mutter übrig ist. Ich bin der einsamste Mensch der Welt, und nichts in diesem Leben kann diesen Schmerz lindern. Haben Sie noch andere frohe Botschaften?«

Yute sah aus, als wäre er den Tränen nahe. »Wie kann ich dich davon überzeugen, daß du das größte Juwel der wissenschaftlichen Welt bist?«

»Die wissenschaftliche Welt kann meinen haarigen Neandertaler-Hintern küssen«, sagte sie schwer atmend. »Ihr Wissenschaftler seid alle gleich – nur Gehirn, kein Herz. Nicht den Hauch einer Ahnung, welche Konsequenzen eure Taten nach sich ziehen. Was glauben Sie, wird mit meinem Leben geschehen, wenn Sie der Welt von mir berichten?«

»Ich . . . eh . . .«

»Der Rummel wird kein Ende nehmen – Neandertaler-Witze, Neandertaler-Burger, Neandertaler-Frisuren – jeder wird mich in seiner Talk-Show haben wollen, Seite an Seite mit der Hausfrau, die es mit ihrer Dogge treibt.«

Yute schüttelte energisch den Kopf. »Was wir gemeinsam über

dich und deine Rasse herausfinden, wird in den renommiertesten Wissenschaftsjournalen der Welt veröffentlicht werden.«

»Yeah, zum Beispiel im *National Enquirer.*«

Er seufzte und hielt kapitulierend die Hände hoch. »Du hast gewonnen«, sagte er. »Ich werde nicht weiter versuchen, dich zu überreden.«

»Auf Wiedersehen, Dr. Frankenstein.« Sie wandte sich um und ging«.

»Aber da ist noch etwas, das ich dir geben wollte; es gehörte deiner Mutter.«

Ihre Schritte wurden langsamer.

»Eine kleine Flöte aus einem Vogelknochen. Sie ist jetzt dein rechtmäßiges Eigentum.«

Sie drehte sich um.

»Sie hat ihr gehört?«

»Ja, ich habe sie in ihrer Kleidung gefunden. Sie ist süß; man kann auf ihr fünf liebliche hohe Töne spielen; dieselbe Tonlage wie bei einer Pikkoloflöte. Komm ins Labor, du kannst sie mitnehmen.« Sie holte tief Luft und versuchte, ihre Wut und ihren Schmerz zu ignorieren. Am liebsten wäre sie losgerannt, irgendwohin, und hätte sich die Seele aus dem Leib geschrien, doch sie stellte sich vor, wie ihre Mutter ihrem Bruder etwas auf der Flöte vorspielte, und die Vorstellung berührte sie.

»In Ordnung«, sagte sie. »Nur die Flöte, keine weiteren Überredungsversuche.«

»Nur die Flöte.«

Sie gingen gemeinsam zurück und stiegen die Treppe zum Labor hoch. Er trat an einen Musterschrank. »Ein Experte hat festgestellt, daß die Flöte aus dem Schenkelknochen eines Schwans geschnitzt wurde«, sagte er, ihr den Rücken zuwendend.

Sie roch eine beißende Chemikalie – ein Präservierungsmittel?

Er wandte sich zu ihr um und gab ihr eine kleine, etwa fünfzehn Zentimeter lange weiße Flöte. Die Ränder der Luftlöcher waren vom vielen Spielen glattgerieben. *Sie war eine Musikerin,* dachte Ember, und erneut begann ihr Zorn sich in tiefe Trauer zu verwandeln. Sie hielt sich die Flöte an die Nase und schnupperte an den Löchern, obwohl sie wußte, daß es unmöglich war, nach so vielen Jahrhunderten noch den Duft ihrer Mutter wahrzunehmen.

Sie roch nur die beißende Chemikalie, stärker als zuvor, und sie schaute auf. Yute stand hinter ihr und drückte ihr schnell ein äthergetränktes Taschentuch aufs Gesicht. Schockiert schnappte sie nach Luft und inhalierte das bittere Betäubungsmittel. Dann zog sie mit einem Ruck den Kopf weg und sprang vor, mit den Ellbogen um sich schlagend, doch seine große Hand lag wie ein Oktopus auf ihrem Gesicht. Sie duckte sich, um ihn über die Hüfte zu werfen, sank aber nur benommen auf die Knie. Sie versuchte, den Atem anzuhalten, doch nach einigen Sekunden schnappte sie ein weiteres Mal nach Luft. Ihre Sicht verschwamm, und sie verspürte das übelkeitserregende Gefühl, durch den Boden zu sinken, als alles um sie herum schwarz wurde.

32

Ember betrachtete den Hauptraum der Zwei-Zimmer-Blockhütte. Die Wände bestanden aus handgesägten Douglastannenstämmen, die Ritzen waren mit grauem Mörtel verputzt. Pinienscheite brannten in einem Fliesensteinkamin. Durch das einzige Fenster des Raumes sah sie hinter einer steilen Anhöhe einen schneebedeckten Berg aufragen. Die Hütte schien sich in einer tiefen Talsenke zu befinden.

Sie wünschte, sie könnte den weit entfernten Berg besser erkennen. War es Mount Rainier? Wenn ja, war das Ferienlager für taubstumme Kinder ganz in der Nähe.

Auf dem Weg zur Hütte hatte sie, gefesselt und mit verbundenen Augen in einer Art zusammenklappbarem Karren liegend, versucht, sich anhand der verschiedenen Gerüche zu orientieren. Aber sie hatte nichts Ungewöhnliches wahrgenommen, nur den üblen Gestank des Betäubungsmittels, den Rost und Schimmel am Karren sowie den Geruch von Yutes Schweiß.

Kurz bevor sie zur Hütte gelangt waren, hatte sie den süßlich-fauligen Geruch von Tausenden pilzzerfressenen Baumstümpfen wahrgenommen. Baumfällertrupps mußten einen nahe gelegenen Berg kahlgeschlagen haben, vor ungefähr fünf, sechs Sommern. Sie nahm an, daß Yute bis zum Ende einer alten Ausfallstraße gefahren war und auf einer der ehemaligen Baum- oder Feuerschneisen hierhermarschiert war. So einfach die Hütte auch eingerichtet war, für einen Baumfällertrupp schien sie viel zu komfortabel zu sein – außerdem roch das Mark in den Holzwänden viel zu frisch; sie war sicher, daß die Hütte erst wenige Jahre alt war.

Wer außer Dr. Nahadeh weiß, daß hier eine Blockhütte steht? Wo immer hier *ist.*

Er hatte ihr wieder etwas zu essen hingestellt – ein Brot mit Erdnußbutter und Marmelade, einen Granny-Smith-Apfel und rote Weintrauben –, doch sie hatte seit ihrer Entführung vor zwei Tagen keinen Bissen zu sich genommen und kein Wort mit ihm geredet.

Sie lag auf einer dicken Gummimatratze. Ihre Handgelenke waren mit einem weichen Nylonseil gefesselt, ebenso ihre Fußknöchel. Tagsüber war Yute immer in der Nähe. Nachts, wenn er schlief, zog er das lose Ende ihrer Fußfessel durch einen Ringbolzen, der in einen der Kaminfliesensteine eingelassen war, und band ihr einen Rucksack über die Hände, so daß sie gar nicht erst versuchen konnte, sich zu befreien.

Sie betrachtete wieder die Knoten. Perfekt geknüpft.

Yute trat mit dem Stiefel die Tür auf und kam mit einem Stapel Brennholz in den Armen herein. Er legte es neben den Kamin und warf ein weiteres Holzscheit ins Feuer. Er trug einen groben Rollkragenpullover, und die erhitzte Luft wehte ihr das ölige Lanolinaroma entgegen.

Er starrte ins Feuer. »Als kleiner Junge in Swift Fork half ich meinem Vater immer, Brennholz zu hacken«, sagte er. »Er schlug die Axt ins Holz und ließ mich anschließend mit einem Hammer draufhauen.« Er tat so, als würde er mit beiden Händen einen Hammer halten. »Nachdem ich einige Male draufgehauen hatte, schob er mich zur Seite und hieb den Stamm entzwei.« Er lächelte. »Aber er ließ mich immer glauben, daß ich die Hauptarbeit getan hatte.«

Er sah sie an. »Hast du jemals Holz gehackt?«

Sie sah weg. Er sah wieder ins Feuer und stieß ein langgezogenes Seufzen aus. Die Feuchtigkeit in den Holzscheiten spritzte zischelnd in die Höhe.

»Komplexe Systeme sind ihrer Natur nach unberechenbar. Das las ich vor vielen Jahren – Chaostheorie –, damals schien es mir sonnenklar. Trotzdem habe ich irgendwie den zentralen Punkt übersehen: Die komplexesten aller Systeme, und daher die am wenigsten berechenbaren, sind Menschen. Wer kann schon wissen, was wir als nächstes tun werden, oder warum wir es tun?«

Er stocherte mit einem eisernen Schürhaken im Feuer, und ein Funkenschwarm stob in den Schornstein.

»Schon als Junge war ich versessen darauf, ständig Neues zu lernen, ich bekam nie genug. Die Art Wissen, die mein Vater als nutzlos erachtete, war genau das, was ich unbedingt lernen wollte. Alle zwei Monate wartete ich mit pochendem Herzen auf das Büchermobil, so wie die anderen Jungen wahrscheinlich auf den ersten Schnee warteten, um einen Schneemann bauen zu können. Dann war mein Hunger eine Weile gestillt, und ich war zufrieden.«

Er sprach eine Minute lang nicht, und Ember fragte sich, worüber er wohl nachdachte. Sie beobachtete ihn aus den Augenwinkeln.

»Dann versuchten die VISTA-Freiwilligen meinen Vater davon zu überzeugen, daß ich über eine spezielle Gabe verfüge, die ich unbedingt weiterentwickeln solle.«

Er sah zu ihr hinüber, und sie senkte den Blick. »Stell dir einen vierzehnjährigen Caiyuh-Jungen in einem winzigen arktischen Dorf vor, der seinen in Traditionen verhafteten Vater anfleht, ihn nach Fairbanks ziehen zu lassen, wo er den ganzen Tag in einer Universität sitzen und die Wissenschaften studieren möchte.

Mein Vater sagte: ›Eine Gabe, die dich so weit von zu Hause wegführt, ist keine Gabe.‹ Schließlich überzeugte ihn meine Mutter, mich gehen zu lassen, weil sie wußte, daß ich in Swift Fork verkümmern würde. Also zog ich fort und ging aufs College, wo es all die Bücher gab, die meinen Geist anregten. Aber ich hatte so starkes Heimweh, daß ich mich tagelang übergab. Und während dieses ersten Semesters starb meine Mutter bei der Geburt meiner Schwester.«

Ember warf ihm einen verstohlenen Blick zu. Er sah sie mit dunklen, traurigen Augen an, als wäre sie jetzt das Feuer im Kamin. »Ember, ich weiß, wie es sich anfühlt, anders zu sein, einsam zu sein. Wäre damals jemand zu mir gekommen und hätte gesagt: ›Yute, man sieht, daß du sehr ungewöhnlich bist, und ich möchte mit dir zusammenarbeiten und herausfinden, was dich zu dem macht, was du bist, warum du so anders als die anderen bist‹, ich hätte die Chance am Schopf gepackt. Ich beging den Fehler zu denken, daß du das auch tun würdest.«

Er erhob sich und fuhr sich mit der Hand durchs Haar. »Komplexe Systeme ... Ich habe nicht vorhergesehen, daß Chena dich behalten wollen würde.«

Er wandte sich um und begann, im Zimmer auf und ab zu gehen. »Ich war am Boden zerstört«, sagte er, »aber ich sah ein, daß mir nichts anderes übrigblieb, als zu warten, bis du zu mir kommen würdest – sobald du hungrig genug wärst, alles über dich herausfinden zu wollen. Also wartete ich, jahrelang ... *jahrelang*. Schließlich bist du gekommen, aber praktisch im selben Moment wieder verschwunden. Ich hatte deine Kindheit versäumt, und dieses Mal konnte ich nicht einmal mehr hoffen, daß du es dir anders überlegen und wieder zurückkommen würdest. Ich mußte dich aufhalten oder hätte dich wahrscheinlich für immer verloren.«

Er drehte das Gesicht zu ihr. »Ember, es tut mir leid. Ich konnte dieses Risiko nicht eingehen.«

Sie zog die Augen zu Schlitzen zusammen und sah ihn böse an.

»Ich erwarte nicht, daß du meine Entschuldigung akzeptierst«, sagte er. »Ich habe nur laut nachgedacht, mir mein Verhalten zu erklären versucht. Ich hätte nie gedacht, daß ich jemals so etwas tun würde.«

Er wandte sich um und begann wieder, auf und ab zu gehen.

»Es ist . . . Ich wünschte, du würdest mich verstehen«, sagte er. »Seit ich mich berufen fühlte, die Wissenschaften zu erkunden, zog es mich am stärksten zur Evolution, und innerhalb dieses Gebiets zur menschlichen Evolution und da wieder zu den Neandertalern. Es ist so, als wäre mein Kopf eine Teleskopantenne, die auf einen bestimmten Punkt eingestellt wurde, um ein bestimmtes Signal zu empfangen, nämlich die Wahrheit über Neandertaler.«

Er streckte die Arme aus und führte die Spitzen seiner Zeigefinger zueinander.

»Jahrelang habe ich mir eingeredet, ich wolle die größte wissenschaftliche Kapazität auf dem Gebiet der Neandertaler werden«, sagte er. »Ansehen und Anerkennung in meinem Fachgebiet . . . Ich hatte mich beinahe selbst überzeugt, aber seitdem, was in den letzten zwei Tagen passiert ist, muß ich mir eingestehen, daß es immer eine private Besessenheit gewesen ist. Es hat nichts mit meiner Karriere zu tun oder damit, die Wissenschaft vorantreiben zu wollen. Es ist rein persönlicher Natur.«

Er wandte sich zu ihr um und sprach voller Inbrunst. »Ember, ich muß mehr über Neandertaler erfahren – über dich. Das ist mein Schicksal, und ich weiß nicht, warum.«

Er sah auf ihren unberührten Teller hinunter. »Wenn du nichts ißt, werde ich dich über kurz oder lang künstlich ernähren müssen«, sagte er. »Das heißt, ich werde dir einen Schlauch in die Nase schieben, bis hinunter in deine Kehle, und werde dir Flüssignahrung zuführen. Bitte, zwinge mich nicht dazu.«

Sie sah ihn finster an und versuchte, seinem Blick standzuhalten, aber Fakt war, daß sie keine Lust verspürte, Hühnerbrühe in die Nase gepumpt zu bekommen. Außerdem war sie bereits schwach vor Hunger. Sie hob die gefesselten Hände, griff den großen grünen Apfel und biß gierig hinein.

»Ich bin gegen viele verschiedene Nahrungsmittel extrem allergisch«, sagte sie mit vollem Mund. Das war eine Lüge, eine neue Strategie.

Er zog die Augenbrauen hoch. »Aha, sie kann sprechen.«

»Im besten Fall bekomme ich nur Hautausschlag, aber wenn es ganz schlimm ist, verschließt sich meine Luftröhre. Ich wurde schon ein Dutzend Male ins Krankenhaus gebracht, bloß wegen eines falschen Kekses oder eines Brotbelags, den ich aß.«

»Tatsächlich?«

»Einmal habe ich aufgehört zu atmen und wurde an eine künstliche Lunge angeschlossen.«

»Ah ja.«

»Was ich meine – Sie haben nicht das Essen hier, das ich vertrage.«

»Sag mir genau, was du zu Hause ißt, ich werde es in der Stadt besorgen.«

Sie versuchte sich an jede Lebensmittelallergie zu erinnern, von der sie gehört hatte. »Ich darf nur glutaminfreies, weizenfreies Brot essen. Ich vertrage keine künstlichen Geschmacksverstärker und keine Farbstoffe. Ich brauche reines Wasser, ohne Chlor, und eine fluorfreie Zahnpasta. Und, eh . . .«

»Mach eine Liste. Ich werde alles in einem Reformhaus besorgen.«

»Was ist mit Kleidung? Ich kann nicht dieselbe Unterwäsche tragen, solange ich Ihre Gefangene bin.«

»Ich habe dir einen Rucksack mit frischen Sachen mitgebracht«, sagte er. Er wandte sich um, um ins Schlafzimmer zu gehen.

Ihre Gedanken rasselten und klingelten wie ein Flipper-Automat. Sie hatte einen Plan.

»Sie sagten vorhin, wenn ich kooperiere, täten Sie alles, um meinen Aufenthalt angenehmer zu machen.«

Er blieb stehen. »*Wenn* du kooperierst.«

»Nun, ich habe dieses starke physische und emotionale Verlangen, mich zu bewegen, jeden Tag«, sagte sie. »Es macht mich jetzt schon fast verrückt, mich nicht frei bewegen zu können.«

»Ich kann dich nicht nach draußen lassen.«

»Ich will doch nur ein bißchen Fahrrad fahren. Ich werde nicht versuchen abzuhauen, ich verspreche es.« Sie legte beide Hände an die Lippen, dann über ihr Herz. »Beim Heiligen Atem der Mutter Erde, ich verspreche, daß ich nicht wegrennen werde. Wenn Sie nur ein klein wenig über das Quanoot-cha wüßten, wäre Ihnen klar, daß dies für einen Quanoot ein heiliger Schwur ist, den man unter keinen Umständen brechen darf.«

»Aber ... du bist keine Quanoot.« Er legte den Kopf schief. »Du willst mich doch nicht etwa reinlegen, oder?«

»Ich wurde als Quanoot erzogen. Ich liebe ihre Tradition, es ist die einzige Tradition, die ich kenne.«

»Trotzdem, du bist keine Quanoot.«

»Dann bei den Gebeinen meiner Mutter und dem Blut meiner Eltern, das durch meine Adern fließt, ich werde nicht wegrennen.«

»Trotzdem, jemand könnte dich sehen. Du mußt dich schon mit ein paar Turnübungen hier drin zufriedengeben.«

Er drehte sich um.

»Okay, nur hier drin.«

Er wandte sich wieder um.

»Besorgen Sie mir einen Rollständer, um auf der Stelle fahren zu können.«

»Ein Heimfahrrad?«

»Nein, ich hasse diese Dinger, das Fahrgefühl ist total doof. Bringen Sie mir mein Mountainbike. Das ist ja gerade der Vorteil dieses Rollständers; man kann in seinen eigenen vier Wänden auf einem richtigen Fahrrad trainieren.«

Er legte eine Hand ans Gesicht und rieb sich mit kreisenden Bewegungen über den Mund.

»Und wenn ich dir diesen Rollständer kaufe ... wirst du mit mir die ganze psychologische Testreihe durcharbeiten?«

»Sie werden alles nur Erdenkliche über meinen Verstand erfahren, versprochen.«

»Und Blutuntersuchungen, Gewebeanalysen ...« Er rieb schneller. »Die Tests werden einige Monate in Anspruch nehmen, aber wenn du wirklich kooperierst ...«

»Bringen Sie mir mein Mountainbike und einen Shimano-Rollständer, dann mache ich Ihnen vielleicht sogar jeden Morgen Frühstück.«

Seine Züge wurden weicher, und quer durch den Raum konnte sie seine Schultern entspannt herabsinken sehen. Ein Grinsen legte sich über sein Gesicht.

»Abgemacht, Ember.«

33

Ember lag auf der Matratze und arbeitete die Einzelheiten ihres Fluchtplans aus. Das lodernde Kaminfeuer warf unruhig tanzende orange Lichttentakel an die Wand. Sie war allein in der Hütte. Yute verbrachte den Abend in der Stadt.

Ein Teil von ihr freute sich über die mißliche Lage, in der sie sich befand; es gab ihr die Möglichkeit, sich auf ein klar umrissenes Ziel – ihre Flucht – zu konzentrieren und die tieferen, langfristigen Fragen ihres künftigen Daseins, ihres *Neandertaler-Seins*, zu verdrängen. Was würden Mom und Dad und Kaigani jetzt für sie empfinden? Und Mike? Und am beunruhigendsten, wie empfand sie sich selbst?

Sie schüttelte energisch den Kopf.

Dies war weder der richtige Zeitpunkt noch der richtige Ort für eine Identitätskrise.

Wie wird er reagieren, wenn mir die Flucht mißlingt? Nun, ich bin mit Sicherheit eine zu wertvolle Gattung, als daß er mir etwas antun oder mich gar umbringen würde – obwohl ich lieber tot wäre, als der Welt als lebendes Museumsstück vorgeführt zu werden.

Sie ging immer wieder ihren Fluchtplan durch, zog alle Eventualitäten in Betracht. Im Morgengrauen, lange nachdem das Kaminfeuer verloschen war, war sie endgültig vom Gelingen ihres Planes überzeugt und schlief erschöpft ein.

Näher kommende Schritte. Sie schreckte aus dem Schlaf, und sofort begann ihr Herz zu rasen.

»Ich werde es tun«, flüsterte sie, »ganz gleich, was passiert.«

Yute öffnete die Tür, hinter der ein grauer, wolkenverhangener Morgen sichtbar wurde. Draußen stand die zusammenklappbare Schubkarre, beladen mit diversen Einkaufstüten, einer Kiste Äpfel, vielen Dosen und etwas, das wie ein Riesenglas Erdnußbutter aussah.

Igitt. Sie konnte den Gestank von Erdnußbutter drei Kilometer gegen den Wind riechen. Ein Grund mehr zu verschwinden.

In der Hütte gab es keinen Herd, aber wenigstens einen gasbetriebenen Kühlschrank, in den Yute das Obst und Gemüse, getrocknete Früchte, verschiedene Käsesorten sowie Flaschen mit diversen Fruchtsäften legte.

»Hat Sie irgend jemand herkommen sehen?« fragte sie.

»Die Hütte befindet sich auf einem Privatgrundstück und ist fast vollständig vom Nationalpark umgeben. Man ist hier vor neugierigen Blicken ziemlich sicher.«

»Da bin ich ja beruhigt. Haben Sie das Fahrrad mitgebracht?«

Er verstaute die restlichen Lebensmittel. Dann kniete er vor dem Kamin nieder, legte einige neue Holzscheite auf die noch glimmenden Reste und fachte sie mit einem ledernen Blasebalg an. *Whump.* Flammen stoben in die Höhe und spiegelten sich in seinen schwarzen Augen.

Furcht flammte in ihr auf, genauso plötzlich wie das Feuer. *Ich brauche das Mountainbike.*

»Und?« fragte sie, bemüht, ihre Stimme nicht nervös klingen zu lassen.

»Ich habe noch mal über das Rad nachgedacht«, sagte er und stocherte mit dem Schürhaken im Feuer. »Ich halte es für keine gute Idee.«

»Verdammt.« Sie schüttelte den Kopf. »Ich habe doch versprochen, daß ich nicht abhauen würde.« Sie betrachtete das winzige Zimmer, ein schrumpfender Holzkasten. Ihr Mund wurde trokken, ihre Hände feucht. Ihr Fluchtplan schien gescheitert zu sein.

»Was wollen Sie von mir?« fragte sie heiser. »Wie wollen Sie verläßliche Psychotests durchführen, wenn ich aus Bewegungsmangel langsam verrückt werde?«

Sie riß die an den Knöcheln gefesselten und mit dem Ringbolzen verbundenen Beine hoch; sie kamen mitten in der Luft mit einem Ruck zum Stillstand. »Als Fötus hatte ich mehr Bewegungsfreiheit.«

Er stand auf und betrachtete sie, die Hände in die Hüften gestemmt. Sie mußte den Kopf heben, um ihn ansehen zu können. »Fakt ist, daß ich wider besseren Wissens dein Fahrrad mitgebracht habe.«

Sie seufzte erleichtert.

»Aber bevor ich es reinbringe und dich losbinde, muß ich dich warnen: Ich habe eine Pistole und werde nicht zögern, sie zu benutzen, wenn du mich dazu zwingst.«

»Sie würden auf ein wissenschaftliches Juwel schießen?« fragte Ember so gelassen, wie es ihr möglich war.

»Nicht in den Kopf oder in die Brust«, sagte er. »Ich bin ein guter Schütze, und ich habe alle Instrumente dabei, um eine leichte Schußverletzung zu versorgen.«

»Wow, ich bin gerührt, Doktor. Sie denken wirklich an alles.«

»Schau, Ember, ich kann verstehen, daß du mich haßt. Aber um etwas Gutes zu erreichen, muß man eben manchmal Dinge tun, die einem anderen nicht gefallen.«

»Ich will ja nicht undankbar klingen, aber wie erreicht man etwas Gutes, wenn man einen Menschen entführt und auf dem Boden fesselt?«

»Ja, nun . . . eh . . .« Er sah weg. »Es geht hier um Wichtigeres als nur um deine Freiheit und Bequemlichkeit.«

»Um was denn?«

Er setzte sich ihr gegenüber im Schneidersitz auf den Boden. »Die bist ein lebender Abkömmling einer menschlichen Gattung, die vor Jahrtausenden ausgestorben ist, lange bevor das Schreiben entwickelt wurde, lange bevor all die magischen Errungenschaften erfunden wurden, über die wir heute verfügen.« Er hob die Hände. »Du, so wie du dasitzt, verkörperst mehr Wissen über die menschliche Evolution und die physische Anthropologie, als in allen einschlägigen Büchern steht. *Das* ist es, Ember, was wichtiger ist als deine persönlichen Gefühle.«

»Informationen sind wichtiger als Menschen?«

»Absolut. Der Fortschritt der Wissenschaft . . .«

»Sie machen sich wieder etwas vor. Erst gestern haben Sie gestanden, daß Sie besessen sind. Es geht hier nicht um den Fortschritt der Wissenschaft, es geht einzig und allein um Dr. Nahadeh und seine lebenslange Obsession.«

Er nickte und fuhr sich mit der Hand durchs Haar. »Noch ist es nicht zu spät, noch können meine Taten etwas Positives bewirken. Jeder große Wissenschaftler, jeder Künstler – jede große *Persönlichkeit* – war besessen, mußte sich seiner Bestimmung unterwerfen, ganz gleich, wie mysteriös oder beunruhigend diese . . .«

»Oder schmerzvoll für andere . . .?« fragte sie.

Er stand auf und legte die Hände auf den Kaminsims, dann senkte er den Kopf und preßte die Stirn an die Wand. »Ich möchte mich dafür entschuldigen, daß ich dir so viele Schmerzen bereitet habe und noch immer bereite«, sagte er mit geschlossenen Augen. »Mein Leben ist ebenfalls durch zahlreiche schmerzvolle Erfahrungen geprägt. Aber so wie ich die Dinge sehe, sind wir beide Teil eines größeren Plans, der wichtiger ist als unser persönliches Schicksal. Es geht also gar nicht so sehr um dich und mich. Jedem wissenschaftlichen Durchbruch lagen persönliche Opfer zugrunde.« Er sah zu ihr. »Wo wäre die Menschheit ohne diese Opfer?«

»Vielleicht würde sie noch im Einklang mit der Natur leben«, sagte sie.

»Wir würden noch in Höhlen hausen, wüßten nichts von den Weiten des Universums oder dem Mikrokosmos in unseren Körpern; wir wären hilflos und hätten Angst vor der Dunkelheit; wir wären Wesen, die zu ewiger Kindheit verdammt sind, unfähig, uns über die Bestien zu erheben.«

Seine Worte spülten über sie hinweg wie eine Fäulniswelle. Ihr Gesicht brannte vor Scham, und sie senkte den Kopf, angewidert von sich selbst, der Tochter der Höhlenbewohner, eine einsame Bestie unter Menschen. Sie schluckte und biß sich auf die Unterlippe; sie wollte nicht, daß er sie weinen sah.

»Nein, so habe ich es nicht gemeint . . . Ich . . . ich wollte dich nicht beleidigen«, sagte er. »Ich sage nicht, daß du weniger . . .«

Leise schluchzend legte sie eine Hand über die Augen und bedeutete ihm mit der anderen, still zu sein.

»Genaugenommen wart ihr Neandertaler eine sehr liebenswerte und mitfühlende Gattung. Ich kann dir einiges darüber erzählen, wenn du möchtest.«

Sie schüttelte ohne aufzusehen den Kopf. Er drehte sich um und wollte ins Schlafzimmer gehen.

»Moment«, sagte sie und nickte ihm aufmunternd zu, als er sich umdrehte. »Erzählen Sie.«

Er stand im Türrahmen. »Im Irak an einem Ort, der Shanidar-Höhle genannt wird, sagte er, »wurden die Gebeine eines etwa fünfundvierzigjährigen Mannes gefunden – das ist ein hohes Alter für prähistorische Maßstäbe. Das bemerkenswerte an dem Mann war, daß er Jahre zuvor schwer verletzt worden war. Sein rechtes Bein war verkrüppelt und sein rechter Unterarm abgerissen. Seine rechte Schädelhälfte war so eingedrückt, daß die Augenhöhle praktisch geschlossen war; er muß auf diesem Auge so gut wie blind gewesen sein. Außerdem fanden sich bei ihm Anzeichen von Arthritis.

So. Wir haben also einen Mann, der ständig mit schlimmsten Schmerzen herumhumpelte und weder jagen noch Pflanzen sammeln konnte. Dennoch haben seine Leute in der Höhle ihn nicht nur jahrelang durchgefüttert, sondern haben, als sie ihn begruben, seinen Leichnam mit Bergen von Blumen bedeckt – die Pollen und Samen waren noch vorhanden.«

Mit einemmal sah sich Ember, wie sie Blumen über einen goldenen Leichnam schüttete. Das Gesicht des Verblichenen konnte sie nicht erkennen, doch der Rest der Szene wirkte so echt, daß der liebliche Duft der Blumen ihre Sinne überwältigte, und einen Moment lang vergaß sie Yute und die Blockhütte.

Yute sagte eine Zeitlang nichts.

»Ist dir ohne Feuer warm genug?« fragte er schließlich.

Sie nickte.

»Dann schlaf noch ein bißchen«, sagte er. »Nachher kannst du auf deinem Mountainbike fahren.« Er trat ins Schlafzimmer und wollte gerade die Tür schließen. »Ember, alles wird gut«, sagte er. »Du und ich ... wir sind auf irgendeine seltsame Art und Weise miteinander verwoben ... und ... tja ... schlaf schön. Wir reden nachher weiter.«

Ember warf sich auf die Matratze, vergrub das Gesicht in der Armbeuge und verschloß die Augen vor der Welt. Sie wünschte, in den warmen, behaglichen Schoß ihrer Mutter zurückkehren und sich im ewigen Schlaf der Zeit verlieren zu können.

U-Ma saß in der Nähe eines Höhleneingangs im Schneidersitz auf einem moosbedeckten Felsen. Sie spielte auf einer Vogelknochenflöte, während ein blondes Baby friedvoll in ihrem Schoß schlief. Abenddämmerung senkte sich über die sommerliche Tundra, und hinter den schneebedeckten Berggipfeln glühte der wolkenlose Himmel rot und golden und wurde in zunehmender Höhe erst dunkelblau, um noch weiter oben in tiefes Violett überzugehen. Das rötliche Licht verwandelte den feinen Flaum auf ihrem nackten Oberkörper in goldenen Samt.

Ihr gegenüber häufte ein junger Mann Weidenäste über getrockneten Grasbüscheln auf. Dann schlug er einen Feuerstein gegen einen flachen Felsbrocken, so daß die Funken das Gras entzündeten, beugte sich vor und blies den glimmenden Haufen an, bis die ersten Flammen aufloderten. Als das Feuer richtig brannte, legte er einige Holzscheite obenauf. Dann lehnte er sich lächelnd zurück, begann den Oberkörper zur Musik der Flöte zu wiegen und summte mit leicht vibrierender Stimme mit. Sein Hals, seine Schultern und sein Brustkorb waren bisonartig, und sein ganzer Körper war mit blondem, wolligem Haar bedeckt, das an den Wangen und auf dem Kopf einfach dichter wurde.

U-Ma legte die Flöte aus der Hand und hob mit ausgestreckten Fingern den Arm, als ob sie den Abendstern vom Himmel pflücken wollte. Der junge Mann lachte, wölbte die Hände und tat so, als würde er den Viertelmond einfangen und auf die Erde hinunterholen. Dann tauschten sie die Geschenke aus, den glitzernden Diamanten und die strahlende Mondsichel. Ihre Blicke trafen sich. Er warf sich auf den Bauch und kroch schnurrend und brummend wie ein Höhlenlöwe auf allen vieren auf sie zu. Sie kicherte und schüttelte ihre langen, dunkel-

roten Zöpfe; ihre Wangen und Brüste röteten sich vor Hitze. Behutsam legte sie das Baby auf einen flauschigen Schafspelz. Dann spielten sie und er mit ihren Körpern eine andere Art von Musik.

Ember erwachte auf dem Boden der kleinen Hütte, noch durch die endlosen Weiten der Tundra gleitend. Als sie die Augen aufschlug, stürzten die Holzwände auf sie ein und zerschmetterten mit einem Schlag ihre friedvolle Stimmung.

Dann fiel ihr der Traum ein, und sie wußte, daß sie im Reich der Ewigen Empfindungen ihren eigenen Vater gesehen hatte.

34

Es war später Nachmittag, als Yute aus seinem Zimmer kam. Er ging wortlos nach draußen und schob Embers Mountainbike herein, das mit prismatischen, im Sonnenschein wie Schuppen einer Regenbogenforelle glitzernden Metallicflocken besprüht war. Dann ging er wieder nach draußen und zog einen rechteckigen weißen Pappkarton in die Hütte, auf dessen Deckel der Shimanoschriftzug prangte.

Ember hob ungeduldig die Handgelenke, und Yute nahm ihr an Händen und Füßen die Fesseln ab. Sie eilte zu ihrem Mountainbike und unterzog es einer raschen Inspektion. Perfekt.

Sie riß den Karton auf und begann, den Rollständer zusammenzusetzen: eine reckteckige, stählerne Bodenplatte als Basis, vorne und hinten jeweils ein Paar harte Gummirollen. Sie balancierte das Mountainbike auf den Rollen aus und fixierte das Vorder- und Hinterrad mit vier Stahlmuttern, die man auf die Radnaben schraubte. Aber sie zog die Muttern nicht fest, so daß sie das Mountainbike jederzeit schnell herunternehmen konnte.

Yute reichte ihr eine Einkaufstasche, in der eine Radlerhose und ein T-Shirt lagen, beides dunkelgrün mit roten Streifen.

»Handschuhe?« fragte sie.

Er reichte ihr eine kleinere Tasche. »Alles, was auf deiner Liste stand.«

Sie nahm ein Paar Halbfingerhandschuhe mit Nylonfischnetzrücken und gepolsterten Innenflächen heraus – Männergröße. In einem anderen Karton lagen ein Paar extrabreite Fahrradschuhe Größe vierundvierzig, die wie Turnschuhe geformt waren, aber eine steife Sohle mit einer Kerbe hatten, mit der man sich in die Pedale einhaken konnte.

»Ist ja wie Weihnachten und Geburtstag gleichzeitig«, sagte sie. »Danke.«

Sie hielt sich das T-Shirt an den Oberkörper. »Ich muß mich umziehen.«

»Sicher«, sagte er und ging ins Schlafzimmer.

Sobald er die Tür geschlossen hatte, schlüpfte sie hastig in die enganliegende Fahrradmontur, zog vier Zwanzigdollarscheine aus der Tasche ihrer Jogginghose, faltete die Scheine zu einem kleinen Rechteck zusammen und schob sie in die Schlüsseltasche in ihrer Radlerhose. Dann streifte sie die Handschuhe über, hob das Mountainbike leise vom Ständer und trug es zur Tür. Sie öffnete sie behutsam, betend, daß die Scharniere nicht quietschen würden.

Die Tür glitt geräuschlos auf, aber Embers Hoffnung sank.

Durchs Fenster hatte sie hochaufragende Bäume an einer steilen aufragenden Erhebung gesehen und angenommen, daß die Hütte auf dem Grund einer Talsenke in einer Waldlichtung stand; sie glaubte, hinter der Lichtung sicher zu sein, ein unmöglich zu treffendes Ziel zwischen all den Bäumen, doch von dort aus, wo sie stand, erblickte sie nur ein Meer aus kniehohen Baumstümpfen. Die umliegenden Hügel und Anhöhen sahen kahl und roh aus.

Abgeholzt.

Sie holte tief Luft. *Ich versuche es trotzdem.* Sie rollte das Fahrrad aus der Tür.

Yute rief aus dem Schlafzimmer. »Ember, mir ist gerade eingefallen, daß ich dir einen Sport-BH mitgebracht habe. Soll ich ihn dir geben?«

Sie erstarrte und drückte die Augen zu. Verdammt. Sie lehnte sich durch die offenstehende Tür zurück und versuchte, ihre Stimme natürlich klingen zu lassen.

»Nein, danke.«

»Ember?« Yute schob den Kopf aus der Schlafzimmertür und sah sie.

Sie rannte drei Schritte, schwang das reichte Bein über den Fahrradsattel, stellte die Füße auf die Pedale und fuhr los.

»Du hast es versprochen!« rief Yute von der Tür aus.

Sie sah über die Schulter zurück. »Ich renne nicht weg«, rief sie, »ich fahre!«

Er stürmte in die Hütte zurück.

Los! Los! Los! Sie trat mit aller Kraft in die Pedale, aber der mit Baumstümpfen übersäte Boden war moosig und weich, und das Mountainbike schien zu kriechen.

»Bleib stehen!« brüllte er.

Sie hörte einen Schuß, und links von ihr flogen Splitter aus einem Baumstumpf.

»Das war ein Warnschuß!«

»Wenn Sie mich erschießen, bringt mein Vater Sie um!« rief sie über die Schulter.

Yute rannte ihr hinterher und holte schnell auf.

Ein weiterer Schuß, und direkt neben ihrem Vorderrad explodierte ein Stück Moos. Unfreiwillig riß sie das Rad zur Seite und wäre beinahe gegen einen Baumstumpf geknallt. Sie sah nicht zurück, sondern beugte sich über den Lenker und raste den Hügel hoch, ihre Beine pumpend wie die Kolben einer Dampfmaschine.

Plop. Die Luft neben ihrem Kopf implodierte mit demselben Geräusch, das entsteht, wenn man in eine vakuumversiegelte Verpackung sticht, und ihr wurde klar, daß die Kugel nur wenige Zentimeter an ihrem Kopf vorbeigezischt war.

Von wegen guter Schütze. Es sei denn, der Mistkerl versucht, mich zu erschießen.

Sie trat noch stärker in die Pedale. Das Mountainbike erreichte den Gipfel des Hügels, der auf der anderen Seite steil abfiel. Jetzt galt es, wie ein Kamikaze in die Tiefe zu schießen, ohne gegen einen der Baumstümpfe zu knallen. Sie glitt rückwärts vom Sattel und verlagerte ihren Schwerpunkt über das Hinterrad, um sich nicht zu überschlagen. Ein dicker Ast versperrte den Weg, und sie sprang über ihn hinweg, beide Räder gleichzeitig in der Luft. Vor sich sah sie plötzlich eine tiefe Grube. Sie bremste scharf, stieß den linken Fuß in den Boden und riß das Rad zur Seite. *Bam.* Ein heftiger Hammerschlag traf ihre linke Schulter. Sie schrie auf, und das Mountainbike geriet ins Schleudern, bis sie nach einem Augenblick die Kontrolle zurückerlangte. Zu beiden Seiten rauschten Baumstümpfe an ihr vorüber, und sie wagte es nicht, zurückzuschauen.

»Dann erschießen Sie mich eben!« rief sie. »Das werden Sie schon tun müssen, um mich aufzuhalten!«

»Ember!« rief Yute. »Ember!«

Ihre Schulter brannte höllisch, doch Ember konnte den Blick nicht von der Abfahrt nehmen. Es wurde immer steiler und ging plötzlich in einen schmalen Kamm über, mit jähen Abgründen zu beiden Seiten. Sie war gezwungen, eine gerade Linie zu fahren, ein leicht zu treffendes Ziel für Yute. Einen Kilometer vor ihr begann dichter Wald, und sie raste auf die grüne Wand zu, als wäre es der Garten Eden.

Wie oft hat er geschossen? Egal, das hilft mir sowieso nicht; ich weiß nicht, wie viele Kugeln er im Revolver hat, und vielleicht hat er zusätzliche Munition dabei.

Sie fuhr weiter, kam sich aber vor, als hätte sie ein riesiges, fluoreszierendes Fadenkreuz auf dem Rücken.

Ungefähr fünfzig Meter weiter unten war ein Pinienstamm gebrochen und lag, noch halb am Stumpf hängend, etwa in Schulterhöhe quer über dem Kamm. Es war der erste Baum, den sie seit ihrer Flucht sah, und sie war drauf und dran, direkt hineinzurasen. Sie schoß auf ihn zu, und im allerletzten Moment duckte sie sich so tief, daß ihre Brust die Querstange berührte, und raste unter dem Stamm hindurch.

»Geschafft!« schrie sie.

Yute brüllte von weiter oben: »Ember!«

Auf der anderen Seite des Stammes sah sie rechts von sich in einer Senke eine alte Wasserrutsche. Sie bremste scharf und kam seitwärts schliddernd zum Stehen.

Sie wußte jetzt, wo sie war.

Als junges Mädchen hatte sie bei einem Familienausflug die Colgate-Rutsche in Aktion erlebt – Baumstämme, die auf einer zwölf Kilometer langen Wasserrutsche in die Tiefe glitten, bis sie in den Skookumchuk stürzten und zum Sägewerk der Colgate Lumber Company trieben. Es war die längste Wasserrutsche nördlich von Oregon, aber sie war vor Jahren überflüssig geworden, als die Baumfällerfirmen dazu übergingen, die gefällten Stämme mit riesigen Kranhelikoptern von den Bergen herunterzufliegen.

Sie inspizierte ihre Schulter. Die Kugel schien glatt durchgegangen zu sein, aber das Fleisch brannte schmerzhaft.

»Halte durch«, rief Yute. »Ich komme. O Ember! Es war ein Unfall. Es sollte nur ein Warnschuß sein.«

Er rannte den Abhang zum Kamm hinunter, auf dem sie mit ihrem Mountainbike stand. Ember schaute zu den entfernten Bäumen, die, wie sie jetzt wußte, die Grenze des Snoqualmie-Nationalparks markierten, dann sah sie zu Yute zurück.

Er erreicht mich, bevor ich bei den Bäumen bin.

Dann sah sie wieder zu der stillgelegten Wasserrutsche hinunter, die zwischen den Felsen hinter einer Biegung verschwand. Es war ein Zubringerkanal, einer von vielen, die der Hauptrutsche früher Wasser und kleinere Stämme zugeführt hatten. Der Zubringer war über einen Bach gebaut und mit Quellwasser gespeist worden, das direkt unter ihr aus einem Felsen strömte. Sie sah die Trümmer der Holzsperre, die einst das Wasser aufgefangen und in den Zubringer geleitet hatte; die Bretter sahen so vertrocknet aus wie abgestreifte Schlangenhaut.

Der Zubringer wird mich zur Hauptrutsche fahren, und von dort aus gelange ich zum Fluß, falls ich mir nicht vorher das Genick breche. Dann kann ich zum Highway hochklettern und ein Auto anhalten. Andererseits ist es altes, unbehandeltes Holz, wahrscheinlich total morsch und verrottet und an manchen Stellen steil wie eine Achterbahn.

Eine Rutschbahn in die Freiheit. Oder in den Tod.

Um das Einschußloch in ihrem T-Shirt breitete sich ein dunkler Blutfleck aus, und ihre Schulter begann jetzt bei jedem Herzschlag zu pochen. Yute kam ihr auf der anderen Seite des umgestürzten Pinienstammes entgegengelaufen.

»Es war ein Unfall, Ember«, rief er japsend. »Das mußt du mir glauben.«

Er war hundert Meter vom Baum entfernt, und der Baum versperrte ihm die Sicht.

Sie stieg vom Mountainbike, ließ es den Felsen hinunterfallen und rutschte auf dem Po sitzend hinterher. Yute sah sie, aber noch hatte sie einige Sekunden Vorsprung. Sie kletterte auf die alte Wasserrutsche, beugte sich hinunter und hob das Mountainbike herauf, setzte sich drauf und sah in die vor ihr liegende Kurve.

Ihr Herz klopfte wild, ihre Schulter pochte.

Ich kann's nicht. Ich kann's nicht.

Yute rutschte den Felsen hinunter. Sie fletschte die Zähne.

Ich kann's nicht.

Sie sah zum Himmel hoch, zur Mondsichel ihres Vaters. Sie holte tief Luft, tiefer als je zuvor in ihrem Leben.

Ich muß.

Gleich würde Yute unten sein. Sie stieß sich ab und rollte über die Holzschwelle. Das Mountainbike senkte sich hinab. Ihre Eingeweide zogen sich zusammen.

Umzukehren war unmöglich.

35

Ember raste die stillgelegte Wasserrutsche hinunter; verschwommen nur nahm sie die vorbeihuschenden Felshänge wahr.

Die Holzwände waren anderthalb Meter hoch und schräg nach außen gebogen; diese Form war gut für Ember, denn als sie in die Kurve kam, konnte sie die Außenwand hochfahren wie ein Radsprinter in einem Velodrom. Sie bremste gleichmäßig und verschob ihren Schwerpunkt über das Hinterrad, darauf achtend, nicht über den Kurvenrand hinwegzuschießen. Die erste

Biegung wand sich wie eine S-Kurve, und sie schoß in die Mitte der Rutsche hinunter und die gegenüberliegende Wand hoch.

Die Rutsche wurde etwas weniger abschüssig, während sie dem gewundenen Lauf des Baches folgte. Es kam eine weitere scharfe Kurve und noch eine und noch eine, dann eine lange Gerade, während sich unter ihr der Bach in einen reißenden Strom verwandelte und über ein Dutzend glattgewaschener Felssprossen hinwegschoß.

Dann öffnete sich der Engpaß in eine breite Talsenke, wo der kleinere Strom in einen überschäumenden Gebirgsfluß mündete. Sie sah die Hauptrutsche, die sich von weit oben herunterwand. Der Zubringer führte in eine Kurve, bis er beinahe parallel zur Hauptrutsche verlief und die beiden sich schließlich vereinten. Sie war jetzt auf der Rutsche zum Skookumchuk, über dem reißenden Gebirgsfluß hinabjagend, der mitten durch den Wald in die Tiefe stürzte.

Auf beiden Seiten flogen die Tannen vorbei, und ihr Aroma war der liebliche Duft der Freiheit; trotz ihrer pochenden Schulter fühlte sie Euphorie in sich aufsteigen.

Dann brach der Berg entzwei und stürzte unter ihr weg.

Ihr stockte der Atem. Das Wasser schoß über einen Felsrand, und die Gischt eines tosenden Wasserfalls sprühte ihr ins Gesicht. Die Rutsche überspannte einen sechzig Meter tiefen Canyon, getragen von einem hohen Holzgerüst. Der Anblick war atemberaubend, und Ember fragte sich, ob sie eine neue Sportart erfunden hatte.

Plötzlich sah sie ein Loch im Plankenboden. Sie bremste scharf und schepperte mit dem rechten Fuß an der Wand. Das Mountainbike schoß auf das Loch zu. Sie ließ den Lenker los, packte die Oberkante der Wand und kam abrupt zum Stehen, gerade als das Vorderrad in das Loch kippte. Ihre linke Schuhhalterung hing noch am Pedal, und sie spürte das Gewicht des sich langsam in die Tiefe neigenden Mountainbikes. Weit unten flossen reißende Stromschnellen durch den Canyon. Sie hangelte sich mit den Händen zurück, ihre Schulter wild pochend, und zog das Mountainbike vom zersplitterten Rand des Loches weg.

Sie löste den Schuh vom Pedal und legte das Mountainbike auf die Seite, dann setzte sie sich auf die Holzplanken und lehnte sich mit dem Rücken an die Wand. Ihre Schulter stach und brannte, aber wenigstens blutete die Wunde nicht stark.

Die Sonne stand drei Fingerbreit über dem Horizont. In einer halben Stunde würde es zu dunkel sein, um weitere Löcher im Boden zu erkennen und rechtzeitig zu bremsen. Das Loch hatte den Durchmesser von zwei Fahrradlängen; der Bach, den sie mit Mike übersprungen hatte, war breiter, und sie hatte es fast geschafft. Sie hatte das Ufer zwar knapp verfehlt, aber sie hatte sich dabei nur die Lippe aufgerissen; es hier nur *fast* zu schaffen würde ihren sicheren Tod bedeuten.

Was soll ich tun?

Falls Yute weiß, wohin die Rutsche führt – und davon muß ich ausgehen –, könnte er mit dem Auto zum Fluß runterfahren und versuchen, mich dort abzufangen. Aber mit der Rutsche ist man viel schneller unten als mit dem Auto. Ich muß nur weiterfahren dann schaffe ich es.

Spring über das Loch.

Oder ich gehe zum Rand des Canyons zurück und klettere irgendwie runter – trotz Schulterverletzung. Aber was bringt das? Ich würde die ganze Nacht durchs Unterholz wandern und hätte Yute auf den Fersen. Und sollte er mich nicht schnappen, würde er mich am Fluß abfangen.

Spring über das Loch. Das ist die einzige Möglichkeit.

Sie stand auf, ging zum Rand des Lochs und sah nach unten, bemüht, nicht auf die schroffen Felsen am Grund des Canyons zu achten. Ein halbes Dutzend Planken waren aus dem Boden gebrochen, und am Rand des Lochs war das Holz verrottet und hing schon leicht herunter; auf der anderen Seite sah es genauso wackelig aus.

Nicht gut.

Ich muß einen Meter vor dem Loch in der Luft sein und einen Meter dahinter landen; das ist breiter als der Bach, über den ich es nicht ganz geschafft habe. Ich muß diesen kleinen Stunt noch mal überdenken.

»Stunt«, sagte sie und schnippte mit den Fingern, das Bild eines Motorrad-Stuntmans auf einer Sprungrampe vor Augen.

Wie kann ich eine Rampe bauen?

Sie erinnerte sich an eine wackelige Planke am Rande des Canyons und eilte zurück. Um die rostigen Nägel herum war das Holz weich und modrig, und sie schaffte es, die Planke am losen Ende hochzustemmen, und rüttelte an ihr, bis sie freikam. Sie war etwa vier Meter lang, fünf Zentimeter dick und dreißig Zentimeter breit.

Ziemlich schmal für eine Rampe, aber es muß reichen. Ich brauche etwas, um sie anzuschrägen.

Sie trug die Planke zum Loch. Dann legte sie sich auf den Bauch und packte einen knapp zwei Meter langen, nur noch an einem Nagel baumelnden Stützbalken und zerrte so lange an ihm, bis er sich löste; er fiel ihr in die Hand, und sie ließ ihn fallen.

»Mist!«

Der Balken stürzte in die Tiefe. Er krachte auf einen Felsen und brach mit einem lauten Knall entzwei, und das Geräusch hallte durch den Canyon. Die Bruchstücke wurden von den Stromschnellen fortgerissen.

Sie löste einen weiteren locker herunterbaumelnden Stützbalken. Dieses Mal hielt sie ihn fest. Sie zog ihn hoch, stand auf und drückte ihn einen Meter vor dem Loch quer zwischen die Wände der Rutsche. Dann legte sie das eine Ende der Holzplanke auf den Balken, so daß eine knapp einen Meter hohe Absprungrampe entstand. Sie ging die Rampe hoch und wippte auf und ab, um die Biegsamkeit zu testen.

Würde halten, federt aber zu stark. Das würde mir den Schwung rauben – als würde ich die Rampe mit angezogenen Bremsen hochfahren. Ich brauche eine kürzere, steifere Planke.

Sie sah sich nach einer kürzeren Planke um, aber die, die an einem Ende lose waren, waren alle zu lang; die kurzen waren fest ans Gerüst genagelt. Sie eilte zum Mountainbike und holte aus der Werkzeugtasche unter dem Sattel einen kleinen L-förmigen Stemmhebel, mit dem man den Reifen von der Felge zog. Nach zehn Minuten hatte sie eine knapp drei Meter lange Holzplanke freibekommen.

Sie legte ein Ende der Planke auf den Stützbalken. Viel fester. Sie sah zu dem Loch hinüber und stieß einen leisen Pfiff aus.

Sie warf die lange Planke in die Schlucht, dann schob sie das Mountainbike eine halbe Fußballplatzlänge bergauf. Sie lockerte ihre Beinmuskeln.

Sie setzte sich auf den Sattel, schloß die Augen und stellte sich vor, auf einem mit Muskelkraft getriebenen Flugapparat zu sitzen. Dann blickte sie die Rollbahn hinunter, sah den Startpunkt, ihre Flugbahn über den Ärmelkanal und ihr siegreiches Team, das sie auf der anderen Seite mit Champagner erwartete.

Sie fuhr los, auf den Pedalen stehend, schwer schnaubend, immer schneller werdend; dann beugte sie den Oberkörper nach vorne und streckte den Po heraus – noch zwanzig Meter bis zur Rampe. Das Loch schien immer größer zu werden, eine klaffende Wunde im Holz.

Sie geriet in Panik.

Ich kann es nicht schaffen!

Sie bremste scharf; die blockierenden Räder schlidderten über den Boden, und das Mountainbike prallte gegen die rechte Wand und schoß die Rampe hoch. Sie sprang rückwärts vom Sattel und riß den Lenker nach hinten; das Mountainbike bockte wie ein störrischer Hengst, kippte zur Seite und fiel direkt vor dem Loch von der Rampe. Ember packte die rechte Wandkante und versuchte, mit der anderen Hand das Mountainbike festzuhalten. Es senkte sich in das Loch, und das Gewicht zerrte an ihrem Arm, und sie schrie auf und ließ den Lenker los.

Sie hielt die Luft an.

Es schien eine halbe Minute zu dauern, bis sie einen Reifen explodieren hörte, als ihr Mountainbike auf dem Granit aufschlug.

36

Ember trottete von der Rampe und legte sich auf die Holzplanken, schwer atmend und am ganzen Leib zitternd. Wo sie mit dem rechten Unterarm gegen die Wand geprallt war, kam Blut aus einer Hautabschürfung, und aus einem tieferen Kratzer an ihrer rechten Hüfte quoll Blut durch einen Riß in ihrer Hose. Zwischen ihren Schulterblättern steckte ein Holzsplitter, an den sie jedoch nicht herankam; mehrere andere schaffte sie herauszuziehen.

Dann sprang sie auf, trat gegen die Wand und schlug mit den Fäusten in die Luft.

»Au!« Sie griff sich an die verletzte Schulter und biß sich vor Schmerz auf die Lippen.

»Verdammt.« Sie trat auf den Boden und stieß jedes ihr bekannte Schimpfwort aus – über Yute, über das Loch, über ihre Feigheit. Schließlich ging sie zum Rand des Lochs und sah in die Tiefe. Der Rahmen ihres Mountainbikes war gefaltet wie ein zusammenklappbares Fahrrad, so daß die Räder übereinanderlagen.

Wäre ich nicht abgesprungen, lägen dort unten meine Überreste. Was jetzt?

Sie begann auf und ab zu gehen und zupfte sich nachdenklich an den Haaren.

Sie fürchtete sich nicht davor, die Nacht allein im Wald zu verbringen – sie hatte im Freien kampiert, sich einen Unterschlupf gebaut und Tiere gejagt oder Pflanzen gesammelt, seit sie elf oder zwölf war –, doch heute war sie nicht in der Position, den wilden Canyon zu genießen.

Wenn ich hier runterklettere, kann ich so bald auf keine ärztliche Hilfe hoffen – und vor Yute wäre ich auch nicht sicher. Ich müßte mich durch die Wälder schlagen, und ich weiß nicht, wie lange ich noch durchhalten kann.

Wenn ich hier oben bleibe und einfach weitergehe, gelange ich direkt zum Fluß, aber dort könnte Yute warten und versuchen, mich zu überwältigen.

Unten im Canyon wurden die Schatten immer länger, und über dem dichten Blätterdach der umliegenden Berge leuchtete die Venus. Über dem Rauschen des Wasserfalls kreischte links von ihr eine Eule, eine zweite antworte hinter ihr, dann eine dritte von vorne.

Okay. Bleib hier oben. Geh zum Fluß. Trickse Yute aus – irgendwie.

Sie betrachtete das Loch im Boden.

Was, wenn ich ein paar Bretter über das Loch lege?

Nein. Selbst wenn ich Bretterfinde, die lang genug sind, sind sie zu dünn, um über eine solche Distanz mein Gewicht zu tragen.

Sie sah am Gerüst hinunter.

Ich werde ein Stück runtersteigen und hinter dem Loch wieder hochklettern müssen.

Sie testete ihre verletzte Schulter, hob behutsam den Arm über den Kopf. Es fühlte sich an, als würde ihr Schultermuskel Glasscherben zermalmen. Sie kniete nieder und hing sich mit beiden Armen an die Wand, dann verlagerte sie das Gewicht langsam auf den linken Arm. Tränen schossen ihr in die Augen.

Na schön, es wird sich also nicht wie ein entspannendes Schaumbad anfühlen.

»Ich kann es schaffen«, sagte sie.

Sie erhob sich, packte mit der Rechten die Oberkante der Wand und schwang von der Seite das rechte Bein rüber, als würde sie ein Pferd besteigen. Sie zog sich auf die Kante und legte sich auf den Bauch, dann ließ sie sich auf der anderen Seite herunter und tastete mit den Füßen nach einem Querbalken.

Sie stand jetzt auf dem Gerüst, zweihundert Meter über den reißenden Stromschnellen, keuchend und mit Tränen in den Augen. Als sie wieder etwas zu Atem gekommen war, hangelte sie sich diagonal nach unten, bis sie – vor Schmerz stöhnend wie eine entbindende Frau – etwa zwanzig Meter unter der Wasserrutsche war.

Dann begann sie, sich vorwärtszuhangeln. Zweimal erwischte sie einen losen Balken und mußte eine längere Route nehmen, ein Stück nach unten, dann wieder hoch. Als sie nach zwanzig Minuten nach oben sah, erblickte sie direkt über sich das Loch. Schweiß floß ihr in die Augen und in den Mund.

Sie legte eine Pause ein und merkte, daß sie dringend pinkeln mußte.

»Was jetzt?«

Sie wollte auf keinen Fall in die hautenge Radlerhose pinkeln, während sie in zweihundert Metern Höhe an morschen Holzbalken herumturnte. Sie spreizte die Beine und entleerte ihre Blase; ein gelblicher Strahl stürzte in die Fluten unter ihr. *Zum Glück muß ich nicht kacken.* Sie kicherte bei dem Gedanken, dann fing sie laut zu lachen an, und ihre Schulter begann wieder, schmerzhaft zu pochen, und wieder schossen ihr Tränen in die Augen.

»Die Pause ist um«, sagte sie schluchzend. *Erst mußt du überleben, dann kannst du dich noch genug bemitleiden.*

Sie kletterte weiter, von einer Sektion der x-förmig angeordneten Balkenkästen zur nächsten. Unter ihren Füßen brach eine morsche Planke, und obwohl ihre Schulter wie Lava brannte, hangelte sie sich mit den Armen weiter, bis sie wieder Holz unter den Füßen spürte. Als ihre Sohlen endlich festen Halt hatten, erlaubte sie sich den Luxus, vor Schmerz wie ein Dampfkessel zu kreischen.

Schließlich war sie auf der anderen Seite des Loches angelangt und ließ erschöpft den Kopf sinken. Die nach außen geneigten Wände der Rutsche schienen unendlich weit oben zu sein.

Was zum Teufel habe ich mir dabei gedacht? Wie soll ich da hochkommen?

»Weil du mußt.«

Sie kletterte hoch.

Die Sonne war untergegangen, als sie oben ankam. Auf den Zehenspitzen stehend, packte sie die Kante der schrägen Wand und schwang das rechte Bein hoch. Ihr Fuß stieß gegen das Holz und prallte ab. Nach drei Versuchen hatte sie die Wand noch immer nicht erklommen.

Du mußt es jetzt schaffen, oder du stirbst – deine Kraft reicht nur noch für einen Versuch.

Sie stand auf Zehenspitzen unter der Wand, schweißüberströmt, durch Mund und Nase schnaubend, und schwang mit aller Kraft das Bein hoch. Ihr rechter Fuß fiel gerade so über die Kante, und sie zog sich mit dem Innenmuskel des Oberschenkels nach oben. Dort angekommen, schwang sie das andere Bein herüber und glitt zu Boden, zu erschöpft, um vor Freude oder Schmerz zu weinen. Sie lag benommen und entkräftet auf dem

Rücken; ihr war klar, daß sie weitergehen mußte, aber sie war zu fertig, um sich auch nur einen Millimeter zu rühren. Sie versuchte, die Augen offenzuhalten, aber ihre Lider schienen aus Blei zu sein. Sie wurde ohnmächtig.

Die Schreie einer Eule warnten vor einem Eindringling in ihrem Revier. Erschrocken öffnete Ember die Augen. Die Mondsichel hing hoch oben im Sternenmeer.

Sie sprang auf. Eine milde Brise wehte ihr aus der Richtung entgegen, wo die Wasserrutsche in den dunklen Wäldern verschwand. Sie neigte den Kopf zur Seite und schnupperte die Luft, die Nasenlöcher geweitet.

Yutes Rasierwasser, gemischt mit Schweiß und Schießpulver. Er war ganz in der Nähe und kam auf sie zu. Er mußte unten am Fluß gewesen sein und war, als er gemerkt hatte, daß sie nicht auftauchen würde, die Rutsche hochgekommen.

Ember duckte sich. Sie konnte ihn weder sehen noch hören. Sie schwang ein Bein über die Wand und ließ sich auf der anderen Seite hinunter, einen Schrei unterdrückend, als sie ihre steife, blutverkrustete Schulter belastete. Nach einigen Sekunden spürte sie die Vibrationen einer Person, die die Rutsche hochkam.

Wenn er mich gesehen hat, bin ich geliefert. Sie sah auf die Felsen hinunter. *Ich werde einfach loslassen, einfach loslassen.*

Sie schloß die Augen, hielt den Atem an und lauschte seinen näher kommenden Schritten – er rannte.

An ihr vorbei.

Sie atmete wieder. Er rannte auf das Loch zu – würde er doch nur stolpern und hineinfallen.

»O nein! O nein!« rief Yute, und sie wußte, daß er das Loch und die Rampe entdeckt hatte. Der Lichtstrahl einer Taschenlampe schien auf das demolierte Mountainbike hinunter.

»Ember!« rief er nach unten. »Ember, bist du am Leben? Kannst du mich hören? Wo steckst du? Ich kann dich nicht sehen! Halt durch, ich komme. Ich habe meine Arzttasche dabei – bitte – halte durch!«

Seine Schritte eilten über die Rutsche, direkt auf sie zu, dann blieb er fast genau über ihr stehen.

Hört er mich? Sie atmete leise durch den Mund, machte kein Geräusch.

Yute kletterte über die gegenüberliegende Wand. Ihr blieb nichts anderes übrig, als still und reglos im Gerüst zu stehen. Er erschien auf der anderen Seite, direkt gegenüber von ihr, nur fünf Meter entfernt, und kletterte schnell hinunter, und sie sah sein Haar im Mondschein schimmern. Die Taschenlampe hing an seinem Gürtel und warf einen unruhig umhertanzenden Lichtstrahl auf ihren Körper. Er mußte bloß zu ihr hinübersehen, und alles wäre vorbei. Aber er sah nur nach unten und hatte bald den Grund des Canyons erreicht.

»Em-ber!«

Der Strahl seiner Taschenlampe durchschnitt die Dunkelheit.

»Em-ber! Ich habe keine Pistole! Bitte. Es war ein Unfall. Ich werde dich gehen lassen, ich verspreche es dir.«

Ember sah zu der nach außen geneigten Wand hoch und wußte, daß sie nicht die Energie hatte, sich ein weiteres Mal hochzuziehen.

»Bitte, Ember. Ich habe einen großen Fehler gemacht. Es ist alles meine Schuld. Ich bin nur hier, um dir zu helfen.«

Sie hangelte sich vorwärts, bis sie zu einem Holzsteg gelangte, der direkt unter der Rutsche bis zum Rand des Canyons führte. Sie kletterte auf den Steg und lief geduckt in die Dunkelheit.

Am Rand des Canyons zwängte sie sich zwischen der Rutsche und einem Felsvorsprung in einen Spalt, kroch ein Stück hoch und stieg über die Holzwand auf die Rutsche zurück. Als sie sich auf der anderen Seite vorsichtig herunterließ, begann ihre verletzte Schulter lichterloh zu brennen; Glocken des Schmerzes läuteten in ihrem Hirn, aber sie dämpfte ihren Aufschrei, indem sie die Hände vor den Mund schlug.

Der Taschenlampenstrahl schwang aus der Tiefe nach oben und glitt nahe der Stelle, wo sie sich versteckte, über die Rutsche.

»Ember!« rief Yute. »Bist du das? Bist du da oben?«

Sie setzte sich auf, öffnete einen Schuh und zog ihn aus. Dann wartete sie, bis der Lichtstrahl verschwand, richtete sich auf und schleuderte den Schuh in die Richtung, aus der sie kam, in den Canyon. Er schlug auf einem Felsen auf.

Der Lichtstrahl schwenkte wieder nach unten, und Yute begann von neuem, im Canyon nach ihr Ausschau zu halten.

Sie zog den anderen Schuh aus und rannte so schnell sie konnte barfuß auf den Fluß zu. In der Ferne sah sie, wie sich die Rutsche in den Skookumchuk senkte, und plötzlich wurde ihr bewußt daß ihr Körper und Geist noch nie so durstig gewesen waren.

37

Ember erwachte auf einem Untersuchungstisch. Aus einer an einem Metallständer hängenden Infusionsflasche sickerte eine klare Flüssigkeit in ihren Arm. Die Wände des kleinen Raumes reichten nur teilweise bis an die Decke, und im Türrahmen hing ein grüner Plastikvorhang. Draußen im Flur lärmte ein Betrunkener; eine männliche Stimme ermahnte ihn, endlich still zu sein.

Ember fiel ein, wie sie an der Uferböschung des Skookumchuk zum Highway 5 hochgeklettert war und sich dort an ein Verkehrsschild gelehnt und einen Lastwagen angehalten hatte. Das letzte, an das sie sich erinnerte, war das alarmierte Gesicht des Fahrers, als er ihre blutverschmierte Schulter sah.

Ich habe mich nicht mal bei ihm bedankt.

Ein kleiner dünner Mann in blauem Krankenhauskittel kam in den Raum. Sein Kopf war kahl, und sein schwarzer Vandyke-Bart ließ sein längliches Gesicht noch schmaler wirken.

»Guten Morgen«, sagte er. »Du bist im Harbor View Hospital. Mein Name ist Sam, ich bin Krankenpfleger.«

Er schob ihr ein Kissen unter den Kopf und stellte das Kopfende des Betts auf, wie bei einem Liegestuhl. Seine Haut roch nach Kaffee und Zigaretten.

»Wie spät ist es?«

Er sah auf die Uhr. »Fast zwei Uhr morgens.«

»Hat mich ein Lastwagenfahrer hergebracht?«

Er zuckte mit den Schultern. »Das wissen sie vorne am Empfang.«

»Ich wollte ihm bloß danken.«

»Wahrscheinlich hat man seinen Namen und seine Adresse registriert.« Er hielt eine Schere in der Hand. »Laß mich deine Schulter sehen.« Er schnitt den blutdurchtränkten Ärmel auf.

»Wie heißt du?«

Sie nannte den ersten Namen, der ihr einfiel. »Kim Ocheba.«

»Wer hat auf dich geschossen, Kim?«

»Jäger, glaube ich.«

»Mein Gott, diese Typen sind eine Bedrohung für die Allgemeinheit.«

Er fragte sie, ob sie gegen bestimmte Medikamente allergisch sei, trug etwas auf einer Krankenkarte ein und klemmte sie ans Fußende des Untersuchungstisches.

»Bin gleich wieder da, Kim.« Er verließ den Raum und kam einen Moment später mit zwei Spritzen zurück. »Die ist gegen die Schmerzen«, sagte er und spritzte die Flüssigkeit in eine Kammer des Infusionsfläschchens. »Und das ist gegen eine mögliche Infektion.« Er leerte die zweite Spritze. »Warte ein paar Minuten, dann komme ich zurück, okay?«

Sie nickte. Das Schmerzmittel begann schon, ihre Sinne zu betäuben. Ihr Kopf sank entspannt zurück, und sie glitt in einen angenehmen Halbschlaf. Sie erwachte, als der Arzthelfer die Haut an der Schußwunde mit einem alkoholgetränkten Tuch abwischte.

»Was hast du in den Wäldern gemacht, Kim?« Er zog mit einer Spritze eine bernsteinfarbene Flüssigkeit aus einer kleinen Glasflasche.

»Ich bin mit dem Mountainbike gefahren.«

»Hast du den Kerl gesehen, der auf dich geschossen hat?«

»Nur kurz; ich glaube, es war ein Jugendlicher.«

»Hat er hinterher nicht gesehen, daß du kein Tier bist?«

»Wahrscheinlich; deswegen ist er ja abgehauen.«

»Netter Typ.« Er drückte einen feinen Strahl aus der Spritze.

»So, Kim, ich muß dir jetzt ein örtliches Betäubungsmittel injizieren, und es wird höllisch brennen, aber das geht schnell vorbei.«

Er hielt ihre Schulter. Sie schrie leise auf, als die Nadel an vier Stellen ins rohe Fleisch stach, vorne und hinten. Dann verebbte der Schmerzt zu einer kühlen Taubheit, und sie zuckte mit keiner Wimper, als er die Wunde mit Stahlklammern auseinanderzog und mit mehreren Seifenschwämmen auszuwaschen begann.

»Hast du jemals an einem Wettbewerb teilgenommen?«

»Was?«

»Wie lange stemmst du schon Gewichte? Hast du je an einem Wettbewerb teilgenommen?«

Sie schüttelte den Kopf.

»Wirklich nicht? Du solltest. Du würdest gewinnen.«

Sie verzog das Gesicht. »Zu häßlich.«

»Pssst. So redet man nicht über sich selbst. Selbst ich renne nicht rum und posaune heraus, wie häßlich ich sei.«

Er warf einen blutdurchtränkten Schwamm weg und nahm einen neuen und tauchte ihn immer wieder in das Einschußloch; orange Seife und hellrotes Blut flossen heraus, das er beides mit einem weiteren Schwamm wegwischte.

»Exotisch ist in, Kim. Total. Warum, glaubst du, suchen Modemagazine in aller Welt immer mehr nach ungewöhnlich aussehenden Modellen?«

Sie legte die Stirn in Falten. »Ich bin exotisch, na schön . . .«

Er spülte die Wunde mit Wasserstoffperoxid aus einer großen Plastikflasche aus. Dann sprühte er auf beiden Seiten der Schulter eine Salzlösung in den Schußkanal. Ember sah fasziniert zu, wie das Salzwasser, das er ihr hinten in die Wunde sprühte, vorne herausfloß.

»Die Wunde sieht jetzt sauber aus«, sagte er und zog die Latexhandschuhe aus. »Ich muß los. Ob du's glaubst oder nicht, wir haben zwei weitere Leute mit Schußverletzungen hier, und die sind halb so alt wie du.«

Er beugte sich zur Sprechanlage und drückte einen Knopf.

»Kabine sechs ist fertig, Doc.« Er wandte sich wieder zu ihr um. »Gleich kommt ein Arzt und sieht sich die Wunde an.«

»Danke, Sam«, sagte Ember.

Als er den grünen Plastikvorhang auseinanderzog, sah er noch einmal zu ihr zurück. »Halte dich während der Jagdsaison aus den Wäldern fern, okay?«

Einige Minuten später betrat eine Frau in einem weißen Arztkittel den Raum, Röntgenbilder in der Hand. Silberne Glockenohrringe und eine silberne Halskette betonten ihre frühzeitig ergrauten Haare und ihre hellblauen Augen; als sie sich vorbeugte, las Ember den über ihrer Brusttasche eingestickten Namen: Olivia Francis, M. D. Sie trug kein Parfüm und roch nach warmem Brot und Honigshampoo.

Die Ärztin betrachtete die Infusionsflasche. »Haben die Schmerzen nachgelassen?«

Ember nickte. »Ja.«

Die Ärztin nahm die Krankenkarte vom Fußende des Untersuchungstisches und las kurz, dann schob sie die Röntgenbilder in einen Lichtkasten und betrachtete sie. Schließlich zog sie einen Stahlhocker heran und untersuchte Embers Schulter.

»Wenn du möchtest, daß die Narbe nicht auffällt, Kim, müssen wir einen plastischen Chirurgen holen.«

»Nicht nötig.«

Die Ärztin nickte, und ihre silbernen Glöckchen klimperten. »Ich werde es gut machen. Ich muß nur ein bißchen von der zerfetzten Haut wegschneiden.« Sie schnitt mit einer gebogenen Schere an dem Rand der Austrittswunde herum.

Für Ember roch der Raum nach getrocknetem Urin und Schweiß und Blut.

»Entschuldigung . . .«, sagte sie.

»Wofür?« Die Ärztin hielt inne und sah ihr in die Augen.

»Daß ich so rieche.«

Die Ärztin stieß ein leises Zischen aus und machte sich wieder an die Arbeit. »Das macht mir nichts aus. Daß du eine junge Frau mit einer Schußverletzung bist – das macht mir etwas aus.«

»Es war ein Jagdunfall.«

»Das habe ich gehört.«

Obwohl sie etwas dunkler waren, erinnerten Ember die Augen der Ärztin an ihre alte Freundin Dr. Jackson, ihre Sprachtherapeutin. *Barmherzigkeit.* Das war es. In ihren Augen schimmerte Barmherzigkeit.

»Dr. Francis, hat man Sie jemals Sankt Francis genannt?«

»Ha. Würdest du mich kennen, wüßtest du, daß ich keine Heilige bin. Frag meine Kinder, wenn sie Stubenarrest haben.«

»Wenn Menschen wie Sie keine Heiligen sind, gibt es keine Hoffnung für den Rest von uns.«

»Hmm?«

»Nichts.« Ember schloß benommen die Augen.

»Meine Tochter heißt auch Kim«, sagte die Ärztin, während sie die Schulter mit einem sterilen Gazeverband umwickelte. »Sie ist ein paar Jahre jünger als du.«

Ember nickte. Sie mochte die sanfte Berührung der Ärztin.

»Wer hat wirklich auf dich geschossen, Kim?«

»Irgendein Junge auf der Jagd . . .«

»Dein Freund?«

»Nein, ein Junge auf . . .«

»Ein Drogengeschäft?«

»Bis eben habe ich nie Drogen genommen«, sagte sie. »Mein Kopf fühlt sich an wie in Watte gepackt.«

»Hat ein Freier dir das angetan?«

»Ein Freier?«

»Ein Kunde. Hat ein Kunde auf dich geschossen?«

Ember öffnete die Augen. »Glauben Sie, ich sei eine Prostituierte?«

»Ich glaube, daß du von zu Hause ausgerissen und in schlimme Schwierigkeiten geraten bist. Willst du Anzeige erstatten?«

Ember schüttelte den Kopf.

»Ich würde dir mit dem Papierkram helfen.«

»Nein, er kann mir nichts mehr tun«, sagte Ember. »Ich . . . ich will bloß in Ruhe gelassen werden.« Sie schloß wieder die Augen.

Die Ärztin seufzte. »Wie du willst, aber ich möchte dich hier nicht in ein paar Wochen mit einem Schild am Zeh sehen.«

»Keine Sorge, mir kann nichts passieren. Er weiß nicht, wo ich bin.«

Die Ärztin befestigte den Verband mit zwei Klammern. »Du hast großes Glück gehabt. Die Kugel ging glatt durch den Muskel und hat keine lebenswichtigen Organe gestreift. Ich habe die Wunde offengelassen, damit sie vernünftig trocknen kann. Sie wird von innen nach außen heilen und sollte sich nach drei oder vier Wochen geschlossen haben.«

Sie tätschelte Embers Wange. »Kim, schau.«

Ember öffnete die Augen. Die Ärztin hielt eine große weiße Tube hoch.

»Das ist eine antibiotische Salbe. Reibe deine Schulter damit ein, wenn du den Verband wechselst.« Sie hielt einen Karton mit Verbänden hoch. »Wechsle den Verband zweimal täglich. Ich verschreibe dir Schmerztabletten, aber gewöhne dich nicht an sie.«

»Okay.«

»Und verkaufe sie niemandem okay?«

Ember nickte, unfähig, die Augen länger offenzuhalten.

Die Ärztin ging zum Vorhang und knipste das Licht aus.

»Du kannst hierbleiben und ein paar Stunden schlafen. Meine Schicht endet um sieben. Ich werde dich zum Obdachlosenheim fahren. Glaubst du, daß du es schaffen wirst?«

Ember versuchte *Ja, und vielen Dank für alles* zu sagen, aber sie schwebte bereits in einem dichten Nebelschleier, und die Worte kamen nur unartikuliert über ihre Lippen. Sie seufzte und schlief ein.

Pudriger Schneefall. Ember schnupperte in der eisigen Luft und roch öligen Rauch – brennende Felle, brennendes Fleisch, brennendes Tierfett. Ihr Magen zog sich zusammen. Sie spürte, daß sie in der Nähe der Eishöhle war, aber alles sah anders aus. Kräne, Bagger und Planierraupen standen vor einem quadratischen Schacht mit weißen Eiswänden. In der Nähe ratterte ein Dieselgenerator. Plötzlich wurde ihr klar, daß sie auf einem Gletscher stand, fast hundert Meter über der Höhle.

Sie war barfuß und trug nur ihre Radlerhose und ein T-Shirt. Ihre

Zehen waren taub vor Kälte. Ihre Gänsehaut ließ ihren Haarflaum wie einen blonden Pelz hochstehen. Ein Schnurrbart aus Eis klebte über ihrer Oberlippe, und mit jedem Atemzug kamen neue Eiskristalle hinzu.

Ein Fahrstuhl, der wie ein stählerner Maschendrahtkäfig aussah, glitt an einem Kabel nach oben und kam vor einer Holzplattform zum Stehen. Zwei Männer traten heraus. Beide trugen kälteisolierte Stiefel und dicke orange Arbeitsanzüge. Pelzbesetzte Kapuzen umrahmten runde, dunkle Gesichter mit hohen Wangenknochen und mandelförmigen Augen. Von unten drangen Maschinenlärm und gedämpfte Stimmen herauf.

Was taten sie hier?

Mit einem mulmigen Gefühl im Bauch ging sie auf den Schacht zu und trat in den Fahrstuhl. Der Drahtkäfig sank an gefrorenen Wänden vorbei in die Tiefe. Ein metallisches Geräusch, wie gegen Felsen hämmernder Stahl, wurde stetig lauter.

Chink, chink, chink, chink.

Sie trat in die Höhle. An der Decke und an den Wänden hingen elektrische Arbeitslampen in Drahtgehäusen. Sie gelangte zu den Tiergehegen. Ein großer Moschusochse lag mit offenem Maul auf der Seite, und Arbeiter in orangen Arbeitsanzügen zersägten seinen Kieferknochen und brachen seine Zähne heraus. Sie glitt näher und sah, daß die Zähne aus purem Gold waren. Die Arbeiter warfen sie in einen Plastikeimer, der bereits fast randvoll war.

Plötzlich erschallte ein lautes Kreischen, und sie wirbelte herum. Ein Arbeiter schnitt mit einer Kettensäge durch den gebogenen Stoßzahn eines riesigen, zotteligen Mammuts. Der andere Stoßzahn lag bereits am Boden golden glänzend im weißen Licht.

Als nächstes schwebte sie über einem Arbeitstrupp in der Höhle, in der ihr Volk Tausende von Jahren geschlafen hatte. Chink, chink. *Meißel brachen die goldenen Zähne aus den Kiefern von Frauen, Männern und Kindern.*

»Aufhören!« schrie sie. »Das könnt ihr nicht tun!«

Goldene Zähne fielen in Plastikeimer. Leichen wurden auf Schlitten fortgebracht. Sie folgte ihnen. Zwei Arbeiter packten einen kleinen Körper an Armen und Beinen und warfen ihn auf einen brennenden Scheiterhaufen aus Menschen und Tieren. Der Körper rollte herunter, und der Kopf fiel zur Seite und starrte ihr entgegen. Ein blonder Junge mit grünen Augen, sein Mund ein klaffendes, zerschlagenes Loch.

Arbeiter schütteten mehr Kerosin auf den Scheiterhaufen. Gelborange Flammen schossen in die Höhe. Eine dicke schwarze Rauchfahne stieg zum toten Himmel empor. Schneeflocken wirbelten durch die aufsteigende Hitzesäule. Scharfer Wind wehte in den Schacht hinab.

Ember schreckte schreiend aus dem Schlaf.

Ein Krankenschwester kam um die Ecke, zog den Vorhang auseinander und knipste das Licht an. Hinter ihr stand Dr. Francis. »Was ist los?« fragte die Ärztin.

Ember schüttelte den Kopf. Sie hielt die Luft an, denn sie hatte Angst, wieder den Gestank des brennenden Fleisches zu riechen. Dr. Francis setzte sich neben dem Untersuchungstisch auf den Hocker und nahm Ember in die Arme.

»Tief durchatmen, Kim.«

Luft strömte in ihre Lungen, und Ember roch nur den Duft warmen Brotes. Sie preßte das Gesicht an die Schulter der Ärztin und inhalierte mit geschlossenen Augen.

»Ein Alptraum?«

Ember nickte. Ihre Haut war mit Schweiß überzogen. Der schreckliche Drang, sich beeilen zu müssen, überkam sie.

Beeile dich.

Es gab etwas, das sie tun sollte.

Beeile dich.

Sie hatte nicht die leiseste Ahnung, was, nur daß es für ihr Leben so wichtig war wie das Schlagen ihres Herzens.

38

Die Dusche war in Dampf gehüllt; Ember rieb sich mit Pfefferminzölseife ein und wusch sich zweimal die Haare. Die feuchte Hitze tat ihrer verletzten Schulter gut, und sie nahm den Verband ab und ließ Wasser über die gerötete, runzelige Haut an der Schußwunde laufen.

In ein Handtuch gehüllt, trat sie aus dem Duschraum in den Frauenschlafsaal des Obdachlosenheimes und durchstöberte drei Kartons mit Kleiderspenden, bis sie eine schwarze Jeans, ein rotes T-Shirt und ein blaues Baumwollhemd gefunden hatte. In einem vierten Karton fand sie ein Paar stahlkappenverstärkte Männer-Arbeitsschuhe, die für ihre Füße breit genug waren. Sie setzte sich auf das untere eines dreistöckigen Etagenbetts, rieb sich die Schulter mit der antibiotischen Salbe ein und legte einen neuen Verband an, dann zog sie das T-Shirt und das Hemd an und schlüpfte in die Jeans. Die leicht abgetragenen Sachen paßten perfekt.

Am Ausgang des Gebäudes ging sie unter einem Schild durch: Kirchliches Obdachlosenheim des Landkreises Seattle. Draußen stand ein Weihnachtsbaum auf einer kleinen Rasenfläche, über die ein ausgetretener Pfad zu einem Parkplatz führte. Auf der anderen Straßenseite sah sie eine schummrige Bar, eingezwängt zwischen zwei heruntergekommenen Geschäften. Sie roch Abgase und verbranntes Öl und hörte aus mehreren Richtungen das Rauschen des Schnellstraßenverkehrs.

Ein junges Pärchen schlenderte Hand in Hand vorbei. Die Frau trug einen goldenen Ohrring, von dem eine Kette quer über ihre Wange hing und an einem Nasenring endete. Ihr Freund hatte sechs oder acht Ringe in der Ohrmuschel, und zwischen seinen Nasenlöchern hing ein kleiner goldener Zylinder.

Leute tun alles dafür, um anders zu sein, dachte Ember. *Aber sie wollen als Gruppe anders sein. Niemand möchte wirklich einzigartig sein, der einzige seiner Art.*

Sie ging zum Bürgersteig und blieb stehen; sie wußte nicht, was sie tun sollte. In den letzten Tagen hatte das Verlangen, Yute zu entfliehen, ihr Kraft gegeben, doch nun, da ihr die Flocht geglückt war, war das Adrenalin versiegt, und sie fühlte sich deprimiert und niedergeschlagen. Sie starrte die Lichter am Weihnachtsbaum an, bis sie in ihren feuchten Augen zu pastellfarbenen Punkten verschwammen.

Der Alptraum im Krankenhaus hatte in ihr ein emotionales Verlangen geweckt, das sich seit frühester Kindheit, als die Träume und Visionen begannen, in ihrem Innern aufgestaut hatte. Jede Episode hatte in ihr den Drang hervorgerufen, etwas zu tun, doch es hatte nie einen Hinweis darauf gegeben, was. Nun schrillte in ihr die Notwendigkeit, in Aktion zu treten, wie eine Alarmsirene. Sie durfte das Gefühl nicht länger ignorieren, aber sie wußte noch immer nicht, was sie tun sollte. Sie schauderte und widerstand dem Impuls, einfach loszurennen.

Wohin?

Ihr Körper wandte sich wie eine Kompaßnadel nach Norden und ging los. Ihr fiel ein, daß Yute gesagt hatte, er habe ihre Mutter in den Kantishna Hills in der Nähe des Denali National Parks entdeckt. Irgendwo dort mußte die blaue Eishöhle sein, in die das goldene Volk noch immer eingeschlossen war. Aber was gab es dort zu tun, das so wichtig sein könnte?

Sie ging schneller. Einfach nach Norden zu gehen hob bereits ihre Stimmung. Sie spürte, daß sie irgendwie wissen würde, was sie tun mußte, sobald sie in den Kantishna Hills war.

Ich muß die Höhle finden. Dort werde ich erfahren, was meine Träume bedeuten, und ich werde wissen, was ich tun muß.

Sie zog ein Bündel Geldscheine aus der Tasche. Hundertsechzig Dollar. Sollte für eine Busfahrkarte nach Fairbanks reichen; von dort konnte sie per Anhalter weiterfahren.

Ich werde den Indianern in Swift Fork sagen, daß ich eine Quanoot sei. Wenn sie so sind wie die Indianer, die ich kenne, werden sie mich für einige Tage bei sich wohnen lassen, selbst wenn ich pleite bin.

»Aber es wäre besser, etwas mehr Geld zu haben«, sagte sie laut. Ein Stück die Straße hoch standen vor einem düsteren grünen Gebäude etwa fünfzig Personen in einer Warteschlange. Zuerst dachte Ember, es sei eine Suppenküche für Obdachlose. Dann las sie das Schild über dem Eingang: PLASCO PLASMA SAMMELSTELLE NR. 4 und darunter in kleineren Buchstaben: SPENDER GESUCHT – BARGELD FÜR BLUTPLASMA.

Sie stellte sich in die Schlange, hinter einen dünnen Mann mit zerzausten grauen Haaren und tiefen Falten um Mund und Augen. Über einem T-Shirt trug er einen dicken Pullover mit V-Ausschnitt. An seinem Hals sah sie Tätowierungen, die unter dem T-Shirt verschwanden; auf seinen Händen überdeckten dunkle Tintenflecke frühere Tätowierungen.

»Wieviel bekommt man?« fragte sie.

»Vierzig Mäuse fürs erste Mal, danach immer dreißig«, sagte er mit dickem Südstaatenakzent. Sein Atem roch nach billigem Schnaps.

»Wie oft ...«

»Alle drei Wochen, aber die meisten von uns kommen einmal die Woche. Es wird kaum kontrolliert – die wollen den Saft in deinen Adern. Aber das nächste Mal solltest du früher hier sein. Ich hab' verschlafen, und sieh dir die Schlange an. Wie werden Stunden hier draußen stehen.«

»Gibt es in der Nähe eine Station für Überlandbusse?«

»Greyhound.« Er deutete mit dem Kinn die Straße hoch. »Fünf oder sechs Blocks.«

Ein Crescendo aus Becken, Trommeln und Gesang kam den Bürgersteig hoch. Ember wandte sich um und sah eine näher kommende Gruppe aus Männern, Frauen und Kindern, die alle orange Gewänder trugen und in einer fremden Sprache sangen. Sie tanzten und drehten sich, die Gesichter verklärt und die Arme zum wolkenverhangenen Himmel gehoben. Einige der Wartenden beschimpften die Leute, die aber vorbeitänzelten, ohne die Beleidigungen zu beachten.

Ember mußte lächeln, erstaunt, kostümierte, singende und trommelnde Menschen auf der Straße zu sehen; es erinnerte sie an das Lachsmond-Festival in Whaler Bay. Einen Augenblick lang war sie versucht, sich den Leuten anzuschließen.

»Noch nie Krishnas gesehen?« fragte der Mann.

Sie schüttelte den Kopf. »Sieht lustig aus. Worüber singen sie?«

»Krishna, Krishna – er ist ein blauhäutiger Gott, spielt Flöte.«

»Was?«

»Ich mein's ernst. Woher kommst du?«

»Von hier und dort.«

»Uh-huh. Nun, eins sag' ich dir, diese Spinner haben das beste kostenlose Essen in der Stadt. Man hat die Wahl: Heilsarmee – wo sie aus der Bibel predigen und einem hinterher einen schleimigen Bohneneintopf vorsetzen, oder der Krishna-Tempel – wo man sich das Krishna-Gelaber anhört und danach heißes, leckeres Vegetarieressen bekommt, und zwar so viel man will. Ich für meinen Teil futtere jeden Abend bei den Krishnas. Gleich rechts die Straße hoch.«

»Danke für den Tip«, sagte Ember.

Es war Nachmittag, und Embers Schulter pochte, als sie endlich ins Gebäude kam. Drinnen waren die Wände genauso grün wie draußen. Es stank nach schmutzigen Füßen. Eine beleibte Frau in einem weißen Schwesternhosenanzug setzte Ember in einen zerschlissenen blauen Vinylliegestuhl.

Die Frau stach in Embers rechten Zeigefinger und drückte mehrere Tropfen hellen Blutes in eine Glaspipette. Die Fleischwülste unter ihrem Kinn wackelten, während sie arbeitete, und Ember mußte an einen Pelikan denken, der einen Fisch verschlang.

Nach einem Moment kam die Frau mit einem kleinen, sehr dunklen Mann in einem weißen Laborkittel zurück; beide sahen verwirrt aus. Ohne ein Wort zu sagen, stach er Ember in einen anderen Finger und verschwand dann mit der Frau.

Ember lag im Liegestuhl und wartete. Im Laufe des Tages war der Drang, nach Norden zu gehen, so stark geworden, daß sie, während sie in der Schlange gestanden hatte, unruhig auf und ab gelaufen war. Sie fühlte sich so, wie sich ein Schwan fühlen mußte, wenn nach der Sonnenwende die ersten wärmeren Tage kamen.

Fliege nach Norden. Fliege nach Hause.

Nach zehn Minuten kamen sie zurück.

»Sie sind Kim Ocheba?« fragte der Mann im breiten Tonfall der östlichen Indianer.

»Ja.«

»Welche Blutgruppe haben Sie, Kim?«

»Ich weiß nicht, ich habe doch das Kästchen auf dem Formular angekreuzt.«

»Niemand hat je etwas über Ihre Blutgruppe gesagt?«

»Wer sind Sie?« fragte Ember.

»Dr. Dhanesh, der Besitzer«, sagte er und reichte ihr die Hand.

Seine Haut war kühl, sein Händedruck schwach. »In achtundzwanzig Jahren habe ich niemals Blut wie Ihres gesehen. Es läßt sich keiner der bekannten Blutgruppen zuordnen. Es ist ziemlich bizarr.«

Ember stand auf, um zu gehen.

»Warten Sie, ich möchte Ihr Blut studieren. Es könnte sehr profitabel sein.«

»Ich möchte nicht studiert werden«, sagte sie und ging auf die Tür zu.

»So warten Sie doch.« Er holte sie ein und stellte sich vor sie, die Hände gehoben. »Es könnte eine Menge Geld drin sein – auch für Sie.«

»Nein, danke.« Sie trat zur Seite und wollte an ihm vorbeigehen. Er packte ihr Handgelenk. »Ein halber Liter, ich zahle Ihnen zweihundert Dollar.«

Ember riß das Handgelenk weg und eilte zur Tür. Draußen rannte sie die Straße in Richtung Greyhoundstation hinunter.

Mein Blut paßt in keine Kategorie, genausowenig wie ich selbst. Ich gehöre nicht hierher. Ich werde in die Tundra zurückkehren, selbst wenn ich trampen muß.

Sie kam an einer fensterlosen Bar mit einem kleinen Neonschild über der Tür vorbei: THE CAVE. Die Höhle. An der Seite prangte ein riesiges, buntes Wandgemälde auf der Aluminiumfassade: Ein affenähnlicher, dröge dreinblickender Höhlenmann hob eine Keule und zerrte eine Frau an den Haaren in eine Höhle; die gefangengenommene Frau winkte grinsend. Ein sich wiederholendes Bison- und Pferdemotiv, das an klassische Höhlenzeichnungen erinnern sollte, rahmte das Bild ein.

Ember schrak zusammen. *So sehen die Menschen die Welt, aus der ich komme. Wie würden sie reagieren, wenn sie von meiner Existenz erführen? Was wurde ich dann mit meinem Leben anfangen? Mich einem Kuriositätenkabinett anschließen?*

Sie blieb stehen und starrte den Höhlenmann auf dem Wandgemälde an: Dicke Haarfransen hingen ihm in die Stirn, und seine buschigen Augenbrauen trafen sich über der Nasenwurzel. Sie fuhr über ihre Augenbrauen.

Treten Sie ein und sehen Sie Ember, die lebende Höhlenfrau – halb Mensch, halb Tier!

Bisher hatte sie sich mit aller Macht zum Durchhalten gezwungen, doch nun schmolz ihre Willenskraft dahin. Ein dunkler Strudel schien alles Gute aus ihrem Leben in die Tiefe zu saugen. Sie sank auf den Bürgersteig, schwach und benommen. Das Wandgemälde verschwamm und setzte sich zu einer neuen Szene zusammen, beweglich wie ein Spielfilm auf einer Kinoleinwand: Männer in orangen Arbeitsanzügen liefen in der Nähe eines tiefen Bohrschachts auf einem Eisplateau umher; schwarzer Rauch stieg in kalte, reglose Luft auf, durchsetzt mit dem Gestank brennenden Fleisches.

Sie schrie auf und kniff die Augen zu. Als sie sie nach einigen Sekunden öffnete, sah sie wieder das ursprüngliche Wandgemälde. Das Neonschild – THE CAVE – leuchtete in der Dämmerung, und sie seufzte erleichtert.

Dann, urplötzlich, durchzuckte sie das Gefühl, in großer Gefahr zu sein, und sie sprang auf die Beine, bereit, sich ihrer Haut zu wehren. Ihr Blick schoß den Bürgersteig hinauf und hinunter. Niemand zu sehen. Sie hielt den Atem an und lauschte. Aus dem Krishna-Tempel am nächsten Block waren Trommeln und Gesangsfetzen zu hören.

Es dauerte einen Moment, bis ihr klar wurde, daß nicht sie selbst in Gefahr war; die Ahnung hing mit ihrer Vision zusammen. Der Ruf, eine große Tragödie zu verhindern, wurde in ihr zu einer physischen Kraft. Ihre Haut wurde heiß, und sie rannte den ganzen Weg zur Busstation.

39

Es hatte aufgehört zu regnen, und die Abenddämmerung verwandelte die rasch dahinziehenden Wolken über Deer Park in lange graue Schlieren. Mike und Kaigani fuhren in seinem Jeep Wrangler am Zaun der alten Washington State Indian School entlang. Drei Meter hohe lanzenförmige schwarze Pfosten führten zu zwei schweren Eisentoren.

Mike verzog das Gesicht. »Verdammt«, sagte er. »Könnte ebensogut ein Burggraben sein.«

Kaigani las ihm von den Lippen, nickte und machte das Handzeichen für *Pech.*

»Wir müssen unseren Plan ändern.« Er fuhr den Jeep an den Straßenrand und parkte ein Stück vor den Toren, über denen auf einem Metallschild PRIVATBESITZ – BETRETEN VERBOTEN stand. »Wir müssen unter irgendeinem Vorwand in sein Büro gelangen« sagte er, »statt zu versuchen, bei ihm einzubrechen.«

Kaiganis Blicke schweiften über den Campus. Weiße Holzhäuser – ehemalige Studentenheime? – standen im Kreis um ein zweistöckiges rotes Backsteingebäude auf einer grasbewachsenen Anhöhe. In mehreren Fenstern des Backsteingebäudes brannte Licht. Eine automatische Schaltung? Oder drehte ein Nachtwächter seine Runden? Aller Wahrscheinlichkeit nach befand sich Dr. Nahadehs Büro in dem Gebäude, aber wer konnte das schon genau wissen? Und wie sollten sie die Aufzeichnungen oder Dokumente finden, aus denen hervorging, wer Ember wirklich war?

»Mein Gott, ich komme mir wie ein Spion vor«, sagte sie laut.

»Ja, wie Amateurspione«, sagte Mike. »Ich wünschte, wir wüßten, was wir tun.«

Sie dachte daran, was sie in Seattle von der Angestellten in dem Gebäude erfahren hatten, in dem sich Dr. Nahadehs Geschäftsbüro befand.

»Was mir Sorgen bereitet ist, daß sie ihr Fahrrad in der Stadt gelassen hat«, sagte Kaigani. »Wo sollte sie ohne ihr Mountainbike hin? Wie sollte sie dort hingelangen?«

»Vielleicht wußte der Parkwächter in der Garage nicht, wovon er sprach.«

»Er wußte es. Er hat ihr Mountainbike beschrieben . . .«

»Es ist aber nicht weiß«, sagte er, »und es ist nicht mehr da.«

»Diese Metallic-Flocken sehen schon irgendwie weiß aus . . . Er sagte, es sei bis vor zwei Tagen dort gewesen.«

»Wenn es tatsächlich ihr Mountainbike war, hoffe ich, daß Ember zurückkam und es abgeholt hat«, sagte Mike, »und irgendwo gesund und munter durch die Gegend radelt.« Er sah in den Rückspiegel, als ein Streifenwagen über den nassen Asphalt an ihnen vorbeifuhr. »Aber das bezweifele ich. Die Empfangsdame hat sie am Dienstag morgen mit Nahadeh weggehen sehen. Ich glaube, sie ist noch bei ihm.«

Kaigani schauderte. »Ich habe so ein Gefühl . . . ein beängstigendes Gefühl . . . daß Ember hier war und daß sie in Schwierigkeiten steckt.«

Mike sah sie an und zog die Augenbrauen hoch. Dann schlug er mit der Hand auf das Lenkrad. »Ich habe es verbockt«, sagte er. »Ich war mir hundertprozentig sicher, daß ihre Gene manipuliert wurden. Das hat sie tief verletzt. Ich hätte nicht so ein Idiot sein sollen.«

Kaigani nahm seine Hand. »Ja, und daß ich eifersüchtig war, hat auch nicht gerade geholfen.«

»Das war auch meine Schuld«, sagte er, und seine Finger glitten zwischen ihre. »Laß uns einfach sagen, daß ich eine Zeitlang verwirrt war. Aber das ist vorbei. Mir ist klargeworden, daß Ember etwas vorherbestimmt ist, von dem ich keine Ahnung habe. Von dem du und ich keine Ahnung haben. Sie gehört ihrer Bestimmung.« Er drückte ihre Hand. »Und du, meine Schöne«, er lächelte und beugte sich zu ihr hinüber, »bist mir nicht mehr aus dem Kopf gegangen, seit ich dich damals auf dem Wanderweg zum ersten Mal sah. Du wirst nie wieder auf jemanden eifersüchtig sein müssen. Das verspreche ich dir, Kaigani.«

Kaigani erwiderte sein Lächeln, und in ihrer Brust schmolz ein feiner Knoten. Der Schmerz war verflogen. Sie sah ihn an, bis seine Lippen wenige Zentimeter vor ihren waren, dann schlossen sie die Augen und vereinten ihre Seelen in einem langen Kuß. Er nahm ihr Gesicht in seine starken Hände, während sich ihre Lippen immer heftiger gegeneinanderpreßten; dann öffneten sich ihre Münder, und ihre Zungen trafen sich. Ein wohliges Gefühl durchströmte ihr Herz und sank in ihren Bauch und weiter hinunter, bis es den Punkt zwischen ihren Beinen erreichte und so deutlich zu spüren war, daß es schien, als hätte Mike sie dort berührt.

Mike löste sich von ihr und sah sie mit seinen großen haselnußbraunen Augen an, seine Züge weicher, als sie es je bei ihm gesehen hatte.

»Wow«, sagte er und atmete tief durch. »Du . . . du bist fabelhaft.« Er lächelte. »Wir reißen uns besser zusammen.«

»Ich weiß«, sagte sie und legte eine Hand an ihr pochendes Herz. »Ich weiß.« Sie lächelte und nahm wieder seine Hand.

Mike lehnte sich in seinen Sitz zurück. »Ich glaube, für den Augenblick ist es das beste, hier zu warten und zu sehen, ob sich eine Gelegenheit auftut.« Er sah auf seine Taucheruhr. »Fast sechs. Wenn die hier einen Wachdienst haben, ist vielleicht irgendwann Schichtwechsel, und wir könnten versuchen, unter einem Vorwand ins Gebäude zu gelangen.«

Sie saßen in den stoffüberzogenen Schalensitzen, während sich draußen die Dunkelheit über den Jeep senkte und dichter Nieselregen auf das Stoffverdeck und die Windschutzscheibe zu prasseln begann. Seit sie sich geküßt hatten, hielten sie einander an den Händen.

»Du hast nicht zu Ende erzählt, was du im Internet gefunden hast«, sagte Kaigani.

»Oh. Tolles Zeug. Alle Namen und Einzelheiten von vor zweihundert Jahren stimmen, und ich bin sogar auf einen britischen Bericht aus Kolonialzeiten gestoßen, in dem von einem indischen Yogi die Rede ist, der über zweihundert Jahre alt war. Also sollte man meinen, daß wenn ein Typ in Indien so alt wurde, warum dann nicht auch Old Man hier bei uns?«

»Old Man ist echt?« Der Gedanke, daß all die Geschichten, die sie als kleines Mädchen über den Schamanen gehört hatte, womöglich stimmten, faszinierte sie.

»Allmählich beginne ich es zu glauben. Was er erzählt hat, ist mir wirklich nahegegangen.«

»Und die O-kwo-ke?«

»Was mich daran gestört hat, ist folgendes: Wie konnte sich

Ember an etwas erinnern, das vor ihrer Geburt geschah? Also ging ich die neuesten Forschungsberichte über das Gehirn, das Bewußtsein und das Gedächtnis durch, und, glaub mir, man bräuchte ein spezielles Computerprogramm, um Neurologen und Mystiker auseinanderzuhalten.«

Er wandte sich auf dem Sitz um und sah sie direkt an, seine Worte mit Zeichensprache untermalend. Eine Straßenlaterne warf oranges Licht auf seine untere Gesichtshälfte, und sie konnte mühelos von seinen Lippen lesen.

»Wissenschaftler haben jahrelang versucht, das Gedächtnis zu finden«, sagte er. »Wo genau im Gehirn sitzt die Stelle, in der Daten gespeichert und abgerufen werden? Sie haben sie nicht gefunden und schließlich aufgegeben. Scheinbar sitzt das Gedächtnis an keinem bestimmten Punkt, sondern verteilt sich im gesamten Gehirn. Man kann es nicht lokalisieren, es ist überall.

Angenommen, man hat eine Hirnverletzung; das Gedächtnis kann allgemein beeinträchtigt werden, aber man hat keine spezifischen Gedächtnislücken – man vergißt nicht die Hälfte seiner Freunde oder einen halben Roman, den man gelesen hat. Kannst du mir folgen?«

»Ich glaube ja«, sagte sie. »Rede weiter.«

»Nun, das führte zu der Theorie, daß das Gedächtnis holografisch ist. Weißt du über Hologramme Bescheid?«

»Nicht richtig.«

»Schau, jedes Stück eines holografischen Bildes enthält alle Informationen des Ganzen. Schneidet man das holografische Bild eines Strandballs durch und richtet einen Laserstrahl auf die eine Hälfte, erhält man immer noch das vollständige, dreidimensionale Bild eines Strandballs. Man kann das Bild auch in tausend Einzelteile zerlegen, einen Laserstrahl auf eines dieser Einzelteile richten, und man sieht immer noch den vollständigen Ball. Wenn die Einzelteile zu klein werden, hat man in der Projektion keine Lücken, sondern das ganze Bild löst sich auf.«

Kaigani wiederholte, was er gesagt hatte, um sicher zu sein, daß sie ihn richtig verstand.

»Richtig«, sagte Mike und nickte.

»Und sie glauben, daß das Gedächtnis genauso funktioniert?« fragte Kaigani.

»Exakt«, sagte er. »Nachgewiesenermaßen können sich Menschen an Dinge erinnern, die sie im Koma, unter Narkose oder im Mutterleib erlebt haben. Folglich scheint das Gedächtnis nicht im Gehirn, sondern lediglich mit ihm verbunden zu sein. Das gegenwärtige Denkmodell besagt, daß das Gehirn eine Art Empfänger ist, wie ein Fernseher, und daß das Gedächtnis außerhalb des Körpers sitzt – es ist nicht physischer Natur, sondern besteht aus reiner Information, die wie ein holografisches Feld zusammengesetzt ist.«

Kaigani fand den Gedanken aufregend, und plötzlich fiel ihr etwas ein. »Als Grandpa Ozette im Koma lag«, sagte sie, »habe ich mit seinem Geist gesprochen. Mir war klar, daß Grandpa sich nicht aufsetzen und antworten würde, ich wußte, daß sein Gehirn tot war, aber sein Wesen war da. Ich habe es gespürt.«

»Der Empfänger war zerstört«, sagte Mike, »aber das Signal war noch da.«

»Was du sagst, bedeutet . . . Denkst du, daß Ember Erinnerungen von ewig zurückliegenden Ereignissen empfangen kann?«

»Das würde erklären, weshalb ihre Träume mit Old Mans Geschichte übereinstimmen«, sagte Mike. »Du hast doch von Carl Jung gehört, oder?«

Sie nickte. »Auf der Highschool.«

»Kennst du seine Theorie des kollektiven Unbewußten?«

Sie schüttelte den Kopf. »Ich glaube nicht.«

»Jung glaubte, daß es ein kollektives Unbewußtes gibt; dabei soll es sich um ein universelles Erinnerungsfeld handeln, in dem alle Informationen holografisch gespeichert sind. Nicht daß Jung über Holografie Bescheid wußte – er starb, bevor sie entwickelt wurde –, aber genau dieses Modell hat er beschrieben. Er glaubte, wir hätten Zugang zu den über Äonen gesammelten kollektiven Erinnerungen der menschlichen Gattung.«

»Ich erinnere mich«, sagte sie, »wir haben in einem Kurs darüber gesprochen; die Theorie stimmt mit dem Quanoot-cha überein: Wir alle verkörpern die Lebenswege all unserer Vorfahren – nicht nur als genetische Erben, sondern auch als spirituelle.«

»Macht Sinn«, sagte er. »Wenn jeder von uns ein integraler Teil eines gigantischen Hologedächtnisses ist, enthält jeder von uns die Information des Ganzen.«

Ihre Züge hellten sich auf. »Und vielleicht ist Embers Fähigkeit, diese Informationen zu empfangen, einfach stärker ausgeprägt als bei den meisten von uns.«

»Sieht ganz danach aus.«

»O Mike, das würde alles erklären. Ich wünschte, du hättest ihr *das* gesagt.«

Er seufzte. »Ich auch.«

Seine Augen wurden feucht, und er sah zur Seite. Seine langen Finger strichen über seinen Schnurrbart, glitten unter das bärtige Kinn, dann wieder zum Schnurrbart hoch.

»Ihr Aussehen gibt mir noch immer Rätsel auf«, sagte er.»Wo hat sie ihre Hautfarbe her? Das war der Grund, weswegen ich ursprünglich auf Genmanipulation getippt habe.«

»Die Menschen in ihren Visionen sind golden und muskulös«, sagte Kaigani. »Sie ist keine von uns, Mike. Sie ist eine von ihnen.«

»Yeah, aber wer sind sie? Wo sind sie?«

Sie sah zu dem Backsteingebäude auf der Anhöhe hoch. »Wir müssen rauskriegen, was Nahadeh weiß.«

Er packte ihren Arm. »Sieh mal.«

Ein weißer Kombi fuhr aus einer Garage neben dem Backsteingebäude.

»Das ist unsere Chance«, sagte Mike und ließ den Motor des Jeeps an. »Los.«

Der Wagen kam auf die Zufahrt zu.

»Kaigani, sag ihm . . ., du seist die Tochter einer Frau, die hier auf die Indian School gegangen ist, in Ordnung? Du möchtest dir nur mal schnell all die Gebäude anschauen, von denen dir deine Mutter erzählt hat. Während er dich beäugt und versucht, mit deiner Taubheit klarzukommen, werde ich sagen, daß ich dringend aufs Klo muß; ich werde versuchen, ins Labor zu gelangen, und zusehen, daß ich in den vier, fünf Minuten soviel wie möglich herausfinde.«

Die elektrischen Eisentore schwangen quietschend nach außen auf. Mike fuhr neben den Kombi und winkte dem Fahrer lächelnd zu. Der Mann signalisierte, daß Mike stehenbleiben solle, und kurbelte das Fenster runter.

»Wer sind Sie?« fragte er Mike.

»Hat die nächste Schicht begonnen?«

»Yeah. Doug schiebt jetzt Dienst.«

»Gut. Ich bringe ihm seine Thermosflasche.« Mike lächelte, hielt eine Thermosflasche aus poliertem Edelstahl hoch und trat, ohne eine Antwort abzuwarten, auf das Gaspedal und rollte durch das offenstehende Tor. Der Kombi blieb einen Moment stehen, dann fuhr er los.

Die Tore schlossen sich.

40

Nika Nahadeh drehte den Gasgriff des Schneemobils bis zum Anschlag auf und jagte die verschneite Minenstraße hinunter. Im Scheinwerferlicht rieselten vierteldollargroße Schneeflocken herab, die der Scheibenwischer zu wässrigen Schlieren verschmierte. Ein klirrendkalter Eiswind pfiff über die Kanten der Plastikscheibe. Über ihrer Parkranger-Uniform trug sie einen traditionellen Caiyuh-Kapuzenparka aus Moschusochsenfell, der innen mit dicker Wolle gefüttert war.

Der Mann, der aus der Mine angerufen hatte, sagte, es handele sich um einen Notfall, hatte aber keine Einzelheiten genannt. Vielleicht hatte jemand einen Bären gefunden, der von einen Wilderer erlegt worden war. Heutzutage zahlten chinesische und koreanische Schmuggler hohe Summen für Gallenblasen von Bären, die sie trockneten, zerrieben und in Tablettenform als Heilmittel für alles – von Impotenz bis zu Krebs – verkauften. In diesem Winter waren bereits zwei Grizzlybären in ihrer Höhle erschossen worden. Nur ein einheimischer Indianerkundschafter war in der Lage, eine Bärenhöhle zu finden, und war mutig genug, hineinzukriechen und den Bären zu töten, aber bisher hatte sie keine Spur von den Verbrechern.

Ihr Vater sagte, wenn er einen Caiyuh erwische, der einen Grizzly töte, »man mich davon abhalten muß, ihm *seine* Gallenblase herauszuschneiden.«

Wahrscheinlich wieder ein toter Bär. Nur noch etwa tausend Grizzlybären lebten in freier Wildbahn, aber ganz gleich, wie sehr sie sich um den Bestand der Tiere sorgte, sie hoffte, daß der Notfall einen toten Bären betraf.

Ein Schneehase sprang auf die Straße, sah Nika kommen und sprang sofort wieder zurück. Sie drosselte das Tempo. Zu rasen würde sowieso nichts ändern, und wenn sie hier draußen mit einem Elch oder einem Rentier zusammenprallte ...

Sie wischte mit ihren Fäustlingen über ihre frostüberzogene Schutzbrille. Mitten in der Nacht einen Anruf zu erhalten ergab keinen Sinn – ein toter Bär konnte bis zum nächsten Morgen warten. Außerdem würde ein Grizzly nie in der Nähe einer Mine überwintern; dort war es zu laut und hell wie auf einem Flughafen. Der Mann am Telefon hatte aufgeregt geklungen und gesagt, sie solle sich beeilen. »Sie müssen sofort herkommen.«

Weshalb hatte er sich so vage ausgedrückt?

Ihr Magen zog sich zusammen, und ihr Mund fühlte sich trocken an. Verdammt, es war kein toter Bär.

O Vater, was hast du jetzt wieder angestellt?

Das Schneemobil röhrte auf das geisterhafte Swift Fork zu. Die verlassenen Hütten standen leblos neben dem dunklen, zugefrorenen Fluß. Nur ihr Vater und zwei alte Frauen wohnten noch in dem Dorf. Die übrigen älteren Indianer waren in ein Regierungswohnprojekt nach Fairbanks umgesiedelt worden. Die jüngeren Familien wohnten in CANARD-Unterkünften auf dem Minengelände.

Nika hielt über der Hütte ihres Vaters nach einer Rauchfahne Ausschau, doch nur von der Hütte der beiden Schwestern stieg Rauch auf. Ihre Hoffnung sank.

Ihr Vater war in der Mine.

Er und seine Gleichgesinnten hatten das Minenprojekt leidenschaftlich bekämpft und den Start mehr als ein Jahrzehnt erfolgreich verzögert. Aber der Tag war gekommen, an dem eine riesige Dynamitladung die erste Wunde in die Berge über der Tundra gesprengt hatte. Resigniert hatten die Indianer den Kampf um ihre überlieferte Lebensweise aufgegeben und begannen, sich gegenseitig auszutricksen, um wenigstens ein Stück vom neuen Kuchen abzubekommen und nicht vollends unterzugehen.

»Wir sind wie ein Hundegespann, das durchs Eis gefallen ist«, hatte ein Bekannter ihr gesagt und seinen CANARD-Arbeitsanzug zugeknöpft, um anschließend zur Arbeit zu gehen. »Wir haben überlebt, aber nicht als Stamm – wir sind keine Caiyuh mehr.«

Ihr Vater wollte nicht aufgeben. CANARD grub jetzt seit sechs Jahren nach Gold, und er war noch immer davon besessen, die Mine schließen zu lassen. Letzten Winter war er wegen Industriesabotage angezeigt worden: Er hatte Zucker in die Tanks der dieselgetriebenen Stromgeneratoren geschüttet.

»Du sagst, ich sei verbittert«, hatte er eines Abends in der Hütte gesagt, in der sie und Yute geboren worden waren. »Aber Zorn ist die einzige Möglichkeit, mit meinem Schmerz zu leben.« Im Schein der Kerosinlampe hatten seine Augen feucht geglänzt. »Deine Kinder, Nika, werden nie in den Bergen jagen wie unsere Vorfahren. Und werden sie das Wissen erlernen, das man benötigt, um in freier Natur zu überleben? Was wird aus unseren Liedern? Aus unserer Sprache? Aus den wundervollen Geschichten? Sieh dir doch die junge Generation an, Tochter, die Kinder, die in den CANARD-Unterkünften aufwachsen. Unsere Kultur zerfällt – sie wird in den Minenschacht hinuntergesogen.« Er klopfte sich mit seiner großen, schwieligen Hand an die Brust. »Nein, ich muß meinem Zorn treu bleiben. Der Zorn ist mein Verbündeter. Würde ich ihn nicht wie ein Schutzschild vor mir hertragen, würde der Schmerz mich durchbohren.«

Als sie ihn vor einer Woche das letzte Mal besucht hatte, hatte er gesagt: »Manchmal ist es besser, einen aussichtslosen Kampf zu kämpfen, als sich niederzulegen und auf sich herumtrampeln zu lassen.«

Diese Worte verfolgten sie jetzt. Bei demselben Besuch hatte er ihr klarzumachen versucht, wie sehr er sie liebte; er hatte es mehr als einmal gesagt, und sein rundes, faltenzerfurchtes Gesicht hatte dabei liebevoll gestrahlt. Er hatte ihr Schmuckstücke gegeben, die sich seit Generationen im Familienbesitz befanden; ein Jagdmesser, das seinem Großvater gehört hatte; die Hochzeitsrobe seiner Mutter. Er hatte ihr sogar seinen Bogen gegeben, und viele Pfeile.

Sie verfluchte sich. *Bin ich so blind? Oder wollte ich die Wahrheit nicht sehen? Warum habe ich die Zeichen nicht verstanden?*

Das Schneemobil glitt über die hartgefrorene Eisdecke der Schotterstraße, die die Tundra durchschnitt. Am Tage rumpelten hier Lastwagen entlang, die Lebensmittel und Maschinen zur Minensiedlung brachten; bewaffnete Transporter brachten das abgebaute Gold zurück.

Dichter Schnee fiel aus der tiefhängenden Wolkendecke; die Flocken waren jetzt so groß wie Halbdollarmünzen. Sie blieb etwa zwanzig Kilometer vor der Mine stehen, um den Windschutz zu säubern. In den Bergen glühte eine silberblaue »Morgendämmerung«, erzeugt von unzähligen, an gigantischen Flutlichtmasten hängenden Quecksilberscheinwerfern.

Eine halbe Stunde später traf Nika am Schiebetor des von einem hohen Gitterzaun umgebenen Minengeländes ein. Ein Metallschild in Form einer fliegenden Ente verkündete:

KANTISHNA HILLS MINE
Central Alaska Native American Resource Developers, Inc.
(CANARD)
A Division of Matsuyo, International

WARNUNG: PRIVATBESITZ –
UNBEFUGTES BETRETEN VERBOTEN –
BEWAFFNETE WACHEN AUF PATROUILLE
Besucher müssen sich vor Betreten des Geländes
am Tor registrieren lassen

Zwei Wachmänner in neonorangen Overalls stürzten aus einer beheizten Wellblechhütte. Beide hatten ein Maschinengewehr an der Schulter hängen. Einer der Männer prüfte ihren Ausweis und bedeutete dem anderen, das motorgetriebene Tor zu öffnen. Es glitt auf kleinen Gummirollen zur Seite. Sie winkten sie durch.

Kurz danach nahmen sie zwei weitere Wachen und ein dritter Mann in einem hellblauen Overall in Empfang und brachten sie von ihrem Schneemobil zu einem Raupenschlepper. Ein Fahrer saß am Steuer, der Motor lief, und die Raupenketten setzten sich in Bewegung, bevor die Tür geschlossen war. Erst als der Mann im hellblauen Overall seine Kapuze zurückschlug, erkannte sie ihn: Chief Willy.

»Miss Nahadeh, eh, ich habe eine schreckliche Nachricht . . .«

Sie schluckte. »Mein Vater?«

»Er ist wieder auf das Gelände eingedrungen, und ich fürchte, dieses Mal hat es . . .«

»Ist er am Leben?«

»Gerade so. Er wurde angeschossen.«

Ihr Herz setzte einen Schlag aus.

»Unser Arzt und einige Sanitäter sind bei ihm, aber . . . nun, sie glauben nicht, daß er durchkommt. Es tut mir sehr leid.«

»Was ist mit Ihrem Hubschrauber und dem Krankenhaus in Fairbanks?«

»Wir können bei diesem Wetter nicht fliegen. Außerdem können sie ihn nicht bewegen, er ist an der Wirbelsäule verletzt. Sie haben einen Windschutz um ihn herum errichtet.«

Der Raupenschlepper wurde langsamer, und sie preßte das Gesicht an die Plexiglasscheibe und starrte auf die weiße Nylonplane, auf der ein großes rotes Kreuz prangte. Bevor das Fahrzeug zum Stillstand kam, stieß sie die Tür auf und sprang hinaus. Sie rutschte, fiel hin, stand wieder auf und rannte los. Sie schob sich durch eine Gruppe von Männern in orangen Arbeitsanzügen, um in den Windschutz zu gelangen.

Im zeltartigen Innern gab es keinen Boden. Ein keramisches Heizgerät erwärmte die Luft und ließ grauweißen Eisnebel unter das Planendach aufsteigen.

Ihr Vater lag auf dem Rücken im Schnee; mehrere arktische Schlafsäcke umhüllten seinen Körper. Seine Augen waren geschlossen, und sein Körper wurde von spasmischen Zuckungen geschüttelt. Er hatte zwei Schußwunden in der Brust. In einem Schlitz in seinem Hals steckte ein Schlauch, und ein Sanitäter drückte einen Sauerstoffbeutel rhythmisch zusammen und pumpte ihrem Vater Luft in die Lungen.

Ihr stockte der Atem.

Ein Mann mit einem Stethoskop um den Hals wandte sich zu ihr um. »Sie sind die Tochter?«

Sie nickte und kniete sich neben ihren Vater. »Er hält seit fast zwei Stunden durch, um Sie zu sehen«, sagte der Mann. »Es ist erstaunlich, wie stark er ist.«

Sie strich ihm mit den Fingerspitzen einige graue Haarsträhnen aus der Stirn und sprach in sein Ohr.

»Vater?«

Sie hob seine schwere, schlaffe Hand und legte sie in ihre.

»Ich bin bei dir, Vater.«

Sofort entspannte sich sein Körper, und die Zuckungen hörten auf.

Seine Lider flatterten und hoben sich. Sie beugte sich über ihn und traf seinen Blick, sah die vertraute Zärtlichkeit, das Licht in seinen Augen. Sie sog es in sich auf.

»Ich liebe dich, Vater«, flüsterte sie heiser. »Ich bin dankbar, deine Tochter zu sein – so dankbar!«

Er brachte ein schwaches Lächeln zustande. Seine große Hand drückte ihre. Dann wurde sein Blick starr. Von dem Moment an, wo sich sein Körper entspannt hatte, hatte er nicht mehr geatmet. Sie sprang auf. »Schnell, baut die Plane ab!« rief sie.

Das Sanitäterteam starrte sie verständnislos an.

Der Arzt trat vor und legte ihr tröstend einen Arm um die Schultern. Sie stieß den Arm weg, eilte zum Rand der Plane und riß eine Seite hoch. Ein Stützpfosten kippte um. Wind und Schnee bliesen herein.

»Was, zum Teufel, tun Sie?« rief der Arzt.

»Mein Vater ist ein Caiyuh – er möchte im Freien sterben.«

»Was?«

Sie stieß zwei andere Männer aus dem Weg und stürzte zur anderen Seite der Plane.

»Hören Sie auf!« rief jemand.

Sie riß die Stützpfosten aus dem Boden. Der Wind verfing sich in der Plane wie in einem Fallschirm und blies sie über das offene Schneefeld davon. Mehrere Arbeiter rannten hinterher.

Nika nahm das Durcheinander und die Beschimpfungen um sie herum nur verschwommen war. Sie kniete neben ihrem Vater nieder; Schneeflocken fielen auf sein Gesicht und in seine Augen.

»Siehst du? Du bist im Freien, Vater.« Tränen strömten über ihre Wangen. »Keine Decke, keine Wände – nur die Erde und der Himmel.«

Sie sang das Caiyuh-Lied des Abschiednehmens. Eigentlich sollte es von mehreren gesungen werden; einer der Sänger stellt Fragen über den Verblichenen, und die anderen antworten mit Geschichten aus dem Leben der Person. Sie sang alle Rollen und trug sowohl die guten als auch die weniger guten Erinnerungen vor.

»Vom Gipfel des Denali, hoch über dem Pfad des Adlers«, sang Nika mit kehliger Stimme und schlug sich rhythmisch auf die Schenkel, »schaut die Heilige Mutter in alle Richtungen, ihre Augen hell wie Sonne auf Schnee. Sieh dort! Sie findet Ihren Sohn, John Nahadeh, ›Magischer Fluß‹, und entsinnt sich seines Lebens und seiner Worte und seiner Taten. Nun spricht sie mit donnernder Stimme: ›Ich sehe den mutigsten Karibujäger, das tapferste Herz, den besten Vater, den eine Tochter sich nur wünschen kann.‹ Nun schickt sie Ihren Geist hinab wie einen Weidenkorb und hebt seine Seele zu sich herauf, um sie unter Ihrem Herzen ruhen zu lassen, bis sie wiedergeboren wird.«

»Lebe wohl, John Magischer Fluß . . .« Nika sang jetzt flüsternd: »Vater . . . Lebe wohl.«

Als sie fertig war, sah sie, daß sich die anderen in den warmen Raupenschlepper gesetzt hatten und daß ein zweites Fahrzeug eingetroffen war. Dann sah sie, daß ihre ihrem Vater aufs Gesicht gefallenen Tränen gefroren waren.

Chief Willy kam aus einem der Raupenschlepper und legte ihr eine dicke Wolldecke um die Schultern. Seine Augen sahen verquollen aus, und sein schwarzer Walroßbart schien traurig herunterzuhängen.

»Wo sollen wir ihn hinbringen?« fragte sie.

»Wir haben keine Leichenhalle«, sagte er. »Wir können ihn über Nacht in eine Kammer legen. Morgen werde ich veranlassen, daß er hingebracht wird, wo immer Sie möchten.«

Sie nickte. Wie bei anderen arktischen Stämmen war es auch bei den Caiyuh nicht üblich, die Toten zu begraben; es war zu mühsam, im Winter im hartgefrorenen Boden eine Grube auszuheben. Außerdem war das Begraben der Toten eine Futterverschwendung, denn die zahllosen Wolfsrudel waren immer hungrig in dieser gnadenlosen Eiswelt.

In ihr stieg eine lebhafte Erinnerung auf. Einmal waren sie in Fairbanks an einem Schrottplatz vorbeigekommen, und sie und ihr Vater waren stehengeblieben und hatten zugesehen, wie alte, verrostete Autos von riesigen Stahlpressen zu Metallwürfeln zusammengedrückt wurden. Dann hob ein Kran die Würfel mit einem großen Elektromagnet auf offene Güterwaggons, die den Schrott zu einer Metallfabrik transportierten, wo er in neuen Stahl weiterverarbeitet wurde. Ihr Vater hatte den Gedanken gemocht. Er hatte ihn an den ewig währenden Lebenszyklus erinnert, an den sein Volk glaubte: Alte Karibus wurden von Wölfen gefressen, die Exkremente der Wölfe gingen in den Boden, der Boden gebar Weißdornbüsche, die Weißdornbüsche wurden von jungen Karibus gefressen – ein sich selbst reinigender Motor, der Jahrmillionen läuft, angetrieben von Erde, Regen, Wind und Sonne.

Morgen würde sie den Leichnam ihres Vaters mit dem Schneemobil an einen seiner Lieblingsplätze bringen, in die Berge über dem See der Schwäne. Dort würde sie ihn verlassen – nachdem sie die Wölfe gerufen hatte, damit diese ihren alten Freund verspeisten.

Chief Willy wandte sich um und winkte dem zweiten Kettenfahrzeug zu. Drei Männer sprangen heraus und wickelten den Leichnam ihres Vaters in eine durchsichtige Plastikdecke und trugen ihn fort. Gefrorene Blutlachen bedeckten den Boden, wo ihr Vater gelegen hatte.

»Kommen Sie, steigen Sie ein«, sagte Chief Willy. »Es ist mindestens dreißig Grad unter Null.«

Sie starrte nur wie betäubt auf die im Schnee zurückgebliebene Mulde. Die Hälfte ihrer Welt war in ein tiefes schwarzes Loch gefallen, und sie wußte nicht, ob sie die Leere in ihrem Herzen jemals wieder würde füllen können.

Chief Willy zog sie sanft zu den Fahrzeugen. Sie wollte sich gerade abwenden, als sie zum ersten Mal sah, daß ihr Vater mit blutigem Finger etwas in den Schnee gezeichnet hatte: Es sah aus wie ein V aus roten Bluttropfen.

»Es ist vorbei«, sagte Chief Willy. Er legte einen Arm um ihre Schultern und zog sie sanft mit. Sie gingen zum Raupenschlepper. »Sie können heute nacht einen Schlafraum bei den Frauen haben«, sagte er. »Entschuldigen Sie bitte, daß kein richtiges Gästezimmer frei ist.«

Sie nickte.

Chief Willy und ihr Vater waren vor Jahren Freunde gewesen. Obgleich sie sich fürchterlich über das Minenprojekt stritten, hatte ihr Vater respektiert, was Chief Willy für seinen Stamm zu tun versuchte. »Ich werde nie schlecht über ihn reden«, hatte er gesagt. »Er ist ein guter Mensch – selbst wenn er glaubt, seinem Volk mit einem Schacht zur Hölle ein Stück des Himmels erkaufen zu können.«

Sie legte den Kopf an Chief Willys Schulter, einzig aus dem Grund, weil er früher ein Freund ihres Vaters gewesen war. Er drückte ihre Hand und seufzte.

Sie mußte herausfinden, was geschehen war, aber nicht jetzt; sie war noch nicht soweit, sich die Einzelheiten anzuhören. Ihr Vater war drei- oder viermal wegen Landfriedensbruch und Beschädigung von Privateigentum angezeigt worden und hatte laut Gerichtsbeschluß das Minengelände nicht mehr betreten dürfen. Chief Willy hatte ihn gewarnt, daß es lebensgefährlich sei, auf das schwerbewachte Gelände zu schleichen, und auch sie hatte ihn angefleht, dies nicht mehr zu tun. Die ergiebigste Goldmine in der Geschichte Alaskas sabotieren – er hatte gewußt, daß CANARD sich das nicht bieten lassen würde. Und dennoch hatte der Schmerz ihren Vater in den Kampf getrieben.

Aber warum hatten sie ihn erschossen? Er war in offenem Gelände gewesen, nicht in der Nähe des Schachts oder in der Nähe von teuren Maschinen. Sie war keine Expertin für Schußwunden, aber es sah aus, als hätte man ihn in den Rücken geschossen. Erschossen wegen unbefugten Betretens? Unter ihrem Schmerz begann sich Wut zu regen.

»Miss Nahadeh«, begann Chief Willy, gerade laut genug, daß sie ihn über dem Motorenlärm und dem Rasseln der Stahlketten im Schnee verstehen konnte. »Darf ich Sie Nika nennen?«

»Mein Vater war Ihr Freund«, sagte sie leise.

»Ich weiß noch, wie wir uns als junge Männer bis tief in die Nacht stritten. Wir wollten beide das Beste für unsere Stämme. Er stand für die alte Lebensweise, ich wollte, daß wir uns der neuen Zeit anpassen.«

»Sieht aus, als hätten Sie gewonnen.«

»Nika, es ist wichtig, daß wir diese Auseinandersetzung ein für allemal beenden, hier und jetzt; wir dürfen nicht zulassen, daß dieser Vorfall eine noch größere Tragödie wird, als er bereits ist.«

Sie hob den Kopf. »Wie meinen Sie das?«

»Ihr Vater war immer eine Art Held, sogar für mich. Überlebensgroß. Ich möchte vermeiden, daß sein Tod ihn zu einem Märtyrer für eine verlorene Sache macht.«

Sie zog ihre Hand aus seiner. »Darüber würde ich mir keine Gedanken machen – es scheint sich sowieso niemand über seinen Tod aufzuregen.«

»Hier arbeiten mehr als tausend Indianer – und einige Hundert sind Caiyuh . . .«

»Und Millionen Fische werden durch giftige Jauche getötet. Haben Sie den Moose Creek gesehen? Das Wasser ist orange verfärbt. Und sollte es im Lake Kantishna noch Fische geben . . .«

»Ich finde das auch schrecklich. Nach Phase Drei wird CANARD Millionen investieren, um diese Regionen wieder instand zu setzen.«

»Man kann nicht instand setzen, was tot ist. In diesen Bergen haben Elche, Grizzlybären und Karibus gelebt. Nachdem Sie die Tiere mit Ihren Sprengungen verjagt haben, glauben Sie, daß sie eines Tages zurückkommen werden?«

»Reden Sie mit den Arbeitern, hören Sie, wie die über die Mine denken. Vor zehn Jahren haben sie alle unter der Armutsgrenze gelebt.«

»Und jetzt sind alle so glücklich, wie man mit Geld nur sein kann. Wer braucht schon Forellen oder Karibus – oder eine Kultur?«

»Nika, es tut mir sehr leid um Ihren Vater, meinen alten Freund. Aber es ist vorbei . . . es ist vorbei.«

Sie wollte nur noch schlafen, für eine Weile alles vergessen. Sie lehnte den Kopf an die Nackenstütze, bis der Raupenschlepper vor dem Frauenquartier hielt. Chief Willy brachte sie zum Fahrstuhl und begleitete sie zu ihrem Zimmer im dritten Stock.

Drinnen zog sie ihren Parka und ihre Stiefel aus und sank auf das Bett, noch immer in Rangeruniform.

Verschwommene Bilder tauchten in ihr auf. Der beste Vater, den eine Tochter sich wünschen konnte, war tot.

Sie würde Yute morgen anrufen. Der Gedanke an ihren Bruder brachte die vertraute Mischung aus Liebe und Bedauern in ihr hoch. Wie stark mußten diese Empfindungen erst bei ihrem Vater gewesen sein? Wann immer er von Yute gesprochen hatte, hatte Traurigkeit in seinen Augen gelegen.

Nika war zu erschöpft für weitere Tränen, aber sie konnte nicht einschlafen. Sie öffnete die Augen und starrte an die Decke.

V? Was beginnt mit einem V? Es ergab keinen Sinn. Aber aus irgendeinem Grund war es wichtig genug gewesen, um es in den Schnee zu schreiben, nachdem er angeschossen worden war.

Vielleicht war es kein V . . . Ein Pfeil, der in eine bestimmte Richtung wies? Wohin? Er hatte sich in offenem Gelände befunden, einige hundert Meter vom Schacht entfernt. Ein Pfeil. Aber warum hatte er ihn aus einzelnen Punkten gemalt?

Schließlich übermannte sie der Schlaf und ließ ihre Gedanken schmelzen. Dankbar schloß sie die Augen.

Dann schoß sie im Bett hoch.

Es war nicht der Buchstabe V, sondern ein V aus fliegenden Schwänen.

Sie zog das Goldamulett unter ihrem T-Shirt hervor, zerrte das Lederband über den Kopf und starrte auf die Seite mit den fliegenden Schwänen. Ins Metall geritzte, vogelförmige Strichfiguren bildeten ein nach Norden weisendes V. Sie drehte das Amulett um und betrachtete die Seite, die eine Karte von miteinander verbundenen Höhlen zeigte, die sie bisher für den Mund, die Nase und die Augenhöhle einer Dämonenmaske gehalten hatte. Sie strich mit den Fingern über die winzigen Strichfiguren der Menschen und Tiere.

Ihr Herz begann zu rasen. *Die Höhlen sind hier. Prähistorische Menschen und Tiere, hier in der Mine.* Wenn dies bekannt würde, kämen Wissenschaftler aus aller Welt herbeigeeilt, hechelnd wie auf einen Haufen Lachse zustürmende Huskies. Nachrichtenteams aus allen Kontinenten würden vor CANARDS Toren kampieren. Die Ausgrabungen würden die Arbeit in der Mine stören; vielleicht würde man sie für Monate stillegen. CANARD würde täglich Tausende Dollar verlieren – insgesamt vermutlich Millionen.

Vater hat die Höhlen entdeckt, deswegen haben sie ihn umgebracht.

Sie stand auf und zog ihren Parka an, dann zog sie ihn wieder aus, durchwühlte einen Schrank und fand einen orangen Arbeitsanzug, den sie statt dessen anzog. Die ID-Karte über der Brusttasche lautete auf den Namen Yanu Nushagak. Das Farbfoto darunter zeigte ein dunkles, rundliches Gesicht ähnlich dem ihren. Sie betrachtete sich in einem Wandspiegel und zog die Bänder an der pelzbesetzten Kapuze enger, um so viel wie möglich von ihrem Gesicht zu verbergen.

Am linken Oberschenkel des Arbeitsanzugs blinkte ein winziges rotes Lämpchen. Sie zog den Reißverschluß der Beintasche auf und entdeckte darin ein kleines, eingenähtes Heizgerät. Das wegen der fast leeren Batterie blinkende Lämpchen würde mit Sicherheit auffallen.

Sie sah durch den Raum und entdeckte in einem Wandstecker

ein Aufladegerät, dessen Anzeige grün leuchtete; die Batterien darin waren voll. Sie tauschte die alten Batterien gegen die neuen aus. Dann ging sie in den Korridor und lief zügig und leise die Treppen hinunter. Ein Meer aus Eis verschluckte sie, als sie in die arktische Nacht hinaustrat.

Du hast dich getäuscht, Chief Willy. Es ist nicht vorbei.

41

Das Schneetreiben hatte aufgehört. Im Flutlicht glitzerte das offene Gelände silberblau. Nikas Stiefel glitten quietschend über den gefrorenen Boden; das Geräusch schien laut wie Gewehrschüsse zu sein. Sie sah über die Schulter. Keine Wachen zu sehen.

Sie spürte das Amulett auf ihrer Haut und erinnerte sich an den Tag, als ihr Vater es im Grab der prähistorischen Frau gefunden hatte, wenige Kilometer südlich von hier.

Auf Rat ihres Vaters hatte sie das Amulett zu Frances Traumsänger gebracht. Der Körper der blinden Frau hatte gebebt, als sie mit zittrigen Fingern über die Gravur strich. Dann hatte Frances ihr die Geschichte von den Die-mit-dem-Herzen-Sprechen und Er-Der-Zurückkehrt erzählt und behauptet, daß das Amulett den Menschen aus ihrer Geschichte gehört habe.

»Schwäne ziehen nach Süden und kehren in den Norden zurück«, hatte die alte Frances gesagt. »Erwarte Den-Der-Zurückkehrt aus südlicher Richtung.«

»*Erwarte* ihn?«

»Du wirst ihm begegnen.«

Das war vor beinahe zwanzig Jahren gewesen. Seitdem war soviel geschehen, daß sie die Prophezeiung der alten Frau völlig vergessen hatte.

Nika erreichte den Zaun, der den tiefen, vertikalen Hauptschacht dieser Bohrzone umgab. Immer noch keine Wachen zu sehen. Das Tor, durch das man zum Fahrstuhl gelangte, war verschlossen. Von unten drangen Stimmen und das Dröhnen von Maschinen herauf.

»Was jetzt?« flüsterte sie.

Auf einem Metallschild am Tor war ein Diagramm des Tunnelsystems abgebildet; darüber stand:

CANARD KANTISHNA HILLS MINE,
PHASE ZWEI – SCHÄCHTE 24–36.

Sie studierte das Diagramm. Die ins Erdreich getriebenen, kreuz und quer verlaufenden Schächte verbanden ein weitläufiges System natürlicher Höhlen. In dem Durcheinander aus Strichen und Kreisen erkannte sie es nicht sofort. Aber dann sah sie es: das Gesicht, die Dämonenmaske – links unten im Diagramm. Eine gestrichelte rote Line stellte einen schmaleren Schacht dar, Nummer 27, der direkt durch die Ruhestätte der Ersten Menschen schnitt.

Schritte hinter ihr. Eine Männerstimme sagte: »Hände hoch, und langsam umdrehen.«

Sie drehte sich um. Ein automatisches Gewehr zielte auf ihre Brust. Der Helmstrahler des Wachmanns leuchtete auf die ID-Karte an ihrem Anzug. Er sah von ihr zu Nikas Gesicht. Nika lächelte schief, wie die Frau auf dem Foto. Er legte das Gewehr in die Armbeuge und fuhr mit einem Lesegerät über den Strichcode auf der Karte.

»Yanu Nushagak«, las er laut vom winzigen Bildschirm ab. »Sind Sie für die Nachtschicht eingeteilt?«

Nika nickte.

»Seit wann?«

»Zwei Wochen.«

»Wieso haben Sie Ihre Karte nicht neu codieren lassen?«

»Neuer Freund.«

»Was hat das damit zu tun?«

»Er nimmt mich ziemlich in Beschlag.«

»Ha.« Der Wachmann grinste und schulterte das Gewehr. »Was zum Teufel, haben Sie hier oben verloren, Yanu?«

»Ich mußte aufs Zimmer, um etwas zu holen.«
»Zimmernummer?«
»Eh, . . . C-21.«
»Was wollten Sie holen?«
»Mein Medikament. Ich habe vergessen, es zu nehmen.«
»Wieso konnte das nicht warten?«
»Dilantin – gegen epileptische Anfälle.«
Er tippte auf einige Tasten und starrte auf den Bildschirm.
»Hier steht, Sie seien gegen Penicillin allergisch, aber nichts über Epilepsie.«
Sie zögerte. »Hm. Merkwürdig. Es wurde erst vor einigen Monaten festgestellt, aber man sollte meinen, daß es mittlerweile im Computer ist.«
Seine starrenden Augen hinter der Schutzbrille blinzelten nicht. »Hören Sie, Sie wissen ganz genau, daß es verboten ist, nach Schichtbeginn alleine auf sein Zimmer zurückzugehen. Ich muß es melden, und der Sicherheitsdienst wird Ihr Zimmer nach entwendetem Gold durchsuchen müssen.«
Sie las den Namen auf seiner ID-Karte. »Tut mir leid, Scott«, sagte sie und setzte wieder Yanus schiefes Lächeln auf.
Er richtete den Helmstrahler direkt auf ihre Augen, und sie blinzelte.
»Tragen Sie heute nicht Ihre Kontaktlinsen?«
»Nein, sie sind kaputtgegangen. Ich habe mir neue bestellt.«
»Das ist aber seltsam«, sagte er und griff nach hinten, packte sein Gewehr und richtete die Mündung auf ihren Bauch. »Yanu trägt nämlich keine Kontaktlinsen. Zeigen Sie mir Ihr ganzes Gesicht.«
Nika seufzte und zog die Kapuze vom Kopf. »Verdammt. Ich hätte nie gedacht, daß es solch einen Aufstand gibt, nur weil ich meine Pillen hole.«
»Nun, . . . zugegeben, Sie könnten ihre Schwester sein«, sagte er und sah wieder auf das Foto. »Aber Sie sind nicht die Frau auf diesem Foto. Kommen Sie mit.«
»Man hat mir anfangs Steroide gegeben, und ich habe reichlich Gewicht zugelegt und es dann wieder verloren.«

»Uh-huh.« Er schwenkte den Gewehrlauf. »Sie gehen vor. Wir gehen zur Wachstation rüber.«

»Steroide haben eine komische Wirkung aufs Äußere.«

»Gehen Sie.«

Sie lief vor ihm her. Sie stapften durch kniehohe Schneewehen auf die Wachstation am Eingangstor zu. Vor ihren Augen blitzte das Bild von blutbesudeltem Schnee auf. War ihr Vater auf diese Weise von hinten erschossen worden? Ihre Schritte wurden langsamer.

»Ich fühle mich so komisch«, stöhnte sie.

»Weitergehen.«

»Moment, wirklich, mir geht's hundeübel, ich muß mich kurz ausruhen.«

»Ist nicht mehr weit.«

»Whoa ... *ugh* ...«

Ihr Hals ruckte hin und her, und ihre Beine knickten ein. Sie sank auf die Knie, stieß ein lautes Stöhnen aus und kippte mit dem Gesicht nach unten in den Schnee, ohne den Sturz mit den Händen abzufangen. Ihr Körper zuckte wie unter Strom.

»Auch das noch«, sagte der Wachmann und drehte sie mit dem Stiefel auf den Rücken, noch immer den Lauf auf sie gerichtet. Ihre Augen verdrehten sich, so daß man nur noch das Weiße sah, und ihre Zunge lag schlaff im offenen Mund. Er schulterte sein Gewehr, beugte sich zu ihr hinunter, riß ihre ID-Karte ab und schob sie ihr so in den Mund, daß die Zunge nicht länger die Luftröhre verschloß.

Sie rollte sich blitzschnell auf die Seite und trat ihm in den Unterleib, und er schrie auf und stolperte vorwärts. Sie packte den Lauf, rollte nach hinten weg, riß das Gewehr von seiner Schulter und sprang auf die Beine, alles in einer Bewegung. Er sank in den Schnee, beide Hände im Schritt, und wankte stöhnend hin und her.

»Werfen Sie Ihr Funkgerät her«, sagte sie.

»Es hängt an meinem Gürtel«, wimmerte er heiser.

»Das sehe ich. Werfen Sie es her.«

Er zog das Walkie-talkie aus der Gürtelhalterung und warf es in den Schnee. Sie bückte sich, ohne ihn aus den Augen zu lassen, und hob es auf, dann hängte sie es an ihren Gürtel.

»Woher haben Sie die CANARD-Uniform?« fragte er. »Sind Sie einer der Saboteure?«

»Ich stelle hier die Fragen«, sagte sie. »Was wissen Sie über Schacht siebenundzwanzig?«

»Nichts. Die sehen für mich alle gleich aus. Müßte ich allein runter, wäre ich dort völlig verloren.«

»Haben Sie Gerüchte oder irgendwelche wilden Geschichten über Schacht siebenundzwanzig gehört?«

Er schüttelte den Kopf. »Was ist an dem Schacht so besonders?«

»Wann hat Chief Willy die Mine das letzte Mal persönlich inspiziert?«

»Kann mich nicht entsinnen, daß er überhaupt jemals reingegangen wäre. Ich habe gehört, er sei klaustrophobisch. Er fungiert hier als eine Art Vermittler, paßt auf, daß sich die Indianer und die Weißen nicht an die Gurgel springen. Er ist kein Minenarbeiter.« *Vielleicht weiß es Chief Willy nicht,* dachte sie. *Wenn er die Minen nie inspiziert, wäre es nicht schwer, den Fund vor ihm geheimzuhalten. Was würde er sagen, wenn er davon wüßte? Würde es einen Indianer kaltlassen, wenn er erführe, daß die Überreste seiner Vorfahren mutwillig zerstört werden, selbst wenn es nicht seine eigenen Vorfahren sind? Auch sein Stamm kennt die Geschichten über die Ersten Menschen – diese uralten Mythen gehörten ihnen allen.*

»Wer ist der Chef von dem Ganzen hier?«

»Mr. Kaiser. Er ist der Oberboß, er *ist* CANARD.«

»Haben Sie irgendwelche Sonderbefehle betreffs Schacht siebenundzwanzig?«

Stöhnend ließ er sich auf den Hosenboden nieder und sah zu ihr hoch. Sie richtete den Lauf auf seine Brust.

»Immer mit der Ruhe.« Er hob die Hände. »Schacht siebenundzwanzig . . . ist einer der Schächte, die auf der Karte mit einer gestrichelten Linie dargestellt werden, richtig?«

»Richtig.«

»Das heißt, es gibt keinen Schacht siebenundzwanzig. Er ist noch im Bau. Im Augenblick existiert nur ein Bohrloch.«

Sie zog die Brauen hoch.

»Ein enger Tunnel«, sagte er, »gerade breit genug, um einen elektrischen Fräser durchzutreiben.«

»Also ist man schon auf die Höhle gestoßen?«

»Vermutlich.«

»Und Ihnen ist nichts Ungewöhnliches zu Ohren gekommen? Keine seltsamen Berichte?«

Er zuckte mit den Schultern. »Die Geister?«

»Es gibt Gerede über Geister?«

»Nur unter den Indianern. Ich komme aus Denver, ich glaube an Burger King und McDonald's; ich bin bloß hergekommen, um etwas Geld fürs College zu verdienen.«

»Man hat die Leichen entdeckt?«

»*Leichen?* Lady, niemand hat etwas entdeckt. Einige der indianischen Arbeiter sagen, sie würden alte Geister spüren, die in den Schächten herumschweben, das ist alles. Kommen Sie, was soll das Ganze?«

»Wann wird Schacht siebenundzwanzig fertig sein?«

»Keine Ahnung. Zuerst müssen sie die Schmelze durchführen.« Ihr Herz schlug schneller. »Was ist das?«

Er änderte seine Position und wimmerte: »Huh, mir frieren gleich die Eier ab . . .«

»Scott, hören Sie, ich bin kein Saboteur. Ich bin nicht hier, um etwas zu beschädigen oder jemanden zu verletzten.«

»Nun, was das letztere betrifft, haben Sie einen lausigen Job getan.«

»Was ist eine Schmelze?«

»Die Höhlen sind mit blauem Eis gefüllt. Die Fräser könnten es zwar zerschneiden, aber dann zerspringt es in riesige Eisplatten, die die Tendenz haben, den Arbeitern auf die Köpfe zu fallen. Deswegen treiben sie ein Gasrohr in die Höhle und lassen am Ende eine Flamme brennen, wie in einem Ofen. Dadurch schmilzt das Eis von den Wänden. Hinterher pumpen sie das Wasser ab und weiten das Bohrloch zu einem Schacht aus.«

Nika spürte einen Stich im Herz.

»Kann man um diese Zeit Chief Willy über Funk erreichen?«

Er nickte. »Die Aufseher haben Funkgeräte in ihren Zimmern.«

Sie nahm das Walkie-talkie vom Gürtel, warf es in den Schnee und trat zurück. »Stehen Sie auf«, sagte sie. »Rufen Sie Chief Willy. Sagen Sie ihm, daß ich ihn sofort sprechen wolle, unter vier Augen.«

»Mist«, sagte er und stand auf. »Das war's dann wohl mit meinem Job.«

Sie hob den Gewehrlauf, drückte das Endstück des Schafts an die Schulter und zielte auf sein Brustbein.

»Okay, okay, ich rufe ihn ja . . .«

»Wenn Sie jemand anderen außer Chief Willy rufen, sind Sie tot, bevor das Funkgerät in den Schnee gefallen ist.«

Ihre Gedanken rasten. *Entweder weiß Chief Willy nichts von den Ersten Menschen in der Höhle, oder er weiß es, und es ist ihm egal. Wenn es ihm keiner gesagt hat, hatte er mit Vaters Ermordung wahrscheinlich nichts zu tun. Er sagte, es sei eine Tragödie – er schien wirklich betroffen zu sein.*

Alles hing davon ab, ob Chief Willy auf ihrer Seite war.

42

Nika und der Wachmann gingen auf ein großes weißes Wohnmobil zu, an dessen Außenwand in großen Blockbuchstaben CANARD stand. Der Wachmann lief leicht humpelnd vor ihr her.

»Stehenbleiben und umdrehen«, sagte sie. »Geben Sie mir Ihre Munition.«

Er zögerte.

»Die Patronenschachteln in Ihren Hüfttaschen. Machen Sie schon.«

Er schluckte. »Was haben Sie vor, das Wohnmobil stürmen?« Er griff in die Taschen.

»Vertrauen Sie mir, ich bin kein Mörder.«

Er reichte ihr zwei volle Patronenschachteln.

Sie schob die Schachteln in ihre Hüfttaschen, dann entlud sie das Gewehr und steckte die Patronen ein.

»Hier, nehmen Sie Ihr Gewehr, ich bin jetzt Ihre Gefangene – vielleicht verlieren Sie doch nicht Ihren Job. Wenn Chief Willy mir nicht glaubt oder ihm die Sache egal ist, ist sowieso alles vorbei.«

Als er das Gewehr entgegennahm, traf er für einen Moment ihren Blick. »Danke.«

Chief Willy öffnete die Tür des CANARD-Aufsichtsbüros. Nur eine kleine Lampe erhellte den Raum.

Nika ging als erste hinein, gefolgt von dem Wachmann. Die Deckenbeleuchtung wurde eingeschaltet. Zwei andere Wachmänner, die einen in einem hochlehnigen Chefsessel sitzenden beleibten Mann flankierten, richteten ihre Gewehre auf sie.

Ihre Hoffnung sank.

Der sitzende Mann sah Scott an. »Gehen Sie wieder auf Ihren Posten.«

»Uh . . . jawohl, Sir«, sagte Scott, wandte sich um und verließ das Wohnmobil.

»Tut mir leid, daß es so kommen mußte«, sagte Chief Willy.

»Ist dies Ihre Vorstellung von einem Gespräch unter vier Augen?« fragte sie.

»Chief Willy hat Sie nicht hintergangen«, sagte der Mann im Chefsessel. »Der Sicherheitsdienst überwacht alle Funkgespräche. Ich weiß gerne Bescheid, was auf meinem Besitz vorgeht.«

Er erhob sich und reichte ihr eine fleischige Hand; an seinem Handgelenk hing eine gold-türkis-farbene Armbanduhr. Dünne graublonde Haarsträhnen waren quer über seinen fast kahlen Schädel gekämmt. Wässrige blaßblaue Augen blickten sie aus einem geröteten, windverbrannten Gesicht an. Er trug ein weißes Rodeohemd und eine schmale schwarze Lederkrawatte mit aufgesetzter Goldspitze.

»Rex Kaiser«, sagte er.

Nika starrte ihn nur an.

Er lächelte, nahm wieder Platz und lehnte sich in den großen Stuhl zurück, die Hände hinter dem Kopf.

»Ihr Vater war besessen davon, meine Mine schließen zu lassen, Miss Nahadeh. Jetzt ist er tot. Als nächstes schnüffeln Sie an Orten herum, an denen Sie nichts zu suchen haben. Was ist mit euch Leuten los? Könnt Ihr keine Niederlage akzeptieren?«

»Manchmal ist es besser, einen aussichtslosen Kampf zu kämpfen, als sich niederzulegen und auf sich herumtrampeln zu lassen.«

Er beugte sich vor und packte die Schreibtischkante.

»Wer trampelt auf wem herum? Ich beschäftige hier zweihundertsechsundfünfzig Caiyuh-Indianer. Seit sechs Jahren haben sie ein gutes, regelmäßiges Einkommen. Diese Indianer sind nicht auf Ihrer Seite. Sie wollen nicht, daß dieses Projekt sabotiert wird.«

»Ich bin kein Saboteur. Vielleicht war mein Vater einer, ich weiß es nicht. Ich weiß nur, daß er in offenem Gelände von hinten erschossen wurde.«

»Gerechtfertigterweise, wenn man die Umstände kennt. Er war bewaffnet und stürmte auf die Schlafquartiere zu. Er ist trotz mehrmaliger Warnung nicht stehengeblieben. Und er stellte bekanntermaßen eine Bedrohung dar.«

»Bewaffnet womit? Einem Schabestein?«

»Einer halbautomatischen Neun-Millimeter-Pistole, die wir als Beweisstück einbehalten haben.«

»Mein Vater hat zeit seines Lebens nie eine halbautomatische Waffe besessen.«

»Seine Fingerabdrücke sprechen eine andere Sprache.«

»Fingerabdrücke? Selbst ein Caiyuh läuft bei diesem Wetter nicht ohne Handschuhe herum.«

Kaiser wollte etwas entgegnen, aber Nika kam ihm zuvor.

»Schon gut. Das Gericht hatte ihm verboten, das Gelände zu betreten, und ich bin sicher, daß Sie mit weißer Weste aus der Sache rauskommen werden.« Sie sah zu Chief Willy hinüber. »Sir, ich bin nicht hier, um über meinen Vater zu sprechen.«

»Worüber dann?« fragte Chief Willy. Sein mondrundes Gesicht sah müde aus.

»Ich bin hier, um Ihnen von den prähistorischen Menschen in der Höhle zu berichten.«

Chief Willys Augenbrauen schossen hoch, und er sah zu Kaiser hinüber, dessen Kiefermuskeln vortraten.

»Aha. Sehen Sie, er weiß es, Chief Willy. Er weiß es.«

»Absoluter Schwachsinn«, sagte Kaiser. »Wie können wir, erwachsene Menschen, ernsthaft über irgendwelche Geister diskutieren?«

»Sie wissen, daß ich nicht von Geistern spreche«, sagte Nika. Sie traf Chief Willys Blick.

»Vor etwa zwanzig Jahren haben mein Vater und ich einen prähistorischen Mann gefunden, der nicht weit von hier unter einem Gletscher begraben war.«

Chief Willy nickte. »Ein Team vom *National Geographic* hat sechs Wochen in unserem Dorf gewohnt.«

»Ich habe guten Grund zu der Annahme, daß mein Bruder Yute einige Jahre später eine prähistorische Frau entdeckt hat.«

»Yeah, und was ist so toll daran?« fragte Kaiser.

»Chief Willy, haben die Chilkakot Geschichten über die Ersten Menschen?«

Er nickte. »Meine Großmutter hat sie mir erzählt, als ich ein kleiner Junge war.«

»Erinnern Sie sich an den Teil, wo die Die-Mit-Dem-Herzen-Sprechen in einer Höhle überwintern, bis in einer neuen Welt der Frühling wiederkehrt?«

»Wir nennen sie die Lauschenden – ich kenne die Geschichte. Er-Der-Zurückkehrt wird die Lauschenden zu neuem Leben erwecken.«

»Schwäne ziehen nach Süden und kehren in den Norden zurück.«

»Wir reden von Gänsen. Die Schneegänse fliegen fort, dann kehren sie zurück und bringen eine neue Generation zur Welt.« Kaiser räusperte sich. »Mythen . . . Lagerfeuergeschichten.«

Chief Willy zuckte zusammen und warf Kaiser einen finsteren Blick zu.

»Das soll keine Beleidigung sein«, sagte Kaiser, »aber Sie wissen, was ich meine. Das ist Zeug für Anthropologen und Collegejournale. Wir betreiben hier eine Mine.«

Nika öffnete den Reißverschluß ihres Arbeitsanzuges, holte das Amulett hervor, zog es über den Kopf und gab es Chief Willy.

»Was sehen Sie darauf?«

»Einen in V-Formation fliegenden Vogelschwarm.« Er wog die Metallscheibe in der Hand, spürte ihr Gewicht. »Reines Gold? Wo haben Sie das her?«

Sie ging um den Tisch und deutete auf die Minenkarte.

»Schauen Sie sich die Höhlen an, die Schacht siebenundzwanzig durchschneidet – der gesamte Bereich sieht ein wenig wie eine Maske aus, stimmt's? Wie das Gesicht eines Dämons.«

»Und selbst wenn es wie das Gesicht von John dem Baptisten aussähe, was soll der Quatsch?« fragte Kaiser.

»Drehen Sie das Amulett um«, sagte sie zu Chief Willy.

Chief Willy betrachtete die Gravur auf der Rückseite der Goldscheibe und sah zu der großen Wandkarte hoch. Seine Augen wurden groß. »Nika, wo haben Sie das her?«

»Mein Vater fand es in dem Grab, in dem die prähistorische Frau gelegen hatte. Die Darstellung ist eine Karte. Die Figuren darin sind Menschen und Tiere . . .«

»Ja, das sehe ich . . .«

»Sie sind hier, Chief Willy. Die Ersten Menschen – die Lauschenden – sind hier, in der Höhle am Ende von Schacht siebenundzwanzig.«

Er deutete auf die Wandkarte. »Aber man hat doch schon einen Bohrtunnel in die Höhle getrieben. Niemand hat etwas entdeckt.«

»Sie meinen, niemand hat Ihnen etwas gesagt.«

»Ich versichere Ihnen, nichts ist entdeckt worden«, sagte Kaiser. »Chief, Sie können sich die Höhle jederzeit anschauen.«

Chief Willy verzog das Gesicht.

»Ich werde Sie auf der Tour begleiten«, sagte Nika. »Genaugenommen möchte ich jetzt hinunterfahren, sofort.«

Chief Willy sah Kaiser an und nickte. »Wir werden unverzüglich alles arrangieren.«

»Einen Teufel werden wir tun«, sagte Kaiser. »Wir tragen die Verantwortung, falls dort unten einer firmenfremden Person etwas zustößt.«

»Ich werde eine Verzichtserklärung unterschreiben«, sagte Nika.

»Das sollte reichen«, sagte Chief Willy.

»Moment mal«, sagte Kaiser. »Seien Sie vernünftig. Es ist halb fünf am Morgen. Es dauert eine Weile, um diese Dinge vorzubereiten.«

»Sie meinen, um all die Leichen zu verstecken?« fragte sie.

Kaiser schlug mit der Faust auf den Tisch. »Einfach lächerlich!«

»Dann lassen Sie uns nachsehen«, sagte Nika. »Sofort.«

»Wieso sollte sie nicht jetzt hinunterfahren, Mr. Kaiser?« fragte Chief Willy. »Dieses Amulett in meiner Hand ... Ich habe ein komisches Gefühl ... Wie können wir behaupten, daß an der Sache nichts dran sei? Schicken Sie ein paar Männer mit ihr nach unten, und lassen Sie sie die Höhle erkunden.«

»Dieses Amulett ist eine Fälschung«, sagte Kaiser. »Wer sagt denn, daß es prähistorisch ist?«

»Ich biete Ihnen ein Geschäft an«, sagte Nika. »Ich lasse Sie von dem Amulett eine Karbonanalyse erstellen; Sie lassen mich die Höhle sehen.«

Kaiser kicherte höhnisch. »Man kann bei Gold keine Karbonanalyse erstellen; Gold enthält kein Karbon. Ich glaube, das zeigt, wie wenig Sie von diesen Dingen verstehen.«

»Das ist nebensächlich«, sagte Chief Willy. »Ich möchte, daß sie die Höhle inspiziert.«

Kaiser rutschte unbehaglich auf seinem Stuhl umher. »Ausgeschlossen.«

»Augenblick mal«, sagte Chief Willy. »Dies ist eine Indianerangelegenheit, und das fällt in meinen Verantwortungsbereich. Ich sage, sie darf so bald wie möglich die Höhle inspizieren. Sollte an allem nichts dran sein, ist es am besten, die Sache umgehend geklärt zu haben.«

»Und ... eh ... welche Position würden Sie andernfalls einnehmen?«

»Falls die Höhle die Ruhestätte der Ersten Menschen sein sollte, müssen wir sie vorübergehend schließen und Wissenschaftler herbeirufen – alles Nötige veranlassen, um den prähistorischen Fund zu sichern. Die Kinder eines jeden arktischen

Stammes sind mit diesen Mythen großgeworden, sie sind Teil unserer Kultur.« Kaiser stützte sein Kinn auf die gefalteten Hände. Seine Kiefermuskeln mahlten, und sein Blick glitt ziellos durch den Raum.

»Na schön, Miss Nahadeh, ich werde veranlassen, daß Sie innerhalb der nächsten halben Stunde die Höhle besichtigen können. So lange werden Sie brauchen, um die nötige Ausrüstung anzulegen. Reicht Ihnen das?«

»Prima«, sagte sie.

»Währenddessen lasse ich Sie einen Stapel Papiere unterschreiben, da können Sie Gift drauf nehmen.« Er nahm ein Funktelefon und wandte sich zu dem Wachmann um, der rechts von ihm stand. »Rocky, ich werde die Versorgungszentrale wecken. Du fährst sie rüber und siehst zu, daß sie die richtige Ausrüstung bekommt.«

»Jawohl, Sir.«

Nika folgte dem Wachmann zur Tür und sah im Hinausgehen noch einmal zurück. Chief Willy starrte das Amulett an, und sein altes Bronzegesicht strahlte voller Verwunderung.

43

Die kleine gelbe Sauerstoffflasche auf Nikas Rücken prallte gegen den Maschendrahtkäfig des Fahrstuhls, als dieser mit einem Ruck in die Tiefe zu sinken begann, und sie hielt sich am Geländer fest, um nicht umgeworfen zu werden. Die Zugangsschächte wurden von an der Oberfläche installierten Ventilatoren belüftet; nur Minenarbeiter, die in unerkundetes Territorium vordrangen, trugen Sauerstoffflaschen.

Nika fühlte sich aufgebläht wie ein trächtiger Seeotter. Unter ihrem elektrisch beheizten, mit Zellwolle gefütterten Arbeitsanzug trug sie eine Garnitur aus einem seidenartigen Synthetikmaterial, das jegliche Feuchtigkeit aufsaugte; dazu stahlkappenverstärkte Neoprenstiefel mit winzigen Saugpfropfen an den Sohlen;

Neoprenhandschuhe; eine dicke Wollskimaske; eine Schutzbrille und einen weißen Fiberglashelm mit einem Halogenstrahler über der Stirn.

Der Fahrstuhl bremste ab und kam zum Stehen, 50 Meter senkrecht im Gletscher hinunter. Vor ihr fiel ein offener Schacht wie eine Rampe durch massives Felsgestein ab; an den Wänden hingen elektrische Lampen, deren Licht sich in der Ferne verlor.

Rocky übernahm die Führung. Im Schacht, ohne visuellen Hinweis auf den Neigungsgrad, merkte Nika einzig anhand der Schwerkraft, daß es immer steiler nach unten ging. Ihr Atem verursachte weiße Dampfwolken, die sich im Luftzug der Ventilatoren auflösten. Der Schacht öffnete sich in eine riesige natürliche Höhle, die sicherheitshalber von vorgefertigen Betonpfeilern gestützt wurde. Vom Boden ragten Stalaktiten auf, an der Decke hingen zapfenförmige Stalagmiten.

»Grand Central Station«, sagte Rocky.

»Es ist riesig.«

»Ja.«

»Wunderschön.«

Er führte sie durch die Höhle zur hinteren linken Seite, wo ein unbeleuchteter, höchstens anderthalb Meter hoher Tunnel mitten durch die Felswand in die Schwärze verschwand.

»Das Kanonenrohr«, sagte er.

»Verstehe. Keine Beleuchtung?«

Er hob den Arm und schaltete ihren Helmstrahler ein. »Die Wagen haben einen Scheinwerfer. Von hier gelangen Sie zu Siebenundzwanzig-A.«

»Was ist mit Ihnen?«

»Ich bin direkt hinter Ihnen – wir werden einen Zug bilden. Der Tunnel ist nicht breit genug, um nebeneinander zu fahren.«

Aus einem Lagerbereich rollte er ein elektrisches Go-Kart mit sechs Gummirädern auf jeder Seite heraus. Er zeigte ihr, wie man sich in das Vehikel legen mußte, der Kopf an eine Nackenstütze gelehnt, die Füße auf dem Gaspedal und der Bremse.

»Nehmen Sie Ihre Sauerstoffflasche ab. Sie kommt in dieses Fach.«

»Was ist in dem weißen Tank?«

»Eine weitere Sauerstoffflasche, für den Notfall.«

»Ah, ja.«

Sie stieg ein und legte sich zurück. Er schob ein auf Schienen gleitendes Gitterverdeck nach vorne, bis es einrastete und Nika von Kopf bis Fuß einschloß.

»Wofür ist dieser Käfig?«

»Damit Ihnen nichts auf den Kopf fällt, falls die Decke einstürzt.«

Sie schluckte. »Ich mußte fragen.«

»Damit öffnen Sie das Verdeck«, sagte er und deutete auf einen Griff über ihrem Kopf. »Passen Sie auf Ihre Hände auf, wenn das Verdeck zurückspringt; es hat einen Federmechanismus.«

Er schaltete den Scheinwerfer des Go-Karts ein und schob es zu der Rampe, die zu dem engen Tunnel hochführte.

»Okay, geben Sie etwas Gas.«

Sie tippte das Gaspedal an. Das Vehikel holperte ein paar Meter nach vorne und rollte wieder zurück. Sie trat das Pedal halb durch; das Go-Kart zögerte, dann schoß es die Rampe hoch und in den Tunnel hinein. Sie trat auf die Bremse. Ihr Blick folgte dem Scheinwerferstrahl, der durch die Schwärze der langen Röhre schnitt.

Rocky lachte. »Die Dinger sind ziemlich schnell. Wir fahren hier unten richtige Rennen mit ihnen.«

»Fühlt sich seltsam an ohne Lenkrad.«

»Betrachten Sie sich einfach als menschliche Kanonenkugel.«

»Lieber nicht.«

»Wir treffen uns in der Höhle – es sind sechshundert Meter.«

»Mir ist ein bißchen mulmig zumute.« Ihr Herz klopfte schnell. »Ich warte lieber auf Sie.«

»Okay.«

Kurz darauf warf der Scheinwerfer seines Go-Karts eine flakkernde Silhouette ihres Vehikels an die gewölbte Tunneldecke.

»Los«, rief er.

Sie trat aufs Gaspedal und schoß nach vorne; der Elektromotor heulte auf. Zwei Minuten später verschwanden die Decke und die rohen Granitwände, und plötzlich kippte das Go-Kart unter ihr weg und rollte eine steile Rampe hinunter. Sie trat auf die Bremse und schlidderte mehrere Meter über das schlüpfrige Eis, bis sie gegen den massiven Gummiprellblock eines anderen Go-Karts prallte und stehenblieb. Ihr Scheinwerferstrahl wurde von der hinteren Wand der Höhle als bläulich schimmernder Lichtball reflektiert.

Sie zog den Griff, und das Verdeck sprang erst mit einem leisen Knall einige Zentimeter zurück, glitt dann über ihren Kopf nach hinten und rastete in die Ausgangsposition ein. Nika stieg aus und leuchtete mit ihrem Helmstrahler durch den weitläufigen Raum.

Ihre Kinnlade klappte herunter. Nichts hätte sie auf das vorbereiten können, was sie sah. Tief in ihrem Innern begann ein Zittern aufzusteigen und sich über ihre Haut auszubreiten; ihre Nackenhaare richteten sich auf.

Einen Moment später merkte sie, daß ihr Mund noch immer offenstand. »*Aiyoo wa Denali!*« flüsterte sie schließlich.

Sie stand in einem zwanzig Meter hohen, domartigen Mausoleum aus bläulichem Eis. Im Schein ihres Helmstrahlers glänzten die Wände wie Spiegel. Überall lagen Leichen, Hunderte; und alle sahen lebendig aus.

Als sie und ihr Vater Tundramann entdeckt hatten, war die Leiche völlig ausgetrocknet gewesen; die Haut hatte ausgesehen wie Pergamentpapier, das über Muskelgewebe aus gebranntem Ton gespannt war. Doch diese Leichen waren keine vertrockneten Mumien.

Rechts von ihr, in einer ins Eis geschlagenen Schlafkoje, schien ein auf einem flauschigen Pelz liegender kleiner Junge an der Brust seiner Mutter zu dösen, die Lippen noch an ihrer Brustwarze. Ein stark behaarter Mann umschloß die beiden mit muskelbepackten Armen. In anderen Eiskojen lagen weitere Pärchen und Familien, die Arme eng umeinandergeschlungen; alle schienen lediglich in einem traumlosen Schlaf vor sich hinzudösen.

»Oh, ihr, Die-Mit-Dem-Herzen-Sprecht, ich bin Nika Nahadeh, Tochter der Caiyuh.« Ihre Stimme bebte. »Ich habe von euch gehört, seit ich ein kleines Mädchen war, aber ich wußte nicht, daß es euch wirklich gibt.«

Sie hielt inne, um Luft zu holen, und merkte, daß ihre Atmung schnell und flach war. Sie legte die Hände aufs Zwerchfell. Langsam tief durchatmen. Langsam tief durchatmen.

»Frances Traumsänger hat mir nicht erzählt, daß ihr golden seid. Die Caiyuh-Geschichten über die Goldenen, über die guten Hexen, die die tiefsten Gefühle der anderen zu hören vermögen ... Bis eben war mir nicht klar, daß auch diese Geschichten wahr sind. Die Ersten Menschen und die Goldenen – ihr seid ein und dieselben.«

Sie lachte, fassungslos. »Wenn sogar die Goldenen real sind, sind dann alle Geschichten aus meiner Kindheit wahr? Ist die Welt tatsächlich ein magischer Ort?«

Sie wollte die Mutter berühren, die den Jungen stillte, doch bei dem Gedanken begann ihr Herz zu rasen. Sie trat an das Lager, in dem die Familie schlief. Ihr Atem kam stoßweise, kleine weiße Wölkchen bildend. Sie streckte langsam die Hand aus. Und zog sie sofort zurück.

Sie versuchte wieder, tief durchzuatmen.

Nach einigen Augenblicken zog sie den Neoprenhandschuh aus. Und berührte die kalte, weiche goldene Haut der Mutter.

Die Brust der Frau erbebte.

Erschrocken riß Nika die Hand zurück; ihr Herz pochte wie eine durchgegangene Büffelherde. *Wo ist Rocky?*

»Rocky!« rief sie. »Rocky!«

Plötzlich hörte sie das laute Surren eines Elektrobohrers, der eine Schraube festzog. *Brttttt-tttt-tttt.* Sie stürmte die Rampe zum Tunnel hoch. Eine schwere Metallplatte verschloß die Öffnung.

»Hey, was zum Teufel tun Sie?«

Brttttt-tttt-tttt.

Sie rannte zu ihrem Go-Kart zurück. Packte die Sauerstoffflasche. Rannte die Rampe hoch. Schlug die stählerne Flasche gegen die Metallplatte. Der Knall hallte vom blauen Eis wider. Die Sauerstoffflasche hinterließ gelbe Farbspuren auf der Metallplatte, doch die Platte selbst hatte weder eine Delle, noch war sie einen Millimeter verrückt.

»Rocky, lassen Sie mich raus!«

Brtttt-tttt-tttt.

»Dreckskerl! Ich bringe Sie um!« Der Lichtkegel ihres Helmstrahlers schwenkte durch die Höhle.

Brtttt-tttt-tttt-tttt.

Sie rannte zum Go-Kart hinüber. Drehte es um, so daß die Vorderseite direkt auf die Rampe wies. Schob das Go-Kart ungefähr zehn Meter zurück. Sprang hinein und trat das Gaspedal durch. Der Motor heulte auf. Das Go-Kart schoß die Rampe hoch und stieß mit voller Wucht gegen die Metallplatte. Das Verdeck flog über ihren Kopf nach vorne.

Die Vorderseite des Go-Karts war eingedrückt, die Metallplatte unbeschädigt.

»Au, du verdammtes Miststück«, stöhnte Rocky auf der anderen Seite der Platte. »Ich glaube, du hast mir gerade den Daumen gebrochen.«

»Wer hat Sie beauftragt, das zu tun?«

»Wer stellt hier die Schecks aus?«

»Sagen Sie ihm, daß er damit nicht davonkommt.«

»Natürlich wird er das.«

»Wird sich niemand wundern, warum die Tunnelöffnung mit einer Metallplatte verschlossen wurde?«

»Das ist das Standardverfahren.« Die Luft gefror in ihren Lungen. »Wenn wir eine Schmelze durchführen«, sagte er, »entsteht ein kochendheißer Feuerball. Man muß sicherstellen, daß das Inferno in der Höhle bleibt.«

Sie taumelte zurück.

»Sehen Sie das Loch in der Mitte der Platte? Das ist die Verschlußvorrichtung, durch die wir die Gasdüse des Flammenwerfers schieben. Wir schalten ihn ein und lassen ihn sechs, acht Stunden brennen – das Feuer wird Sie und die toten Affenmenschen in Asche verwandeln. Von Ihnen wird nichts übrigbleiben.«

»Chief Willy weiß, daß ich hier unten bin.«

Er lachte.

Sie hörte das Verdeck seines Go-Karts nach vorne gleiten und mit einem Klick einrasten, dann das Surren des Elektromotors in der Tunnelröhre verklingen.

»Chief Willy weiß, daß ich hier unten bin!« schrie sie wieder und kniff die Augen zu, um dem Alptraum zu entfliehen. Ihre Schultern sackten ab, ihre Knie schlackerten; sie spürte, daß sie zu Boden sinken würde, holte tief Luft und richtete sich wieder auf.

»Ich bin John Nahadehs Tochter«, sprach sie laut und öffnete die Augen.

Sie wandte sich um und ließ den Blick durch die Eisgruft schweifen. Sie ging die Rampe hinunter, der Lichtschein ihres Helmstrahlers über die prähistorischen Leichen hinweggleitend.

Gefangen im Reich der Toten.

»O ihr Lauschenden, hört mich an«, sagte sie mit zitternder Stimme. »Ich bin Nika, Tochter von John und Letzter Schnee vom Stamme der Caiyuh in Swift Fork. Ich bin eine dumme Frau, die sich vor eurer Magie fürchtet. Ihr seid seit Tausenden von Jahren tot, aber ihr scheint nur euren Winterschlaf abzuhalten. Ich ... ich kam als eure Schwester, um euch vor der Zerstörung zu retten, doch ... nun schwebe auch ich in Gefahr.«

Sie setzte sich neben die Mutter, die den Jungen zu stillen schien, und legte behutsam eine Hand auf den behaarten Rücken des Kindes. Sie entspannte sich, und wenige Augenblicke später wurde ihre Atmung ruhig und gleichmäßig.

»Verzeiht mir, daß ich Angst habe«, sagte sie leise. »Ich suche meinen Frieden bei euch. Bringt mir bei, so sanft wie dieses Kind zu schlafen. Helft mir, in Würde zu sterben.«

Ein Geräusch.

Ein eisiger Schauer jagte ihr über den Rücken. Sie hatte das beängstigende Gefühl, daß sich gleich eine der Leichen bewegen würde. Sie biß auf die Zähne und wandte den Kopf nach links zu einer weit entfernten Schlafkoje um.

Eine Leiche setzte sich langsam auf. Sie schwankte, stützte sich ab.

Die Leiche krächzte ihren Namen.

44

Ember saß alleine in der vordersten Reihe des Alaskon-Express-Busses, die Beine seitlich auf dem Sitz angewinkelt, den Kopf an die vereiste Scheibe gelehnt. Im Scheinwerferlicht rieselten dicke Schneeflocken herab, und die Scheibenwischer quietschten geschäftig, gewölbte Schmutzschlieren über die breite Windschutzscheibe verteilend. Hinter ihrem Spiegelbild im Fenster strömte der morgendliche Berufsverkehr durch die matschbedeckten Straßen im Zentrum von Fairbanks. Die arktische Stadt bekam nur wenig Wintersonne und war noch Stunden vom Licht der Morgendämmerung entfernt.

Ember rieb sich den Nacken und gähnte. Ihre aufgewühlten Gefühle hatten sie während der zweitägigen Fahrt von Seattle wach gehalten. Je näher sie dem Land ihrer Mutter kam, desto stärker fühlte sie sich der Kraft verbunden, die sie ihrer Bestimmung zuführte.

Ich bin jetzt fast zu Hause. Heute ist der Tag.

Sie öffnete den Verbandskasten, nahm den letzten Verband heraus und wickelte ihn um die verletzte Schulter. Dann hob sie behutsam den Arm. Die Schulter war steif und fühlte sich wund an, aber sie verdrängte den Schmerz. Vielleicht würde sie den Arm in Kürze benutzen müssen, dachte sie, und bei dem Gedanken brandete das Gefühl höchster Gefahr wie eine Hitzewelle durch ihren Körper. Ihr Herz schlug schneller, und sie duckte sich in ihren Sitz, bereit, aufzuspringen.

Was geschieht mit mir?

Der Bus wurde auf der rechten Fahrspur von einem weißen Lastwagen überholt. Auf der Fahrertür prangte in großen Blockbuchstaben der Name CANARD, INC. über dem Bild in V-Formation fliegender Enten und den Worten KANTISHNA MINING PROJECT.

Bevor die Worte in ihr Bewußtsein vorgedrungen waren, sprang Ember auf und stürmte zur Tür des Busses. Der Fahrer nahm den Fuß vom Gaspedal und brüllte sie an.

»Miss, was tun Sie? Setzen Sie sich wieder hin!«

»Sir, ich muß hier aussteigen.«

»Nein, das geht nicht. Ich kann Sie nur an der Busstation rauslassen. Wir sind fast da. Setzen Sie sich hin, verdammt noch mal. Machen Sie schon.«

Der Bus wurde langsamer und hielt an einer Ampel neben dem CANARD-Laster.

»Ich steige aus«, rief Ember und drückte die Tür auf. Sie schwang ein Stück nach außen und blockierte; der hydraulische Arm fuhr nicht aus.

Sie sah zum Fahrer zurück. »Lassen Sie mich raus, schnell.«

»Jetzt reicht's mir aber. Setzen Sie sich hin. Wir sind nur ein paar Blocks von der Endstation entfernt. Machen Sie keine Schwierigkeiten.«

»Tut mir leid, ich muß raus«, sagte Ember, bückte sich und stieß mit dem ganzen Körper gegen die Tür. Der hydraulische Arm sprang aus dem Kolben, und sie stürzte auf den feuchten Asphalt und hätte sich fast das Gesicht aufgeschlagen. Sie kam auf die Beine, gerade als die Ampel grün wurde. Hupen ertönten. Der CANARD-Laster fuhr an.

»Warten Sie!« rief Ember. »Warten Sie!« Sie rannte dem Laster mit winkenden Arm hinterher.

Der Laster fuhr weiter. Mit einem gewaltigen Satz sprang sie aufs hintere Trittbrett und hielt sich am Türgriff fest. Sie lehnte sich zur Seite und schaute nach vorne, wo sie ihm Rückspiegel das Gesicht des Fahrers sah, und im selben Moment sah er auch sie. Seine Augen wurden groß, und er fuhr fluchend an den Straßenrand und blieb im Licht einer Straßenlampe stehen.

Ember sprang vom Trittbrett; der Fahrer kam nach hinten gerannt. Er trug einen dicken orangen Arbeitsanzug, die Art, die sie in ihren Visionen gesehen hatte. Sein Gesicht war rundlich und dunkel, mit mandelförmigen Augen und einem fusseligen Bart, der am Kinn dichter wurde.

»Alles in Ordnung mit dir?« fragte er.

»Yeah«, sagte sie. »Mir geht's gut.« Sie rieb ihre verletzte Schulter.

»Was zum Teufel willst du? Wieso bist du hinten raufgesprungen?«

»Ich muß dahin, wo Sie hinfahren.«

»Wovon sprichst du?«

»Von den Minen. Ich muß zu den Minen.«

»Du springst mitten in der Stadt auf meinen Laster, um mich zu fragen, ob ich dich zu den Minen mitnehme? Spinnst du?«

»Nehmen Sie mich mit, und Sie kriegen von mir, was Sie wollen.«

»Was ich will? Ich will nichts von dir. Du bist verrückt.«

Ember knöpfte ihr Flanellhemd auf und zog es auseinander; dar unter kam das rote T-Shirt zum Vorschein, das sich über ihre großen, festen Brüste spannte.

Der Fahrer schüttelte den Kopf. »Du bist verrückt. Echt, total verrückt. Aber du bist wild; das mag ich.«

»Bringen Sie mich hin?«

Er zupfte an seinen Barthaaren. »Die sind ziemlich streng, was das unbefugte Betreten des Minengeländes anbelangt«, sagte er. »Ist genauso schlimm, als hätte man seinen besten Schlittenhund verhungern lassen, oder so.«

Sie traf seinen Blick und sagte: »Ich bin die netteste und freundlichste Person, die Sie je kannten.«

Er lachte nervös. »Okay, ich denke drüber nach. Du willst dich durchs Tor schleichen? Deinen Freund besuchen, oder so? Du hast ja nicht mal warme Kleidung. Hast du keine Jacke?«

»Mir ist nicht kalt.«

»Ich glaube, ich kann dich reinschmuggeln, wenn du dich hinten in einer der Kisten versteckst. Yeah, das sollte funktionieren.«

»Na, dann los«, sagte sie. »Ich muß sofort hin. Wir müssen uns beeilen.«

»Warte, ich habe noch nicht entschieden, ob ich mitspielen will«, sagte er.

Sie eilte zur Beifahrertür und schlug dagegen. Die Tür war verschlossen, aber einen Moment später öffnete er sie ihr.

Der CANARD-Laster fuhr den Anchorage-Fairbanks-Highway nach Süden und erreichte nach drei Stunden die Ausläufer der gefrorenen Tundra. Es hatte aufgehört zu schneien, aber der Vormittag war so dunkel wie die Nacht. Der Fahrer beugte sich über das Lenkrad, das grüne Glühen der Armaturenlichter im Gesicht.

Ember hatte nur ihre Jeans und das T-Shirt an. Schweiß glänzte auf ihrer Haut. Der Fahrer sah zu ihr hinüber und schaltete die Heizung aus. Er musterte Ember einen Moment.

»Fühlst du dich gut?«

Sie nickte. »Ja.«

»Hast du Fieber?«

»Ich bin bloß . . .« Sie schluckte und zuckte mit den Schultern. »Mir ist heiß.«

»Irgendwas stimmt nicht. Sieh dich doch an, dein ganzer Körper ist gerötet.«

Er langte hinüber und klappte auf ihrer Seite die Sonnenblende herunter, so daß sie im Spiegel ihr Gesicht betrachten konnte. Ein pinkfarbenes Glühen schimmerte wie ein Sonnenbrand durch ihre goldene Haut. Schweiß bedeckte ihre Stirn und ihre Oberlippe und floß an den Schläfen herunter.

Sie berührte ihre geröteten Wangen. Die eigenartige Kraft in ihr wurde von Minute zu Minute stärker. Wenn sie die Augen schloß, sah sie ein gleißendes Licht. Sie spürte, wie sich die Helligkeit aus ihrem Innersten in ihrem ganzen Körper ausbreitete. Sogar ihre Zähne fühlten sich an, als würden sie vor Hitze glühen.

Ein Teil von ihr hatte Angst, mußte sie sich eingestehen. Aber ein anderer Teil hatte sich noch nie so stark gefühlt, und dieser Teil gewann die Oberhand. Sie gab ihren inneren Widerstand auf und gab sich der eigenartigen Präsenz hin, und während sie das tat, verflog ihre Furcht vollends, und die Energie breitete sich weiter aus. Doch mit zunehmender Energie wuchs in ihr auch der physische Drang, sich zu beeilen. Sie fühlte sich, als könnte sie die Tür aufstoßen, hinausspringen und hundert Kilometer durch den hüfthohen Schnee rennen, bevor die Kraft versiegen würde, die ihren Körper jetzt in pulsierenden Wellen durchflutete.

Ember sah zum Fahrer hinüber. »Können Sie nicht schneller fahren?«

»Du meinst mit einem Schneemobil? Nicht mit diesem Laster, nicht bei diesem Wetter.« Er runzelte die Stirn. »Warum so eilig? Wer erwartet dich dort?«

»Ich weiß es nicht.«

Er richtete sich auf, langte hinüber und legte eine Hand an ihre Stirn. »Verdammt, du bist heiß wie eine Kochplatte. Gefällt mir gar nicht.« Er drosselte das Tempo. »Ich muß wenden und dich nach Fairbanks ins Krankenhaus bringen.«

»Nein, nicht.« Sie packte seinen Arm. »Ich bin nicht krank. Es ist eine Energie – sie fließt durch mich hindurch.«

Ein Kraftfeld sprang aus ihrer Hand in seinen Körper über. Er zog den Arm weg und sah sie mit weit aufgerissenen Augen an.

»Wer bist du?« flüsterte er.

»Jemand, der Ihre Hilfe braucht«, sagte sie, »um nach Hause zu kommen.«

Er schluckte. »Aiyoo. Du bist kein Mensch. Ich fand von Anfang an, daß du seltsam aussiehst. Du bist ein Geist. Der auf meinen Laster gesprungen ist! Einer der Geister, von denen die Alten immer erzählen.«

»Ja. Ich bin eine Goldene. Ich gehe dorthin zurück, wo alles begann.«

Er sprach eine Reihe kehliger Worte, biß auf die Zähne und verstärkte seinen Griff ums Lenkrad. Er starrte geradeaus, ihren Blick vermeidend. Und fuhr schneller.

Vor ihnen stand auf einem Straßenschild: CANARD KANTISHNA HILLS MINE 30 KILOMETER. Eine dicke, feste Schneeschicht bedeckte die Schotterstraße zur Mine. Der Laster rumpelte durch die Dunkelheit. Unter dem Schnee knirschte der Schotter. Ein pinkfarbener Lichtfleck erschien am östlichen Horizont, Vorbote der Dämmerung.

Fast da.

Sie atmete langsam ein und aus, denn sie spürte, daß ihr Herz wie die aufgehende Sonne war, das Zentrum einer gleißendhellen Energiesphäre. Sie schloß die Augen und begann, sich im Feuer ihres Herzens und seines goldenen Lichts zu verlieren.

»Du verwandelst dein Taxi in einen Ofen«, sagte der Fahrer, kurbelte das Fenster herunter und ließ eisige Luft in die Fahrerkabine wehen.

Der schwere Duft der Erde und des Schnees rief in Ember ein nostalgisches Gefühl der Sehnsucht hervor. Etwas löste sich in ihrem Herzen, und das Gefühl wurde allüberwältigend, und sie wurde ohnmächtig.

Frühling. Schneeschmelze.

Blumenfelder malten leuchtende Farben auf die sich bis zum Horizont erstreckende Tundra. Ember, in Felle gehüllt, stand mit anderen Goldenen auf einem Hügel. In einem mit Steinen ausgelegten Grab lag ein Körper im moosigen Erdreich, bedeckt mit orangen Blüten. Ember beugte sich vor, um die Person zu erkennen.

Es war sie selbst.

Dann, plötzlich, schwebte sie hoch oben und sah die Leute orange Blüten auf ihren Körper werfen.

Sie spürte hinter sich eine Präsenz, wandte sich um und sah eine leuchtende, männliche Gestalt. Der Körper sandte weiches Licht aus, wie die junge Sonne in der Morgendämmerung. Er hatte goldene Haut, blondes Haupthaar und einen blonden Bart und war pelzig und sehr muskulös.

»Vater?« fragte Ember.

Die Erscheinung löste sich auf und nahm eine neue Gestalt an. Ember befand sich nun in Gegenwart einer jungen goldenen Frau mit roten Haaren und grünen Augen, die sie liebevoll anlächelte. »U-ma! Mutter!«

Die Gestalt ihrer Mutter zerfloß und verwandelte sich in eine hübsche Indianerfrau mit glänzenden schwarzen Haaren.

»Mom! O Chena«, flüsterte Ember. »Auch du bist meine Mutter.« Chena zerfloß und nahm Embers Gestalt an, und es war, als würde Ember nun in einen Spiegel schauen. Sie schloß die Augen, um die Vision ihrer selbst aufzulösen, doch im Geiste sah sie die nackte goldene Frau genauso deutlich wie mit offen Augen.

Ihr Ebenbild lächelte sie freundlich an, und Ember war von ihrer liebenswürdigen Erscheinung zutiefst überrascht, von ihren dicken roten Haaren bis zu den sehnigen Füßen – sie war schön wie jedes andere menschliche Wesen auch, das sie in ihrem Leben gesehen hatte. Ein Lachen entsprang ihrem Mund, als ihr klar wurde, daß sie sich selbst liebte. Und sie lachte nicht, weil sie so sehr darum gerungen hatte, sich zu akzeptieren, sondern weil plötzlich alle Selbstzweifel von ihr abgefallen waren und sie sich ihres eigentlichen Wesens bewußt geworden war. Eines Wesens, das aus reiner Liebe bestand. Die Fähigkeit, sich selbst zu lieben, war ein Geschenk des Herzens, das jeder in sich trug. Sie war auf ewig schön. Und diese Offenbarung war kein persönlicher Sieg – es war die dem Ursprung aller Dinge innewohnende Wahrheit; Schönheit war die Mutter von allem, die Schöpferin des Lebens. Erneut lachte sie über die Einfachheit des Ganzen.

Mit einemmal verschwand ihr Ebenbild, und Ember war allein; das Lichtwesen hatte sich aufgelöst.

Dann begann auch sie sich aufzulösen.

Sie fühlte sich, als hätte sie ihr ganzes Leben die Luft angehalten, und nun ließ sie sie ausströmen. Herz und Atem, befreit von allen Fesseln, füllten Raum und Zeit. Sie besaß keine spezifische Form oder Gestalt, sondern bestand nur noch aus undefinierter strahlender Helligkeit jenseits jeglichen Maßstabs.

Dann verdichtete sich das Licht, und das Wesen namens »Ember« nahm wieder Gestalt an.

Ember schlug die Augen auf und starrte benommen durch die Windschutzscheibe auf die verschneite Straße, die schnurgerade durch die Tundra führte.

Der Fahrer warf ihr einen Blick zu. »Bist du sicher, daß es dir gutgeht?« fragte er. »Kann ein Geist Fieber haben?« Mit der Fingerspitze berührte er vorsichtig Embers Schulter, als hätte er Angst, sich zu verbrennen. Er zog die Hand sofort zurück und betrachtete seinen Finger, dann sah er stirnrunzelnd zu ihr hinüber.

»Mir geht es gut«, sagte sie. »Beeilen Sie sich einfach.«

Auf der rechten Seite kam ein zugefrorener Fluß in Sicht, der sich unter der aufgehenden Sonne durch einen Zwergwald wand. Die Straße näherte sich dem Flußlauf und führte nun am Ufer entlang. Wenige Minuten später erreichten sie Swift Fork. Eine Reihe von Holzhütten säumte die steile Uferböschung, die Mehrzahl von ihnen fast vollständig unter bis zu den Dächern reichenden Schneewehen begraben.

Ember setzte sich auf. »Warten Sie, halten Sie hier an«, sagte sie. Der Fahrer drosselte das Tempo. »Das ist nur eine Geisterstadt.«

»Nein, hier leben noch Menschen . . .« Sie deutete auf zwei feine Rauchsäulen, die aus den Schornsteinen zweier Hütten aufstiegen. Intuitive Bilder blitzten vor ihrem inneren Auge auf. »Hier lebt jemand, der von den Goldenen weiß.«

»Hier lebt jemand, der sich ein brandneues Schneemobil zugelegt hat«, sagte er. Ein hellrotes Schneemobil mit einem rundum geschlossenen Verdeck parkte vor der näher gelegenen der beiden Hütten.

Sie sprang aus der Fahrerkabine, bevor der Laster zum Stillstand gekommen war. Er parkte das Fahrzeug am Straßenrand. Ember rannte einen freigeschaufelten Pfad hinunter, der durch die Schneewehen zur ersten Hütte führte. Sie klopfte an die Holztür. Nach kurzem Warten schlug sie dagegen.

»Vielleicht sind sie Brennholz sammeln gegangen«, sagte der Fahrer, der hinter ihr näher kam. »Komm, laß es uns an der anderen Hütte versuchen.« Er wandte sich ab, um zu der weiter entfernten Hütte zu gehen.

»Dies ist die richtige Hütte«, sagte sie. »Hier hat ein Mädchen gelebt, das über mein Volk Bescheid weiß. Sie ist jetzt eine Frau und schwebt in höchster Gefahr, jetzt, in diesem Augenblick.«

Sie schloß die Augen, und wie bei einem Fotopapier in Entwicklerflüssigkeit bekamen in ihrem Geist unscharfe Umrisse allmählich Konturen. Die Höhle aus blau schimmerndem Eis. Die Frau war dort, bei den Goldenen. Sie würde mit ihnen in dem bevorstehenden Inferno eingeäschert werden.

Plötzlich nahm Ember einen vertrauten Geruch wahr und erkannte ihn, noch bevor sie sich umdrehte. Ein hochaufgeschossener indianischer Mann in einem hellroten Schneeanzug kam um die Ecke der weiter entfernten Hütte, die Arme mit gespaltenen Holzscheiten beladen.

Yute.

Ember und Yute erstarrten.

Dann rannte Ember los, den Lastwagenfahrer an der Hand mitziehend. »Schnell, zurück zum Wagen«, sagte sie.

Yute ließ das Brennholz fallen und rannte ihnen nach, die leeren Hände hoch erhoben.

»Ember, warte!« rief er. »Renn nicht weg. Ich bin nicht mehr hinter dir her, ich möchte bloß mit dir reden.«

Ember riß die Beifahrertür des Lasters auf und sprang hinein.

»Ember, bitte«, sagte Yute, auf sie zuschreitend. »Ich wußte, daß wir uns hier treffen würden. Siehst du das nicht? Wir sind miteinander verbunden. Das mußt du doch spüren.«

Der Fahrer ließ den Motor an, und Yute rannte auf Embers Tür zu.

»Los, los!« rief Ember dem Fahrer zu.

Er warf den Gang ein, die Räder wirbelten Schnee und Schotter auf, und der Laster setzte sich in Bewegung. Yute rannte ihnen mehrere hundert Meter hinterher, bevor er aufgab. Im Rückspiegel sah Ember seine Gestalt in einer niederrieselnden Schneewolke schrumpfen, während der Laster durch die Tundra davonjagte. Den ganzen Weg zu den Kantishna Hills nahm der Fahrer kein einziges Mal den Fuß vom Gaspedal.

45

»Nika?« krächzte die Leiche.

Sie taumelte zurück und stieß einen gedämpften Schrei aus. *Bitte, leg dich wieder hin und schlaf weiter!*

»Nika, sind Sie das? Es ist so dunkel, ich kann Sie nicht sehen.«

»Schlaf weiter«, sagte sie heiser. »Du sollst doch tot sein.«

Sie stieß gegen den vorderen Prellblock eines Go-Karts und stürzte auf das Eis, vor Angst zitternd.

»Nika, fürchten Sie sich nicht. Ich bin's, Chief Willy.«

Sie seufzte erleichtert. »Chief Willy, Sie haben mir vielleicht einen Schreck eingejagt.«

»Meine Schuld, mir hätte klar sein sollen ... wie unheimlich es hier unten ist.«

Sie ging zu ihm hinüber. Er hielt eine Hand an eine Beule am Kopf; seine Haare waren blutverkrustet. Ihr Helmstrahler leuchtete in seine Augen; seine Pupillen schrumpften zu Nadellöchern.

»Kein Hirnschaden, nehme ich an«, sagte sie. »Geht es Ihnen gut?«

Er atmete stoßweise. »Ich werde es überleben. Aber ich – ich hasse es, eingeschlossen zu sein.«

»Wir brauchen hier unten mehr Licht.«

Sie ging zu den drei Go-Karts hinüber und schaltete deren Scheinwerfer ein. Die weitläufige Höhle erstrahlte in bläulichem Glanz. Überall lagen Leichen nebeneinander, als wäre die Höhle ein Lagerraum für Schaufensterpuppen.

»Würde es Ihnen bessergehen, wenn Sie meinen Helmstrahler trügen?« fragte sie ihn.

»Ja, vielleicht.«

»Hier.« Sie nahm den Helm ab und gab ihn ihm.

»Danke.«

Er setzte den weißen Fiberglashelm auf und leuchtete mit dem Halogenstrahler durch die Höhle. Allmählich entspannten sich seine verkrampften Schultern, und seine Atmung wurde ruhiger. »Ich fühle mich jetzt etwas besser«, sagte er. »Danke.«

Nika betrachtete die in ihrer Nähe liegenden reglosen Gestalten; sie hatte eine Gänsehaut, obwohl sie in dem beheizten Anzug leicht schwitzte. Sie öffnete den Reißverschluß bis auf Brusthöhe, zog die Skimaske vom Kopf und schüttelte ihre hüftlangen schwarzen Zöpfe.

»Ist Ihnen warm genug?« fragte sie. »Wir haben hier unten höchstens fünfzehn Grad minus.«

»Im Moment ja, aber ich weiß nicht, wie lange die Batterien in meinem Anzug noch halten – sie waren nicht voll.«

»Wieso tun die uns das an?«

»Habgier.« Er spie das Wort aus. »Vor zwei Tagen sind sie hier unter der Eisdecke auf die Hauptader gestoßen. In den anderen Höhlen gibt es goldüberzogenen Schwefel, aber in dieser und der angrenzenden Höhle haben sie Klumpen von der Größe von Wachteleiern entdeckt – aus purem Gold.«

Sie setzte sich neben ihn. »Und dann kommen wir ihnen in die Quere.«

»Ich erfuhr es erst, kurz bevor mich einer der Wachmänner mit seiner Taschenlampe niedergeschlagen hat.«

»Können die damit wirklich durchkommen?«

»Gut möglich. Ich habe schon einige Schmelzen miterlebt. Am Ende ist nur sandiges, schwarzes Abwasser übrig.«

»Das sind ja tolle Aussichten.« Sie klatschte in die Hände, und ein feiner Eisregen flog von ihren orangen Handschuhen. Das Echo hallte durch die Höhle.

»Ich glaube, die hatten mich schon seit geraumer Zeit in Verdacht«, sagte er.

»Was meinen Sie?«

»Vor ungefähr zwei Monaten begann Kaiser, alle Indianer aus den Wacheinheiten abzuziehen und ihnen Posten mit niedriger Sicherheitsstufe zu geben. Nun sind alle Wachleute Weiße.«

»Was wollen Sie damit sagen? Hatten die Indianer etwas vor?«

»CANARD hat praktisch jedes Versprechen gebrochen, das man mir und meinem Stamm gegeben hat. Und da ich das vorausgeahnt hatte, sah ich zu, daß immer einige meiner Männer unter den Wachen waren, die die Mine vor Saboteuren schützen sollten.«

Nikas Augen weiteten sich. »Ihre eigenen Leute haben die Mine sabotiert?«

Er nickte. »Jedesmal, wenn CANARD einen Stoß in die richtige Richtung brauchte. Als Kaiser beschloß, in meinem Dorf nicht das versprochene Krankenhaus zu bauen, haben wir einige Schachtventilatoren demoliert. Als er beschloß, den Bluegill Lake nicht wie versprochen zu entgiften, haben wir Zucker in die Dieselgeneratoren geschüttet. Die Saboteure hinterließen immer ein Ultimatum, und jedesmal hat Kaiser schnell eingelenkt.«

»Aber mein Vater kam für ein solches Vergehen fast ins Gefängnis.«

»Ich überzeugte Kaiser, den Sabotagevorwurf fallenzulassen und ihn nur wegen Landfriedensbruch anzuzeigen und ihm vom Gericht verbieten zu lassen, das Gelände zu betreten. Ich habe argumentiert, daß viele einheimische Indianer und Sympathisanten in aller Welt in Ihrem Vater einen Märtyrer sehen würden.«

»Hat mein Vater die Generatoren zerstört oder nicht?«

»Nein, er hat auf dem Gelände nur diese Höhle gesucht. Er hat die Sabotageakte auf seine Kappe genommen, um von den wirklich Verantwortlichen abzulenken.«

»Dann wußten Sie also bereits von der Höhle.«

»Ich wußte nur, daß Ihr Vater glaubte, eine solche Höhle würde existieren. Ich sagte ihm, daß, wenn er die Ersten Menschen tatsächlich fände, wir die Mine stillegen würden, wenigstens für eine Weile.«

»Aber als herauskam, daß er sie gefunden hatte . . .«

Er berührte ihren Arm. »Es tut mir leid, Nika. Er muß sich irgendwie hier runtergeschlichen haben, und dann hat man ihn entdeckt.«

»Nein, ich glaube nicht, daß er hier unten war«, sagte sie und ließ den Blick über die blau schimmernden Wände schweifen. »Das brauchte er nicht. Er hat das Diagramm erkannt, das an der Umzäunung zum Fahrstuhl hängt – genau wie ich es erkannt habe.«

»Aber wie konnte dann jemand drauf kommen, daß er Bescheid wußte?«

»Weil mein Vater seine Freude über etwas nicht für sich behalten konnte. Jedes andere Gefühl konnte er verbergen. Er konnte schreckliche Schmerzen haben, und niemand bekam es mit . . . Einmal biß ihm ein Schlittenhund einen Finger ab, und ich habe es erst erfahren, als wir Stunden später zu Hause ankamen. Aber wenn er sich über etwas freute, wußte es das ganze Dorf.«

»Stimmt, so kannte ich ihn als jungen Mann. Wenn er über etwas Trauriges sprach, zeigte sein Gesicht keine Regung, und seiner Stimme war nichts anzumerken. Aber wenn er von seiner kleiner Tochter erzählte – von Ihnen – oder von den Jagdzügen mit seinem Vater, glänzten seine Augen wie Robbenöllampen.«

»Und als ihm klar wurde, daß er die Höhle entdeckt hatte ... Ich sehe ihn förmlich vor mir, wie er sein Triumphgeheul ausstößt.

Ihm kam überhaupt nicht in den Sinn, daß Kaiser und seinen Handlangern die Ersten Menschen scheißegal sind. So was konnte er sich nicht vorstellen.«

Ihr Blick folgte dem Lichtkegel des Helmstrahlers, der über die Reihen goldener Körper hinwegglitt.

»Chief Willy, ich habe dort drüben eine Frau berührt. Sie ist eiskalt, aber ihr Fleisch ist so weich wie meines. Welche Art Zauber ist das? Schlafen sie vielleicht nur?«

»Sie atmen nicht – sie sind mausetot. Ich habe keine Ahnung, weshalb sie nicht steifgefroren sind.«

Aus Gewohnheit griffen Nikas Finger nach dem Amulett unter der Synthetikgarnitur. Es war verschwunden. »Das Amulett. Haben Sie es noch?«

Er griff in seine Brusttasche. »Verdammt. Kaiser hat es mir abgenommen.«

Nika empfand einen schweren Verlust. »Mein Vater hat es mir geschenkt; ich habe es getragen, seit ich fünfzehn war.«

»Kaiser wird es einschmelzen – das Beweisstück vernichten und das Gold behalten.«

»Dasselbe hat er mit uns vor«, sagte sie, und ein Anflug von Trotz durchzuckte ihren Körper. Sie sprang auf.

»Ich habe eine Idee.«

Sie nahm die Handvoll großkalibriger Gewehrpatronen aus der Beintasche ihres Anzugs.

»Woher haben Sie die?«

»Von dem Wachmann, der mich zu Kaiser brachte. Scott. Er schien kein schlechter Kerl zu sein und tat mir leid, daher entlud ich sein Gewehr und gab es ihm zurück.«

Chief Willy zog die Brauen hoch. »Sie hatten ihn bereits entwaffnet?«

»Yeah, aber ich wollte nicht, daß er seinen Job verliert ... war wahrscheinlich blöd von mir. Na ja, egal, wenn ich diese Patronen explodieren lassen könnte, glauben Sie, uns würde jemand hören?«

Er zuckte mit den Schultern. »Sie meinen, jemand, den es kümmert, daß wir hier unten sind?«

»Wir können nicht einfach tatenlos rumsitzen«, sagte sie. »Ich muß es versuchen.« Sie eilte die Rampe hoch und stieß eine Patrone in das kleine Loch in der irisförmigen Öffnung der Metallplatte. Sie sah sich nach einem Stein um, mit dem sie gegen die Patrone schlagen konnte. Keine Steine, nur Eis. Schließlich zog sie einen der Neoprenstiefel aus und hämmerte mit der Stahlkappe des Stiefels gegen die Patrone.

Beim vierten Schlag schoß die Patrone mit einem ohrenbetäubenden Knall in die Tunnelröhre. Lange noch hallte der Knall nach.

»Aiyoo!« rief Nika und nahm die Hände von den Ohren. »Das sollte jemand gehört haben.«

»Falls die Gänge wegen der bevorstehenden Schmelze nicht schon geräumt wurden.«

Sie holte tief Luft, legte den Mund an das Loch in der Metallplatte und schrie aus voller Brust.

»Hilfe! Wir sind hier unten! Hilfe! Laßt uns raus.«

Sie hielt den Atem an und lauschte. Nur ihr Pulsschlag pochte in ihren Ohren. Wieder schrie sie um Hilfe. Tiefe Stille. Dann vernahm sie das entfernte Dröhnen von Maschinen. Sie schoß eine weitere Patrone durch das Loch. Keine Antwort. Zwei weitere Patronen. Die Maschinen schienen näher zu kommen.

Sie gab auf und wandte sich zu Chief Willy um.

»Wie lange dauert es, um die Geräte für eine Schmelze aufzubauen?«

»Normalerweise ungefähr eine Stunde. Aber sie werden entdecken, daß ein Ökoterrorist den Schlauch durchlöchert hat, durch den das Propan strömt.«

»Wirklich?« Sie spürte einen Funken Hoffnung.

»Es war das letzte, das meine Männer getan haben, bevor sie aus den Wacheinheiten abgezogen wurden. Kaiser hat noch immer nicht den Stipendienfonds eingerichtet, den er den Familien der indianischen Minenarbeiter versprochen hat.«

»Wie lange dauert es, den Schlauch zu reparieren?«

»Ich glaube nicht, daß man ihn reparieren kann. Sie werden einen neuen aus der Schwestermine in Terra Cotta kommen lassen müssen.«

»Wie lange wird das dauern?«

»Zwei, drei Tage mit einem Lastwagen, einen halben Tag mit einem Hubschrauber.«

»Haben Sie letzte Nacht den Ring um den Mond gesehen, nachdem es zu schneien aufgehört hat? Mit ein bißchen Glück wird es in Terra Cotta heute dichten Schneefall geben. Hubschrauber werden nicht fliegen können.«

»Dann werden wir noch drei weitere Tage hier unten festsitzen«, sagte er und zuckte mit den Schultern. »Was soll daran gut für uns sein?«

»Chief Willy, als ich ein junges Mädchen war, hat mich mein Vater nach Slow Fork Village mitgenommen und mich zu Frances Traumsänger gebracht. Sie hat mir über das Amulett und über die Die-Mit-Dem-Herzen-Sprechen erzählt. Sie sagte, daß Er-Der-Zurückkehrt kommen würde und daß ich ihm begegnen würde.«

»Ich hoffe, er kommt bald, Nika. Ansonsten werde ich ein Eisblock sein, bevor ich verbrenne.«

Er deutete auf das blinkende Batterielämpchen des Heizgerätes in seinem Anzug.

Sie seufzte. »Auch das noch.«

Hinter der Metallplatte erklang das Surren eines Elektromotors. »Jemand hat uns gehört!« rief sie. Sie preßte ein Auge an das kleine Loch im Metall und spähte hindurch. Ein Scheinwerfer näherte sich. Ein kratzendes Geräusch schallte durch den Tunnel; das Go-Kart zog etwas Schweres heran.

Chief Willy trat an ihre Seite. Sie holte tief Luft und rief: »Hilfe! Wir sind hier unten gefangen! Laßt uns raus!«

Der Scheinwerfer kam fünf Meter vor der Metallplatte zum Stehen.

»Sparen Sie sich Ihren Atem; ich bin's, Rocky, und nicht die

Kavallerie.« Seine Stimme hallte, als spräche er in einen tiefen Brunnen hinein. »Ich muß den Schlauch für die Schmelze anbringen.«

»Wird nicht funktionieren, der Schlauch ist voller Löcher«, sagte sie.

»Falsch. Der alte Schlauch ist voller Löcher. Wir haben den Anschlag schon vor zwei Wochen entdeckt.«

Rocky kam auf die Stahlplatte zu, den metallverstärkten Schlauch hinter sich herziehend.

»Das ist der neue Schlauch, aus Montana eingeflogen. Sagen Sie Chief Willy, daß er Kaiser fünfunddreißig Riesen plus Versandkosten schuldet.«

»Sagen Sie Kaiser, er kann mich mal«, sagte Chief Willy.

Rocky zerrte den zehn Zentimeter breiten Schlauch heran. Auf dem Ende steckte ein Messingverbindungsstück, aus dem eine schlanke Hochdruckdüse herausragte. Er schaute zu der Verschlußvorrichtung in der Metallplatte auf und winkte.

»Wird nicht lange dauern. Ehe ihr euch verseht, werdet ihr beide Indianerstaub sein.«

Nika rammte eine Patrone in das Loch. Schlug mit der Stahlkappe ihres Stiefels auf sie ein.

Peng.

Rocky schrie auf.

Sie spähte durch das Loch. Der Aufprall der Patrone hatte ihn umgeworfen; sein Helmstrahler schien nach oben. Der Lichtkreis an der Tunneldecke bewegte sich nicht.

Schockiert sah sie zu Chief Willy zurück. »O Gott, ich glaube, ich habe ihn getötet.«

Chief Willy beugte sich vor und spähte durch das Loch. Dann sah er Nika an, und ein Grinsen legte sich über sein Gesicht.

Nikas Magen rumorte. Sie war verwirrt, wußte nicht, wie sie reagieren sollte.

Chief Willy richtete sich auf und klopfte ihr anerkennend auf den Rücken.

»Notwehr. Er hat versucht, uns zu ermorden. Und wir werden bis zum bitteren Ende weiterkämpfen.«

Er stieß einen Kriegsschrei aus, und seine zuvor gezeigte Furcht schien völlig von ihm abgefallen zu sein.

»Sie hatten recht, Nika. Es ist besser, einen aussichtslosen Kampf zu kämpfen, als sich niederzulegen und auf sich herumtrampeln zu lassen.«

46

Nika spähte durch das Loch in der Mitte der metallenen Feuerschutzwand. Rocky rührte sich nicht. Der Scheinwerfer seines Go-Karts übergoß ihn mit weißem Licht. Die linke Hälfte seiner Schutzbrille war mit Blut gefüllt. Sie starrte eine Weile auf seine Brust, bis sie sicher war, daß er nicht mehr atmete.

Sie atmete zischend aus und richtete sich auf.

»Ich hätte ihn vorher warnen sollen«, sagte sie.

»Ich sagte doch, er war ein Mörder, er hat versucht, uns umzubringen«, sagte Chief Willy.

»Jetzt bin *ich* der Mörder.«

»Man kommt leichter über ein Schuldgefühl hinweg als darüber, bei lebendigem Leib verbrannt zu werden.«

Eine knisternde Stimme plärrte aus dem Funkgerät an Rockys Gürtel.

»Rocky. Machst du Mittagspause da unten? Wieso zum Teufel dauert es so lange?«

»Da haben wir's«, sagte Chief Willy.

»Rocky . . . Kommen. Rocky . . . Rocky . . . melde dich.«

»Sie werden jemanden herunterschicken«, sagte Nika.

»Sollen sie doch«, sagte Chief Willy.

»Rocky . . . Rocky . . . verdammt noch mal, melde dich. Hast du dein Funkgerät abgeschaltet, oder was? Was zum Teufel ziehst du ab, Mann?«

»Wie viele Patronen haben wir noch?«

Nika zählte die Patronen in ihrer Beintasche.

»Fünfzehn.«

»Gut.«

»Rocky, hier spricht Nick. Melde dich, du Arschloch.«

»Wie lange können wir sie uns noch vom Leib halten?« fragte Nika.

»Spätestens bis uns die Patronen ausgegangen sind.«

»Okay, ich komme runter. Und wenn ich sehe, daß du dein Funkgerät abgeschaltet hast, kriegst du was auf die Fresse, du blödes Arschloch.«

Nikas Herz setzte einen Schlag aus. Chief Willy packte sie an den Schultern.

»Wie bei Custers letzter Schlacht«, sagte er.

»Die haben die Indianer gewonnen.«

»Genau das meine ich.«

Zehn Minuten später erklang am Ende des Tunnels das Surren eines näher kommenden Elektromotors. Nika legte eine Hand an die Brust und spürte unter der Synthetikgarnitur ihr Herz pochen.

Sie spähte durch das Loch. Das Go-Kart kam schnell näher. Sein Scheinwerferlicht traf auf Rockys Vehikel. Das Go-Kart bremste scharf.

»Mann! Was zum Teufel ist hier los?« rief der Fahrer.

Ein Klicken, und das Verdeck sprang zurück und rastete ein. Er großer Mann kletterte heraus und kroch auf Händen und Füßen auf Rockys Go-Kart zu. Er hob den Kopf, um über das Vehikel auf Rockys Leiche zu schauen.

»Heilige Scheiße!« Der Mann sah alarmiert auf die Feuerschutzwand.

»Sagen Sie Ihrem Boss, daß wir eine Waffe haben«, rief Nika. »Wir werden jeden erschießen, der hier runterkommt. Sie haben fünf Sekunden, um sich in Ihr Fahrzeug zu setzen und zu verschwinden.«

Der Mann eilte zurück und schwang sich in den Schalensitz seines Go-Karts. Die Räder drehten durch. Er jagte den Tunnel im Rückwärtsgang hoch.

Chief Willy warf die Hände in die Luft. »Warum haben Sie ihm das gesagt? Die werden sich jetzt etwas einfallen lassen.«

»Nun ... Ich konnte ihn doch nicht einfach erschießen.«

»Ich hätte es gekonnt«, sagte Chief Willy, dann brachte er ein Lächeln zustande.

Sie warteten. Das Zischen ihrer Atmung durchschnitt die Stille. Chief Willy zupfte nervös an seinem schwarzen Schnurrbart. Dann sah er, daß Nika seine zitternden Hände bemerkt hatte, und er schob sie unter seine Achselhöhlen.

»Frieren Sie?« fragte sie.

Er zitterte. »Ein bißchen.«

Sie deutete auf seinen Batteriekasten. Das blinkende Warnlämpchen war verloschen. Die Batterien waren leer.

»Ich weiß.« Sie blickten sich an, und er lächelte traurig. »Einige Leute sagen, die Welt wird im Eis enden, andere sagen, in einem Feuersturm. Unsere Welt wird in beidem enden.«

»Hier, nehmen Sie meine Batterien«, sagte sie und zog den kleinen Kasten aus ihrem Heizgerät.

Er hob die Hände. »Nein, vielen Dank.«

Sie hielt ihm den Batteriekasten entgegen. »Wir können uns abwechseln.«

»Das ist sehr großzügig von Ihnen, Nika, aber ich möchte das nicht.« Er nahm den Kasten und und schob ihn wieder in das Heizgerät in ihrem Anzug. »Die Batterien würden schnell leer sein, wenn sie jedesmal einen kalten Anzug aufheizen müßten.«

Sie seufzte und sah zu den goldenen Leichen hinüber, die im Licht der Go-Kart-Scheinwerfer lagen.

»Alles, was ich über die Goldenen gehört habe, scheint wahr zu sein«, sagte sie. »Sie sind magisch. Frances Traumsänger sagte, ich würde Er-Der-Zurückkehrt begegnen ...«

»Vielleicht. Vielleicht.«

Er schlang die Arme um seinen Körper, bibbernd.

»Bitte, Chief Willy, lassen Sie uns die Batterien abwechselnd benutzen. Ich trage unter meinem Anzug noch eine Extragarnitur aus einem wärmenden Synthetikmaterial.«

Er schüttelte den Kopf. Als sie das nächste Mal ein Geräusch im Tunnel hörten, klapperte er mit den Zähnen.

Nika trat an die Metallplatte und spähte durch das Loch. Ein

Go-Kart kam herangerast und blieb hinter Rockys stehen. Der Fahrer trug einen dicken gelben Schutzanzug und einen rundum geschlossenen Helm.

»Sieht aus, als trüge er eine Art . . . Raumanzug.«

»Ein Schutzanzug der Sprengeinheit«, sagte Chief Willy. »Er ist jetzt von Kopf bis Fuß kugelsicher.«

»Was ist mit dem Glas vor seinen Augen?«

»Panzerglas.«

Der Mann hakte ein Kabel an Rockys Go-Kart ein, dann setzte er mit seinem eigenen Go-Kart im Tunnel zurück und schleppte das Vehikel ab. Die Scheinwerfer entfernten sich, bis sie nur noch helle Punkte waren, hochkippten und verschwanden. Einen Moment später erschien em neuer Lichtpunkt.

Das Go-Kart bremste dicht vor der Leiche, wo der Tunnel breiter wurde. Das Verdeck war bereits geöffnet. Der Mann im Schutzanzug stieg aus und stapfte auf die Leiche zu. Er streckte eine in einem dicken Handschuh steckende Hand aus und hob Rockys Schutzbrille. Blut quoll heraus.

Er schaute zu dem Loch in der Feuerschutzwand hoch. Durch den schmalen Schlitz in seinem Helm konnte Nika nur seine böse funkelnden Augen und seine Nasenwurzel erkennen.

»Jetzt seid ihr dran«, rief er. Seine gedämpfte Stimme schien aus einer unter Wasser liegenden Stahltrommel zu kommen. »Kaiser hat beschlossen, daß es nicht reicht, euch nur zu verbrennen. Könnte ja doch ein Beweisstück übrigbleiben.«

Er drehte sich um, stapfte zu seinem Go-Kart und kam mit einem kleinen schwarzen Kasten zurück. Er zog den Schlauch an die Metallplatte und begann, den Kasten am Schaft der Hochdruckdüse zu befestigen. »Das ist eine Schaltuhr. Wir werden die Höhle mit Propangas füllen und euch dann in Stücke sprengen – Arbeitsunfall.«

Nika wandte den Kopf ab, als er die Gasdüse in die Verschlußvorrichtung schob. Die Düsenspitze ragte einen Zentimeter aus dem Loch. Die Halterung rastete ein.

Nika packte die Sauerstoffflasche, die zu ihren Füßen auf der Rampe lag. Sie hob sie hoch über den Kopf, ging ein Stück in die

Knie und schlug die flache Unterseite der Flasche mit voller Wucht gegen die Düse. Die Flasche prallte mit einem lauten *clong* von ihr ab; das Geräusch hallte von den blauen Eiswänden wider. Nika starrte die Düse an. Sie war unbeschädigt.

Chief Willy sah auf seine Füße hinunter. Sein Zittern hatte nachgelassen. Er kniete sich auf das Eis.

»Kommen Sie, setzen Sie sich neben mich, meine wunderschöne Freundin«, sagte er so leise, daß sie ihn kaum verstand. »Als kleiner Junge durfte ich meiner Mutter die langen schwarzen Haare zu Zöpfen flechten, und sie sang mir dabei Chilkakot-Lieder vor. Manchmal erzählte sie mir dabei auch Geschichten über die Ersten Menschen . . .«

Seine alten schwarzen Augen trafen ihre.

»Wenn Sie erlauben, würde ich Ihnen gerne die Haare flechten.« Nika schluckte, trotz des dicken Kloßes in ihrem Hals. »Wenn Sie die Batterien mit mir teilen, dürfen Sie meine Haare flechten.« Er lächelte sie an, und sie schob ihren Batteriekasten in sein Heizgerät und setzte sich vor ihm im Schneidersitz auf das Eis. Chief Willys faltige Hände begannen an ihren Haaren zu zupfen, es mit den Fingern durchzukämmen und zu flechten.

Sie griff sich an die Brust, wo einst ihr Goldamulett gehangen hatte, und schloß die Augen.

Er-Der-Zurückkehrt, komm bald.

47

Einen halben Kilometer entfernt kam auf einer bewaldeten Anhöhe der hohe Gitterzaun des CANARD-Minengeländes in Sicht. Ember stieg in den Laderaum des Lasters und versteckte sich in einer Plastikkiste, die zur Hälfte mit Pappkartons gefüllt war. Am Tor wechselte der Fahrer ein paar gedämpfte Worte mit einem Wachmann, dann spürte Ember den Laster anfahren. Einen Moment später kehrte sie auf ihren Platz in der Fahrerkabine zurück. Am Westrand der Umzäunung erblickte sie den riesigen Schwenkarm eines roten Kranes, eins der Ungetüme, die sie in ihrem Alptraum gesehen hatte.

Sie tippte dem Fahrer auf die Schulter. »Dort rechts«, sagte sie. »Sehen Sie die Schneemobilspur? Folgen Sie ihr, schnell. Fahren Sie zu dem Kran. Dort sind sie.«

»Wer ist dort?«

»Goldene Menschen wie ich«, sagte Ember.

Er warf ihr einen besorgten Blick zu und bremste scharf.

»Auf keinen Fall«, sagte er. »Tut mir leid. Ab jetzt bist du auf dich allein gestellt. Dies ist zu unheimlich für mich.«

»Ich habe aber nicht genug Zeit.«

»Ich kann nicht«, sagte er. »Ich habe zu viel Angst.« Er schaltete den Motor aus und zog den Zündschlüssel aus dem Anlasser.

Ember war schon aus der Fahrerkabine gesprungen und war bereits in vollem Lauf, als ihre Füße zum ersten Mal den Schnee berührten. Sie sprintete auf den Kran zu, ihre Schritte so schnell, daß ihre Muskeln brannten. In einiger Entfernung sah sie Arbeiter in orangen Anzügen vor einem großen Tankwagen stehen. Auf der Seite des hochglanzpolierten Edelstahltanks standen die Worte PROPAN – LEICHT ENTFLAMMBAR. Auf der Oberseite des Tankbehälters ragte ein dicker Schlauch aus einem Messingverbindungsstück und verschwand über dem Rand eines tiefen, vertikalen Schachtes im Gletscher.

»Stellt das Gas ab!« brüllte Ember, während sie auf den Tankwagen zurannte. »In der Höhle ist eine Frau gefangen!«

Zwei Arbeiter, die die Pumpe bedienten, schalteten sie eilig ab. Einer der beiden rief: »Die Flamme brennt seit zwanzig Minuten. Wer zum Teufel soll da unten sein?«

»Eine Caiyuh-Frau aus Swift Fork«, sagte Ember. »Und noch jemand ... ein Mann ... ein alter Mann. Ich kenne ihre Namen nicht.« Eine Gruppe indianischer Arbeiter sah sich entsetzt an, dann sprachen sie aufgeregt einige Worte in Ihrer Sprache.

»Woher weißt du, daß sie in der Höhle sind?« riefen mehrere von ihnen.

»Durch das Wissen der Geister.«

Ein beleibter Mann in einem blauen Neoprenoverall schob sich durch die im Halbkreis um Ember stehenden Arbeiter.

»Ich bin Rex Kaiser«, sagte er, »ich leite diese Mine. Wer zum Henker bist du?«

»Eine Frau und ein Mann sind in der Höhle; sie sind noch am Leben«, sagte Ember. »Außerdem liegen dort unten die Leichen der Goldenen – Neandertaler wie ich.«

»Neandertaler?« Kaiser verzog das Gesicht. »Was hast du dir denn reingezogen? Dort unten ist nichts als Eis. Wir schmelzen es bis auf den blanken Felsen herunter.«

Ember trat dichter an ihn heran. »Sie sind ein Lügner und Mörder«, sagte sie. »Schauen Sie mich an. Ich weiß, daß mein Volk dort unten ist, und ich weiß, daß sie noch nicht vernichtet wurden.«

Kaiser wich vor ihr zurück.

»Ich ... Ich weiß nicht, wovon du sprichst.«

Sie kletterte aufs Verdeck eines Schneemobils. »Indianer, seht mich genau an«, rief sie mit lauter Stimme. »Habt ihr als Kinder die Legenden über die Goldenen gehört? Seht, wer ich bin. Ich gehöre zu den Ersten Menschen. Und unten in der Höhle sind andere wie ich. Sie liegen dort seit zweihundertfünfzig Jahrhunderten. Ihr müßt mir helfen, sie ans Tageslicht hochzubringen.«

Drei indianische Männer und eine Frau eilten näher zu Ember heran, und ein Ausdruck tiefer Verwunderung legte sich über ihre Gesichter, als sie Embers Gesichtszüge sahen. Die Frau streckte den Arm aus, berührte Embers Hand und zog den Arm sofort wieder weg, bestürzt über die Hitze, die Embers Fingern entströmte; der Mund der Frau sackte herunter, dann schlug sie die Hand vors Gesicht und brach in Tränen aus. Weitere Indianer traten an das Schneemobil heran.

»Du bist eine Goldene«, sagte die Frau zwischen zwei Schluchzern. »Meine Großmutter hat mir von dir erzählt ... aber diese Überlieferungen ... Du bist echt ...«

»Ja, und die Goldenen sind wirklich hier«, sagte Ember. »Sie sind in der Höhle, zusammen mit der Caiyuh-Frau; und noch jemand ist bei ihnen ... ein Indianer ... ein Häuptling.«

»Chief Willy?« fragte ein Arbeiter und schüttelte ungläubig den Kopf. »Wir brennen die Höhle seit zwanzig Minuten aus«, sagte er. »Falls wirklich jemand dort unten war, kann er nicht mehr am Leben sein.«

»Nein«, sagte Ember. »Das kann nicht stimmen. Ich spüre sie noch. Sie sind noch am Leben.«

»Was zum Teufel geht hier vor, Mr. Kaiser?« wollte ein dunkelhäutiger Indianer wissen. Weitere zornig klingende Stimmen erhoben sich.

Kaiser wandte sich ein Stück herum und nickte einer seiner Wachen kaum wahrnehmbar zu; der Mann ging wortlos fort.

Kaiser wandte sich den Arbeitern zu. »Ich versichere euch, wir haben die Höhle gründlich inspiziert – da unten ist nichts als Eis.«

»Sollten wir auch nur den geringsten Hinweis finden, daß Sie gelogen haben, reißen wir die Mine nieder.«

Plötzlich ertönte im Schacht eine schrill heulende Alarmsirene. Die beiden Männer an der Pumpe prüften aufgeregt die Anzeigen und warfen einander alarmierte und verwirrte Blicke zu.

Ember sprang vom Schneemobil. »Was ist das?« brüllte sie gegen den Lärm an.

Eine indianische Frau zog an Embers Arm. »Komm schon, beeil dich! Das ist der Räumungsalarm. Irgendwas ist bei der Schmelze schiefgegangen.«

»Was ist schiefgegangen?« brüllte Ember.

Die Frau schüttelte den Kopf. »Keine Ahnung – der Schacht kann jede Sekunde explodieren.«

Ember riß sich von der Indianerin los. Die Frau rannte den flüchtenden Arbeitern, Wachen und Kaiser hinterher. Einige rannten geduckt, die Hände schützend über den Kopf gehoben.

Ember packte einen vorbeirennenden Arbeiter.

»Was ist passiert?« rief sie.

»Das Ding geht in die Luft. Laß mich los.«

Sie hielt ihn am Gürtel seines Arbeitsanzugs fest. »Was geschieht in der Höhle?«

»Sie ist wie ein mit Gas gefüllter Ofen, ein Funke und *boom!*

Und die Explosion könnte bis zum Tankwagen hochkommen!« Er versuchte, sich von ihr loszureißen.

»Die Höhle hat sich mit Gas gefüllt, weil es nicht gebrannt hat?«

»Ja, genau«, sagte er. »Laß mich jetzt gehen!«

Sie ließ ihn los, und er stolperte, sprang auf die Beine und rannte davon. Sie rannte in die entgegengesetzte Richtung, auf den Fahrstuhl im Gletscher zu.

Der Trick ist, runterzufahren und das Gas aus der Höhle zu lassen, ohne es zu entzünden.

Als sie den Fahrstuhl erreichte, erstarb das Heulen der Sirene. Die Fahrstuhlkabine lag tief unten im Schacht. Ember drückte den Aufwärtskopf, doch die Kabine rührte sich nicht.

Mist. Sie hämmerte mit dem Handballen auf den Knopf ein. *Wahrscheinlich schaltet sich der Strom im Notfall ab.*

Den Fahrstuhl kann ich vergessen. Sie spähte über den Rand des Schachts, der senkrecht in den Gletscher führte. *Wie soll ich nach unten kommen?*

Sie betrachtete das Metallschild mit der Karte der Schächte und Höhlen. Zwei ovale Höhlen schienen die Augenpfannen eines Gesichts zu bilden, eine große zentrale Höhle den Mund. Ihr Herz schlug schneller. In ihrem Geist öffneten sich uralte Erinnerungen wie chinesische Rätselkasten.

Ich bin so dicht dran.

Ember starrte auf einen kühlschrankgroßen Werkzeugkasten aus Aluminium, der rechts vor der Fahrstuhlplattform stand. Sie riß ihn auf. In ihm lagen ein halbes Dutzend gelbe Sauerstoffflaschen, zwei Feuerlöscher und mehrere zusammengerollte Seile. Und eine Art kurzes, dickes Gewehr. Ember dachte, das Gewehr diene zum Abfeuern von Leuchtraketen, bis sie daneben einen zusammenklappbaren Greifhaken an einem Stahlschaft sah.

Ihr Herz vollführte einen Freudensprung. *Ein Weg nach unten. Mit dem Gewehr schießt man den Haken über einen Felsvorsprung, um sich von unten hochzuziehen, aber könnte man ihn nicht auch direkt in die Eiswand vor mir schießen? Vielleicht gräbt er sich tief genug hinein, um mein Gewicht zu halten.*

Sie nahm das Gewehr und den Greifhaken heraus und schob ihn in den Lauf. Unter dem Lauf hing auf einer Metallwinde eine etwa dreißig Zentimeter breite Spule mit einem reißfesten Nylonseil, das durch zweipfenniggroße, an den Lauf geschweißte Ösen verlief; sie klinkte die Metallschlaufe am Seilende in die dafür vorgesehene Halterung am Schaft des Greifhakens ein.

Sie kletterte mit dem Gewehr über den Maschendrahtzaun am Fahrstuhleingang, packte mit einer Hand eine in Kopfhöhe verlaufende Verstrebung und bewegte sich langsam auf die rechte Seite der eisüberzogenen Plattform zu, darauf bedacht, nicht auszurutschen. Vorsichtig schlidderte sie zu einer flachen Metallschiene auf der gegenüberliegenden Seite des Fahrstuhlrahmens. Sie umschloß die Schiene mit dem rechten Arm und plazierte das Gewehr in der linken Armbeuge. Zielte auf die über ihr aufragende Eiswand. Ging in die Knie. Drückte den Abzug durch.

Bam. Ein hohes Surren und niederspritzende Eisklumpen.

Der Rückstoß des Gewehrs warf sie beinahe von der Plattform. Als sie ihr Gleichgewicht wieder gefunden hatte und aufschaute, sah sie, daß der Haken bis zur Mitte des Schafts in der Eiswand steckte. Sie packte das Nylonseil mit beiden Händen und zog kräftig daran. Fest verankert.

Eilig wickelte sie das Seil von der Spule und ließ es in den Schacht hinunter; es bildete ein langgezogenes U. Reichte die Unterseite der Schlaufe bereits bis zum Schachtboden?

Sie schlidderte vorsichtig über die Plattform unter den Krater im Eis, aus dem das Seil heraushing. Dann ließ sie das Gewehr in den Schacht hinunter, bis das Seil seine maximale Länge erreicht hatte. Es war noch straff, was bedeutete, daß das Gewehr noch am Seil hing und nicht den Schachtboden berührte.

Es reicht nicht bis ganz nach unten. Wie tief werde ich springen müssen?

»Kinderspiel«, sagte sie laut und vernahm das Zittern in ihrer Stimme. Sie öffnete und schloß mehrere Male die Hände, dann packte sie das Seil.

Du schaffst es. Sieh einfach nur auf die Wand.

Sie trat von der Plattform und ließ sich Meter um Meter in die

Tiefe hinunter, die Füße als Bremse um das Seil geschlungen. Auf halbem Weg begannen ihre Hände zu brennen.

Nicht loslassen. Nicht hinuntersehen.

Schließlich trafen ihre Füße auf das baumelnde Gewehr, und sie ließ sich bis zum Ende des Seils hinunter und schaute in die Tiefe. Das massive Eis sah wie Beton aus.

Sie ließ sich fallen.

Sterne explodierten vor ihren Augen, als sie mit einem dumpfen Knall unten aufschlug, sich über die rechte Hüfte abrollte und anschließend einen Rückwärtssalto vollführte und benommen auf dem Rücken liegenblieb.

Sie setzte sich langsam auf und drückte ihre wunden Handflächen in den kalten Schnee. Blut tropfte aufs Eis; die Wucht des Aufpralls hatte ihre Schulterverletzung aufplatzen lassen. Sie holte ein paarmal tief Luft, sprang auf und stürmte in den dunklen Gang, der zum Mund des uralten Gesichts hinunterführte.

48

Dreißig Meter im Gang wurde die Dunkelheit undurchdringlich. Ember konnte nicht ihre Hand sehen, als sie sich an die Nase faßte. Mit dem rechten Fuß folgte sie dem Lauf des am Boden liegenden Gasschlauchs, so schnell, wie es ihr in der vollkommenen Dunkelheit möglich war. Nach einigen Minuten merkte sie anhand einer leichten Veränderung des Luftdrucks, daß sie eine große Höhle betreten hatte: der Mund.

Sie folgte weiter dem Schlauch, langsamer jetzt, sich mit den Händen durch die Schwärze tastend. Der Höhlenboden war voller Geröll, und ihre erhobenen Hände bewahrten sie davor, gegen einen von der Decke herabhängenden Tropfsteinzapfen zu stoßen. Der Schlauch führte aufwärts, eine Rampe hoch, und Ember ertastete den Eingang zu einer niedrigen Tunnelröhre. Sie kroch hinein und eilte weiter, auf allen vieren durch die Dunkelheit krabbelnd. Ihr Schnauben hallte dumpf von den Wänden wider.

In einiger Entfernung hob sich ein winziges rotes Licht scharf von der schwarzen Leere ab. Der Tunnel weitete sich, und sie konnte sich nun beinahe vollständig aufrichten. Der Schlauch hob sich vom Tunnelboden und endete in einer Metallplatte im Felsen.

»Hey, ihr da drinnen, ich bin hier, um euch zu helfen«, rief sie. »Könnt ihr mich hören?« Ihre laute, vom Granitmegaphon verstärkte Stimme schmerzte in ihren Ohren. Sie rief ein zweites Mal, bevor sie auf der anderen Seite Schritte hörte.

»Wir sind hier!« rief Nika. »Chief Willy und ich. Du mußt die Schaltuhr zerstören.«

Ember fühlte die Schrauben in der runden Platte.

»Wie kann ich euch rausholen?«

»Zerstöre zuerst die Schaltuhr, sie kann jede Sekunde das Gas entzünden.«

»Wo ist sie?«

»Irgendwo am Ende des Schlauchs. Beeil dich.«

Ember berührte das rote Licht. Es befand sich in einer Art Kasten. Ihre Finger ertasteten etwas, das sich wie Batterien anfühlte. Sie zog sie heraus. Dann schlug sie den Kasten ein und trat zwei weitere Male dagegen, bis er vom Schlauch abfiel.

»Ich habe die Schaltuhr zertreten.«

»Oh, Gott sei Dank.«

Ember glaubte, das Geräusch eines Atemgeräts zu hören.

»Habt ihr eine Sauerstoffflasche?«

Eine Pause.

»Ja – die Höhle ist mit Propan gefüllt. Sobald du die Platte abbekommen hast, werden wir uns die Luft teilen müssen.«

»Wie kann ich die Platte abbekommen?«

»Irgendwo auf dem Tunnelboden liegt ein Elektrobohrer.«

Ember tastete den eisigen Boden nach dem Bohrer ab. Sie roch Blut, und ihre Finger berührten klebrigen Frost.

»Ein großer Bohrer«, sagte Nika. »Hoffentlich ist er noch da. Kannst du ihn finden?«

Embers Hände stießen gegen ein schweres, tragbares Bohrgerät mit einem aufgesetzten Schraubenschlüssel.

»Ich hab' ihn«, sagte sie.

Rrrr-tat-t-t-t-tat. Die erste Schraube löste sich, und um den Rand der Metallplatte wurde ein schmaler Lichtstreifen sichtbar. Eine weitere Schraube kam heraus. Sie roch Propan. Noch eine Schraube, und der Gasdampf begann in den Tunnel zu strömen und den Bereich zu füllen, in dem sie kniete. Sie bekam nur noch schwer Luft.

Zwei weitere Schrauben lösten sich, und aus dem Innern der Höhle schienen Lichtstrahlen auf eine dicke Gaswolke im Tunnel. Ihre Lungen begannen zu brennen.

Sie hielt den Atem an. Noch eine Schraube.

Der Bohrer zwirbelte die Schraube heraus. Sie inhalierte Propan und torkelte benommen zurück, der Ohnmacht nahe. Nika rollte die Metallplatte zur Seite, stürmte durch die Öffnung und drückte Ember das Gummimundstück auf die Lippen. Gierig saugte Ember die komprimierte Luft ein.

Nika setzte sich im Halbdunkel neben sie. Nach einem Moment tippte sie Ember auf die Schulter. »Ich bin dran.«

Ember setzte sich auf und reichte das Mundstück an Nika weiter, die einige tiefe Züge aus der Sauerstoffflasche nahm. An der Oberfläche sprangen plötzlich die Ventilatoren an und begannen, Frischluft hinunterzupumpen und das Gas hinauszutreiben.

»Mittlerweile dürften sich oben einige Leute fragen, warum die Höhle noch nicht explodiert ist«, sagte Nika und gab Ember das Mundstück zurück. »Chief Willy liegt drinnen, er ist bewußtlos.« Sie ging in die Höhle zurück.

Ember inhalierte aus der Sauerstoffflasche und folgte Nika durch die Öffnung.

Das von den Eiswänden zurückgeworfene Licht der Go-Kart-Scheinwerfer tauchte die Höhle in ein bläuliches Glühen. Ember sah die zahllosen goldenen Leichen und schaute instinktiv zu Nika hinüber, die neben einem Mann in einem blauen Arbeitsanzug kniete. Chief Willy lag auf dem Rücken, ein Mundstück zwischen den Lippen und eine Sauerstoffflasche aus einem Go-Kart neben sich. Mit größter Willenskraft schob Ember ihre Gefühle beiseite, um sich dem augenblicklichen Notfall zu widmen;

sich der vollen Tragweite ihrer Heimkehr bewußt zu werden, mußte warten.

»Ich brauche deine Hilfe«, sagte Nika. »Wir müssen ihn hochbringen. Er ist völlig unterkühlt, ich habe Angst, daß es bereits zu spät ist.«

Ember eilte an Nikas Seite, gab ihr das Mundstück der Sauerstoffflasche und sah im hellen bläulichen Licht zum ersten Mal deutlich Nikas Gesicht. Ember schlug die Hand vor den Mund.

»Was ist los?« fragte Nika.

Plötzlich wurde Ember alles klar.

»Du bist seine Schwester«, flüsterte Ember fassungslos.

»Du kennst Yute?« fragte sie. »Ich bin Nika.«

Nika nahm ein paar Züge aus der Sauerstoffflasche, dann versuchte sie, ohne das Mundstück zu atmen. »Ist okay«, sagte sie. »Ich glaube, die Luft ist jetzt sauber genug. Laß ihn uns in ein Go-Kart legen, ich werde es mit meinem abschleppen.«

Ember und Nika trugen Chief Willy zu einem Go-Kart, legten ihn hinein und schlossen das Verdeck. Nika schob ihr Go-Kart vor seines, und Ember verband die beiden mit einem Abschleppseil. Nika legte sich in ihr Gefährt.

»Wir treffen uns am Fahrstuhlschacht«, sagte sie, fuhr die Rampe hoch und verschwand im Tunnel, Chief Willys Go-Kart hinter ihrem herziehend.

Ember nickte nur, unfähig zu sprechen. Überall um sie herum lagen die goldenen Leichen ihres Volkes. Trauer und Liebe vereinten sich in ihrem Herzen wie Honig und Wein. Tränen liefen ihr über die Wangen.

Sie versuchte, ihre überschäumende Freude von der tiefen Trauer zu trennen, die Erleichterung vom Entsetzen. Doch es gelang ihr nicht, und ihre Gefühle spülten in bebenden Schluchzern über sie hinweg, hundert Empfindungen gleichzeitig. Ihre Seele war mit den Goldenen verbunden und ebenso mit Nika, die geholfen hatte, ihr Volk zu retten, und durch Nika auch mit Yute und Yutes Eltern und mit seiner Geburtsstätte und seinem ganzen Leben. All diese Schicksale schienen ihr jetzt miteinander verflochten zu sein wie lange Rindenstreifen in einem Zederneimer.

Ember begann, durch die weitläufige Höhle zu schreiten. Einige der goldenen Menschen erkannte sie aus ihren Träumen und Visionen wieder.

Ihr Blick blieb auf einem Kind haften, das auf dem nackten Busen einer rothaarigen Frau lag, scheinbar nur schlafend. Eine starke Gefühlsregung wallte in ihrem Körper auf.

»Rayne!« flüsterte sie und griff sich an die Brust.

Mein Bruder.

49

Ember hob den kleinen Jungen hoch und drückte ihn sanft an sich; seine Haut war eiskalt, aber weich. Sie sank tief in ihre Empfindungen hinab, jenseits der Tränen.

Sie trug Rayne zum dritten Go-Kart und legte sich in den Schalensitz, sein schlaffer Körper auf ihrem Torso ruhend. Das Go-Kart schoß die Rampe hoch und in den Tunnel hinein; sie raste auf die beleuchtete Höhle am anderen Ende des Tunnels zu.

Sie fuhr in Schlangenlinien an den vom Boden aufragenden Tropfsteinsäulen vorbei und schoß in den Gang, der aus der großen Höhle führte; kurz darauf fiel Sonnenlicht auf sie, und das Go-Kart erreichte den Fahrstuhlschacht.

Nika kam auf Embers Go-Kart zugerannt.

»Chief Willy atmet nicht mehr, er ist bis auf die Knochen durchgefroren. Ich habe es mit Mund-zu-Mund-Beatmung versucht, er reagiert nicht darauf. Ich weiß nicht, was ich tun soll.«

Ember stieg aus dem Go-Kart und ließ Rayne auf dem Bauch liegend im Schalensitz zurück. Chief Willy lag in seinem Fahrzeug, das Verdeck stand offen; einer seiner Arme hing schlaff heraus.

Ember kniete nieder und legte eine Hand auf sein Herz, die andere Hand auf seinen Bauch. Dann holte sie tief Luft und ließ das Feuer des Lebens in ihr auflodern – bis es so heiß brannte, daß es durch ihre Arme und Hände in ihn hineinzuströmen begann. Nach wenigen Sekunden konnte sie spüren, wie ihr Nervensystem mit seinem verschmolz. Mit jedem ihrer Atemzüge wurde sein Gesicht rosiger und sein Körper wärmer.

Dann atmete Chief Willy gemeinsam mit Ember, und gemeinsam ließen sie die Luft mit einem langen Seufzen aus ihren Lungen entweichen.

»Wie machst du das?« fragte Nika. »Er kommt zu sich.«

Ember erlebte sich als ein helles Kraftfeld, das ihren und seinen Körper umgab und durch sie beide hindurchströmte. Sie hatte die Augen geschlossen und sah seine Knochen und Blutgefäße, seine Nerven und Organe – und das Licht, das alles am Leben hielt.

Das Licht wurde stetig heller, bis Chief Willy schließlich die Augen aufschlug. Sein Gesicht schien zu glühen. »Danke«, sagte er mit einem kaum hörbaren Flüstern.

»Aiyoo wa Denali«, sagte Nika und rubbelte Chief Willys Hände in ihren. Sie wandte sich zu Ember um. »Wer bist du? Woher kommst du? Wo leben die Goldenen heute?«

Ember schüttelte den Kopf. »Ich bin die einzige, die noch lebt. Mein Name ist Ember Ozette, ich komme von hier.«

Nika zog die Augenbrauen hoch.

»Ist eine lange Geschichte«, sagte Ember. Sie ging langsam zu ihrem Go-Kart und kniete sich neben Rayne.

»Er ist mein Bruder«, sagte sie, mehr zu sich selbst als zu den anderen. Sie rollte ihn auf die Seite und sah in sein kleines Jungengesicht.

Vom Himmel am Ende des vertikalen Schachts fiel goldenes Sonnenlicht auf ihre Hände, als sie über Raynes Wangen strich.

»Ist das ein Zeichen?« Sie wandte das Gesicht zur Sonne hoch. »Ist dies, was mir zu tun bestimmt ist?«

Sie schloß die Augen. *Wenn die Lebenskraft stark genug ist, wenn sie hell genug ist . . . vielleicht . . . vielleicht . . . bitte . . .*

Die Intensität ihrer Empfindungen war so stark, daß Embers Körper zu beben begann. Mit jedem Atemzug sog sie Lebenskraft aus einem bodenlosen Brunnen herauf, ließ sie in Rayne hineinströmen, durchflutete seinen schlaffen Körper mit all ihrer Liebe.

Aber sie konnte keinen Lebensfunken finden, den sie hätte anhauchen und entflammen können. Sie versuchte es weiter, inhalierte tiefer und tiefer, ließ all ihre Kraft aus ihrem Herzen strömen, doch sie konnte nicht mit etwas verschmelzen, das nicht da war.

Als sie schließlich die Augen öffnete, war der Schnee um sie herum zu einer Pfütze geschmolzen. Aber der kleine Körper war so leblos wie ein abgestreifter Parka.

Ember erhob sich, am ganzen Leib zitternd, und stützte sich auf dem Go-Kart ab. Sie ging einige unsichere Schritte, warf sich der Länge nach in den Schnee und schlug mit den Fäusten auf den Boden. Nika und Chief Willy versuchten sie zu trösten, streichelten ihr über die Haare und über den Rücken.

»Dafür habe ich alles auf mich genommen? Für einen Massenselbstmord?« Ihre Stimme brach. »Meine Träume und Visionen – alles Lügen. Meine Leute sind tot, und nichts kann sie wieder zum Leben erwecken ... und wenn ich sterbe, wird es keine Goldenen mehr geben, für alle Zeiten.«

Oben kam ein Schneemobil an den Schachtrand gefahren.

»Nein!« rief eine Männerstimme. »Aufhören!«

Ein Schuß. Neben ihnen spritzte der Schnee auf.

Nika warf sich auf Ember, um sie zu schützen.

»Die Mistkerle sind zurück, um uns endgültig zu erledigen.«

50

Weitere Schüsse erklangen. Das Schneemobil fuhr näher an den Schacht heran. Ein Mann schrie auf, und eine Gestalt in einem blauen Overall fiel rückwärts über den Schachtrand. Beine zappelten wild in der Luft, als hätten sie festen Boden erwartet. Die Gestalt überschlug sich, noch immer ein Gewehr umklammernd. Dann kam ein rotes Schneemobil heran, ohne Fahrer; es fuhr über den Rand.

»*Weg hier!*« rief Nika.

Die drei stürmten auf die andere Seite des Schachts.

Das Schneemobil blieb einen Moment über dem Rand stehen, schwankte und kippte nach unten. Es prallte gegen die Schachtwand, überschlug sich und explodierte in einem orangen Feuerball. Brennende Trümmer regneten in den Schnee hinab.

Das Echo der Explosion verklang, und das Dröhnen von einem Dutzend heranrasender Schneemobile wurde hörbar.

Chief Willy verzog das Gesicht. »Was jetzt?«

»Schnell, zurück in die Mine«, sagte Nika. »Wenn wir hierbleiben, geben wir perfekte Zielscheiben ab.«

Ember packte sie am Arm. »Nein, schon gut, es sind Freunde – ich kann sie spüren.«

Wrackteile qualmten neben dem gekrümmt im Schnee liegenden Körper im blauen Overall. Der Hals des toten Mannes hatte sich auf den Schultern fast vollständig nach hinten verdreht, wie der Hals einer Eule.

»Kaiser«, sagte Nika.

Chief Willy nickte. »Custer.«

Oben trafen zwei andere Schneemobile ein. Im nächsten Moment spähten Männer in orangen Arbeitsanzügen über den Rand in die Tiefe und riefen dem Trio etwas zu.

»Freunde von mir«, sagte Chief Willy und seufzte erleichtert.

»Und von mir«, sagte Ember, als sie einen breitschultrigen Mann mit bernsteinfarbenem Haar hinabblicken sah.

»Ember, geht es dir gut?« rief Mike hinunter. Neben ihm beugte sich Kaigani über den Schachtrand.

Ember hielt den Daumen hoch, brachte aber nur ein flüchtiges, gezwungenes Lächeln zustande.

»Wir kommen runter«, rief Mike.

Der Fahrstuhl kam hinunter. Mike und Kaigani stürzten als erste heraus. Die beiden warfen ihr so stürmisch die Arme um den Hals, daß Ember einige Schritte zurücktorkelte.

»Woher wußtet ihr, daß ich hier bin?« fragte Ember.

»Von Yute«, sagte Mike. »Er hat uns in seinem Labor erwischt und uns alles über dich erzählt. Er sagte, wenn wir dich finden und dir helfen wollten, müßten wir nach Alaska gehen . . .«

»Er wußte, daß du in die Kantishna Hills kommen würdest«, sagte Kaigani. »Er war so überzeugend, daß wir sofort in den Jeep sprangen und uns auf den Weg machten.«

»Wer hat Kaiser erschossen?« fragte Ember. »Ist jemand verletzt worden?«

Mike sah Ember an. »Yute hat euch alle gerettet, er hat verhindert, daß Kaiser euch umbringt. Kaiser hat zweimal auf ihn geschossen, aber Yute hat den Dreckskerl mit dem Schneemobil gerammt. Yute. Er hat sich geopfert.«

Nika schrie auf und schlug die Hände vors Gesicht.

»Ist er tot?« fragte Chief Willy.

»Nein, aber ich glaube nicht, daß er durchkommen wird. Die Sanitäter sind jetzt bei ihm.«

Nika schob sich durch die Menschenmenge zum Fahrstuhl.

Ember sah zum Schachtrand hoch, erfüllt von tiefer Trauer.

»All diese Opfer, alles umsonst . . . Ich bin die letzte.« Sie ließ den Kopf sinken. »Ich würde Yute jetzt sogar erlauben, mich zu studieren, doch selbst dafür ist es nun zu spät.«

Ein bärtiger Chilkakot-Indianer starrte Ember an. »Ich dachte, es heißt *Er*-Der-Zurückkehrt.«

»Ich auch«, sagte eine dunkelhäutige Frau. »Das hat uns unser Geschichtshüter erzählt.«

»Ist doch egal, sie besitzt die Kraft, und das ist das Entscheidende«, sagte Chief Willy und legte eine Hand auf Embers Schulter.

Ember sah zu Mike hinüber. »Old Man hat nichts von alledem erzählt.«

»Genaugenommen hat er dasselbe erzählt wie die anderen Geschichtshüter. Die Legende spricht von ›Er-Der-Zurückkehrt‹, von einem Mann.«

»Ja . . . *ja*.« Ember klatschte in die Hände. »Irgendwas . . . irgendwen . . . habe ich übersehen.«

Sie trat von den immer zahlreicher werdenden Indianern zurück und breitete die Arme aus, die Handflächen nach oben, Emotionen empfangend, als wäre ihr Körper eine Antenne.

»Ich bin nicht der Erlöser der O-kwo-ke. Nicht ich. Ich habe nie gewußt, was ich tun soll. Der, der sie erlösen kann, weiß genau, was zu tun ist. Er ist mitten unter uns.«

Er-Der-Zurückkehrt, wo bist du? Wer bist du?

Ihr Herz flog auf wie ein Fenster.

Unter uns ist jemand, der mich aus einem uralten Embryo ins Leben gebracht hat.

Sie wirbelte herum und stürmte zum Fahrstuhl.

Er-Der-Zurückkehrt ist Yute Nahadeh.

51

Yute lag rücklings auf einer dicken Isomatte, in eine silberne Thermaldecke gehüllt.

»Wir können nichts mehr für ihn tun«, flüsterte einer der Sanitäter. Ember bedeutete ihnen mit einem Kopfnicken, zur Seite zu treten. Nika kniete neben ihrem Bruder, gegenüber von Ember. Sie hielt seine Hand.

Ember zog die Thermaldecke weg. Dunkle Flecken durchtränkten den roten Schneemobilanzug. Bei jedem seiner flachen, hastigen Atemzüge glucksten seine Lungen wie ein dahinplätschernder Schmelzbach.

Yute öffnete die Augen und ergriff kraftlos Embers Hand. Sie drückte die kalte Hand zwischen ihre erhitzten Handflächen.

»Ember . . . Ich – ich bin derjenige . . .«

»Schhhhh. Ich weiß, wer du bist. Du bist auserwählt, mein Volk ins Leben zurückzuführen, genauso wie du mich ins Leben geführt hast.«

Er schüttelte den Kopf. »Du . . . verstehst . . . noch nicht ganz . . . Erst jetzt wird mir . . . das Mysterium . . . meines gesamten Daseins klar.« Er hustete und sprach mit letzter Kraft. »Verschmelze dein Herz . . . mit meinem . . . es gibt soviel . . . das du erfahren mußt.«

Sie legte sich neben ihn in den Schnee, ihr Gesicht seinem zugewandt. Sie schob die linke Hand wie ein Kissen unter seinen

Kopf und legte die rechte direkt über sein Herz. Das Blut war klebrig.

Ember ließ ihr Bewußtsein in Yute hineinströmen, wie Sand in einer Sanduhr fließt. Sie schmiegte ihren Körper enger an seinen. Einen Moment später fiel ihr Herz in den Brunnen seiner Seele, und sie war nicht länger einfach nur Ember.

Sie war ein stämmiger, rotbärtiger Mann in einer Schafshauttunika. Seine rechte Hand umschloß einen Stab aus einem Karibugeweih mit einem Loch, das einen Mund darstellte, aus dessen Lippen eingeschnitzte Energiestrahlen herausschossen; dasselbe Motiv hatte er auf der Stirn eintätowiert.

Sein Name war Talu, Schamanenhäuptling der Wassersprecher, die Mörder der Bestien.

Plötzlich offenbarten sich all seine Erinnerungen in einem kaleidoskopischen Wirbel.

Talu und eine Gruppe seiner Krieger jagten einen lange vergessenen Stamm der Bestien. Doch als die Wassersprecher angreifen wollten, begruben sich die Leute in einer Eishöhle. Er folgte einer einzelnen Überlebenden auf einen steilen, felsigen Hügel. Ein großer weißer Wolf war bei ihr. Als Talu näher kam, wirbelte der Wolf herum, sprang ihn an und schleuderte ihn den Hügel hinunter. Talu lag reglos im Schnee, eine klaffende Wunde in der Kehle.

Die Frau legte ihre Hände auf ihn, während er nach Luft rang, und sie wurden eins – und durch sie wurde er zu ihrem Volk, einem Verbund von Herzen. Und er entsann sich ihrer gemeinsamen Vorfahren und verstand, weshalb sie nicht hatten kämpfen wollen. Und mit tiefem Schmerz wurde ihm bewußt, daß er und die Seinen ihre eigenen Brüder und Schwestern ermordet hatten.

Der sterbende Talu befahl den herbeieilenden Wassersprechern, die tragische Geschichte auf ewig weiterzuerzählen.

Dann leistete er einen wortlosen Schwur: Die, die die Kunst der Sprache beherrschen, werden weiter und weiter dem Reich der Worte und des Wissens entgegenschreiten, und eines Tages wird das Wissen mächtig genug sein, um ihr schreckliches Verbrechen wiedergutzumachen. In dieser fernen Zukunft werde ich wiedergeboren werden und das Volk, das ich vernichtet habe, zu neuem Leben erwecken.

Im nächsten Moment erschienen vor dem Hintergrund ihres verschmolzenen Bewußtseins detaillierte Bilder mikrochirurgischer Geräte, die Yute entwickelt hatte. Ember verstand, wie man den Körpern der Goldenen die Spermien und Eizellen entnehmen und diese künstlich verschmelzen lassen konnte. Auf diese Weise konnten Tausende Embryos produziert und gelagert werden, und die Embryos konnten überall auf der Welt Leihmüttern implantiert werden. Man konnte die Goldene Rasse wieder zum Leben erwecken.

Die Verbindung begann sich aufzulösen wie ein Traum. Ember öffnete die Augen und setzte sich auf.

Yute atmete schwach, kaum wahrnehmbar. Er schlug die Augen auf und traf ihren Blick.

»Vergibst ... du ... mir?« fragte er flüsternd.

Als Antwort küßte sie ihn auf die Stirn, als er starb.

Epilog

Ember stieg in der Stille vor Sonnenaufgang einen steilen Pfad hoch. Sie erreichte ihren Lieblingsaussichtspunkt und ließ sich auf dem federnden Moosteppich nieder. Von ihrem Hochsitz auf der baumlosen Erhebung in den Kantishna Hills streifte ihr Blick über die endlose Tundra unten in der Dunkelheit.

Sie zog U-mas kleine Knochenflöte aus ihrer Hemdtasche. Ihre Finger lagen auf den Löchern, deren Ränder vor langer Zeit von den Fingerspitzen ihrer Mutter glattgerieben worden waren. Die Flöte sang fünf helle Töne, die einander wie Schmetterlinge jagten und über den steilen Klippenrand des Grasmeeres in die Dunkelheit hinausflatterten. Sie ließ die Flöte sich selbst spielen, eine vibrierende Sopranmelodie, frei von aller Hast; und nach einiger Zeit vernahm sie die uralten Lieder ihrer Mutter, und sie küßte ihre Mutter durch die Musik, ihre Lippen liebevoll das Mundstück umschmeichelnd.

Embers neugeborener Sohn begann zu wimmern, und ihre Brüste kribbelten vor Fülle. Das Baby schrie lauter, und sie spürte einen Tropfen feuchter Wärme auf ihrer Haut, als ihre Milch herauszuquellen begann.

»Schhhh, mein Kleiner«, sagte sie, »ich werde ganz naß wegen dir.« Sie nahm den Kinderträger vom Rücken, zog den Kleinen heraus und knöpfte ihr Flanellhemd auf. Das Goldamulett ihrer Mutter hing an einem weichen Lederband. Ihr Sohn saugte schmatzend an ihrer Brustwarze, und ein kleines, starkes Händchen spielte mit ihrer anderen Brust. Sie hatte ihn Rayne genannt, zu Ehren ihres toten Bruders. Seine hellgrünen Augen lächelten in ihre, seine Lider immer schwerer werdend, während sich sein kleiner runder Bauch mit süßer Milch füllte. Ember empfand Verbundenheit mit jeder Mutter, die je gelebt hatte, und seufzte voller Dankbarkeit für Yute, dessen Wissenschaft dieses Wunder erst möglich gemacht hatte.

Licht erschien am östlichen Horizont, und die Unterseiten der Wolken begannen rosa zu glühen. Die Sonne ging mit einem Chor von Vogelstimmen auf; ihre Wärme streichelte über ihr Gesicht und ihre Augen; eine Brise zerzauste ihre Haare.

Rayne war satt und schmiegte sich an ihre Brüste, ein Milchtropfen auf den Lippen, sein feiner blonder Flaum an ihrem. Ihrer beider Haut reflektierte die Farbe und Hitze des anderen. Sie strich über sein feines, rötliches Haupthaar, das im anbrechenden Tageslicht feuerrot schimmerte. Die Morgenwolken brachen wie brennende Holzscheite auseinander.

Auf der endlosen grünen Ebene empfingen Hunderte von Wasserspiegeln den Tag, die zwischen buntleuchtenden Blumeninseln lagen: orange Mohnblumen, gelbe Butterblumen, purpurne Reislilien, blaue Gebirgsvergißmeinnicht. Am Rande eines kleinen Gletschers graste eine Karibuherde.

Am Himmel gurrten Schwäne. Ember schaute zu einem breiten V anmutiger weißer Vögel hoch, sechzig oder mehr an der Zahl, die mit lärmenden musikalischen Gurrlauten zu ihren Brutplätzen flogen.

Verschiedene Windströmungen türmten die Wolken schichtweise übereinander auf. Die unterste Schicht war kohlschwarz und zerrissen, zog schnell dahin. Die höchste war weiß und hauchdünn und bedeckte den östlichen Himmel wie ein Umhang aus Hundewolle. Zwischen diesen Schichten trieben verschiedene Abstufungen von Grau, Purpur und Malve. Das Sonnenlicht spiegelte sich silbern an einem Düsenjet, der einen langen weißen Kondensstreifen über einen einsamen Flecken arktischen Blaus zog.

Im Dorf am Fuße des Berges leuchteten Lichter. Ember sog den Duft der feuchten Erde und des nahenden Frühlings in sich auf. Sie neigte den Kopf hinunter und küßte ihren schlafenden Sohn. Er roch so lebendig wie der Tau am Morgen der Schöpfung.

Tränen des Glücks verschleierten ihren Blick und rollten mit den ersten herabfallenden Regentropfen über ihr Gesicht.

»Mein Sohn«, flüsterte sie, »wir Goldenen – wir, die mit dem Herzen sprechen und mit dem Herzen lauschen –, wir werden weiterleben, und man wird sich unseres Duftes erinnern, von Generation zu Generation, für alle Zeiten.«

Dank

Der Autor dankt Evan Earl Dussia II, M. D., Gynäkologe,
für seine technischen Hinweise
bei der Implantation menschlicher Embryos;
Don Wood, Wissenschaftsautor, für seine verständnisvolle Kritik
der ersten Fassung des Romans;
Russell Galen und Danny Baror, Literaturagenten,
für deren großartigen Einsatz;
und Jackie Cantor, Lektorin,
für ihre Verbesserungsvorschläge
und ihre Warmherzigkeit.